云南艺术学院戏剧影视文学"国家一流专业"建设丛书

五度：戏剧批评文读
Five Ranges:
Drama Criticism

吴戈◎著

云南大学出版社
YUNNAN UNIVERSITY PRESS

图书在版编目（CIP）数据

五度：戏剧批评文读／吴戈著. -- 昆明：云南大学出版社，2022
（云南艺术学院戏剧影视文学"国家一流专业"建设丛书）
ISBN 978-7-5482-4571-1

Ⅰ.①五… Ⅱ.①吴… Ⅲ.①戏剧文学－文学评论－中国 Ⅳ.①I207.3

中国版本图书馆CIP数据核字(2022)第076798号

策划编辑：陈 曦
责任编辑：陈 曦
封面设计：刘 雨

云南艺术学院戏剧影视文学"国家一流专业"建设丛书

五度：戏剧批评文读
WU DU: XIJU PIPING WEN DU

吴戈◎著

出版发行：	云南大学出版社
印　　装：	昆明理煋印务有限公司
开　　本：	787mm×1092mm　1/16
印　　张：	34.5
字　　数：	545千
版　　次：	2022年10月第1版
印　　次：	2022年10月第1次印刷
书　　号：	ISBN 978-7-5482-4571-1
定　　价：	139.00元

社　　址：云南省昆明市一二一大街182号（云南大学东陆校区英华园内）
邮　　编：650091
电　　话：（0871）65031070　65033244　65031071
网　　址：http://www.ynup.com
E-mail：market@ynup.com

若发现本书有印装质量问题，请与印厂联系调换，联系电话：0871-64167045。

理性与激情：学术的恒常温度（代序）

吴 戈

2001年9月，在我上任云南艺术学院校长刚好一年的时候，经我普遍号召、细致组织和积极推进的"云南艺术学院重点学科丛书"20种专著由中国文联出版社出版了，每种专著印3000册。当这6万册书出版后运送到云南艺术学院麻园校区简陋窄小的校园里的时候，我心头悸动，热血贲张。因为在我看来，这是艺术院校习以为常的传统办学模式的一次历史性总结。大多数艺术院校办学，依靠的是经验重复、技巧训练的教学方式和内容。那是一种以技术技巧为重的日复一日的训练，是将国际国内现成成果编写为歌曲集、五线谱、钢琴练习曲，将绘画练习技法技巧图册加上简单文字说明作为"成果"的"惯性办学"，包括云南艺术学院在内的许多艺术院校，20世纪八九十年代的办学情形就是如此。作为校长，我看到的是：在一代代云艺人持续的努力下，学校得以顽强地存活，艰难地发展起来已经是奇迹。但是，因为历史局限，云南艺术学院存量的底子薄、发展的积累少、学校的规模小、办学的惯性多、学术的形象差、竞争的实力弱……要跳出惯性，超越局限，打破僵局，从根本提升办学质量，增强发展后劲，就得从提高办学中的学术质量入手。我直觉认为，这样做，既可以改变办学立足点不足的传统痼疾，又可以提升教学的学术含量，从传统的技术性训练向感性基础的技术经验与知性构建的学术理性相结合、艺术观念与学术理论并重的办学支点转变。这是我的使命担当的出发点，也是云南艺术学院再发展、再攀高的起跳点。

我们成立了由学校党政领导组成的重点学科丛书领导小组，成立了以我为主编的丛书编委会；紧锣密鼓地准备，责任到人地催工，落实重点人群撰稿……终于,从启动工程到达到出版要求的"齐、清、定"的稿件,再到见了散发着油墨清香的出版物,这是9个月的时间里大家上下一心、同心同德的成果。丛书分两辑,戏剧与影视10种一套,艺术学、美术设计、音乐舞蹈10种一套,做了套装和散装两种类型,面世后,反响很好。有人说,云南艺术学院的发展进入了学科、专业、学术建设发展的时代。戏剧与中国话剧史学专家田本相应邀为丛书作总序,他写道:"这20部著作,几乎包容了艺术学院的主要的系科:戏剧学,音乐学,美术学,舞蹈学以及艺术美学等领域。既有艺术理论的研究成果……也有艺术历史的研究……特别可喜的是对于当代艺术现状的研究……""这套丛书是学院发展史上的一个十分重要的标志。它标志着在办学思想上的一个质变,标志着在办学目标上的一次升跃,标志着云南艺术学院的一个崭新的阶段的到来。""一个高等学府,对于学术研究的重视程度以及它对全校的学术研究的规划和实施力度,是衡量它是否具有现代办学意识,是否重视学科的根本建设,是否重视人才的标志。因此,我认为这套丛书的问世,是学校领导办学思路的一个根本性的转变。"(田本相:云南艺术学院重点学科丛书《总序》)

作为重点学科建设的第一推手和重点学科丛书的主编,我也为丛书写了序言,一方面说明丛书工程的缘起,另一方面其实是想借此表明我办学行政的施政纲领和学科建设的价值判断:"一所像我们这样的艺术院校靠什么生存?怎样发展?"我的结论是:"应该以质量求生存,靠特色与优势发展。""质量和特色在哪里?不同大学的优势和特色可能各自不同,但人们用学术尺度去衡量它们的立足点却是不变的……对于一所大学来说,学术水准是大学质量、大学生生存力与发展后劲的根本前提与必要条件,因为它是大学办学各要素综合实力的反映……对于已有42年(按云南艺术学院1958年获批并筹建算起)办学历史的云南艺术学院来说,办学经验的积累不可谓不丰,创作出的作品不可谓不众,办学实力不可谓不强,云南艺术学院这种有目共睹的现状是一代又一代云艺人努力的结果。如果我们珍惜这种成就,并在此基础上提高质量,持续发展,再创辉煌,那么,发展与繁荣学术,便成为今天的云南艺术学院生存与发展规划中应确立的第一块基石。"[吴卫民:《必要的基石》(云南艺术学院重点学科丛书)《序》]

田本相先生在《总序》中说："我期待云南艺术学院出现更多更好的学术成果！我祝愿云南艺术学院稳步而坚实地不断前进！"我们记得先生的祝愿，没有辜负先生的期待，我们把学术基石的砌稳立实作为学校发展的基础工程与带动项目，带动了学科建设、专业建设、教材建设、课程建设、队伍建设、教学质量建设、教学体系建设的全面发展。我们紧紧跟进那第一块基石带来的学界良好评价和业界广泛赞誉，制定了学校资助出版常态化政策，鼓励大家在教学、研究、创作展演"三足鼎立"良性循环的艺术办学模式和人才培养环境上各尽所能，各显其能，各精其能，为云南艺术学院的发展做出自己的贡献。我在《必要的基石》里已经明确了在办学硬件上开疆拓土之余，也要在办学软件上从抓学术入手去夯基培土的意图：出版这套"云南艺术学院重点学科丛书"，展示云南艺术学院近年来办学过程中产出的学术成果，倒不仅仅是为了让别人看到云南艺术学院的综合实力，更主要的是让既是艺术家又是教育者的老师们将目光更多地投向学术领域，让他们的创造热情得以归拢，让他们的奇异思绪得以梳理，让他们在舞台、画布、屏幕、音乐厅、环境艺术以外也能够并善于表达自己，使他们多年孜孜以求获得并臻于成熟的艺术修养广泽弟子，启发与培养一代又一代的艺术家而不是匠人。基于这样的想法，才有了这套丛书的策划与出版。瞩目于教师队伍，瞩目于教学中心，瞩目于教学质量，瞩目于人才培养的效果，是我们推进学科建设的出发点。于是，常态化的资助制度被制定出来了：我们政策性地支持学术著作出版，支持成熟教材出版，支持创作展演活动，将每年学校总经费的1%作为重点学科丛书出版基金，1%作为教材出版基金，1%作为教学选课基金，3%作为艺术创作基金。

2009年年底，云南艺术学院50周年校庆，我们在2008年就开始准备学术、教学、创作展演成果，向学校庆典献礼，到2009年春天已经基本准备好。在为那一批著作出版写总序的时候，我写道："2001年8月，我们组织出版了云南艺术学院重点学科丛书第一、第二辑共20种……8年过去，除了不断支持特色教材丛书和精品课程丛书的出版之外，学院各个教学单位和研究单位，也不断支持教职工出版研究和教学成果。我始终认为，一个学校的办学传统和办学成果，一定要有物化形式来承载。否则，在人事代谢、岁月沧桑之后，一所有历史的学校，它的办学成败、优劣、特色和常态，都将会随风而逝，将会成为一种不确定的民间传说。我们积极推动的云南艺术学院特色教材丛书、云南艺术学院精品课程丛书和云南艺术学院重点学科丛书就是重要的'物化形式'，加上其他不同形式的出版物、成文的规章制度等等，都成为艺术学院办学历史的承载平台，同时成为学校发展的推进器。教材建设、课程建设、专业建设和重点学科丛书建设，就是实实在在的办学核心内容，通过这些建设使得师资队伍的建设有了看得见、摸得着的一些措施、手段和重要检验标准。应该说，成效是显著的。"[吴卫民：《杏坛拈花》（云南艺术学院重点学科丛书·第三、四、五辑总序）]这是云南艺术学院著作第二次大规模数十种出版的成果。其实，2001年以后，云南艺术学院出版学术、教学和创作成果就成了常态。我们除了重点学科丛书外，政策性地鼓励支持成果出版，学术风气越来越浓，成果越来越丰硕，其间，我为许多艺术家教师、二级院系的出版成果写过序，辑在一起，足可以出80万字的两本序言集，名之曰《书香如潮》（已出版）和《学术肖像》。这些文字，速写和素描了云南艺术学院教师们的学术研究和教学总结，读来常常动情，回顾每每肠热。我在《杏坛拈花》里说："8年前，我在为重点学科丛书写序的时候，书写的是《必要的基石》，讲述的是学术'兴校、强校、名校'的道理；今天，怀着喜悦的心情，打量我们在学术基石上有了长足发展的教学单位、学科点和专业，抚摸坚实的学术基石上沃土沛然的杏坛，阅读教师们捧献出的杏坛执鞭生涯中产生的研究成果，就像是在欣赏艺术教育的杏坛中争奇斗艳的花朵，芬芳扑面而来，清新怡人。"

在我当校长的16年里，抓科研、促教学，常年如此，形成办学制度。后来党委有人提出要取消或者将资金挪作他用，说要"集中资金办大事"，我坚持"办学质量和办学发展是学校的根本大事"，将此延续下来。学校在优先满足保障教学健康进行的四项经费外，随着收入增加，将总量6%的专项经费用于科研平台事务和教材出版、学术著作出版、创作和展演活动，最大限度地保证了学术研究、教材建设、创作展演活动的发展运行；学术著作、教材成果的出版和艺创作展演活动的资金支持，由学术委员会接受申请，按照戏剧影视学、音乐舞蹈学、美术设计学、艺术学理论四大学科领域的成果开展资助，一路走下来，成果蔚为大观。云南艺术学院的学术形象越来越鲜明，学术话语的声音越来越清晰，这是身在其中的教师学者或者身在校外但是了解艺术教育业界情况的人都明显感觉到的变化。教材曾经以"新世纪高等院校艺术专业系列教材"为丛书名称来出版，当时我请时任中国艺术研究院副院长的红学研究专家张庆善研究员写了总序，他写道："加强艺术基础理论的研究和教育，完善艺术学科建设，是新世纪艺术发展的需要，是培养全面型艺术人才的需要……加强艺术基础理论的研究和教育，关键在于要有高水平的理论人才和系统、科学的教材，而这正是我国艺术教育中所欠缺的……云南艺术学院和云南大学出版社联手推出的这套'新世纪高等院校艺术专业系列教材'，正是适应了这种需求。"（张庆善：云南艺术学院"新世纪高等院校艺术专业系列教材"丛书《总序》）他很高兴云南艺术学院将要陆续出版《艺术美学导论》《艺术概论》《民族艺术学》《设计艺术概论》《美术概论》《中学美术教材教法》《艺术心理学》《艺术管理学》《云南民族民间美术史》《云南民族舞蹈史》等，当然后来出版的教材远不止这些。戏剧戏曲学1998年成为省级重点学科以来，出版的著作更多，成为云南艺术学院的学术高地和成果重镇，学术专著、专业教材、高层次戏剧专题学术论坛论文集等成果全面开花。戏剧学院专门有一个作为重点学科建设基地的空间，大约80平方米，放了许多书架和展台，上面摆放的是该学科获得的琳琅满目的奖杯、奖牌、奖状，以及学科建设出版的学术专著和专业教材。甚至，除学校的支持政策之外，戏剧戏曲学省级重点学科点上还开了一扇人才培养的学术窗口：按每届毕业生25%~30%的比例遴选、出版硕士研究生优秀毕业论文，8年连续出了8部。这些论文视点各异，视界开阔，各有专精，自有洞见，既鼓励了学生的成长成才，又检验了导师队伍的人才培养投入力度、助推深度和关怀温度，还记录了一个学科发展的进度和专业发展水准的高度，一举多得。

与此同时，各个二级学院顺势而为，在学校的基金资助之外纷纷投入资金出版成果。无形当中，学校教学固校、学术兴校、人才强校、创作展演名校的气象形成，在全国艺术教育界中的局面逐渐打开，云南艺术学院验证了立足学术基石办学发展的有效性。

如今我已经不在云南艺术学院校长的位置上，而在戏剧与影视文学"国家一流专业"负责人的位置上，但我仍旧面对同样的问题，我必须负责任地通过努力去做好小环境中的小气候。

在之前的历史中，我们在学校大环境里做出了大的学术气象。配合着学校发展的谋篇布局，我们在2006年前后基本完成了增专业、建学科、成立二级学院的工程，我们也大刀阔斧地构建出了云南艺术学院新发展时期办学的学术框架，之后在此基础上的稳定发展，获得了广泛的社会认同，崛起的学术形象和越来越多的学术话语，为一所边疆学校办学的生存与发展创造了生机勃勃、蒸蒸日上的利好局面。因此，在现在的小环境、小节点上，仍然要把这种经验用好用足。对于国家一流专业戏剧影视文学的基础建设，将以什么标准去衡量和检验？当然是体现在学术成果、教材建设、学生成果，尤其是专业看家本领的编剧成果上。我们在大环境、大气候中的多年积累和持续努力，心中深感欣慰，我们的成就洋洋大观。我们谋篇布局时，将成果分为学术成果类、教材成果类、教师编剧成果类、学生编剧成果类。戏剧影视文学专业人才培养的最重要的衡量指标，是编剧能力和体现编剧能力被社会认可的情况——舞台公演、专业赛事获奖、电视台播出、电影拍摄公映。我们的戏剧影视文学系教师团队（退休、调离教师不计）将近10年来公开发表、演出、播出和公映的主要戏剧影视作品梳理了一下，据不完全统计，教师创作成果话剧、戏曲、儿童剧、小戏小品、电影剧本、电视剧剧本共55部，共计221万字。其中，拍摄播出的电视剧《东寺街西寺巷》14集、《东寺街西寺巷续集》23集、《扎西德勒》10集、《青春警校》36集，还有摄制完毕的《十重禁戒——边境逆战》36集。对于戏剧影视文学专业的学生创作成果，撇开社会实践、参与创作、服务社会活动里的成果不计，仅就学生独立担当编剧写作任务的情况看，公演、上映、播出的戏剧影视作品25部，共计17万字，演出、播放、公映的社会影响良好，为学生铺就的创新、创造、创业的从业影响力是无法计量的。办学过程中追绩问效的内容，重点应该是人才培养的效果。

　　作为学术专著的成果，这次要出版的书，是方冠男、姚又僮的《校园戏剧书简》，吴戈的《五度：戏剧批评文读》《学科·环境："戏剧影视文学"专业建设研究》。这样的学术成果，对于戏剧影视文学专业的学生来说，是非常稀缺的教学资源与学术引领。我们的态度是：意识到了就行动，知觉到了就研究，要在学生的能力上第一时间补充知识和技能。中国话剧的发生，校园戏剧文化占了半壁河山，中国戏曲的后继有人，从娃娃抓起——戏曲进校园，是千秋文化工程。所以，校园戏剧活动开展的知识、手段、路径、案例分析，是戏剧影视文学"国家一流专业"应该体现的新内容。在有条件的艺术院校，戏剧理论与批评对戏剧影视文学专业的学生而言，是十分重要的专业基础课程，它既是理论的，也是实践的。该专业毕业生的能力，关键还不在于知道相关知识的概念，而在于强大高超的动手能力。我们常见的艺术院校戏剧影视文学专业的课程设置，有理论与批评的内容，有经典名剧的细读解剖，但是却很少涉及理论与批评的写作范式。这就是我们这次出版的《五度：戏剧批评文读》对专业建设、课程建设的意义。《学科·环境："戏剧影视文学"专业建设研究》所做的，就是对学科发展、专业建设的自身思考和理性研究。我一直秉持一种观点，学校的学术研究，不仅仅是某种单纯、狭隘的研究，而应该包括对自己的专业、对相关专业、对行业发展、对包括教师所教课程涉及的内容的各种研究，可能有学科发展研究、专业建设研究、课程建设研究、课程内容的基础理论研究、专业内容的精耕细作研究、老问题的新解释研究、专业发展的前沿问题研究、专业的新动向新趋势新可能研究……其中，在学科发展背景下的专业发展研究，是看清方向、找准位置、探寻路径的研究，在一流专业建设的努力中，这可能是我们需要特别认知的理论问题。多年的艺术管理与办学经验的交流，使作者积累了客观的成果，其中既标示了艺术学作为学科门类独立前后的发展过程的一些重要节点，也显示了戏剧影视文学专业发展中办学者的焦虑、困惑和愿景。这对专业发展来说，具有整体性思考的意义。

　　我们希望，成果的出版，对戏剧影视文学专业的学生和教师具有相当的借鉴意义，起到示范作用，发挥操作指南功能。希望这些成果，有的成为开展校园戏剧文化的"口袋书"，有的成为戏剧批评看得见摸得着的某种可以模仿的写作示范。让学生了解戏剧文化、影视文化理论批评的态度、价值尺度，是艺术院校"双师型"教师为学生定标准、做示范而做出的努力；有的对于师生了解学科与专业的关系，了解专业发展历史与存在现状，是阔阔的思路，是大大的视野，是长长的眼光。对于戏剧影视文学专业建设来说，它们的出版，意义深远。

实际上，我们的计划中，还有杨军教授、严程莹教授等团队成员的成果要陆续出版，借此推进云南艺术学院戏剧影视文学"国家一流专业"建设发展的契机，为我们的学科发展和专业建设再增分量，再添精彩。戏剧影视文学系是云南艺术学院的一块招牌、一个阵地、一扇窗口。实践与理论并重，从获得"云南省级重点学科"的认定，到获得"国家一流专业"建设的批准；从"云南省博士学位授予学科培育点"的确定，到在教育部组织的全国第四轮学科评估中位列全国排位的前30%（学科位置实际还要靠前），再到云南艺术学院重新对戏剧影视文学学科委以重任——担当博士点建设申报的任务，不论历史与现状，戏剧影视文学都充当了"压舱石"与"定向器"的角色。

同志仍需努力，是为序。

2022 年 1 月 2 日晨，下午改定于昆明呈贡果林湖畔

目录

第一辑

戏剧与人 / 001

曹禺《我是潜江人》解读 / 02

还原本相：田本相的戏剧学术贡献 / 014

查明哲的舞台追求与他的"战争三部曲" / 020

草根情结与家国情怀：感受剧作家李宝群的"人民性" / 036

滇剧"竹派"的艺术特征 / 050

《我那呼兰河》的风格、风情、风度、风韵和风骨 / 058

编剧杨军的"试心草" / 068

第二辑
戏剧与民族 / 77

中华民族新文化创造的世纪"国剧梦"/ 78

演的艺术：戏剧文化的本质体现 / 105

民族·香火·长河：话剧《淮河新娘》的舞台意象 / 112

民族精神不朽　舞台艺术常新：《中华士兵》的思想贡献与艺术创造 / 122

青春旋律·激情模式·动感场景：《浪潮》创意捉影 / 135

"天下第一团"的来路和去路：白剧的生存发展 / 142

乐舞剧：新中国云南民族剧种的诞生和发展 / 159

第三辑
戏剧与社会 / 177

中国新时期舞台上的农民形象与新中国"三农"历史 / 178

强国伟业，追梦人生 / 192

我们的社会需要什么样的舞台创造？——从导演艺术家查明哲说起 / 197

生命的诗意：感受话剧《生命行歌》的生死吟唱 / 207

"蒋公宴请"是一面镜子 / 220

第四辑
戏剧与城市 / 229

感受《倾城之恋》/ 230

《长安第二碗》的味、香、色 / 238

昆明的庭院戏剧运动 / 243

第五辑

剧种与艺术家 / 261

"竹派"三世事，滇剧一朵"梅" / 262

报春梅花第一枝：滇剧表演艺术家王玉珍速写 / 277

代有才人，史存花灯 / 284

苍洱风光一朵梅 / 289

第六辑

剧目与舞台 / 293

飘逝的风景：中戏版《樱桃园》的演出解读 / 294

生活的信念：《立秋》之后……《立春》 / 301

经典意识　乡土色彩　民族风格：浙江省首部原创乡土歌剧《祝福》谈要 / 312

草·药·人心·世道 / 324

翻新的努力：看玉溪花灯剧院的《蝶舞》 / 328

《山茶花红》
——迈向红色经典的红色剧目 / 332

第七辑

剧目与导演 / 337

"形象种子"与演出形象：论查明哲的舞台美感 / 338

假定性·戏剧时空·舞台意象与王晓鹰 / 352

王延松与他的经典阐释："曹禺三部曲" / 383

第八辑

戏剧与时代 / 401

命运纠结的"情殇"咏叹：论上海歌剧院创作的歌剧《雷雨》 / 402

"凋零"或"复活":陈白露的生死徘徊
——兼论《日出》结构和立意的当代舞台解读 / 411

何处"放虎"?哪里"归山"?
——社会情绪演进中的《原野》呈现 / 431

《原野》的阐释空间 / 449

《赵氏孤儿》的文化改写:古代·当代·中国·外国 / 455

木铎声中的文化绝响:四川省川剧院《铎声阵阵》随记 / 474

感天动地与动感天地:孝感市音乐剧《孝·感天地》印象 / 484

经典剧目新排的时代使命与创新追求:《雾重庆》的当下意义 / 496

附录
被评论的评论家 / 507

高山流水非独语,鸿雁两地酬知音　王晓鹰 / 508

海燕,凌空高歌
——我眼里的吴戈　查明哲 / 511

艺术家眼里的评论家
——王延松导演答子方问　王延松 / 515

吴戈:被评论的评论家
——李宝群答子方问　李宝群 / 518

背若泰山以负重,翼似天云而致远
——吴戈访谈录 / 522

第一辑

戏剧与人

曹禺《我是潜江人》解读

吴卫民教授讲话录音资料
（吴戈订正的整理稿）

各位曹禺先生的老乡，各位同仁，大家上午好！

前天，我的师兄，也是我们的会长（整理者注：中国话剧理论与历史研究会）胡志毅先生又是打电话，又是发短信，说是今天有这样一个仪式，希望我做一下《我是潜江人》这篇文献的赏析和解读。我说只要时间来得及，我领受师兄布置的任务，尽力做好。昨天来到这里又有一些新的感受。今天，不敢说是什么赏析，只能说我把自己的解读跟与会者分享。其实，在拿到这篇文章的时候，如果不知道曹禺先生的生前身后的那么多的事儿，那么这篇文章543个字，去掉61个标点符号以后，只有482个字，这样短短的篇幅，要解读它，赏析它，我觉得可能是一个难题。一般说，这么点文字篇幅承载的信息，也就是对家乡的情感，款款地倾诉，诗意地表达，如此而已。似乎，很难再说些什么内容。但是，通过解读，我觉得里边有五层意思可以提出来，在这里与大家共同分享，它们是故乡形象的诗意、故乡背后的深意、故乡面前的憾意、故乡氤氲的暖意和故乡潜在的新意。

故乡形象的诗意

首先一层意思，是想说曹禺先生《我是潜江人》这篇散文里边饱含着的诗意。

我们读这篇散文或者说文献的时候，发现里边已经不是曹禺先生写作剧本文学的时候，那种充满了奇思妙想的，充满了双关性的，充满了人物的心理冲突的，充满了戏剧悬念的，充满了诗意想象的和奔涌着热情的语言，而是一种平实的、亲切的情感在字里行间流淌。刚才这位朗诵艺术家在朗诵《我是潜江人》这篇文献的时候，我们也都听到了（这种情感的表达）。曹禺先生这篇文献的写作，所走的，是亲切、平实的路，与他写自己的文学作品，塑造自己的戏剧人物和设置戏剧冲突时的那种方式完全不一样。昨天晚上，手上拿着刚刚出版的《曹禺研究》第15辑，我一直看到今天凌晨，里边就有一些考据性的文章，考证曹禺究竟来没来过潜江。有人认为，如果他都没来过潜江，他凭什么说自己是潜江人。这个不行，就要找出些蛛丝马迹来。我觉得有一些学者，有一些文人，去考证是不是曹禺先生的记忆有误，是不是他其实来过了而忘了，各种联系、各种推断就出来了，但就是不能确考。我想说，这些考证和研究可能有意思，但其实没有多大意义。另外，也有文章探讨他的家世族谱，从他的祖辈、曾祖辈甚至太祖辈一直捋下来，其实说白了，还是不能确切证明曹禺是不是出生在潜江。这种考据可能是有点意思的，做点考证也是可以的，但是我觉得对于打造"戏剧之都"和曹禺祖籍潜江的"文化品牌"并不具有绝对的或者重大的意义。以我研究曹禺先生的经验判断，要是他有潜江生活的经历，那种记述的具体细致，那种场面细节的生动鲜活，他早就铺排开了，而不会从故乡来的食品和长辈们的家乡话去虚写，去用南来北往的飞鸟形象作比喻、作起兴，说自己好像是一个多年没有故乡的人。我以为曹禺先生的这篇文献里边"故乡"的意象表达得很明白，他所强调的，是中国人对故乡的一种文化想象，是一种浪漫诗情，而不在于他实实在在地在这里出生，在这里长大，在这里生活了多少年，在这里经历了多少风风雨雨。我记得余秋雨先生的人文散文塑造过一个形象：那些背井离乡流落海外的人，怀揣热土，远赴他乡；及至多年后还乡，看看沧桑巨变的家乡，最终还是选择了再度离开。老华侨临走的时候抓一把故乡的热土，怀揣在兜里，仍旧离开故土走了……走了千里万里，在国外生活很多年，一直想着自己的故乡在中国某个地方，每一次看到景物依稀、山河改容而热泪长流，每一次要来看自己的母亲，可最后看到的是一抔黄土。来了以后，哭了，拜了，然后老华侨又白发飘飘地回到海外去了，最后是认了他乡作故乡。真的故乡，乡关何处，不甚了然。这里边故乡实指哪里？是虚指，是一种精神依恋、一种文化想象、一种诗意表述、一种远方的怅惘……在这个意义上，曹禺出生和生活在潜江与否，似乎就显得不是特别的重要了。关键是曹禺自己的精神归依和自己的文化归属。我以为曹禺先生在这篇文献里边表达的是中国人对自己故乡的那份文化想象和诗意浪漫，而不在于现实中那种实实在在的特质。"月是故乡明"，我看到有的美籍华人在研究曹禺的时候，常引用"君自故乡来，应知故乡事"的诗句，他们都会提到"故乡"这个词。但是，这个时候的"故乡"已经放大为中华故土。好，这是我首先想讲的曹禺先生这篇文献里边的诗意。

故乡背后的深意

其次，我想解读的是曹禺对"故乡"表白的心迹和热爱背后的深意。

解读这篇文献，只是读出中国传统文化和中国人对故乡文化的这种根属性，我觉得还是不够的。我还读出了曹禺先生这篇文献里所表达的深意。深意指的是什么呢？就是弦外之音，是故乡背后的没有说出来的那些事儿。我们大家都知道，曹禺先生其实是一个特别爱自己的祖国、爱中国文化的地地道道的中国文人。可是，我们整个国家的文化氛围对曹禺先生的态度，对曹禺先生的价值判断和价值肯定，其实很长时间是有问题、有偏颇的。我们知道，曹禺先生从一开始就以他的《雷雨》震动了中国文坛。那时候，他就是以一种彻底的反封建反腐朽社会，揭露罪恶的家庭对青年人的戕害，从而推动中国社会进步这种进步文化的时代弄潮儿的身份登上文坛的。他其实一开始就踩在了中国社会前进的节点上，踩着新文化运动的启蒙思想的潮汐节奏。但是，我们知道，在长期以来的人们的认识和定位里，曹禺只是我们的同路人，只是一个进步的知识分子，只是共产党可以团结的一个对象，只是进步的文化人这么一个形象，而没有被当作我们革命阵营里边当然的一员来对待。因此，新中国成立以后，他的作品演出的广度和深度，其实远不如在民国时期被搬演时的那种状态。到了 20 世纪 70 年代末期，他被解放了。党的十一届三中全会以后，曹禺先生名声越来越大，越来越走进了我们文化话语的中心，他成了中国文联主席，成了中国戏剧家协会主席，成为一个很有话语权的人。这个时候，文学研究界、戏剧研究界就开始很关注他。其实我们的老师田本相先生是最早系统研究曹禺的学者，他最早写出了《曹禺剧作论》，后来有《曹禺传》《曹禺评传》《曹禺年谱》等著作问世，就这么一直研究下来。但是，这个时候研究界出现了一种不好的状况，眼睛总往外看，看别人怎么说。然后，就跟着聒噪学舌。我翻阅 20 世纪 80 年代国内的一些东西，于是明白了一些学舌者，看到了夏志清、刘绍铭这些人的研究，他们觉得我们的文化低人一等，什么都是学来模仿来甚至抄袭来的，他们好像觉得发现了新大陆，说曹禺先生无非是模仿，甚至说得更甚，就是抄袭西方。他们满世界给曹禺先生找"主"，找他"模仿"的对象，从古希腊的悲剧诗人到欧洲文艺复兴时期英国的莎士比亚，从俄国的契诃夫，然后再到美国的奥尼尔，好像满世界他都学了。其实我在 1991 年发表过一篇文章，题目是《曹禺研究，一个残缺的世界》，我表达了对当时的比较研究中的曹禺研究"新成果"的看法：研究得越多，比较得越多，就越是说曹禺跟这个像，跟那个像，结果是，在这种比较研究中，曹禺先生的形象越来越模糊，从曹禺研究出发，终于找不到曹禺。既然他谁都像，他还有自己吗？在我看来，如果他谁都像，其实那就说明他谁都不像。我们有没有在更高的层级来思考人类所经历的那些事情？人类的情感，人类的心理，还有人类的衣食住行，这些事情有极大的相似处，你只要一像，就一定是学人家的，这种文化的自卑和价值的自弃，一定会出现跪在西方文化面前的状况。我们自己的研究者在研究的时候说，曹禺无非就是西方的一个学习者。用刘绍铭的话或用夏志清的研究结论来说，曹禺先生无非是一个谦逊的小学生，还在学习的这么一个小学生，去西方演他的话剧，无非是向人家报告，你看我学得有多好，你看我学得像不像。在现代文化史里面，我觉得这是对曹禺先生和对中国文化瑰宝的一种贬低，是自暴自弃的（做法），这本身就是一种文化自卑的产物。我们中国研究界中有部分研究者这样说，好发表啊，发现了"新大陆"，颠覆性结论、震撼性结果是吸引眼球的内容,编辑、读者都"乐此不疲",至于文章发出来以后所造成的恶果,我们很多都不太在意了。外国人的西方文化傲慢与偏见是这样,我们中国自己的研究者也是这样的,这就使得我们不太重视自己的瑰宝,不太重视自己的文化。曹禺先生早年就抗议:毕竟我是中国人!是中国人写的!我是我自己!但是,这种抗议声无人理会。昨天,我在与人交谈当中听说了潜江的文化项目,就觉得咱们潜江是特别有文化情怀的,看得深刻,建了曹禺纪念馆,然后办了刊物。这些事情我觉得领先一步,看得深一步,然后先做一步,在中国是一种壮举。按说曹禺是在天津长大,在天津长成,他的戏剧生涯是在南开新剧团开始的,然后他才去清华,他最重要的阶段在天津。但是,天津没有更早做这方面的事情,据说天津的曹禺故居纪念馆,是在潜江之后建的,我没考证。但是,在昨天与人交谈当中我听说是这样,我要为咱们潜江跷大拇指。像天津或者是像北京这样的地方,也没有好好地建他的纪念馆,他曾经是北京人艺的院长,那么长时间,是吧?咱们潜江建了,还是故乡人亲,有着"老乡见老乡,两眼泪汪汪"的情义,知音在潜江。在当时,外国不认,中国不认,而潜江认。因此,我认为他的《我是潜江人》后面大有深意,深意就在这里。曹禺先生说话从来不会让人下不了台,他用戏剧的方法,用诗意的方法,又引而不发,用这些方式让你自己去琢磨,去猜想,他的这种深意藏在文献背后,藏在对故乡思念的背后。

故乡面前的憾意

第三层想说的是从曹禺先生这篇文献里边透出的辗转病榻的憾意。

我看出他曲折表达的缺憾,就是憾意或者悔意。憾意即缺憾、遗憾的意思,这种憾意或者悔意是从哪里来的?刚才大家听到朗诵家在朗诵曹禺这篇文献的时候,把后边的那一段附记文字也朗诵出来了。我们看到的网上流行的内容只有前边主体部分,后边那一段文字说明"我病在床上很多时候了,不能出门……"在网上好像没有呈现出来,但是这些附记内容很重要。其中表达了一层很重要的意思,一层什么意思呢?曹禺先生认为,自己作为一个文化人,一个剧作家,其实没做多少贡献，也不值得家乡人这么对待，他觉得自己的成就还不够大。我觉得他说的这番意思，一方面是谦辞，以此来表达感谢；但是另外一方面，我觉得他说的也是实情实话。这话两头说，一方面，他是不是做出了巨大贡献，我们文化界，我们研究界，是有目共睹的，我们认为他贡献太大了，他被称为是中国的莎士比亚。中国话剧文学这种舶来品的成熟是以曹禺剧本的诞生来定位的，曹禺的剧本是标志性的作品。而中国的第一个能够坚持特别长久的旅行剧团，就是职业演出剧团，也是以曹禺先生的作品作为赚钱的、叫座的、开门红的作品来演出的。因此，对中国戏剧文化、中国话剧历史，他的贡献太大了，他是戏剧文学的定音鼓、定海神针。尤其有一个现象值得注意：我们在庆祝中国话剧诞生100周年、110周年的时候，还在想，还在讲一个热门话题，就是我们的话剧诞生这么多年了，剩下来的还在舞台上有生命力、受观众欢迎的剧作家究竟有多少？数来数去首屈一指的还就只有曹禺。我们说中国话剧、中国戏剧里面的新品种，可以拿出去跟人家交换的，具有中国特色、中国优势的或者说是中国品牌的作品有什么？还是曹禺的。所以，他贡献太大了，有"说不尽的曹禺，演不完的'曹剧'"流行语。从这个层面上来说，他是贡献很大的，所以他说的"我没有做出多大的成绩"这种话是谦辞。但是，从他对自己的要求来说，我觉得他又是充满了悔意，充满了遗憾地说出了他的心声，说的是实情。

  1998年的某天，我在美国的俄勒冈大学图书馆里无意中看到了一篇回忆文章，是他的女儿万方写的一篇回忆他住院父亲的散文，散文很长，真挚感人。文章中提到，住在北京医院的曹禺先生，晚年会经常做梦，被噩梦惊醒，之后长久发呆。他经常跟万方说的一句话就是："我不行，我不能这样下去，我不服，我是一个大家伙，我一定要写出一个大作品，我才死而瞑目。"是的，在其他人的很多回忆文章里边都谈到过一些事情，如鬼才画家黄永玉去拜访他以后，还给他写过信说："你是我极尊重的前辈，所以我对你要严！我不喜欢你解放后的戏，一个也不喜欢。你心不在戏里，你失去伟大的灵通宝玉，你为势位所误！从一个海洋萎缩为一条小溪流，你泥溷在不情愿的艺术创作中，像晚上喝了浓茶，清醒于混沌之中。命题不巩固、不缜密，演绎、分析得也不透彻。过去数不尽的精妙的休止符、节拍、冷热、快慢的安排,那一箩一筐的隽语,都消失了。"我觉得黄永玉的犀利振聋发聩,让曹禺有一种痛苦的快感。的确,那个率性真挚地表达情感和追求的青年才俊消失了,那个以《日出》般喷薄的热情在生机蛮勇的《原野》上铺排惊世骇俗的《雷雨》的愤懑诗人隐退了,那个以《北京人》表达出对国民性、民族精神状态的焦灼不安的天才艺术家嗫嚅不语了,那个从《家》的梦魇里抽取了时代精神文化以更新人的觉醒的思想深度与历史内容的社会观察者转而注视自己内心深处的忐忑不安而失语失能了……

他的老朋友巴金也因此焦虑不安,说你是一个好艺术家,我却不是。你比我有才华,你要少开会,少写表态文章,催促他"把心中的宝贝交出来"。

他心中还有宝贝吗?不知道。他的女儿万方从1998年以来,尤其近年来,陆续写了不少回忆她父亲的文章。她多次表述过她父亲心中的不平之气:不服啊!但就是说不出委屈来。自己认为自己是个大家伙,得写出个大东西,不然死不瞑目。问题是,灵肉分离的他,何尝还有行动力。

他是王佐断臂,谦说陆文龙,说明白了,人也废了。他比喻自己是王佐。

他曾呼唤:"小方子,快来,快来,你再来晚一步,我就从窗子上跳下去了。"万方那篇文章中说,看着瞪大眼睛盯着天花板大口喘气的极度虚弱的父亲,万方知道父亲曹禺根本不可能在窗台上,但是她相信刚才他的灵魂就在那里……窗棂前窗台上的灵魂,是跳不下去的。

诗人周良沛曾经有文章记述灵肉分离的曹禺,因为居所缘故,常常去丁玲家的周良沛常有抵近观察曹禺的机会,乘电梯、路遇、同一场合,诸如此类。周良沛以诗人的敏锐,捕捉到了日常生活中曹禺的那种神不守舍、心不在焉、神情恍惚的生活状态与游离神情。

不在场,使他苟活了下来。

这样,当他听得潜江的文化盛事却无法动身前往的时候,辗转病榻,无可奈何的他,提笔再次表达了显然的遗憾和难以启齿的苦闷。因此,遥想潜江,是向往一次精神的回归,流露一种世俗中的倦意,表达一次摆脱俗务缠绕,奔向质朴无华却珍贵无比的亲情的畅想。思绪是愉快的,然而只是神游,他再也走不动了，肉身沉重，精神倦怠。勃发的生机、蛮勇的荒野、喷薄的日出、炸响的雷雨，存在于他的灵魂深处。怎么说，都只能是一次充满憾意的表达。

　　当然，萎缩成小溪不是曹禺心甘情愿的。他一定是觉得自己是一个大家伙，但是他只有跟女儿在医院里边的场合时说出来，他在任何公开场合是不会说的。他的女儿万方回忆，文章中喘着粗气、瞪大眼睛而软软地躺在病床上的形象就是曹禺留给这个世界最后的形象。我们可以看出，这时的曹禺已经处于沉重的肉身与活泛的灵魂之间分离的那种状态，他没有办法再写作了。很早以前，他的老朋友巴金在他还可以活动的时候就看到了一个天才剧作家危机隐伏的现实状况，劝他："你要少开会，少写表态文章，你要把心中的宝贝献出来……"问题是可能吗？一方面明白，一方面身不由己，在冗务中越陷越深而不能自拔。是啊，他心中有宝贝，可是他还能写出来吗？其实这是曹禺晚年在医院病床上反复斟酌、反复思考的人生问题，也是他自己不能放过自己的一个致命的责问。这是灵与肉的搏斗，他在肉身的拘围里边已经挣扎不出来了。所以，田本相先生在写完了曹禺先生的研究著作以后，写过一部很薄的我认为是很精粹的著作，就是《苦闷的灵魂》，写曹禺先生晚年苦闷的灵魂。因此，曹禺在宣称"我是潜江人"的时候，他那种灵魂的痛苦，正像巴金先生和黄永玉先生说的那样，被"衔头"所困，被"势位"所误，位高权重，在正部级领导的位置上开各种各样的会，说各种各样的话，写各种各样的应景文章，在这种活动惯性中把自己的才华消耗殆尽。这对一个文化人，对曹禺来说，都是可以省思审度的。他其实不是一个很适合官场的人，不是一个爱热闹的人，但是他走向了官场，被推到了热闹的中心舞台。有一张照片很有趣，拍的是他的《王昭君》上演后的戏剧舞台。台上充满了各种热情的笑容与祝贺，编剧曹禺略显尴尬地站在那里，一切似乎与他无关，不知哪位记者捕捉到了这个镜头。对于曹禺的命运和处境，它具有说明性、概括力，意味深长。所以，我从他的《我是潜江人》里边看出了悔意或者是憾意，读来心酸。

故乡氤氲的暖意

第四层意思我想说的是我在《我是潜江人》里边体会到了乡梓乡情的暖意。刚才说了,外国那些有文化偏见的人,有文化沙文主义的人,不认曹禺的文化贡献,中国那些有文化自卑和价值自弃心态的研究者也看不清认不准曹禺的民族文化创造价值。实际上,面对自己的传统,我们面对5000年灿烂的历史文化,在这个绵延不绝的历史长河里,我们究竟认认真真地认清认准过多少?保存过多少?留下来多少?我们可以扪心自问。在这样的历史文化环境里边,家乡人认(曹禺的成就),我觉得就很好。这些年中国富起来以后,我发现一个现象,就是到处都在修祠堂、修家谱、修宗庙,它是民间悄然兴起的一种文化走向,它留住了过去的一些文化根脉,复苏了尊重传统、尊重文化、尊重前贤先烈之风,这种情形我觉得是值得关注的。中国那么漫长的历史过程当中,一个是乡绅乡贤制度,另外一个是宗族制度,成为中国社会治理的坚实的社会基础。其实我们的社会学者、我们的社会研究者应该关注这件事情。在"文化大革命"期间砸碎宗庙、拆毁宗庙、丢掉家谱之后,人们突然觉得连自己是从哪里来的都不知道了,不知道根源了。这个时候也就出现了修家谱,然后建祠堂的这种情形,我觉得这是在恢复我们社会发展研究里边被阻断了的一个文化脉络,这太精彩了!世界上的一些像美国这样的移民国家根本不可能有的东西,我们有。在这些国家进行田野考察能考察谁?但是,中国如果有宗祠,还有族谱等基础的社会根系,有修编完善,代代清晰的文化乡贤制度,这些东西一代一代地修编下去,它就有非常坚实的社会发展和研究的基础。我们现在动不动说费孝通先生如何,他的社会学调查如何,他的调研所得就在于那些社会基础的内容根系的原生状态还有。"文化大革命"以后,他再次深入农村,到那里一看,那个时候他之前的乡村研究所得到的一些东西得不到了,但是,现在的恢复我觉得是一件很有意义的事情,可能是亡羊补牢。而潜江这个地方建了曹禺纪念馆,我们很多文人研究他的宗族宗谱。其实我觉得从曹禺这个点上来研究一下,作为潜江这个地方的乡贤、社会贤达,他对潜江这个地方的文化发展,对将来潜江文化实力的形成产生的影响究竟怎么样,这是一个非常好的点。我觉得在这个里面就是乡贤乡绅制度。乡贤文化的研究是一种徐徐吹来的春风,我觉得有那种暖意,这是中国社会文化复苏的一个良好现象。

故乡潜在的新意

第五层意思我想说文创视野中的新意。

对于潜江,我刚才特别表达了我的敬意,建立曹禺纪念馆、打造曹禺文化品牌、举办曹禺文化周活动,我觉得这些都做得非常精彩,非常好。别的地方不做,我们做。曹禺他来都没来过潜江,但是他自己说了他是潜江人,我们就把这块品牌擦亮,把它做好,做成我们这里的一个发展的优势,变成一个动力。那么究竟怎么做?我其实一直是咱们《曹禺研究》这份刊物的忠实读者,陈老师(整理者注:指曹禺研究会原会长陈焕新)他们不断给我寄。我也惭愧,我好几次都说要来提交论文,临时一开会就来不了。原来当校长的时候,因为吃喝拉撒睡都得校长管,有风吹草动,校长们就得注意了,守住自己的门,看好自己的人,校长是责任重大的。我们很多时候被这些事情给拘囿了,所以出不来。去年,论文寄来了,临时又动不了身,是因为要参加省政协的常委会,我请假也不合适,我说要去参加一个学术研讨会,人家就会说你的第一身份是什么?但是这一次终于在师兄发了"英雄帖"以后,我答应一定要来看看,于是来到了我魂牵梦萦的潜江。来了以后,我拿到咱们《曹禺研究》这份刊物,一边看一边在想,现在的刊物一方面是栏目丰富,只要跟曹禺有关的,都希望把它呈现出来。但是另外一方面它很可能会带来另外一个效果,人家觉得曹禺研究是不是没得可做、没得可说的了。你如果是什么都往里放,没有特别的斟酌,没有特别的考量,只要是说到有关曹禺的事就放进去了,他会觉得你刊物的质量可能就会下降。所以,我也是一个直言不讳的人,我觉得我们研究曹禺,曹禺说"我是潜江人",我们是曹禺的"粉丝",我们也跟家乡人说真话,说实话,说有用的话。

现在在文创视野里边的曹禺文化怎么做，我倒是有些想法，提出来跟大家分享。我觉得曹禺文化不要只限于研究，一群学者、一群文人，索隐也好，钩沉也好，大学的教授们、研究生们、博士们的研究都是好的，这些是一些非常基础的理论总结性的研究，非常重要，非常有意义，但是不能止步于此。品牌要做大，曹禺先生的戏剧作品或者说是戏剧文化要广泛地流传开、持久地传扬下去，在于演出，戏剧的生命在于舞台。戏剧不是文学单一的环节，戏剧是一种艺术活动，戏剧是一个参与面很广的文化活动，可以在这文化活动里边纳入更多的其他附带产品、文化产品，把这个事情做好。

比如说，首先我们能不能在文化周或者是每年的纪念活动期间办曹禺戏剧节。对于曹禺戏剧节，可以分不同的角度来设立每年的主题，比如说曹禺剧目的剧种演出戏剧节，刚才说了有花鼓戏，有梅花奖获奖者沈铁梅主演的川剧《金子》，还有苏州评弹的《雷雨》，还有歌剧《雷雨》，有没有可能有其他的剧种来做这种演出，全部都演曹禺的戏剧，就"曹禺"这么一个主题。我提出这个想法，灵感来自哪里？咱们潜江这个平台可以学习莎士比亚的故乡的作为。2016年，英国有一个创意，我说这个创意是可以值几百亿、上千亿的大创意。一个点子，就使得莎士比亚在今天的能量极大地释放出来，全世界的人都在演莎士比亚。人家选莎士比亚37个半剧本，把半个也补充成1个，也就是38个剧本。38个国家、38种语言、38种文化背景的剧团排莎士比亚剧目，在英国演出，还要在全世界范围内进行挑选，大家都争着学，大家同演莎士比亚戏剧。如果是不同的剧种来潜江演出曹禺剧目，这就厉害了。

其次，咱们的中学生、大学生演曹禺的也很多，那么有没有可能现在就在校园里面做做曹禺剧目演出的校园戏剧节呢？曹禺的经典作品容易训练人，训练演员，规范演员对戏剧的认识。比如说，举办演出曹禺戏剧的校园戏剧节，把参演单位全部召集来潜江演。还要在全国大学、中学里边海选，海选的过程就是宣传造势。然后选出的演员就来演出了。天哪，来的人也多，持续的时间也长，这个文化效应就大了。这个是曹禺剧目的校园演出。

再次，我们可以来做一个曹禺戏剧的名角邀请展演戏剧节，演出过曹禺戏剧的名角太多了，是吧？你要是能够把七八十岁的老演员版本的主演的人请来，或许还有那么几个人，然后，第二代、第三代、第四代的人，这些人你可以邀请嘛！再加上这些年轻一代的演出，这又是一个戏剧节的主题，对吧？我觉得一代一代的演曹禺戏剧的这些名角来了，真是群星灿烂，大家都会接纳，大家都会看的。这又是一种做法。

最后，曹禺戏剧的各种版本的演出，北京人艺演的，天津演的，武汉人民艺术剧院演的，还有其他任何地方演的，还有不同时代演出的不同版本，把它们复原，来看在时间的这种发展过程当中，曹禺舞台文本、舞台版本是怎样变化的。然后，调动所有的研究者去研究曹禺戏剧的版本。这是版本的演出，多好啊，可以做。

另外，这些事情如果我们做完了之后，你可以看见有哪些是最好的，还可以做邀请展戏剧节。不仅是国内的，甚至还可以邀请国外的剧团，日本不是演出过咱们曹禺的《日出》吗？我们胡会长这里，可以跟日本、新加坡和马来西亚等国的一些有影响的剧团广泛联络。我们研究会联络，再来一个邀请展，就从国内放大到国外去了，世界性的。天哪！如果潜江的财力能够支撑的话，一定能把这件事情做好，在演出当中传播，在演出当中去让人领略曹禺戏剧的精彩和美丽。

这样的文化活动，就从《我是潜江人》出发，走到我是中国人，最后走到我是世界人。曹禺先生在他的这篇短短的文献里边强调，"我是潜江人""我是中国人"，这是两个层级。让世界进一步了解曹禺先生，在我们这里能不能做到呢？曹禺先生一直就在世界戏剧大师的行列里边，他是可以比肩的，毫无愧色，他就是世界人。

寄希望于我们潜江的各位同仁。谢谢！

本文发表于《曹禺研究》第 16 辑

还原本相：田本相的戏剧学术贡献

天津的本相

京畿门户，别具开放气象；洋场胃口，偏能吞吐东西。处在这样的特殊地理环境里和微妙文化位置上，天津实在是中国近现代文化史上的重镇，许多开风气之先的文化盛事，就于天津发轫。以话剧文化的诞生来说，它与天津关系极大。但是，有意无意地，研究者的目光总是流连于别处风光，总是疏淡这种意义重大的史实，实在不该。无须去摆谈历史，眼光只需要掠过一种文化现象，就能直觉地把握到某种本质性的内容。

被看作是中国早期话剧草创时期重要人物的李叔同，就是天津人。春柳社1906年底成立于日本东京，作为中国学习西方话剧的一个重要节点，为人所共知。

被看作中国话剧成熟标志、以其杰出的话剧创作流芳海内外、作品久演不衰、被称为"中国的莎士比亚"的曹禺，是天津人。

被看作是给话剧这种舶来品艺术注入了中国魂魄的"北京人艺表导演学派"的领军人物焦菊隐，是天津人。

作为戏剧观拓展的"始作俑者"黄佐临，也在天津戏剧家的阵容里。他活跃在中国现代话剧，尤其是当代话剧的理论建构、观念拓展与舞台实践里。没有他的存在，中国戏剧理论与舞台实践将会失去很重要的风景。

被看作中国当代"大导"、以其充满活力的演出创造深刻影响了中国当代舞台观念的导演艺术家林兆华,是天津人。

话剧在中国的发生发展,与中国近现代急于学习借鉴西方强国之道的内在需求紧密联系在一起。而天津的地理位置和商埠文化,提供了这种便利。这是天津在中国近代、现代社会发展、文化变迁中角色的"本相"。

这"本相"中,愈来愈被研究者重视的,是中国戏剧新文化创造的二次浪潮中天津的校园演剧呈现的重要意义。中国第一次戏剧新文化创造的浪潮是社会改良运动的一部分,产生了改良戏剧,终结于"文明戏";第二次戏剧新文化创造的浪潮,是直接向西方学习话剧的尝试和努力,摹本是世界小剧场运动。南开新剧团的校园演剧,就包括在这种戏剧新文化创造的浪潮中。

得风气之先,1910年赴美国留学的张彭春浸染在美国波澜壮阔的小剧场运动文化中。广泛的社会性戏剧活动中,以学校演剧为盛,张彭春醉心于校园戏剧活动并把这种热情和兴致带回了中国。南开大学领导了中国北方最早、后来也最持久的学校演剧团体。

他们编演的是西式话剧,学习的也是西方话剧。

曹禺、周恩来、孙浩然、石挥……一大批戏剧人在这种文化氛围中成长。周恩来是革命家、政治家,但是众所周知,他早年在南开大学培养起来的戏剧观念与审美取向,影响了他终身的戏剧见解,并影响到了中国话剧发展的很多关键时刻……

这些是应该在中国话剧史的书写当中补充进去的。这是中国话剧的"本相",应该还原。

中国话剧的本相

还应该迅速补充进去的,就是中国话剧研究大家田本相。因为有他的加入,中国话剧研究的格局有了变化,因为他是一个全面的研究者,他从作家作品着眼、从社会思潮史着眼、从文化比较着眼、从院团生存与发展的特点着眼、从理论建设与观念论辩入手、从中国话剧文化的展开空间入手、从话剧的剧场艺术入手……纵向梳理、横向比较，点上深入、面上展开，这是新时期以来中国话剧史研究的"本相"，也是中国话剧史学研究走出了"文学史""运动史"单一思考与局限之后呈现出的"本相"。

于是，我们拜读到与他相关的《中国话剧史研究概述》《中国话剧百年史述》《中国戏剧论辩》《中国现代比较戏剧史》《中国新时期戏剧述论》《小剧场戏剧论集》……跟在他后面的，还有一大群硕士、博士的论著。正是这些，让中国话剧历史、理论、作家作品活色生香，气象生动。

曹禺的本相

曹禺是一位影响巨大的剧作家。但是，在研究者的评价定位里，他并非最重要的剧作家。实际上，在舞台检验与岁月淘洗中，许许多多红极一时的剧目尘封土掩，许许多多盛极一时的事件烟消云散，但是，曹禺先生的剧作愈来愈被研究界重新认识。这种重新认识，一个很重要的出发信号，是田本相先生出版于20世纪80年代的《曹禺剧作论》。紧跟着，《曹禺传》《曹禺评传》《曹禺年谱》《苦闷的灵魂——曹禺采访录》……田先生的曹禺研究、资料的查找迅速推进，亲历的采访全面深入。于是，资料的完备，采访的深入，向读者还原了剧作家、诗人、文化官员的曹禺的"本相"。

可以毫不迟疑地说，关于曹禺先生的研究，被引用最广泛的，就是田先生的书籍。翻开曹禺的研究文章和相关出版著述，几乎很难发现不引用田先生研究成果的，田先生的研究成为曹禺研究的重要基础与判断参照，因为他的研究逼近了曹禺先生的"生命本相"，他的研究，既客观细腻地抚摸了曹禺的创作辉煌，又体察入微地触碰着曹禺的人生苦闷。难怪人们说田本相先生是"曹禺研究专家"，原因是田先生是曹禺研究中真正全面还原"本相"的一块丰碑。在今天，专家犬儒化、喜剧化、恶俗化，但是，真正的专家名头，田先生担得起。

中国当下舞台的本相

院团研究是田本相先生开创的。早在20世纪80年代中后期,田本相先生调离中央戏剧学院戏剧文学系,到中国艺术研究院执掌话剧研究所,就让话剧研究所从一个鲜活的戏剧文化"幕后"的学术研究机构走到了戏剧生存与发展的"前台",这体现在田本相先生独具慧眼的"院团研究"的策划组织当中。

1985年以降,沈阳话剧团锐意探索戏剧召回观众、演出生存发展之路,在演出上先声夺人地崛起。1988年,《搭错车》《走出死谷》《喧闹的夏天》三个剧目同时在北京上演,引起了戏剧界的惊呼,叫作"《搭错车》现象"。到1989年前,陆续还有《海上那一片烛光》《山野里的游戏》《大潮中的漩涡》《榆树下的恋情》《长椅》的演出,这一系列剧目也因演出的不同样式、异样风格引起观众热烈回应和社会强烈反响。田本相先生领导的话剧研究所敏锐地捕捉到了这个戏剧文化动向,发起组织了"沈阳话剧团探索之路学术研讨会"。田先生说,有三个剧团(院)曾经引起我们的注意,一是北京人民艺术剧院,二是宁夏回族自治区话剧团,三是沈阳话剧团……研究剧团是出于对当时中国的研究整体的判断:"在新时期的戏剧理论视野中,倾注精力最多的是对一些热门专题的讨论,如社会问题剧的讨论、戏剧危机问题、戏剧观的争论以及探索剧等等,此外就是经常性的剧目评论以及对个别剧作家、导表演艺术家的评介。这些评论探讨自然是有益的、必要的,但是我们觉得对院团的评论和研究是有所忽略的,可以说是话剧评论研究的一个薄弱环节。"① 研究一个力图挽回观众并且也的确很有成效、风生水起的院团,解剖典型去思考中国话剧的生存发展道路,是多么的独具慧眼!

接下来,又有了1992年召开于北京的"北京人艺演剧学派国际学术讨论

---

① 中国艺术研究院话剧研究所编:《走出低谷——沈阳话剧团艺术探索之路》,中国戏剧出版社1991年版。

会",会后出版论文集《探索的足迹》(中国戏剧出版社 1994 年版)、《红火的山庄戏剧——承德话剧团的艺术道路》(中国戏剧出版社 1993 年版)。

北京人艺国际学术讨论会的延展成果《论北京人艺演剧学派》(中国戏剧出版社 1995 年版),对于院团生存与发展现状的研究,实际上解剖的是中国艺术生产的"本相",是对戏剧生存与发展状况最切实的关注。这实际上是一种开风气之先的学术眼光,是一种接草根地气的研究角度。

文化盛事"华文戏剧节"的本相

田本相先生的另一个创举(也是壮举),就是积极促成并勉力开创了我国(包括台湾、香港、澳门)"华文戏剧节"的文化盛事。1996 年,笔者写下《华人戏剧风景的初次拼接》,记录了对那一次"四地弦歌"的见证。今天,许多人可能已经淡忘了,或者根本不知情。但是,对民族有责任感,对文化有亲和力的人都应该记得,是田先生"跑断腿,磨破嘴"去找企业拉赞助,获得经济支撑才办了第一次"华文戏剧节"。接下来,每一届他都亲力亲为,参与策划,共襄盛举。一晃,光阴过去了 18 年,尽管田先生作为中国话剧理论与历史研究会的会长已经将接力棒交给了学生一辈,他开创的戏剧文化盛事依然健康运行,犹如花信,在春天如约绽放。于是,我国的戏剧研究者、戏剧理论家、戏剧艺术家的交流,带来了戏剧文化的迅速认同。实际上,越来越多的人认识到,近现代中华戏剧史,写入台湾部分、香港部分和澳门部分已经水到渠成。因为交流中产生了文化上的认同、研究群体上的互证、艺术上的汇流,这就让中华戏剧圈酿成了气候,云蒸霞蔚地成了磅礴的气象。

事实上,这种版图拼接,起源于研究主体内部力量的整合。田本相先生和老一辈话剧研究者在 20 世纪 80 年代中期,联络大学的学者专家,成立了"中国话剧理论与历史研究会",将遍布全国的、在大学任教的戏剧教师,话剧理论与历史领域的研究者联络起来,成为一支生力军,呼应了整个中国新时期戏剧研究的蓬勃发展,归属了自己的研究群体。这种通过学会的组织促进形成的教学研究力量，在大学的戏剧课程与研究成果形成一种良性循环的环境里，培养了一代又一代的学子，成为中国戏剧研究队伍里源源不断的补充。这对于中国戏剧文化的发展繁荣来说，意义是深远的。整合研究力量，实际上是在组织内地研究主体的力量，在对话剧研究队伍状况、研究对象、研究疆域、研究成果进行整体性思考。

顺理成章地整合了研究主体内部的研究力量，就发现无论研究疆域还是研究队伍，都还有空间局限，力量不足。于是，眼光就开始向整个中华戏剧文化的版图延伸了，这需要一种文化战略的眼光和学术胆识。于是，学术研究与成果交流的联盟，从中国话剧理论与历史研究会拓展到了我国的华文戏剧节，从一个学术组织的学术年会、研究会理事会拓展到了全国各地戏剧组织之间的学术研讨、剧目推荐和交流展演。于是，研究队伍、研究空间的结构性变化，就带来了研究成果从内容到水准、从文化意义到社会意义的结构性变化。

如果说从20世纪末到21世纪的今天近20年间，我国在一个名目下有什么热情持续、学术活跃的戏剧文化盛事的话，那么就是田先生作为重要推手的华文戏剧节了。田先生作为中国话剧理论与历史研究会会长和中国艺术研究院话剧研究所所长，筹办、推动了这件文化盛事，在颐养天年的岁月，仍旧运筹帷幄、指挥若定。

田本相先生对中国话剧历史、理论、作家作品、院团研究和交流组织的贡献是巨大的。最基础的院团观察，最深入的作家研究，最准确的参照定位，最宏观的框架确立，最智慧的版图组接，勾画了中国现代话剧文化发展的"本相"，还原了最重要的中国话剧作家曹禺的"本相"，托举了中国当下的话剧舞台的生存"本相"。

从中，我们也看出了田先生学术贡献的"本相"。

本文发表于《新世纪剧坛》2014年第6期第16–19页

查明哲的舞台追求与他的"战争三部曲"

一、剧场的"朝拜者"

查明哲从俄罗斯留学归国,一转眼已经七年了。那里也许留给了他许许多多难忘的印象,但他最难忘也感慨最多的,是俄罗斯人民"少了戏剧,没法生活"①的剧场情感与精神追求。因为,谈他的留学生活,他谈得最多也最动情的,是那里的人民宗教般的剧场情感与艺术狂热。每当此时,我总觉得,他其实是在抒发一种于异国他乡找到了精神知音或情感同类的喜悦心情与愉快感受。以我对他的了解,我觉得,他自己就是一个怀着宗教般虔诚的情感的剧场"朝拜者"。在中央戏剧学院念本科、硕士研究生时,他出现得最多的公共场所就是剧场了。留学俄罗斯四年的时间里,他保持了平均三天看一个剧目的剧场"朝拜"率!

苏联从一个高度统一的超级大国分化为俄罗斯及诸多国家,这一历史巨变,对那个曾经辉煌、十分强大的国家的生活产生了深刻而持久的影响。正在俄罗斯留学、攻读博士学位的查明哲以一种"看庭前花开花落"的超然心态看待世态,淡然处之。身边世界纷纷扰扰,他却一副浑然不觉的神态,整天沉醉在俄罗斯深厚的文学艺术传统与浓郁的戏剧氛围里。事实上,他事事入眼,心若明镜,不过

---

① 契诃夫《海鸥》中的台词。在苏联/俄罗斯人民的生活中,这句话是被高频率使用的"熟语"。

不动声色罢了。他的定力来自他对戏剧艺术的一种近乎宗教般的虔诚与狂热。他对我说过,在东欧剧变的日子里,由于政治动荡、经济滑坡,那里人们的生活受到了冲击性的影响。但就是这些衣食无安的人,白天为黑面包、土豆泥而焦虑。夜幕降临,华灯初上,他们又会衣冠楚楚、神态安详地出现在遍布莫斯科、彼得堡等大城市的大大小小的剧场里。远在异国时,查明哲给我写信描述了上述现象后,我忍不住感叹说:"对自己的民族文化有这般信心的民族是垮不掉的。"后来回国,我请他到云南艺术学院讲学,他又向我的学生动情地说过一段小故事。他回国前到剧场去向他的导师、著名导演扎哈罗夫道别,他向导师最后一次请教问题,希望导师告诉他:戏剧与剧院对苏联人/俄罗斯人意味着什么?扎哈罗夫称赞说,这是一个漂亮的问题。然后,扎哈罗夫沉吟着转身走出了剧场,站在华丽庄严的剧院前的石阶上,微微眯缝着眼睛,望着远处在落日夕照中显得格外金碧辉煌与神圣灿烂的教堂顶部,喃喃地说:"像宗教和教堂。"我发现,查明哲叙述到这里的时候,眼圈有点儿发红,显得十分动情。后来,在我们共同出席的一些研讨会上或座谈会上,我不止一次地听他讲过这个故事,而且,每一次都同样动情。查明哲在描述别人对戏剧的宗教般的虔诚、对剧场的教堂般的敬畏与归属感时,我总觉得他有点像是夫子自道。

作为一个勤谨的剧场"朝拜者",查明哲日积月累,为日后的舞台创作做了充分的准备。作为一个早年有不俗成绩的导演教师(第一届全国戏剧小品比赛一等奖剧目——《雨巷》的导演、扎哈罗夫执排的《红茵蓝马》的副导演),查明哲在饱览剧场风光的时刻判断别人也检验自己,纠正别人也挑剔自己。这使得他在中央戏剧学院导演系的教学中,体现出格外认真以至于挑剔、十分严格甚至于苛求的作风。刚进中央戏剧学院,我就听得导演系的学生私下这么议论。后来相识,觉得学生们的评价虽然有点儿言过其实,但那种倾向,他身上还是有的。

的确,在生活中,他是个戏迷,爱看;在事业上,他是个戏痴,搞起戏来十分投入,干劲十足得近乎疯狂。正因为这种痴迷,他爱与观众较劲,也爱与演员较劲,更爱与自己较劲。排戏导戏时,他是个完美主义者。他逼迫自己尽最大努力去创造精品,奉献给观众。他爱观众,却并不一般地迎合观众。他的做法,就像他在早年写就的论文《扎哈罗夫之谜》（1989 年）借评价扎哈罗夫（后来成为他留学时的博士生导师）所表明的那样：保持创造力的活跃与创造样式的多变性，留给观众一个谜一般的、猜不透却充满了吸引力的艺术家形象。他珍爱演员，却并不因此迁就演员。他一方面希望演员充分发挥他们的聪明才智，创造好角色；另一方面又恨不能将演员化为自己的大脑、肢体的延伸。他总是铆足了劲儿去精雕细刻每一场戏，每一个细节，甚至演员的每一句台词的处理。他总是殚精竭虑地在舞台表现上求新求深，希望每一次舞台创造都能在自己已有的水准上有新的突破，有新的舞台语汇，有深刻的人性体察与动人的情感表现。因此，他排戏不多，却每一部都很有分量，颇见功力。

查明哲留学归来后，日子过得忙忙碌碌，话剧、电视剧、戏曲染指不少，为各地剧目演出赢得不少奖项，获"五个一工程"奖就有五次之多。但也许因为地域原因，其中引起戏剧界格外注意的，是他在中央实验话剧院/中国国家话剧院执导的被称为"战争三部曲"的三部话剧：让-保尔·萨特（法国）的《死无葬身之地》（1997 年）、考琳·魏格纳（加拿大）的《纪念碑》（2000 年）与瓦西里耶夫（苏联）的《这里的黎明静悄悄》（2002 年）。第一部在 1998 年"文化部纪念中国话剧 90 年新剧目交流演出"中获"话剧交流演出奖"和七个单项奖。自然，其中查明哲获优秀导演奖。2000 年第四届话剧金狮奖颁奖，因为《死无葬身之地》与《纪念碑》的成功，查明哲获导演奖。《这里的黎明静悄悄》被访问中国在北京碰巧看到演出的俄罗斯著名演员，《战地浪漫曲》与《办公室的故事》男主人公的扮演者誉为绝不比苏联著名导演留比莫夫的版本差的"中国版本"。① 这三部话剧的成功演出，使查明哲在公众视野中完成了从一个有过不俗的舞台创作记录的导演教师向一个开始显现自己创作个性与舞台风格的职业导演的转变。

归结起来，他的戏剧导演的舞台追求最显著的特点是：刻意追求剧目为戏剧人物设置的规定情境，在尖锐的戏剧冲突里与艰难的人生处境中拷问人的灵魂，

---

① 参看 2002 年 5 月《北京青年报》第 13 版《中国版不输俄国版》。

检验人性的复杂性与可能性，突出戏剧人物的行动的个性逻辑与社会内容，并在强调戏剧的假定性的前提下充分调动一切表现手段来为人物塑造与剧旨传达服务，这就带来了他的导演作品表现力的深刻凝重、洗练象征与动人心魄。他喜欢响鼓重锤，惯于浓墨重彩，敢于狂歌暴走，于是，他的舞台表现便有了色彩鲜亮、情感强烈、诗意浓郁的突出风格。

色彩鲜亮，表现在他善于渲染。他总是在那些高潮场面与重要细节的地方毫不犹豫地甚至多少有些夸张地进行渲染，把剧情人物内心胀满的情绪外化出来，将累积的剧情意蕴点染出来，将他自己对人物、事件与历史的判断和评价铺织在场面上与氤氲在空间里。

情感强烈，使得他从剧本选择开始就表现出强烈的入世感与现实性。他对那种于人类、人性有着深切关怀，对社会历史有着沉重思考，对现实人生有着理性热情的剧作有着天然的敏感与执着的热爱。他可以静观，却不大可能认同，更不可能去染指那种淡化社会激情，强化艺术家个人感受、欲求，表现需要的"行为艺术""肢体表演"。他更愿意直面人生，决不顾左右而言他。因此，不温柔敦厚，却长歌当哭；不含蓄迂回，而掷地有声。这是使得惯于旁观、精于玩赏、止于趣味的纯艺术家与饱实的人生和复杂的社会相隔膜的部分都市人所难以消受的。

诗意浓郁，是出于他对生命的敬畏与对人性的理解。生命是宝贵的，其与生俱来的创造力与坚韧性使生命在宇宙天地间显出无比灿烂的光华。生与死，荣与辱，成与败，悲与欢，爱与恨……这些超越了简单生物学存亡意义的，作为社会人的生命内容与生命意识赋予生命以价值意义与尊严内涵。于是，人类活动具有但最终超越了动物的求生本能。为着爱、自由、正义、理想，为着生命尊严与生存价值，人类可以持久地、坚苦卓绝地、前仆后继地为之奋斗，甚至在必要时放弃生的选择。生命个体或生命群体为着生命尊严与生存价值所做出的牺牲——为着生存得更好、更合理、更符合人性而决然放弃现实生存，正演绎着人类生命尊严的神圣与崇高，彰显着人类生存价值的不苟且、不含混的永恒高标。悲剧，其实就是人类集中思考生命尊严与生存价值的一种艺术形式：在生存困境中寻找并肯定生存价值，在生命受践踏被污损的地方确立生命尊严，讴歌生命的顽强。查明哲正是紧紧把握住了悲剧美学的这种特征，来进入他的舞台悲剧的创造的，他的"战争三部曲"体现了这一点。他着力表现生命在巨大压力下的不屈、在艰难处境中的顽强、在沉重抉择前的尊严与壮美，表现人类在晦暗阴冷的现实处境中始终高扬着的明亮温暖的理想诗意。正是因为这种着力表现，他的舞台创造洋溢着浓郁的诗情。

"战争三部曲"的导演创作，是查明哲作为职业导演以自己的个性化语言描述自己的舞台追求与创作风格的重要表述。我研究它，就像研究一次姿态不一、动作连贯的"三级跳"，分解分析与连贯欣赏，似乎都有其独特的价值与意义。这对一个有很大发展潜力的导演来说，也许能够提供一种"旁观"的视角，以理性的目光去呵护自己的舞台追求中那些成功的、值得珍视的，去审视那些不成熟的、不圆熟的，借此孕育下一个艺术创作的高峰。而对我们的当代戏剧来说，在"游戏"热潮与"白领"时尚的轻巧与纤弱状态下，声援一下强调社会责任感与人类终极关怀的多少有些寂寞的艺术家，实际上也表明了我的价值取向。我十分乐于向查明哲坚守的阵地行个注目礼，以此表达我对他的敬意，就内心而言，我个人对戏剧作品凝重、深刻、厚实的品位素来偏爱。

我要特别强调的是，我十分看重一个戏剧导演对剧本表现内容的选择与剧情内蕴的发掘，因为这是一个导演艺术家舞台追求的开始与创造的基础，同时又是其舞台创造要表现、要彰显的核心对象。查明哲的舞台追求，是在舞台外选择剧本的时候就开始了的。特别指出这一点，还不仅仅是为了说明或强调"功夫在诗外"的枳累、孕育、提炼与艺术创造之间的关系和意义，而是想着重指出，查明哲的舞台创造与艺术追求特别注重剧本的价值含量。正是因为这一点，他的舞台创作，首先给人的印象就是朴素而凝重，简单而深刻，是"质"重于"文"的老老实实的创造。花样新翻、偷懒讨巧、观念图解、哗众取宠一类的毛病，完全与他无缘。所以，谈他的舞台追求，决不能停留在空间处理、舞台调度之类的泛泛层面。更主要的，应该是他对戏剧意蕴的挖掘与对人物形象的塑造，是他借此对社会人生、世界判断的表达。舍此便不能真正进入查明哲舞台追求的世界。

二、灵魂的拷问者

《死无葬身之地》是查明哲回国后为中央实验话剧院导演的第一个戏，1997年、1998年两年在北京上演后，引起了强烈反响，被誉为"近几年外国戏剧与小剧场戏剧演出中最具艺术水准的演出"。事实上，这也是法国存在主义哲学家、戏剧家让·保尔·萨特的戏剧名作第一次被搬上北京舞台。

剧作讲述的是第二次世界大战中法国抵抗运动的几个游击队员不幸被俘，受尽严刑拷打后，于有望骗过敌人，获得释放之时壮烈牺牲的故事。就整部戏的节奏而言，戏剧开端与结尾表现的游击队队员的被俘与牺牲，都十分简省。开头，游击队队员踏着舞步，哼唱着歌曲，闲适欢乐的场面刚刚拉开，一阵刺耳的枪声令人惊悚地响起，完成了向观众交代游击队队员被俘经过的表现。而在被法西斯分子的关押中经受了极其残酷的刑讯与地狱般的折磨后，游击队队员度过了死的绝望与沮丧，迈向生的期待与兴奋时，法西斯狂徒的暴虐枪声出人预料地响了。游击队队员终于倒在了地狱通向人间的门槛上。烈士的躯体倚在满是弹痕的残损的墙壁上，构成一个"V"的符号，与他们书写在监狱墙上的象征胜利的一个大大的"V"字母相得益彰，突出地表现了查明哲对剧情与游击队英雄、对人类生命尊严的评价：他们用残损的躯体，证实了生命意志与尊严的顽强与不屈；他们以生存的不保与生命的被毁灭为代价，守护了生命价值的崇高与神圣。交代是简省的，表现是充分的，节奏是明快与富于戏剧性的。

但在我看来，查明哲这台戏的舞台创作的表现重心，还不在于这漂亮的铺叙节奏或评价意识的点染，而在于"地狱般的生存处境中的人性检测与灵魂拷问"。这是一部十分典型的"境遇剧"。几个游击队队员，因为突然被捕，原来在常态生活里构成的各种关系在生死未卜的境遇里浮现出了新的意义。首先被捕的五个人——富有经验的希腊人卡洛里，软弱胆小的索比埃，与队长若望热恋的吕茜，她的少不更事的弟弟弗朗索瓦，久恋吕茜、心有不甘的昂利。一开始，对酷刑的恐惧使他们惶惶不安，有人恨不能有点儿秘密可以出卖，以免受酷刑。有人则怀疑他们自己那次行动的意义,因为,失败的行动带来了无辜人民的死亡和小镇的灾难。那么,坚贞不屈是否还有意义?但为着人的尊严,为着更多的游击队队员不再陷入法西斯布下的罗网,卡洛里、索比埃、昂利都熬过了第一轮非人的折磨,守口如瓶。然而,被俘的游击队队员满心以为已经逃脱追捕的队长却出乎他们预料地被捕了,被推进了同一间牢房。只是,敌人还暂时弄不清他的身份。这就将人物关系紧张化了。原本无秘密可以出卖的人,现在有了;原本同在罗网中、处境相同的人,由于队长的到来起了变化。队长成了"秘密",大家要在遭受死去活来的折磨中保住他的安全,队长成了同志们苦难的旁观者、战友们拼死捍卫的成果的享受者。索比埃挨不过严刑拷打,害怕自己泄密而选择了自杀。队长的战友兼女朋友吕茜受到凌辱摧残,整整一夜也没有开口,但回到牢房时几乎全面崩溃。吕茜的弟弟弗朗索瓦因扬言要告密而被同志们处决灭口,而且,是在吕茜的策动下……一切的苦难与折磨,令人难忍的屈辱与令人战栗的死亡,都集中到了保守秘密——隐瞒队长的真实身份上。这使得毫发无损的若望受着心智和情感的酷刑。他恨不能替战友去受刑、去死,他因自己安然无恙而感到羞愧,他甚至从战友的眼神里读出了怨怼与冷漠,他觉察到了一种被抛弃感与被孤立感。人性的复杂性与可能性就在这样一个严酷的生存境遇中凸显出来。完全有这样的可能:索比埃因吃打不住而招供,供出队长,就像弗朗索瓦一样找到出卖秘密、自我保全的理由;昂利也可以借此机会"借刀杀人",除掉情敌,即便不能拥有吕茜,但也能在她饱受摧残后又痛失爱人时乘虚而入。吕茜同样面临两难抉择:一边是队长兼恋人,一边是有血缘亲情的弟弟稚嫩的生命,如果她不下决心,战友们要动手除掉她的弟弟将变得很难。这些因素,使昔日的战友之间的关系变得很微妙。一个信念、一个目标、一个组织的整体在规定情境给每一个人提供的特殊境遇下变得信念动摇、目标模糊,组织整体可能受到多个因素影响。但是,在意味深长的沉默、有意无意的冷淡与言不及义的争吵过后,一切私心杂念还是被不屈的人的尊严,被牺牲自己以减少战友牺牲的高尚的人格,被最终战胜法西斯、求得人类解放的崇高信念所压倒、所沉淀。在可以选择的时候,他们剔除了私心,驱逐了怯懦,摒弃了卑下,选择了人的尊严、人格的高尚与人性的理想。在严酷的生存处境中，他们选择"死"来肯定"生"的尊严与理想。

在特殊境遇里检验"人性的可能"，是强调规定情境的萨特戏剧作品的突出优点，查明哲用足了这一优点。因此，在挖掘规定情境中的各个角色，尤其是游击队队员的复杂内心世界和心理动机时，他倾注了极大的精力。如果说，他导演的这出戏开头简省明快、结尾迅速有力的话，那么，剧情的发展过程，便是饱满、充实、细腻，铺叙得极有耐心。他显然明白：这出戏，如果不将游击队队员向人性尊严与崇高人格、理想信念攀升的艰难过程表现充分，不把人性的复杂性、丰富性和发展可能的多变性细致地展示出来，那么，后边三位游击队队员在大写的"V"字前的牺牲就不会有令人荡气回肠的震撼力。正因为他们的选择过程是那样的艰难，他们的选择结果才显得那样的弥足珍贵；正因为他们的痛苦抉择征服了私心杂念和阴暗人性的沟壑，他们坚守的人格高峰与他们展示的人的尊严才那样地令人仰望与叹服。

这是一部走"内"的戏。剧情的主体部分，是对主要人物心理活动，细腻的开掘，对相互影响的心理氛围耐心地编织，对托举起人性尊严、人格理想、生命光辉的情感高潮用心地积累。随着剧情发展，水到渠成了，以法西斯分子令人撕心裂肺的枪声为号，游击队队员满是血污的躯体将人的尊严定格为永恒。游击队队员经受住了地狱般的境遇里的灵魂拷问与人性检测。

三、人性的悲悯者

人性检验的良好时机，不仅仅是在战争时期，在不同情况下都会有不同的检验条件。但不可否认，战争会将人们推入各种各样的和平时期预想不到的境遇，为检验人们的人性可能提供更为充分、更为特殊、更为绝对的条件。大概，这就是关注生命价值、人性可能、道德良知的查明哲选择又一部与战争有关的剧作——《纪念碑》的原因。

《纪念碑》是由中央实验话剧院排演的一个加拿大的剧本。该剧创作于1993年，1996年上演时，获加拿大总督文学奖。2000年10月被中央实验话剧院搬上中国舞台，在北京首演时也引起了强烈反响，而在第二届上海国际小剧场戏剧节上最受好评的戏还是这出《纪念碑》。中央实验话剧院的《世纪之交——中央实验话剧院创作演出纪念册（1997—2001年）》中介绍说："导演在原著的深度上进一步开掘，创造了生动而撼人心魄的舞台形象，其厚重的艺术意蕴受到首都戏剧界好评。"①看过戏后，观众会觉得，这种介绍是中肯的。整台戏就是两个人的纠葛故事，一位饱受战争创伤的中年母亲梅佳，一个劣迹昭彰的战争罪犯、少年斯特克。斯特克奸杀过23个女性，其中就有梅佳的女儿。剧情从斯特克被判死刑，坐在电椅上候刑等死开始，极简省地介绍了斯特克临死前对战争、对自己所犯罪行的认识。他不会也不愿对任何人说抱歉，因为他认为他没有罪。他的逻辑是：如果战争是犯罪，那么干吗还要不断地打仗？强奸就是战争、工作的一部分，人人都这么干，怎么他就不能干？死到临头，他对自己的罪行也未曾悔悟，一副麻木不仁、听天由命的样子。但令他意外的是有人愿意出面保他一命，条件是他必须在生活中无条件地服从担保人。否则，一死难免。蝼蚁尚且惜命，何况乎人？好死不如赖活着，斯特克答应了担保人的条件，被保出狱，而担保人正是梅佳。梅佳是怀了燃烧着的仇恨来惩处这个虐杀女儿的暴徒的，但斯特克并不知情。戏就这样在两个关系构成十分特殊的人之间展开了。梅佳时而像一个复仇女神，狂暴地折磨斯特克；时而又像一个救度圣母，悲悯地照顾斯特克。她狂暴，是因为灼热的仇恨烧燎着她，她对少年罪犯自以为是、混沌麻木的灵魂失去了耐心；她显得悲悯，并不是因为她具备超乎常人的宽宏大量。她压根儿不能原谅这个杀人凶手，她保他出来，只不过是想让凶手回想起被他刻意忘掉的埋藏23个女性尸首的地方，找到自己女儿的尸首。也许，她计划采取复仇行动于找到女儿尸体之后。但是，真到找到女儿尸体的时候，梅佳仿佛耗尽了全部的生命力，她放弃了复仇。在启发少年罪犯认罪的过程中，她发现，人类生活中要经常性面对的，是各种各样的或轻松、或严峻的选择。从保释斯特克开始，她就设计或是抓

---

① 中央实验话剧院：《世纪之交——中央实验话剧院创作演出纪念册（1997—2001年）》，华文出版社2000年版。

住各种机会让这个少年一次次地面临选择：生与死、尊严与苟活、杀人或自残、饿死或是选择残忍的杀戮以自保……在选择中，拷问人的灵魂，辨别人的高下。一点一滴地，少年罪犯渐渐意识到：在战争中，他所做的一切并不像他自己辩解的那样，是因为没有办法。其实他是负有责任的，关键在于他可以选择。人人都去做的事情，他完全可以选择不去做。然而，在生死关头，面对威胁，他选择了杀戮与残害无辜来保全自己，苟活下去，这责任是无法推卸的。人类的卑怯与自私之处在于：牺牲别人的利益乃至最可宝贵的生命，永远比牺牲自己来得利索与爽快。梅佳在让斯特克认识这一点的同时，自己也更明确地意识到，她自己也面临着选择，而且这选择是相当严峻的：面对虐杀她女儿的凶手与暴徒，她是听从在心底澎湃着的召唤去实施冤冤相报、牙眼相还的复仇呢，还是放弃折磨得她坐卧不宁的复仇念头去宽恕眼前这个同样是战争牺牲品的有罪少年？剧情最后的细节是意味深长的：斯特克终于发自肺腑地说出了那句他原来绝不会说出的"对不起"，他抖抖索索地伸出手想与梅佳握一握手，一笑泯恩仇。但是，那太难了。他们谁也笑不出来。而且，那手也终于没有能够握在一起。梅佳放弃了复仇的权利，但保存了不能原谅的心情，她抱起女儿的尸体走了，把醒悟后被深深自责与浓浓孤独包围笼罩的斯特克留在肃杀的荒原与战争的焦土上。的确，具体而且灼热的仇恨，很难被理想抽象的人性境界里才可能存在的冷静的宽恕、原谅所置换。梅佳可以理智地放弃复仇，但是她绝难从情感上说服自己去宽恕与原谅虐杀女儿的罪犯。现实人的具体、灼热的仇恨情感与抽象的人类应该具有的冷静的理性光辉，在这里是存在尖锐冲突的。

这是一步无解的棋。问题在于，斯特克无论如何也不可能体会到一个失去丈夫又失去女儿的母亲的痛不欲生，即使能够体会，做什么也都于事无补了。而梅佳也无法将一个母亲从具体的伤痛中悟到的人类理性失衡造成的太多、太深重的灾难归咎于斯特克。"冤有头，债有主"，有的时候是很难说清楚问题的关键与实质的。斯特克战争犯罪案件，就是这样的例子。查明哲显然明白，《纪念碑》的深意，在于通过这种奇异的人物关系构成与无解的矛盾冲突引出更深更广的思考，那就是人类理性的脆弱与人性原野的荒芜。当我们反思人类历史的时候，一方面惊叹人类的聪明才智创造了那样辉煌灿烂的文明；另一方面又痛惜人类在创造文明的同时毁灭着文明，上演令人发指的残忍与野蛮。人类历史就这样充满了悖谬地发展着。

《纪念碑》既是写实的，又是象征的。实实在在的是战争背景下的规定情境中一位母亲与一个罪犯之间具体的冲突与灼热的仇恨，象征的是人类在战争或和平年代的不同生存境遇里所做出的各种各样的值得人类去回顾与反省的选择。导演查明哲阐释说："台上的废墟是象征的，是表现人性废墟的符号。战争制造着有形的废墟，也在制造着无形的废墟。那是人性、道德的废墟。剧中的斯特克只不过是微不足道的一例。"① 是的，战争制造了有形与无形的废墟，"战争这头怪兽在人类 5500 年的历史上横行肆虐，仅给了人类 292 年的和平时期。大大小小的战争打了 15000 多次，死了 6.4 亿人，毁掉的财物足够人类使用数千年，制造了无以计数的废墟"②。可是，又是谁制造的战争呢？难道不是人类自己吗？一部人类历史，就是一部杀戮流血的历史，正所谓"人世难逢开口笑，上疆场彼此弯弓月。流遍了，郊原血"③。人类追求幸福也制造不幸，人类顽强生存也自我毁灭，是人类的道德缺陷与人性弱点导致了战争呢，还是战争制造了道德、人性的废墟？这像一个怪圈，矛盾组合，祸福相依，周而复始。人们千万次地诅咒战争，却又一次次地重燃战火，再开杀戒。问题就在于，许许多多次战争与和平的选择，都不是人类理性光辉照耀下的明智选择，而是一种权宜的、似是而非的理由支撑下的"理智"冲动选择。《纪念碑》的女主人公梅佳对斯特克的行动就具有高度的象征意义：冤冤相报的复仇是有充足理由的选择，抑制冲动而放弃复仇是人类理性光辉照耀下的选择。但这是十分艰难的，所以，梅佳的选择是放弃复仇而决不原谅宽宥。在人心的沙漠里、精神的废墟上重整山河、再建家园，谈何容易？但并不是不可能。关键是要让每一个人都明白：选择是权利，但选择更意味着责任。没有责任感的选择可能是有理由的，但绝不会是理性、明智与真正合

---

① 参见查明哲《〈纪念碑〉导演阐述》。
② 参见查明哲《〈纪念碑〉导演阐述》。
③ 参见毛泽东《贺新郎·读史》。

理的。无论是在战争背景下，还是在和平年代里，也无论是在人生境遇的风口浪尖上，还是在生活经历的惯常状态里，选择的权利与因此而承担的义务一定要紧紧联系起来，绝不能彼此分离。我们这个文化多元、种族多样的星球希望和平与发展，认清并做到这一点十分重要。

因为既写实又象征的内容表现需求，《纪念碑》的舞台呈现具有亦实亦虚、可实可虚的特点。梅佳的家，战后的焦土，埋藏被残害、虐杀的女性尸体的树林与升华、诗意化了的人性荒原、道德废墟的象征，是二元同构的。在舞台表现观念上，查明哲导演的原则是："突出假定的写实，强化表现的再现。"这一成功尝试是中央戏剧学院前院长徐晓钟教授对新时期以来"探索的舞台"的总结——"再现与表现的融合"的实践继续与理论延伸。说实践继续，是因为《纪念碑》的舞台呈现，前进在"探索的舞台"那些有益实践的发展向度上，而且，更加圆熟自由；讲理论延伸，是因为《纪念碑》的舞台处理原则将"再现与表现融合"具体化了。在假定情景中，追求情感、性格、生命活动内容及其意识的逼真性时，用假定性的"魔咒"构造舞台创造的自由空间，让戏剧人物在这个自由空间里行动起来，用他们的逼真情感去感染与打动观众，促观众动情与思考。也许，导演查明哲意在探索并证明：在戏剧的观、演关系里，并非冷漠的距离与"出戏"的清醒才能够或者有利于思考与判断。在共鸣的交感与亲和的动情中，同样促人思考与判断，而且，效果更加强烈，速度更加迅捷。关键在于演出的创造向观众提供的是否是有情感的思考与有思考的情感。我想，导演达到了这一目的。他把他对人类历史的焦灼思考与对人性可能的悲悯注视化为了一个象征性的舞台形象——人在人性荒原上的艰难跋涉。也许，这是查明哲从剧本也是从人类发展历史概括出来的形象种子。我以为，这是准确的，而且是深刻的。唯其艰难，所以值得悲悯；唯其跋涉的不屈与坚韧，所以人类前途可以期望。这态度既现实又理想，十分中肯。

四、生命的讴歌者

如果说，《死无葬身之地》与《纪念碑》是从某个侧面去刻画与深入特殊境遇下人性的可能的话，那么，《这里的黎明静悄悄》是以正面讴歌生命的不屈与坚韧的方式来表现人类健康积极的力量与乐观向上的精神，是一曲痛惜有价值的生命被毁灭的生命挽歌，也是一曲礼赞不屈、坚韧、顽强、高洁的人性美的生命赞歌。方式不同，但导演查明哲延续的舞台创造追求却是一致的："对战争中普通人命运的关注与思考，对极限情境里个体生命的关注与刻画。"①

《这里的黎明静悄悄》是中央实验话剧院与中国青年艺术剧院组合为中国国家话剧院后上演的"开张大戏"。中国观众十分熟悉苏联瓦西里耶夫的同名小说以及根据小说改编拍摄成的电影。有小说的流行与电影的著名在前，又有苏联留比莫夫版本的舞台剧《这里的黎明静悄悄》在先，几种经典的广泛传播，高标准参照隐然存在，这就给了后来的创作者以极大的压力，对于有成就的创作者来说，更是这样。单就这一点，我就要向选定这一剧作来排演的中国国家话剧院院长赵有亮、译者童道明与导演查明哲表达我的钦佩之情。

查明哲面前有两道横杆需要跨越：一是跨越或编演有别于苏联的作品给中国观众留下的固定印象；一是跨越自己的已有成就，攀升新的创作高度。这种压力是实在的，在接受媒体采访的时候，查明哲坦言：他最大的压力来自这部多年以来被改编成电影、话剧、歌剧、芭蕾舞剧等多种艺术样式的名作本身，如何让对名作十分熟悉的中国观众真正接受他的中国版，难度相当大。另外，他从俄罗斯留学归国后的第一部俄罗斯题材剧作自身承载的意义十分重大，也是他感到肩上担子沉重的原因。②

基于第一种考虑，查明哲与译者童道明采取了一种既忠实于小说原著，又不拘泥于小说的方式，亲自动手改编舞台本。在剧情演进的结构上，观众看到的是小说叙述与电影式表现的结合；就戏剧基调而言，观众可以明显感到的是浓郁的战争抒情。

基于第二种考虑，查明哲在执着于人性关怀与生命礼赞的同时，使舞台的内在基调从阴冷转向热烈，外在色彩从晦暗变得明媚。

---

① 查明哲：《少了戏剧，没法生活》，载《北京青年报》2002年4月23日第32版。
② 毛新宇：《查明哲的"黎明"》，载《中国文化报》2002年4月24日。

两种考虑都被组织到了舞台创作的努力当中。查明哲将《这里的黎明静悄悄》定调为"诗化现实主义战争剧",他寻找到的与同名小说、电影不同的最大特点就是:"在这出戏中将侧重表现美的顽强生长与美的不容毁灭这两大主题。"① 他提到一句诗——草莓正在布雷的原野上开花。其实,他所说的美就是面对困境与邪恶顽强不屈、勇敢抗争的生命力。于是,借着这部异国名剧,查明哲挥洒的是,以讴歌生命为出发点的战争抒情,抒的是为阻止邪恶吞噬更多美好生命而英勇捐躯的英雄主义之情。首先,观众看到的舞台环境就是诗歌式的,既是比喻,又是象征。白桦林作为物造型主体,显得高贵、深沉、坚强、宁静、挺拔、优雅,还有几分女性的妩媚。这是既属于女战士们代表的俄罗斯女性,又属于苏联各民族人民奋起抵抗德国法西斯入侵的"祖国"的母性特征。当观众的心情被这诗意的舞台所吸引、所沉淀时,舞台缓缓地转动起来,抒情的歌声像是蜿蜒在白桦林里的清清小溪,低低地诉说起那个令人听一遍就止不住要流泪,就再也忘不掉的故事——一个准尉带领五个年轻女兵在密林里与十六个"武装到牙齿"的德军侦察兵周旋,成功地阻止并最终歼灭了敌人。但,五个女兵年轻美丽的生命却永远地长眠在了白桦林里。"姑娘们在流泪,今天她们都在忧伤,她们的爱人都已参军去了……"在歌声的延续中,姑娘们自己也披挂上阵,参加了对穷凶极恶的敌人的抵抗。她们当中,失怙的孤儿还来不及成长为战士就被敌人的子弹打死;丈夫在卫国战争前线阵亡,妻子前仆后继,留下的是体弱的母亲与病中的孤儿;本应在大学将诗情与人生的五彩梦挥洒在阳光明媚的校园里,罪恶的侵略使她只能用鲜血把对祖国的忠诚与对未来的遐想匆匆书写在大地上;本应与恋人花前月下,细诉似水柔情的女孩儿,面对危险,勇敢地挺身吸引敌人火力,豪情高歌,朗声大笑,把俄罗斯巾帼的气概放大在挺拔的白桦林里……

动人的身影一个个消失,美丽的生命一次次凋谢。有价值的生命的被毁灭,遭受到不该遭受的厄运,是查明哲进入创作时强烈感到要突出表现的悲剧内容。正是着眼于这一点,查明哲对五个女兵牺牲时的即时意识与瞬间情感做了强化渲

---

① 江胜信:《带来新鲜动感的张丰毅、凯丽》,载《文汇报》2002年5月4日第8版。

染与放大表现：一种对生的强烈依恋，对来不及展开的人生意愿的深深遗憾，对美好事物与和平生活的由衷向往。但这毕竟是美被毁灭的瞬间，这些美丽的生命像划过夜空的流星一样，闪烁着最为璀璨耀眼的光芒，遽然消失。辉煌，壮丽却又短暂。其英雄主义内容赋予其牺牲辉煌壮丽，其短暂的存在，又使人无限哀伤。这里凝结着一种哀婉的诗意意象，这是与弥漫于白桦林的女性特征和俄罗斯文学中那种深沉忧郁的抒情特质联系在一起的。

戏剧评论家余林评价说："与小说、电影不同，话剧是一次最浓缩的创作。导演查明哲在五位女兵死后，用闪回式的方法让她们复活，来述说未了的心愿，这在舞台上是第一次出现。通过这种对比，导演的意图更清楚了，而观众的感受和印象也更加深刻了。"① 这样的评价是可以分析的。首先，"舞台上是第一次出现"不能算是一种语义明确的评价。因为，第一次尝试可以是成功的，也可以是不那么成功的。其次，导演意图清楚了，观众感受和印象加深了，但是否以最恰当或很巧妙的方式与手段获得这种效果，就值得讨论。我以为，五个女兵牺牲后对场面细节的渲染突出表达了导演讴歌生命与强化悲剧的意图，就其创作想法而言，是可以接受的。但借鉴电影的闪回来强化细节与渲染场面并非对人的表演与固定的物的造型环境倚赖性很强的舞台表现的长项，观众观看五次闪回式表现的时候，感觉到的是欣赏的劳累与阻断。为了闪回，与德国侦察兵生死搏斗、紧张周旋的节奏不得不减缓，旁逸到生命的哀婉与美的伤悼中去。冲突集中、发展迅速的戏剧叙述与情节组织的要求就在这种"旁逸—回归—旁逸"的过程中被涣散、瓦解掉了。而且，五次闪回，尽管人物不同，内容各异，但传递导演意图的方式是一样的。因此，整台戏剧演出让人感到节奏慢、旁逸多、处理碎，就在所难免了。

但是，查明哲版的《这里的黎明静悄悄》的上述问题，也不仅仅是因为电影式手法造成的，还有来自小说叙述的极大影响。童道明先生与查明哲改编的舞台本很忠实小说原著，这一点是十分显然的。然而，这并非什么好评价，因为我们不是在判断一部什么译著。它固然首先是改译，需要忠实于原著，但我们不能

---

① 转引自贾薇《"黎明"的景致很动人》，载《北京日报》2002年4月28日。

够忘记的是，它更重要的是从文学样式向舞台演出形式的转换。小说的语言叙述方式为小说情节发展的枝蔓、故事的旁逸与节奏的从容留下了足够的空间，就像电影的镜头叙述方式给电影时间的流动、事件空间的转移与场景角度的丰富多变以充分的自由一样，戏剧也有着自己与小说与电影都完全不同的独特叙述方式，它一般要求展开明快、矛盾突出、冲突集中、发展迅速、收放有力。在这里，我绝对不可能得出查明哲与童道明不懂常识，犯了一个低级错误的结论。因为，他们一个是资深戏剧评论家，一个是科班出身的实力派导演，绝无这种失误的可能。我只能猜想，他们太多虑于对原著的忠实而束缚了从小说向戏剧舞台转换时的大胆创造，他们太顾忌观众对小说、电影的一些精彩细节与场面的留恋（其实更可能是他们自己的激赏与留恋）而保留太多、删削无力。于是，我们看到，查明哲版的舞台演出，更多的是一次小说的"舞台说明"，而不是一次令人耳目一新的舞台创造。太满的故事，太碎的场面，太蔓的表现，太缓的节奏，就使得这出长达三个多小时的演出缺少了查明哲前两部戏剧创作留给人们的精雕细刻、惜墨如金的印象，而显得多少有点儿松散、贪多不烂了。

  导演意图的明确，情感指向的鲜明，评价意识的深刻，都要化作整个戏剧演出的有机构成部分，让观众从精彩的细节与生动的场面中自然而然地领悟，而不可过于急切地超越创作的"度"，过于用力地去表现本应该由观众咀嚼、品咂与会心的东西。越俎代庖万万不可，稍有不慎，就有不信任观众鉴赏力而耳提面命之嫌；略略一过，便成蛇足之累。"引而不发，跃如也"，是能射善教者之所为。艺术家引导欣赏者进入艺术品的欣赏与解读，亦当如是。

  并不是说查明哲的导演艺术里有了多么大的失误与偏差，谈这些问题，是基于对他的艺术成就的欣赏与对舞台追求的关注。正因为欣赏，我才有些挑剔地要寻找出他的"力透纸背"的创作中出现的"度"的偏差与"点"的疏忽，略带夸张、响鼓重锤地向他指出也许无关宏旨的某种倾向，以避免真的有一天我所喜爱的导演在艺术上走偏与水准上的滑落给我带来失落。

本文发表于《戏剧艺术》2003年第4期第13-22页

草根情结与家国情怀：感受剧作家李宝群的"人民性"

一

李宝群是中国剧坛当下最接地气、最有底层体察、最具人民性的编剧，宝群其实是群宝。

他是中国近三十年来活跃在戏剧创作一线的编剧，他创作的以话剧创作为主，兼及歌剧、舞剧、京剧、电影故事片剧本和其他中国传统戏曲形式的作品，他的作品成功率很高，被戏剧院团、艺术院校排演，获得过中国艺术节剧目奖、文华大奖和文华奖剧目奖、"五个一工程"奖、国家精品工程剧作、全国原创剧目奖等等，获奖成了家常便饭。

中国当下普遍剧本荒的状况，更凸显出了像宝群这样优秀的剧作家的稀少稀缺，因此李宝群成为全国各个剧团竞相约稿的追逐对象。很大程度上，他成为一些重要戏剧艺术活动的亮点，成为那些选择戏剧思考分量和观察角度的观众的欣赏期待，顺理成章地，他也就成为各种获奖成功率的保障，成为国家鼓励提倡的为时代放歌的调门、为人民抒情的内容、为国家释放正能量的艺术渠道。

与一般人在名片上注明"国家一级编剧""国家一级导演""国家一级演员"那种"自封"不同，李宝群是一个真正的全国有影响的剧作家，是实实在在的、全国有代表性的、名副其实的一级编剧。职称是各个地区相关机构评出来的，有无国家影响，应该有一些衡量指标。宝群有，因为，一次、两次的省部级、国家级获奖也许算不上什么，一个、两个的剧团排演作品也许是因为机缘巧合，一处、两处的观众认可其剧目演出也可能由于地缘乡情……但是，全国那么多的文艺团体竞相排演他的作品，那么多的演员、导演对他的作品情有独钟，那么多的观众对他的作品充满敬意，那么多的省部级、国家级奖项对他青眼有加……这就不一样了。观众认可的恒常性，文艺团体认可的普遍性，导演排戏的选择性，政府权威评奖机构认可的高频率，汇总为一个事实，那就是这样的剧作家，超出了乡里乡亲的地缘地域，走进了艺术生产的品牌领域，定位在艺术主流的高光点上，他的存在无法忽略，他的影响必须得到正视。他是实至名归的国家级编剧。

应该强调，这个国家级编剧，首先来自人民的认可。为人民抒情，为人民代言，为人民造像，因此，他的作品属于人民，他的生活表达与艺术追求属于人民。他的作品体现了人民性，人民群众认可了他的作品。于是，他和他的作品也获得了最大的广泛性。

二

宝群剧作的人民性体现在对底层人的深刻体察与专注表现上。

宝群不是一个标榜主义、追求流派、玩弄技巧的编剧，而是一个心中蓄满了对底层人的同情、对普通民众充满了悲悯、专注地表现底层社会生活状态的剧作家。收在《李宝群剧作集》中的 60 个剧本中，《带陌生女人回家》《两个底层人的夜生活》《两个底层人的地下室》《两个底层人的白日梦》《两个底层人的一夜情》《相伴一生》《花心小丑》《年复一年》这些剧作，字里行间流淌着剧作家的深情，人物形象的生命活动中洋溢着剧作家的爱怜、爱惜、爱抚。无论是平民辛苦辗转的寒冷冬夜的街头巷尾、北漂者舔伤的阴冷晦暗的地下居所，农家曾经生存的日渐凋敝的乡村，还是回不了乡、也扎根不在城市的民工的工棚，或是嘈嘈杂杂、壅壅塞塞、纠纠结结、磕磕绊绊、挨挨擦擦的大杂院，读者相信，宝群就在那里，就站在那些人身边，为他们高兴、喜乐、忧愁、扼腕……

与那种离奇猎艳的写作者完全不同，宝群的《带陌生女人回家》的剧作，很大程度上是由一个戏剧小品的题材内容和行动构思拓展成的，起承转合，就在春节前邂逅的一对青年男女之间展开。从相互需要的契约关系转化成假戏真做的情感触动，情节小巧完整，矛盾的展开、情节的发展也抓得住人：女孩失足失意而无家可归，男孩年年回家，他没有找到女朋友成了父母的心病、自己倍感压力。于是，短期租借女孩儿假扮女友回家让老父老母高兴的计划，就在冬夜的车站两个素不相识的男女之间达成了。女孩儿坐过台、受过骗、失过意、进过女子教养所，对社会满怀敌意，对人间充满怨气，对人缺少起码的信任，结果是在扮演女朋友回家过年的假戏当中体会到了人间真情与人性至美，心一点点回暖……但是，宝群的剧情结尾没有廉价诗意和虚假浪漫，去满足欣赏者浅层次的心理需求。末了，七天的"带女友回家过年的戏"演完了，两个年轻人在开幕时的车站作别，在一个人生驿站分手，消失在城市流动的人群中，没有大团圆结局。剧本的意蕴在于表现一场假戏中演绎出的真情，揭示的是燃起对生活的新希望，源于对人的新的认识、新的信任和新的感动。生的愿望被激发起来了，对于盼望儿子找到媳妇儿的乡下老人是这样，对于心如死灰的失足女青年更是这样。略有感伤，饱含诗意，意趣盎然。

与这种邂逅男女之间的人生插曲不一样，《两个底层人的夜生活》表现的是两个早年的同学重逢后的后续感情。当年的班花在剧情中已经是一个离婚单亲的街头小贩，无非是自己做点手工活，缝制些布娃娃卖给路人。男主人公则是个蹬三轮载客的苦力。一次招徕客人与搭乘三轮的女主人公不期而遇，续上了这对毕业后久无音信的同学的半世情缘。开始是男人认出了女人，女人坚决不认他；随着事态发展，相认了，但是就是不接纳他；男的贴糊、黏糊、死缠烂打，忒有韧劲儿，结果当然就是精诚所至，金石为开。刘大伟与侯小雁这对曾经的同学，用三轮车承载着相濡以沫的小人物爱情，唱着最豪放的《解放军进行曲》："向前，向前，向前，我们的队伍向太阳，脚踏着祖国的大地……"两个底层人在拼命挣扎、顽强生活的状态里，唱着最朝气蓬勃的歌，怀着最强烈的希望，幻想着童话式的飞升，这看似浪漫的幻想结尾，却是让人欲笑还哭的一笔，真是捅人心窝子！

《两个底层人的地下室》，结尾也是放飞理想——象征物是男北漂养在地下室不见阳光、鲜花、树枝，也没有新鲜空气、没有流动的风和自由天空的笼中小鸟凭空升腾飞去，朝着一束神奇的光线，那是心灵之光、希望之光。剧作也是两个人的戏，剧本巧妙地将两个北漂的艺术青年的北漂生活的展示与艺术能力的表现交织起来，将《等待戈多》《原野》和《哈姆雷特》编织进去，既是象征，也是隐喻。只不过，《原野》中压抑却野性的金子和落魄仍强悍的仇虎之间那种热辣辣的爱情并没有在北漂的两人之间展开，慰藉是需要的，生存才更重要；只不过，《哈姆雷特》中的奥菲利亚无法理解和接纳哈姆雷特的执念而疯狂溺水，在北漂的女孩子那里则是选择了不再坚持，先坐台，后被包养，一定意义上说也是溺亡，在生活的苦海里。北漂男的执念是什么？就是《等待戈多》中"等待"的同构意义：苦苦等待机会，久久拼搏挣扎。当女孩消失在闪着怪眼的都市夜幕里，男北漂生活的一切都回归原貌：没有自由可能的缸中的鱼和笼中的鸟，都成为铁定绝望的写照。他养的荷兰猪是《等待戈多》中的弗拉基米尔，缸中的鱼是阿斯特拉冈，荷兰猪丢了，他出演弗拉基米尔，在四面合围的孤独绝望中等待，于死寂的等待中绝望。女北漂说这种等待是没有意义的，努力、挣扎、拼搏……不过是蚂蚁庸庸碌碌的徒劳。他不信，因为他的等待不是消极的守望，而是动态的、奋争的、寻找机会的、四处出击的。感人之处，恰恰在这里。

《两个底层人的一夜情》还真不是什么赶时髦、跟风潮、爆绯闻的花花事描写，而是一个失恋美女与一个落魄男子在公园邂逅、相交、相知、相爱的故事。没有卿卿我我，却充满了哭哭笑笑；没有你情我意，而总是唇枪舌剑，甚至因为喊叫引起误会，两人一同被抓进局子里。剧本表现的关键在于，"屌丝救美"，在阻止失恋者轻生的过程中，使尽浑身解数，让对方获得了重新开始生活的信心，也拯救了自己潦倒的心态。展示自己的伤痕，并疗救别人的伤痛，治愈别人的心痛，也走出了自己的苦楚，这是底层人的方式，这是宝群用心体察到的底层人的情感方式。这个形象发展成为在《花心小丑》中那个阅尽社会百相、饱受生活磨难却给人带去快乐的送花小丑，用底层人的谦卑托举着自己的尊严，用自己从苦难中悟到的智慧去激发他人的快乐，这是一种人格的健康与强劲，一种人性的伟大与高贵。

宝群在北京上学，也许和所有从各省区市（地方）来北京（中央）的敏感的人一样，对首都的印象首先是北京的"侃爷"出租司机，其次就是最能体现老北京市井文化、风俗民情的那些大杂院。许多人看在眼里，与朋友分享一下感受也就过了。宝群是有心人，他观察他们的生活细节，体会他们的生命状态，而且写剧本表现他们，《两个底层人的白日梦》（以下简称《白日梦》）和《年复一年》就是这样的产物。《白日梦》写的是一对离了婚却还因为儿子而保持着联系的的哥、的姐的故事，他独出心裁地运用假定性，根据出租车的特点，创造了流动的空间，把那对不是冤家不聚头的的哥、的姐在滚滚车流中不断擦肩而过、同在拥堵长队中、各奔东西的生活状态表现了出来，一方面表现了北京"侃爷"出租司机们贫嘴背后的生活艰辛与人生烦恼，另一方面让这对离婚夫妻在相同的生存场域中藕断丝连，发生新的联系。在构思上，设计是精心的。的姐在载客时遇到劫匪，有惊无险，最终说服劝退了劫匪；雨中，的哥心急如焚地赶到现场，上演了一次没有冲突对决的英雄救美。在这样的机缘下，离婚后藕断丝连的一对冤家夫妻之间那种久违了的命运交关感、生死关联性被劫匪激活了，于是，的哥罗大海与的姐刘素素破镜重圆……

三

宝群剧作的人民性体现在对工人群体和农民群体的命运关切与生命礼赞中。《矸子山上的男人女人》（以下简称《矸子山》）、《黑石岭的日子》（以下简称《黑石岭》）、《万世根本》是宝群塑造群像的力作，应该说，这是宝群最显实力、最具舞台震撼性的作品。

矸子山是矿山烧过的煤渣矸子堆成的，那是杂质多、烧不透的煤块，甚至是没有完全演化为煤炭的石头，是废料。矿山一群拣煤的女工就以在这矸子山上捡拾没有烧尽的小煤块为工作内容，不幸的是矿山关闭了，她们的命运就像煤矸子一样，也时代性地成为生活的废料，生活陷入了万般窘困。多数人苦挨硬抗，一筹莫展,漂亮如亮亮这样的年轻女工就去坐台陪酒谋生路了。但有人奋起自救,"拣煤咱是好样的,不拣煤咱也是好样的,矸子山上的人没孬种!"(《矸子山》秦大咧咧语)这群人没有被生活击垮。他们抱定的信念是:"老百姓要过好日子,啥啥都挡不住!"(同前)他们不拿自己当废料,也不等、靠、要,给人添麻烦、当累赘,而是自己奋力建起变废料煤矸子为烧制砖坯的新型材料的砖厂。托起自己的希望,奔向自己创造的明天。这群哭哭笑笑、唱唱跳跳、吼天捣地的男女那种强悍的生存能力、强烈的自尊意识、强劲的生命意识令人感佩。一个因工伤残了的老爷们秦铁柱整天哄着、劝着、拢着、护着、领着、疼着一群老娘们在矸子山上拣拾着营生(也是人生),一群笑着、跳着、骂着、哭着、走着、攀爬着的女性拥戴着一个说大话、用小心、会哄人、肯付出的老爷们秦铁柱秦大咧咧"牵手过河,抱团过冬"。秦大咧咧站在矸子山上对女人们说的那段话特别戳中读者或者观众的泪点:"你们这帮老娘们呐,真是太不容易了!你们是天底下最招人稀罕的女人!(一饮而尽)我爱死你们了!我恨不得让你们全当我的老婆!!(众女人对视,集体发动追打他……)"(李宝群:《矸子山上的男人女人》)底层社会男女那种淳朴的依存美感,那种健康的群体意识,那种掏心窝子的情感表达方式,是高度发达的商业社会与城市社区稀有匮缺的啊!

  话剧《黑石岭》序幕、尾声中间有五场戏,分别选取20世纪的50、60、70、80、90年代,每一个年代用《茶馆》式的标语口号去点明超英赶美、工业学大庆、反击右倾翻案风、改革开放搞活经济、深化改革重振雄风,突出时代特点,格外简省。剧情表现的是老工业区矿山企业的棚户区改造进程,日子一截截美好,人心一点点变易,在时代的变迁里,物质平台上检验的是人心变化。为此,宝群设计了矿山冒井存活下来的四个绝处逢生的患难兄弟的故事:井下绝境中可以生死相托、死不相弃,但是当生活有点儿奔头、活出点儿滋味的时候却不能荣辱与共。宝群用了一个套层结构来蓄积这种生死之交的内在力量:四个患难兄弟中最终成为主心骨、显得最为爷们的老大刘黑子,其实之前就有过一次换命的刻骨铭心,他是他的师父、工友们在用九条命换下的生存机会中活下来的,这成为他成全别人、牺牲自己、无私奉献的人生自觉。所以,与三个工友困在井下的时候，他用坚强与无私拯救了工友，自己却受伤成了哑巴。在沉默的四十余年光阴中，他身上闪现出来的牺牲精神、容忍态度、宽厚胸怀、坚韧毅力，无声地提醒人们：美好人性没有消失，大善可能空间无限。他对范大炮、彭乐呵、秦秀文有再生之恩，但是患难之交的他们却因为分房子、争机会、发横财的欲望勃发一次又一次地越过了做人的仁义本分和道德良心，一次再一次地伤害了他这个救命恩人。这些常人难忍、不忍的当口儿，他以胜过雄辩的无声的逻辑，缄默地坚守了一个换命大哥的纯爷们形象，让争得利益的人内心亏欠，让利用了兄弟情义获得实惠的人愧疚不已，让漠视了患难之交深情厚谊的投机者再也无颜面对生命中的大善大美……是他用宽厚找回了他们在物质富营养环境里迷失的魂，让"人"再生。他是他们肉体和灵魂的双重拯救者，第一次在井下，第二次在异化的社会环境中。

这个父性角色哑巴大哥是一个了不起的创造，是一个有充沛的内在力量的"哑角色"，是一个对演员构成极大挑战的角色，是戏剧人物画廊中的一个独特形象。

关键是，这些底层人物的喜怒哀乐是被时代的变迁步伐牵动的。小人物命运，大时代风云，个人、民族、家、国的命运就紧紧联系在一起了。

在这一点上表现得更为突出的是话剧《万世根本》。剧情是：中国新时期农村经济政策尚未出台的时候，安徽省小岗村18户村民在一份自拟的承包书上按手印，以生死契约、秘密结社的方式，率先迈出了农村经济复苏、寻求新的经济发展方式的第一步。从人民公社的"大公无功"一夜拐向了"包干有效"的家庭联产承包责任制发展轨道，歌颂的是农民的自觉和选择的壮举，是讲述老百姓的故事，同时，也侧面歌颂了中国共产党"从善如流、知错就改"的伟大。宝群选择小岗村的联产承包责任制的故事作为剧目表现的内容，本身没有常见的舞台冲突事件，展示的只是农民们在祖祖辈辈逃荒要饭的惯性生活当中的转向与选择。他们冒着蹲监狱的危险，沉默地对抗不正确的指令，悄然行动，用实践证明了"一大二公"的经济形态和生产方式不能根治从古至今的贫穷。剧中，八个唱着花鼓歌长大，要饭的花鼓女贯穿演出，要饭的阴魂不散，活着的最后一个花鼓女死去，隐喻了农村苦难时代的终结。表达没有说教，内容生动传神。

无论倒闭的矿产还是凋敝的农村，宝群选择的普通人生活场景、底层人生命内容，为变迁的时代、动荡的社会生活注入了饱实的情感内容和思想血肉。问题不在于表现苦难生活本身，而在于刻画苦难中的坚韧、隐忍、充满了抗争爆发力的人。剧本见事又见人，以事表现人，用人承载事、承载社会内容、承载时代风云、承载意识到的历史内容。因此，该剧获得了较大的思想深度。

宝群的几部代表性剧作常常具有一种史诗感，也是自然的。

四

宝群剧作的人民性体现在他对草根情结与家国情怀的勾连表达和对人心与社会的互为表里的认知、表现里。

表现棚户区改造的《黑石岭》、表现中国新时期"三农"政策历史拐点的《万世根本》、表现东北老工业区国企改革和转型的《矸子山》，都是这种把家国情怀安放在底层人的"家"里说"国"的作品，都是让不官不商的大头百姓在困境中用倔强挺立的身姿去支撑人性、人格、人生的壮美境界的作品。

《孤村》表现的是抗日烽火中一对素不相识、偶然同在险境的男女困兽犹斗地抵抗凶恶日军的壮美人生。他们对生的留恋托举了他们坦然走向玉碎的大义凛然和义无反顾——为同志而战、为父老乡亲而战、为民族而战，传递的是不屈不挠的民族精神。《爷爷奶奶的浪漫爱情》表现的是一对钻石婚纪念日老人一生断断续续的回忆与现实场景，将个人对民族的贡献、对历史的见证做了一次暮年英雄式的总结，体现出归隐的末路英雄、埋名的国家功臣的家国情怀，格外感人。《爸爸妈妈的浪漫爱情》也是对幕后英雄的一种礼赞，表现的是默默无闻的科技工作者的无声奉献，这在宝群的剧作中是较为少见的题材书写。

宝群在对乡村凋敝、环境污染的深切关注以及呼吁呐喊中表明了他的一种判断，那就是"相由心生"的世间百态。人心乱了，一切才会乱；人心脏了，环境才会污染。《立春》、《远方有条清水河》（以下简称《清水河》）、《月亮花》

对所表现的社会底层的人心污染的体察,远比直接表现环境的污秽、外力的驱使因素更重要。《立春》将一个新闻事件、新闻人物写成了一个戏剧事件、戏剧人物,艺术地表现了云南姑娘小玉远嫁山西晋北黄沙洼村后带领人们垦荒绿化、改变环境面貌的过程。首先是改变人心,治理了荒山野岭;后来是坚定人心,制止了杀鸡取卵、饮鸩止渴的人心骚动,护卫住了大地的绿色、子孙的福祉、心底的希望。没有灵魂的人,就会真的变成铁蛋、石蛋、憨蛋;没有绿色的地方,就会只剩下树墩、树桩、树根的荒凉……宝群这样给人物取名,其实也大有深意。

《清水河》表现的是中国北方一个贫困县的贫困村的环境保卫战。冲突发生在过去的战斗英雄、现在的垂暮老人老张头与后生晚辈县长刘茂才之间。老张头成为拆迁工程的"钉子户",他要坚守埋着他战友的土地,坚守清水河的清冽,与急于上马一个污染很大的工程去换取县里财政收入的县长及地方政府机构发生了激烈的冲突,是一场一个人的环境保卫战。草民抗争的对象是地方政府机构,这正是悲剧所在。

黄梅现代戏《沉陷的村庄》写得欢天喜地,对抗的二者是政府与月亮村的父老乡亲,最后是集体搬迁离开故土,变成了喜剧。我们可以感到宝群写这个剧本时态度上的暧昧与立场上的摇摆。

今天,污染严重、掠夺性开发造成的现实,树砍了,草原沙漠化了,遍地污染、雾霾天降、怪病丛生、安居无处、食品剧毒……触目惊心,令人无可逃遁。人的异化是环境污染的根源。要治理环境乱象,更重要的是坚守人性的纯净与善良,将创新、协调、绿色、开放、共享的新发展理念真正落到实处。因此,宝群的这一类剧作,不在于情节起伏、冲突发展写得有多么惊世骇俗,而在于那种家与国相勾连的大情怀,舍小家、全大国的大追求,切中时弊,着眼长远,读来让人仰天长叹,热泪长流。这种现实,本身已经足够惊心动魄。

五

李宝群剧作的人民性体现在对底层人忧家忧国的志气情怀的细腻描写与动情

表达。

宝群的剧作中有一个亲缘谱系构成的人群，这个人群中父性的形象和母性的形象连接和左右着家庭里的血亲成员，是家庭的骨架和血脉。做人的底线、人格的尊严、家庭的温饱、国家的发展，就在他们油盐柴米的人间烟火、锅碗盆瓢的生计窘困当中凸显出来，令人格外动容。

《父亲》《师父》《长子》《爷爷》《奶奶》《母亲》《嫂子》《长夜》中的记述对象，包括《立春》中的奶奶与云南姑娘小玉、《农妇告白》中打官司的乡下女人、《万世根本》中的凤奶奶等，都可以看作宝群剧作中的家庭谱系人群。细心辨析，可以发现其中最重要的是父性系列和母性系列。师父、长子其实是父性的深描，奶奶、嫂子、母亲其实是母性的延展。可以猜测到，宝群写这些人物一定是含泪带笑、又哭又笑、饱含深情地投入创作的，其中，包含了个性敏感、情感细腻的宝群关于家庭亲缘关系的所有记忆、深刻体察。

中国的"家文化"在宝群那里是一种温馨的力量、一种道德的权威、一种家族的存在的维系。没有家，哪来国；没有国，何立家。这是宝群的底层人家族自觉坚守的信条。宝群探究着中国社会尚存的"家文化"这种基本社会根脉和家庭成员根系，充满敬畏地加以表现。说起来，这是宝群对社会观察的重新感知和重新发现，这个贡献，不比当代中国人类学、行为学、社会学的学术研究成果小。

《父亲》是李宝群的成名作，反映国企改制工人大批下岗后的艰难生活与顽强生存。剧作塑造了坚毅顽强、家规严格的父亲，默默维护家庭和睦的母亲，以及负重的大哥、隐忍的大姐、心怀梦想的小妹、不甚懂事的二弟、圆活融通但是不免昧心做事的姐夫……一家人，加上两个关系密切的人，构成剧情表现的人群，其实就是通过解剖一个普通工人家庭，折射下岗工人自谋生路的艰辛，具有典型性地表现社会底层人民的生活状况。万般艰难写尽了，普通工人家庭的现实选择是默默承受，寻求生机。父亲的角色，除了要整个家庭成员维持着道德水准与做人信条外，就是身体力行，以患有心脏病的身子骨，去沿街叫卖羊肉串，靠每日换回的"毛票"讨生活。姐夫背信弃义，行骗大哥的事情败露后，他与这个家庭恩断义绝。他喊出的口号是商海沉浮、大彻大悟的道理："现在谁是爹？钱就是爹，人民币就是爹！"父亲的答复是："爸老了，这手一天天不听使唤，抡不动大锤，握不了焊把了，最多也就支个小亭子再拼一把。我给这世界留下的就是你们这些手，攒足劲一步一个脚窝往前走吧。记住咱们是工人，身上流着工人的血，到啥时候都别脏了工人这两字，到啥时候都别丢了咱工人的精气神！爸今天倒过来，敬你们一杯。这杯酒是拜托酒！送行酒！孩崽子们，别忘了你们的老爸老妈，到啥时候老爸老妈都给你们亮着灯留着门！"讲的是父亲，树的是典型，是个下岗国企工人在艰难困苦中气势不倒、精神不散、信念不变的老工人的典型。对于老工业基地的东北来说，这是一个颇能动人的形象，所以在东北的演出曾经风靡一时。

就像宝群的父性形象延展为爷爷、父亲、师父、长兄、生死兄弟中的老大等形象一样，宝群剧作中母性角色坚韧、仁慈、包容、强悍、大爱的形象，分身变形为《母亲》中的母亲、《嫂子》中的嫂子、《长夜》中的嫂子、《万世根本》中的凤奶奶、《奶奶》中的独角戏主人公……这些形象的成功塑造，令人深刻认识到，中国社会的家庭主角，其实就是民族根系，就是社会基础，其作用是任何社会组织无法替代的。

李宝群的剧作让人一遍遍地认清一种事实：人民是英雄的人民，是可敬的人民，是支撑国家底气的人民，是作为民族道德基座与国家意志基石存在的人民。有的时候，这些位卑未能忘忧国的大头百姓对国家的体谅、善愿常常让人感动得心疼。

我们有多好的人民！

六

宝群剧作的人民性，也体现为一种活泼的、生活气息浓郁的语言风格。

首先，是他得心应手的东北方言，既有浓郁的地域风格，常常又有时代特征的新口语，是特别有口才的东北乡亲们准确传神的情感表达方式。

其次，是宝群的人物个性化的语言，尤其那些底层的父老乡亲、大哥大嫂们的语言，不仅是规定情境中动作线索上人物该说的话，还常常是出身、职业、年龄决定的人物个性化的语言。可以说，没有多年的积累，是很难写到宝群这样得心应手的境界的。

再次，不同题材、不同生活领域、不同人群的表现，也要求首先在语言特征上表现出来，宝群的剧作做到了。他写农村，写工厂，写军营，写大学校园，写时髦文化的青春领地，写重仁义、要脸面的大杂院文化，写古代先贤社会，写都市蚁族生活……看得出来，风格样式上，叙述结构上，语言特点上，宝群都十分注意去寻找差别，而且也达到了相当高度，收到了良好效果。

但是，就个人喜好而言，我自己还是偏爱他从血管里流出来的东西：东北方言那种情感表达丰富和意蕴传达准确的语言特征。我偏爱宝群东北方言特点的戏剧语言，就像听戏剧人物说北京话，自己偏爱老舍的剧本语言一样。

东北最有群众基础、为人们喜闻乐见的二人转、小品的养分，可能滋养过宝群。而这种滋养，既是地域文化的滋养，也是一种艺术人民性底蕴和形式的滋养。于是，宝群的情感表达方式能够轻易触及群众的笑点和准确戳中观众的泪点，对于剧作家来说，这需要非常过硬的本领。

七

宝群剧作的人民性还有艺术提升的空间。

厚实的生活、敏锐的观察、深刻的体验、沉重的叹息，要坚持艺术的表达，体现为精巧的艺术构思与完美的戏剧构形，着实不易。

2016年大年初五，宝群在朋友圈发表诗歌，云："梦去城空天正好，风吹云走室亦香。开年不羡人增岁，但愿案头文芬芳。"从宝群的朋友圈看到，大过年的，他在研读王阳明的著作，旁边是他常年耕耘的田畴——静静的电脑屏幕，界面上有《此心光明》（王阳明剧本）的开篇。这里可以捕捉到宝群的心情，从热热闹闹、忙忙碌碌、熙熙攘攘的春节事务中脱离出来，回乡、返京，把自己关在办公室值班，静静地面对电脑，感觉说不尽的可贵、宁静和踏实。其实岂止是这个春节，印象中，逢年过节，长假短假，宝群的时光总是这样安排的，总是一如既往地勤于创作，一如既往地争分夺秒，不是在电脑前写作，就是在采风体验生活的路途上，要不就是在完成剧本创作一段时间的熬更守夜后，小憩片刻，看看画，写写诗，换换脑筋，自我犒劳一下……我的朋友当中勤奋的学者不少，但他是我的朋友中最为勤奋的剧作家。这样，从1984年开始到2015年的31年间，据他统计，他写了大大小小近百个剧本，几乎是以每年三个剧本的速度在创作，真是洋洋大观。欣喜之余，他自己也会产生困惑："固然多是倾尽心血之作，但这些剧作究竟有多少价值？它们经得起岁月的检验吗？若干年后，还有几部能再度上演？历史会怎样评价它们，怎样评价我这个写作者？大而言之，我们这个时段的戏剧写作者在这样一个时段的创作，到底会在历史长河中留下多少痕迹？后人会怎样看待我们这代人？这些追问一直萦绕在我的心中。长夜漫漫，无法入眠。"①

他是一个清醒的剧作家，在充满了鲜花掌声、荣誉地位的当下，想的是时间淘洗后作家创作的历史存留。评论家马也将宝群的位置排在著名剧作家曹禺之后②。这种排位合适与否暂且不论，但是，马也为宝群提出的追赶目标曹禺是一个很值得剧作家深思的鲜活例子。近现代直至当代以来，中国剧作家成百上千，创作的剧目成千上万，但是时过境迁，至今人让人记得住、仍旧让剧团敢于并乐于排演其作品的剧作家，仅仅曹禺一人而已。所以，马也为宝群提出的努力目标是恰当的，而宝群自己的思考是持重的。

也许，写得太多，写得太急，写得太快，写得太累，可能是宝群现在最大的优势，也是最突出的问题，像是造成他成就和不足的双刃剑；也许，在疲于奔命的创作奔跑中就会不知不觉地走向自己的模式，顺随旧的套路，创造相似的人物；也许，他的当务之急的选择是停下脚步瞻前顾后、左顾右盼，彻底休整一番，再重新出发；也许，作为一个功成名就的剧作家，应该走出赶任务、还稿债、冲刺截稿期的那种三更灯火五更鸡疲劳"勤奋"的生活。

冷静些，从容些，细致些，深入些……说这些，可能对宝群这样善于思考又

---

① 李宝群：《李宝群剧作集（全四卷）》，中国戏剧出版社2015年版，第545页。
② 马也：《我看见了，登顶之前的李宝群》，参见《李宝群剧作集（全四卷）》，中国戏剧出版社2015年版，第1、9、10页。

善于观察且有着深厚生活积累的剧作家来说，更加重要。

评论家马也说，他看到了登顶前的李宝群。怎样登顶？登什么顶？可能都值得思考。马也对李宝群的下一步充满了期待，我也是。但是我不鼓励宝群疲劳作战，不鼓励宝群勤奋、再勤奋、更勤奋。我希望看到的宝群新作是另辟蹊径，而不是轻车熟路；是殚精竭虑，而不是得心应手；是绝处逢生，而不是左右逢源；是险象环生，而不是一马平川；是步步惊心，而不是按部就班……

不，不要被那种"写实主义"、"现实主义"、生活气息浓郁的赞誉所蒙蔽、局限、误导，而仅仅满足于生活的铺展叙写。生活原色、现象写真是重要的，但是远远不够……不仅需要底层的歌吟、社会的忧愤与生命的悲悯，还需要艺术提升。

更为重要的是，在全力放歌、释放正能量时会不会对暗物质的存在、样态、变异、肆虐有所忽略或者疏淡？膜拜父性、母性的坚韧、宽厚，赞美小人物，讴歌底层人的担当、大爱时，会不会搁置了社会的整体性思考和生命哲理性的更深、更远、更狠的追问？

我期待宝群创作中厚实的人民性体现得更深、更广、更重。

我知道，这些要求对剧作家很难。但是，不难怎么寻求突破呢？评论容易实践难，自己也很难做到。那么，就作为共勉的话写在这里。尤其是，我对于宝群这样成就斐然的剧作家，可能比对自己的提升空间和突破更有信心，我对他充满了期待。

本文发表于《中国戏剧》2016年第3期第25-28页

滇剧"竹派"的艺术特征

一

滇剧作为云南地方剧种,如果从清代道光年间成型算起,迄今已经有两百多年的历史。民国时期滇剧曾经被唱片公司关注,灌制成唱片,有很好的市场影响。中华人民共和国成立后的最初十年,滇剧剧目三次进京演出,受到广泛好评和关注,其中万象贞主演的《借亲配》被设置为戏曲电影艺术片,影响空前。改革开放以来,滇剧在短暂恢复后重新走入了全国观众的视野。1985年,云南省滇剧院演出《关山碧血》。之后,滇剧随着一个个有影响力的剧目如《朱德与唐淮源》《古琴魂》《瘦马御史》《爨碑残梦》《京娘》《西施梦》《水莽草》等的发展和繁荣,让人感受到了其勃勃生机。

在滇剧被国人认知的三段辉煌历史中,滇剧的"竹派"艺术的三个代表性艺术家张禹卿("竹八音")、万象贞("小八音")和冯咏梅("小小八音")扮演了各自时代的重要角色,站在滇剧艺术全国认知与全国影响的重要位置上。"竹派"创始人张禹卿是昆明滇剧舞台上的旦行名角儿,而且各种行当都拿得起放得下,舞台上"艺多不压身",声腔革新上是行家里手。万象贞的舞台表演细腻生动,唱念做打受到过周恩来总理的称赞。冯咏梅一方面继承了"竹派"艺术的优势,一方面以她的方式扩大了"竹派"艺术的影响。

但是,戏剧界说这派那派的很多,实践上也做得很好,对理论的总结、对特点的认知常常就空泛虚化了。在此背景下,谈谈"竹派"作为滇剧艺术的一门一派的艺术特点，这一观察角度和认知方法，也许是有意义的。

二

特点之一："竹派"是滇剧的旦行演艺，这个演艺活动是有历史性变化的。

首先，"竹派"旦行，不仅仅限于花旦、闺门旦或者青衣、老旦，是旦行全能，并且跨行当，生、净、丑行也有较高水准的表演技能。① "竹派"旦行，尽管创立门派者"竹八音"是一个全能型的大家，但是成就集中体现在闺门旦、刀马旦上也是事实。而且，"小八音""小小八音"的艺术生涯和艺术成就也说明了这一点。

其次，在"竹派"的传承中有一个重要的历史性变化必须注意到，那就是在滇剧艺术的发展当中，男旦向女旦的历史性变化。"过去的滇剧舞台上，旦角都是由男演员来扮演的。自1912年开始，滇剧有了女演员，成为坤角。到了1915年，学唱滇剧的女学员已达到250多人。进入戏班的女演员有100多个。"② 这种变化，首先是社会性的，然后是行业性的，最终才是艺术性的。男旦是男演员扮女人，身段、表情、手势、步态、腔调，一切都要模仿女人，无论大家闺秀还是小家碧玉，或是军中女杰、山头女侠，男演员演女人成为一个很重要的表演焦点。但是，当"小八音"和"小小八音"在"竹派"艺术的传承链条上成为代表性、标志性的艺术家的时候，应该意识到，"竹派"艺术也在行当上完成了从历史性向艺术性的根本转变。"竹派"从"演女人"走向了"女人演"。说"竹派"艺术，如果不看到这个历史性变化及其带来的艺术变化，那么，旦角艺术就讲不清楚，因为没有看清历史变化带来的艺术变革。

再次，"竹派"的旦角表演艺术，从男旦走向女旦，发音的唇、齿、舌、腔、喉、声带以及面部、颈部肌肉等，发生了性别特征的变化。有一篇文章中提

---

① 熊林、刘超萍：《滇剧革新家、教育家张禹卿》，参见玉溪滇剧（国家非物质文化遗产）传承保护展演中心、玉溪市滇剧院编《滇剧竹派艺术文苑》，2017年6月，第5页。
② 李荫厚编著：《滇剧》，云南美术出版社2010年版，第9页。

到的一个信息很重要,"竹八音""因他嘴型较扁,嗓音高而口不大张,同辈老乡们戏呼他为'鸭子'"①。为什么演唱时"口不大张"而形成"嘴型较扁"的特点?原因在于"竹八音"作为男旦演女人需要模仿女人说话、唱歌的声音频率较男人高。"先生的嗓音偏细,还略有沙音。"② 偏细,是因为逼尖了嗓音模仿女人的声音,用小嗓。中国的男旦时代,这是最为普遍的发音方法。到了女人演女人的女旦时代,就发生了悄然的变化。四大名旦的女弟子不必一定要学师父的发音方法,成为"模仿女人声音的模仿"。"竹派"旦行的演唱特点发生了变化:"小八音"作为女旦的声音条件是:"音色明亮,嗓音宽厚,柔和,用气,吐字,行腔都很讲究。她行腔委婉流畅,高低自如……"③"小小八音"冯咏梅在没有见到"小八音"万象贞之前,从声音特点上认识到,自己的嗓音条件适合拜万象贞这位大家为师:"万象贞老师的唱腔圆润洪亮,轻柔委婉,如行云流水,给人一种华丽甜美的感觉……我发觉万老师更注重中音部位的发挥,不随意多唱高腔。"④ 冯咏梅选择万象贞作为她的艺术引路人,注意到万象贞用嗓对中音部位的借重十分重要。万象贞把滇剧传统中高调门的地方降下来或者唱腔的高音区降下来,实际上解决了男旦演女人的假嗓小嗓的问题。事实上,冯咏梅的行腔特点,也是避免高音高调那种"不舒服"的演唱腔调的。嗓音条件极其良好的她,用本嗓唱出来,清脆甜润,婉转动人。其实,这种用嗓部位的转换,从高音到中音,是历史性的,也是性别性的变迁,正是中国戏剧传统艺术体现在用嗓上的"沧桑巨变"。冯咏梅在收徒传艺的时候,想必已在理性上认识清楚,女性戏剧艺术家在用嗓时的特点,不再像男旦时代男演员们依靠小嗓(假嗓)去模仿女

---

① 王需章:《忆滇剧名伶竹八音》,参见玉溪滇剧(国家非物质文化遗产)传承保护展演中心、玉溪市滇剧院编《滇剧竹派艺术文苑》,2017年6月,第17页。
② 熊林、刘超萍:《滇剧革新家、教育家张禹卿》,参见玉溪滇剧(国家非物质文化遗产)传承保护展演中心、玉溪市滇剧院编《滇剧竹派艺术文苑》,2017年6月,第7页。
③ 杨桐:《万象贞唱腔艺术简介》,参见玉溪滇剧(国家非物质文化遗产)传承保护展演中心、玉溪市滇剧院编《滇剧竹派艺术文苑》,2017年6月,第44页。
④ 冯咏梅:《我与竹派艺术的情和缘》,参见云南戏剧家协会编《云南戏剧家研究》,云南人民出版社2014年版,第338页。

人、演女人。这不是某个演员个人的自由选择，而是不同性别的旦角演员的历史性变化带来的必然。行腔以大嗓（真声）为主，润腔以小嗓（假声）为辅，情感表达、人物刻画不需要时，甚至根本就不用小嗓假声，这是由旦角女演员的天然声音条件决定的。

三

顺理成章地，讲滇剧的"竹派"艺术，肯定应该说到"竹派"的声腔艺术。

滇剧艺术的声腔，来源于丝弦、胡琴、襄阳，可以轮换用、混用，有较宽的选择余地。混用即所谓的"三下锅"。述说这种声腔特点对于"竹派"艺术而言没有意义，有意义的部分在于，与大家都使用的基础声腔不同的个性特点成为"竹派"声腔的艺术个性，这才是"竹派"艺术的特征所在。但是，在张禹卿走红弄作为"竹八音"自立门派时，观众看到的是他的比较成熟的舞台技艺。作为"竹派"艺术的创立者，他的先天禀赋、后天习得的艺术能力，决定了"竹派"是一个善于吸纳别的声腔剧种优点、突出自己的演唱个性的滇剧演唱门派。譬如，"竹八音"被誉为"活林黛玉"，演红楼戏恰恰就是配合着丰富情节和刻画人物的声腔革新而令观众耳目一新的，配合《葬花》的凄惶冷清、忧郁呜咽，到与贾宝玉知心盟誓后的舒心喜悦、舒展快乐，使用了胡琴腔与襄阳腔的组接变化，让声腔色彩成为人物心理和情绪变化的直接呈现方式，在各种各样的剧种、名角儿对《红楼梦》的艺术解读中独出心裁，别具一格。"他创造的（阴板）'四柱腔'至今仍在全省滇剧演出中广泛使用。"《宝玉听琴》中，黛玉的六段唱词有100多句，字句结构多用倒十字句（三四三）与正七字句（二二三）交互衔接使用，使唱腔显得灵活多变。① 这些都是经过精心设计体现在唱腔中的。此外，他在西厢戏和各种剧目中都体现了这种唱腔革新的努力。"竹派"门徒赵纪

---

① 冯咏梅：《我与竹派艺术的情和缘》，参见云南戏剧家协会编《云南戏剧家研究》，云南人民出版社2014年版，第6-7页。

良说:"在音乐唱腔上,他花的功夫最大,我们现在常用的花旦随着小锣点子上场的〔丝弦平头一字〕就是竹老师从河北梆子中吸收、融化过来的……《借亲配》中张桂英唱的〔顺水鱼〕是竹老师从曲剧唱腔中吸收过来的。他还把洞经堂演奏的〔仙家乐〕〔天香云外飘〕〔宫妃怨〕等改革为滇剧唱腔、曲牌……滇剧〔胡琴坝儿腔〕就是他年过花甲后的又一创造。"①

"竹八音"以剧情配合、人物刻画为目的,以滇剧声腔基础上的新整合、用别的音乐素材在滇剧声腔主体上新添加的方式展开滇剧的声腔革新,为他带来了极大声誉,为滇剧艺术的"竹派"奠定了"守成创新、稳中求变"的唱腔魅力基点。

"小八音"万象贞继承"竹派"衣钵,其最显著的声腔演唱艺术精髓,就是声腔为剧情表现与人物刻画服务。有研究者指出:万象贞在舞台上塑造了众多鲜活的人物形象,这些形象与唱腔的音乐形象紧紧相连。"每个人物的唱腔均以人物的性格和揭示人物内心世界的需要为依据,所以每个人物均有一些精彩的唱段。这些人物的精彩唱段,形成了小八音在表演和演唱艺术上日臻成熟的标志。"② 在她的代表作《借亲配》中,"在襄阳二流的基础上,增加了胡琴、丝弦的腔调,'三下锅'的运用更彰显了滇剧音乐的丰富、优美……"③ 1956 年万象贞为中缅领导人演出《荷花配》后,周恩来总理印象深刻的也是万象贞表演的细腻感人和演唱方法带出的效果——"甜美动听"④。

其实,不必讳言,据说"小八音"对唱腔的理解和对行腔的把控,全靠感性经验的积累和表演艺术家的天性、悟性,她不像师父"竹八音"那样擅长各

---

① 赵纪良:《春风雨露寸草知——缅怀罗香圃、栗成之、竹八音老师》,参见玉溪滇剧(国家非物质文化遗产)传承保护展演中心、玉溪市滇剧院编《滇剧竹派艺术文苑》,2017 年 6 月,第 24 页。
② 张惠生:《声情并茂 余韵隽永——记滇剧著名演员万象贞的演唱艺术》,参见云南省戏剧家协会编《云南戏剧家研究》,云南人民出版社 2014 年版,第 181 页。
③ 李荫厚:《八音绕梁滇韵美——万象贞艺术成就浅谈》,参见云南戏剧家协会编《云南戏剧家研究》,云南人民出版社 2014 年版,第 188 页。
④ 李荫厚:《八音绕梁滇韵美——万象贞艺术成就浅谈》,参见云南戏剧家协会编《云南戏剧家研究》,云南人民出版社 2014 年版,第 188 页。

种乐器，那样精通音律，但是她靠自己的艺术经验去对原有滇剧唱腔调整，有添加地找到适合自己也吻合戏剧人物的行腔，这就让她的滇剧表演在声腔上带有了独特的个性。譬如，她在滇剧剧目《血手印》中《数桩》的表演，腔、词、字与身段、表情之间的配合；在《杜十娘》中，她对"疙瘩腔"的借鉴和创造性的运用；在滇剧《望夫云》中，她对白族民间音乐的借鉴。①

据说，万象贞不爱交际，不善言辞。我猜想，她是常常沉浸在自己的剧情里和活在人物身上。她的爱徒冯咏梅对我说：人言万象贞在剧目排练中常常关起门反复演唱，调适声腔，然后与音乐设计、琴师一起商量，定下最适合自己嗓音条件和角色需要的声腔。我意识到，实际上被称为"小小八音"的冯咏梅，得到了老师的真传，就是利用艺术感知和领悟能力去调适传统唱腔，以适合自己、适合人物。2020年7月25日，冯咏梅在云南大剧院对我说：滇剧的声腔难唱，高中低音之间的衔接陡转幅度太大而且突然，唱起来气息运用和嗓音调动都有很高难度，不像京剧唱腔那样舒畅自如，也不像艺术歌曲、流行歌曲那般晓畅平易。所以，当"小小八音"继承"竹派"唱腔特点的时候，也继承了根据自身嗓音条件和人物塑造需要去调适创新的艺术创造精髓。至于滇剧声腔"难"在哪里，其实"竹派"艺术对滇剧声腔的不断改造革新已经做了实践上的努力，理论上也应该总结了。

四

"竹派"表演艺术特点应该格外注意的，是与声腔紧密联系的字、词、句的"滇派"语言特征。滇剧姓"滇"，没人反对。但是，实践上像"竹派"舞台艺术做到"滇声滇韵"去突出滇剧声腔的"滇腔滇调"的，恐怕就可以观察商量了。

---

① 张惠生：《声情并茂　余韵隽永——记滇剧著名演员万象贞的演唱艺术》，参见云南省戏剧家协会编《云南戏剧家研究》，云南人民出版社2014年版，第182-183页。

"竹派"的表演艺术，口齿清楚，吐字有力，送气绵延，已经是有定论的公论。可是，无论哪一种剧种，演员的语言能力难道不是最基本也最重要的艺术能力吗？环顾剧场，各剧种舞台基本功扎实、吐字清楚的演员多了去了。滇剧舞台艺术，吐字行腔达到口齿清楚水准的也有很多优秀演员。但是，万象贞和冯咏梅特别注重的咬字、吐字、送字在演唱行腔时的功用，这恐怕在滇剧演员中是格外突出的。日常生活中，她们对乡音传递的乡情格外敏感。舞台上表演时，她们对醇正的云南官话体现的浓郁地方色彩格外用心。这十分有道理。对于地方剧种滇剧而言，其在听觉上可以识别的文化身份，就是行腔里的"滇腔滇调"和念白里的"滇声滇韵"了。我特别不赞成有的评论者用"字正腔圆"去描述万象贞和冯咏梅的行腔、念白能力。那是评价京剧演员演唱和念白能力的熟语，并不适合滇剧演员的舞台艺术。在我看来，万象贞、冯咏梅的"滇腔滇调"和"滇声滇韵"追求的云南官话语言表达，可能是"字不正腔不圆"的。云南官话，声母、韵母乃至词汇中，保留的古音偏多，圆唇音常常读为浊唇齿音，如"无""舞""五"……读为"V"；很多时候，声母的"H"读"F"，"虎""胡""湖""糊"……舌根音"K"与舌面音"Q"混同，如"去"读"Ke"；"J"读"G"，如"街""界""介"读 gai；舌面音声母"X"与"H"混同，"鞋"读 hai；声母没有撮口呼，韵母没有后鼻音。词汇如"吃水""吃茶""吃酒""则个（咋个）""恁个""恼火（老火）"一类口语，在明代、清代的小说中普遍使用。此外，云南官话在语调上平和柔缓，出现在滇剧里，常常体现为念白的"软讲"，乡里相邻、乡音乡韵的，语气软软的，语音糯糯的，声线袅袅，余韵绵绵……这和云南花灯的说唱歌舞或者花灯剧里的对诘台词表现出来的舞台语言效果同理，其中存在的语气语调推送的内容，云南人一听就能体会。那种独特的韵味，那种地方方言传递的、特定语言环境中的人才能体会的人情世态，是别的语言不能替代的。其实，方言是特定历史社会环境中人的特殊情感表达方式，滇剧语言同理。"滇腔滇调"必须与"滇声滇韵"紧密相连，而且，必须保持醇正浓厚的语言语音本色，这是构成滇剧声腔的两个基本部分。

"竹派"是滇剧艺术中特点鲜明的"演技派"。有人提到万象贞表演艺术的

"手眼身口步"①，而不是传统的"手眼身法步"。其实触及了"竹派"而不仅仅是"小八音"的表演艺术特点。配合"唱腔"的"口"功，与"手眼身步"一道去服务于人物塑造、传情表意的传神细腻表演，"口"与声腔艺术、表演风格之关系，就成为应该格外关注的突出特点。但是，需要强调的是，这里所说的"竹派""口功"不是一般意义上的口齿清楚，那只是演员基本功应该具备的条件。"竹派"表演艺术的"口功"，要点在于吐字归音服务于浓郁的"滇腔滇调"和"滇声滇韵"，清脆利落的唇齿摩擦、喷口阻畅、吟唱行止，传神表意的眼神表情，手、眼、心、身、步密切配合人物心理情感表达的行云流水，尤其是"滇声滇韵"与"滇腔滇调"的水乳交融，唇、齿、口腔、喉头、呼吸、声带运动与"滇味儿"效果的产生相适应，"滇"官话特性体现在滇剧唱腔中就气韵生动了。应该说，以上三方面是"竹派"舞台魅力最重要的特征。

至于表演的细腻、技巧的追求、创造的用心、艺多不压身的能力，都是理想的戏剧艺术和杰出的戏剧表演艺术家追求的共同性，不必多讲。扮相俊美，嗓音甜润，表演细腻……这些皆大欢喜的套话，其实空洞无物，不提也罢。

本文发表于《民族艺术研究》第 33 卷 2020 年第 5 期第 65 – 73 页

---

① 张惠生：《声情并茂　余韵隽永——记滇剧著名演员万象贞的演唱艺术》，参见云南省戏剧家协会编《云南戏剧家研究》，云南人民出版社 2014 年版，第 182 – 182 页。

《我那呼兰河》的风格、风情、风度、风韵和风骨

沈阳评剧院的《我那呼兰河》(编剧黄英伟,导演查明哲,唱腔设计、舞美设计罗江涛)从 2008 年 9 月面世公演以来,一路喝彩,获奖甚多,卷起了一阵"评剧振兴"的风。这风来得温润,吹得绵长,富含历史文化的"负氧离子",悦情益智,醒目养心。关键在于,这风是"五色"风:诗意写真风格;关东民俗风情;传神创新风度;圆润成熟风韵;刚勇壮烈风骨。

一、诗意写真风格

风格即人。一出舞台剧,其舞台演出的风格,其实就是导演运用一切舞台语汇,与演职人员的表演、创造协调聚合起来,浑然天成地表达、表现剧目创造的思想内容、获得艺术效果的总体原则。这既是导演创作风格的体现,也是创作群体在长期磨合、集体创造中形成的创作能力的体现。显然,在《我那呼兰河》当中,导演与沈阳市评剧团这个剧目创作群体的风格是高度和谐的,否则,不可能达到现有的整体演出高度。如果导演是风格设计者,那么演职人员就是风格体现者。两者无法截然分开,也不必分开。我谈这个剧目的风格的时候,就是在谈论这个剧目的创造群体。

《我那呼兰河》的舞台风格是什么?是诗意的写真。写真,是对生活细节、生活场面所显示的典型意义、所具有的表情特征的发现、撷取和凸显。因此,需

要一些实实在在的人物、事件当中的真真切切的情的感动。但是，又不拘泥于此，而是透过具体事件和个别人物触探时代脉搏、感知家国命运，进入言此及彼的比喻、以小见大的象征、浪漫的想象、浓烈的抒情，诗意地叙述和表现历史。在《我那呼兰河》中，宏大的历史风云变成一种在生活真相表达基础上升腾起来的精致的舞台意象，历史的波澜壮阔汇流进呼兰河水的奔腾咆哮中。

为此，一如既往地，导演查明哲以他对生活判断的真诚和对艺术追求的虔诚，要求整个演出体现为一种真切体验的情感态度。以往与查明哲导演合作的演员常常会说出这样的体会：与查明哲导演的艺术合作，过瘾！什么过瘾？深刻的人物动机、艰难的行动抉择、酣畅淋漓的内心表演、浓墨重彩的人性表现等等。这些因素，在演员创造形象、传递情感、表达思想的时候被一丝不苟地要求，艰苦的过程之后，留下的是十分过瘾的艺术创造享受。评剧《我那呼兰河》在艺术创造过程当中，同样感受了来自导演的那种严格要求。女主演冯玉萍说："演了几十场，哭了几十场，有时场都散了，我的眼泪还停不下来。这段时间，我一直活在王婆的世界中。如今，只要一站在舞台上，我的心就会随着呼兰河水激荡，王婆的世界就仿佛神灵附体一般，这个女人已经成为了我生命的一部分了。"① 其实，不只是她有这样深切的艺术创造体会。排练开始，演员们被要求真哭、真笑、真感动，一切举止言行都要实实在在地体会那情、那景、那时间、那事件当中的人物的真情实感，来塑造形象、表现场面和叙述事件。于是，事隔近80年，舞台重现了那种社会底层的生存搏杀与死亡角逐，观众受到令人透不过气来的感染，从呼兰河畔的人民那悲喜歌哭与爱恨生死当中，认知历史生活和在其中奔腾咆哮过的生命激情。

沉重的写实，厚重的述史，戏剧舞台叙述的历史事件，化为一群草民的生命活动细节与群体意志张扬的场面。历史中的个人命运与个人命运里承载的历史同行，历史过程与事件、社会变化个人命运就这样构成了一种恰当的舞台同构形式，具体而不琐屑，宏大而不空虚。这是评剧《我那呼兰河》从剧本到演出被

---

① 引自中国网·文化中国。

导演艺术整合成的诗意写真风格外貌，显现了该剧目艺术创造的深厚功力。

二、关东民俗风情

《我那呼兰河》是一幅色彩艳丽的关东民俗风情画卷。赛秧歌与金枝出嫁，无疑是浓墨重彩地渲染的关东民俗风情画。其实，今天的艺术家们在演出创作的时候，民俗风情展示的意识格外强烈，这已经不足为奇，也不值得津津乐道。值得肯定的是，民俗风情化为戏剧冲突与人物性格发展的有机构成部分得以展示。《我那呼兰河》中的民俗风情画展示没有陷入"为展示而展示"的舞台闲笔，而是在剧情节奏的需要与人物命运的表现中，成了戏剧动作发展极其特别的一部分，十分自然贴切。

漫天风雪中逃避仇人追杀的王婆，带领年幼的一子一女，饥寒交迫。途中，尚未成年的儿子铁钟为报杀父之仇，投了"胡子"，决心以暴抗暴，以恶抗恶，洒泪离去；继续亡命天涯的王婆母女精疲力竭地来到了呼兰河畔，那里正在举行一年一度的赛秧歌。本来，亡命者应该隐姓埋名，遮颜过市，但是，那参赛赢家获得的奖励银圆和高粱极大地诱惑了王婆，她强提精神上阵了。为了挣口饭吃，为了活下去，她必须使出浑身解数赢得那场比赛。风雪弥漫中，在茫茫原野里逃亡，是饿死途中还是绝处逢生，是浪迹萍踪还是安身立命，这时，她的唱曲，她的舞姿，都化作了生存搏杀的一次绝响和挣扎，与前边欢乐好胜的人群的赛秧歌完全不在一个层面上。两个层面的意义，使戏剧场面获得了民俗风情与人物命运的双重表达。因此，戏剧情节的发展，没有我们看戏通常会遇到的那些刻意表现民俗风情场面的行动停顿感，而是在热闹的场面后面，令观众对人物命运的走向心悬胆牵，深切感受到王婆孤注一掷搏命的疯狂与绝望中生发的强烈希望。于是，王婆刚刚赢得比赛，赵三对王婆的爱慕就油然而生，二里半说媒做合，王婆毅然再嫁。从戏剧行动的意义上来看待赛秧歌的民俗风情表现，就会更加佩服这个场面的处理：对于作为戏剧情节发展和人物命运转折的重要部分的场面化事件的处理十分高明。

三、传神创新风度

《我那呼兰河》连续获得辽宁省和国家赛事大奖,赢得专家好评与观众认可,有一种舆论,认为这个剧目的成功,扛起了振兴评剧的"大旗"①。但是,也有人认为,这个剧目作为评剧,让老观众有点陌生,客气的说法,是"感觉像评剧又不像评剧"②。

面对记者的采访,查明哲坦言,他对评剧不熟悉。③ 不熟悉,恰恰成就了他在舞台形式上不拘泥于传统评剧程式的大胆创造,成就了他在艺术手段上对其他艺术手段的广采博收。查明哲的表述是:"首先它肯定还是评剧。但这个评剧确实融入了姊妹艺术的手段。随着时代发展,人们的审美发生了变化。在我看来,本质地继承、创新发展才能让戏曲走出另一片天。我坚持认为,吸纳更多的艺术手段,增加戏剧的表现力,亲近人们的审美,才能让戏曲更发展。"④ 问题在于,何谓本质?怎样创新?

评剧作为由单板、对口的简单说唱艺术发展起来的一个剧种,其自身不断丰富、完善的历史就是一种开放发展、完善丰富的艺术样式成长的历史。从唐山民歌、莲花落的说唱,到后来加大音乐成分、拓展地域民俗的河北梆子、京剧和东北二人转,活泼,乡土气浓,是适于渲染乡音、乡情、乡故事的地方剧种。从音乐特点到表演形式判断,其是不是评剧,主要在于音乐唱腔和与此相关的乡音、乡情特征的体现,而不在于舞台表现的固定样式。因为,评剧从一开始,就没有什么一定之规的程式,有一些传统的惯常演出形式,恰恰是在后来的发展当中向其他剧种学习、积累起来的。所以,只要评剧的音乐唱腔是纯正的,那些往往是评剧乃至传统戏曲弱点、弱项的环节,如单为演员"亮嗓子"的大段唱腔设计、

---

① 《中国评剧复兴大旗刚刚扛起》,参见《沈阳晚报》2010 年 6 月 10 日。
② 《〈我那呼兰河〉越来越美》,引自中国戏剧网,2010 年 5 月 6 日。
③ 《〈我那呼兰河〉越来越美》,引自中国戏剧网,2010 年 5 月 6 日。
④ 《〈我那呼兰河〉越来越美》,引自中国戏剧网,2010 年 5 月 6 日。

为场面热闹的舞蹈、与剧情结合不紧密的抒情、由说唱艺术变为一种地方戏而带来的先天性"戏剧动作性弱"等等，就应该改进。《我那呼兰河》改了、变了，从剧本文学到舞台呈现，观众看到，其文学性极大地加强，说书的口水话、大白话成为戏剧朗朗上口、铿锵起伏、富于诗性的韵味台词，情节编织紧密，动作发展迅速，矛盾冲突尖锐，化为很强的戏剧性事件叙述、戏剧性场面表现和戏剧性细节放大。而且，调动了可以调动、适于这个剧目的表现需要的舞台手段，没有刻意去画地为牢地固守剧种的界限。只要合适，只要有利于追求剧目创造的最高目的，就可以随心所欲，信手拈来。中国传统戏剧在漫长的发展过程中兼收并蓄，杂耍、幻术、武术、相声、说书、音乐、舞蹈等等各类艺术，在戏剧表演艺术的核心聚合下成为一种生命力极强的东方戏剧艺术，其实应该给人们启示；而话剧与戏曲彼此别扭、相互碰撞了百余年的戏剧艺术样式，在今天从冤家变成亲家了。从眼下的戏剧舞台看，很难像几十年前那样，话剧是话剧，戏曲是戏曲，舞台上的表现语汇判然有别。一定历史时期，文化艺术的细致分工、精致分化是发展需要；在另外的历史时期，混搭、越界、借鉴、融合，也是发展需要。关键在于，合不合适，巧不巧妙，精不精彩。

《我那呼兰河》在音乐唱腔上高度保持评剧的优势和特点，在表演上突破固有程式，在表现上脱尽传统土气，在艺术手段运用上挥洒自如，在舞台整体呈现上气度雍容，难怪在第十一届中国戏剧节上一亮相，就被专家认为"提高了评剧的文化品位"，"达到了近年来戏曲现代戏创作的新高度"。从效果判断，《我那呼兰河》在保持评剧艺术特点的基础上对其他艺术手段的创造性借鉴和运用显然是合适、巧妙和精彩的。应该注意，对于一个地方剧种，可能音乐唱腔是本质要素的内容，表演样式和表达方式相对次要。另外，无论哪种剧种，本质上，他们都是戏剧。手段可以千姿百态，但是，以演员扮演为核心，在假定性前提下通过戏剧事件连接观众和演员协作创造戏剧效果这一艺术本质，却是不变的。

这是一部有评剧特点的戏剧？所有的剧种演出，都应该如此。本质地继承，传神地创新，不拘泥，不执迷，是查明哲，也是《我那呼兰河》剧作整体的艺术风度。这是戏剧艺术上继承与创新一个成功的案例。

四、圆润成熟风韵

《我那呼兰河》舞台呈现圆润成熟，观众看过演出，有目共睹。

获得这样艺术效果的因素很多，如：黄伟英的编剧，情节结构，人物命运，语言台词、唱词，还有唱腔设计等，这些都为该剧提供了良好的基础；罗江涛的舞美设计，举重若轻，写意的轻灵，写真的滞重，抒情的旷远，叙事的简洁，信手拈来，左右逢源。想来，查明哲与罗江涛多年合作，相互信任，彼此激赏，取得这份合作的默契，是令人羡慕的。在话剧、歌剧、舞剧及各种地方剧长期创作积累的基础上，《我那呼兰河》的创作达到了新的高度，它是那样力透纸背，是那样响鼓重锤，是那样酣畅淋漓，是那样透彻骨髓。这些，都是其整台演出高度统一显现出成熟圆润水准的原因。尽管，这样的境界，是创作群体共同努力的结果，但是在剧中扮演王婆角色的冯玉萍的努力和贡献，也是不能不提的。

冯玉萍从艺三十七年，20 世纪 80 年代《风流寡妇》及 90 年代《疙瘩屯》两个具有时代代表性的评剧剧目中的表演，让她两次成为中国戏剧大奖"梅花奖"获得者。21 世纪头十年，她又有了《我那呼兰河》，应验十年磨一剑的"江湖传说"。不知道这会不会成为她从艺生涯当中第三朵梅花大奖剧目，成为她艺术人生的又一次巅峰体验。对一个艺术家而言，那些，都是瓜熟蒂落、水到渠成的事情，不必猜测，无须妄念。但是，总结一下她"二度梅"以来的艺术成长，却是有必要的。

圆润成熟演员与剧目一道成长，这是我在看完《我那呼兰河》之后体察到的，只有用这个词汇来评价，才会恰当。

在《风流寡妇》中，冯玉萍扮演一个坚韧奋斗却情感寂寞的女强人吴秋香。其实，剧目的名字取得挺吓人，情节中的吴秋香却一点也不风流。她坚韧、坚强、坚定，生活中有自己的追求，走自己的路。与前夫离异，并不是因为她有外遇、红杏出墙之类的事情，而是因为"老鸹"没有生活情调，二人无法沟通对接。揩油的，谋财的，身边不少是非人，身后更多毁谤者……吴秋香正正经经、大大方方、磊磊落落、风风火火，显出创业女强人的风流，是时代的俊杰，应和时代的农村经济改革需求，站在了社会评判价值的领奖台上。

《疙瘩屯》实际上也延续了这样的形象创造思路：社会主义新农村女性形象塑造。一个有闯劲、有想法、肯学习、敢尝试的农村妇女，顶着家庭的压力，面对世俗的偏见，硬是学文化、搞科技，走出了一条脱贫致富的农村经济发展道路。冯玉萍扮演的这个女性形象喜莲，再次站在了"三农"问题思考焦点的位置上。给这样一个戏剧舞台形象以褒奖，首当其冲的原因是这个形象作为一种社会导向、一种风气引领，是我们的意识形态所需要的。

不看到这一点，就不能解释冯玉萍扮演这两个类型相似的形象都获得"梅花奖"的社会原因。但是，只看到这一点，似乎又对冯玉萍的艺术成就显得不公平。可以肯定地说，冯玉萍在挑起评剧团的当家旦角大梁方面，是功勋卓著的。没有她的厚实唱腔功底，没有她的俊美扮相和富于表现力的宽厚、高亢、甜脆的嗓音，那些柔情婉转、深情旷远、激情奔涌的唱腔，是无法被传达到观众的审美天地里去的。没有她的艺术创造，上述意识形态的价值，也无从体现。至少，不会具有那样的感染力。

但是，那个时候的冯玉萍，唱腔是好的，嗓子是亮的，却没有今天我看到的她扮演王婆时那样的神闲气定，运用声音气息游刃有余。更主要的是，从前塑造舞台形象的时候，她的嗓子的优势，远远大于身段、肢体语言的表现力。也许，到中央戏剧学院的求学，在她的演艺生涯里又加进去了极其难得的一份艺术训练，从语言到肢体，有韵味了，有表现力了，在舞台上的举手投足，能够根据所扮演的角色来指挥身体，作为一个整体来塑造形象，冯玉萍在舞台上"活"了许多。身上没"活"，身上缺"戏"，是许多自然条件好的演员发展的瓶颈。在《我那呼兰河》中，冯玉萍让观众明显感觉到她在艺术上的飞跃，她突破了那个曾经存在的瓶颈！冯玉萍扮演的王婆，其塑造形象显现出来的艺术能力，是她演艺生涯当中的一次质的飞跃。她能唱而且会演了。唱与演，相得益彰，将一个野地里成长、仇恨中沤成的女中豪杰，一步步从一个天涯亡命者塑造成为一个反抗命运的荒野领头人。与呼兰河相表里，母性的伟大，女性的柔情，忍辱负重的耐性,咬钉嚼铁的刚性,与河水滋养土地的宽厚,河水的柔性、绵性、野性互为对比。波光潋滟的抒情,微波细浪的温情,奔腾咆哮的豪情,狂涛怒卷的激情,在冯玉萍的人物塑造当中,都照应到了。王婆是一个在情节发展中鲜明起来的形象,有一种在人物关系的变化中逐步完成的性格。铁钟投"胡子",是亡命途中的绝处生路。她一"滚"、再"滚"、三"滚"的呵斥和一次、再次阻拦的迟疑,完成了一个母亲无奈之下柔肠寸断、痛下决心的心理过程。赛秧歌获胜之后,她为了落脚安家,毅然改嫁,那一撕两半的红绸,撕碎的是一个为生活所迫而含羞再嫁的女人的心。改嫁三年后,投了"胡子"的儿子铁钟,已经成了"胡子"的大当家。他属下的惯匪抢民女,抢到了金枝身上,王婆手持菜刀往回抢人,算是再次作为果敢过人的女中豪杰的亮相。紧接着的母子相见,又让她有了很好的内心表现机会,大起大落,大悲大喜,瞬息万变,百感交集。成为"赵三家的"之后,她处处谦让。但是,在赵三遭受牢狱之灾,被摧残了身体,也毁掉了胆量和希望的时候,在自己的儿子受尽磨难、死于抗日的时候,王婆被命运、仇恨和情势逼到了前台,完成了形象的成长过程。对于冯玉萍的演剧生涯来说,这是她全新的体验。没有哪一部戏,她能够像《我那呼兰河》中的王婆那样充满内心波动和生命体验地去创造角色。因为,这是冯玉萍扮演的最有挑战性也最有情感内容和性格多面性的人物形象,人物关系、情节发展提供了这种基础,导演诱发、强化了这种形象基因,演出来,就满堂喝彩。

唱得好,还需要演得精彩。较之以前,她无疑又跃上了一个新台阶,唱得更稳健成熟,行云流水,演得更自然大方,轻松自如,恰如人物土婆情境中所要求的分寸尺度。关键在于,冯玉萍的演唱做戏,已经深入表现角色内心,懂得演绎人物灵魂了。这是一个外在条件不错的演员了不起的进步,这是人生玉润珠圆的显现和艺术成熟练达境界的开始。

五、刚勇壮烈风骨

在舞台上,查明哲选择表现那些严肃的主题、善良的人群、庄重的人性、尊严的底线、沉重的选择。实际上，正是这样的选择和这些内容的浓墨重彩的表现，使得查明哲的舞台创作显现了一种十分硬朗的风骨，成为当下中国戏剧舞台的一道醒目的风景。

《我那呼兰河》的舞台表现，重点就放在野生野长的一群草民逐渐凸显出来的刚勇壮烈的风骨上。没有"坐稳了奴隶"时候的混沌愚昧，就没有"想做奴隶而不得"时候的"生的坚强"和"死的挣扎"。没忍无可忍、退无可退的瑟缩与避让，就没有"活不了就死，死不了就活"的"向死求生、求生敢死"的勇猛、不屈和倔强。没有生来的英雄，也没有永久的懦夫，闯关东、讨生活的人们，在一片蛮荒与四野荆棘中开垦田园，顽强生存和发展，只有在无法生存的时候，才发出反抗的声音。先是租息沉重，阶级关系紧张；后是强盗破门，民族矛盾尖锐。于是，家仇国恨扭结到了一起，保家卫国关联成了一体。那种忍无可忍的复仇，那些被追杀中的反搏杀，那些由恐惧的呜咽变来的怒吼，那些因驯良而任人宰割的教训，那些觉悟之后的以暴抗暴，统统化为一种统一的舞台意象，那就是千回百转、延绵不绝的生命意志，善待弱者、不畏强敌、不屈不挠的民族风骨。

查明哲在从《死无葬身之地》《纪念碑》《这里的黎明静悄悄》《矸子山上的男人女人》《万世根本》《黑石沟的日子》到《我那呼兰河》的这一系列有影响的剧目的创作中，无论是人本追问，还是民生焦灼，都表达了一个有良知的艺术家的高尚追求——在生命意志中彰显人性的尊严，于民族风骨里托举国家的希望。呼兰河畔的草民，野生野长，野死野埋，完全没有那种明白的生命意志和清晰的民族风骨。但是，最真实也最珍贵的情形在于：那些山野中的村妇蛮汉的琐屑愿望与卑微梦想，在一种波澜壮阔的历史洪流的裹挟下，汇入了一个民族要自由、要自立、要解放的宏大愿望，铸进了一个民族在漫长的历史语境与文化传统中形成的人格风骨，这就是中国近现代社会变迁中显现出来的社会真实与民俗真相。

中国自古就不缺少慷慨悲歌之士，但是，把这种慷慨赴死、死里求生的刚勇壮烈的风骨，赋予呼兰河畔的草根贱民，是世界观、人生观、价值观走入了人本、民生的认识阶段的事情。《我那呼兰河》是戏剧舞台上从这样的认知角度去评价历史、判断生活、打量社会的一个艺术样本。查明哲作为当下中国戏剧舞台上艺术风骨硬朗的导演艺术家，在守望人本的人性底线与探查民生的生命意志的时候，歌颂的是生命意志，赞美的是民族风骨。说到这里，我不由想到，台上台下，戏里戏外，查明哲都用对国家的使命感、民族的责任感、人性尊严的捍卫、生活理想的守望来表达自己的生命意志，来体现自己的人文风骨，始终如一。

刚勇壮烈的风骨，从本质上说，属于硬汉。当今的中国戏剧舞台上，查明哲是一个。

本文发表于《戏曲艺术》第 32 卷 2011 年第 1 期第 97－101 页

编剧杨军的"试心草"

杨军是云南省近年出现的一个有全国影响、被戏剧圈关注的新生代编剧。1993年夏天,她进入云南艺术学院戏剧系学习,1997年6月毕业。滇剧《水莽草》是她的成名作,使她成为中国当代新生代剧作家。她进入大学时,有一种观点比较流行,说戏剧文学系培养不出剧作家。但她和她的同学们成为云南省的一群中坚剧作家,而且不仅仅写话剧,也不仅仅守成于舞台剧,电视剧、电影剧本、小说、诗歌、散文都广泛涉猎。当初说这种风凉话泼冷水的人不知做何感想?是否转而装作没有说过当初的风凉话,起劲地说"一夜成名"的话题?人们常常关注别人一夜成名的侥幸,但是,杨军不是一夜成名的,而且绝非侥幸。她有自己默默努力、不懈奋斗的成长经历。她的成名,来自持之以恒的努力和寂寞难耐的坚持。

她的大学生活,是在20世纪90年代中期度过的。那时,正值改革开放的关键时期,她入校的头一年,邓小平同志的南方谈话已经发表,社会主义市场经济体制建立,文化体制改革开始,文人墨客在新形势下躁动不安,很有些文人下海经商试水的信息传播,也很有些戏剧艺术走市场的尝试吸引公众视听,戏剧走向何方也有种种议论,她和她的同学们在老师们的讲课中、议论里都听到、看到了。但是,她们不为所动地专注学习,醉心舞台,热衷于了解戏剧活动的各个环节,从编剧立足点出发,去接受文学写作、戏剧历史、戏剧理论和戏剧评论、戏剧影视欣赏、导演艺术基础、表演基础的全面训练。她们的书桌安稳,生活宁静,在课堂里接触了当代戏剧最前沿的思想观念和欣赏到了当代戏剧舞台最新锐的实践动向。她们赶上了一个好时代,获得了当时可能获得的最好的学习资源,处在一个宁静纯粹的环境和守正求新的学术氛围当中。她忙忙碌碌四年，几乎没有传说中的大学本科宽松慵懒的时光，一路紧紧张张就走过了。毕业时，她还意犹未尽，觉得戏剧文学的底子已经有了一定基础，眼睛就盯上了导演艺术，希望跨出一步去，对戏剧艺术有更深刻的学习钻研。她在本科三年级时，似乎已经不满足于我为她们设定的编剧学习者对表演、导演艺术的学习，不满足于在作品中导演执排、在表演实践中积累经验，而迈出一步去，开始去组织同学撺弄原创剧目了。她编剧导演的第一个剧目是一个实验探索的小剧场戏剧，叫《你往何处去》。该剧在校园公演后，引起了反响，我为她们的热情和努力写了文章，发表在《春城晚报》上。

她是那种活得有章法、讲进退、善思考的学生，不显山不露水，肯于吃苦受累，埋头苦干。这是生存状态可能指向的人生远景。但是，这种良好习惯对人生的助推，一开始并不惹眼，本来就是中国人最常见的节制内敛、韬光养晦，何须张扬？

等等吧，时间会说明，机会会到来。

杨军的校园演出剧目《你往何处去》，其实明确地表达了杨军和她的同学在校园里躁动的青春和追求的迷惘。说迷惘，并非看不清她们所处的当下，而恰恰是在这种设问式的语境背后，保留了她们的价值观点，肯定了她们对生活的判断。她在剧末启用了哑语的手势，明确的指向是：爱观众/人；爱生活；爱世界……人应该去的地方，是有爱、有生活、有社会的地方。

但是，生活并没有如杨军在她的作品中诗意表达出来的人生温情与社会诗意那样。写作训练中，她在剧本里规定情境中表达出来的这种肯定意图和明确判断很快受到了现实的挑战。1997年7月毕业，杨军和她的同学共同面临的问题是：你往何处去？在同学们找工作就业的纷乱忙碌中，杨军似乎主意已定，决心继续深造，报考上海戏剧学院的研究生。我很能理解这种追求和选择，也很赞赏这份热情和执着。我知道，戏剧艺术的种子已经深深在她的心里扎下了根，本科毕业就找一份工作就业，让她似乎有点儿意犹未尽。我了解这一点。实际上，1996年，我的老师田本相先生在北京举办后来被追认的首届"华文戏剧节"时，因为恰逢暑假，我就带了有意观摩剧目和参与听会的五六个同学同去，尹松、李小鹏、刘昆、杨军、张丽……杨军是积极响应者。住在当时天气酷热的北京城随处可见的小旅馆里，自己解决餐饮，解决交通问题，师生小分队每天看戏听会兴致勃勃，激情四溢。那时候，我能够确切地感受到同学们对戏剧的由衷动情，也能分辨同学们的心思旁逸或者心醉神驰。杨军是真的沉湎在戏剧氛围当中，是真的第一次集中地看到中国不同地区不同文化色彩的那么多剧目，那么多各有个性的舞台呈现。

毕业时，当杨军提出要考研究生，并且选择导演艺术方向的时候，我毫不惊讶她的跨专业选择，我表扬了她的热情和志向，毫不犹豫地向上海戏剧学院的招生导师推荐了她，认为她是可堪造就之才。算起来，她算是我推荐投考念硕、读博的男孩、女孩中的第一个。推荐她的理由有两点，首先，这个年轻学生在校园实验话剧《你往何处去》成功上演后获得了鼓励，由此产生了自我期许；其次，她也许没有明确意识到，选择导演艺术跨专业学习，其实是她对戏剧艺术整体性了解把握的一种更高追求，表明的是她对戏剧艺术深入学习有了更高要求。导演与编剧、演员、舞台美术创造者、观众之间的互动关系和协调能力，对戏剧艺术创作流程各环节的入微体察与用心感悟，是一个好的戏剧工作者应该具备的素质。她在为自己打基础，做准备。

1997年的毕业考研，也许对她是一次挫折考验，也许是对她必要的历练。她的分数达到了，而且不错，但是招生导师没有选择她，导师跟我说原因，一方面说她考得很好，另一方面却觉得她的本科专业是戏剧文学而非导演，所以选择了本科专业为导演的报考者。其实我觉得这样的结果可惜了，这个听起来似乎有一定道理的说法，把一个有可能成为导演艺术家的苗子拒绝了，这似乎没法验证，这只是我的判断。以后的学习生活中，杨军似乎憋上了气，较上了劲了。

杨军回到了戏剧文学的轨道上，毕业后去了昆明儿童艺术剧院当专业编剧。她的成果不断增加，验证了她大学四年在云南艺术学院戏剧文学专业受过的专业训练、积蓄的能量和开发的潜能。她在实践中潜心学习，用心积累，静观默察，潜心揣摩，将生活中看到、听到、悟到的点点滴滴发酵成了文化积累与经验滋养。这就是她，她是一个善于思考也勇于行动的人。她在证明自己，证明自己是一个有导演思维、具剧场观念和能力的编剧。

她在成长，一步一个脚印；她成长快速，留下一串惊艳。

2002 年，她毕业后走向社会的第五年，编剧、导演的戏剧小品《寂寞的星期天》获第九届曹禺戏剧奖·小戏小品剧目一等奖、优秀编剧奖、优秀导演奖。对于云南戏剧界来说，这有点儿惊艳。哪方雅士？何处高手？人们还没有适应一个毕业不久的女学生获得如此殊荣，然而她继续挺进。2005 年，毕业的第八年，她再次让人眼前一亮，编剧、导演的《油漆匠与清洁工》荣获首届中国戏剧奖·中国小戏小品奖。她在顽强地证实自己：编剧出身，可以导演。中国戏剧权威评奖机构组织专家验收了她的成果。

她并不就此停步，开始涉猎广播剧，有《花灯村长》，有电影剧本《梦醒香格里拉》（获得广电总局 2011 年青年电影剧本扶持奖），还参加了在云南有深厚群众文化影响的电视连续剧《东寺街西寺巷》《世纪不了情》《百花村纪事》的创作，在各种体裁的磨炼锻造中积蓄能量。接着，她开始着手大型话剧剧本创作。一出手，她就显示了眼光和气魄，写的是《我的西南联大》。剧本研讨会时，我觉得她以小见大，由教授、学生与市民交融的状态作为入手点叙写联大传奇，有其生活碎片组接的"原态"追求与"写真"趣味。我提了些意见建议，希望她另辟蹊径，丰富厚重地为西南联大精神造像。但是，后来的情况不可控，创意提出者的她和另外的作者的名字被放在了很多名字之后，对此，我就不再操心，也毋庸置喙了。

杨军的持续努力与不断进步引起了省文化厅的注意，很快把她调离了昆明儿童艺术剧院，从基层院团到机关，去了文化厅艺术研究所（艺术研究院）的戏剧创作评论工作室，成长为主持工作的副主任。这个时候，她有了多个选择的困惑：去云南省剧协驻会工作？去省文化厅做管理者？我建议她回母校云南艺术学院，去戏剧学院的专业领地耕耘。

她回学校了。母校支持她到中国艺术研究院跟随宋宝珍教授学完艺术硕士课程，作为她回母校、任教职的过渡准备和切换预热。在毕业时节，她还编剧、导演了一个剧目作为汇报演出。人生的每一个阶段，她都是用心的。她勤于思考，善于行动，能够发现，也抓得住机会，她是那种给点儿阳光就灿烂，给次机会就发展的人。她用心生活，努力做事。我常常跟进校的大学新生、研究生们说，过好每一天，安排好每一件事，努力的点点滴滴，在将来的人生道路上，会与有逻辑成效的自己相逢。

印象中，杨军不喜欢高谈阔论，常常是一脸沉思地听别人眉飞色舞，偶尔参与嘻嘻哈哈、打打闹闹、说说笑笑，一转身，恢复常态，还是老样子，沉笃勤恳、朴朴实实地着手自己的学习与生活。正因为这样的生活状态，她注定会改写默默无闻努力耕耘的生命状态，做出成绩来的时候，屡屡让人惊艳。她是那只三年不飞，一飞冲天，三年不鸣，一鸣惊人的鸟吗？毕业第五年时，她的《寂寞的星期天》打破了寂寞；毕业第八年时，她以《油漆与清洁工》再次刷新了自己的专业人员形象。往后，人们就习惯了这个年轻女编剧不断开拓地创作剧目。

其实，惊艳还在后面，好戏连台，才刚刚开始。毕业第十五年后，经过北京、上海的一系列学习，经验积累，眼界拓开，水准提升，她进入了更好的创作阶段，那就是以《水莽草》为标志的教学、研究与大型剧目创作时期。

回母校之前，她有顾虑，其中重要的有一条，就是教书育人之余，还能不能继续创作实践。事实证明，她的担心是多余的。她可以一边教学，一边写戏，还能一边排戏。与剧团不同，她不承担票房重压，不忌惮应景催逼，不突击临时任务，按部就班，周而复始，在培养人才的教学之余，研究、创作也成果累累。她不仅获得了云南省的一系列荣誉，如"红云园丁奖"、云南省优秀教师、云南省有突出贡献的专业技术人才、一级编剧、云南省委宣传部"四个一批人才"，还满足了既编剧又导演的创造热情和专业兴趣。同时，2014—2017 年，她编剧的滇剧《水莽草》不仅三度获得国家艺术基金的大型剧目、滚动扶持、交流推广项目资助，还获得了中宣部精神文明建设第十三届"五个一工程"奖、第十三届中国戏剧节优秀编剧奖、中国文联第二十一届曹禺剧本奖提名、云南省第十二届戏剧节目展演剧本一等奖。2017 年、2018 年，她创作的儿童剧《星际奇遇记》、滇剧《王者江上》连续获得国家艺术基金大型剧目资助，后者还获得第十五届云南省新剧节目展演剧本奖……

　　杨军的创作进入了渐入佳境的状态。她的《水莽草》原作并非滇剧，就是一个剧种不确定、形式确定为戏曲样式的作品。结果，三家剧团争抢，编剧大家推崇，最后花落玉溪市滇剧院院长冯咏梅之手。两位女艺术家惺惺相惜，从此开始了"相互欣赏，彼此成就"的艺术人生。她们的合作改变了云南剧本创作的低迷不振状态。可以提一件有趣的事，那就是通过对她的《水莽草》的签约首演权争夺，云南戏剧界认识到了剧作家的价值，编剧的艺术含量产生了决定性的作用。她从演出方拿到了10万元的剧本稿酬，这创下了云南剧本创作市场价格的新高，极大地提高了一直在低位徘徊却勤恳服务的剧作家们的劳动所得。从云南艺术剧本文学的价值角度来说，《水莽草》够得上是一个事件，甚至有四川同行把这个剧目喝彩不断、获奖连连、影响广泛的情形与"滇剧振兴"、地方戏"品位提升"联系起来。实际上，玉溪市滇剧院抢买的这个剧本为云南戏剧文化留住了可能外流的财富，冯咏梅以"梅花奖"演员的艺术直觉，判断《水莽草》是一个好剧本，极爽快、极干脆地将它"拿下"了。后来，一路的演出成功，获艺术节入选剧目的剧目奖、编剧奖、"五个一工程"奖以及连续三次获得艺术基金不同项目支持，一再说明、验证了玉溪市滇剧院冯咏梅有准确的艺术直觉和果断的决策能力。

　　今天，杨军的道路似乎走得顺风顺水，风生水起。但实际上，在这种渐入佳境的人生阶段到来前，她还是有过挫折的。首先，她毕业考研遇挫。从那时起，她似乎憋着一口气，想要顽强地证实自己的能力，这反倒成就了她。其次，在基层剧团摔打磨炼，让她体会到"运势"是由不得自己的，但是可以积极顺应时代变化和发展要求，积蓄力量，寻求机会，尽量一搏……这个女孩接二连三获奖后，一步一步地走出了自己的小格局困境。

　　那么，下一步，她走向哪里？杨军在人生途中是不是常常自问：你往何处去？

　　《水莽草》刚刚问世，我十分看好这个剧目，写了文章，发表在《中国戏剧》上，盛赞其小事件、大主题，实验人生、颠倒梦想、瞬间善恶，最后是人性的自我修复和疗救保全了人的形象，解决了切实展开却煎熬于内心深处的焦虑和矛盾。子虚乌有或者可有可无的"水莽草"，作为一个传说，说者无心，听者有意。剧中两次误会成为剧情的核心转折，鸡零狗碎间郁结的婆媳失睦，突然间显现为生死考验的集中解决：针锋相对的常态矛盾进入了非常态的进退攻防与闪展腾挪，因为媳妇的"过失"，婆婆面临不久于人世的绝境，媳妇平时的千般难忍万般难耐在这样的情况下都忍了耐了，反倒换取了婆婆的自我反省与换位思考，内在矛盾解决了，外在矛盾，也就在"水莽草"有毒无毒是真是假的轻描淡写中消解了。婆婆不死，媳妇心宁。婆媳相睦，犹如朝廷之上的将相和，社稷江山，百姓家庭，将相、婆媳和睦的重要性，真是同理同心。在《王者江上》中杨军探讨的是人生境遇与人心人性的关系。延续的还是对人心人性的关注目光。如果说，"水莽草"是一根试探人心人性的"草"，一根系人心、勾人性的"试心草"，那么，《王者江上》中，那条贯穿性存在的江就是历史流变、社会风云平台的"江"，大纛公从苍头布衣复出再起，最后又走向苍头布衣的那条命运的江，翻腾着的就是涤荡人心、淘洗人性的"水"。大纛公地位的升降、运势的起落、人心的向背、人性的善恶，都在江上水中翻腾涤荡。这样，就可以明白，那条江，是比之家庭琐事、婆媳失睦风波更广泛的"江"。自然物、自然景、被萃取与升华为与剧情意蕴和人物性格紧密相关的物像，这种意蕴化的景、人格化的物所呈现出来的舞台景观意义，我称之为戏剧演出的意象。

杨军的最近一篇谈创作体会的文章中，她谈的写作支点和一些经典的动人核心，大意在于：诗意。这是可以斟酌的。诗意对于诗人的眼光、诗人的心灵而言，真是无处不在，取决于诗人对生活真善美的发掘和发现。但是，诗意解决不了戏剧艺术的根本问题。爱生活，爱人类，仅有诗意是不够的，戏剧人、编剧者尤其如此。诗意，是剧情发展、人物关系、戏剧动作具备充分的戏剧性基础之后的奢侈品。设若没有这种基础性前提，诗意是支撑不了戏剧演出的。戏剧演出不是诗朗诵，不是唱诗班排练，戏剧艺术的观演内容，最重要者在于戏剧性变化的故事内容与人生经历。

从中国艺术研究院话剧研究所专业硕士毕业的时候，杨军创作了一个学术性、探索感十足的剧本，是改编的《秋胡戏妻》。人物关系没有变，就是征战十年还乡的秋胡与空守闺房十载的妻子重逢，"戏"的规定情境变了，呈现出三种截然不同的重逢过程和结局。第一节是传统的秋胡戏剧的人物关系和形象定位，油滑世故的秋胡回到家里，桑园遭戏的梅英开门见面，又羞又气，当然是不愿相认。第二节变成了春祭仪式中的假面舞会，梅英在明处，秋胡在暗里——面具背后。芳心暗动的梅英制止了秋胡拿下面具想要相认的举动，其结果当然是没有相认。第三节更离奇了，规定情境变成了秋胡战场归来，受伤失忆，见面不相识，却只记得新娘是美丽动人的梅英，不是眼前的梅英。无论是秋胡还是梅英，都陷入了陌生的眼前人、熟悉的忆中人的迷思与混乱，其结果自然是无法相认。不愿认、没有认、无法认，成为杨军新编《秋胡戏妻》的新阐释，把那点潜伏在剧情中的男腥女怨的私情一步步引向了迷思和哲思。戏剧性来自两性情感的不同步、不对等、不平衡产生的固有冲突，思想性来自于这种冲突既是历史性的又是具有文化感的。杨军不仅仅关注了历史生活中的文化秩序给秋胡、梅英派分的社会角色，而且将目光延伸至人本的身份迷思：人之常情、人之同心、人之共性共存同在的自我张力结构状态。

显然，常情、同心和共性并非等量现象，而是根据情况不同、条件不一而消长隐显的，这在戏剧编剧里就是特别强调的规定情境。规定情境决定人物性格与实践条件之间互动作用下的动作发生指向或者剧情发展走势。萨特的情景剧的核心，强调的就是这个道理。如果说戏剧艺术是人性的实验室，那么，规定情境就是探索分析"人性可能"的实验条件、实验试剂。杨军版的《秋胡戏妻》中，夫妻久别重逢是规定情境，但是第一节中，十年光阴易容改貌的现实给了"对面相见不相识"的双方一个陌生人的试剂，使秋胡露出轻薄本性。第二节中，面具是试剂，遮蔽了社会表象，而活泛了空守闺房十年的梅英的内心真相。第三节中，受伤失忆的秋胡让重逢相认蒙上了重重迷思，山盟海誓的等待与刻骨铭心的爱情显得那样无助、无奈、无力、无意义，人性好脆弱。

从《秋胡戏妻》的改编实验，到《水莽草》的虚拟风波，再到《王者江上》的人生观察，对人心的考察，对人性的实验，是杨军编剧写戏最有魅力的切入点。以其代表性剧作《水莽草》来说明杨军编剧魅力的特点，就是找到表现人心丰富性、探究人性复杂性的"试心草"。对于一个戏剧编剧来说，这也许是比起题材、意义、诗意这些概念更重要的创作立足点。

在"试心草"的找寻中，杨军的剧作为剧中人物的心灵表现、人性刻画提供了一个个良好的规定情境的虐心时刻或风口浪尖，或细腻精微，或大开大合。总之，明心见性的写戏基准点，是戏剧艺术的"人学"根本点。这是 20 世纪 80 年代以来在中国戏剧甚至是整个中国文学艺术界"人学"建设的背景下，新生代剧作家在创作中呈现出来的成果。对此，我很欣慰。

杨军在成长，其编剧影响在扩大，各种荣誉纷至沓来，她在教学、研究、创作展演之余，在云南艺术学院戏剧学院担任主持工作的管理重担之余，还有大量劳心费时的社会工作。她以编剧的缜密、导演的周到、演员的努力、管理的统筹，尽心尽力，拳打脚踢，带领团队奋进。这个时候，我觉得，她颠簸在大爨公的那艘船上那些风雨雷电中。写戏的时候，她为人心人性寻找"试心草"。她还要选择人生、决断事务、参与活动……在越来越重要的社会工作和专业活动里，她也进入了一种规定情境。她看别人，也被别人看。她把握各种复杂的社会关系，也被各种复杂的社会关系把握，究竟何时何地何种关口，杨军要面对自己的"试心草"？

作为戏剧编剧，艺术中"进得去"，生活里"出得来"，也许是最高境界。我期待杨军的戏剧人生有更大的发展，有更多、更好、更有戏剧魅力、更具备人性光辉的剧作问世。

本文入选 2019 年《中国戏剧年鉴》

第二辑

戏剧与民族

中华民族新文化创造的世纪"国剧梦"

一、"国剧梦"认识的背景

中华民族自近代受到帝国主义列强欺凌掠夺以来，求变图存就成为几代人的长期努力，重新崛起、再创辉煌就成为民族复兴的共同梦想。其中，新文化的创造，被看作是求变图存努力奋飞时重要的一翼，而话剧的移植与建设，则是创造中华民族新文化绚烂梦想中小小的一叶。历史走过百年，移植的话剧，与原来它准备取代的中国传统戏剧之间，从相互诟病、彼此隔绝、水火难容走到彼此相容、相互借鉴、观念交融。回首来处，风雨过后，萧瑟成昨，但一路行来的轨迹却更加清晰可见，令人感慨系之。可以明确地说，从求变图存的初衷开始，一代又一代中国戏剧家的理论、实践，都在不懈追求"国剧梦"，中国戏剧文化走完了一个轮回，完成了一次涅槃，一种既非舶来时期的话剧也非传统样式的戏曲的戏剧演出样式出现了，我愿意称它为"国剧"，因为这种样式的戏剧是我们的民族戏剧文化在经历了一个世纪的梦想追求和艰难探索后才得到的新的戏剧样式。

话剧，其实是在中国近代、现代社会转型、民族文化自我更新的向外吸纳异域养分时应运舶来，落地生根的戏剧样式。同时，它又是民族固有戏剧文化生命的激活因素，让传统中国戏剧摆脱了"玩意儿"的消闲状态，成为关乎国家前途、民族命运的社会文化产品。但是，也毋庸讳言，中国知识分子在接受话剧的舞台样式的时候，因为国家积贫羸弱而产生了对自我文化的自卑自厌自弃自憎的心理，便在相当长的历史阶段以批判和抛弃中国传统戏剧文化为前提来建设戏剧新文化。这在不短的时间内，给传统中国戏剧文化的破坏性冲击是巨大的。这种破坏不仅仅是对物质形态的毁灭，更体现在对传统中国戏剧观念的置换，对东方戏剧美学精神的否定。

当然，也应该看到，中国剧人也有在躁动中的清醒和热情中的理智，这表现在他们当中的一些人的创造既能适应新时代要求又可以保持民族传统戏剧艺术特征的"国剧"的努力当中。从时装新戏、文明戏开始，到一群中国留学生在美国萌生、回国后"半破"的"国剧梦"，到梅兰芳赴美国演出轰动大洋彼岸后中国京剧名角们的"国剧研究会"成立，再到田汉、欧阳予倩们的戏曲改良……一直到焦菊隐、黄佐临、高行健、林兆华等人的，近现代的中国剧人，始终没有放弃一种努力、一个梦想，那就是：探寻一种既能够满足现实需求、表现现实情感，也能体现民族戏剧精神韵致，还能借鉴西方戏剧菁华的民族戏剧新形态。

但是，首先必须明确什么是"国剧"？"国剧"不是"国粹"，不是"京剧"或中国其他地区的传统戏剧样式，也不是"舶来品"话剧，而应该是一种新的戏剧样式，一种新旧传承、东西融合的戏剧文化样式。它在长期的文化交流中慢慢明晰，于艰苦的艺术探索中逐渐形成，这一过程就是中国"国剧"梦想的百年史。容我从"国剧梦"开始，回溯其从梦想、热情、理论、观念到实践收获的历史过程。

二、"国剧"：留美学生的民族戏剧梦

无论是爱它，还是恨它，都没有真正懂得它。这是我在整理"国剧运动"史料的时候，阅读完就此问题展开争论的各方意见后留下的印象。这也是在中国现代戏剧史上，被人们认为了结了、实际上了犹未了、无法以不了了之的一桩公案。因为，辨别中美戏剧交流当中的发展、变化细节，特别能够折射出文化交流的时代特点和文化心态。这有助于我们看清楚文化交流中发生发展的一种可能性、一种势头在什么条件下发生变异，在哪里转了一个弯，成了后人看到的表象，而文化含义总是被岁月的风吹雨打去，需要喊魂招魄，轻轻擦拭、小心辨

认，才能显现出来。

让我们从"国剧运动"的一个关键人物说起，它就是闻一多。

他是一位著名诗人，一位美术家，一位骚赋诗词的研究者，一位民主斗士和有人格魅力的教授，一点不错。因此，一般研究者把他当作"国剧运动"的积极参与者，但实际上他是"国剧运动"的策划者和主将。不这样认识，我们就难以解释为什么是他而不是其他戏剧家成为与余上沅、赵太侔一起先期回国的人。他是全公费留学的学生，没有余上沅作为半公派生留学的限定时间一到就断了生活来源的现实问题。但是，为创造一种新的文化，以续接和彰显中华文化的伟大、灿烂、辉煌的热情和欲望，他表现得比余上沅和赵太侔都强烈和迫切。他在长途航行，客轮渐渐逼近上海黄浦江入海口时，像是获得了新生，走入了新的创造的生命旅程，他将身上的西装脱下来，扬手扔进了大海。他以诗人的激情和浪漫的方式来表达他对夹带着种族歧视、物质傲慢和文化优越的美国文化（西方文化）的放弃。

闻一多在美国科罗拉多的留学生涯中经历过一场实质上是与民族、国家形象切身相关的文化对峙的"笔战"事件后，他的文艺观点从个人化的、艺术想象中的抽象的美、爱和死亡，转向了艺术要直面社会与关涉现实。闻一多向东部游学，在波士顿和纽约遇到了很多志同道合的朋友，他加入了纽约艺术学生联盟。这时，他遇上了在哥伦比亚大学修治戏剧的余上沅、赵太侔、熊佛西和其他热心戏剧、关心中国文化和民族前途的人。他埋头于各种有利于传扬中国文化的活动，在中国留美学生在大洋彼岸排练《琵琶记》《杨贵妃》的演出中十分用力。整个舞台设计和服装制作全部由他负责。他在给梁实秋的信中说："我忙得几乎喘不过气来。上周连杯酒都没有顾上喝，想必这周也如此。开演之日（我们的戏剧）正在逼近，而我们还只是排练了五幕中的一幕，我在张罗艺术方面的一切事务，就我自己。"① 戏剧演出了，成功了。按照余上沅的描述，结束演出后，因

---

① *Wen I-To*, pp. 75–76. *Wen I-To*, By Kai-yu Hsu, Published in 1980 by Twayne Publishers, A division of G. K. Hall & Co. U. S. A. p. 53.

为意外成功,留学生们从头天晚上喝酒到凌晨,第二天收拾舞台,第三天就变成了"沁孤""叶芝"们。这样的描述曾经被广为引用,也被引用者拿来作为"国剧运动"的起因。但用心一想,这样的"起因探询"的结论,对于在中国现代戏剧史上有过很大影响的思潮而言,总觉得有点儿形同儿戏:一场文化运动,起因就是一时冲动、一时念想。

其实,在美国的学生演出,场面上的热闹,未见得就能促成一次运动,它应该有更深层的原因。

更深层的原因来自留学生们祖国自强、民族自立和文化自新的强烈愿望。闻一多、余上沅、赵太侔、熊佛西、张嘉铸等的"国剧运动"理想的产生,受两方面的影响:一种是借小剧场运动声势强调民族独立意识、民族文化身份意识的爱尔兰民族戏剧运动;另一种资源来自尤金·奥尼尔的启发。[①] 1916年,奥尼尔的《东航卡迪夫》在马萨诸塞普罗温斯顿小镇渔村码头上的演出引起了广泛注意。1920年,他的《天边外》在纽约百老汇演出,立即引发轰动,获得了当年的戏剧普利策奖。奥尼尔戏剧的美国本土风情、生活、精神等等把美国舞台上巴黎贵妇的风情、英国淑女的铅华一扫而净,美国戏剧诞生了!两件事,都与独立精神和文化个性有关。

闻一多在纽约朝访夕会、联床夜谈、经常聚首的正是这样一些有着文化身份的敏感与民族独立的意识的中国留学生。他们依个人志向分为三个群体,结为社团,即中华戏剧改进社、大江社和大神州社。后两个协社是波士顿、纽约和包括芝加哥、威斯康星、明尼苏达的中国留学生在内组成的团体,他们有志于政治民主疗救,有志于经济改革与领导的人把协会作为他们施展抱负的初航码头或早期平台。闻一多至少参加了两个协社,美国人的傲慢与西方文化的优越感,使他感到文化艺术问题,似乎并不仅仅是一个纯粹的文化艺术问题。艺术的象牙塔动摇了,坍塌了,他开始积极关心民主和政治了。事实上,他是将文化问题与一个民族、一个国家的命运前途联系起来考虑的。在一封信中,他谈道:"我们的国家

---

① Ibid., pp. 76–77.

所面临的危险还不仅仅是政治、经济上的被打败征服，也面临着文化的被摧毁。而文化的被毁灭，比别的东西被打败要糟糕可怕一千倍。谁来担当这力挽狂澜的重任？舍我们其谁欤?!"这时，闻一多提出了一个"文化国家主义"的概念，他以诗人的敏感和艺术家的慧眼看出了文化身份对一个民族的重要性。文化身份超越时间和空间存在，改朝换代、移民四海，流变的是臣属、国籍，不变的是文化。闻一多是在西方文化包围中、美国文明挤压里成长起来的中华民族意识的早觉者和行动的先驱者。

在这样的认识背景下进入"国剧运动"，才能够看清问题的实质。"国剧运动"是中国留学生在美国文化环境中做的一个民族戏剧文化的梦，一个在新文化创造时强调民族文化身份而被误解为文化反动的民族文化建设的梦。尽管，其理想愿望缺少实践的现实结果，结局也十分不理想，被余上沅自己无奈地称作"一个半破的梦"，但是，这个"梦"的意义十分重要。而且，它在中华民族文化复兴的创造性努力过程中断断续续地延续了一个世纪！

余上沅是"国剧运动"的主要发言人，关于他们创造民族戏剧的主张，主要在他的《中国戏剧的途径》《国剧》和《国剧运动·序》中体现出来。"外国人观察中国戏剧，每每爱从社会的或是习惯的方面着眼，譬如扔手巾，吃茶点，嗑瓜子……这些不是不可以批评，但是都与艺术无干。如果不扔手巾，不吃茶点，不嗑瓜子，那就算是成功，也未免不揣其本而齐其末了。我们现在要讨论的是中国戏剧的根本问题，艺术问题。"[①] 他的出发点是讨论中国戏剧的根本问题，是艺术问题。首先，"我们的出发点是中国旧戏，不是希腊戏剧"。"戏剧艺术的形式多呢，古今中外没有两个绝对相同的。东方和西洋不同，何必要强同？"[②] 哪里不同？写实模仿和写意象征不同。"写实是西洋人已经开垦过的田，尽可以让西洋人去耕耘；象征是摆在我们面前的一块荒芜的田，似乎应该我们自己就近

---

① 余上沅：《中国戏剧的途径》，参见张余《余上沅研究专集》，上海交通大学出版社1992年版。
② 余上沅：《中国戏剧的途径》，参见张余《余上沅研究专集》，上海交通大学出版社1992年版。

开垦……所以我每每主张建设中国新剧，不能不从整理并利用旧戏入手。""我们不但不反对西洋戏剧，并且因为尽毕生之力去研究他也是值得的……一定要把旧戏打入冷宫，把西洋戏剧用花马车拉进来，又是何苦？中国戏剧同西洋戏剧并非水火不能相容，宽大的剧场里欢迎象征，也欢迎写实——只要它是好的，有相当的价值。"① 余上沅讲的根本问题，是中国戏剧建设的出发点是东方还是西方、是中国还是外国的问题。具体说，他希望从民族固有的也是好的美学精神出发，在传统戏剧基础上改造、创造一种以写意象征为舞台基础和欣赏焦点的新戏剧。他们的观点是温和的，还没有像提倡西洋话剧的人那样，以批判和否弃中国传统戏剧为前提。众所周知，胡适、傅斯年、周作人等的观点，是针锋相对的。不建设新剧则已，要建新剧，就首先要把传统戏剧废除。理由是一切方面都不合理、不人道、不自然、不近人情的"没有存在价值"的"旧社会的照相"。余上沅大约不清楚，他谈到的写意写实的舞台原则的区别问题，"五四运动"初年就有过类似的争论，一个叫张厚载的人已经明确指出，中国戏剧舞台上被新文化运动者用"写实模仿"的戏剧观念去判断显得不合理、不近人情的东西，是由"假象会意"的舞台抽象的审美原则和创造原则决定的。东方、西方戏剧舞台当时所持有的舞台创造原则、审美原则，本来就不是可以用一种尺度来衡量的对象。但以非此即彼、非东就西的思想方法或文化心态去讨论问题，就没有了宽容与睿智。

很大程度上，"国剧运动"讨论的发起者不是被动地谈旧戏的保存，也不是从表面化的区别去艳羡写实的科学和自卑自弃写意的"不通"，而是理性地探寻新剧创造的方法和路径。从美国的文化环境反观自己的文化，看得更清，更知道文化个性与特色保存的价值。他们在这个层面上谈问题，所以，余上沅推崇爱尔兰戏剧运动，重点是民族本真和文化个性。"他们的浑朴，他们的天真，他们的性情习惯，他们的品位信仰，他们不曾受过的一切，都足以表现一国一域的特点。"② 但是，新的好，旧的坏；西方的先进，中国的落后。在鸦片战争后，中

---

① 余上沅：《中国戏剧的途径》，参见张余《余上沅研究专集》，上海交通大学出版社1992年版。
② 余上沅：《国剧运动·序》，新月书店1927年版。

国军事失利，主权丧失，山河破碎，经济雪上加霜，人们于是信服了：中国已经处处不如人。殖民主义者摇唇鼓舌，半是强迫半是催眠地使被殖民者进入这样的世界语境，如被催眠，被心理暗示，更是一种强迫性的认同。于是，这种思潮涤荡中国，渗透人的意识，竟然成为社会心理定式，"今日欧美的物质文明，并非西学，乃是人类进化阶级上应有的新学……我们对一切学问事业，固然不'保存国粹'，也无所谓'输入欧化'；总之趋向较合真理的去学，去做，那就不错"①。在这样的认识背景下，只能产生刀锋走偏的文化批判与价值取向。

最猛烈的批判首先来自"国剧运动"提倡者们，他们宣称："什么东西，现在是二十世纪！我们是现在的青年，将来的创造者，为戏剧的现在和将来，社会的现在和将来起见，决不能有他们的天下称孤道寡，叫什么保存国粹，纯艺术，任意摧残现代戏剧的嫩芽。我们的确不能袖手旁观，于是，我们抗议了，辩论了……"②但是，最下力气也最条理化的批判，来自当时的未来派理论家、剧作家向培良："从国家主义出发，他们承认东西文化有区别，因而以为中国的文化都是好的，他们便变为骸骨底迷恋者和历史光荣底盲目崇拜者。在别的艺术上，他们推崇一切'中国底'东西，竭力赞扬中国固有的东西，中国的绘画、音乐、甚至于写字，都以为是至高无上的艺术。在戏剧上，便是他们的国剧运动。""我是根本不承认有什么东西文化的区别，不承认东方有什么精神文明，或者是'形意'的艺术，而这些都比西洋高妙。这些话，是同张之洞、辜鸿铭、义和团大师兄一鼻孔出气而且更要荒谬。文化只有好的和坏的，现在，无论物质的或是精神的，我们都赶不上西方……"③ 向培良先生看到"国剧运动"的产生根源在于余上沅一干人在东方和西方文化区别中对民族精神的强调和文化个性的保持，是较之别的社会学批评有区别的。但他否定的态度，一样地坚决。首先，西方文化中心论、与之相适应的文化进化阶段论的观点、西强东弱，然后就是西对东错的殖民理论逻辑起点，使他相信西方和东方没有文化个性的区别，只有先进与落

---

① 参见周作人《论中国旧戏之应废·附文·吴稚晖信》，《新青年》第五卷第五号。
② 左明：《北国的戏剧》，现代书局1929年版。
③ 向培良：《论国剧运动》，参见向培良《中国戏剧概评》，泰东书局1928年版。

后的差别，结果当然是西方文明、东方野蛮。其次，在艺术上，他压根不承认有写意象征，甚至连戏剧的最基本的"假定性"前提都否定了。"艺术里面是不需要假定性的；艺术需要真实，虽然真实可以披上种种的外形。""国家主义者是只看见往古而看不见现在的。他们盲目地推崇一切东方的、中国的、古代的东西，他们硬造出东西文化的区别来。他们以为中国没有戏剧是一件可耻的事，于是便把那民族卑劣精神的产品的旧剧当做艺术了。"① 向先生是一个彻底放弃了文化交流的话语权和价值立场的典型。

固然，余上沅他们的"国剧运动"努力，缺少实践支撑，其在中国传统戏剧基础上采用西洋文学艺术的科学方法以权变图存，丰富自身以求发展的想法，就缺少现实性。尤其是在后来的论争中，对中西"架通"、象征写意、艺术程式、表演中心等等如何与现实结合，如何艺术地谈问题、讲主义、反映现实等问题，他们也并没有想得十分清楚，辩论之中，甚至情急之下，忘了问题的出发点是戏剧的民族特点和文化身份，写实写意的讨论滑入反映社会人生的问题的讨论里去，变成了正需要一种晓畅明白、通俗快捷的戏剧形式来"启蒙与救亡"的人们的公敌。这也就势在必然了。文化焦灼与社会焦虑在对峙，最后都关乎国家兴亡、民族前途。但国家作为民族利益的代表和民族力量的组织，存亡是首要的。如火如荼的运动中，迸血带泪的战斗里，缺少艺术辨析的精致和文化审视的从容，实在是在所难免。

但是，这场"国剧运动"努力中的建设民族戏剧的文化意识，是极有价值的。这种有价值的意识，实际上在后来的中国戏剧建设与发展中，逐渐地进入了实践环节。它不叫"国剧"，但那民族化、民族性的强调，那些对"旧形式的改造和利用"的努力，就是对"国剧梦"并不遥远而且连续不断的回应。

中国现行的三本学术上较具权威性的现代话剧史书，对"国剧运动"的评

---

① 向培良：《论国剧运动》，参见向培良《中国戏剧概评》，泰东书局1928年版。

价详略轻重各有不同，但总体来说都是否定的或否定多于肯定的评价①。与新文化运动以来的现实主义主潮相反，唯美主义反对反映现实生活和社会问题，犯了根本性错误，诸如此类。但是，没有一本戏剧史或文学史意识到，在这些纷纭的批判、结论中相貌模糊了的"国剧运动"的历史事件和遥远呼喊里，包含着多么敏感的文化交流中的民族意识。我们并不是想来评价其功过，但是了解了"国剧运动"的真相和意义，就知道它是一个在美国文化或西方文化包围中产生，却因为文化交流语境、交流话语权、文化交流者的心态等诸多问题而没有做完的梦。前边那些因素是文化交流的条件，而"没有做完的梦"是文化交流的结果。抚摸历史，思考今天，不无意义。

三、国剧学会：未来得及展开的"国剧"传习热情

及至梅兰芳于 1930 年在美国巡演并获得轰动性的成功后回来，中国传统戏剧圈还是感到振奋和受到鼓舞的。梅兰芳回到中国，四下张罗，信心十足。1931 年，梅兰芳、余叔岩协同齐如山，发起组建了一个北平国剧学会，目的在于"礼延海内豪贤，剧坛耆宿，为国剧学会之组织，并创设国剧传习所，为有志学国剧，而未知门径者之讲肄机关"，原因是"兰芳前岁薄游美洲，亲见彼邦宿学通人，对吾国旧剧之艺术，有缜密之追求，深切之赞叹，愈信国剧本体，固有美善之质；而谨严整理之责任，愈在我剧界同人……叔岩年来闭门，勤加研讨，以为剧艺之精深博大。苟非亲传广益，终必至于袭貌遗神，渐趋沦落。发扬光大之举，尤以为不可或缓"②。从主张和缘起，都令人感到，余上沅、赵太侔、闻一多、张嘉铸们产生于美国的那个"半破的梦"——"国剧运动"又在延续，只

---

① 葛一虹主编：《中国话剧通史》，文化艺术出版社 1990 年版；陈白尘、董健主编：《中国现代戏剧史稿》，中国戏剧出版社 1989 年版；柏彬：《中国话剧史稿》，上海翻译出版公司 1991 年版。

② 梅兰芳、余叔岩：《国剧学会缘起》，载《戏剧月刊》1931 年第 1 期，转引自翁思再《京剧丛谈百年录》，中华书局 2011 年版，第 145 页。

不过，创造国剧的路径思考不一样。但是，建设民族戏剧的初衷是一样的。而且，两次努力的起因，碰巧又都与美国的戏剧交流活动联系在了一起。梅兰芳不止在一个场合说过，自己是怀着学习的态度去介绍中国戏剧并了解西方戏剧舞台的。结果，获得的是发展自己独特的民族传统戏剧的信心。以美国人的看法作为反观自己文化的参照系，梅兰芳这个卓越杰出的舞台实践者与留学生们殊途同归于建设民族戏剧文化，这本身是令人深思的。一方面，这是文化交流于比较中存在，在竞争中发展的特性；另一方面，新文化运动对传统文化的全面批判造成的中国人对自己的文化价值无法定位的惶惑心理也是存在的。但它会在实践中得到校正，从"国剧运动"的发起，到国剧学会的成立，就是从文化交流最终回到自我价值确认的例子。两次现象之间，是有内在贯通的民族精神与文化联系的。

国剧学会自成立，一直活动到梅兰芳访问苏联，前往上海，才停下来。齐如山先生记述："……在南大街虎坊桥路北，租了一所很大的房子，成立一个国剧学会。工作约分下列五项：一，研究国剧的原理。二，搜罗国剧的材料。到戏界各种公共场所去搜求；到各梨园世家家中去搜求；到清宫中去搜求；在市面及街上小摊各处留神。三，出版月刊画报。要想办一种关于国剧的出版物，真是极难的一件事情。上海虽然有几种这样性质的出版物，但不过是捧捧角，骂骂角。好的写几段戏评，最高尚者，写篇名角的小传。至于按学术来研究的，则可以说是没有，本来也是很不容易的。不像办话剧杂志或电影杂志，有若干学说可以供人研究。而且凡学电影话剧者，多是读书人，都是由课本上学来的，脑子中自然就有学理。再加有西洋各国都有的这种书籍、杂志、期刊、日报等等，都可以拉来运用。国剧则不然……四，办国剧传习所。五，编纂《国剧辞典》。"①

本来，这些都是极其可贵的努力，但在新文化运动者看来，就有些不屑。"但我不知道梅兰芳博士可会自己做了文章，却用别一个笔名，来称赞自己的做戏；或者虚设一社，出些什么'戏剧年鉴'，说自己是剧界的名人？"② 而且，他

---

① 齐如山：《创立国剧学会》，参见齐如山《齐如山回忆录》，辽宁教育出版社2005年版，第156－173页。

② 张沛（鲁迅）：《略论梅兰芳及其他》，载《中华日报·动向》1934年11月6日。

们认为这种种努力，都像是在做垂死挣扎。其逻辑是：传统的就是旧的，旧的就是正在灭亡的东西。所以，他们顺理成章的推断就是：梅兰芳访日、访美还要去访问苏联，似乎也都是"国剧"灭亡前的回光返照，而不是文化交流需要。"名声的起灭，也如光的起灭一样，起的时候，从近到远，灭的时候，远处倒还留着余光。梅兰芳的游日、游美，其实已不是光的发扬，而是光在中国的收敛。他竟没有想到从玻璃罩里跳出，所以这样的搬出去，还是这样的搬回来……而且梅兰芳还要到苏联去。议论纷纷。我们的大画家徐悲鸿教授也曾到过莫斯科去画过松树——也许是马，我记不真切了——国内就没有谈得这么起劲。这就可见梅兰芳博士之在艺术界，确是超人一等的。"①

国内不必为一次文化交流的成功谈得太起劲，当然可以反映一种强健的文化心态，可能是一种文化自信。文化交流中，一个项目或一次活动的成败，都属自然，而且原因很多。但如果是在一定思想文化背景下文化界、艺术界表现出来的"冷淡"，就有可以解读的文化学意蕴了。我是充分理解国破民穷、内忧外患下的戏剧家们对一次文化交流的成败十分在乎的心理的，中国传统戏剧被新文化运动人士批判了十余年，要废除，要埋葬，但是，文化交流上有民族特色、有历史文化资本的项目，还就是传统戏剧。这也是令那个历史文化背景下的文化人十分尴尬而且困惑的事情。

梅兰芳在美国接受荣誉博士学位的时候，有这样的讲演："兰芳此次来研究贵邦的戏剧艺术，钧蒙贵邦人士如此厚待，获益极多。兰芳所表演系中国古代的戏剧，个人艺术很不完备，幸蒙诸公赞许，不胜愧怍。但兰芳深知诸公此举，不是专奖励兰芳个人的技术，乃是表现对中国文化的同情……"所以，梅兰芳访问美国归来，在上海的京剧界几乎所有名角大腕都到齐了，举行了一次空前绝后的民间盛大聚会。这是一次文化庆典，也是一次文化生存示威。在主流话语里，传统戏剧成为批判对象和遗弃文化的时候，这不难理解。传统要民族内部珍惜和保存，但批判确是由民族内部发动的；"国剧"需要民族戏剧家去建设和创造，但

---

① 张沛（鲁迅）：《略论梅兰芳及其他》，载《中华日报·动向》1934年11月6日。

"国剧"在民族传统戏剧基础上改造的建议遭到了唾弃。困惑和苦恼当中,中国传统戏剧界将这次影响巨大的文化交流活动转化为中国传统戏剧整体的成功和中国文化价值的外来肯定,顺理成章,而且理所当然。梅兰芳既是个人,又是一个文化象征。对他的评价,常常是对一种文化的评价,否则就无法理解那些与梅兰芳毫无干系的人评价起他来何以那样笔带情绪。

梅兰芳赴美国之前,已经从美国回来了三年多的熊佛西表达他的见解,就是带着这样的情绪:"梅兰芳到日本据说得了不少欢迎,所以现在又有人劝他到美国去,听说他亦在预备去。所以在几个月前北京某报曾登过一段'梅兰芳现拟赴美献技,一切均在筹备中,闻梅此去非同小可,实负中西艺术沟通之使命云'类似的新闻。当时我一见到这新闻,不由我不佩服梅兰芳的胆气与正气。"① 这种语气,显然认为梅兰芳不知深浅,熊佛西这样的在美国专攻戏剧的人,从来没有想到过要用中国传统戏剧去与美国代表的西方戏剧相沟通。熊佛西大概觉得是异想天开。"梅兰芳到美国去是可以的,这亦是谁也不能禁止的。但是我劝他不要去唱戏,更不要负着东西艺术沟通的使命去。否则,他必失败。"② 熊佛西认为,美国人无法"听"懂,也受不了"那套音乐","所以梅兰芳想靠'听'去美国出色,是梦想……想拿他的'看'去出色,更是梅兰芳的梦想。美国舞台上的'看',到今日可谓发达极了。真是无有不备,无备不精"③。但是,梅兰芳的"梦想"还真就实现了。关键在于,熊佛西用西方剧场设备和西方席间标准来衡量中国传统戏剧,自然凡有不同,都成了障碍。"无备不精"的舞台设备、装置创造的热闹真实或"电光背景"的看点,预设了梅兰芳演出的"必然失败"推断。但他忘了最根本的一条,艺术交流不是物质比拼,也不是同根文化的展览。因此,梅兰芳的演出成功在他看来可能是匪夷所思的。其实,最根本的问题,在于他心底对中国传统戏剧的看法:"我对于中国旧剧的结论是:第一,他是破碎的,片断的,稀稀散散的,由许多地方是可有可无的,不是整个的,所以在完美

---

① 熊佛西:《梅兰芳》,参见本书编委会《熊佛西戏剧文集》,上海文艺出版社2000年版。
② 熊佛西:《梅兰芳》,参见本书编委会《熊佛西戏剧文集》,上海文艺出版社2000年版。
③ 熊佛西:《梅兰芳》,参见本书编委会《熊佛西戏剧文集》,上海文艺出版社2000年版。

的戏剧艺术中很难有它重要的地位;第二,'剧'的成分太少,程式与故事太多;第三,他的音调太少,而且过于简单,很不足以抒发我们现在复杂的情绪;第四,缺少世界性;第五,旧剧在民间虽有相当的势力,但能否代表中国人的思想仍是疑问。"①

对于中国传统戏剧的种种疑问,使得熊佛西有别于他开展"国剧运动"的同学们,他不认可把传统戏剧或话剧当作国剧,也不同意在传统戏剧和话剧之间寻找国剧建设的可能,他提出:"中国的国剧即'中国人'作的'剧'。剧既是中国人作的,不管他采用的是何种技术,当然他的思想和背景都是'中国的'……凡中国的史剧及一切能代表中国人民生活的剧,都可称为中国的国剧。总之,国剧与非国剧是个内容问题,不是形式问题。"② 这么说,其实无法说清楚熊佛西想要谈的国剧问题。因为他提出的定义,严格说对中国传统戏剧并无太多排斥性。他说国剧是个内容问题,但将传统戏剧摒除在外,很大程度上的原因是形式问题。显然,熊佛西这样的戏剧专家在戏剧样式的选择和文化价值的创造上,在当时有些判断乏力,有点茫然失语。

但这不是熊佛西个人的问题,对梅兰芳的评价中显现出来的西方标准,而且是我们自己的知识分子、精英人才们当作"真经"取回来的西方标准,历史性地遮蔽了中国知识界在中美戏剧交流中出现的反观自己文化的良好角度,在"冷淡"梅兰芳的时候与反观自己戏剧文化的本质特征和普遍价值的观察点擦肩而过。许多年以后,在中美戏剧交流再度全面接触的时候,我们才如梦初醒地觉察到并有效地使用了这种观察点。

毋庸讳言,梅兰芳在国内的被"冷淡",与传统文化被批判、被否弃的历史条件是一致的,在全民族启蒙与救亡的社会要求下,对一切思想资源、文化资源的评判取舍,一条最重要的标准是"用"的标准。我们18世纪提出的"师夷之长技",目的在于"治夷",以对抗"船坚炮利"之"用";后来,从"技"的

---

① 熊佛西:《梅兰芳》,参见本书编委会《熊佛西戏剧文集》,上海文艺出版社2000年版。
② 熊佛西:《梅兰芳》,参见本书编委会《熊佛西戏剧文集》,上海文艺出版社2000年版。

层面上升为"学"了,内容增加扩大了许多,从一般器物引进到了整体研究和学习,但必须注意的一点是:"用"的目的性还是作为文化交流的核心目的存在的。"中学为体,西学为用",这"体用之争",或潜或显地蜿蜒在中国近现代思想史的整个发展过程中,直到今天当代文化交流讨论中,这个问题实际上也还没有得到根本解决,还时常被旧话重提。"用"的学习交流态度,其实是最能够被普遍接受的一种观点。任何时候,在文化交流和国际关系当中,"拾人牙慧""邯郸学步""数典忘祖""东施效颦"与"夜郎自大""抱残守缺""坐井观天"之类的语词总是针锋相对,互不相让地出现,但讨论的就是一个如何将先进的东西"拿来"为我所"用"的问题。一时间,现代中国百家争鸣,流派四起。就是在这样的交流背景下传统戏剧的批判、话剧建设运动发生了。话剧建设是寻找一种社会改良称手武器的运动,发轫在饮冰室主人梁启超那里。小说与群治,戏剧与社会改良,一开始就体现为一种手段与目的的关系。及至发现西方话剧之于"救亡与启蒙"的便利,旧戏改良的尝试就停下了。救亡启蒙、改造社会、求变图存之"用",是价值衡量时最重的决定权重与判断标准。比较之下,中国传统戏剧在内容上既不利于摆脱封建思想的樊篱和思古幽情的羁绊,形式上又不便利社会改造和思想斗争之"用",显出了内容上的陈腐,形式上的美而无当,这就让中国传统戏剧历史性地成为新文化建设和社会革命运动中的必然牺牲品。

但是,无论是旧戏批判者、否定者,还是国剧提倡者、赞美者,都没有从这样的实质问题去谈清楚。否定者嫌笼统,振聋发聩,却少一点说服力;提倡者谈纯粹艺术形式,却攻击话剧最为有力的内容之"用",就显得极不合时宜,而被一阵风轻轻吹散了。在"国破家亡,死了干净"①的心情下,以"用"为先的时代,不适合谈纯粹艺术,也不可能有从容的心态去考量艺术价值,"国剧运动"的失败,梅兰芳的受"冷遇",是必然的。只是,在中国社会当时的西方文化崇拜心态和以"用"为核心的"拿来主义"思想的背景下,对中国传统戏剧整体否定的文化立场,就显现出其历史的局限性。

---

① 王笑侬《哭祖庙》台词,成为人人皆知的时语。

创造一种中国作风、中国气派的戏剧文化的心愿和理想，并不因为"国剧运动"和"国剧学会"的背运而消失，一帘幽梦，会在不同历史条件和文化背景下人们的潜意识或自觉意识之间游弋飘荡。中华民族全民抗击日本侵略战争期间，中国传统戏剧以其深厚的民众基础而被起用为民族抗击日本侵略者罪恶战争的宣传武器，人们对传统文化在民族生活中的地位和对于社会要求的作用又有了新的认识。以田汉为代表的民族戏剧家组织中国传统戏剧演艺人员开展了最广泛的旧剧的改造和旧形式的利用，理论上和实践上都为后来进一步对传统戏剧文化认识、改造、提高、利用和继承积累了建设性的经验。而且，这种积累，淡化和消解了原来话剧与中国传统戏剧水火难容的对垒与沟壑，为新一轮的"国剧梦"打下了基础。

四、焦菊隐"接受民族戏曲传统"和黄佐临的戏剧观

焦菊隐（1905—1975）是中国导演里在舞台探索与方法总结上理论表述明确，在艺术实践上建立起了一种培养和训练演员、呈现和表达戏剧形象的方法的一位成就突出的艺术家。现在，不少人总结北京人民艺术剧院的表演学派或者导演学派，认为是中西合璧、民族风格突出的表导演美学体系。一位前辈学者甚至为焦菊隐的戏剧理论及实践贡献定位："他为中华民族创立了屹立于世界戏剧之林的具有鲜明民族特色的演剧学派。"[①] 但事实是，焦菊隐早年完全不认可中西可以合璧，也不十分认可民族特色。在他的整个戏剧生涯里，他的戏剧观念是有一个巨大的转变过程的。而且，当他实心实意地想向中国传统戏剧借鉴以丰富话剧艺术，感到有一种合璧的戏剧式样存在的时候，他甚至还没有来得及展开更有力度的理论表述和更有效果的实践探索。

1938年，从法国巴黎大学以论文《今日中国之戏剧》获得博士学位的焦菊

[①] 杨景辉：《焦菊隐论导演艺术·前言》，参见《焦菊隐论导演艺术》，中国戏剧出版社2005年版，第1页。

隐回到国内,一边教书,一边进行舞台实践,一边发表他的戏剧见解。1939年下半年,他发表了几篇文章,集中表达了他在对待中国传统戏剧与话剧、中国戏剧新文化问题上的态度。"我虽然在旧剧圈子里兜了十几年,但始终是个话剧工作者和拥护者。最初研究旧剧的动机是为了反对旧剧,学习到现在的阶段,并没有改变我的立场,也未能否定我的思想观点。从艺术原则和思想观点上,我都是主张废弃旧剧而另以西洋音乐原理为基础所创造的歌剧来代替的。"① 他在同一篇文章里明确表示,利用旧形式不过是民族抗日战争中的一种权宜文化政策,"抗战胜利以后,即应另外走一条新路,否则就是死路一条"②。因为焦菊隐认为中国传统戏剧的"简单主义符号"是产生在"不科学的环境中,物质条件不够"的"拼字制"的戏剧,音乐上"有音无乐","只听见锣、板、鼓三种嘈杂的声音在主宰一切","太原始了"。所以断言:"不用西洋音乐技巧原理来编制书写东方情调的歌曲,新歌曲永远也不会成功。"③ 他对话剧和中国传统戏剧的相互关系的判断是,"我始终不相信,将来会有话剧、旧剧的混血产品,虽然有不少人民在想象、在希望,在预先称此种理想中的剧艺为'国剧'"④。但是,中华人民共和国建立后,文化环境和社会条件的变化使得焦菊隐在繁忙的舞台实践工作之余,重新思考一些原来觉得不必思考就可以接受的现成结论的问题。20世纪50年代初,他就在舞台实践的真切感受中比较话剧和中国传统戏剧更深层次上的异同长短,一步一步、一点一滴地从演员的表演,到舞台的环境呈现,再到人物内心的刻画、强调、夸张,抽象内容具体化,内心情感意识外部化,最后提炼为对传统中国戏剧美学原则的深入认识,纠正了自己从前的许多判断错误,进入了舞台创造的艺术辩证法运用的时期。他在舞台形式的形与神、形象的虚与实、行动的动与静、节奏的快与慢、表现的多与少、叙述的繁与简、刻画的内与外、

---

① 北京人民艺术剧院博物馆编:《焦菊隐文集·1》,文化艺术出版社2005年版,第232页。
② 北京人民艺术剧院博物馆编:《焦菊隐文集·1》,文化艺术出版社2005年版,第234页。
③ 北京人民艺术剧院博物馆编:《焦菊隐文集·1》,文化艺术出版社2005年版,第249页。
④ 北京人民艺术剧院博物馆编:《焦菊隐文集·1》,文化艺术出版社2005年版,第251-252页。

空间的大与小或者有限与无限等等方面，都融会了对中国传统戏剧和斯坦尼斯拉夫斯基表演体系的深刻理解和实践比较后的经验。这既是一种感性经验的总结，又是一种深思熟虑的理性提升。他由衷地提出："话剧汲取一些戏曲的形式，或者借鉴戏曲的经验和表演规律，创造出一种接近戏曲形式和风格的话剧演出形象，也是好的，也是应该的。"① 他身体力行，积极探索与实践，在导演《虎符》《茶馆》《关汉卿》《蔡文姬》《武则天》的舞台实践中，舞台环境的虚实结合，空间调度的简省流畅，人物内心的直观性揭示，演员表演的强调性突出，人物对话的动作性语言中"套子"的运用，这一切，人们可以显然地看到焦菊隐让中国传统戏剧精神和艺术创造原则融会到话剧表现形式中的深入思考和认真实践的探索轨迹。尤其可贵的是，他已经明确提出了"创造出一种接近戏曲形式和风格的话剧演出形象"的理想，这种表述，与"国剧运动"提倡者余上沅们的梦想——"从民族固有的、也是好的美学精神出发，在传统戏剧基础上改造、创造一种以写意象征为舞台基础和欣赏焦点的新戏剧"完全在一种思考向度上。可惜，他还没有来得及更进一步总结和提高，进入化境，创造一个样品或范本，他的生命就被闲置起来了，直到他郁郁谢世。

中国戏剧艺术家们追求民族戏剧艺术新样式的梦想，就只能等待另一个与他的背景相似、平台相同但是幸运地活得比他长的导演艺术家来完成，这人就是比他小一岁，见证了中国戏剧新的发展阶段的戏剧理论家和导演艺术家黄佐临。

黄佐临（1906—1994）也是中国导演里在戏剧观的拓展和中西合璧的戏剧样式道路上迈出过艰难但可贵的步子的理论家和实践者，他的文化背景与焦菊隐颇为相似，同为天津人，都是早年留学欧洲，只不过焦菊隐在法国巴黎大学，黄佐临在英国伦敦英国戏剧学馆。回国后，两人都醉心中国的戏剧事业的发展。焦菊隐从戏剧教育和戏剧运动研究开始，黄佐临则一头扎入社会实践，在"苦干剧社"，提倡以苦干、穷干的精神来开拓理想的戏剧事业。中华人民共和国成立后，焦菊隐的实践在北京人民艺术剧院展开，黄佐临的工作在上海人民艺术剧院成

---

① 北京人民艺术剧院博物馆编：《焦菊隐文集·3》，文化艺术出版社2005年版，第121页。

就。一南一北两座重要城市,都是中国现代史上戏剧文化的两个重镇,也是当代中国戏剧发展历史过程中最抢眼的两道亮丽的风景线。但是,焦菊隐在中华人民共和国成立后的最初十年已经名满天下,而黄佐临付出过心血和汗水,一直到 1962 年他的一次发言语惊四座后才引起了广泛的注意,才使得他在中国现代、当代戏剧史上埋头苦干的努力被人们有联系地注意到。

1962 年,中宣部、文化部在广州召开"全国话剧、歌剧创作座谈会",黄佐临先生在会上做了一个长篇发言,讲的是创作质量的提高和艺术样式的活跃应该解决好的十个大问题。第十个问题就是需要"宽广的戏剧观"。他把梅兰芳、斯坦尼斯拉夫斯基和布莱希特的舞台观念与表演原则做了一些本质要素的分析和比较,未敢明说我们戏剧舞台应该对"言必称斯坦尼"的现实主义条条框框有所突破,只求戏剧观念"宽广"些,表现手段丰富些,希望中国戏剧文化的发展有更大的表现空间和更多的探索可能性。他的发言在《人民日报》和《剧本》月刊发表后,影响是有的,但被认真对待却绝无可能。结果可想而知,呼吁归于杳然,倒是在日本颇有反响。

19 个年头后,1981 年,当时任上海戏剧学院院长的陈恭敏先生在《剧本》1981 年第 5 期发表《戏剧观念问题》的文章,重提黄佐临先生在"广州会议"上谈到的戏剧观问题,引发了全国性的"戏剧观念大讨论"。在大讨论中,黄佐临发表《梅兰芳、斯坦尼斯拉夫斯基、布莱希特戏剧观比较》,进一步完善和明确了他的观点,在不同戏剧文化特征的比较中,基于中国传统戏剧流畅性、伸缩性、雕塑性和规范性(程式化)的外部特征,提出了中国传统戏剧写意的审美特征——"生活的写意性,动作的写意性,语言的写意性,舞美的写意性"[①],据此提出了他的戏剧观念和演出样式的设想。但是,这些提法和设想,从概念上说,很难令人想象其实践的可能性。而且,在斯坦尼斯拉夫斯基的戏剧观念已经根深蒂固、成为金科玉律的中国戏剧界意识土壤上,讨论相持不下。一直到他任首席导演的八场写意话剧《中国梦》上演的时候,他的"写意戏剧观"才让人

---

① 参见《百花洲》1982 年第 1 期。

们恍然大悟，是一种中西合璧、继承中国传统戏剧精神的新颖的戏剧样式——一种既非西方话剧，亦非中国传统戏剧新的演出样态。当时，黄佐临先生正在上海戏曲学校组织的各剧种戏剧人才新苗培训班讲课，讲"写意戏剧观"，学员们听去听来不得要领，他就建议学员们去看正在上海热演的《中国梦》。学员们成群结队地去看了，回来都说懂了，"写意戏剧观"有了一个实践样品。

五、"国剧"梦、"写意戏剧观"与《中国梦》

1987 年，孙惠柱、费春放编剧的《中国梦》（以下简称《梦》）在中国上演，好评颇多。同年，英文版本在美国外百老汇演出。1988 年，海外中文版本在波士顿大学演出。有趣的是，和张彭春、洪深在美国写成英文剧本、回国演出和发表一样，《梦》的创作和上演所经历的情况也大致相似，1986 年 11 月已创作完毕英文初稿。1987 年，同时在中国和美国上演。中国版本的《梦》剧本，是由沙叶于 1986 年底访美探亲回到上海时带回去的。作为院长的他，兴奋地让著名导演和戏剧理论家黄佐临先生给上海人民艺术剧院口译复述，然后搭建剧组。1987 年初投入排练，由黄佐临领衔，组成一个老、中、青结合的导演组开展工作。另外两位导演是中年的陈体江和青年的胡雪桦。照黄佐临的说法：创作思想上的老一代和新一代的代沟，就由中年一代的来"填沟"——过渡和缓冲。1987 年 7 月 1 日，《梦》在上海公演。公演后，好评如潮。《新民晚报》记者李葵南梳理出各界的一致评价，有三点："第一，认为'人艺'演出这台戏的意义已经远远超出了戏的本身，它表明了上海话剧界正在向一个更高的戏剧文化层次攀登。第二，说此戏既提高了人物性格、经历的典型化，又通过写意、象征，开拓了观众的想象。这是黄佐临 25 年前在广州会议上提出的写意戏剧观在实践中的完美体现。第三，有一个美国剧本《美国梦》，它的情节、人物、内容写法和《中国梦》都不一样，但两个戏却有着惊人的相似之处，都反映了人类生存意识的困惑……"① 同年 9 月,《梦》参加在北京举办的首届中国艺术节演出。演出后,看戏历来要求品位高、评论眼光犀利的首都戏剧界反映良好。有一篇评论是有代表性的,著名戏剧评论家童道明瞩目的是艺术的审美形式感和思想内涵的多义性,而这一切是与"写意性"舞台表现连接在一起的:"……那行云流水、川流不息、从不中断的'衔接性',那想表演哪里就表演哪里,不受时空限制的'灵活性',那讲究人物主体造型的'雕塑性',实在令人耳目一新,同时也感到十分亲切。"童先生认为,这部戏是黄佐临先生毕生追求的"写意话剧"的体现,表现出具有"衔接性、灵活性、雕塑性和程式性"的特点。②"新"是因为与当时的中国戏剧舞台的呈现面貌不一样,"亲切"是因为认出了久违隔膜的民族戏剧文化的重要元素和形式美感。对于中国戏剧文化而言,这是值得戏剧史学家注意的相当重要的一刻。

《梦》表现的是一个梦的叠加的故事。在承载内容的情节结构上,作者非常聪明地选取了美国人十分熟悉、内容浅显、含意深刻的"庄生梦蝶"的故事作为结构内核,使得人物关系和情节构架充满了可逆的意义与互换的趋向。中国留学生明明因外公的关系从中国一个边远的山村到了繁华的美国,把艺术才华留在记忆里,接受了美国竞争、拼搏、创造机会出人头地的美国精神,在美国开起了餐馆。她自信可以获得成功,将来有一天让所有羡慕美国的人,也羡慕中国,做一做"中国梦"。有中国哲学博士学位的美国青年 John Hodges 倒是在做"中国梦",但他这样的人生追求并非因为中国的物质繁荣,而是因为中国哲学,因为中国文化的那种深不可测的精神与妙趣无穷的机智。他有令人羡慕的律师职业,偏偏极不安心这种缺少生命内省和哲学意义的嘈杂生活,而心醉神迷于老庄哲学。他给自己取名郝志强,业余生活里沉醉于东方哲学和中国情调。他们相遇了,郝志强谈论的庄子哲学,明明一无所知;明明兴奋的美国精神,郝志强十分厌倦。作者在人物关系结构上来了一次文化种性与文化秉持者的错置,这是富于

---

① 《文艺界专家盛赞新戏〈中国梦〉——认为本市话剧正在向一个高层次攀登》,载《新民晚报》1987 年 7 月 19 日。
② 参见 1980 年 9 月 20 日《戏剧电影报》。

内在的戏剧冲突和理性的文化省思的错置。这样，梦的寻求也就有趣了：明明在寻求美国梦，作为中国人的她要通过追求"美国梦"来实现她的"中国梦"——她要让人们有一天像羡慕美国一样羡慕中国；郝在寻求"中国梦"，作为美国人的他要通过追求"中国梦"来实现他的"美国梦"——他要改变美国社会的功利主义、物质至上的价值观念和社会风气。他们一个从富足的物质走向精神，一个从因物质贫困而没有了精神走向物质。他们追求的人生热情是一样的，途径和目标却如此不同。与此相关联的，是明明与中国山区一条江上的"放排人"志强的关系构成。明明与志强相遇在放排的江上，留下了一生中刻骨铭心的"死的威胁与爱的温暖"，从咆哮的江水中救起了明明的志强以山里人的宽厚和纯朴，温暖了因为家庭出身问题受尽歧视的明明的心，萌动了初次的爱意。当明明后来怀着捡拾旧梦的心态从美国回到山村的时候，明明旧梦的温馨诗意面对的是志强新梦的冷静现实。穷得太久的乡村不需要诗意，也不需要怀旧的温情，需要的是钱，以尽快脱贫。身穿不合身的西装的志强正在兴高采烈地期待建成水电站赚取外汇后的未来日子的富足。穷怕了的人们不需要旧梦，需要新生活；不需要教训，需要钱解决脱贫问题。旧梦的时代连同其产生的环境都在新生活的建设和追求中消失了。寄托着明明少女时代的情愫的那件补过的旧衣衫被志强换成了不合体的西装——羽蜕变的蝶衣。过去的志强和现在的志强，谁是庄生谁是蝶？过去的明明和现在的明明、律师 John Hodges 和哲学博士郝志强、志强与郝志强，究竟谁是庄生谁是蝶？《梦》围绕着庄生与蝴蝶的哲学意象和戏剧结构，体现出男人与女人、中国人与美国人、艺术家与餐馆老板、美国律师与中国哲学博士、理想与现实、过去与现在、"中国梦"与"美国梦"、影子与人的诸多互为他者却又彼此依存的意象。这意象附着在明明、郝志强和志强之间的这种最老套但又百看不厌的现实关系和情节内容上，就毫不抽象了。

过士行说："主题一定程度的模糊，给人以思考的快感；表演的虚拟化，又给人以想象的快感。"[①] 的确，《梦》的主题具有一定程度的模糊性，但并非无迹

---

① 过士行：《梦的启示——看话剧〈中国梦〉》，载《北京晚报》1987年9月8日第4版。

可寻。主题就是人生选择的两难、文化身份的迷失和价值观念的错置。剧中人物郝志强雄辩地说:"庄子大师喜欢他自己既是庄子又是蝴蝶。"但他和明明都不是庄子大师,所以他没有能够既喜欢律师职业又喜欢中国哲学,明明也无法既当艺术家又当餐馆老板、既想回到过去又想走向未来。他们只能舍弃一样,抓住一样,然后永久地怅望着另一样。富有戏剧性的是:当他们想以爱情关系来缔结他们热衷追求的梦想的时候,却要以对方放弃追求为前提。郝志强要明明放弃"美国梦",回到艺术中去——那是他退而求其次的中国哲学和文化生活至上的理念追求与精神归依,他要向明明启蒙和传授老庄哲学,他想颠覆一次文化身份;而明明要郝志强辞去律师工作,由她来供养,潜心老庄。明明想在这段跨国婚姻畅想中通过个人努力来历史性地颠覆一次国家之间的穷富关系和社会上的男养女的性别依附关系。

《梦》是以整个戏剧观念而不是局部的中国传统戏剧手法的启用进入"写意戏剧"的,所以,剧目在写作的时候就贯穿了这种意识,其戏剧结构和简单情节,为演员的表现力和导演的创造力留下了广阔的空间。是戏剧文本的风格与舞台表现风格的高度统一,造成了观众看表演时"想象的快感"。几乎所有观众都众口一词地赞赏《梦》的第二场中国山区放排的形体动作的表现。空荡荡的舞台上,明明的扮演者奚美娟和志强的扮演者野芒,就凭形体动作,将观众带到了波涛翻滚的江河上,带到了随水漂流的木排上,水势的变化,环境和心境的交融、变化,都通过演员表演传递给了观众。其实,我猜想,这是作者谋划要表现的场面。戏剧情节的叙述现在时的场面,就是"划船俱乐部"。美国的室内操练与中国山区的江上放排,是两个对比场景。而划船放排,又都是最适于形体动作表现的。在这里,作者又十分聪明地启用了中国传统戏剧里很著名、外国观众也十分赞赏的"做工戏"——《打渔杀家》里江上行船的片段。梅兰芳巡演美国的剧目中受到盛赞的、布莱希特极力推崇的,都有这个片段的场面。而黄佐临于1962年的讲话中也重点谈过这个问题,他比较过梅兰芳的《打渔杀家》中表演的象征道具的小小的"桨"和斯坦尼斯拉夫斯基在《奥赛罗》中制造的"真实"滑动的船与灌注了水银以制造"水声"的"橹"。孙惠柱研究三大体系的美学观念,这也是他再熟悉不过的例子了。他十分清楚:"戏曲的内容多来自早为人知的小说故事,因此观众爱欣赏表演最美但掐头去尾的折子戏,甚至仅只某些场面或唱段,常常是百看、百听不厌。就是那些语言不通并对戏曲一无所知的外国观众,也常常为其美妙无比的身段、唱腔而倾倒。梅剧团首次出访就受到美国人民热烈欢迎……"① 在美国创作剧本、实践写意话剧时,刻意但自然地用一用这个场面,对戏剧观念的阐释和对表演表现力的增加,都是预期中的神来之笔。而且,让美国观众看一看在话剧形式里传统中国戏剧的表现原则和表演魅力,再陶醉一次也不是什么坏事。于是,时空流转,场面衔接,情节交错,人物变化,就"无"中生"有"了,就以"少"胜"多"了,就"虚"中见"实"了。演员一共两人,女演员就扮演明明,但是同时扮演不同时间和空间里的明明——美国划船俱乐部中的明明、农村时代的放排江上的明明和美国回去与志强古人重逢时的明明;而男演员扮演五个角色。而在美国演出时,三个演员扮演八个角色。场面进进出出,意识断断续续,情节虚虚实实,梦幻真真假假,编剧、导演和演员的创造才华就自由驰骋、海阔天空了。浓墨重彩,写意留白,就体现在场面渲染、形体表演和过程叙述的详略安排与发展节奏中。

《梦》的成功,在于形式为内容服务的理念水乳交融地被统摄在了"写意戏剧观"的整体之中。《梦》的"写意话剧"实际上启用的就是中国传统戏剧观念和美学原则的话剧,它最大的成功,还不在于通过"梦的解析"可以"见仁见智"的主题的多义性,而在于写意戏剧观的形式中西合璧地对"梦"的承载。所以,既熟悉西方戏剧又深谙中国戏曲的行家如童道明者会感到"实在令人耳目一新,同时也感到十分亲切",阅尽京华戏剧春色的里手如过士行者会产生思考和想象的双重快感,茁壮成长、新锐好学的上海各剧种新苗如那40余个"戏曲圈里的人"才会一看之下对"写意戏剧观"就都"懂了"。的确,黄佐临是把《梦》的上演,看作是他的"写意戏剧观"的宣言的。② 童道明先生在上述引言

---

① 孙惠柱:《三大戏剧体系审美理想新探》,载《戏剧艺术》1982 年第 1 期。
② 黄佐临:《〈中国梦〉导演的话》。

中也指出了这一点,他的概括所言不虚。

六、结论:中华民族新文化创造的努力终于圆了"国剧"百年梦

《梦》在北京上演时,当时在《北京晚报》任记者的过士行说:"就表现手法而论,这部戏并没有太新的东西,一些手法,如虚拟表演、灯光表现氛围、交待环境等近年来常见。但是这些常见的手法,在黄佐临先生及其合作者的手里却变得那样晓畅、干净。常见的手法却创造出不常见的意境:无论是激流中的竹排,奔驰的汽车,还是人物的意识流动都表现得洗练而又讲究。"① 的确,如果仅就表现手法看,《梦》对中国传统戏剧表现手法的启用,在中国新时期的戏剧舞台上是个迟到者。在它出现之前几年,《屋外有热流》《绝对信号》上演后出现的一批形式探索剧,已经表现了中国话剧舞台突破僵化观念和封闭舞台的躁动、努力和成果。但如果不仅仅是从手法的运用,而是从戏剧观整体出发去探讨一种戏剧样态,其清醒的理论自觉和民族话剧建设的意义是不能忽略的。

实际上,孙惠柱参加了戏剧观的讨论。1982 年,他发表《三大戏剧体系审美理想新探》,从真善美的相同追求、审美效果协调统一但立足点各自不同的认识,提出了梅兰芳立足于"美"、斯坦尼斯拉夫斯基立足于"真"、布莱希特立足于"善"的同中的不同。这既是他较早的"跨文化戏剧"研究视点的显露,也是他对黄佐临"写意戏剧观"的回应,还是他对中国戏剧在比较中的发展可能的一种思考。完全有理由认为,《梦》的创作,是他这些思考和认识的一次实践性呈现。在剧本的扉页上,作者就明确标明:八场写意话剧。

《梦》所呈现的中西合璧的圆熟形式,几乎没有人有异议。但是,如果,将《梦》放到当代中国戏剧"形式探索热"的环境中去研究,人们至多只会一般性地认定其创作实践上明确提出"写意话剧"并获得演出成功的意义。而如果将

---

① 过士行:《梦的启示——看话剧〈中国梦〉》,载《北京晚报》1987 年 9 月 8 日第 4 版。

它放在中美戏剧交流的历史背景当中去，我们就可以把《梦》作为一滴显影剂，将中美戏剧交流历史过程当中中国戏剧走过的一条线索和中国剧人持续不断的努力串联起来，这就是历史烟雨当中若隐若现、若断若续的交流的意图、承传的焦灼和创新的愿望。从张厚载孤军奋战、保存中国传统戏剧的尝试，到余上沅、赵太侔、闻一多、张嘉铸们"国剧运动"的努力，到梅兰芳、齐如山们"国剧学会"的勤勉，到田汉、欧阳予倩"话剧民族化""旧瓶新酒"的探索，再到梅兰芳"移步不换形"的坚持，然后是黄佐临以"戏剧观广阔"的通道要求注重梅兰芳亦即中国传统戏剧舞台原则和审美观念研究与启用的提议，都体现出一条：中国戏剧一直没有中断过探索戏剧新路以适应时代要求和社会生活的努力。借用一种新形式，还是学习别人，改造自己的问题，体现为话剧建设与传统戏剧改造的不同主张，或激烈，或平缓，或明显，或潜在，在历史的层峦叠嶂中蜿蜒。张厚载提出的"假象会意"的表现方法、"一定规律"的程式系统和"音乐唱工"的抒情特性，余上沅、赵太侔、闻一多在"国剧运动"中提出的"写意象征""表演中心""表演创造"的"我在演"和"我就是"等等尤有见地的分析，梅兰芳对民族传统戏剧的"技术"的坚持和"形"的保留，都是后来"写意戏剧"探索的理论先声和实践先驱。到了焦菊隐，他从断然否定中西合璧的可能性，断言不可能出现话剧与戏曲的混血产品，到认真研究、用心实践后，提出了"创造出一种接近戏曲形式和风格的话剧演出形象"的设想和可能。这是多么不容易的文化创造态度的转变，多么艰难的民族文化自觉意识的苏醒。

毋庸讳言，出于现实需要的目的，历史上相当长的时期，新文化运动主流以压倒一切的优势，时代性地将文化选择作为政治斗争和社会进步选择的代名词，导致了他们在民族文化身份和个性这个问题上无法心平气和、理智冷静地思考辨析，是完全可以理解的，有其历史的必然性。幸运的是，以黄佐临为代表的戏剧家们续上了中国传统戏剧"写意象征""表演中心"在中国戏剧文化发展中绵长的生命承传链条，而《梦》则实践了"国剧"在中国传统戏剧和话剧基础上创造新路的梦想。

不是很巧合吗？"国剧运动"那个"半破的梦"产生于1924年居于美国纽

约的留学生中间；60 多年后，地点也在纽约，两个中国留学生携带着中国戏剧半个多世纪摸索的经验教训和民族戏剧文化更新的沉甸甸的思考，用英文写出了一份中美戏剧交流（也是中西方戏剧文化互渗互融）的总结，用《梦》圆了他们的前辈先驱们萌生于美国的、创造"国剧"的"中国梦"。它是话剧，但从内容到形式，它是民族戏剧。话剧和戏曲，东方和西方，就像《梦》中由人物体现出来的文化上的中国和美国一样，互渗互融，你中有我，我中有你。这倒像一个文化交流的寓言。

孙惠柱认为，他们的代表作是《梦》，我以为是恰当的。一方面，《梦》里结构的"跨文化交流"的谬误模式和戏剧色彩，在他们注目"跨文化交流现象"的剧作中都有显现。但我想强调的是，《梦》的出现在中华民族戏剧文化建设意义上的象征性，没有哪一部剧作在形式和内容的结合上如此浑然天成。另一方面，《梦》历史性地站在 20 世纪以来中国传统戏剧的保存与西方话剧中国民族化的交汇点与发展连接线上，成为中美戏剧交流中民族文化身份启悟的"国剧"的创造意识终于明确、创造条件终于成熟的标志。

说它是标志，是因为这种创造意识是一个剧作家群体显现出来的。这种创造条件的成熟，以及一批作品的累积叠加，才使《梦》的编剧能够站在那样的高度。这些剧作家漂洋过海，获得了更多的角度和更开阔的视野后，就更快地催生了他们在世界戏剧交流格局中的中国戏剧宣言，一个终结了半个多世纪写实、写意、东方、西方或势同水火或可以相容的争论的宣言。

《梦》是中国戏剧发展到现实主义舞台又走向机械、僵化的末路时的产物，但《梦》是中西兼容、神形皆备的当代中国戏剧舞台既继承了传统戏剧精神又融会了西方戏剧养分的成熟标志和创造亮点，是中华民族戏剧文化世纪"国剧梦"的 次响亮的理论宣言和圆熟的实践总结。从 1981 年开始，《屋外有热流》《阿 Q 正传》《绝对信号》《车站》《野人》《WM（我们）》《一个死者对生者的访问》《狗儿爷涅槃》《黑骏马》……这些探索新的舞台形式和表现手段（其实应该是旧的、传统的手段）的作品，出现了戏剧"虚拟表演"的探索风气，成为对当时热烈讨论的戏剧观念扩展的舞台回应。问题的实质在于，中国戏剧在长期的观念单一、手法陈旧和舞台僵化的创作徘徊中寻求艺术突破与创作新路。时值世纪之交，在林兆华、王贵、王晓鹰、查明哲、田沁鑫等一大批舞台实践者的舞台追求里，我们看到，他们所制作的剧目的整体呈现已经不仅仅是一个表现手法、表现手段的问题了，他们完成了戏剧观念的集体自觉。而这种自觉的内容，与以创造中华民族戏剧新文化为内容的"国剧梦"千丝万缕地连在一起。

本文发表于《香港戏剧学刊》2007年第7期（标题略有改动）

演的艺术：戏剧文化的本质体现

一、"演"的艺术在网络时代、多媒体文化空间中的优胜与尴尬

戏剧文化的发生、发展和繁荣，世界各地区情况不等、路径不一。但是，以表演为中心，以演员的身体媒介为艺术创造和传播的核心媒介，这一点，却是不同文化背景和格局中成熟的戏剧艺术的共同特征，至多是各自有所偏重。

即使到了网络时代的今天，多媒体艺术作为新贵，网络成为艺术展示和储存的新渠道、新平台、新空间，戏剧文化的这个特征也没有减弱，恰恰因此而更加彰显。戏剧文化作为人类文化发展过程中辉煌多时的艺术成果，其生存的理由和传播的艰难同时存在。

"演"的艺术，魅力就在于与观众的面对面交流，是鲜活的表演，与电影、电视、少部分人的电视客厅表演大相径庭或者区别甚大。鲜活的表演是戏剧艺术的魅力所在，当然也是其生存的短板。它没法复制，观众只能在表演现场体会那种"鲜活的交流与感受"，录制成为音像资料，观看者完全失去了"在场性感受与交流性参与"的独特魅力。就是这种特性，使其传播的便捷远远赶不上电影、电视一类可以复制、便于储存、易于传播的艺术形式。因此，戏剧在文化竞争当中，在市场占有方面落了下风是必然的，而且，成本投入较之电影、电视产品差别巨大，是反复投入，在有限的市场覆盖能力下，靠演出是赚不了大钱的，这是显而易见的。在所谓"后工业时代"的今天，网络改变了人们几乎所有方面的

习惯和行为方式，人们习惯了快餐文化与流行艺术，但是，还是有那么一些人会光顾剧场，因为戏剧表演艺术的魅力太特别了。如果想要享受虚拟世界、网络联系所缺少的人间温情与社会交往，那么就多多去剧场，在剧场里，与邻座、演员、角色体验交流聚会和社交盛宴。

戏剧作为叙演故事的表演艺术，鲜活的表演既是艺术存在和发展的核心，也是戏剧艺术在网络时代无法搭乘电子传输快车"跑马圈地"，扩大自己的市场和影响力的尴尬源头。

二、中国戏剧文化"演"的历史：典籍记载与传统戏剧

中国文化典籍记演员、论音律、讲曲谱者多，西方戏剧则对文学结构、叙述方式的侧重较多。

亚里士多德其实是西方戏剧文化发展强调"诗的结构与叙述"而使得西方戏剧文化在文学上获得辉煌成就的功臣。西方戏剧的第一块理论基石是亚里士多德的《诗学》，"悲剧是对于一个严肃、完整、有一定长度的行动的模仿。它的媒介是语言，具有各种悦耳之音，分别在剧的各部分使用。模仿方式是借人物的动作来表达，而不是采用叙述法，借以引起怜悯与恐惧来使这种感情得到陶冶（净化）"（罗念生译本，第19页）。"整个悲剧艺术的成分必然是六个——因为悲剧是一种特别艺术——即情节、性格、言辞、思想、形象与歌曲。""六个成分里，最重要的是情节，即事件的安排。因为悲剧所模仿的不是人，而是人的行动、生活、幸福……悲剧的目的不在于模仿人的品质，而在于模仿某个行动。剧中人物的品质是由他们的性格决定的，而他们的幸福与不幸，则取决于他们的行动。他们不是为了表现性格而行动，而是在行动的时候附带表现性格。悲剧中没有行动，则不成为悲剧，但没有性格，仍不失为悲剧。"（罗念生译本，第21页）亚里士多德实际上是在讨论戏剧诗人的创作论，他的着眼点在文学结构，在演出的蓝本。戏剧情节，就是在行动中表现的人物性格、思想，至于表演，也就是装扮形象的艺术，在亚里士多德看来并不重要。"形象固然能吸引人，却最缺

乏艺术性，跟诗的艺术关系最浅。因为悲剧艺术的效力即使不依靠比赛或演员，也能产生。况且形象的装扮多倚靠服装面具制造者的艺术，而不大倚靠诗人的艺术。"（罗念生译本，第 24 页）亚里士多德的戏剧理论作为影响西方戏剧文化 2000 多年的理论基石，显然是为戏剧诗人的文学创作写的，是戏剧诗创作论。

西方戏剧理论的第一块基石，是"诗人的艺术"的理论。距亚里士多德去世 300 余年后的古罗马戏剧理论家贺拉斯写作的《诗艺》，被看作是上承古希腊、下开欧洲文艺复兴文艺理论和古典主义文艺理论的重要著作，其实是给请教剧本写作的父子三人回复的诗体书简。其中，他对创作选材、语言的斟酌、与题材相协调的诗歌格式、诗人真情、符合身份的个性化语言、寓教于乐等等方面做了论述，很大程度上是在进一步阐释亚里士多德的理论。"情节可以在舞台上演出，也可以通过叙述。通过听觉来打动人的心灵比较缓慢，不如呈现在观众眼前，比较可靠，让观众自己亲眼看看。但是不该在舞台上演出的，就不要在舞台上演出。有许多情节不必呈现在观众眼前，只消让讲得流利的演员在观众面前叙述一遍就够了。例如，不必让美狄亚当着观众屠杀自己的孩子，不必让罪恶的阿特柔斯公开地煮人肉吃，不必把普罗克涅当众变成一只鸟，也不必把卡德摩斯当众变成一条蛇。你若把这些都表演给我看，我也不会相信，反而使我厌恶。"（杨周翰译本，第 146 – 147 页）"模仿"情节，从行动、语言、个性、思想、表演各方面承接亚里士多德的理论的指向的痕迹是显然的。贺拉斯的贡献在于注意到了"观众"和强调了歌唱队的"演员作用和重要职责"，认为其"必须能够推动情节"。（杨周翰译本，第 147 页）但实际上，亚里士多德已在论述中谈到过，只是，贺拉斯比亚里士多德更重视表演。

中国戏剧文化"演"的自觉很早、很持久。贺拉斯认为，在戏剧演出当中令人无法相信的、不便叙演的场面、情节，在中国传统戏剧里可以当众演出，而且极具美感。《赵氏孤儿》的杀戮、《白蛇传》的蛇变、《活捉》中的索命勾魂、《打渔杀家》中的江上行船等等，例子很多。假定性前提、象征写意、审美概括的表演解决了贺拉斯担心的问题，而且是从戏剧表演美学、审美心理学的层面上解决的。

中国传统戏剧的审美取向、戏剧创造的"表演中心"与《诗学》《诗艺》总结概括古希腊、古罗马戏剧并引导西方后世戏剧发展的"文学核心",从理论著作或文字记载的情况看,显然有不同的关注中心。

以"演员表演艺术中心"为理念的中国戏剧文化有自己的立足点。

胡祗遹(1227—1293)有评价演员色艺才貌的"九美说",涉及表情、眼神、吐字、音色、节奏、表演、装扮等等"演员修养"的重要内容,言简意赅。

燕南芝庵《唱论》的 27 节,论述了声乐原理,演唱技巧,肉、竹①高下,歌、乐配合,风格情采、节奏分寸等等内容。

夏庭芝的《青楼集》记载了 110 余位女子,其中 60 余人是元代杂剧名噪一时的演员。

钟嗣成(约 1279—1360)的《录鬼簿》记有 152 名"书会才人"杂剧、散曲作家和 400 余种作品名目,综观属元曲作家评传、珍贵史料。

周德清(1277—1365)的《中原音韵》,从曲韵、曲论、曲谱和曲选全方位论述音韵声调,为表演艺术吟唱"韵共守自然之音,字能通天下之语"的广泛普及传播与精妙音律之美做了基础扎实、流布后世、影响深远的工作。后世语言学家和中国传统戏剧研究者重视《中原音韵》,致力于中国戏剧"演的艺术"的表演中心——唱的"音韵曲律"。其对中国传统戏剧的音乐灵魂的强调与加固,是功垂千秋的。

从成熟时期的理论论著看,中国传统戏剧发生和发展的开始,就在"表演中心"的基点上。大量的可以成为戏剧著述或记载研究的典籍研究的重点是演员和表演,这种情况到中国近代才逐渐改变。

---

① 肉,指人的肉身喉嗓,声带、喉腔、胸腔、腹腔共同协作运动可以发出美妙的歌声。竹,泛指吹管乐器,中国传统吹管乐器箫、笛通常用竹子为制作材料。

三、西方戏剧发展"演的专精"与中国传统戏剧"演的综合"

西方戏剧发展十分成熟，分工细致，专精发展是西方戏剧的一个显著特征。所以，哑剧、话剧、歌剧、舞剧、音乐剧按照对一种表演手段的借重，如肢体语言艺术、台词艺术、歌唱表演艺术、舞蹈艺术和音乐歌舞混融艺术而形成不同剧种。

中国传统戏剧不同于这样的发展方式和结构结果。以西方戏剧文化为参照，将中国传统戏剧称为中国歌剧、将京剧称为北京歌剧的称呼似是而非，甚至可以说根本不对。中国传统戏剧讲究表演的程式，有四功：唱、念、做、打，讲五法：手、眼、身、法、步。将传统中国戏剧称为歌剧，比之于西洋歌剧，就完全不对了。当然，比喻常常是蹩脚的。但是，比喻为人们所接受，就有以讹传讹的知识陷阱和常识错误。中国梨园固然讲究"听戏"，听唱腔，合板眼，切音辙，摇头晃脑，陶然其乐，但是，更有看身段、评表演、讲程式、捧绝活的传统，这就要求强调写意抒情的中国戏剧演员"身上有戏"，上天入地，登山潜水，骑马行舟，入室登楼，全凭表演。表演艺术常常追求"身有绝活"，如高翻、硬摔、滚地、钻圈、高跷、矮步、变脸、吐火……看得观众眼花缭乱，心悦诚服，余兴未尽。《三岔口》《十五贯》《挑滑车》《叫关》《情探》《活捉》一类作品就是代表。

中国戏剧文化所代表的东方戏剧是一种"演的综合"的艺术。20世纪80年代，中国戏剧舞台的两个先锋人物高行健和林兆华，提出要建立一种完全的戏剧，更多强调的就是演艺综合的"完全"，获得戏剧表现魅力的丰富多彩，随心所欲，无所不能。显然，他们的目光，是在回溯中国传统戏剧的发展及其"综合演艺"的表演艺术成就。

中国传统戏剧在汉唐时代已经定型为"演艺的综合"。从东汉张衡的《西京赋》以降的大量文献看，如薛道衡的《和许给事善心戏场转韵诗》、柳彧的《请禁角抵戏》、吴自牧的《梦粱录》……记录了我们今天无法见到但是可以想象的演出情形,就是装扮人物鸟兽,展示各种能力技巧,穿插在乐舞当中。在中国传统戏剧的进化当中,由"故事的叙演"串联起一切百戏成分,增强演出的表现力和表演的丰富性,就成为中国传统戏剧的遗传基因。王国维对中国传统戏剧"以歌舞演故事"的概括,其实省略了百戏成分在中国传统戏剧中的"演艺丰富性和技巧表现力"。在元杂剧乃至今天的传统戏剧演出里,我们仍然可以探寻到中国传统戏剧的"合成因素"——说唱、俗讲、相声、杂耍、乐舞、传奇、散曲、套曲、吞火、走丸、变脸、武艺等等。等到中国元代那些失意的知识分子作为"书会才人"将才情与愤懑、失意与理想写成了有人物、有故事的演出本子,贯穿起了百戏的各元素,向"扮演叙述一个故事给观众看"的"剧情表演"聚合,中国戏剧才以"演艺综合的表演艺术"登台亮相。这一来,恒定的戏剧演出样态与戏剧创造基点就沿用下来,各种演艺元素综合服务于叙述表现需要和人物塑造需求,即使在今天的中国传统剧目演出当中也俯拾即是。

四、戏剧教育与戏剧演出的重心:演的艺术

戏剧艺术是以活的演艺为中心的艺术,尽管东方、西方在发展的过程当中各自有所侧重,但是剧场中最后体现的戏剧艺术魅力,仍然是表演核心。当代中国导演焦菊隐指出:"我国传统表演艺术和西洋演剧的最大区别之一,是在舞台的整体中,我们把表演提到至高无上的地位。西方虽然也有表演中心论,而且是主要学派,但始终不能像中国学派这样把表演看作唯一的。"戏曲"不是从布景里产生表演,而是从表演里产生布景。""戏曲表演方法的主要方法之一,是通过人来表现一切。"

认清戏剧文化的本质与存在价值、自身魅力,决定着人们对戏剧文化的开发、利用。戏剧文化由此获得发展,也决定着人们在培养戏剧专门人才时的行为。因此,无论是传统的艺术戏剧(Art Theatre),还是当今流行的教育戏剧(Theatre In Education, Education In Drama),都应该以"演"为核心去思考自身

发展。毫无疑义，无论是从演出活动参加者出发的行业训练、能力拓展，还是从剧目演出需要出发的角色塑造、情感表达，都要借助"演"的技巧、技能。

中国导演李六乙的《穆桂英》，中国上海话剧艺术中心与加拿大肢体剧团合作的《鲁镇往事》，探索实验的指向就是："演"的特点是戏剧文化的本质。回顾历史，关照本质，注目当下，"演"的能力的强大、丰富和提升，是社会发展对演员表演能力不断攀升的自然要求，也是社会发展对演员培养提出的高标准要求和能力水准的挑战。

在网络时代，"演的艺术"作为一种活态文化，具有极大的存在价值和技术依赖过大的艺术无法竞争的不可替代性。在物质富营养化的环境里，演员生存、表演的环境，物质条件的丰厚，局限了演员对自己审题能力的挑战和对表演技巧技能的提高，身体能力的局限，表现路数的狭窄，表现力的萎缩，是今天我们的舞台现实，是我们的演艺人才培养的缺陷。

我们应该从源头抓起，在戏剧艺术院校的培养计划和课程安排里，突出"演"的本质，让所有的教师和学生明白，戏剧文化的本质是"演的艺术"。要使教师具备这样的根本认识和基本能力，让戏剧专业的学生了解并接受"演的艺术"的强化训练，让编剧、导演、表演和在空间、造型设计的不同创造环节上学习与工作的学生以"演的艺术"效果为核心，丈量自己在戏剧文化流程当中的位置，为戏剧演出贡献自己的创造力量，这是我们今天培养人才的戏剧教育活动的重要课题。

国际学术研讨会入选交流论文，收入季国平主编《国际戏剧协会第三十三届世界代表大会文集》，第241-248页，中国戏剧出版社2012年版

民族・香火・长河：话剧《淮河新娘》的舞台意象

大型话剧《淮河新娘》（李宝群编剧，查明哲导演，安徽省话剧院演出），2016年9月29日在合肥上演，观者如潮。约160分钟的演出，观众始终聚精会神地观看，热情饱满地回应。剧场效果表明，这部精心打造的剧目首演告捷，将成为安徽省话剧院继《万世根本》（2008年）、《徽商传奇》（2013年）之后的又一个重要剧目。一桩影响也感动当代中国的历史事件，一介书生转向徽商的化蛹成蝶的传奇戏写，一页淮河岸边石姓家族英雄儿女风云激荡的民国史……三个剧目的题材各有不同，手法新意迭出，剧目的艺术水准却持续攀升。这像是安徽省话剧院的艺术生产三级跳，每一跳之间都有艺术魅力的动感联系，每一程连接都是探索跋涉的长度延续，每一姿态都是艺术创新的能量累加。于是，话剧民族化道路的探索、地方文化特色的渲染、个人命运、宗祠社会、民族生活的套层、关联意义的阐释、事件、人物及村史中折射出的中国古代、现代、当代的历史节点，就在"安徽三部曲"里连缀成耀眼的珠串，令观赏者赏心悦目。《淮河新娘》是剧组主创人员攀升舞台艺术创造的新刻度。

三重超越

《淮河新娘》的演出，首先让人感到兴奋的是，编剧、导演和剧团在艺术创造当中显现出来的对自己原有艺术高度的超越。对于成熟的艺术家和成长中的艺术团体来说，这种超越，哪怕是一点点也是难能可贵的事情。而令人欣喜的是，可以看到的情形绝非一点点。

查明哲的戏剧导演艺术从20世纪80年代末起步，此前他作为演员和学生工作与生活着。他在全国声誉鹊起的时候是俄罗斯留学回来之后的20世纪90年代末21世纪初。之后，他的艺术生命进入鼎盛春秋的浓墨重彩时期……他的导演艺术中那种营造出的舞台的厚重感与震撼力，那种人性解剖传递出的残酷感与启悟力，那种理想境界所表达的圣洁感与承重力，那些舞台形象创造呈现出的丰富性与表现力……都是让观众印象深刻，可以长久咀嚼、反复分析、深入讨论的舞台艺术成就。在思想底蕴的追求当中，查明哲的舞台形象创造常常会呈现"形象表达思想、形象大于思想"的艺术境界。

李宝群是当下中国担纲剧作家群体中最接地气、最有底层体察、最具人民性的成就斐然的一线编剧。这些年以来，全国地方或者军队甚至是艺术院校的演剧团体，常常争先恐后地上演他的剧作，形成全国各处同时上演他的不同剧作的盛况。他的四卷本《李宝群剧作集》已经将自己的既往成就结集成册面世。那种草根情结与家国情怀的缠绕，那种个人命运与社会生活的互动，那种人性觉悟与物质欲望的辩证，那种戏剧趣味与生活逻辑的契合……成为李宝群剧作的诸多特点和突出成就。而在时代、社会与人的关系中，李宝群的关注焦点在于"人学"深度触摸与探寻，这正是他的剧作"人民性"彰显的重要基础。

这么硕果累累的两位艺术家再度合作，我对他们的期待，就不是同一高度的重复了。实际上，私底下我最担心的就是出现这样的情形。但是，我的担心是多余的，他们超越了自己，两个成熟艺术家在《淮河新娘》中表现出来的自我超越能力让我喜出望外。

他们的超越体现在《淮河新娘》的史诗叙事当中，他们在编剧、导演艺术上实现了超越。

家庭生存状态与个人起落遭际，是李宝群很长一段时间专注的叙写对象。他对于个别家庭兴衰或者个体生命的命运追踪，带出时代风云与时代变迁。《万世根本》中聚焦小岗村的中心事件，是"点的深入"的创作视角。《淮河新娘》的叙写视角有了更大的调整，是"线的连缀"与"面的铺展"，将观察对象拓展到了淮河畔大河湾石台子村的石氏家族面前，展示的是清末、北伐、抗日战争、解放战争等历史风浪中大河湾的岁月沧桑。为了这样丰富的历史内容的表现，一度、二度创作的舞台叙事，颇有新意地建立了两个交替展开的叙视点，来呈现演出的整体叙述：一个是从水患中获救、成为石家媳妇的"淮河新娘"——河妹子的讲事视点；一个是石氏家族里的英雄石仁天为家族延请的塾师——朱先生记述内容。河妹子的叙述，是家长里短、乡里乡亲式的，是在石氏家族内部亲历亲为的乡村故事，像极了当今热门的"个人口述史、口传家族史"，线性传递，极其感性。朱先生既作为塾师教化石氏宗族子弟，也兼修石台子村的村史，其实就是为这个宗族续编宗族史，是更长的线性连缀或延续。他学富五车，满腹经纶，相传为朱明皇裔，是一位洞明世事的潦倒君子。他心中既有改朝换代的惨痛前史，又身经反清复明的风潮，他这样身份的人，对天下大势、国家兴亡当然就格外敏感。于是，家事、国事、天下事，就在大势辨析、国运洞察当中成为村史族志的背景，观察和思考充满理性。感性的河妹子与理性的朱先生的目光交织处，拼接出了淮河两岸人家近现代的历史画卷，这就是断代历史中的民族现代生活情状的铺展。点的深入、线的延伸和面的铺展，舞台叙述就生动了。这正是淮河人家家事国事天下事的交汇合流，是艺术家借戏剧人物修史编史传史的大眼光、大气魄、大情怀与大手笔。

从故事结构到舞台叙事呈现出来的叙述视点十分明晰，依此结构的时空调度构架是稳固的。这是编剧、导演在舞台叙事的时空组织上的紧密合作，相辅相成，是双重超越。

安徽省话剧院的演出能力和生产水准也是超越性的，这是第三重。《万世根本》演出时，剧团已经没有能力拉起队伍支撑一台大戏的演出，结果是主创人员大部分靠借。《徽商传奇》好一些，但是重要演员还是借了五六人。到了《淮河新娘》，除了个别角色需要武生行当、特殊演员之外，角色悉数由话剧院的演员队伍充任，演得努力，完成得出色。靠剧目锻炼队伍，重新聚集能量，是安徽省戏剧事业一种显然的希望。短短八年间，这种队伍重建、舞台重生的成绩，是一种充满艰辛但是卓有成效的自我超越，是起死回生的奇迹性的超越。

两番风景

《淮河新娘》给人深刻印象的，是它的文化拓展，它对观众认识安徽历史文化，具有鲜明、感性的舞台贡献。

戏剧观众比较熟悉的安徽，文化表情常常被定格在黄梅戏柔弱娇媚、哀啼婉转的音乐表达当中。显然，《天仙配》《女驸马》《孔雀东南飞》等影响较大的黄梅戏演出创造的艺术形象，也会给观众留下这样的印象。可能，这是安徽文化的一种。也许，这只是安徽文化的一种代表，那就是徽州文化。徽州，在皖西南群山之中，背靠延绵起伏的黄山山脉，面向黟县齐云山、祁门县牯牛降，侧倚歙县清凉峰，远眺浙江天目山……群山环抱中、丛林盆地上、水源自足里滋养出的徽州文化，收纳、内敛、阴柔的一面就十分突出，与地缘的特征十分吻合。善于积财累富，精于锱铢必较；能够方正圆活，追求人情练达。宏村第一联道出徽州文化的一些特征："百年旧家无非积善，一等大事就是读书。"积善避免为富不仁而结怨乡里，读书能够洞明世事，追求知书达理而圆融通达。门第楹联常常在规劝自己，是处世哲学的宣示，又谨守庭院而绝不张扬，把发达起来的耕读人家立世对人的那种小心谨慎传递出来了。

与群山中的徽州不同，淮河两岸氤氲的气象，壮阔、阳刚。淮河发源于河南南阳，流经河南、安徽、江苏的土地，与山东的水系相接，沿岸多的是货运码头，路衔接的是漕运通衢，商贾云集，货物聚散，与徽州文化的积攒存留的格局相异，要的就是流通聚散。于是，淮河文化与徽州文化区别开来，显得更阔朗，更壮烈，更变动不居，更呼应中州气脉，更具有北方气象。山的性格，水的文化，体现在人群身上就显然不同。这就是初看《淮河新娘》那些悲壮场面、那些硬朗人物、那些壮阔人生时能直觉感受到的东西。不是徽州女人，而是淮河新娘，地域环境，其实有一种定位性的提示。一方水土，与这水土上发生的历史和氤氲的文化，对其间被铸造、受滋养的人来说，是决定性的。《淮河新娘》中石台子村的满村忠烈、全族刚勇，其实就是活生生的淮河文化人格。辛亥革命、北伐战争、抗日战争、解放战争，石台子村的石姓家族都积极参加了。而且，壮士捐躯，前赴后继。回想起来，《万世根本》中"18棵青松"不畏难、不惧死按下的18个鲜红手印，终结了米粮仓安徽传统性地逃荒要饭的历史，点亮了中国"三农"问题和农村实际政策。这当然最有可能只会发生在凤阳小岗村——因为，那里也是淮河文化风光壮阔的沿岸。

《淮河新娘》叙述的是近现代史中的石台子村故事，也表现淮河文化积淀中的人，在这样的坐标上认识那些有个性的人物，就立体了。《淮河新娘》在以往的戏剧舞台上徽州文化里，又添加了淮河文化，剧中每到剧情高潮处，总有让人过耳不忘的两句歌词：好一条大淮河，涌起浪千叠……剧中浓浓的淮河平原的色彩，被泗州戏、花鼓灯、拉魂腔民歌给反复渲染出来了，铺展出一种硬朗壮阔的文化气象。

安徽文化，在安徽省话剧团演出展示的两番风景下，显得更加全面、深入、细致了，而且是感性的，活色生香。

一种意象

《淮河新娘》首演结束的当晚，我曾经问查明哲导演，他的舞台创造中，他赋予舞美布景上那条河的形象什么样的意义。他回答说，是一个叠加的、复杂的意义，可能不是单一的意义。

究竟是什么意义呢？

查明哲导演在创造舞台演出形象的过程中，是一个十分着力寻找形象种子的导演。往往，他的形象种子不是一个固定的形象，而是一种在生长、变化、聚合、衍生中与人物命运相互交叉的形象。这种生长、变化、聚合、衍生是沿着一定的戏剧意蕴传递、积累而开展的，所以最后呈现出一种形象叠加、彼此依存、互为转注，意义指向基本清晰的有意味的舞台形式，这就是人们常说的舞台意象。我注意到的是形象背后的形象改造、意义改变的过程，最后是舞台意象的出现。譬如，《矸子山上的男人女人》中的矸子山与下岗工人的形象依存，《万世根本》中的逃荒要饭的人群中穿插的花鼓女及花鼓歌对民众饥饿的点醒与对18棵青松"包产事件"托举的历史意义,《我那呼兰河》中的呼兰河与人那种自由生存状态的相互关系,《中华士兵》中的士兵与黄河对个体生命意义的比附性思考……而《淮河新娘》一开始映入观众眼帘的,就是台前位置那一公一母两棵饱经沧桑的银杏树形象,天幕上有一条波光粼粼、浪涌千叠的大河,还有一个顶着红盖头的年迈新娘,一个修史的教书先生。沉默的树,无言的河,两个絮絮叨叨的回忆者、讲述人,在观众眼前将一段风雨如磐的岁月一页一页翻过,一场一场演过。随着河妹子与朱先生的叙述,随着石台子村在历史风雨中的蹒跚、呼号、挣扎、奋争节奏,观众不知不觉地将两棵老树与两个老人作为"历史见证者"的身份连接在了一起,自然的树与奔流的河"人文化"了,成为石台子村沧桑岁月的见证者和石氏宗族几代人激荡生命的承载者。我们应该体会到,树的形象与河的形象的意义空间是不一样的,河的形象意义更加复杂纷纭。它是家园故土的象征,为了护佑它,淮河儿女英雄辈出,剧情中三代男人、两代新娘,前赴后继,刚勇壮烈;它是淮河流域人民的母亲河,所谓"走千走万,不如我的淮河两岸",淮河儿女的家乡情感如诗似梦;它是家国情怀,它是民族大义,它是民族生命奔腾不息的长河,所以个人、家族、民族国家犹如滔滔浪花与渺渺长河之间的关系一样。个人、家族、民族国家,环环相连,陈陈相因,在剧情里表现为人群、家族和民族的关系结构。最后,大河的形象,就从一般的点明剧情发生地点的自然环境与客观景物,一点一点地,在剧情的发展、情绪的积累、意蕴的传达当中,逐渐变成了具有充沛主观情感与高度诗意象征意义的形象载体——家族延绵不绝、民族生生不息的生命河流。

这,就是《淮河新娘》中"河的意象"!

成群新娘

河的意象解读完了。那么,新娘呢?

新娘是编剧李宝群落笔的重点,毕竟,在《淮河新娘》中,女性是最深重苦难的承受者。丧父、失夫、舍子，操持忧患中的破碎家庭，忍受常人所不能忍受的痛苦……河妹子与婆婆都经历了。

我想起了约翰·沁孤的《骑马下海的人》中男人们一个跟一个地死去，留下满腹苦水诉不出来的女人——失掉了丈夫和儿子的女人凄冷寂寞地活着，生命被抽空后麻木认命、那种生不如死的度日状态，令人不寒而栗。但《淮河新娘》不是神秘主义、象征主义的命运书写，大海的神秘诱惑完全不能与大河的明确召唤相比拟。因为，大河意象中的层层内容，让赴死的壮士与等郎的新娘（候人兮猗，剧中反复出现的揪心歌谣——笔者按），都具有极其鲜明的追求感与具体明确的目的性。对社会发展潮流的进步性追求、对保家卫国的匹夫之责的勇于担当，都让男人们义无反顾，女人们深明大义。那条河，那条母亲河，那条洗濯着春秋大义、激荡着民族生命的大淮河，那条民族精神不死、生命不绝的滚滚长河，是一个永恒的诱惑。它是个体生命价值的聚合，它是群体意志的放大，它是民族生命的延绵。

曾经的、现实的、未来的新娘，其实是从"淮河女人"中提取出来的特殊形象。河妹子，只是淮河女人中的"这一个"。新娘，特殊性就在于，这个身份对女人来说是一个重要的生命节点。在这个节点上，充满了期待，充满了希望，充满了变数，河妹子的人生就在这种期待、希望和变数当中展开……观众看见了，河妹子的三夜新娘，一生守望。关键在于，守望新郎，守望和平，守望新生活，这种对于女人来说本来十分正常朴素的愿望，在那个风云变幻的时代里，变成了无法实现的奢望！这正是理解新娘，认知淮河女人的切入点。

于是，成群的新娘出现了，这在《淮河新娘》的舞台形象上简直是神来之笔。河妹子作为女人最重要的未了心愿，就是参加革命的丈夫荣归故里，为她补办一个热热闹闹的传统婚礼。垂垂老矣之时，她梦见了那一天。那一天的新娘不止一个，她看见的是成群结队的新娘，这就把"淮河新娘"的形象化为淮河女人的群像了。

就石台子村而言，河妹子之外，有还未做成新娘的石榴，有曾经的新娘——石仁天的妻子，有失去丈夫、儿子最后疯了的狗子娘，更重要的是，还有千千万万站在男人们身后支持他们闯天下、走四方、干革命、保家乡的淮河女人。正像淮河汉子中的石仁天、石蛋、水儿三代人只是戏剧规定情境中的"这一个"一样，还有老花子、族长、狗子爹、小鱼儿……个人只是浪花一朵，家族便是浪花一簇，汇入奔流不息的民族生命长河。她们是河的意象层面上中华民族那一个历史时刻的一簇浪花。

个人与群体的依存，家族与民族的关系，在演出中处理得如此生动形象，实在是巧妙而且精致的艺术创造！一个新娘幻身为成群的新娘，一个女人"裂变"为族群的女性，是一个震撼性的场面。很大意义上，它为《淮河新娘》中一个戏剧动作——"香火的续接"，在民族生生不息的意蕴上兜住了底。

几炷香火

香火，是一种形象的说法。民间说香火就是后代子嗣的延续。石台子村的灵魂人物、家族英雄石仁天刺杀清朝钦差大臣失手被擒，慷慨赴死时，唯一的嘱托就是"留住香火"。这对石家长辈是重托，对还是女娃儿的河妹子却是启蒙。对香火的嘱托，《淮河新娘》的动作发展是几层意义的。

一炷香火，燃烧的是人类生存繁衍的重要内容，是人类生活的必需。男欢女爱，但是剧情中加入了沉重的社会内容，而且将宗族家规与时代生活植入了香火的戏剧动作之中。河妹子作为准新娘为石家未婚先孕，在石蛋投身革命离家前夜委身于他，事件既世俗又神圣，动作既发展又纠结，为人物刻画和剧情组织提供更丰富的表现空间。

另一炷香火，祈愿的却是精神层面的香火。《淮河新娘》渲染的淮河文化环境，是一种敢生敢死、向死求生的英雄崇拜的文化环境。在剧情发展的矛盾尖锐、大敌当前的关头，在去留生死、价值选择的当口，往往有一个戏曲武生在石台子村"飘荡"，渲染威风凛凛的英雄气概。他是人们的推崇与敬仰，他是"好一条大淮河"的精神气韵，是"涌起浪千叠"万代传递的价值信条。不畏强暴，不怕死，不贪生，敢拼搏，正是石台子村石氏家族乃至中华民族文明延绵不衰的重要保证。否则，多子多福观念下的子嗣兴旺，绵长香火，保不定是"英雄的后代"，也极有可能是"汉奸的子孙"！

精神层面的香火，是个重要的思考节点。

再一炷香火，缭绕的是香火的思考。围绕香火的戏剧动作，由"续"和"找"两个阶段构成。"续"香火分血脉的延续与精神的传递两层，"找"香火则是女人天性的自然流露。在"找"的动作中，没有对抗力量，没有斗争对手，更多的是心神疲惫的母亲、疯了的狗子娘、累了的河妹子……她们没有找到，没有真正续上香火，这是她们无法预料、无力改变的结果，是她们质朴的困惑。

蓄足了力量续接的香火找不到了，生命链条上的一个环节断脱了，从新娘到母亲，总不大圆满，有些悲剧感，是从人性深处升起来的。我以为，《淮河新娘》的舞台形象创造中，最能体现查明哲导演的舞台思索的，就是这"三炷香火"。布莱希特史诗戏剧的叙述风格与间离效果当中，最重要的特点是在陌生化形象、客观性事件展示中的辩理，《淮河新娘》更多的不是辩理，而是诉请。但是，诉请的感动之余，突然来了一段看起来虚写的"找"香火的剧情，给人的思考空间不小，尤其是蕴含探查人性的可能，进入了一个"写真"层面，这是应该注意到的艺术收获。

数处悬想

这些，更多的是看演出时产生的思虑，与编剧、导演交心。

一是戏写得太满，贪多。尤其是为了写足后面的戏，河妹子作为新娘出场之前铺垫过多。加上舞台呈现是为了浓墨重彩地渲染一些场面，一些细节放大了表现，一些动作抻长了叙写，情节发展就稍显臃肿而且滞迟了。所以，剧目演出时间过长，并非必要到不可精简压缩的程度。

二是剧名落脚在"新娘"上，但是剧情叙写、故事表现显然超出新娘的生活空间和活动范围，是否可以再做些斟酌？

三是少量戏剧事件和重要动作还可以提炼、推敲。譬如，河妹子未婚先孕，在宗族祠堂会审，河妹子在水灾顺河漂流中被石仁天父子救起，自小从捡了一个媳妇儿的戏言，到青梅竹马中长大，再到"续香火"的刑场重托，石蛋与河妹子的婚事，在石台子村尽人皆知。会审河妹子那一场戏用了十分力气和剑拔弩张的场面表现宗族的"力量"。众人围观并一再斥责，扬言要将河妹子装猪笼沉水……结果却是族长几句话轻轻化解，留下一个让石蛋将来回村与河妹子完婚时"补办一个隆重的婚礼"的话就过去了，显然组织矛盾时绷得很紧，解决矛盾时放得很松，究其原因，就是没有想透规定情境中人物行动的可能性。族长后来率领石台子村汉子拼死抵抗日寇而全部殉难，跳出了古板守旧的形象。其实，在处理这件事情的时候，正是他的性格刻画、形象塑造可以有空间的地方，可以体现他的原则、人性与人情味，运筹帷幄、不动声色地游走在"宗法族规"与悲天悯人之间。这样，不多费力，就可以把这场冲突被虚拟化了的戏表现得更有深度和力度。

还有，表现河妹子力图留住石蛋成婚的三个夜晚，三次为郎洗脚，第三次剧情突变，石蛋为河妹子洗脚。这种有力量的剧情复沓、能量积累，目前的表现还缺少"量"的升级与"质"的突变给人在场面上的感染和在形体上的打动，以查明哲导演的艺术创造力，这是无须悬念就可以达到的。

四是舞台呈现丰富多彩，满台生花，但是仅略显精彩而不精粹。浓墨重彩与惜墨如金应该是一对交替运用的对象。应再对《淮河新娘》挑剔审视一番，做些调整，才可能使这台演出的舞台创造更加炉火纯青。

舞台美术的物造型、装置，功能性极强。但是，也许，这使参与剧情意蕴表达、参与舞台意象创造的力量减弱了，这与查明哲艺术团队以往的舞台呈现创造稍显不同。

本文发表于《中国戏剧》2016 年第 10 期

民族精神不朽　舞台艺术常新：
《中华士兵》的思想贡献与艺术创造

一

2015年的中国戏剧舞台，纪念世界反法西斯战争胜利70周年的壮美文艺风景格外夺目。中国国家话剧院排演的壮丽史诗式的《中华士兵》便是其中的一个亮点。这个亮点是为民族"招魂"为世道正本，为国家续精神，为爱好和平的人类涨正气的亮点；这个亮点是为先烈立传，为今人醒脑，为后人立心，为人格树标杆的亮点；这个亮点是群像塑造和个体刻画既水乳交融又相得益彰的亮点，是历史长河与壮烈一瞬相互联系而隽永回味的亮点，是冷娃热血和向死求生的奇妙辩证的亮点，是军民协力和民族同心的万千气象的亮点，是思想高度、艺术纯度精美结合、完美呈现的亮点。

剧目表现的是中条山战役中，兵源不足的中国军队招收的一群未及弱冠的男娃，在他们的父辈军人的带领下冲杀向战场，最后弹尽粮绝投身黄河慷慨赴死的事迹。中华民族一次次面临危机险境，但一次次转危为安，正是因为每一次都有民族的优秀子孙以死搏命，才换来了血脉绵延、文明不绝。20世纪伟大的抗日战争尤其典型。整个演出，让人热血贲张，荡气回肠。

当然，也有个别人对这个夺目的舞台亮点提出异议。有一个活跃于网络的戏剧评论者评价《中华士兵》说："过去庄严肃穆的感动，被今天的嬉笑打闹挤到了角落。可以想象从 80 年代走过来的老艺术家有多么焦虑不安，他们要拯救这个堕落的艺术世界，要重整舞台的严肃性。他们需要在抗日战争胜利 70 周年的这个日子里，为自己那饱满的、却在这个小时代里无处释放的大情怀、大感动找一个爆发口，要为自己的艺术高峰盖上具有历史意义的印章。"（北小京看话剧：《〈中华士兵〉——有多少自我感动需要重来》）这样的描述基本上是事实，接下来就是评论者的观点了："形式上的美，遮掩不住创作上的功利！作为一个爱好戏剧的观众，我无法认同整台戏所表达出来的自我感动与矫情，以及创作者占有国家资源却不真诚地对这个社会负起应有的艺术责任。在此，我必须送上我的失望。"这位评论者认为："真正的舞台作品，首先不应该有创作上的功利，没有向任何意识形态的屈膝与阿谀，然后，作品在对于时代的提问，人类灵魂的追索，以及艺术形式上的创新等角度上，至少有一样需要触及到人性本质或是社会意义。……"

在这样的评价中，《中华士兵》的创作者的创作动机是被"意识形态洗脑过后的感恩"心态下"对当今的观众进行灌输性洗脑"，存在的问题是"占有国家资源却不真诚地对这个社会负起应有的艺术责任"，"硬伤"是"爱国主义"的"功利"，"主题先行的创作硬伤"让作品充满了"自我感动和矫情"……

本来，饭后茶余的私人聚会话题、个人感受分享的信口，说说也就罢了，或者，认真的戏剧批评，说得合情在理，也应该欢迎甚至珍视。但是，评论者作为一个有"粉圈"的人在媒体上发言，而且评论的口吻和演说的内容，看起来契合了当下有一定市场的社会心理和精神症候，就应该认真思考一下他的意见了。应该让观众或读者明辨，在今天我们的戏剧舞台上，甚至在我们的整个民族精神产品中，什么是值得倡导、培育、珍视的健康有力的因素，什么是应该避免、遏制、鄙弃的内容。

二

在当下私欲滔天、娱乐泛滥的小时代里，"艺术创作中的功利""意识形态"

"爱国主义"这样一些词汇的确已经成了一些遭人调侃、备受揶揄的词汇,"大情怀、大感动"也被看作是"被洗脑后的感恩"的"白痴"行为,这种认知,在当下的社会生活中是常常可以听到的,我并不感到惊讶。

问题在于,这样的认识有多大程度的真理性,对我们的民族精神提升和对当下的社会心理引导,有害还是有益,这是应该追问一下的。

首先追问一下,艺术拒绝"功利"吗?从古至今,兴、观、群、怨也好,文以载道也罢,艺术从来就不是一味地拒绝"功利性",有时候还需要自觉追求"功利性"。文艺是民族精神的启蒙之光,是搜寻社会病症的"X光",是激发思想革命到来的先导,尤其在民族饱受磨难、浴火重生或者陷入发展绝境的时候,充分发挥、积极放大艺术聚合民族精神和推动社会变革的作用,在艺术生产当中充分发挥艺术对民族国家生存和文明社会发展的"功利性",功莫大焉。一部近现代社会发展史和文化史中的中国戏剧史,充分地说明了这一点。

其次,"意识形态"是一个中性词,可以不必人为地去贬斥它。意识形态其实就是一种主张,在我看来,不必谈意识形态色变。体现为民族利益和国家意志的意识形态,在我们的文艺作品里是应该理直气壮地存在、大张旗鼓地伸张的。近现代以来的中国,最强的意识形态,就是中华民族意识觉醒的意识形态,就是国家不亡、民族不绝的意识形态。世界文明中延绵几千年不断的中华文明,创造这种伟大文明的中华民族,到了近代真正是"到了最危险的时候"。是帝国主义的轮番欺凌和日本帝国主义的吞并野心激活了中华民族的民族意识,惊醒了一个民族必须有一个独立自主国家的意志。这是中华民族求变图存、救亡自立的意识形态,政党的政治主张、治国方略可以不一样,但是睡狮的觉醒翻身,民族的重新崛起,却是民族的共同理想,是民族的集体意识。所以,通过打败日本帝国主义侵略的途径走向民族解放,走向自立于世界民族之林,是民族的共同奋斗史,是最强的民族意识,是体现为国家意志的意识形态。所以,才会有全民抗战的壮丽史诗在全人类面前展开,才会有不同党见的人搁置前嫌并肩战斗,才会有上自国家元首、下到老弱妇孺的同心协力。所以,在爱国主义的大旗之下,民族意识空前高涨,国家意志空前集中,爱国主义成为最能够团结各族民众、动员社会力量的民族认同，形成人民战争的汪洋大海，陷敌寇于灭顶之灾。

再次，爱国主义是个宝，它很沧桑，很圣洁，很有分量。不必因为这个神圣的字眼曾经被，将来也许也会被政客、投机家利用就丢掉或否弃它。也许，中华民族应该最深刻地认识独立、自主、强大的民族国家的重要性。从救国、建国、爱国的历史经验、教训里边，我们应该意识到，中华民族幸甚，没有在最近一次深重的危机中亡国灭种。中华民族始终坚韧不屈地战斗直至胜利，能够浴火重生地崛起，走向自立，所依靠的，就是这人人心中都有的爱国主义，继承的，就是传统中有的"天下兴亡，匹夫有责"的担当意识。

好了，厘清一下这些概念，对《中华士兵》的评价就可以展开了，因为有了一个正确认识一些概念、一些价值内容的基本前提。《中华士兵》是一部有历史气度地体现国家意志、承文化气脉地凝聚民族精神、接草根地气地讴歌英雄主义、有叙述艺术地塑造人物群像的戏剧作品。

三

《中华士兵》题材的确立，是特别的。在"抗日神剧"饱受诟病的背景下，这部以玉碎精神为表现内容的中华士兵慷慨赴死的壮美悲剧，显得格外醒目。"手撕鬼子""箭射倭寇"、大刀挥舞处冲杀敌阵犹如砍瓜切菜、拳脚相交时吐气扬眉所向披靡……远离战争年代的人可能在观看这种具有复仇快感或者娱乐倾向的作品中淡忘了英勇壮士、民族英雄。而话剧《中华士兵》却还原了伟大的民族抗日战争那些被遮蔽、被模糊、被淡忘的内容，为民族缅怀先烈、感恩英雄搭建了一个激发壮心的"公祭台"。

这是有责任感、有艺术良心的戏剧家们对观众奉献出的真正的民族情感和有思想的历史意识。剧情中，以中条山保卫战为背景的壮士集体投河事件，发生在当时的国民党部队里。中国国家话剧院的艺术家没有获得所谓的"意识形态"授意，也没有被国民党"洗脑"，更没有拿国民党的"党棒"，而是写中华士兵，见民族精神，从"中华民族"的大视野出发，去书写民族精神的大格局、大情怀。这种情怀、精神本也不打算安放在娱乐至死的小心胸里、拜金主义的小境界上。恰恰相反，可能是更想用这种明朗的追求、壮大的气象拓展那种把时代都局限了、枯萎了、俗气了的"小"，去驱散民众精神家园里越积越浓、越堆越厚、越布越广的雾霾。

如果说这是"洗脑"，那么，我想说，应该"洗脑"，如果脑子里尽是勇于私斗的蛮勇、怯于公义的软弱；应该"洗脑"，如果脑子里只有自私的狭隘和贪欲的污垢，没有天下的阔朗和公心的洁净；应该"洗脑"，如果脑子里只剩下个人享乐和家族骄横的兴奋，没有民族荣辱和国家兴衰的概念；应该"洗脑"，如果脑子里长满了拒绝崇高、悲壮，认同卑下、猥琐的锈斑，不相信人间正道，不正视民族大义；应该"洗脑"，如果自私、自利的头脑自己不奉献，也怀疑别人的公心、公德、公益、牺牲的高尚、舍己的崇高，这头脑瘟疫只会把民族重新引向一盘散沙；应该"洗脑"，因为，"东亚病夫"不仅仅是体质的羸弱多病，更主要的是精神的病入膏肓。

为什么不呢？启蒙就是"洗脑"。中国近现代以来民众意识的最大变化之一，就是从"普天之下莫非王土"终于在伟大的抗日民族解放战争中最大面积地实现了"民众心中皆有祖国"，这是中国现代意识转型最大的成功之一。

这样的历史事实必须正视，中华民族的艰苦抗战对世界反法西斯战争做出的伟大贡献必须正视，中国军队与日本侵略军之间装备的巨大差距、准备的巨大差距、实力的巨大差距必须正视。在这场绝灭人性的侵略与殊死抵抗的反侵略战争中，中华儿女不屈的斗志与玉碎的气节，更应该正视。所以，抗日战争当中，双方的对抗就是先进的武器装备与血肉长城之间的对抗，《中华士兵》正视了，也引导观众走出娱乐、走出"神剧"去正视这种力量极度悬殊的对抗，更重要的是引导观众去正视中华民族在最危险的时刻能够超然于现实困境的困兽犹斗、向死而生的大勇精神。

在日本侵占东三省、亡国危险日益迫近的背景下，鲁迅经有过一篇沉痛但是掷地有声的短文，指出："我们自古以来，就有埋头苦干的人，有拼命硬干的人，有为民请命的人，有舍身求法的人，……虽是等于为帝王将相作家谱的所谓'正史',也往往掩不住他们的光耀,这就是中国的脊梁。"① 鲁迅接着指出:"要论中国人,必须不被搽在表面的自欺欺人的脂粉所诓骗,却要看看他的筋骨和脊梁。自信力的有无,状元宰相的文章是不足为据的,要自己去看地底下。"②

剧目表现的士兵及其围绕士兵的一群,就是鲁迅所说的"地底下"。他们的表现是历史的复活,他们的表现让即将"娱乐至死"的人睁开昏昏欲睡的眼睛,在中华文明史长河中梳理一番中华民族的英雄气;让"爱国主义过敏症""民族气节怀疑症""英雄主义疲劳症"的人醒一醒混混沌沌的脑子,去思考一下独立自主的民族国家的千秋业。生活在今天的人应该感恩,对那些以决绝的赴死换来了民族新生的先驱们、英雄们报以最大的感恩,中华民族的浴火重生,中华文明的延绵不绝,幸而有人前赴后继地蹈火,幸而有人视死如归地殉道。

"抗日神剧"娱乐化地处理历史,是对伟大的民族抗战的亵渎,对抗日历史的漠然,对民族英雄的轻慢,对民族壮举贡献于人类的丰功伟绩轻描淡写或者闭目塞听,则是对民族先烈先贤的不敬不畏。《中华士兵》充满敬畏地抚摸历史,充满敬仰地塑造英雄,让一群先烈的英魂重新让那些在和平生活中百无聊赖、醉生梦死的灵魂警醒一下。这种警醒,真是和情带泪!一个有积淀、有涵养、有出息、有前途的民族,应该在阅读历史中一次次奋起,应该在敬仰先烈中一次次感动,应该在民族精神里一次次获得激励,走向绵延的发展与一次次的辉煌。

感动可以重来,也需要重来,尤其是对淡忘历史和漠视先烈的人群,尤其是对不了解中华民族的发展曾经千回百转和不知道国家独立曾经风雨飘摇的后代。

四

在正义与邪恶的生死博杀变成了资料与数据的历史钩沉时,《中华士兵》这

---

① 鲁迅:《中国人失掉自信力了吗》,参见《鲁迅全集(第六卷)》,人民文学出版社1991年版,第121-122页。
② 鲁迅:《中国人失掉自信力了吗》,参见《鲁迅全集(第六卷)》,人民文学出版社1991年版,第121-122页。

部剧目鄙弃消遣性、娱乐型的复仇快感,避免考据癖、数据执的复原诉求,而是活色生香、生动感人的事件重现、场面重温、精神复活,最重要的是精神复活。

在我们今天这样的一个物欲横流的社会时期,特别需要一种"招魂"式的仪式来让我们的民族警醒,求得一种强大的精神复活。这种精神是中华民族宁为玉碎不为瓦全,敢于自焚涅槃、浴火重生的精神。不必去对中华民族发展繁荣历史上那些俯拾即是的例子,就说在敌我双方力量极度悬殊的抗日战争中,最早沦陷的东北地区的抗战就涌现出杨靖宇的英勇、赵一曼的坚贞、陈玉华的决死、抗联战士八女投江的壮烈……全面抗日战争过程中,这种前赴后继的舍生取义、壮烈殉国其实从未间断。必须让今天的国人和世界上爱好人类和平的人们清醒地认识到,英雄在中国的土地上产生,绝非一时一地,而是英雄辈出、前赴后继、如林之众;民族精神的显现,绝非某朝某代,而是从古至今、江山无限、绵延不绝。此剧在抗日战争的壮丽图卷当中,以中国北方的山西中条山为基座,以孕育伟大中华文明奔流不息的黄河为象征,写英雄,论生死,招魂魄,祭长河。那黄河水奔流浪千叠,流淌不尽的,是万古流芳英雄血!那群山脊傲然挺立,摩肩接踵的,是器宇轩昂真豪杰!剧目造景从头到尾突出的是黄河奔流的形象,剧目情节中的军人、百姓、男女老幼的爱国热情与捐躯忠勇的形象相重叠、相交互,让人物行动的生死选择与文化传统、家庭教育联系起来,圣人教诲、高台推崇、家教熏陶、社会倡导、学校教育……所凝结成的,就是中华民族生生不息的意象:后浪推前浪动力不缺,四季长流水沧桑莫改。那是割不断的传统,那是灭不掉的意志,那是中华文明五千年延绵不断,成为世界文明发展史现存奇迹的内在力量,那是东方神诂凤凰涅槃浴火重生的现世神诂!

黄河,母亲河!黄河,英雄河!黄河,民族生命河!

五

在日本冒天下之大不韪一次次"拜鬼",祭奠战争罪犯的时候,在全世界反法西斯战争胜利 70 周年之际,《中华士兵》剧组的创造,对外表明国家意志,对内搭建起了中华民族自己祭奠先烈、膜拜英雄的仪式舞台。

当一次次的抗议、照会、措施并不能阻止日本政客们的"拜鬼"行为的时候，为什么我们自己会感觉到"祭英招魂"的剧目是老调子重弹，质疑其存在的意义和价值，调侃"有多少感动可以重来"？它的内容有多陈旧，让我们觉得没有新鲜感？它的精神有多腐朽，让我们觉得没兴趣？我们可不可以平心静气地思量一番，我们对那些为保全民族生存权、延续中华文明血脉而献出了自己的生存权、舍弃了自己的家族血脉的民族之花做了什么？哪怕是一年一度的祭拜仪式？我们可不可以扪心自问地设想一下，在民族危亡的关头，我们是否能够像他们义无反顾地投笔从戎、送子参军、散尽家财、慷慨赴死以共赴国难？精卫填海的恒心，夸父追日的壮志，怒触不周山的决绝，壮士断腕的勇气，张生煮海的执着……在我们的人格里还有吗？还有多大存量呢？

追问之下发现，问题可能出在我们自己身上。太麻木、太叛逆、太追求先锋、太玩世不恭、太混淆好坏、太不分真假、太不辨善恶、太不知美丑，让我们的一部分人走到了混沌人生的地步。

毋庸讳言，国人今天一些行为的丑陋，首先是因为内心的问题，相由心生。丑陋的表现可能多种多样。其中有一种丑陋，是亵渎先烈，恶搞英雄。从互联网上可以看到这里那里不断曝出的丑闻，而且是图文并茂。其中就有嬉皮笑脸、猥琐淫亵地对蒙难被吊打的赵一曼塑像上下其手的，对圣人先贤、领袖先烈都毫无敬畏之心，多有轻慢之举的，凡此等等，看得人心惊肉跳，不知道我们这个社会怎么了，一再出现以轻慢、亵渎、侮辱等行为去颠覆、解构、破坏自己的历史、自己的先烈、自己的先贤、自己的族群赖以生存的生命土壤和存在条件。

在日本侵略者的后人面前，作为广受抗日烈士、民族英雄荫福的我们，应该感到羞愧，因为很多时候我们有愧，甚至有罪。《中华士兵》里边的投河壮士是为着反对日本侵略者的践踏和杀戮而舍生忘死的啊，是与他们一样的千千万万同胞用鲜血和生命换来了中华民族的重新崛起与文明延续啊，但是我们居然对赞美英雄人格、讴歌民族精神的剧作还有冷嘲热讽之声，是怎样的不应该啊！

六

剧目导演查明哲因于 1997 年至 2003 年推出的"战争三部曲"(《死无葬身之地》《纪念碑》《这里的黎明静悄悄》)而接二连三地获得舞台轰动。后来,他走出战争硝烟,贴近底层民生,从外国剧目的排演创作转身关注国内剧作家的创作,由此展示了深厚的导演艺术功底,获得了更为广泛的艺术影响力。这次排演的《中华士兵》绝不是泛泛的应景之作,而是对抗日题材的剧目有突出贡献的剧作。在查明哲导演一贯苦心孤诣的艺术创作追求中,《中华士兵》也体现了他的过人创造,这从思想深度和艺术创新两方面表现出来。

思想创新首先体现在民族发展历史长河中瞬间的洗练象征与抗日战争中英雄群像的高度概括上,这样一来,形象化了一个民族的生命河流,具象化了一个民族的英雄气象。

剧目选择了一个特殊题材来表现抗日战争,表现的是玉碎的失败英雄。这样的题材稍稍有失分寸,可能就会变成令人丧气的惨剧,因为剧情的指向是抗日军队的以弱抗强、宁死不屈。这就要把问题想深、意义表现透,那就是玉碎人格的壮美,绝对精神的追求。所以,失败战役的现实,成为捐躯壮士、国殇勇士虽败犹荣过程中表现的壮美画卷。那种从容的赴死,那种冷静的舍生,只有越过了生物的本能,具有巨大勇气的族群才能够做到。

这种赴死的选择,对于整个民族的生存发展策略来讲也是富于选择理性和生存智慧的。这首先是一个生死辩证的问题,《中华士兵》引导观众展开的,正是一个族群向死而生的深邃思考。在中华民族最危险的时候,在反侵略力量悬殊到了一望而知、令人沮丧甚至绝望的时候,在筑起血肉长城拼死地节节抵抗以阻止敌寇凭借先进武器"三个月灭亡中国计划"的时候,一群又一群勇士血拼在火线前沿,一方面以不屈不挠的英勇粉碎了敌寇气势上摧垮中国的幻想,另一方面用慷慨赴死的精神激励着自己的同胞坚持战斗。用死赢得时间,用死激励同胞,用死粉碎敌人幻想。用个体的死换来族群的生,用小群的死换来大群的生,用民族部分的死换来民族整体的生。这是古代社会以来族群发展壮大的生存策略……与世界那些伟大的民族一样,在中华民族一次次的生存危机时,民族英雄们就是这样,用自己壮烈的死亡换来民族的生存。

因此,为了正面、细致、热烈地歌颂这种体现民族生存智慧也充满了生命体验痛苦的壮烈,剧作家、导演和全体演职人员选择了一个特别的题材,讲述了一个特殊的故事,铺陈了中华民族最近一次危机中生死选择的特殊仪式——一种牺牲的仪式,让观众在仪式中体验自己生命中未曾经历过的圣洁与壮美。一定意义上,戏剧就是一些大大小小、形形色色的仪式。观众在仪式中获得了情感升华、灵魂净化、人性淬炼。《中华士兵》获得了这种仪式感,而且是民族性的仪式。

在今天可以看到的不少抗战时期的照片上,抗战娃娃兵也是常常令人潸然泪下的形象。在《中华士兵》中,冷娃就是娃娃兵的形象。冷娃热血,是投河壮士群像塑造当中十分感人的内容。中华民族在阻抗强敌的时候,男女老少齐上阵,大敌当前,已经没有什么是可以自己珍惜和个人留念的了。更重要的是,剧情表现了送郎投军、送子抗日,一个英雄母亲的四个儿子全部在抗战中为国捐躯。这些情节固然表现的是英雄的大地、英雄的人民,但是更主要的,剧情揭示了中华民族的军威与民气之间的天然联系。有英雄的人民,才有英雄的群体,才有英雄的军队,这是多么厚实的生活认知和多么深刻的历史探查。因此,观众看见,《中华士兵》的演出剧情中,一群穿上军装的华夏子民,吼着荡气回肠的三秦土腔,演绎了中华民族在危难中向死求生而生生不息的动人故事,真是个惊天地泣鬼神的故事。

七

《中华士兵》的故事结构,是"碎片闪回"式的"事件组接",序幕和尾声就是交代背景和表现结局,中间四幕的剧情展示了一支中国部队在黄河边集结、赴死、敢死、弹尽粮绝时扑向黄河的过程。

双重叙述,是《中华士兵》舞台叙述的特点。为了交代戏剧故事情势并推进剧情发展，尤其是引导观众的思考焦点与价值判断，剧作设计了中日军队双方军官的想象对话和意志较量。这样，就形成了戏剧情节双重叙述的特征：军官对话之于剧情表现来说，是宏大叙事、外在叙事；而中间的集结、离别、轮生、赴死，包括尾声的扑入黄河，都是剧情——戏剧行动的内在表现。这样的叙述结构还带来特殊的效果，那就是在剧情的关键节点上，在生死抉择的当口，在中华士兵义无反顾地走向黄河的时分……日本军官和中国军官的隔空对话，也在引导着观众的思考点和观看点，剧目创演者就可以用这样的方式牢牢控制着剧场的氛围，把握着戏剧行动的节奏。

套层表现，是《中华士兵》很重要的表现方式。象征方面，奔腾咆哮的黄河与黄河文明的子孙们在剧情表现中其实互为表里，写黄河奔腾滔滔的气势，也是在写中华民族的性格；写民族发展史上的英雄辈出、络绎不绝，又用黄河的源远流长、浪花千叠作为比照。这样，民族与黄河，成为本体与喻体之间意义、形象的套层表达。

套层表现还有文化滋养上的与精神层面传递性的对英雄主义的表现。显然，对于一个农业人口大国来说，中国戏剧是上演着的社会百科全书。中国人的家国观念、人伦理想、社会道德、价值取向等等，人们很大程度上是从戏剧舞台上看来的。《中华士兵》抓住了中国文化传播和民族精神生活的这种特征，在剧情中用了不少的场面表现乡亲们送郎参军、抗日杀敌的壮行活动——唱戏。戏唱的是杨家将、穆桂英挂帅、佘老太君百岁挂帅的片段，将男女老少齐上阵的现实事件与文化生活里、精神层面上的民族生活无缝连接了。军人们扮演，家属们扮演，乡亲们扮演，在中国人的文化场域里养成了中国人这样的精神气象，集结了中华大地的遍地英雄，这是何等顺理成章。

剧目着眼点在于"遍地英雄"的群像塑造，但是，群像整体与个体形象之间，既有整体感，又有个体性，显现了艺术创造的上乘功力。

赌钱的旅长宋恩九，残废后送子参军、自己投河的英雄团长田文杞，曾为土匪的黑大个……都栩栩如生，有血有肉。尤其南京陷落后从俘虏屠场死里逃生的陈淮靖，怀着羞愧与仇恨再次投军，从实际效果的"偷生"走向"赴死"，其心理空间展示得格外充分。因为他认识到:"留得青山在"的观念,在日本侵略者那里会变成焦土,无人生,无草长。"青山"是幻想,因为他体验到:放弃抵抗,只能沉默地任人宰割,成为日寇取乐、训练、逗凶的"杀材";因为他身为放下武器的中国军队的副连长,曾经阻止士兵在遭受奇耻大辱、生命危险临近时奋起反抗,让大家心存幻想地"苟活保命",结果是受尽凌辱、丢尽尊严,生不如死。在剧情连缀的作用上,他连接了戏外的南京保卫战和戏内的中条山保卫战,把战役局部变成了战争整体。他粉碎了面对凶残敌寇时民间自然会有的幻想,捡拾惨痛的碎片给人们看。他用军人的屈辱和生命的尊严论证了战争中的生与死,让向死求生成为理性选择。他背负着南京军队窝囊屈死的兄弟们的冤魂洗刷了自己,作为军人、作为人也重新顶天立地,是一个摔倒后站起来的英雄。要说人性的深度,宋恩九的"匿子"、乡绅家的"留种"、死过一回的军人的"雪耻"等,都是有相当深度的人性解剖和表现。

《中华士兵》是中国戏剧的战争抒情,是象征写意的铁血情怀。创演者对民族英雄怀有深情,对中华文化存有崇敬,上演了一出对民族整体励志存志、为民族精神"招魂""续魂"的好剧作,让人精神一振。它是富精神钙质、有艺术创新的好剧目,令人耳目一新。

八

最后,可以归结一下上述评论者提及的"责任"和"良心"的问题了。中国国家话剧院选择《中华士兵》进行排演,奉献给中国观众,恰恰生动地体现了高度的社会责任感、充分的民族自觉性和深刻的人类良知。就查明哲导演而言,无论是透过战争硝烟探究人性可能,还是关注工厂、农村,探查民生疾苦,抑或是抚摸历史、还原事件去观照现实人生,他都实实在在地扎根生活,扎根人民,扎根人性建构,扎根理想的生命状态追求。那种对艺术的执着,犹如虔诚信徒之于宗教;那种对真相的探究、对人性探查的执拗,常常会被人认为喜欢"残酷"。这就对了,不怕残酷情境下的人性追问与良心拷打而引起心智脆弱的观众的不适、不快，不怕因此而失去观众。恰恰因为他是一个有社会良心、人类良知的导演，他周围也就有一个情感热点相近、思想共振相同的艺术家群体，不断推出具有高度社会责任感的剧目。他们绝不以软性心理按摩、廉价娱乐取悦观众，绝不放下艺术家肩上的责任，绝不抹去艺术家心头的忧伤，绝不无视艺术家眼前的缺陷，绝不标榜零度写作和拒绝崇高，绝不向小时代的小情怀、小情调、小格局屈就，而高张理想人性、健康人格、硬朗风格的文艺书写大纛。

我想说，幸而有这样一群坚持社会责任的艺术家，幸而有这样一群体现社会良知、人类良心的艺术家，幸而有这样一群能够将社会理想和生命追求化为感人的艺术形象的艺术家，我们的当代舞台才有了那么多的可圈可点的作品，我们的精神世界才不会只存留下娱乐至死后的空虚和渺茫，我们的戏剧艺术才会在民族文化建设中无愧于其伟大的历史和英雄的人民。

谢谢《中华士兵》剧组！

本文发表于《上海艺术评论》2017 年第 3 期

青春旋律·激情模式·动感场景：
《浪潮》创意捉影

一、不会忘却的纪念

在纪念中国共产党成立 100 周年的日子里，上海话剧艺术中心推出了一台满是青春气息的舞台剧《浪潮》（总编剧韩丹妮、肖诗瑶，导演何念，舞美设计刘科栋，作曲杨帆，灯光设计任冬生，编舞刘旻姿，服化设计赵欣、刘善通，多媒体设计王佳迪），向广大观众奉献出的，是红色青春的书写、红色激情的挥洒、红色年代的抒情。这是 1931 年在上海龙华监狱被反动派杀害的 24 位革命烈士的一座青春群雕，其中，就有鲁迅先生的名篇《为了忘却的记念》中以沉痛忧愤却隐忍内敛、爱憎分明却以正话反说的笔触记述过的"左联五烈士"——柔石、胡也频、李伟森（求实）、冯铿、殷夫。他们当中，有三位中国共产党党员，一位中国共青团干部，一位共青团机关刊物的骨干，都是"左联"骨干。

鲁迅说："不是年青的为年老的写记念，而在这三十年中，却使我目睹许多青年的血，层层淤积起来，将我埋得不能呼吸，我只能用这样的笔墨，写几句文章，算是从泥土中挖一个小孔，自己延口残喘，这是怎样的世界呢。夜正长，路也正长，我不如忘却，不说的好罢。但我知道，即使不是我，将来总会有记起他们，再说他们的时候的。……"鲁迅作为文学前辈（年长者）为几位交往过的文学后生（青年）写下的文字，成为后世流传甚广、记忆甚深的"记念"。而今天，正如鲁迅所预言，"将来总会有记起他们，再说他们的时候的……"上海话剧艺术中心以别致的方式推出剧目《浪潮》对"左联五烈士"以及所有革命先烈所表达的鲜明记忆兼浓厚敬意，正是鲁迅预言的后世应验。与鲁迅的纪念方位不一样的，是后辈的纪念，是年轻了许多的后辈对曾经年轻的前辈的纪念，而且是一群当代青年用生命激情对 90 年前的一群年轻共产党人，一群理想主义青年生命激情的礼赞。

一般印象里，严谨、严苛、严厉地对待社会生活的鲁迅，似乎很少朋友，似乎只有"横眉冷对千夫指"的斗士形象。但是，他对"左联五烈士"的回忆叙述，文字温煦，笔触细腻，淡淡的文字浓浓的情，硬硬的表述（忘却）软软的心（记念）。而且评价说："我失掉了很好的朋友，中国失掉了很好的青年。"鲁迅的好朋友，中国的好青年，这分量好重，重到和"引导民族前进精神的火光"的"掌火人"鲁迅相连，重到与一个五千年文明历史绵延不断却在当时风雨飘摇、亡国灭种危机当头的中国相连。

这是"左联五烈士"所表征的中国共产党人为救国救民舍生取义、慷慨赴死的壮烈生命与理想实践的一次诗意书写。青春年华的生命，当然诗意盎然。但更主要的原因，可能还在于技巧性的选择：用诗意驾驭题材，为戏剧表现插上翅膀，提供浪漫畅想，提供舞台表现时虚中见实的便利，提供舞台形象由表及里的艺术感染，提供以点带面的启悟性思考和概括性象征。于是，整个演出中那些令人目不暇接的表现性场景、动感十足的场面就粲然出彩，摇曳多姿了。

二、编剧、编诗还有编舞

《浪潮》的演出，给人留下的，是满台诗意盎然的印象。其实，在我看来，这种诗意书写和激情表达，一个重要原因，是因为"左联五烈士"的戏剧故事难写。难就难在"左联五烈士"的生命履历是那样的纯粹，他们的人生尚未来得及有大风大浪的内容、跌宕起伏的展开、复杂多变的境遇……他们满腔热忱地投身社会革命，追求人生理想，才开始不久，就与风口浪尖的考验、镣铐铁窗的压迫迎面相撞，最终被害于龙华监狱。他们当中，最大的柔石 29 岁，最小的殷夫 21 岁，他们的生命，被集体定格在平均年龄 26 岁的青春年华中。怎么表达，成了编剧、导演等主创人员必须面对的难题。对这个难题的解决，我看到，主创团队通过编剧、编诗、编舞、编景的途径，找到了目前这台演出"立在舞台上、动在场面中"的途径。

这是戏剧创作的内在结构与外在结构问题。

内在结构，当然就是编剧。编剧决定叙述线索，它们分别由一些要素构成，如剧情脉络、动作走向、贯穿事件、场面细节的预设。但是，观众发现，情绪写意、氛围渲染和大段朗诵之外，《浪潮》没有观众熟悉的那种起承转合、跌宕起伏、柳暗花明、曲径通幽的故事性。编剧的文字，似乎主要在诗的语言组织、诗的激情宣泄、诗的应和设计、诗的思辨立足点上去传情达意。这样的内在结构，如果开展剧本朗诵可能也同样会产生很好的效果。但是，剧场演出，仅仅如此就远远不够了。因为，戏剧演出，毕竟不仅仅是语言因素的诗歌朗诵，哪怕配乐，也不仅仅限于听觉。可以推测，编剧选取编诗为立足点，完成了对"左联五烈士"和 24 位同时被捕的革命者、千千万万热血青年生命激情的诗意书写。因此，二度创作的过程中，就必须想办法给剧本的诗意赋形，这就是《浪潮》在编舞环节所下的功夫了。

外在结构，就是舞台形象的结构，属于戏剧艺术的二度创作。为着赋予诗化台词与舞台动态的美感，《浪潮》的编舞可谓煞费苦心。开场乃至后来的革命者们身陷囹圄的环境叙述与向死而生的心境表达，如果没有大段大段的现代舞编舞的语汇配合，由此赋予台词的语意诗魂充满动感的具体形态，表现为搏命般的挣扎与迸发性的激情，就不能想象观众能够安静地坐着听完那些群口、对口、单口的台词。即便台词是那样的语调铿锵，声韵悠扬，即便是事件简单、情节晓畅，如果不是那些具有事件叙述性、场面表现性、主观抒情性的舞蹈配合，很难设想，观众能够全神贯注、心无旁骛地追寻那些年代遥远、没有更多故事性可言的人物事件。编舞艺术的舞蹈表现，在《浪潮》的故事叙述与场面表现中，浑然天成地形成了表达、表现的主题手段。《浪潮》与许多穿插舞蹈表演的剧目不同，那些剧目去除花花草草的点缀性舞蹈段落之后，剧目演出照样进行，这些段落无关宏旨，去除了也无伤大雅。而《浪潮》则不同，删掉舞蹈表演，整个剧目演出的艺术感染力将衰减泰半。舞蹈，在剧目《浪潮》中，是艺术表达整体中水乳交融的有机构成部分，这是艺术综合手段运用的一个良好范例，值得为主创团队点赞。

三、光、影、构架和场面

看《浪潮》的演出，给我留下最深印象的，就是和舞蹈、诗朗诵般的语言相匹配的舞台呈现面貌，这也是戏剧艺术二度创作中外在赋形的重要部分。

《浪潮》的舞台主体形象是一个钢架结构的空间，功能性大，表现性强，在变动布局的组合当中极大地满足了特定情景的表达和场景意象的传达。特定情境，是冰冷、严酷、刻板、了无生气、吞噬血肉、消磨生命的监狱形象。然而，它又不局限于具体的龙华监狱，而反复传递的是如鲁迅所形容的中国社会那种"黑屋子、铁屋子"的整体意象。配合这样的舞台美术构思，设计者刘科栋大幅度地使用了吊杆起降平台，高频度地使用了光变影移的造型效果。可以说，整个演出过程中，无景不变，无光不动，无影不移，万千变化，气象无穷。可以说，舞台景观除了高度吻合剧目演出所需的具体说明性、氛围渲染性和心理揭示性功能之外，还具有极强的艺术表现力和舞台意象感。当舞台上空吊杆上的平台架子降下来，成为低矮、压抑、暗黑的六合空间时，它既体现了关押革命者的龙华监狱的空间特点，又表现为一群躁动的、困兽般的革命者暴走、狂呼、抗争着要打破的意象化了的中国社会的"黑屋子""铁牢笼"。当吊杆平台升起，布局巧妙、精心设计的灯光从高低错落的舞台后方、从天井般的舞台上方投射下来的时候，它又变成了监狱高墙内人们渴望自由、仰望天空的主观视角，同样既是客观环境的呈现，又是主观视像的模拟，观众的观察不知不觉与被关押的革命者们产生了共情同理的主观感受。好传神！好巧妙！好精彩！这是当代中国舞台美术从对剧情空间特点的框定、点明、点醒、嬗变到在这些基础上对剧情强化、剧旨阐释甚至对人物心理揭示和剧情意蕴表现进程中的一个显著节点。这里，舞台美术成了名副其实的"无言的角色"。毋庸置疑，这是一个可圈可点的生动个案。

从演出需要的功能性满足，迈向在功能性满足基础上的表现性、写意性的彰显，这是当代舞台美术发展的一个鲜明特点，积极主动地进入传递、表达、表现，融入整个剧目表现的最高任务。《浪潮》舞台的呈现面貌，远远超出了人们对舞台美术的一般性理解和历史性局限。

甚至，《浪潮》舞台为演员们的激情表演设计了浅浅的一池水，让演员们扮演的烈士们作为人间地狱里不屈的战士、黑暗社会中的舞者，搅起了舞台动感，水花四溅。那水花，是形象借喻，把难以言状的激情程度和生命状态给赋形了；那舞蹈，设计的是现代舞，是身体自由的动律，却又具有群体舞蹈的内在协调性。

哦，不，那不是水，是血浓于水的形象的激情四射！不，不，那不仅仅是现代舞，那是一群革命者背景殊异却殊途同归、姿态各异却"理想大同"的人生选择与奋斗生活的诗意概括！

四、"穿越"还是"闪回"，这是个问题

对"左联五烈士"事迹的表现，编剧和导演可能都感到是个难题。从龙华监狱中的斗争，到集体遇害，就那么短短的二十一天（1931年1月17日—2月7日）时间中发生的事情。究竟这二十一天里发生了些什么，实际情形怎样，也难以确知。如果对五个烈士短短的生平去做追述性叙写，大约也吃力不讨好。因为戏剧艺术"情节集中、矛盾扭结、冲突激烈、发展迅速"的一般性要求，容不得编剧、导演去做这样的努力。

不知编剧还是导演，或是排练厅主创人员的集体努力，《浪潮》的最后呈现，是五个烈士生活片段、亲情友情的回溯性表现和穿越性连缀。

多年前，《这里的黎明静悄悄》在上海演出，五个女战士牺牲后有生前生活片段的闪回展示，她们如花生命的那些重要瞬间的逐一回溯，是一次又一次对美好生命的哀婉惜别，一次又一次关于牺牲的壮美礼赞，一次又一次开启观众的情

感闸门，一次又一次撞击人们的思考回音壁。这样的情境产生了良好的艺术效果：牺牲愈是令人扼腕痛惜，悲剧的力量愈是感人肺腑。《浪潮》对牺牲后的"左联五烈士"的舞台处理，让我无法抑制地想起了《这里的黎明静悄悄》的结尾处理。也许，这是艺术家们解决剧情、人物、场面的相似难题时的英雄所见略同。但是，我想说，《浪潮》的处理手法，避免了五烈士内心揭示不足的缺憾，让他们在牺牲之后，不屈也是不甘的灵魂去访问生者，也访问死者，目的在于揭示他们捐躯舍命的激情底蕴和救国救民的初心内容。那底蕴和初心，当然是追求一个人人平等、没有剥削压迫、消除巧取豪夺、铲除贫穷饥饿的理想社会。他们以口号的方式喊出来了：共产主义社会！他们以残损的手掌拍打阴冷的监狱墙壁，用带血的头颅撞击冰冷的监狱铁窗，舍一身血肉之躯去抗衡敌人灼烫的枪弹……鲁迅在 1919 年 10 月写作的文章《我们怎样做父亲》，发表在同年第 11 期《新青年》上，说父亲对于孩子们的责任在于："肩住了黑暗的闸门，放他们到宽阔光明的地方去；此后幸福的度日，合理的做人。"是的，"左联五烈士"以及他们代表的革命先烈，是父辈，也是青年，他们"肩住了黑暗的闸门"，消失在牢狱里、黑暗中，为的是中国人的后辈们将来有"幸福的度日，合理的做人"的一天。鲁迅在文章中还讲过："承担这样的责任，第一要保全生命，第二要延续生命，第三要发展生命。"烈士们为着他们奋斗的理想，自己的生命都没有能够保全。然而，他们的后代、后辈，今天生活的我们，却真的走在了鲁迅先生所希望的"幸福的度日，合理的做人"的社会发展、环境完善的道路上。烈士们对自己抛头洒血的意义追问，在他们牺牲后的不到十八年，并不久远，就有了现实的答案，他们可以安心了。

  问题的关键在于，这种答案是为今天的生活无忧的青年们准备的。同样是青年的前辈们奋斗换来的江山基业和生活环境，生活其中的当下青年，意识到其中沉甸甸的历史分量了吗？

  这一切编剧意图和表导演表达，当然是观众可以意会到的主观意图。问题是，剧目呈现的"穿越式"手法，是否最好或者最恰当，却是值得思考的创作问题。

为了完成五烈士对自己的牺牲价值与奋斗初心的追问，剧目呈现用了穿越式叙述，依次连缀、分块展开了他们各自的一些生活片段。首先是牺牲的英魂盘桓不去，那么追溯生前事迹也倒罢了，选取典型性事件场面就好，可问题是，居然出现了胡也频牺牲时尚在襁褓中的儿子目睹父亲胡也频及父子相认、对话的场面和故事，目睹胡也频与丁玲恋爱的"千里追踪的浪漫求爱"的故事；出现了胡也频牺牲十九年后的父子会面，出现了鲁迅与柔石讲述自己五年后也就是1936年去世的虚构桥段，出现了冯铿看望并聆听救助过、援手过的苦难姐妹生前死后的生活磨难的讲述，出现了烈士后代在新中国雄伟的建设进行曲中的声音形象，凡此等等。在手法运用的轻俏、随意中，消减了历史的厚重感、英烈事迹的厚重性、展示情节时间的可信度，这是自己与自己为难吗？

坦白说，我并不喜欢这样的"巧"手段，它可能是历史故事与英烈伟业的消解剂。时空穿越，表现机巧，可能是最简便的处理方法，也还时髦，但是，讲述历史，塑造先烈，这种手法不见得"讨巧"。不要让人联想到"历史是任人打扮的小姑娘"那句话，如果那样，一切努力前功尽弃。感谢上海话剧艺术中心请我看戏，说真话，做诤友，才是艺术评论者应该站稳的价值立场。

原谅我的坦率。

本文发表于《上海戏剧》2021年第4期第22—25页

"天下第一团"的来路和去路：白剧[①]的生存发展

一、白剧的艺术禀赋

大理白族自治州有自己的民族剧种——白剧。

在云南省的少数民族戏剧剧种——白剧、彝剧、傣剧、壮剧当中，白剧可谓"四大名旦"的头牌，在中国少数民族剧种中也显得特色鲜明，成就卓著。就近40年的舞台业绩和艺术成就看，其显现的活力、魅力，是云南少数民族剧种中首屈一指的。

白剧的生成，有一个历史孕育过程，首先是外来戏剧文化与本地音乐舞蹈文化元素的结合。外来戏剧文化与本地民间文艺的结合，在流传过程中孕育、酝酿了很久，最终成型，其实不易。白剧的来源，一般认为大致有四方面的要素——"吹吹腔"、"大本曲"、中原文化（如剧目影响）、文学故事的润泽滋养，还有苍山洱海间彝族白族地区的民间音乐舞蹈和神话传说的养分。如果从白剧艺术的音乐声腔基础看白剧的产生渊源，那么，应该说，其酝酿的时间不短了。

[①] 白剧是在中国云南苍山洱海地区流行于民间的吹吹腔戏和大本曲曲艺的基础上形成的，以白剧团建立为标志。大理白族自治州白剧团的成立时间，笔者目前看到的有几种表述：《大本曲简志》说"1959年，大理白族自治州白剧团正式定名"；白剧团自己的团史简介说是"成立于1960年"；还有一种说法是文化部领导在1958年看完演出后提出"白剧"的概念；《云南少数民族剧种发展史》注明为"1962年2月"。

历来研究者对白剧的产生，一致看法是来源于"吹吹腔"和"大本曲"。但是，对"吹吹腔"的来龙去脉，常常有点儿语焉不详。有一种观点说"吹吹腔是白族人民创造的一种剧种"①，不十分准确。白族人民的创造当然应该肯定，但是它是衍化流变而来的。云南民族剧种研究专家包钢在梳理辨析大理地区的音乐声腔历史情形时，认为"吹吹腔"的源头可以追溯到西北戏剧文化的罗罗腔，由于明英宗正统年间发生的"三征麓川"的边疆战事，其被明朝的领军主帅王骥率领的军队携来，传入大理地区并与地方音乐相结合，变为"吹吹腔"，流布开去，存留下来②，有道理。"吹吹腔"的主要伴奏乐器是唢呐，是吹管乐当家，来自北方。其传入、流变时间，最早可追溯到明代，迄今已经五六百年。用唢呐吹过门的演唱，一旦叙述故事、扮演人物，就成为"吹吹腔"戏，内容当然来源于内地的文学故事和历史演义之类，而且传入时为军队所演奏，剧目选择自然也有所偏好。

"大本曲"的产生，从资料记载判断，也早在明代，这主要以一直流行到今天的"大本曲"的曲调基础格律"山花体"为依据。较为公认的而且可以信考的是明代大理白族文人杨黼的《山花碑》（1450年，明景泰元年）立于圣元寺的白语诗碑《词记山花·咏苍洱境》的"词"体格式的吟唱，"山花体"就此得名。明代景泰六年（1455年）的赵公碑有20行"哀辞"，还有明成化十七年（1481年）的《山花一韵》也是"山花体"的早期代表。"山花体"的"三个七字句，末尾五字句"的诗体格式或者唱词格式（三个七字句、一个五字句，简称"三七一五"）就此流传下来③，与今天的白剧"山花体"唱词为基本格律格式的文化基因高度重合。在此基础上的增加词句（四个七字句、一个五字句）、减少词句（二个七字句一个五字句）或者变化句式（一个五字句、一个七字句、一个五字句、三个七字句再加一个五字句）等，就是格律变化和句式衍生了。还有一些根据演唱、描摹、叙述方便产生的变化，有七绝格式进入，交替出现，主

---

① 《民族问题五种丛书》云南省编辑委员会编：《白族社会历史调查》，云南人民出版社1983年版，第216页。
② 包钢编著：《云南少数民族剧种史》，云南科技出版社2010年版，第26页。
③ 杨正业主编：《大本曲简志》，云南民族出版社2003年版，第9—10页。

体仍旧是"山花体",那基本格式所流传下来的文化基因依然是可以辨识的。这种"山花体"歌词曲调成为说唱艺术的基本格调,成为民间一种广泛流行的大本曲说唱艺术,一般认为成熟期在清代中叶。不管怎么说,源头追溯,总会回看到五六百年前。

在这不算短的历史当中发生了什么?上述提到的西北的"罗罗腔"在什么机缘下、哪个当口儿上与边疆民间文化艺术遇合,变成"吹吹腔"?与众多的艺术品种源流考一样,只能大致地宏观推断,无法做精确细致的说明。大本曲也一样,"山花体"似乎与唐诗宋词、元人小令有血缘关系,但是究竟如何影响了苍山洱海间饱读诗书、通晓诸子百家的白族知识分子或者宦游回乡的告老官员,把祖国中原的文化艺术传播乡亲或携回故里,成为大家尊崇的格式,去传唱乡情野调,具体情况的发生,还有待更多史料去佐证。但是,与西北戏剧和中原诗词的文化渊源,是可以大致断定的。

与"吹吹腔"戏和"大本曲"演艺的发生过程难于确考不同,白剧的诞生,有一个可以明确知道的起点,各种数据资料显示不一样,我们就采信白剧团团史所说时间,也向现任院团领导核实过。在中华人民共和国建立后,中国共产党和中央人民政府极其重视民族文化,把对民族文化的重视作为民族平等、共同繁荣的一个重要方面来看。所以,大本曲发展在1949年以后进入快车道。1956年和1958年,大本曲南腔代表艺人杨汉和白族姑娘杜德平分别两次赴北京参加文艺演出,演唱大本曲《大理好风光》和《灯塔》,这使白剧成为全国曲艺艺术中引人注意的少数民族地区曲艺。大本曲是一种白族方言和汉语白腔的说唱艺术,为了扩大容量和展示其表现内容的复杂性,艺术家们开始了创立大本曲剧的努力。"1950—1962年这段时期,大本曲《柳荫记》《火烧磨坊》被改编为大本曲剧,同时期创作演出的大本曲剧有《施善泽入社》《喜讯》《上关花》《搬家》《夫妻竞赛》等。"[①] 杨正业主编的《苍洱文化丛书·大本曲简志》的"大本曲大事

---

① 杨正业主编:《大本曲简志》,云南民族出版社2003年版,第2—3页。

记"提及:"1959年2月,'大理白族自治州白剧团'正式定名。"① 也有资料说,1956年到1958年间就有人提出"白剧"的概念。但是,白剧团正式成立时间在1960年,是可以认定的。杨益锟和姜果两任团长异口同声地告诉我,1960年成立是确凿无误的。姜果补充说:"第一个提出'白剧'这一称谓的,是时任云南省人民政府秘书长兼大理白族自治州首任州长的张子斋。1957年1月,张子斋在昆明翠湖宾馆接见参加云南省农村业余歌舞汇演的大理代表队时,第一次提出'要搞白族戏剧'——白剧。大理州白剧团成立后,云南省委宣传部发出《关于建立四个民族剧团的通知》,首次将白剧列入政府承认的少数民族剧种。"② 大理州成立白剧团的积极性和热情很高,走在了前面。1960年2月28日,白剧团正式成立。事实上,此前的酝酿已经紧锣密鼓。"1956年,大理周城文艺宣传队成立,经常演出'大本曲'剧和'吹吹腔'。""1958年5月,以著名音乐家郑律成为首的中央歌舞团辅导组到大理举办了一期(三个月)文艺骨干培训班,培训结束后留下40人组成'大理市业余文工团',以演出'大本曲'剧为主。""1959年2月,'大理白族自治州白剧团'正式定名。著名大本曲艺人杨汉、杨绍仁进团担任教员。"③ 从材料的印证看,白剧团成立的事实发生在先,云南省委宣传部1961年11月发文《关于建立傣、白、壮、彝四个民族剧团的通知》在后。大理白族自治州发展白剧文化是"先上车,后买票",做得热情而果敢。

那么,到今年,白剧诞生、白剧团走过一个甲子的时间,白剧团要庆祝"六十大寿"。白剧诞生,对于少数民族来说,对于白族群众来说,这是一件文化大事。云南省大理白族自治州建立一个白剧团,因为剧种独一无二,剧团也世上无双,被称为"天下第一团",在这种描述当中,充满了自豪感。

可是,成立剧团易,建设剧种难。

---

① 杨正业主编:《大本曲简志》,云南民族出版社2003年版,第3页。
② 出于审慎,2020年11月2日笔者就白剧团成立时间对几位可能的知情者采访,这是白剧团现任团长姜果的回应。现任大理文旅局局长的杨益锟也确认了成立白剧团的时间是1960年。
③ 杨正业主编:《大本曲简志》,云南民族出版社2003年版,第2-3页。

"天下第一团"的大理白族自治州白剧团，获得了苍洱地区民间流行的"吹吹腔戏"和"大本曲"演唱的全部历史积累与艺术经验。这是中国戏剧文化家族中刚刚起步一个地方剧种——白剧。将来的发展，就以此为起点，"吹吹腔"戏生、旦、净、丑的类型表演基础和"大本曲"说唱曲牌联唱的音乐格调，成为白剧与生俱来的艺术禀赋。"吹吹腔"的唢呐演奏音乐与戏剧人物行当表演，"大本曲"的音乐和说唱表演，从声腔音乐的曲牌连缀体格调上规定了白剧音乐的主体。这是白剧发展的出发点和建设的基础。"吹吹腔"戏从历史渊源看，是军戎、军旅、军屯群体携带过来的故事表演艺术，留存下来的大量剧目与战事传奇有关，如三国、隋唐、岳飞抗金、水浒英雄之类的武戏、袍带戏①，是军汉们、男人们的驰骋空间。"'吹吹腔'的传统剧目有320多个，绝大多数是历史故事题材，如东周列国戏《烽火戏诸侯》《兵定孤竹》等；隋唐戏《兵困燕山》《平海南》等；宋代岳家将戏《藕塘关》《大破牛头山》等。还有一批根据《飞龙全传》改编的赵匡胤故事戏；根据《水浒传》改编的水泊梁山故事戏。"② 所以，"吹吹腔"戏的武戏见长的特点是有历史渊源的。汉文化影响下以乡土音乐为基础形成的"大本曲"，与"吹吹腔"戏的传统色彩、剧目积累不同，"大本曲"没有什么剧目积累，原来的说唱，就是即兴、即景演唱与说唱改编移植故事的曲艺，作为"戏"的历史不长、传统不多，因此也负担不重，轻装上阵，进入新生活，拓展新天地。如上述提及的那样，"大本曲"歌唱新生活的同时，很快就尝试出了白族曲剧——大本曲剧。

白剧剧种诞生，在边疆文化发展史上绝对是一个值得注意的事件。但是，作为戏剧艺术的剧种，如何发展，怎样完善，却是一个应该认真研究和深入总结的全新问题。在与生俱来的艺术禀赋下，白剧可以如何发展，向哪里努力，的确是白剧艺术当时面对的现实问题。

---

① 郭思九等主编：《云南文化艺术词典》，云南人民出版社1997年版，第919页。
② 包钢编著：《云南少数民族剧种发展史》，云南科技出版社2010年版，第28页。

二、白剧的艺术发展

一个剧种，不是把一些艺术成分聚拢一下就可以完成的。我们知道，白剧团的成立，就是把有名的民间的"吹吹腔""大本曲"艺人组织起来，把两种民间传统的艺术文化汇拢在一个白剧的框架体系里。其实，白剧团成立之初，白剧没有一个现成的框架体系。这个新的剧种，要从零开始。"吹吹腔"戏和"大本曲"演艺有自己的自足经验和模式。原来的成分，已有的经验，不能直接跟白剧画等号。白剧应该是一个有自己的艺术要求、艺术规范、艺术结构、艺术物质基础的剧种体系。我猜想，一开始，白剧团的人们对此也心下茫然，所以，一开始的剧目创作，还是"大本曲"剧和"吹吹腔"戏，各走各的熟门熟路，两种艺术成分的融合，成为一个浑然天成的白剧艺术整体去打磨舞台呈现，似乎还心有余而力不足。

白剧团建团之初，还不十分完善、不十分成熟的白剧作为一个独立剧种的体系，是一个不断学习、完善的开放体系。从资料可知，白剧团成立后的艺术生产常常很尴尬，要么以"吹吹腔"的吹腔鼓锣为音乐主体的白剧排演，要么以大本曲剧为托底排演剧目。但是，"吹吹腔"和"大本曲"在剧种白剧当中如何水乳交融，一时间还是一个十分突出的问题。或隐或显，问题总在那里。

从"吹吹腔"戏和"大本曲"带来的艺术禀赋，成为白剧的"守正创新"的出发点。但是，可能，这个时候的白剧，"创新"比"守正"更重要。"守卫守望守住"流行于苍山洱海之间的"吹吹腔"戏和"大本曲"之"正"容易，"创设创立创造"一个新剧种的"新"难，这肯定是在白剧团成立后的剧目创作、艺术实践上碰到的老大难问题。迄今，似乎也没有太多人去思考和深入过这个问题。

但是，探索实践却发生了。

首先，借鉴学习成熟剧种的程式化、整体感的艺术状貌。本来，民间流行的小戏、曲艺，有自己在民族特色方面的优长，但是，当进入一个民族剧种的建设发展框架时，不规范、不稳定、不丰富、不厚实等弱点就显现出来了。在成熟的大剧种看来，那些原本不是十分成熟完善的演唱方式、表演方式，就要向戏曲的程式化去靠拢、去发展了。好在，剧种建设之初，白剧作为成熟剧种所具备的艺术要素，显得一穷二白。这种可循艺术基础和成套表演经验原本没有或者稀少薄弱的尴尬缺陷，成为白剧向成熟剧种譬如京剧、滇剧、川剧学习借鉴的出发点，在此基础上去梳理、去总结可以固化、传承的那些内容，让白剧作为剧种的艺术，向程式化、体系化发展。应该说，通过五六十年的探索和总结，白剧发展成了一个有自己的艺术程式、武戏、文戏都能演，有自己鲜明民族特色和艺术特征的少数民族剧种。

其次，"吹吹腔"戏和"大本曲"与民族民间音乐舞蹈之间血肉相连的天然联系，使得白剧艺术发展中的舞台音乐和身段表演，从民间获得了源源不断的补充。民间的樊腔、樊曲、鼓吹、说唱，在发展中从"乡间民女"变身为"大家闺秀"，这就要"变化"。"吹吹腔"音乐体系的高腔、平腔、一字腔作为声腔的基本类型，在配适行当、演出情调和地域流派时还有变异；"大本曲"的"山花体"也因时而变，"大本曲"海东腔代表人物在演唱实践中"为增强大本曲的表现力，适应听众的审美需求，大胆创新，在行腔、节奏、速度等方面对传统大本曲作了较大的改造创新……他还把大理白族民间小调、'十二属''拳调'以及'剑川白曲'和'泥鳅调'按大理白语发音引入'大本曲'唱腔，并在演唱中采用一些简单道具作表演，很受听众欢迎"[①]。大本曲在白剧发展当中，以三腔、九板、十八调为基础，在民间音乐的吸收上也是不遗余力；彝族歌舞、花灯音乐、民间小调，可以吸收用以丰富戏剧表现力和艺术感染力的，都吸收了。这种改造，意在扩充容量，增大体量。让民间曲艺承载更多内容、具有更丰富的表现力，正是白剧剧种建设要努力做的事情。"1963年前后，大理州白剧团移植演出了一批现代戏，如《小二黑结婚》《南海长城》《社长的女儿》《三里湾》《江姐》《两块六》《送货路上》《补锅》《打铜锣》等，充分运用了'大本曲'和

---

① 杨正业主编：《大本曲简志》，云南民族出版社2003年版，第3页。

'吹吹腔'戏的唱腔和表演。"①

再次，白剧发展，不能拘泥于传统，即所谓"泥古"。内容上，"吹吹腔"戏的剧目存留，进入白剧剧种建设的时候，可以进入文学积累的剧目几乎没有。这个时候，"大本曲"向"大本曲"剧发展的过程中已经积累的经验发挥了良好作用，那就是"大本曲"剧除了改编移植别的剧种的成熟剧目之外，天生有唱眼前景、唱身边事、唱民间传说、唱时下生活的便利。20世纪50年代，中国刚刚跨入一个崭新的时代，"大本曲"就已经开始跟上时代的步伐，唱出了自己的心声。艺人上北京、到省会昆明，应节庆、适氛围，能够即席演唱"大本曲"抒发感受、表达心声，深受欢迎和好评，就是生动例证。在白剧建设当中，这种艺术调适能力得到了充分的发挥，成为白剧艺术生产的一个特点。在白剧团建团后的近100个大小剧目创作中，现实题材的作品占了不小的比例，小戏下乡的就不用说了，几乎百分之百。看看这些在全国有影响的重点剧目，如《红色三弦》（1964年）、《苍山红梅》（1974年）、《望夫云》（1980年）、《蝶泉儿女》（1980年）、《白洁夫人》（1983年）、《阿盖公主》（1991年）、《将军泪》（1993年）、《情暖苍山》（2000年）、《白月亮·白姐姐》（1996）、《白洁圣妃》（2006）、《洱海花》（2009）、《榆城圣母》（2015）、《数西调》（2017），就会明白大理白剧团成立后的创作立足点和艺术生产上所具有的与时俱进，贴近生活。其中，历史题材的有6个，民间传说、传奇故事的有2个，现实题材的有6个。可以说，在戏曲门类里，写现实题材的"现代戏"的创作，在艺术生产剧目中，占比算是较高的。

很大程度上，这是"大本曲"迅捷表现身边生活、身边社会的艺术传统与白剧发展所带来的文化胎记和精神印记。20世纪80年代，据云南大学中文系张福三、傅光宇调研，大本曲流传下来的本子，超过了民间传说中的36大本，72小本，一共有116个。实际上，20世纪40年代，徐嘉瑞教授做"云南农村戏剧史研究"的调研时，搜集过20个"大本曲"本子。20多年后，1965年，大理县

---

① 杨正业主编：《大本曲简志》，云南民族出版社2003年版，第4页。

文化馆对"大本曲"做过一次曲目普查，发现还真有 72 个曲目。我在这里要强调的是，张福三教授梳理了"大本曲"本子的三种类型，即移植别的剧种、"劝世文"衍化和取材于白族生活的历史文化与现实社会的创作。对后一种类型，他说："目前我们了解到的新曲目有 63 个（包括段子）……"① 另一研究者大理州文化局的施珍华说："据不完全统计，已有反映社会主义时代新人、新事、新风貌，以及各条战线建设成就的'大本曲'剧目近 50 部，'小本曲'剧目和长短 300 余首……"② 白剧团成立后，剧目建设也是白剧确立的一个重要基础。

最后，形式上的迈向完善与丰富，也是白剧团成立后，为一个少数民族剧种的艺术建设做出的艰辛努力。中国大地 300 多个③不同的剧种，地方剧种、少数民族剧种占去了大部分。剧种之间的区别，首先在于以声腔格调为核心的音乐结构的区别，然后就是地方方言所承载的思想内容、所表达的情感方式等等的不同。舞蹈、身体语言、服饰、民风民俗等等都进入舞台审美表达和呈现，最终成为一个剧种风貌的鲜明特点。白剧在发展中，加入了白族民间舞蹈如霸王鞭、宫廷宴舞等，民间歌舞等；向京剧、滇剧学习，在保持"吹吹腔"戏的生旦净丑行当表演特点的基础上，打磨出更丰富、更稳定的行当表演程式。听起来，这似乎不难，但是知道大本曲表演传统通常是"坐唱"曲艺后，就不会这么想了。"大本曲"，本子曲，一般是一人弹奏、一人说唱，一把三弦伴奏，一人执扇或执巾或站或坐演唱，没有多少表演。大本曲在 1954 年以前没有女艺人，20 世纪 60 年代作为创新，"大本曲"剧出现后多了起来。清代到现代甚至当代，有"大本曲"说唱曲台边的楹联为证："看台上，一唱双弹，只是三人成众；听曲中，

---

① 张福三、傅光宇：《大本曲曲目初探》，参见大理白族自治州文化局编《白族大本曲音乐》，云南人民出版社 1986 年版，第 246 页。

② 施珍华：《大本曲概况》，参见大理白族自治州文化局编《白族大本曲音乐》，云南人民出版社 1986 年版，第 252 页。

③ 新中国成立之初统计调查，有 360 余个剧种；20 年后统计，剩下 300 余个；今天还剩多少，有待再次普查统计。

言忠说孝,须宜十口加思。"①(清)"从不见妆文妆武,也要听作孝作忠。"②(20世纪40年代)"不妆相,不着色,模拟出忠奸孝悌;有弦声,有音调,听来有生旦净丑。"③(20世纪80年代)其中透出的信息,一是曲艺演出的观与演的关系,就是说唱与听的关系。说唱中的人物性格品行、忠、奸、孝、悌,都是靠说唱模拟出来的。表演靠模拟,不靠装扮;生、旦、净、丑,行单角色,各司其职,各有其声,从听众的辨声依调曲判断。也有例外,带表演。20世纪40年代的一对楹联这样描述:"一二人可作千军万马,六七步如行四海五洲。"④这样的表述,在京剧舞台前或者其他地方戏的戏台前我们已经很熟识了。但是,出现在大本曲这种"坐唱"曲艺的台前,我们就应该意识到。原来"坐唱"的演员已经起身,而且带表演了。曲艺场子不大,带一定身段手势,坐着也行。但是,站起身后,动作大一些,模拟性、象征性地走个六七步以表现"行四海五洲"的过程,就自然而然、顺理成章了。还有,"大本曲"自弹自唱,一弹一唱,到楹联中提及的"一唱双弹",伴奏增加了。到后来,我看过的一张大本曲演出剧照,是"一弹双唱"。再到后来,"'一人弹'发展成小乐队伴奏"⑤,就顺理成章了。在白剧发展的过程中,唢呐和三弦外,众多的打击乐、吹管乐还有弦乐的加入,增加了白剧的艺术表现力和音乐丰富性。这是艺术发展变化的水到渠成。

这些传神的楹联真是精彩至极,让我们从中辨析到一些关键的艺术信息,用它来说明大本曲在进入民族剧种——白剧的建设发展以来,形式上的变化,艺术上的丰富,的确有很深的年代感。

三、白剧发展的社会生态

应该意识到,白剧团成立之后,苍山洱海地区的戏剧、音乐、舞蹈文化出现

---

① 杨正业主编:《大本曲简志》,云南民族出版社2003年版,第158-159页。
② 杨正业主编:《大本曲简志》,云南民族出版社2003年版,第161页。
③ 杨正业主编:《大本曲简志》,云南民族出版社2003年版,第162页。
④ 杨正业主编:《大本曲简志》,云南民族出版社2003年版。
⑤ 杨正业主编:《大本曲简志》,云南民族出版社2003年版,第3页。

了一个拐点，那就是吹吹腔的吹鼓乐、"大本曲"的"山花体"联唱、白族民间小调、霸王鞭乐舞等，都进入了白剧的艺术框架里。这是大理白族自治州具有官方文化身份的框架和台面。有意无意地，官方身份的白剧团的专业发展渐渐有了"权威身份"，民家身份的"大本曲"、"大本曲"剧、"吹吹腔"戏的生存状态渐渐定格为"稗野"地位。一开始，可能"权威专家"到基层采风的时候还会有从民间学习、补充之心，渐渐地，就只是去专业帮助、权威指导了。民间艺术家也会有一种无法竞争的心灰意懒，涉及物质条件和社会资源。"稗野"的民间艺人无法望白剧团项背，最后也就放弃努力，自生自灭了。这种情况下，"大本曲""吹吹腔"戏的民间生态其实每况愈下，最后，能演出的艺人就一代少于一代，迄今所剩无几了。白剧团成立之前，白剧艺术来源的民间生态是蓬勃的，但是白剧团成立后，民间传统曲剧、"吹吹腔"戏的发展停顿和文化衰减，也是一种官方和民间文化力量相消长的社会生态变化的表现。

那么，官家的白剧发展得怎样呢？"大本曲"是少数民族说唱曲艺，"吹吹腔"是彝族、白族生活地区的民间都有流传的音乐文化，进入白剧剧种，就要以一个剧种的整体观念去消化融合，作为一个水乳交融的整体进入一个少数民族剧种的发展框架。

在大理白族自治州白剧团走过60年历史的时候，这种融合究竟如何，还应该有专业人员去潜心研究和悉心总结，旁人包括我自己，是看热闹的身份，看门道的专家写"吹吹腔"音乐和"大本曲"音乐的不少，从白剧的文化建设、一个剧种的美学呈现去研究的，真是不多。尤其是，白剧团发展历史的见证者、亲历者更应该做这方面的工作，因为，个中真味，甘苦自知。

大理白剧团成立之后，白剧艺术的框架搭建起来，成为可以通吃民间艺术的"吹吹腔"、"吹吹腔戏"、"大本曲"、"大本曲"剧、白族民间歌舞文化、花灯歌舞文化等等艺术养分的"白剧艺术"。我模拟白族自称"民家"的习俗来称呼白族文化生活中的白剧，白族地区的文化"民家"就是"吹吹腔"文化、"大本曲"文化、民间歌舞文化这些种类的文化身份。但是，应该注意一个文化现象，那就是"官家"白剧的发展的同时，"民家"的生态没有消失，"吹吹腔"音乐、

"大本曲"演艺依然存在，而且还发展得很好，叫作"官有官道，民有民路"。这对于白剧的发展来说，是一种极其良好的文化生态。"吹吹腔""大本曲"在没有政府资金和政策支持的背景下，在民间凭着热爱、燃着热情，去满足民间的各种节庆中村村寨寨人民群众的文化消费与娱乐要求，在一场场的演出中显现的活力魅力。这些其实都可以成为白剧艺术建设者采风获得的珍贵资源，用来补充和完善"官家"艺术，使之锦上添花。"官行官道，民走民路"，白剧艺术的文化生态，犹如湿地之于自然环境、花鸟虫鱼。我特别要指出的就是白剧生存的这种割不断、离不开的艺术生态，为白剧发展繁荣提供了肥沃土壤和营养基床。放眼中国各地区的地方剧种，民间原生态的艺术基础越丰厚越有生机，则从中成长起来的艺术样式就越是生机盎然、蓬勃向上。反过来，看到的情况令人生忧。民间艺术的滋养枯竭了，身在殿堂的艺术，就会渐渐变形走样，忘了根本，失了特征，迷了本性。白剧的发展，面临的是怎样的情况？专家们、艺术家们可以平心静气地考察一下艺术生态，是不是与民间的"大本曲"和"吹吹腔"戏隔膜太久了呢？在民间的"民家"近亲还有多少活力？还像当初那样起劲地"民走民路"吗？

其实，"官家"的白剧发展也受到了很大的制约。一个剧种的发展，看家剧目的积累和新创剧目的不断、人才辈出、演员阵容的"四梁八柱"是必备的条件。那么，白剧发展的情况如何呢？我首先应该肯定，白剧团建院以来满足了苍山洱海地区人民群众对戏剧文化生活的需求、对传统艺术创新成果的要求，可以说是硕果累累，成就喜人。下面看看大理白剧团的成绩单。

民族艺术薪火传承，近60年来，剧团曾创作了一大批脍炙人口、群众喜闻乐见的优秀剧目，四次晋京演出，多次受到党和国家领导人的亲切接见。

创作的白剧《红色三弦》《苍山红梅》《望夫云》《蝶泉儿女》《白洁夫人》《阿盖公主》《将军泪》《情暖苍山》《白月亮·白姐姐》《白洁圣妃》《洱海花》《榆城圣母》《数西调》，大型歌舞晚会《玉洱银苍》《魅力大理》《苍洱风情》《苍山洱海的祝福》《大理是个好地方》《七彩田园·幸福大理》《蝴蝶泉边》《辉煌六十载·幸福新大理》等近百台大小剧目。培养和涌现出一批白剧艺术家和优秀人才；曾摘取过"文华奖""梅花奖""曹禺剧目奖""电视金鹰奖""金孔雀大奖"和多届云南省"新剧目展演金奖"等国家级、省部级大奖一百多项，成为中国少数民族戏剧中的佼佼者。

大理州白剧团自成立以来曾几次参加中国艺术节、中国戏剧节、全国少数民族戏剧汇演等全国性的艺术盛会，曾应中央电视台邀请参加《名人名段》《璀璨梨园》《戏曲春晚》《戏曲采风》等栏目的录制播出，曾作为白族文化使者出访许多国家和地区。1992年被文化部授予全国"天下第一团"称号；1995年中华人民共和国文化部、人事部授予大理州白剧团"全国文化先进集体"称号；2008年白剧被列入国家级非物质文化遗产保护名录。①

白剧团承担了党和政府的文艺创作任务，完成了文艺下乡的任务，这张成绩单是来之不易的。白剧团在每一个社会发展阶段都以饱满的精神面貌投入到火热的生活与艺术的创造中，在国际交流、国家文化盛典、省区市戏剧展演，以及文艺事业的常态服务当中，白剧团都全心全意奉献了用演职员的青春挥洒出来的风采。一路行来，风雨兼程，无怨无悔，从中可以观察到的白剧艺术家们的精神面貌。在国家深化文化体制改革背景下，白剧团又获得一项桂冠，叫作大理白族自治州"民族文化工作团"，保留了事业单位的编制。但是，由此出现了一些新问题。白剧团算是幸运的，还有一个白剧团的班底存在，还能够排戏演戏，不断推出新剧目，让全国少数民族艺术百花园和民族剧种的大舞台，保持鲜花不败，笑靥如初。但是，这样的情况能够绵延多久，是其60华诞的时候应该思考的问题。在文化产业之外，公共文化服务体系里的文化事业单位应该如何走，困扰着许许多多文艺院团的生存发展，也困扰着大理白剧团的生存发展。譬如，是不是满足

---

① 摘自《大理白剧团简介》。

并维持地方院团"一个台柱一个团"的局面？不仅仅大理白剧团，历史上，赵履珠、杨洪英、叶新涛、马永康、杨益锟……几乎就是一个院团一个台柱的格局。云南曲靖滇剧院、玉溪花灯剧院、玉溪滇剧院、德宏傣剧团……地方院团的情况都是这样，概莫能外。新中国成立初期云南省京剧院、滇剧院、话剧院、国防剧院那种演员阵容强大、能够排演各种剧目的盛况已消磨殆尽。州市的院团，就更是这样的格局。由于编制限制，对预备队的培养尽管与艺术院校一起采用了联合培养、订单培养、舞台实践培养的有效方式，但是，编制关、薪酬关、人事机制关让院团的人员流动不起来，出不去，进不来，队伍建设就成了一潭死水。进不了人、留不住人、养不好人，成了白剧团进一步发展的瓶颈。2017 年，我牵头调研云南省文艺院团生存发展现状的时候，调研过大理白剧团。2018 年底，我约请北京的戏剧专家再度调研滇西少数民族剧种现状，了解到的情况，大抵如此。我认为，体制机制的设定，对于院团生存发展来说，是更为重要的社会生态。这种生态条件不改善，包括大理白剧团在内的艺术院团，生存都需要挣扎，谋求发展就更是充满了崎岖和艰辛。

这些年有一种观点，认为市场经济背景下，花钱请人比起编制养人划算。我不是经济学家，也缺少会计的精明，但是，面对大理白剧团的发展，有一本账却是可以算一算的。前边说过，白剧团成立之后，白剧发展体现在艺术生产上，就是剧目体现剧团的价值，演出锻炼人、培养人、摔打队伍、积累艺术创造经验，向"天下第一团"的高度和少数民族剧种的品位迈进。创作剧目，第一环节就是剧本文学的创作。下面，我们看看，剧作家对于一个剧团的成长有多么重要。

《红色三弦》，编剧杨元寿、李晴海、薛子言、陈兴；《苍山红梅》，编剧薛子言、张继成；《望夫云》，编剧杨明、陈兴、张继成；《苍山会盟》，编剧薛子言、张继成、和汉中；《蝶泉儿女》，编剧陈兴、赵建华；《阿盖公主》，编剧赵建华；《将军泪》，编剧魏树生；《白月亮·白姐姐》，编剧赵建华；《情满苍山》，编剧魏树生。这些是 1964 年到 2000 年白剧团艺术生产中有影响的获奖大戏。白剧团成立的最初 20 年间，探索的谨慎与调适的审慎，让白剧团艺术产出不多，数得上的仅有 2 个剧目；从第 30 年开始到第 40 年间，剧目越来越成熟，有 7 个剧目。这是白剧团发展的黄金时段，白剧的表演程式，白剧的舞台风格样式的形成和固定，就在这个时期。必须说明，这种风格样式得以确立，表演艺术大致定型，首功当推剧本文学的创作。大理发展白剧有福了，"吹吹腔"戏的传统剧本因无法适应时代而搁置，"大本曲"剧目的移植改编剧目的内容不再合适，主要曲艺剧本和戏剧剧本的不同显而易见，需要另谋创作新路，需要新的编剧人才。这个时候，时势造英雄，第一批白剧剧本文学作家出现了。其中，三次出现在编剧位置上的有薛子言，有陈兴，有张继成，有赵建华；两次出现在编剧位置上的有魏树生，其他如杨明是白族资深的滇剧编剧和文化官员，和汉中是长期生活在大理的纳西族剧作家，李晴海是白族音乐家……毋庸置疑，可以说，白剧的发展和成熟与这一批剧作家的白剧创作分不开。

2006年以后，省外剧作家和省内剧作家，来自上海、昆明的资深剧作家，在白剧本土剧作家阵容不再的情况下，20年间，他们贡献了4个剧本，让白剧艺术绵延不绝，保持已经达到的艺术水准。我们应该衷心地感谢他们。

但是，艺术生产的节奏慢下来了，原因可能是多方面的，缺少了自己的剧作家，不能不说是一个重要原因。薛子言早年离开大理，调到昆明，成为云南省艺术研究所的重要研究者和编剧；和汉中的兴趣转向电视剧的写作；令人痛惜的是，赵建华、魏树生先后谢世，陈兴、张继成已经搁笔。对于白剧艺术的发展来说，是釜底抽薪，尽管，这不是人力所能左右的。

但是，为什么不可以追问一句：人力可为的事情是什么呢？在这种编剧短缺的剧本荒状况下，其实，编剧短缺，院团各司其职的有创造力的演职人员的人才短缺又何尝不是引人忧思的问题。

在白剧团六十华诞的日子里，一般应该说些喜庆开心的话，但是我始终觉得，虽然应该有悦耳之言，但是更需要养心之意。评论和研究，千万不要堕落成为吹鼓手式的应景，无论是演后座谈，还是台下评戏，院团历史总结和艺术发展，都需要诤言明理。前年邀请北京专家看云南少数民族剧种的发展状况，专家看了资料，也观摩了演出片段，疑惑地问，这是剧种的基本样式和呈现风貌吗？比起那些戏剧大省的地方戏（诸如豫剧、晋剧、河北梆子、越剧、粤剧）的戏剧样式来说，白剧似乎显得不是十分成熟。我相信，以他们在全国各地每年看几百个剧目，20年内看过几千个剧目演出后那种被锻造得精准纯粹了的判断眼光，是不会有差错的。一方面，我心里暗暗觉得他们的眼光犀利，同意这种判断；另一方面，我却为白剧团建立以来至少三四代艺术家的努力和广大观众、各界的支持下已经是邻家有女初长成的白剧表示祝贺，白剧毕竟已经不再是白剧团成立之初的那种"夹生"的"大本曲"加"吹吹腔"的感觉。比起20世纪70年代末我看过的白剧剧目来说，今天的白剧演出，已经走完了融合为一个新的艺术整体的路程。现在需要的是，继续完善，继续打磨，精益求精，追求"一笑百媚生"的成熟风韵。那么，搭建好自己的艺术生产班底，可能是万分要紧的事情。演出才是硬道理，演好戏才是真道理，可能是所有院团都应该践行的发展思路。问题是，演出的资源从哪里来？好戏从哪里来？当然要从剧本创作开始的艺术创作来。不要受那种"不养编剧"的取巧心理的影响，而要从白剧发展历史中围绕在白剧舞台周围创作的编剧把白剧发展推进到黄金时段的经验中领悟编剧队伍的重要性。白剧团近两年两次向全国征集剧本，结果都十分不理想，有人提议，要"普遍撒网，重点拿鱼"。问题是，"网"撒得够大了，"鱼"在哪里？这个时候就要品出滋味。要花最大的力气和最好的耐心去培养自己的编剧，一个不行，需要三个、五个；光是一代不行，要有梯次、成代际的阵容。演员队伍、舞美队伍、策划队伍、宣传队伍、管理队伍，都需要培养。

这么说开去，一个院团的发展就显得老大难了。问题是，这老大难问题的解决，除了白剧团的演职人员艺术家们需要"百尺竿头，更进一步"外，社会生态环境中的政府支持，可能是关键。当初一穷二白的少数民族剧种，也是在党委、政府的重视和支持下发展起来的，白手起家，终成气候！在走过六十年历史，白剧已经成型，已经有模有样，再支持它精进细研，上一个台阶，难道比当年大理白族自治州党委、政府提前筹划、响亮定名、先行一步的壮举难吗？

也许，难。任何时代都需要果敢行动的壮举，缓一步，就名不正、言不顺、事不成。也许，不难。如果珍视这来之不易的成果，稀罕这朵少数民族剧种的鲜花，那么它不单是"苍洱一枝梅"，而且是中华戏剧百花园中的"玲珑一朵秀"。

现在还活跃于舞台的一级演员杨益琨在百花争艳的竞争中千难万难地获得了中国戏剧表演艺术的最高奖项"梅花表演奖",这一方面是戏剧界对她个人的表演艺术的充分肯定,另一方面也是戏剧界对作为一个剧种的白剧艺术从编剧、表演群体的整体水平、舞美设计、化妆造型到整体舞台呈现的高度评价。不能设想剧种还不成熟、艺术还欠缺、呈现还幼稚的剧种可以托举出一个"梅花表演奖"演员。

整体思考和切实安排白剧的未来,就像当初筹划、推出、打造一个少数民族剧种那样热情似火,埋头实践,那就会:此一去前程似锦,大地常春!

本文发表于《民族艺术研究》第 33 卷 2020 年第 6 期第 5 – 14 页

乐舞剧：新中国云南民族剧种的诞生和发展

一、云南民族剧种是满足新社会新生活需要的产物

1961年，中共云南省委宣传部印发"宣文字第29号"文件，批准德宏傣族自治州、文山壮族自治州、大理白族自治州、楚雄彝族自治州成立傣族、壮族、白族、彝族四个民族剧种的演出团体。自此，在中国共产党宣传部门和政府部门的确认、鼓励和支持下，云南民族剧种开始了作为"剧种"完善提升和加速发展，在后来的国家文化发展的百花园中，映日如火，别样鲜艳。云南从乐舞、乐歌发展到乐舞戏剧的情形，对于戏剧发生学的意义来说，具有典型性意义。但是，我们应该观察到，在学术意义背后，更有中国社会历史发展长河里中国共产党文艺政策中透出的中国政治学、民族学、边政学的意义存在。云南四个民族剧种的命名以及在相关的党和政府部门直接领导与积极推动下的民族剧种演出单位的建立，绝不仅仅是一个单纯的文艺业务问题，而首先是一个执政党、一个政权的治国理政立足点在新中国文化事业建设发展上的体现。没有这个重要前提，酝酿了许久甚至有了雏形的云南民间艺术，不可能走到后来民族戏剧剧种花朵竞相开放、竞相发展的局面和发展程度；没有这种认识眼光，就可能局限于单纯业务观点，而看不到发生的历史内容背后深刻的思想力量和制度安排的推动。

先从艺术形态和文化历史的角度说说云南艺术与云南民族戏剧的关系，看看云南的艺术发展与文化积累在民族剧种诞生的条件准备过程中的大致情形，由此去观察民间表演艺术在中华人民共和国成立后发生的变化，获得的鼓励、支持和

助推，更全面地理解、更深刻地认知云南民族剧种被命名诞生、在不断实践中走向发展成熟的文化事件。

国学大师王国维在《宋元戏曲史》中对中国戏曲提出"以歌舞演故事"的概括性论断，就把中国戏曲艺术的特点说透了。这种概括，把中国戏曲在"四功五法"的基础上借重的艺术方法和表演技能"演故事"的实质内容，简洁地概括了出来。实际上，举一反三，全世界称为戏剧的艺术，一定都是"演故事"的艺术。至于主要借重什么手段，歌、舞、肢体语言、诗句韵文、对白台词，各行其道，各领风骚，只要"演故事"，就可以认定其为戏剧家族中的一员，只不过属于不同类型戏剧或者品种而已。

从艺术的大类别分，戏剧、歌、舞都同属一个类型——表演艺术。只不过，在表演艺术中，戏剧的出现较之歌、舞、乐舞、乐歌要晚。歌、舞、乐的联合、混融表演就称为乐舞、乐歌。无法确考它们的出现时间和存在状态，但是，一般推测，它们应该是人类表演艺术发展的最早阶段，乐歌可能较之乐舞还要晚一点。语言发展到一定的时候，乐歌的诞生和传播才成为可能。乐舞则不同，节奏、体态、手足配合身体动律，先是加入声响，如简单的顿足声、击石声、棍棒敲击声，人类发展到了一定的时候就有音乐的加入，乐舞大概就这样发展起来了。但不管怎样说，乐舞、乐歌总比戏剧这种"一些人面对另一些人'演故事'的艺术"要早，"演"穿越了许多个世纪，经历了沧海桑田而愈加繁荣。然而，没有"演故事"，戏剧艺术就还在等待文化时机而应运而生。就云南艺术发展的状况而言，经历的也是同样的历程。只不过，有自己的时间进度和发展过程。但戏剧的发生，很大程度与人类文明进程的过程是一样的，是以人类身体功能所能发出的声音、肢体动作、身体节奏感，以声响乐感混融的方式去抒情表意的艺术，走向以所有上述手段去"演故事"的艺术，是云南乐舞艺术、乐歌艺术走向戏剧艺术——乐舞剧的"生"。这种"生"，需要"运"，需要社会历史和文化生活提供的"运势"。这种"运势"，让观察者意识到，云南民族剧种的发生绝非偶然现象。

二、云南艺术原生态里缺少"演故事"的艺术

云南艺术歌舞繁荣，但并不"演故事"。因此，云南早先没有后来众所周知的傣族、白族、彝族、壮族几个民族的剧种。在云南文化的发生发育发展中，并不缺少这些民族剧种后来诞生和发展时所需要的必备要素，如歌、谣、诗的抒情与乐、舞、蹈的表演。很大程度上，这和人类不同地方的戏剧文化的出现和发展的情形具有很大的相通之处。那就是，在文化自身的发展中，很多因素已经积淀下来，成为一些必备条件，只等一种外力作用，整合了原有要素和重构了原有形态，生成新的文化样态，诞生了新的艺术品种。云南民族戏剧剧种的诞生，大抵就是这样的情形。

那么，原有要素怎样？后来重构和新生的关键如何？重构和新生是如何发生的？这些正是我们关心并且想要探讨的问题。

云南戏剧文化资源丰富，生态多样，盖源于云南的特殊地缘形成的社会发展特征与地缘文化状貌。从社会发展的角度看，相对于处在政治、经济、文化中心的中原而言，云南处在神经末梢，这在很多时候决定了其社会变革发展的能动性上的后知、后觉、后发。与此相联系，处在藏、黔、蜀、桂大西南的连缀点上的云南，与自身地理上的三江并流、群山纠结的特点相应和，民族众多，世代杂居，文化上互借、互渗、互融，格局上既共生、共荣又自适、自洽，这种状态决定了云南少数民族文化发展的协调和美的内在组织结构与色彩斑斓的外观面貌特点。

云南民族剧种，就在这样的文化环境里诞生。

如果，在中华民族历史文化发展的过程中，上述情形很大程度上是一种历史发展中的形成过程和积淀状态，那么，中华人民共和国成立后，这种自然状态下的民族融合与文化发展加速了，是党和政府的行政助力与政策推动，加速了云南民族文化的发展。因为，中国共产党比历史上任何时候的执政者都前所未有地关心民族平等，前所未见地维护民族团结，推动民族发展，其所制订的政策，所开

拓的局面，都是有利于民族团结进步，有利于推动形成各民族平等互利、共同发展、共同繁荣的社会生态的。云南民族剧种的出现和发展，正是在这样的社会生态里呈现的。

要说明云南民族剧种的诞生，就得说清楚云南文化中原本没有戏剧艺术的事实，说清楚云南少数民族剧种的诞生，取决于一些重要艺术功能发生的事实。数千年中，云南艺术发生发展，就处在农耕文化的文明进程和社会环境当中，而没有这种艺术功能的发生。众所周知，云南艺术的原生态中最丰富多彩的，大约就是乐舞和乐歌了。乐舞和乐歌，后来成为戏剧要素的时候，变成了"演故事"的手段，从一般的抒情表意的悦耳养心的声音和激情动律的动作，一变而成了扮人物、"演故事"的手段，失掉了原来以声音、乐曲和动作本身为目的的本体性，变成"演故事"的要件了。"演故事"的艺术——戏剧出现以前的一切表演艺术，可以说是"前戏剧时代"的艺术。戏剧艺术出现后的其他表演艺术，是"非戏剧艺术"，如歌唱艺术、舞蹈艺术、器乐演奏艺术等。

就戏剧艺术的出现而言，人类艺术发展经历了大致相同或者相似的阶段，尽管时间前后不一。其中最为关键的因素，就是"演故事"的艺术功能的出现。古希腊悲剧被认为是迄今为止最早熟的戏剧，古希腊悲剧客观地记载了人类原初的祭祀活动、赛歌仪式变成"演故事"的艺术的情况。悲剧剧本和喜剧剧本，将所演的故事用文字记录和固定了下来。我一直认为，中国的祭祀、仪式活动，从原始宗教仪式、礼仪乐舞走向戏剧活动，渐变情况究竟如何，难以确考。但是，可以认定，是在"演故事"的"东海黄公"和"踏谣娘"出现时完成的。只不过"演故事"艺术大规模出现的确证可考的时间，到宋元时期大量的"戏文""杂剧剧本"出现时才有了实证。但是必须强调，并不是剧本文学的出现才是戏剧艺术出现的标志，这是一种误解和错觉。抒情艺术和表演艺术一旦"演故事"，戏剧艺术就诞生了，没有剧本也可能"演故事"，"东海黄公""踏谣娘"故事的演出记载正是这样的。剧本文学最为雄辩的意义在于：证明戏剧艺术"演故事"的艺术功能发生时间和提供了戏剧活动所演的故事内容，让后世研究者可以去分析、研究，让后世戏剧艺术家可以去排演、诠释、揣摩和想象。

三、云南乐舞、乐歌是云南民族剧种诞生的原始土壤

算起来,艺术发展中最早出现的,被今天的人们称为艺术的,大约是音乐和舞蹈了。音乐,最早也许是从产生于人类对婉转的鸟鸣、叮咚的幽泉、狂野的风声和动物的声音的模仿开始的,这就是艺术起源于模仿的所谓"模仿说"。艺术也许是因劳作的动作协调需要而产生的,就是鲁迅所赞同的普列汉诺夫的劳动生产先于审美,劳动催生艺术之说,就是所谓"杭育杭育"派,即艺术起源于劳动的"劳动说"。当然,其他还有"本能说"、闲暇"游戏说"之类的学说。

从云南各地发现的几十处崖画可以看出,崖画内容所记录的上溯 3000 年前后云南当地劳动生产、祭祀活动、服饰特征和舞蹈情形。舞蹈的功能可能与今天所说的舞蹈的纯粹艺术的意义不同,可能是巫术活动,复现狩猎场面,模拟战斗情景,用以传递对猎物的魔咒和对假想敌人的恫吓,获得狩猎幸运,或者出征前鼓舞士气。当然,也可能是纪念性狂欢,凡此等等。这些崖画中经常性出现的舞蹈场面或者身姿,是研究者视为珍贵原始舞蹈形态的研究资料。从舞蹈的雏形到后来舞蹈的发展看,节奏协调一致似乎是群体活动的一种本能。崖画中那些单人舞蹈且不讲,但是那些动作均齐的舞蹈场面,可以猜想,应该有声音节奏的存在,借以协调动作的统一划齐。可惜,从崖画中没有办法看到声响音乐的存在。有一次,我从纳西族画家赵有恒的"书画同文"的东巴画面里,居然看到了乐器演奏出音乐的表示符号,背景中就是把臂踏歌的纳西族群舞。经了解,纳西东巴画的象形文字可以表示或者标识许多属于"通感移觉"①的内容。不知道丽江的崖画有没有相似的表达,但是从赵有恒先生的现代东巴画里,我获得一个启悟,那就是从崖画上那些均齐的群体舞蹈里,似乎可以"看到"声响或者"看

---

① 通感,指的是一种文学艺术修辞手法,为了传神表达和形象理解,常常将视、听、嗅、味、触觉进行交互通感。所谓"移觉",如"芬芳的阳光""浓稠的黑暗""肥胖的钟声""甜糯的语言"之类,是调动五官感觉的记忆或者感觉到充满色香味形质的互通感觉的文学世界中理解语言传递的内容含义。

出"音乐对动作的协调性功能的存在。今天,我们看民间少数民族的舞蹈,其伴奏伴场的简单歌谣或者音乐旋律所显现的一个显著功能,就是协调节奏、均齐动作。这倒让人觉得,"杭育杭育"派对劳动催生艺术的概括——音乐具有协调动作和均齐节奏的功能有道理。

有理由推断,乐舞时代是人类艺术发展的最早时代。乐歌时代的出现可能稍晚,是在人类的吼吼叫叫、比比画画的表达能力逐渐发展为固定的音、调、声、韵之后,语言诞生,有乐感的语意表述,有安排的语词表演,就使艺术发展进入了乐歌时代。先秦古歌《弹歌》所记录的"断竹,续竹,飞土,逐实",是中国古歌中最具典型性的与劳动相关、用简单语词、具节奏音韵的歌谣。配上简单音乐和节奏,大约是我们知道的最早的乐歌了,再伴以舞蹈,当然就是乐舞。《尚书·尧典》之"击石拊石,百兽率舞",击拊之间,便是音乐和舞蹈的节奏。从小生长在云南歌舞海洋中的人,很容易领悟到乐舞艺术内在结构中的这一层含义。节假日、节庆期间随处可见的云南少数民族的歌场舞墟、踏歌打跳、藏族锅庄弦子、热巴鼓舞、彝族三跺脚、左脚舞,纳西族阿里里,傣族嘎光、孔雀舞、象舞……为研究者提供了鲜活的观察对象,研究者对乐歌、乐舞的结构内涵,就容易理解了。西汉学者毛亨在为《诗经》所作的《大序》里写道:"情动于中而形于言,言之不足,故嗟叹之,嗟叹之不足,故咏歌之,咏歌之不足,不知手之舞之足之蹈之也。"这里,激情勃发催动的手之舞之足之蹈之,很形象地描述了情于形和情之状的歌舞动因,抒情而嗟叹咏歌,激情而手舞足蹈。这种情形,云南最为常见,踏地为节,把臂为歌,乐歌流布,乐舞流传,成为世居崇山峻岭、湖边河畔的云南少数民族歌舞文化里盛极而归于自然的民间艺术形态。

乐歌、乐舞在汉族地区发展得精致繁富,唐诗、宋词、元曲正是其结晶,它们正是音乐、舞蹈与文学伴生的发展状态。我猜想,中国戏曲后来的"无声不歌,无动不舞"大约与这种乐舞、乐歌发展的充分饱满有关系。少数民族众多的云南,汉唐以降受中原汉文化的影响很深很持久,在民族融合中文化交汇也是顺理成章的。但是,像唐诗、宋词、元曲那样精致化的文人乐歌、乐舞形态,终究没有在云南形成,云南还保留着山野歌谣、乡间小调的天然趣味。即便是外出做官的人告老还乡，带回了文人文化写作，对家乡文化有一定影响，大面积的山野文化依然故我，是不争的事实。所以，民间山歌野调可以受到文人创作的一定影响，却从来没有"宋词元曲"化，想必将来也不会。因此，云南这样的文化环境里，乐歌、乐舞即便走向戏剧，也不是元曲式的套曲。而是山歌、小调、大本曲一类加上各自特点的民族舞蹈语汇，带入各自生产生活内容决定的民族形体特点，使用特别适于表达自己情感内容的特有情感方式的语言，成为云南少数民族戏剧艺术的实体本身。

四、"演故事"：乐舞、乐歌，走向乐剧
——云南民族剧种

乐歌、乐舞的文化，在云南大山大水的自然环境中获得了充分的发展。但是，一直没有发展成为戏剧艺术，这背后究竟是什么原因？

在被批准为民族剧种之前，四个少数民族的歌舞表演艺术由乐舞、乐歌艺术向"演故事"的艺术渐变的情形非常值得注意。

傣剧算是云南民族剧种中较早成熟起来的"演故事"艺术了。但是，傣剧形成之前，舞蹈艺术如具佛教色彩的蜡条舞（又名"烛光舞"）、民俗舞蹈象脚鼓舞、战士舞蹈刀舞，仿生舞蹈如孔雀舞、大象舞、大鹏舞、猴舞、狮舞、马鹿舞等，以及在节庆日展现的农耕舞、礼仪舞、仪式舞、祭祀舞之类，丰富多彩。另有一些推测是，对于明以后被移民带入傣族地区的驱逐仪式和祭祀活动，如《跳柳神》，傣剧研究者普遍认为，是"祭寨神和树神为主要特征的祭祀活动"，又如《布腾那》《十二马》则是请神、酬神、送神、烧鬼、送鬼的祭祀巫术活动。[①] 除此外，傣族文化中还有从佛教演化来的说唱艺术，也就是流传开来的经文俗讲，与众所周知的敦煌经变故事"变文"相似。为了使经文和教义在民间

---

① 包钢编著：《云南少数民族剧种发展史》，云南科技出版社2010年版，第53页；施之华编著：《傣剧》，云南美术出版社2010年版，第2页。

俗众中更加能让人晓畅明白，更加易于传播，"佛爷"编故事以释教义，增加吸引听众的魅力，就有了"俗讲"的流传。渐渐地，它在民间发展为不单纯的"坐唱"的艺术——"转转唱"。"转转唱"即一人主唱，一人扮演，以说唱为主，但是段落间隙会带领听唱者起身，绕场一圈，再坐下，继续说唱，直到结束。其主体还是一种说唱艺术。这里，排除民间其他巫术祭祀活动之后，傣族的民间舞蹈发展和"转转唱"表演形式的出现，有两点动向内容值得注意：一是舞蹈表演中的仿生拟态，是象、猴、鹏之类的"他形"扮演，不单纯是本真表现和自我释放，其表演具有扮演性；二是"俗讲"说唱的是惩恶扬善的叙述故事，说唱者手头的扇子和手绢不是道具，而是说唱表演的饰品，故事内容成为表演内容的核心。傣族也有史诗故事，如《娥并与桑洛》等。但是，在进入表演艺术之前，它们就是语言艺术和说唱艺术的资源。这里，值得注意的是，戏剧艺术的诞生，要害是故事在表演艺术中的出现。如上所说的傣族舞蹈艺术的演，重点在于仿生拟态。佛爷俗讲以及后来即使是民间化的形态，其特征是"说唱故事"，而非"不演"（自然，说唱也是一种"演"，但是它和扮演角色的"演故事"的"演"本质上是不同的。说唱者的本质是"故事叙述者"，而非戏剧角色）。直到后来，受启发于"演故事"的皮影戏和"演故事"从音乐唱腔到表达形式都整饬成熟的滇剧，甚至直接从滇剧得到艺术上的指导的时候，傣剧真正诞生的时代就到来了。一般认为，滇剧盛演于滇西一带，为醉心于发展傣族表演艺术的干崖（今天云南省德宏州盈江县所属）土司刀盈廷尤其是其继任土司刀安仁提供了以生旦净丑行当、唱念做打程式"演故事"的成熟摹本。在滇剧艺人的帮助下，傣族歌舞作为"演故事"的主要手段进入了另一种新的艺术样式，那就是傣剧艺术。命名之前，傣剧已经具备剧种的基本形态。

相比较而言，云南其他少数民族剧种比傣剧晚成。

云南壮剧产生于滇东南——文山壮族苗族自治州。壮剧出现之前也是山歌野调盛行的歌舞艺术状态，后来出现了应该归类在说唱艺术里的"板凳戏"，它就是一种有伴奏、有简单表演的"坐唱"艺术。还有一种叫作"耍曼"的走村串寨游行表演的活动，其特点显然离祭祀仪式活动不远。真正促成壮剧的形成不外乎两个因素：一是粤剧和滇剧这些成熟剧种艺术的示范性影响；二是"演故事"的意识越来越强，编演不足，中国古典小说、历史演义、大剧种成熟剧目都成了借鉴移植取之不尽的资源。壮剧研究者、壮剧编剧刘诗仁这样表述："富宁土戏的演出剧目众多，据老艺人说有一千多出。这些剧目，大多数是从其他剧种移植过来的，内容上有上古殷商故事剧、东周列国故事剧、秦汉三国故事剧、说唐故事剧、五代两宋故事剧、元明故事剧、清代民国故事剧等，也有取材当地历史和民间传说的故事剧……"① 富宁土戏和广南沙戏是壮剧形成的基础，最具代表性。富宁土戏一千多剧目中绝大多数是移植转运过来的故事，广南沙戏一百多剧目中绝大部分也是。② 其实，傣剧形成过程中，这种特点也十分突出，"在清代晚期，傣剧剧目已有180多个，其中大部分是从滇剧、京剧的剧目移植过来的"③。流传下来的剧目，从剧名一望而知，四分之三的剧目是移植借鉴搬演的。从中原的上古神话，到清代小说，漫长的中华历史文化均成为傣剧"演故事"的资源。傣剧、壮剧如此，白剧成为剧种前，吹吹腔戏和大本曲，尤其说唱艺术的内容，情形也大抵如此。

有了"演故事"的意识后，故事资源的源源不断固化和强化了戏剧艺术"演故事"的特点。

其实，不单是少数民族剧种在"演故事"时诞生、在"演好"故事中发展，成为稳固的戏剧艺术形态，云南花灯剧的诞生也是如此。云南花灯的最初形态，也是一种典型的乐舞形态，只不过，后来云南花灯歌舞发展为戏剧的内在要求，已经开始在昆明周边花灯文化的发展中出现了。云南省玉溪的"新灯"探索中出现了"演故事"的小戏，这是关键的一步："歌舞演故事"。接下来，在抗击日本帝国主义的伟大民族抗战文化中，又产生了文化人王旦东领导的农民抗战花灯剧团。其在1938年以后开展的一系列活动，引起了西南联大教授们、流亡昆明的文化人们的关注，认为它是中国新歌剧发展的样态。我所看重的，是这些剧

---

① 刘琉、刘诗仁编著的《壮族戏剧史》书稿，第25页（未出版）。
② 参见何朴清主编《云南壮剧志》，文化艺术出版社1995年版，第41、44、49页。
③ 包钢编著：《云南少数民族剧种发展史》，云南科技出版社2010年版，第56页。

目在"歌舞演故事"上的扩容增量,花灯剧如《茶山杀敌》《张小二从军》和《枪毙罗小云》等,进一步奠定了"演故事"的花灯剧作为剧种的存在和发展的重要基础,与花灯歌舞、花灯小戏鼎足而三,成为后来云南戏剧文化中的艳丽花朵。

五、演"新故事",让云南民族剧种在实践中茁壮成长

"演故事"确立了从云南乐歌、乐舞表演艺术走向乐舞剧艺术,"以歌舞演故事"。这不但是云南戏剧文化发展的特点,而且可以说是中华民族戏剧文化大家庭里的 300 余种剧种的共同特点。做这样的判断时,恰好黎羌教授寄赠的厚重学术成果到了,捧读之下,倍感欣慰。黎羌、柯琳教授分别在他们的《东方乐舞戏剧史论》和《东亚乐舞戏剧关系研究》[①] 中描述了亚洲艺术发展进程,更加雄辩和翔实地证明了乐舞、乐歌与戏剧艺术之间的关系。所不同的是,在这种关系当中,我关注的是"演故事"对乐歌、乐舞艺术走向乐舞剧——亚洲戏剧艺术的关键性成就。更想说明的是,云南民族剧种的发展走上自己的发展道路之前,首先经由民族戏剧艺术文化的相似、相同的路径完成了艺术形态的转型和艺术品性的嬗变。

中华人民共和国成立后,重视民族平等、和睦、团结、进步的政策环境和激励机制促进了民族剧种的文化身份的确立和剧种的进一步成熟。回顾历史,民族大同、共和的理念也不是没有人提出过。出于内忧外患的应急权宜之计,一个清朝大员就呈上了"五族大同"的奏章,提提而已,其实并没有实行;孙中山提出"驱除鞑虏,恢复中华"奔走呼号,发动辛亥革命;"革命军中马前卒"邹容,也有民族主义的口号和政治主张。但是,辛亥革命后,孙中山的认识发生变化,提出"五族共和"的社会理想但也未能实现。帝国主义侵略中国,中国官

---

① 《东方乐舞戏剧史论》,中国戏剧出版社 2019 年版;《东亚乐舞戏剧关系研究》,九州出版社 2019 年版。

僚资本主义的两面性和封建主义的沉疴，再加上军阀混战的局面，使中国社会雪上加霜。这种情形下，无论是"三民主义"还是"五族共和"，都只是一种理想预设。革命党人当初所完全无法想象的深入、细致、全面的共和理想，从理论到实践，只有在中国共产党带领人民打江山的建立新中国过程中，以及在执政之后，才真正做到了。中华民族大家庭"五十六朵花"的家园建设，绝不仅仅是一个理想概念，而是中国共产党领导下的、承认中华民族利益共同体的治国理政的制度实践，党和政府的各项政策提供了这种理想实现和实践耕耘的现实土壤。中国共产党在中国革命斗争实践中一步步总结出来的理性逻辑，体现在其执政理念中，就是民族平等、民族团结，各民族共同繁荣。革命战争年代，和平建设年代，中国共产党都努力实践了这个理念，这是不争的事实，无须赘言。

这种理念和实践，投射在文化上，体现为对民族文化、民间文化的扶持和重视。中国共产党在领导中国革命的过程中积累了领导文化的丰富经验，所以，中华人民共和国一成立，制定了文化政策，首先处理好了一对关系，那就是传统艺术存留与文化发展的社会需要之间的关系。在戏剧文化的谋篇布局上，一方面成立文化部戏曲改进局，改造戏班（改制）、改造艺人（改人）、改造剧目（改戏），全面领导对戏剧文化遗产的"接盘"，让旧形式的利用在新社会、新形势、新局面、新要求下发挥作用，焕发生命力；另一方面成立各种戏剧院校、国家权属的戏剧院团，发展戏剧新文化、新形式。接下去，延续 20 世纪 40 年代展开讨论、在延安文艺运动中积累起来的向民间学习和利用民间艺术的成功经验，整个 20 世纪 50 年代中后期到 60 年代，大学、研究机构、文化部门展开了全国规模的民间文化调研、搜集、整理、创作的运动，许多民族民间艺术的发掘整理和发现发展，就在这个时期。云南民族戏剧剧种的出现，就在这样的背景之下。由于党和政府的文化政策和价值导向，后来被称为傣剧、白剧、彝剧、壮剧的云南少数民族剧种获得了身份地位，跻身于中华戏剧文化大家庭，在云南经济、社会、文化发展中发挥了巨大作用。

如前所述，1961 年 11 月云南省委宣传部下发文件，正式批准命名了云南的四个民族剧种，四个民族自治州纷纷成立了州属的民族戏剧院团。原来有民间基础的傣剧,在新中国成立后获得长足发展,完善了剧种所需的要素。白剧合并了主要体现为乐舞性质的吹吹腔表演和曲艺说唱本质的大本曲。彝剧的诞生也是在歌舞尝试"演故事"的努力中嬗变和发生的。1956年,在大姚县开展文化调查工作的人员中,有一名昆明师院中文系的在校学生郭思九,他发现、跟踪、整理甚至参与编剧而诞生的一个"演故事"的彝族歌舞,成了最早的彝剧剧目——一个两场剧《半夜羊叫》。彝族小调,彝族民间舞蹈,加上彝话说白,是比较成熟的一个以"演故事"为主体、肝胆齐全的小彝剧。其实,这是云南省大姚县昙华山麻秸房村在民校俱乐部基础上成立的花灯表演队的创造,其陆续编演了一些表演唱节目,如《谁是医生》《狼来了》《老两口积肥》等,《半夜羊叫》就在其中,是具有代表性、更注重"演故事"的作品。1958年,文化部在云南大理举办"西南区民族文化工作会议"。会议期间,举办民族戏剧展演,会议希望有彝族戏参加,于是,《半夜羊叫》被再度提起。据相关资料记载,当时云南省、楚雄州、大姚县的专家、艺术家纷纷出动,去帮助打磨和完善这个剧目。结果,《半夜羊叫》参加演出后,引起与会者的广泛关注,尤其是时任文化部副部长的夏衍在会上肯定了"彝族口传诗歌曲调在反映现实生活中发展为戏剧的道路"[①]。之后,彝剧在反映现实生活中发展,从小彝剧到大型彝剧,在"演故事"的扩容增量中,探索、完善和稳定在彝剧中彝族歌舞甚至表演语言的要素特征,从而探寻、沉淀彝剧迈向一个剧种的成熟形态时所需要的相对稳定的艺术要素。

这里需要强调指出,有两个现象值得注意。一个现象是,云南民间艺术"说唱故事""演故事"出现了表现新生活的苗头。20世纪50年代开始的几年间,戏剧艺术的"三改"实践,党和政府极其稳妥顺利地完成了新中国、新生活、新戏剧的事业奠基,站在了一个全新的起点上。云南原有的成熟剧种发展毫不例外,不用多说。白族的大本曲、彝族的小彝剧、壮族的土戏等,出现了"说唱故事""演故事",用以表现新的社会生活的积极性。另一个现象是,文化部于

[①] 胡耀池、王莹莹、张军云、赖卫华编著:《彝剧》,云南美术出版社2010年版,第11页。

1958 年在云南大理召开"西南区民族文化工作会议",提出会议期间要有"民族戏"展演。显然,民族民间的"戏"的演出,是在民族工作视野里的当然内容。两个现象之间,其实是有内在联系的。这种内在联系,就是云南民族剧种诞生的"天时"——运势和契机。中国近现代以来的文化人历来重视戏剧艺术对民众的唤醒功能和对民族的精神凝聚作用,中国共产党更是深谙其妙①,开展了大量成效显著的工作。云南民族剧种建设、确立的工程,体现出党和政府在治国理政中的文化敏感和政治敏感。首先捕捉到了民间文艺表现新生活内容、表现时代进步的积极性和新动向,接着就迅速召开"民族文化工作会议",指名要求民族戏参加。在我理解,这种要求,并非因为民族戏有多么成熟完善、精致完美,而是因为,民族工作会议重点突出的就是少数民族在民族大家庭里的社会角色,重点关注的可能是戏剧形式作用于边疆民族大众能够发生的巨大文化功能。

于是,云南民族剧种在党和政府的支持倡导下命名确立,亮丽登场了。傣剧、白剧、壮剧、彝剧也在"演故事"、演好故事的戏剧发展中探索、完善和发展自己。这几乎是内容不同,道路相似的发展情形。"演故事"的重要性,不单体现为表演艺术成为戏剧艺术的里程碑与分水岭,而且是戏剧艺术完善、发展过程中的大平台与营养基。

六、云南民族剧种在"民族团结进步"的区域文化中作用巨大

云南民族剧种的发展,在身份确立后,得到了党和政府的大力扶持,在当时的很多报道中,省委、省政府领导亲自调研剧团情况,解决剧团发展困难、关心戏剧艺术家生活。戏剧家们满腔热情地投入火热的生活,歌颂伟大时代,赞美民族团结,表现新生活、新希望、新追求,成为艺术家的艺术创造自觉,成为包括

---

① 吴戈:《从"教育艺术"到"艺术教育"——论中国共产党对现代艺术事业的领导》,载《艺术教育》2020 年第 11 期。

民族剧种在内的各剧种发展"演故事"能力的新面貌。这时出现的"演故事"盛况是，艺术家们一方面积极整理发掘优秀传统文化；另一方面热情高涨地表现新生活。从前已经在民间先行一步的被归为傣剧和壮剧前的富宁土戏、广南沙戏、乐西土戏，包括白族的吹吹腔、大本曲，其所演的内容，也主要是汉族历史演义、古典小说和其他大剧种的经典剧目、折子戏的故事。有少量民族民间神话、传说的题材，彝族歌舞在情景再现、传说敷衍中连缀歌舞表演，但还不成气候。20世纪60年代，四大民族剧种确立以后，可以发现一个明显的事实，"演故事"的情况发生了很大的变化，原来借鉴古典文学、历史演义和移植别的剧种的传统剧目的艺术生产重心，挪移到了民族传统文化和当下社会生活领域。剧目创作题材，一部分整理成民族文化中的神话传说、史诗，传播善恶有别、美丑判然、中华同心、民族团结的思想情感，如傣剧《娥并与桑洛》《帕莫鸾》《海罕》《兰嘎西贺》（后又名《南西拉》），白剧《望夫云》（神话）、《将军泪》（天宝战争）、《苍山会盟》、《阿盖公主》、《榆城圣母》（南诏旧事）、《白洁夫人》（六昭历史）、《数西调》（近代民间传奇），彝剧《铜鼓祭》（历史）、《米依鲁》（马缨花的民间传说）；一部分则是表现现代人现代生活的剧目，代表性的如傣剧《竹楼情深》《老混巴和小混巴》《刀安仁》，白剧《杜朝选》《红色三弦》《苍山红梅》《蝶泉儿女》《白月亮　白姐姐》《洱海花》《情暖苍山》，彝剧《曼莫与玛若》《太阳照在牧羊人家》《鲜艳的花苞》《山林青青》《查德恩塔》《歌唱两家亲》《疯娘》《臧金贵》《杨善洲》《双叩门》《掌火人》《摩托声声》《慕勒祭爹》《银锁》《箴独尼闹店》《春满彝山》《夫妻误》《婆姨四十好年轻》《喝三秒》《桂化表妹》，壮剧《螺蛳姑娘》《换酒牛》《把关》《鹪鹰岩姆秀招亲》《木棉花开》《野鸭湖》《三七姑娘》《岔河水涨》《彩虹》《白云村姑》《曼布侬之歌》《农户招商》《盘江渡》《竹乡情》《曼瑞毕侬》《油菜花开》……

显然，云南民族剧种在发展过程中得到"演故事"的托举力量。无论是大型剧目的厚重与小型剧目的轻便，都在表现现代生活、当下社会和现代人的思想情感变化、愿望要求等方面格外用心用力。厚重的故事思想内容和复杂的"演故事"，使得这些新生的民族剧种在排练中有时间、有机会推敲、打磨、固定和发展一些艺术元素，轻便小巧的轻型小戏，以迅捷表现生活中的新动向、新内容见长，为国情的上情下达、民情的下情上达提供了信息的通道。孔子《论语·阳货》明确诗歌的"兴、观、群、怨"之说，其实也适用于戏剧，而且更适用于戏剧。因为，戏剧是最具群众性、最有群体感、最能激发社会热情的艺术活动。所以，云南民族剧种的诞生和发展，对云南少数民族世代群居的社会产生了极其重要的影响。实际上，傣剧、壮剧、白剧、彝剧四个剧种，情况都如此。我有在德宏乡下傣剧团演出的经历，当时现场人山人海，笑语欢声。演出的剧目是《南西拉》，其主张惩恶扬善，追求完美和理想，既感人又养心。四面八方赶来看戏的乡亲们在散场后热情地围住演员们，余兴未尽，直过午夜，才依依不舍地离去。我了解到，傣剧团不但在境内的各民族杂居的乡下一向如此地受欢迎，而且在边境邻国的缅甸，一有过境演出的情况，立刻就是阻街断市的热闹。当地华人侨领争先恐后地表达热情和敬意，常常以能够请到德宏傣剧团摆席宴客为荣。艺术演出常常扮演了文化使者的角色。这种情形下，中华文化的认同感、归属感，精神价值的同源感，情感生活的共振感，就润物无声地发生作用了。民族剧种"演故事"，演出了民族传统文化中辨是非、明善恶、讲大义的民族传统美德，演出了"听党话、跟党走"的民族情怀，演出了边疆民族和睦相处、世代共居的价值认同和精神归属。我常常认为，民族剧团以及其他民族文化工作队承担着促进民族团结、睦邻友好、边疆稳定、文明远播的"国门文化"的神圣使命。

即便是成立专业剧团较为滞迟的楚雄州，专业剧团所在的楚雄市和各县市的彝剧发展都很广泛，创作特点特别接地气，特别能迅速表现生活变化带来的彝家儿女喜怒哀乐的变化，是彝族山寨的社会晴雨表与生活气象台。彝族，是云南省少数民族中人口最多的民族，其普及发展的空间最大。事实证明，以楚雄为中心的彝剧文化舞台，树典型，赞先进，倡新风，贬陋习，体现了少数民族地区文艺轻骑讴歌时代、赞美生活、服务群众、呼应改革的突出特点。彝剧出道晚，没有因袭的负担，只要有创造的动力，就一马当先，在"演故事"、演当下故事、演当下人的精神风貌的努力中，具有鲜明的"民族现代戏"的特点。舞剧不需要繁复的程式，只需要彝族人民喜闻乐见的山歌野调和打歌打跳"演故事"，淡淡妆，天然样，清新脱俗，刚健清新。

在"演故事"中确立剧种样式，锻炼剧种队伍，体现剧种价值，队伍在"演好"故事中探索剧种艺术魅力，这是云南少数民族剧种的共同发展经历。民族剧种确立、民族剧团成立后，一改原来扮演借鉴中国古典文学、成熟剧种剧目资源的状态，而转向新的追求：一是民族历史社会和文化传统的资源，体现为民族的内容题材。这样，民族自己的历史文化人物，作为戏剧表现内容，为采用民族音乐曲调、语言身姿进入戏剧表达、表现提供了天然的便利。二是民族剧种较之那些成熟剧种而言，表现当下的生产生活，更少因袭重负，似乎更加具有创造自觉和创造自由。彝剧、壮剧和白剧，在表现当下生活的艺术创造方面，似乎比傣剧更游刃有余，轻松自如。也许，离程式化表演和套曲曲牌的固定格式、程式越有距离，离迅速地表现当下生活的轻松感、自如性就越近。这是一个值得研究的话题。

云南花灯在"演故事"中发展繁荣的例子，也具有本论题的相关性。在民族剧种诞生，别的剧种如滇剧、京剧、话剧争先恐后发展的局面下，云南花灯文化也迅速发展起来。大型花灯剧在20世纪30年代出现后，巩固和发展的关键时期是重视文化发展的20世纪50年代，这也是云南花灯剧作为剧种进一步发展成熟的关键时期。云南花灯剧有发展的三个黄金时期：20世纪50—60年代、20世纪80—90年代和21世纪的头20年。可以说，是"演故事"的需求，固定了花灯剧的骨架体量，更加判然有别地让花灯剧与花灯歌舞、花灯小戏区别开来。可以说，是"演故事"的需要、演好故事的追求，让花灯剧探索了艺术表现发展的新可能。云南省花灯剧、滇剧、京剧编剧和地方戏研究家、理论家金重就提到，在1956年云南省戏曲调演大会上，他编剧的花灯剧《红葫芦》上演，昆明观众看到了抗战期间出现过的大型花灯剧的复现和发展，其风格样式都有了新的时代特征和艺术追求，看惯了花灯歌舞《三访亲》《闹渡》《游春》《十大姐》的观众，便有耳目一新之感。由此，引起了一场讨论，被称为是"云南花灯的第一次大争论","这次争论客观上推动了对花灯的探讨"①。金重作为云南省花灯团/剧院的首任团长,除开一个院团掌门人所需要具备的理论素养、艺术胸襟和队伍建设能力之外,他最为关键的贡献,莫过于他接二连三的剧本创作,如《红葫芦》《侬莱汗》《孔雀公主》《魔鬼岩》《风雪马缨花》……他的剧本为云南省花灯剧剧种的成熟和发展、奠定了基础。

民族剧种的诞生,内因由"演故事"而起;民族剧种的发展、完善,外因有党的民族政策强的力推进,有时代召唤的启悟和生活需要的催促。民族剧种在民族团结进步、祖国定边固土的大业中发挥了巨大作用。在迈向中国梦的伟大民族复兴理想、迈向社会主义文化强国的征途上,我们应以文化自信的自觉,去悉心培植、全心爱护它们。

本文发表于《民族艺术研究》第34卷2021年第3期第13-21页

---

① 金重:《建国以来云南戏剧活动杂忆》,参见中国戏曲志云南卷编辑部编《云南戏剧资料（3）》,1985年9月第一次印刷。

第二辑

戏剧与社会

中国新时期舞台上的农民形象与新中国"三农"历史

中国新时期①话剧舞台栩栩如生的人物形象长廊里,"狗儿爷""桑树坪的男男女女"和"安徽省小岗村的18棵青松"这些形象生动地承载了新中国成立后农业、农村、农民的沉重问题,社会动荡、生活转型与产业变动在农民们的生命河流中留下了深深的沟壑。本文着重谈新时期话剧中农民形象所表现的"三农"问题。

一、"狗儿爷"形象:历史内容与思想深度

"狗儿爷"是话剧《狗儿爷涅槃》(锦云编剧,林兆华导演,北京人民艺术剧院1985年演出)中的主人公。剧目演出后,反响极大,在中国的新时期舞台上是一出引人瞩目、久演不衰的剧目,迄今仍然是北京人民艺术剧院的保留剧目。当时,剧目一经上演,立刻好评如潮。《狗儿爷涅槃》在历来注重写实舞台表现的北京人民艺术剧院的演出风格当中,是一个相当重要的剧目。它之所以重要,是因为其表现风格与北京人民艺术剧院给观众塑造留下的一贯风格相比有所

---

① 文学艺术史家的研究通常有两种时间划分法:一种是将1976年10月6日以后的文学艺术称为"新时期文学艺术";一种是将"文化大革命"结束后细分为"两个凡是"的过渡时期、中国共产党的第十一届三中全会开启的"新时期",1989年以后为"后新时期"。笔者不赞成后一种"紧跟时事"的"运动式"思考,忽略文学艺术自身特点的研究立场,采用的是前一种划分,在"新时期"里分不同阶段。

改变，除了剧中人物的心理幻觉或意志对手出现在舞台外，还塑造了一个具有生死相依的"土地情结"的典型中国农民形象。这对于一个农业大国来说，是一个延绵数千年的梦想。

剧中的主角，是辛酸悲苦，希望通过克勤克俭的持续奋斗当上土地的主人的农民，极具代表性。《狗儿爷涅槃》里的"做梦者"陈贺祥的父亲为了二亩薄地，与人打赌，活吃了一条小狗。结果，他的父亲赢得了土地，但是性命也搭进去了。父辈的作为，给了陈贺祥"狗儿爷"的诨号。这既是一种象征，一份代代相传的中国农民"渴恋热土"的精神遗产，也是父辈发家致富、置办田产的重托。因此，"狗儿爷"奋斗一生的最大理想就是：广置田产，高树门楼，做一个"长袍马褂儿，干鞋净袜儿，横草不拿，竖草不拈，出门就骑驴，吃咸菜泡香油"的小地主。按说，这点儿人生理想已经够可怜了。但是，他拼尽全力地奋斗了一生，收获的却只是一个逝去的破碎的梦。陈贺祥除了没有去活吃小狗与人打赌赢土地外，所有能置田办产的心思与手段都用上了。在解放战争期间，飞弹如蝗，炮火连天，全村人都去避乱，他将妻儿送上路，自己却眼馋地主祁永年来不及收的二十几亩芝麻，留了下来。他冒着随时都可能被打死炸死的危险，在祁永年的地里砍了芝麻刨花生，刨完花生收秫子。等逃难的人回村闹饥荒，他就成了远近闻名的首富。区小队领导土改，不仅制止了地主祁永年讨回芝麻收成的纠缠，还将祁永年的土地与门楼分给了陈贺祥。共产党领导的革命，让中国农民真正实现了"耕者有其田"。

虽然他的媳妇在逃难时死于炮火，但他所秉持的人生信条似乎向他露出了微笑：有了地。那时的他，不仅有地，还有那用命换来的芝麻与几缸香油的存货。于是，他娶了貌美如花的小寡妇冯金花，给尚在襁褓的儿子找了个贤惠的后妈。而且，他还以很低的价格——三石芝麻，从当剃头匠的乡亲苏连玉手里买到了极好的三亩地。眼看陈贺祥的日子就要火红起来了，他当地主的人生理想近在咫尺，不料，政治运动与经济运动一个接一个，将陈贺祥的理想与幻梦碾得粉碎。先是合作化，后是人民公社，陈贺祥的土地归了"大堆堆"，马儿菊花青也归了集体。接着，他开荒侍弄出来的地，又要被"割资本主义的尾巴"。好不容易熬到了农村"联产承包责任制"的新经济政策的实行,但世风变了,兴起的是乡镇企业的"弃农经商"风,耪田耕地成为没出息的代名词。于是,陈贺祥的"地主梦"再次受挫,"狗儿爷"依旧是"狗儿爷"。

关键在于,剧目以"狗儿爷"的一生,横跨了中国农村"多事之秋"的40年,将中国农村的风云变幻浓缩在个人命运的坎坎坷坷中,概括性极强,而且生动具体。但如果仅只如此,这剧目就不能达到它现有的水平。重要的是,在"狗儿爷"悲剧性的奋斗过程中,作品不仅形象地表现了中国社会一定时期的政策给中国农民乃至中国人生活带来的极大影响,而且生动地揭示了中国农民显在的对土地的狂热情感,以及千百年来沉淀在这种情感内容里的中国人的集体无意识。"狗儿爷"的悲剧,既是他自己的悲剧,也是中国农民集体的悲剧,在某种程度上,更是中国社会历史的悲剧。

为了突出新中国成立到改革开放时期在历史变迁、政治风云当中农民对土地的情感,农民喜怒哀乐的生命活动和悲欢离合的命运,剧目在人物安排方面,围绕着"狗儿爷"的梦想,锦云安排了"狗儿爷"的续弦冯金花、儿子陈大虎、地主祁永年和他的女儿祁小梦、村邻苏连玉、村干部李万江等人物。在《狗儿爷涅槃》中,"狗儿爷"的续弦冯金花对于戏剧情节与戏剧意蕴的意义具有很大的揭示性意义,在中国的普通人那里,土地与女人是紧紧联系在一起的。农民对土地的渴求与对女人的依恋,是为了满足粮食生产带来的生命的延续与人种的延绵,这是人类存在的最基本的前提。冯金花新寡再嫁,"狗儿爷"丧妻又娶,相亲一节,不谈爱情,言来语去,讲的是生活实际需求的相互帮衬。到后来,"狗儿爷"失地变疯,她改嫁村干部李万江时,依然是因为生计问题。逃荒、拾荒的女人,嫁给有口饭吃的收留者,这在中国文化作品当中几乎成了一个被反复表现的母题。在这个剧目中重现,浓墨重彩地渲染了一个孤苦无助的女人的悲剧命运,并且,与"狗儿爷"如痴似癫地追求土地而饱受挫折与磨难的悲剧命运紧紧交织在一起,女人与土地,对中国社会一定历史阶段的生活状态及生活其中的人的揭示与表现是生动与深刻的。

随着时代的变迁,中国农民离开土地的"发家梦"置换了老一辈人的"土地梦",翻过了沉重的一页。这个主题体现在话剧《狗儿爷涅槃》演出中是陈大虎与祁小梦的形象。年轻的一代,走出了老一辈人深受熬煎、饱受折磨的生活梦魇,过得轻松愉快、雄心勃勃,满怀幸福生活的向往与憧憬。于是,"狗"变成了"虎",盼温饱的"祁(祈)永年(总是丰收)"变成了奔小康的"小梦"。大虎与小梦的生活明确、简单,说话做事一点儿也不含糊、不迷惘、不懈怠。他们不止于对旧生活、旧观念的放弃,更勤于对新生活、新观念的追求。他们的追求中,透出了更多的新生活的流向信息与积极的人生意义。他们的出现,宣布了一种生活方式与价值观念的瓦解与终结。如果说,乡镇作坊是小企业,是那个时代中国农民离开土地的愿望的最初萌动,那么,今天,乡镇企业已经成为中国社会主义市场经济体里的重要部分。农民从热爱土地,到热衷乡镇企业,到热望外出打工,一再的经济转型带来的社会变化与人生阵痛,就在舞台上生动地演绎出来。但是,这一舞台形象所连缀的这种历史发展与生化变化的节点,还有后话。

《狗儿爷涅槃》中,作为陈贺祥的对手的地主祁永年,是个虚拟的存在。他是"狗儿爷"的人生理想范式,他的可信度与现实性就在于他不过是一个成功了的"狗儿爷"。他的发家史十分简单:遭受洪水灾害的饥荒年,洪水退去,灾区大地寸草不生,他有心计的祖上用香菜籽拌糠麸抹房顶的泥皮里长出了二尺长的香菜,他家就此发了,一直到他这一代。但是,依他自己的话说,一辈子克勤克俭,直溜儿的黄瓜都没舍得吃一条。他处心积虑的,就是攒钱置地。这种发家史与奋斗精神,在"狗儿爷"看来是十分亲切的,那种成功也是可望而不可即的。因此,"狗儿爷"一生都拿祁永年的成功来作为自己的人生理想,来跟自己较劲。情感上,他仇恨剥削过他、吊打过他的祁永年;理想中,他不能自已地拿精明善算、发家有方的祁永年当楷模。他几乎成功时,是在兵荒马乱的岁月里,舍着命地抢收了祁永年的芝麻,并且粗声大气地让祁永年当着众人,以三石芝麻的代价贱买了原属祁永年、后分给了苏连玉的三亩地。他甚至向祁永年索要那买卖立契时盖章画押用的印鉴!他口口声声与祁永年势不两立,时时处处与祁永年比肩而立,一比高低。然而,"狗儿爷"还是失败了。他失了土地,丢了媳妇儿,费尽心力却没能够圆了他的发家梦,最终也没能够当上地主。在理想生活与悲剧现实之间，祁永年便是一座断了的桥梁，形式尚在，功能无存。祁永年是揭示"狗儿爷"内心世界的一扇窗，是表现"狗儿爷"性格的对手形象——一对冤家加亲家，更是传统中国人"地主梦"历史性终结的一个象征。祁永年与"狗儿爷"这一对"你中有我，我中有你"的冤家加亲家是极富象征意味的，农民的"地主梦"与地主的"农民经历"，概括了中国黄土地上祖祖辈辈务农的普通人相通的心理秘密与生活的共同特征。这是颇见功力的艺术概括。

《狗儿爷涅槃》中的一个重要人物——李万江，战争年代，他是共产党的区小队长，打土豪，分田地，为人民谋福利，人民真诚地感谢他。可是到了社会主义建设时期，土地归大堆，牲口拢大槽，割资本主义尾巴……作为村干部，他恪尽职守，克己奉公，忘我工作，人们却不感谢他，甚至怨恨他。他时常不得不面对这样尴尬的处境，作为坚决执行上级指令与贯彻政策精神的农村基层干部，他常常孤军奋战，苦死累活，可是却不落好。末了，农村新经济政策一来，堆成大堆堆的土地又分了，割了的"尾巴"又鼓励生长了，他亲手从"狗儿爷"那里牵走的马儿菊花青下的崽儿——小菊花青，又得亲手给人牵回去。他哀叹道："二十多年了，我又把马儿给人牵回去，我都干了些个什么呀？"（锦云《狗儿爷涅槃·13》）他是悲从中来，有苦难诉。问题在于，他越是获得信任的农村基层好干部，越是不遗余力地执行当时的政策法规，他就越是农民艰难生活与悲剧命运的直接责任人。可是，农民可以怨恨他，他怨恨谁去？在一定意义上说，他的悲剧比"狗儿爷"更厚重，只不过作品的表现重心不在他身上。

作品的表现重心还是在"狗儿爷"身上。他是个老实巴交的庄稼汉，是土地上的好把式。他能够把自己的生命需求缩减到最小，而把侍弄庄稼、置办田产的热情膨胀到最大，克勤克俭，巴望通过自己的心智与体力奋斗成功，成为一名不大的地主。这是许许多多生活在农村的中国人心底的梦想。但他失败了。因为政治原因——战乱，他站在了成功的门槛上；还是因为政治原因——政策的变化，他从成功的门槛上摔了下来。他分得了地主祁永年的门楼，却终于没有能够沿着门楼建成他梦想中的地主的庄稼院。他终于有机会侍弄自己的土地的时候，传统的农业生产方式已经大规模地离中国人的经济生活远去。中国新农村的年轻一代开始了他们新的追求，构建着他们新的梦想。"地主梦"像一个远去的幽灵，只残留在老一辈中国农民的心里一隅，而成为年轻一代嘲笑的对象。听听年轻一代给"狗儿爷"描绘的新的梦想：

  陈大虎（耐心地开导）：爸爸，您看咱这地方有多好！前面临马路，后面贴白云坡，瞧那白花花的，一水儿的白云石。这东西是宝贝，外国人盖洋楼都用上这个，出多少都有销路。费不了多少事，加工加工，石头打滚就变钱。不能光瞅着这破门楼子，土里刨食儿啦！

  祁小梦：是呀，那几亩地您手捋胡子就种了。您不种也不要紧，咱花钱请人帮工。等门楼一推，厂房盖起来，就在大门口盖间小屋，春冬两闲，您就在这儿看看传达室、养养花、养养鸟、接接电话。给您开双份工资，按月拿奖金。（锦云《狗儿爷涅槃·14》）

年轻一代用新梦置换了老一代"狗儿爷"的旧梦，置"狗儿爷"于上下都赶不上好时代的悲剧境地，他成了一个过时的人。他只有把象征着他没有圆上的"地主梦"的残旧门楼一把火烧了。这不是"狗儿爷"的涅槃，而是整个中国农民的梦想的涅槃。这里，不但是对一个过去时代的总结，是中国人旧梦的终结，更是中国人新梦的诞生。

  《狗儿爷涅槃》用一个悲剧故事概括和传递了这一切，真正体现了作家意识到的历史内容，并与较大思想深度相结合，形象地表现了一个国家、一个民族社会变迁的情形及生活其中的人的喜怒哀乐，为历史"留此存照"。

二、黄土地的生灵群像：《桑树坪纪事》的诗意忧愤

  一般说，以农村生活为表现对象的作品往往走生活气息浓郁的风情画卷一路，但是，《桑树坪纪事》（陈子度、杨健、朱晓平编剧，徐晓钟、陈子度导演，中央戏剧学院表演干部专修班 1988 年演出）创造的却是学院派舞台表现的浓郁诗意。

中国是一个农业大国，自古以来，水利阡陌之工，桑蚕菽粟之事，都是国计民生的头等大事，对于社会安全，生活稳定关系极大。但是，这个基础性的常识，在社会生活发展当中往往又被忽略，譬如在战乱频仍的劫难里，在政局变幻的动荡中，草民们在极度困难的情况之下，向外索取没有可能，只好退守在大自然赐予的条件下，在社会生活给予的可能性中去拼命挤压自己，捍卫自己，在最低限度的生存条件下生存与繁衍。于是，生命活动内容只剩下了两个最基本的念头：活下去、繁衍下去。如果第一个念头的满足都很困难，第二个念头就显得奢侈了，生活就成为无边无沿、周而复始的苦难。

《桑树坪纪事》是由中央戏剧学院戏剧文学系1978班学生朱晓平的知识青年插队生活系列小说改编而来的，演出者中央戏剧学院表演系1986级表演干部专修班是一个阵容极强的群体，绝大部分是全国各话剧团体的大牌或骨干，已经是话剧界获奖无数的名角儿。他们专门到陕西黄土地去体验、观察生活，回到学校，塑造角色和形体，融入角色。整个做小品、排片段的阶段，《桑树坪纪事》是按照斯坦尼斯拉夫斯基的心理现实主义的观察、体验、再现表演的路子准备和呈现的，这为后来调整、表现的诗意升华打下了良好的基础。

《桑树坪纪事》是一个没有"中心事件"的表现剧目。人们小心地维护着自己的生存必须——有限的食物和简陋的棚屋，人们企求上苍风调雨顺，臣服大地五谷丰登，害怕社会取多予少；人们也蛮横凶悍地守卫着自己的繁衍权利，"娶来的婆姨牵来的马，任我骑来任我打"。这样的生命活动的主要内容，其实就是人类的"种"的生存和"种"的延续两个基本条件。桑树坪的人们的相互关系和共同事务，就在这两条线索上展开。

粮食丰收是好事，但是，突然下雨甚至下冰雹就会糟蹋粮食，所以，情急之下"赶龙撵雨"的桑树坪乡党与陈家坪乡邻之间为"雨落何处"发生矛盾，尖锐对峙，恶语相向，天灾过去后，人祸降临。一年一度上级派人来估算粮食产量的重要关头又到了。公社革命委员会估产，估计高还是估计低，意味着桑树坪向上级缴纳的公粮指标是多还是少，直接关系到桑树坪的人们能够留下多少粮食果腹，是否遭受或者有多长时间要遭受粮荒之苦。所以，桑树坪的村长李金斗费尽了心思，陪僵了笑脸，承受了面唾，被打了耳光，死缠烂打，最后在下乡知青的帮助下，赢得了产量评估低指标的"战果"。接下去，那个在公社革委会主任和其他生产队长组成的估产组面前可以忍气吞声，把满脸的唾液和屈辱的泪水一块抹去的李金斗，转眼成了"麦客"① 市场上欺行霸市的领头人。

如果说，前场"估产"的剧情表现的是向强者讨食的生存技巧，那么，"麦客"场面表现的就是向弱者掏食的技巧，卑微而坚韧。毕竟，麦客们是比起桑树坪的人们还赤贫化的农民。《桑树坪纪事》里有一个死了妻子的外姓人王志科，在村里是另类，入了另册，人们想方设法地要赶走他，留下棚屋和一份口粮，观众能够看到的舞台表现的这次紧逼，不过是经常发生的欺凌侮辱当中的一次。这一次，表现的重点是夺食，对象不是"虎口"，而是宗族财产里没有名分的异姓外乡人。

损人，也被人损；剥夺，也被剥夺。

公社革命委员会要开会，"脑系们"要吃肉，派了任务要宰杀桑树坪那头与桑树坪的父老乡亲一道辛苦了一辈子，力竭气衰的老牛，桑树坪的村民在千般不愿、万般不忍当中围堵杀牛，成为一个猎食的场面……在人类历史和社会生活当中，讨食、掏食、夺食和猎食的生命活动，与桑树坪的人们做的事情是完全一样的。人们就这样掠夺与被掠夺，损害与被损害，猎杀与被猎杀，构成了社会生活惊心动魄而又被视为习以为常的情节。大龄青年福林娶不起婆姨，长期憋闷成了精神、生理都有问题的"阳疯子"。父母为了延续后代，了断治疗福林疯癫的心病，用"换亲"② 的办法，把福林年幼的妹妹换出去，为福林换回了一个漂亮的媳妇青女。最后，青女在福林举止疯癫的虐待中疯狂，投井身死。村长处心积虑为大儿子娶了婆姨，但早早过世了。他逼迫儿媳彩芳接受"转房亲"③，抗争

---

① 陕西农村有一种职业，专门帮人割麦子以获得报酬。因为家乡自然条件差，所以只好在一定季节外出帮工，靠出卖劳动力维持生计。

② 两家都有男孩女孩，但是两家人都赤贫，无力婚嫁迎娶，就会协议相互换亲，两家的男女青年配成两对。这是旧习俗，今天已不存。

③ 旧习俗，贫苦人家娶了媳妇，丈夫去世，要嫁给丈夫的兄弟，称之为"转房亲"。

后走投无路的彩芳，选择了投井。其实，她是怀着生的憧憬死去的。麦客进村，英俊单纯，会拉胡琴能唱戏的一个年轻后生吸引了彩芳，他们很快坠入爱河，约会的时候被桑树坪的村民"围猎追捕"，彩芳被绑了回去，后生被打断了腿，驱逐还乡。在生存与繁衍的基本问题都是老大难问题的桑树坪，嫁到了桑树坪的女人就成了桑树坪人家的财富，要为桑树坪"种"的延续负责。外乡人如王志科上门入赘桑树坪，婆姨死了，就没有了根。他即使被赶走，孩子也得给桑树坪留下，因为那是桑树坪的人丁，是桑树坪生命群体的生命延续。在严酷的生存环境与艰难的生命延续条件下，生命个体之间、群体之间的争斗倾轧是那样的不动声色，在麻木不仁里家破人亡，生离死别。剧作用三次"围猎"的舞台呈现来表现这种争斗倾轧的残酷性：一次是桑树坪村民围猎般地追捕约会的彩芳和麦客；一次是桑树坪那些娶不起婆姨的光棍撺掇福林当众扒下青女的裤子；一次是桑树坪村民悲愤万分、疯狂地围猎打杀老牛"豁子"。讨食、掏食、夺食、猎食……一场场的行动，一点点的积累，最后成为诠释戏剧整体动作动机的舞台形象。

　　围猎的捕杀，是"社会法则"；循环的劳作，像生活的苦难；圆形的运动与围猎的场面，就成为《桑树坪纪事》二度创作的"形象种子"。这样的"形象种子"诱发的人物、场面、细节的表现，场面震撼，意蕴深厚，形象感人。

　　应该强调，这种形象化了的思考，整理过的感情，包含了创演者评价态度在内的场面，所传递的思想信息和情感内容，远非自然主义的写实再现场景、人物所能企及。

　　麦客市场这一场戏后，在沉重的音乐声中，麦客们缓缓行走在像是陕西黄土塬的转台上，上路了。一方面，他们完成了从市场到桑树坪的空间转换；另一方面，这个场面更重要的表现功能是一种悲悯的抒情：一群背井离乡、靠出卖劳动力讨生活的麦客被比他们境况好一点的劳动力招募人欺行霸市地损害了利益，但他们别无选择，只能忍气吞声，出力卖命。匍匐的身姿，踉跄的步态，滞缓的节奏，现实生活中的麦客们当然不这么走路，这里是舞蹈化的抒情处理，身姿的每次起落都像一次绝望的挣扎，步伐的每次迈出都像一次沉重的叹息。观众能够读到导演铺满了舞台的情感:看呐,多么善良,多么坚强,又多么不幸的人群!

青女,一个青春年少的女娃儿,因为哥哥要娶婆姨,自己被换给了福林当婆姨。福林有病,已经无法好转,她只能认了"活守寡,守活寡,守寡活"的命运。但雪上加霜的是,福林受了光棍儿们的挑逗撺掇当众追逐她,众人共犯地围堵住了她,扒下了她的裤子。这时,舞台从躁动哄闹的场面冷寂下来,从围观的光棍群体里钻出来的福林,嘴里嚷嚷着:"就是我的婆姨嘛!用钱买来的,妹子换下的!"他手里拿着青女的裤子,招招摇摇地下场去了。这时,光棍们慢慢地、慢慢地散开来,桑树坪的乡党、男女老幼都出场了,观众看到青女被搋倒的地方,只有一座女性半身雕像,洁白,残缺。人心的震怒、人性的沉重和情感的羞愤,女性千百年来所承受的万千屈辱,被表达为残破的洁白,表现为洁白的残破。人啊人,人应该感到羞耻。桑树坪的乡亲们默默地在悲怆的音乐声中跪了下来,这是最后剩下的一点儿人类良知的下跪。

桑树坪村民围堵杀牛的一场戏,是演出时震撼感人的场面。牛是由两个演员扮演的,把民间的舞狮表演移用过来,表现得令人肝肠寸断。从牛的一声声哀叫,一点点慢下去的逃生的脚步中,观众似乎看到了不解的眼神和淋漓的泪眼,看到了桑树坪村民们疯狂的举止下掩盖着的流血的心。

中国的"三农"问题,解决起来十分困难,工程浩大,头绪繁复,但是,究竟难在哪里?

三、"18 棵青松":倔强地宣示"民生"是江山的万世根本

中国"三农"问题,到了 20 世纪 70 年代中期,似乎"哽"在了中国经济发展的喉头上。当时,对于是延续旧的经济政策,还是开辟新的道路,争论很激烈。安徽省一个小小的村庄,18 个庄稼汉,在万般无奈的时候做出了一件令举国瞩目,让中央震动的事情,那就是:农民们分析了生产组织和劳动实效之后,认为,乱世之中在地里刨食成为不可能,那是因为社会环境;治世之下,地里刨

不出食来，就是因为人气。他们要改变生产组织形式以追求劳动实效，改变观念以调动生产积极性。于是，他们秘密商议，约定不怕杀头坐牢，不怕搭进身家性命，集体决定，集体签名、摁手印，先行包产到户，在中国当代的"三农"问题的解决上，迈出了调动积极性，实际上是解放生产力的第一步。

凤阳花鼓是安徽著名的地方音乐形式，但是，凤阳花鼓小调的流传，常常与逃荒要饭的人群连在一起。江淮大地，本是鱼米之乡，何故如此？《万世根本》（李宝群编剧，查明哲导演，安徽省话剧院 2009 年演出）的演出，一开始就是大家就一年一度逃荒要饭开证明的躁动场面，男人垂头丧气，女人悲悲切切，老人茫然无助，孩子无精打采，干部们声嘶力竭地劝阻乡亲外出要饭而毫无效果。因为干部们无法改变的这个多年习俗的背后深藏的残酷现实是：人们不逃荒要饭，就只有饿死家中。虽然村干部们迫于"政治任务"劝阻村民外出"有损大好形势的形象"，但是却不得不在生计问题上做出让步。乡里乡亲的，包括干部的家人亲戚，难道用"上级命令"禁锢乡亲们求生的希望，让他们坐以待毙？《万世根本》一开场，就将这种年年上演在鱼米之乡的流民图表现在舞台上，令观众一开始就憋闷在一种濒死的氛围当中。留下来，饿死；走出去，丢人，但是还可以侥幸生存。那么，有没有不饿死、不丢人的路可走？贫穷延续了千百年，讨饭逃荒上演了祖祖辈，到何时是个尽头？剧目当中有一个唱花鼓歌远近闻名的花鼓女凤奶奶，她作为地方艺术的能人和传承者，肩上背负着双重使命：一是民间艺术传承者；二是逃荒要饭的辛酸人生的感受者。花鼓歌一方面是色彩浓郁的地方艺术的某种代表，一方面是与安徽流民生存状态紧紧相连的文化象征。《万世根本》的神来之笔之一就是，让 8 个花鼓女的形象在剧情发展的过程中不断出现，穿插在剧情事件与重要场面之间。她们是剧情发生的地点——小岗村一代代唱花鼓歌唱得最出色的"花鼓女"的形象，每当凤奶奶唱起花鼓歌的时候，那一代代的花鼓女像是不散的阴魂，在舞台的现实场景中飘来飘去。实际上，这些花鼓歌的一代代歌王是凤奶奶背负的花鼓歌文化的传统负担，是凤奶奶作为花鼓歌最重要的现实歌手和艺术传人潜意识里的历史感与社会性。8 个花鼓女与凤奶奶连缀了历史，生动了社会。有一种长官意志认为，这神来之笔的花鼓女形象阴魂不散,显得过于晦气,竭力主张拿掉,殊不知这对于《万世根本》的损伤有多大。只要花鼓歌不绝于耳,逃荒要饭的流民身影就不绝于世。在这个意义上,花鼓女的阴魂不散,正是中国千百年来没有解决好国计民生的传世悲情。花鼓女在《万世根本》剧情中的"寿终正寝",与她因袭传承的花鼓情一道消失,显得特别意味深长,这是一次充满了希望的、含笑的辞世。

这些凝聚了思考的形象激活了民生的历史意义:万世根本,就是让老百姓吃饱穿暖过幸福!不用讲太深奥的道理,不用谈太宏大的理想,解决民生问题,人民就跟你走。中国共产党取得了新民主主义的胜利,靠的就是这一条。中国共产党作为执政党,要巩固地位,还是离不开这一条。

《万世根本》发展舞台形象的"形象种子",是"旷野长风中的星火"。这星火,其实是祖祖辈辈在肥沃的土地上"侍弄"贫穷,在乱法犯禁的密谋策划里告别逃荒要饭、走向吃饱肚子的一群庄稼汉。是的,他们是火星,引发了中国农村拨乱反正、改革开放、联产承包责任制的"燎原之势";他们是火星,迸发着不屈,跳动着果敢,昭示着希望,是人民希望发展的火星,是民族敢为天下先的精神火星。这火星是18个"土得掉渣"的人,他们是当代的农民英雄。他们倔强地宣布了一条真理:人民吃饱饭、过上好日子,才是有政治抱负的政治精英"齐家、治国、平天下"的"万世根本"。中国大地上,需要的是这样一些硬朗的形象,这样一些不委曲求全、不违心做事、不虚与委蛇的大写的"人"的形象。

《万世根本》描绘农民们的时代艰辛和赞美农民们果决的搏命之举,越充分,越用力,越充满了生死抉择的意味,就越是歌颂了中国共产党的改革开放的勇气和实事求是的立场。就在那个时代,我在大学时物质贫乏,但是精神上已经沐浴改革开放的春风。在政治经济学课堂上,大家的讨论,获得材料而知道率先实行包产到户或者家庭联产承包责任制的一些地方开始有了"三农"问题的思考与探索。我们这些从上山下乡的知识青年的身份变为大学生的人,对此十分新鲜,而且令人兴奋。农民祖祖辈辈诉求的,就是丰衣足食,温饱小康呐!应该说,文学作品对这种重要历史时刻的表现,有20世纪80年代的作家高晓声、何士光、贾平凹、韩少功等当代乡土作家群的系列小说，而话剧舞台也出现过不少作品，在历史转折点上深刻表现了经济转型和社会变化的，以生动的艺术形象承载了较大思想深度的，就是上述作品。

《狗儿爷涅槃》《桑树坪纪事》《万世根本》通过小事件，反映了大主题；刻画小人物，生动了大时代。

《万世根本》就这样将近百年来的时代变迁和社会动荡形象地展示在舞台上。剧作家李宝群的一贯做法，是关注时代变迁、表现激荡的社会风云中的小人物的生动形象，选择的是列强狼奔豕突于中国破碎山河的清朝末世，日寇铁蹄践踏中华大地的民族亡国灭种的危险时刻，在经济崩溃边缘起步的改革开放。其中，体现的是鲜明的国家形象和殷切的民族愿望，氤氲的是浓郁的民生意识。这是一种由历史厚度、生活广度、思想高度、人性深度和艺术精度构成的生活表现，体现出来就是剧场感染的震撼力度。

如果小说家路遥的《人生》（后来被改编为广有影响的同名电影）是"三农"问题的一个角度的沉重话题与痛苦诉求，让那个有知识、有抱负、有才华的农村青年高加林拼搏奋争了一圈又窝窝囊囊地回到黄土地上任命劳作，那么，电视剧《外来妹》已经让乡村剩余劳动力或者渴求改变命运的女青年们在以深圳为代表的改革开放前沿人头攒动，弃离热土而成为"三农"问题传统思维空间里完全不曾有过的一种转型潮流。话剧舞台上，终于在2002年出现了"打工仔"——又一次社会转型期中国农民的迁徙形象。

云南省话剧团创作演出的《打工棚》（李世勤编剧，潘伟行导演，云南省话剧团2002年演出）中，一群在城市里干着最脏、最累、最危险的话，最没有制度保障而且身份不明确、前途不确定的人，就是离开乡村到城市里的打工一族，简称"农民工"。改革开放以来，建设大工地的中国大大小小的城市里，到处可以见到他们的身影。《打工棚》里的赵天云正是这样一个深陷在具体的坚忍不拔、生命状态的迷惘苦闷中的农民代表者。他曾是一个农村基层领导者——村党支部书记，因为社会转型、生活变化，他曾经的威信丧失，他自己的生活一塌糊涂，妻子也被一个暴发户拐走。于是，他怀着重新找到生活信念和人生力量的念想进城打工。以他的人生轨迹，剧作家和演出者创造了一个新的城市生存群落——"打工棚一族"。遗憾的是，戏剧演出止于"展示打工棚生态"，而没有去深入挖掘更大的思想深度。也许，致命的弱点在于，生活没有给出结论："三农"问题靠城市化进程或使用城市建设暂时吸引农村剩余劳动力是否真的能够有效解决？对于中国这样一个农业大国来讲，"人口红利"兑现完毕之后，农民走向何处？农村如何存在？农业如何发展？这是些深刻的大问题。

自然，这不是文学艺术可以解决的问题，但却是文学艺术应该关注的社会人生。在这样的认识背景下，我写下对这些与"三农"问题胶着的话剧舞台形象的分析与评价。

本文发表于《边疆文学·文艺评论》2011年第7期

强国伟业，追梦人生

一、献礼、导向、市场：演出意义的解读

上海话剧艺术中心的《追梦云天》于 2018 年 11 月首轮演出，次月第二轮演出，2019 年 3 月惠民演出后，作为上海·静安现代戏剧谷演出的开幕大戏再度隆重上演，所透出的信息是多重的。一是"献礼"。这是上海话剧艺术中心的戏剧人向改革开放 40 周年的祖国、向中华人民共和国成立 70 周年献出的一份厚重礼物。建大桥，布高铁，造航母……中国的成就，改革开放的辉煌成就，令人骄傲的节点历历在目，并把一个节点放大为活色生香的生活场景与令人肠热的生命过程，戏剧人的这份献礼不轻。二是戏剧人积极作为的成果。作为全国优秀现实题材舞台艺术作品展演剧目、文化和旅游部 2018 年度剧本扶持工程入选剧目、国家艺术基金 2019 年度大型舞台剧和作品资助项目，这部剧目体现了党中央、国务院、上海市委市政府、上海文广局演艺集团、创作演出单位提倡鼓励的与文艺发展方向高度一致的"围绕中心、服务大局"的"主旋律"意识。这种主旋律意识，张扬的是国家意志、民族精神。应该说，近现代以来的中国，一次又一次地崛起性亮相，震动了世界；中国人民，登上一级一级的阶梯，走向自主、自立、自强、自信的新高度，这是一次讴歌时代、讴歌祖国成就、讴歌人民动情的宣言。三是艺术生产的产品检验。剧目创演、四度亮相以来，观众热情不减，说明剧目承载的思想感情内容得到了观众认可，创演者和观众的情感意志高度聚焦：我们都是追梦人！

二、思想情感指向：我们都是追梦人

剧目演出的高明之处在于，用剧中人的血肉丰满、焦灼躁动的追梦人生牵动了观众的人生体验，而不是通过枯燥无味的说教去传递。

剧目演出的生动之处在于，将国家意志、民族精神化为了与个人生活生死攸关、爱恨交织的情感纹理与人生细节，而不是借助空泛无着的理论来阐释。

剧目演出的精彩之处在于，将一个高科技产业的发展史、奋斗史概括在一个由七组 LED 屏幕组合成的空间里，创造了一个满足时空流转、叙演剧情多方面功能的剧情环境，更满足了戏剧题材表现高科技产业办公、会议、科研、监控空间、实验场所、展翅蓝天的直观体现的剧目表现需求，让演出获得了最直观的表现题材内容的外在形式。

剧目演出的精巧之处在于，个人追求、国家意志、民族精神的"同构性设计"。首先是剧情结构。然后是细节、场面、形象的逻辑关联的同构性。一对恋人从国外带着丰硕理论成果和厚实实践经验回国，他们是担任飞机设计研究院副总设计师的唐瑛和民航局适航审定小组组长许新华。因为国产大飞机制造的项目，他们分手经年后再度聚首，成为重大项目的领衔者与监审者，应了那句话："不是冤家不聚头。"他们的离合悲欢，与国产大飞机飞起来的中国制造展翅蓝天的梦想成真紧紧相连。精致的细节是，女主人公在恋情破碎的伤心时刻还回去的那枚戒指，最终由男主人公在飞机试航成功的时刻为她戴回去，变成了决别 16 年后破镜重圆的同心圆！这个细节是一个意味深长的比拟，像是中国大飞机翱翔蓝天的一个阶段性努力获得圆满结局的完美句号。而另一对情侣，也在大飞机试飞生死一线的关联中牵手，将试飞员、设计师、总设计师、试飞实验项目的成败与每一个人的荣辱甚至生死紧紧地联系在了一起。剧情中，设计工程师杜小雪与试飞员高子健每一次试飞的无畏与每一次等待的熬煎，高度浓缩、典型化聚焦了试飞项目组每一个人的内心感受。说到底，这种生死相依的无畏选择和熬煎难耐的无助承受，与杜小雪父亲杜根宝一次又一次、千百次地用健康换取来的精度产品一样,牺牲品格和奉献精神的指向,用生命的坚韧铸造起了民族、国家复兴强盛的伟业。个人与民族、祖国,个体生命过程与时代、奋斗历史,有着如此水乳交融的关系。

三、运-10与C919:中国制造的强国之道

如果军事重器是镇国之宝,那么民生工业就是强国之道,可惜很多人都忘了这一点。

曾经的世界军事强国超级大国苏联的发展历程说明了这一点。原子弹、氢弹、中子弹、光学武器、航天科技等等,可以保障国家安全、边境安宁,但是长治久安的根本,在于民富国强。中国制造除了军备兵事的强大之外,更注重民生产业的发展和繁荣。农业固国、教育兴国、科技强国等等,使民族国家有了自觉、自立、自主、自强的前提条件。尤其是改革开放40年以来的中国发展,所走的正是这样的正确道路。《追梦云天》有意无意之间,触碰到了这个具有思想深度的重大历史命题。

巧的是,1989年,空军政治部电视艺术中心主任韩静霆编剧的《远的云近的云》由廖向红导演、空政话剧团在北京演出,演出地点在热衷于戏剧空间思考的舞美设计徐翔创造的一个"内球体"型小剧场空间里进行,展示的是女飞行员的蓝天梦和民族国家的强军梦。20年后,我看到的《追梦云天》,编剧王俭同样是空军政治部电视艺术中心主任。同样的位置,同样的梦想,所不同者,在于从军事观察视点转向了民生观察视点——其实,它们都是伟大复兴中国梦的必然构成部分。在强军的有力保障下,用发展和繁荣民生经济的建设去巩固国家的长治久安,正是"发展才是硬道理"的改革开放兴国安邦的重要理念。

中国运-10民航飞机制造是1970年立项的,后来在成功的当口上因故下马。中国的大飞机制造,2007年立项,其实是在之前积累的经验和技术基础上重新起步,再创辉煌。资料介绍,2012年深圳展销会上中国制造的民运飞行器引起极大的国际关注,2013年就有了超过300架的订单。这是一代代中国人努力的结

果。说起来也是巧，30年前，我曾经为话剧《远的云　近的云》写文章，发表在1989年11月6日的《人民日报》上，叫作《魂系蓝天，代代风雄》，说的就是剧情中国家志士们的前赴后继、久久为功。30年后，我观摩《追梦云天》，看到的剧目演出中，剧情安排了运－10飞机设计项目的核心成员作为大飞机设计的专家组精神领袖与学术指导，其实大有深意。所讲述、所展示的，也是中国科学家团队、民族航天人的奋发精神的代际传递：老师辈的郑天行与挑大梁的学生辈的唐瑛、许新华的师生接力，项目组更年轻的成员们的抱团牵手，杜根宝与杜小雪的父女接力……他们心底的情怀是：愿我们仍是我们——英雄的心！

剧中人的英雄情结在延续，30年前《远的云　近的云》与30年后的《追梦云天》的蓝天梦、强国梦在延续，令人慨叹，令人肠热，令人感动到泪眼婆娑……

中国会强起来！中国龙会腾飞起来！因为中国从来就不缺志士仁人前赴后继的无私奉献！

四、感知的触点：盲点、泪点、兴奋点

盲点可以稍后再描述，我忍不住想要先表达自己感动不已的剧情泪点和兴奋点。

演出戳中泪点的地方，是恋爱中的杜小雪将试飞员男友高子健返航的滑行跑道"终点"改为"家里"等待的情节。女性接受爱情的含蓄表达后，为飞行的"他"万千担心、牵肠挂肚的焦虑不安化作了家庭期盼，沉淀为未来生活的温馨安详，那份少女心、那缕恋人情心有千千结的多少叮嘱都融化其中了。高子健希望每次返航都能看到跑到终点的愿望，被女友杜小雪将等待地点改为了"家里"，这是一次表达深深爱意的少女托付终身的摄魂大挪移：跑到"终点"通向"家"，那不是"终点"，而是幸福的支点和美好未来的起点。

兴奋点，是16年的离情别绪如何破镜重圆，稍不注意就会走向高大上的堂皇理想淹没个人情感的歧路。《追梦云天》剧组的成功演出没有这样做，而是让

老师郑天行用临终托付理想和请吃葱油拌面的细节去化解尴尬、冰释顾虑，让和好如初的心思已有却跨不过自身的认知障碍和情感误区的两个爱徒越过了那层纸墙。这个细节是演出的神来之笔：一是其作为老师对学生的指导；二是作为唐瑛、许新华两人世界不知情的闯入者的父亲，郑天行可以说破实情，卸下两个学生的心灵重负；三是老一辈科学家在病榻上完成接力的庄严交接仪式，郑天行与学生唐瑛、许新华之间的交接，是一种以生命分量为权重的仪式，格外庄严神圣。这是民族精神不死，中华文明不绝的象征仪式。这使得《追梦云天》巧妙地表达了具有民族自信的思想深度和意识到的历史内容。

剧情的盲点也是无可回避的。如果希望演出更精彩、更吸引观众，首先应该下功夫把剧情中场面里那些对技术问题、方法思路的争论争执减少到最低限度。我一边看一边觉得，20世纪60年代初演出的话剧《第二个春天》（后来是电影）一类的作品中，论辩争执多就会干扰观众的欣赏心态，要用感性的细节、生动的场面、形象的剧情去取代那些可有可无的知识性说明与技术性争论。另外，人物关系设置上的"冤家聚头"故事当然是很有戏剧性的，但是故意强调冲突、强化矛盾不见得讨巧。譬如，演出中剧情的第六段：许新华办公室夜话。本来两个无法谈私情只谈实验试飞项目的前恋人通过前一阶段的拒人千里、强硬争吵、磨合理解已经到了互诉衷肠的境地，结果末了许新华来一句：我还是会更加严格地审查你们的试飞报告的。这句台词一出，在观众席溅起一片笑声……从人物性格和剧情逻辑出发，这不是许新华此情此景中应该说出的话。这话会把两个人物的智商、人格都降低了：夜话成为有"美人计"之嫌的攻关行为。

总之，瑕不掩瑜，《追梦云天》是一部讴歌时代、讴歌人民、讴歌改革开放、讴歌祖国伟大成就、充满正能量的好剧目。

本文发表于《中国戏剧》2019年第7期第48-49页

我们的社会需要什么样的舞台创造?

——从导演艺术家查明哲说起

现象描述:从"杰出导演"到"精品导演"

2005年,查明哲被中国戏剧家协会选为"新世纪杰出导演"系列研讨的排头兵,在北京东四八条《中国戏剧》编辑部举办了专家云集的研讨会。会上,除了查明哲的舞台艺术追求和所取得的成就获得了众口一词的赞誉之外,一个问题引起了大家的关注,那就是新世纪中国杰出导演研讨的开篇,为什么选择了查明哲?似乎,中国戏剧家协会没有明确表达遴选原则和衡量尺度。

有专家思考并回答了这个问题。

查明哲既站在一个承上启下、薪火相传的舞台创造交汇点上,也处在一个传统与现代、中国与外国的文化融合交汇点上,还有,这一切都作用于他对人性深刻解剖、对生活凝重思考和对理想虔诚守望的价值建设坐标上,体现在他充满了感染力的场面、凝聚着典型性的形象与传递着震撼力的情感内容的艺术创造中。这些因素让查明哲准确地踩在了艺术传承、文化交融、文明建设的时代节奏上。他创造民族形象、体现国家意志、表达人本关怀、渲染民生忧患,结果是,他成为我们这个时代具有代表性的导演艺术家。

中国戏剧家协会和《中国戏剧》慧眼识英。

2009年,中国国家大剧院举行"优秀戏剧导演查明哲系列作品展",集中展演了《立秋》《我那呼兰河》《矸子山上的男人女人》和《万世根本——凤羊村纪事》。顶天立地的诚信做人、呼天抢地的强悍生存、不屈不挠的底层精神、洞穿历史的民生思考……让观众感受到一种赤诚信仰的灼烫、一种强力生命的感召、一种深沉悲悯的裹挟、一种厚实价值的支撑。这是"娱乐至死"的大众文化背景下的一种坚守宣言，格外值得珍视。

国家大剧院浓墨重彩、力透纸背，以搭建平台向观众集中推出系列剧目的方式强调了他们的珍视。

有一个数字有点令人吃惊，2002年文化部与财政部启动的"国家舞台艺术精品工程"历届评选当中，查明哲导演的剧目有6部榜上有名，分别是话剧《立秋》（2004年，山西省话剧院）、《矸子山上的男人女人》（以下简称《矸》，2007年，辽宁人民艺术剧院）、《黑石岭的日子》（以下简称《黑》，2010年，辽宁人民艺术剧院）、川剧《易胆大》（以下简称《易》，2005年，四川省川剧院）、评剧《我那呼兰河》（以下简称《呼》，2008年沈阳评剧团）与秦腔《西京故事》（以下简称《西》，2011年，陕西省艺术研究院眉碗团），这些剧目均入选国家十大精品工程。

进入精品工程30台初选的还有新编黄梅戏《孔雀东南飞》（以下简称《孔》，2003年，安徽省安庆黄梅戏一团）、歌剧《雷雨》（2006年，上海歌剧院）和《万世根本——凤羊村纪事》（以下简称《万》，2008年，安徽省话剧院）。

显然，国家文化部门注意到了这种值得珍视的舞台创造。查明哲导演的舞台创造有这么高频度的入选率，应该与这个不是奖项却重似奖项的"工程遴选"的价值取向有关。

文化部与财政部联合行动于2002年启动的"国家舞台艺术精品工程"，体现着政府在文化建设中的主导意识与引导机制。早在20世纪80年代，中国影坛出现了一个令人不易觉察其内在含义的现象，那就是国内有争议的影片在国外获得较高奖项，于是"墙里开花墙外香"，作品被好事者炒作得沸沸扬扬，反过来说"国际都承认了"，国内却没有获得承认或者准许。在"走向世界"的愿望之下，这些作品获奖或多或少后来是直接成为一定身价、水平、级别的衡量指标。问题不在于奖项本身,而在于新的"价值元"对中国价值体系的介入,"外奖价值"直逼中国文化建设中的衡量标准与价值核心。冷静一想,用评奖规范标准导向文化运行机制,是中国文化建设在经历了短暂错愕与处境尴尬后向外国学来的。

到了 20 世纪 90 年代,中国开始设奖,不同文学、艺术门类的奖项设立并多了起来。评奖的功用很多,但是最主要的就是奖项设立者的价值取向通过评审程序、遴选标准成为潜在的价值导向,成为价值规范的体制机制行为。就像古代中国的科举制度,满朝文武,应该在"应试"机制的操作当中成为为国家所需、所急、所用的栋梁之材的导向功能一样。

评奖机制越来越规范,越来越成熟。"国家舞台艺术精品工程"的评选,在这样的背景下就显现出其重要意义。查明哲导演的艺术创作剧目频频入选"精品工程",就在这样的背景下显现出了"国家舞台"的一定价值导向。

价值建设:人性解剖、民生关注与理想守望

查明哲素来以严肃犀利、直逼人心的问题意识著称。这不仅因为他选择剧本常常挑拣那些事件残酷的厚重之作,还因为,在规定情境中,在那些撞击人心的当口,在那些人生抉择、生死考验、美丑之辨、善恶之分、真假之别的关键时分,查明哲常常瞪着布满血丝的双眼催逼扮演戏剧人物的演员寻找怯懦、软弱、暧昧、自私、贪婪、卑下、崇高、伟大、优美……显然的和潜在的动机,让人物作行动抉择,因为选择出于自己,但选择会影响他人的责任而具备惊心动魄的力量。实际上,查明哲的这种催逼力量,通过演员的表演和场面、细节传递给了观众,观众常常感到一种无法避让、被逼问的压迫感。

这些都体现了查明哲的执着。

查明哲的执着与他的戏剧观有密切的关系。戏剧是他的"宗教",在他看来,戏剧也应该是观众的"宗教"。宗教直指人心,戏剧也应该是。

如果查明哲在"战争三部曲"三个外国剧目里考察的是战火中的理想托举与废墟上的人性修复,是人类共同处境与人类文明话题,那么在"国家舞台艺术

精品工程"剧目中，三个戏曲剧目、三个话剧，在更加常态的戏剧情境中忧思中国社会的人本与民生状况。我们可以追问，他导演的剧目为什么深刻尖锐？又为什么沉郁厚重？我想也可以答复，这与他一贯的舞台追求关注人、表现人、表现内容直指人心直接相关。"人"是查明哲艺术创作的立足点和表现的归结点。强烈的人文意识、厚重的社会责任与鲜明生动的舞台形式自觉，三者构成了查明哲从剧目选择到最后呈现的整个舞台追求关注的中心内容。无论是战争绝境，还是和平常态，查明哲一如既往地追问不同情境里人们心中沉淀的人性问题，考察严酷的规定情境下人们选择的沉重与艰难，赞美不同时代的艰难时世中人们不朽的尊严、伟大的人格、崇高的信仰和率性的勇敢等等。

坚守与放弃、勇敢与怯懦、忠诚与背叛、崇高与卑下、优美与猥琐……是非黑白、高下优劣、歌颂与批判的态度了了分明。

在《易》《矸》《呼》《万》《黑》《西》中，查明哲关注和表现的，是草根状态中的人——为着最起码的生存权利和最基本的做人尊严而呼号奔走、呐喊绝叫的"搏命者"。江湖风雨里任侠仗义、与形形色色的恶霸斗智斗勇的落魄艺人，国企改革中的不甘被命运抛弃的矿山下岗男女，家仇国恨交并煎逼中挺身抗暴的东北荒野老少，在新时期启悟了包产到户经济政策、改变了农民逃荒要饭"宿命"的倔强庄稼汉，老工业区里靠善良、靠忍让、靠相濡以沫却尊严不倒"棚户住户"，做着"西京梦"而守住"紫薇根"的农民工……这些人的生命分量，一点儿不比从前的"战争英雄"轻；这些人显现的人性光辉与人格价值，一点儿不比从前的"炮火硝烟"中考验出来的人性光辉和人格价值少。之所以这样说，是因为人本问题与民生问题，实际上都是在不同情境下显现的"人"的基本问题。人本问题，关注的往往是人类的基本问题或共同利益，例如战争与和平；民生问题，关心的常常是民族国家的特殊问题或具体利益，例如生存与发展。

民族意志作为一个民族的价值立场、文化态度、道德体系、信仰基础、生存意识、发展愿望等等，在文艺作品中常常自然流露和反复出现。具体到戏剧表现中，它们就会在具体人物的努力、愿望、奋斗和命运过程中变成一种具体的情感内容和生活愿望：晋商们在风雨飘摇、国破家残中坚守的诚信，既是经商发家之道，更是立世做人之本，还是民族道德之基（《立秋》）；呼兰河的老少爷们和巾帼女杰在家仇国恨交相煎逼的情况下挺身搏命的信念——活不了就死，死不了就活，在生生死死的熬煎当中从草民走向民族英雄，表达了个体生命和族群群体强烈的生存意识与发展愿望（《呼》）；普通、朴实得像煤矸石的下岗男女在突如其来的命运变故前自强不息，面对苦难，选择承担，在厄运的重压下聚集的是运行地火的热力（《矸》）；用朴素的理解与决绝的行动开启了我们解决"三农"问题的实践环节，否决了在肥沃的土地上"侍弄"贫穷的"方向、道路"，所思所想，所作所为，没有横刀跃马，却也惊风雨、泣鬼神；无须檄文天下、遍发宣言，却也咬钉嚼铁，可圈可点（《万》）；用智慧生存、讲公道立世，就将一群江湖艺人周旋、智斗恶势力的具体行为转变为了普通人对坦坦世界、朗朗乾坤的理想秩序的公众诉求（《易》）；"闯西京"不忘做人立世的根本，在罗天福一家"进城农民"获得了城市生活的接纳后，留给城镇化进程尚在加速的中国社会一个很生动感人的形象、很有价值的思考——罗天福的价值——故土、紫薇——被他拼死守住了，他最终还要回去"守土护树"。问题是：他还有"树"可守吗？他还有"土"可回吗？更潜在的问题是：城市的价值体系或者沃土何在？是剧目当中东方老伯有些凄凉寂寞的残年相护的那棵被临时工房包围着的老树，而它恰恰不在城市生活的主风景点上。城镇化进程中，城乡文化的冲突、文明群体的相容、生存权利的均衡、发展机会的公平之类显而易见的问题，剧目都通过罗天福卖饼、罗家儿女上名牌大学、环境之扰、身份之困、自尊之度、坚守之难等等矛盾设置精彩纷呈地表现出来了。分量在于剧目留下的更深困惑，应该是说不出来，也许还没有想明白，但却激发了观众思考的问题：城市就是一个有机会可以挣大把的钱的繁华世界吗？城镇化的问题最终是一个"人的发展和人怎样发展的问题"。罗天福一家和数以亿计的农民进城后，依傍哪一棵树？守护哪一方土？精神归依与价值归属是一个大问题。至少，剧目的城市环境没有为农民工准备好……所以罗天福还是要回去。因为城市是一个让人过得富足，也让人过得一团糟的地方，一个让他悲天怆地、让他跪地、让他流泪、让他几乎投降放弃的地方，他不属于那里（《西》）。

在《立秋》中，查明哲和他的创作群体通过人物悲欢离合的命运要追问的是：我们究竟输在哪里？鸦片战争以来，每一个有志气、有忧国忧民之心的仁人志士焦虑的是"亡国灭种"，总结的是一个泱泱大国"输掉的原因和失败的历史"，追求的是重新赢得。

让人民吃饱、穿暖、富足、发展，永远是一个代表人民根本利益的政党、政府应该踏实做好的事情。因此，在关心民生的同时，《矸》剧、《万》剧与《黑》剧赞扬的是改革开放以来党和政府在实践中一步一步解决"三农"问题的理论勇气和实践功绩，歌颂的是棚户区终于大面积解决"民生工程"的问题，让观众热泪长流的是那些善良、忍耐、克勤克俭的令人抱愧和心疼的普通人的形象，那是我们的人民的形象！《西》剧中，罗甲成因为农民工后代的身份而对自己奋斗来的名牌大学高才生的虚名产生了深刻怀疑，模仿法国大革命时期的口号喊出了"无尊严，毋宁死"的口号。但是，父亲和生活教会了他：什么是真正的尊严。普通的人民用坚韧的生存信念与顽强的生活坚守表明：物质前提很重要，但是，物质不是尊严的标志，尊严也不是物质的附庸。

《西》剧朴实、简单，但在我们这个物欲横流的年代，却振聋发聩。

艺术追求：舞台的形式感与表现的创新性

查明哲剧作既然是精品，就应该具有思想、艺术的高水平。

查明哲的艺术创造，最抢眼的就是舞台形式感。舞台形式感，从他一贯追求的"形象种子"的舞台演出培植、成长与实现而来。查明哲的舞台追求，除了刻意寻找和凝练"形象种子"获得了对舞台形式的敏感，剧目呈现的"形式感"很强的特点外，还因为他始终将人本问题、民生问题作为"人的形象"最基本也最充实的内容。因此，查明哲的舞台艺术的"形象种子"绝不仅仅是一个形式借用或者舞台呈现方式的问题，而是一个如何说明白、说深透、说生动关于人的思考、人的发现、人的歌颂的问题，是一个场面化、细节化、语汇化的"人学"问题。所以,查明哲的舞台艺术的感染力和震撼力,不仅仅来自现实关注的深刻性、人性解剖的尖锐性、历史考察的厚重性,还来自与此相适应的表达方式——舞台艺术形象的鲜明生动性,如:家训、家族、票号规矩与人(《立秋》);千回百转、百折不挠的水与人(《呼》);矸子山、煤矸子与人(《矸》);棚户区的社会变迁与人(《黑》);故土、树、道德、价值、尊严与人(《西》);戏台之变、社会之变与人(《易》)……

查明哲的舞台艺术追求中,人的形象,成了舞台"形象种子"的"种子"。而"人本"意识与"民生"关注,成了"形象种子"里最为饱实的内容。这是一般所说的"舞台呈现样式新颖"所无法比拟也无法概括的。这种内容,使查明哲的舞台形式感显出了生动的厚重与形象的深刻。

查明哲的舞台形式美感与演出场面、细节、形象的震撼力,体现了他的精品力作的显著艺术性。①

还应该注意到,查明哲导演是一个不倦探索的舞台艺术家。导演话剧之余,还涉足电视剧、歌剧、黄梅戏、川剧、秦腔、评剧……在其中,他的充沛的创造力与大胆的表现性得到了很好的发挥。首先,必须强调,查明哲借助话剧、艺术、剧本、文学的结构结实、逻辑严密、思想内涵深厚的优势去要求、调适戏曲,使他导演的戏曲剧目丰富了思想内涵和扩大了表现容量。同时,对于不同的艺术形式的,长其所长,改其所短,使传统戏曲艺术具有创新发展,也是查明哲获得艺术成就的重要方面。

《易》的舞台创造,就是在以川剧方式表现人、表现戏班子、表现社会人生的立足点上,渲染川剧生存的民俗环境与庙会集镇的特点。"物造型""简省点染"的环境,配以市井嘈杂、叫卖、吆喝,梨园看戏之前的氛围,真是"俗"得"麻、辣、烫",开门见山,将观众带入故事环境。众所周知,营造环境恰恰不是中国传统戏曲所瞩目之处,但在《易》中,查明哲所统摄的舞台艺术形象

---

① 吴戈:《查明哲的舞台追求和他的"战争三部曲"》,载《戏剧艺术》2003年第4期;吴戈:《形象种子与演出形象:查明哲的舞台美感》,载《文艺研究》2010年第3期。

里，繁简得当，不塞不堵，虚实相生，显示出一种既保存川剧传统神韵又创新发展的大胆探索气度。关键还在于，查明哲结合情节的发展与人物心理表现的需要，将川剧绝活"变脸""踢袍""摔壳子"一类手段恰到好处地运用到了剧情推演与人物的命运变化中，对细节强调、人物塑造与心理刻画格外给力。川剧仍旧是川剧，但是气象已经大不相同。

《呼》在音乐唱腔上高度保持评剧的优势和特点，在表演上突破了固有程式，在表现上脱尽传统土气，在艺术手段运用上挥洒自如，在舞台整体呈现上气度雍容，难怪在第十一届中国戏剧节上一亮相，就被专家认为"提高了评剧的文化品位"，"达到了近年来戏曲现代戏创作的新高度"。从效果判断，《呼》在保持评剧艺术特点的基础上，对其他艺术手段的创造性借鉴和运用是合适、巧妙和精彩的。应该注意，对于一个地方剧种，可能音乐唱腔是本质要素的内容，表演样式和表达方式相对次要。另外，无论哪种剧种，本质上都是戏剧。手段可以千变万化，但是，以演员扮演为核心，在"假定性"前提下通过戏剧事件连接观众和演员，协作创造戏剧效果的艺术本质却是不变的。《呼》既突出了"二度梅"演员冯玉萍"唱"得精彩，也托举了她"演"得动人，更改变了由说唱艺术脱胎而来的评剧主要靠演唱的表现力上的单调、单一，从调动大红大绿的民俗文化，调配火爆爆、热辣辣的对歌、二人转、大秧歌等一切可以丰富表现力和生动性的手段，把评剧《呼》演得既好听又好看。这既是评剧演员演出的新体验，也是观众观看评剧演出的新体验。这是一部有评剧特点的戏剧，而不是相反。所有的剧种演出，都应该如是。本质地继承，传神地创新，不拘泥，不执迷，是查明哲，也是《呼》剧作整体的艺术风度。这是戏剧艺术上继承与创新的一个成功案例。

执导秦腔《西京故事》，查明哲提出的创作要求是：倾听风骨秦腔，吟唱现实人生；吸吮传统乳汁，求索当代音容。戏曲剧目，历来注意传统声腔的原汁原味。查明哲的确与秦腔音乐家、作曲家、演员们一起从浓郁的秦腔素材中锐意寻找适合人物塑造、情感表达的唱腔，结果，像"滚腔"一类最难也最能曲尽人生苦意悲情的腔调被发掘出来，并用上了，让秦腔老戏迷大呼过瘾。关键是，我看到罗天福的扮演者,唱得好,身上的活儿也多。罗甲成的扮演者,金锁的扮演者,武行、武丑的身手不错,加上群众演员舞蹈化的一些场面,都是戏曲程式化场面的变形处理,既有韵味,又显得新颖,也许,这是戏曲"变法求生"的尝试。

查明哲导演的戏曲剧目演出创造中,一桌二椅的空间被简约的"物造型"装置取代了。但是,醉金锁纠缠甲秀、甲成教训金锁等几场戏,那条凳显然传递了中国一桌二椅空灵舞台的遗韵,似与不似之间,断并未断之时,就看出了戏剧文化的越界、融合、继承与发展。话剧导演进入戏曲剧目创造,充满了未知的挑战性,也富于嫁接融合的创新性。

总之,查明哲导演的剧目高频度地入选"国家舞台艺术精品工程",主要是因为这些剧目有较高的艺术水准、文化创新,尤其是厚实凝重的思想分量,常常通过小事件,反映了大主题;每每在刻画小人物中,生动了大时代。①

偶然听到有一种议论:"查明哲被'招安'了!越来越主旋律了。"查明哲耳闻后有点儿恼,恨恨道:"从未反叛,何来招安?!"

我倒是很理解这种恼恨。

的确,查明哲在他的所有艺术演出创造中表明,他是一个以燃烧自己去点亮、激活别人生命的赤诚的戏剧艺术家。他就是那个与德寇生死搏杀的苏联军队准尉,就是托举人类尊严与人性底线不致坠落而宁愿到法西斯墙下的游击队员,就是道德卫城中困兽犹斗的女教师叶莲娜·谢尔盖耶夫娜⋯⋯看看他将自己放进人物中去,又从中跳出来,迫不及待地催促观众看看这世界,看看这环境,看看地球生灵,看看自己的同胞,看看自己的灵魂⋯⋯他每次排练的投入,每次艺术创造的催逼折磨别人、催逼折磨自己,每次创造工程结束后的虚脱感,每次审视剧目演出时的再度目光炯炯、犀利如鹰隼⋯⋯

他像个"剧场牧师",剧场是他的"教堂"。这话,许多人都说得出来。说

---

① 吴戈:《查明哲的舞台追求和他的"战争三部曲"》,载《戏剧艺术》2003 年第 4 期;吴戈:《形象种子与演出形象:查明哲的舞台美感》,载《文艺研究》2010 年第 3 期。

不出的是：他归依的，是高尚的人性、理想的人格与公平、正义的社会。他感动观众的秘密是：他奉献出了他虔诚的心。

本文发表于《中国戏剧》2013 年第 6 期第 49 – 52 页

生命的诗意：感受话剧《生命行歌》的生死吟唱

看完演出，我最想说的一句话是，导演查明哲再一次印证了我对他的判断，满足了我对他的期待。他不是在残酷处境中鞭挞人性的假恶丑，就是在生命困境中发掘真善美。始终关注人、表现人、塑造人，对人始终坚持人道主义的判断和始终追求人道主义的理想，构成了查明哲导演艺术的人道现实主义美学内涵。自然，查明哲的导演创作不是为了印证谁的判断、满足谁的期待而展开的，我只想说明，作为一个杰出的人道现实主义导演艺术家，查明哲以他惯有的方式，让在观众陌生的演出形式中感受到了他注重的"人"的厚重、深沉、情感充沛，那种熟悉的审美内容——满台体现出人性真善美的生命诗意。

研讨剧目，我更想说的一句话是，祝贺上海戏剧学院和上艺戏剧社强大的创作团队演出成功。其演出充分展示了学院派艺术创作的精美和品位，这个具有强烈现实意义和鲜明艺术个性的剧目（《生命行歌》）会给当代话剧舞台留下历久弥新的影响。

一、舞台意象：生死枯荣间漾起的生命诗意

上海戏剧学院、中共上海市金山区委宣传部、上艺戏剧社联合出品的话剧《生命行歌》（陆军、顾月云编剧，查明哲导演、舞美、灯光设计、多媒体设计，郭金鑫、刘子枫等出演），整台演出营造出的一种鲜明生动的生命诗意，氤氲成整个舞台意象。"生如夏花之绚烂，死如秋叶之静美。"印度现代诗哲泰戈尔的

《飞鸟集》赞美生命，诗化生死。"离离原上草，一岁一枯荣。野火烧不尽，春风吹又生。远芳侵古道，晴翠接荒城。又送王孙去，萋萋满别情。"中国唐代大诗人白居易的《赋得古原草送别》，讲述了生离死别，淡然枯荣。论生死，泰戈尔极言其存在形式的美感；看生死，白居易吟唱其更迭交替的自然。两位大诗人，都不约而同地用了自然界节令的夏秋有别或者岁月循环的枯荣意象。《生命行歌》采撷这种意象，并组接渗透到了整台演出中。于是，舞台传递出来的生命诗意，是绵延不绝的生机，是生生不息的气象，是生死相依的轮回，是四季交替的自然。于是，这种对生命形态的解读，不仅仅属于剧中舒缓医院的某一个特殊人群。其实，生命过程的绚烂精致和生死枯荣的代谢更迭，也是主创人员所理解的人类所共有的、应该从容面对的生命意象。

但是，这种生命意象传递给观众的情感内容，不是当下社会生活中常见的对临终关怀问题的淡然，或者与至爱亲人作别时弥留终点的凄然相对，而是在具体的生命过程中体察入微、感同身受的生命挣扎、生命意识和生命感悟。话剧《生命行歌》没有给观众讲这种需要切身体会与需要静心参悟的道理，而是通过一群人的变化来感化观众获得的。

芸芸众生，即便是少年时代曾经挥霍青春、健康时候轻言生死的人，突如其来地面对死亡时，也没有那么平静淡定。实际上，人们没有经历病痛的折磨和面对死亡的威胁，没有生的挣扎和死的恐怖，就很难真正体会到切实的生命意识。话剧《生命行歌》把规定情境设置在了一群进行生命挣扎的人的焦虑困境当中，表现这个时候强烈的生命意识。剧情一开始，医院就举行象征病床也体现临终关怀的入住者活动，六把轮椅一字排开，给观众片刻思考，悟出这种虚席以待的人生场景，其实是绝大多数人的生命阶段中的某个时刻都可能面临的生命处境——等死。生命退守在孱弱的肉身里、昏花的眼神中、游丝般的呼吸上……总之，就是想要结果自己的生命，也已经缺少体力的时候，人，就前所未有地感觉到了对他人的需要——需要帮助。抓住一点点帮助，就抓住了活下去的希望。《生命行歌》表现的就是这样一群处于生命困境中的人。

查明哲的导演手段十分老辣，他不露声色地营造了舒缓医院里的那种死亡阴影笼罩的沉重气氛。当角色扮演者从舞台两边走出来，各就各位，坐上轮椅（也像躺上病床），刚刚坐稳，舞台左侧一辆运送逝者的担架车被一位男护士推出来，在众人的注视下，缓缓穿过舞台，消失在右台侧。无论有多么烦躁的心情，有多么不甘的内心，有多么隐秘的希望，有多么不舍的牵挂……这一刻，所有心情都停顿，所有大脑都空白，所有眼光都无法挪移，所有注意力都无法分神。大家的眼光追随那辆担架车，大家的耳朵静听几乎悄寂无声走过的那辆车的响动，那是死神的声音、死神的脚步、死神的节奏……大家明白了，住进舒缓医院，接受临终关怀，就进入了死亡倒计时的生命处境。这是一种生命困境——他们去到了一个等死的所在。去日苦多，来日苦短，走到了舒缓医院那纯白色的六合世界，走到了那纯白色的不算长的走廊，就走到了生命的尽头。不管进入那个环境之前做过多少猜想，身处其中的人，仍然觉得突然。其实不是突然，而是觉得难于接受……入院就与死亡迎面相逢，还是让人觉得受不了。所有人在沉默中学会了必须面对，必须习惯，在将死未死、欲死还生、生死之间的挣扎，在死神前来叩门时刻的焦灼，不知死神何时降临的忐忑熬煎和生活了犹未了的离世纠结中，身边的病友一个个撒手离去。

导演查明哲一次又一次地在剧情发展的紧要关头让观众喘口气，歇歇脚，一次又一次地调度那个沉默的男医护人员推着担架车缓缓穿过舞台，一次又一次地提示剧中人的生命困境与生命进程，为剧情节奏打点，做情绪起伏调适，给人物处境提醒，将环境氛围渲染……死亡的阴影，牢牢地笼罩住了人心。由"死"去强烈地感受"生"，因"枯"而热切地认知"荣"，生命的诗意，就在生命即将终结的时候荡漾起来。于是，恐惧消退了，焦虑冷却了，躁动宁静了，负担放下了。生是诗意，死亦诗意，生命行歌中，生死大事，就变成了可以吟唱的诗意组接。

二、演出意义：缺少宗教信仰的中国人怎么死？

在死亡阴影笼罩当中的人如何体悟诗意？这是一个难题，一个必须参透生死、顿悟枯荣后才能升华起来的生命哲思问题。

是的，死亡阴影中的诗意芬芳，多么弄险！面对一群被死亡阴影笼罩的人，看他们如何面对死，走出恐惧、负担、纠结甚至生活的戾气，远离颠倒梦想，走向心无挂碍、无有恐怖的平和宁静，其实蛮困难。

如何面对死亡，如何关怀面对死亡的生者，是《生命行歌》提出的很重要的思考。没有宗教信仰的人怎么面对死亡？一个民族有一个民族的历史文化，有不同的生死观、生死文化。西方文化传入中国，使我们看到了外国人的死——教堂钟声、牧师的祷告或者追忆，墓地的十字架……善良的人、受苦的人、有罪的人、大英雄、小人物……各种各样的濒死者在弥留之际，在牧师的陪伴和祷告中安静下来，安详离世。中国呢？《生命行歌》中，舒缓医院像是安魂的教堂，而医护人员就是牧师和天使，他们扮演了死者生命行程中现实生活里最容易忽略的送行人与摆渡者。一定程度上，他们是临终者生死摆渡阶段临终者灵魂的救度者。

舒缓医院的医护人员们，提供了有别于西方文化的宗教仪式的生命告别，他们不靠应许天国的纯净、伊甸园的美妙、天使的迎候，不靠心理暗示，不靠环境的渲染，如天堂的歌声、天堂之门漏下的光线，而是用情真、心善、意美去感化临终病人心不甘、气不顺、意不平的情绪。为表现这样的内容，剧情设计了六个受关怀的临终者——因为"反右"社会运动而在甘肃默默当了一辈子教师，晚年回到上海的孤身老头陈阿公；当过志愿军，晚年因自己的没用而表现得脾气极端暴躁的吴老伯；曾经风靡曲艺界而晚年几乎痴呆的评弹演员黄阿婆；惦记着回家与老妻重操旧业卖粉丝汤的许老伯；坑过人也被坑过的恨世者高总；最重要的一位就是拖着病体、瞒着病情，一直到家族遗传的白血病暴发，倒下前总是默默关怀别人的洪护士长。洪护士长从一个守护临终者的白衣天使变为一个被临终者守护和送走的特殊病人，是人性光辉的一个高光点。是她，让孤傲冷酷的高总化解了心中的冰窟死结，让高总在生命的最后阶段看到了人间有真爱，人间有利他，人间有纯善，人间有至美。与高总非亲非故的洪护士长在他人生狼狈之极、沮丧之极也丑陋之极的时候，给予了他超乎常人可能的帮助，让他改变了人生观价值观和生死观，让他重新评估自己的一生，重新打量既怀有仇恨又怀有太多不舍不甘的世界，然后，他忏悔了，改过了，放下了。洪护士长是他的天使、引路人、母亲、度母……美丽的小护士嘟嘟、稳重的苏院长对于被关怀的人群又何尝不是？她们悉心照顾到人的个性、病情，化解人们的不适与不快，找到心结，去解开它们。嘟嘟联系千里之外的学生群体慰藉陈阿公的孤独愁苦，引导陈阿公宣泄被动乱生活埋葬的那种刻骨铭心的爱情；甚至扮演学生与陈阿公沟通交流，让陈阿公发挥教师循循善诱的本领；疏导了吴老伯的暴躁情绪，使其转而珍惜亲人亲情，因为吴老伯的命，是志愿军战友们用命换下来的。吴老伯认识到，对自己生命的一点一滴不敬重、不珍惜，都是对战友的大亏欠与大辜负……就这样，在护士们善心、真情、美意的感化中，一个因各自等死的处境而各有烦恼、散乱难处的群体变成了会关心别人、替别人着想的友爱互助的整体。是他们，集体动情地为洪护士长送行；是他们，集体撒谎说不需要小护士嘟嘟的陪护，让她调离，为的是挽救她濒于破裂的恋爱关系；是他们，包容着鼓励着黄阿婆，让她终于唱出了一首完整的评弹词句；是他们，齐心合力完成了新年联欢会的演出……生命行歌，原来是一曲彼此搀扶、相互支撑、友爱互助、携手远行的长歌！陈阿公感人的恋情、许老伯老妻依门盼归的深情、吴老伯那些以命相换的战友情、黄阿婆对评弹演艺的一世情、吴总恨世厌世欺世之后的忏悔情，都是抚平他们心灵沟壑与情感伤痛，让他们在生命的最后一程走向宁静平和、淡然生死的灵丹妙药。这是世俗的爱，与西方濒死文化中的宗教救度相比，对中国现时的人群来说，这种世俗的爱，也许来得更实在、更有针对性、更能解决问题。在人间烟火里产生的问题，在人间烟火中解决，这是《生命行歌》对人们还没有准备好但是已经全面到来的中国老龄化社会提供的一份"中国式临终"方案。

　　对于中国芸芸众生来说，好温情，好人道。其实，体现为善心、真情、美意的爱，是一种大爱。来自上帝也好，来自人间也罢，人类都需要。

三、联欢节目：仪式结构与贯穿动作

　　《生命行歌》的整个演出，有精心设计的节奏性发展与套层意义的形式感。

节奏性，就是上述提到的死亡阴影的提示。四次担架车的穿场而过，警示剧中人，也提示看戏者，剧情节奏和氛围营造的作用都十分到位，而且是剧情规定情境中环境处所的常态现象，不是故意创造出来的细节，这是大手笔。至于形式感，就要说到仪式了。整个剧情，从意义层面上说，就是人生的生离死别的一次特殊仪式，人人皆是看客，人人皆是参与者，人人又都会成为主角，这是剧情有意暗示给观众的。在这种意义层面之下，一开始医护人员就宣布了来年元旦的联欢会需要大家出节目。在整个剧情的推进中，临终者围绕着欢庆新春出节目的安排，一次又一次推进、强调，终于成为现实。

显然，联欢会是剧情的一个结构框架，是筹划一次远行之前的告别仪式。这种比喻，本身就是诗意的。而联欢会之歌之诗又是自然存在的，与剧情故事的生命"行"与生命"歌"的主题意蕴顺理成章地衔接起来，看似漫不经心的展示，其实有不动声色的设计。

白居易的《赋得古原草送别》，两次齐唱，意义别样。第一次是儿童们唱给老人们听的，像是新生命对长辈们的致敬；第二次是老人们唱给自己的，像是为自己壮行。两次吟唱，无论在意义上，还是在形式上，都巧妙地完成了枯荣循环、生死交替的感性形象的塑造。这吟唱，是人类生死送别仪式的吟唱。这是《生命行歌》演出形式感的杰出创造。

演出形式除了是一次告别演出的形式框架之外，值得注意的是，"为这次告别演出艰难推进的一次次努力"，是形式感最终形成过程中的戏剧贯穿动作。联欢会的主题是"迎新春，长一岁"，在常人那里，准备一次联欢或者庆典活动稀松平常。但是，对于临终等死、医疗判断下生存时间可能只有28天的人来说，就不容易了。"长一岁"，何等奢侈的愿景！"迎新春"，多么珍稀的可能！谁相信？谁有兴致？于是，医护人员们为这次活动做出的努力，过程格外艰难，看似漫不经心，其实煞费苦心，而且贯穿了演出始终。出节目的动员、安排、组织，剧目演出却没有那么顺利，除了黄阿婆作为一个前评弹演员心心念念要完成一次完整的评弹演出之外，别的病友，从来就没有顺顺当当地答应过要出节目，都是推三阻四地难以落实。医护人员努力和临终者配合的结果是，吴老伯唱了，唱出了军人气质和最可爱的人的雄风；黄阿婆唱了，超越了老年痴呆症的生理障碍而重现艺术家的不老芳华。最值得击节欣赏的是，临终作别的老人们齐唱了白居易的《赋得古原草送别》。那是剧情发展到中段的时候，到舒缓医院慰问老人们的孩子们童声齐唱过的歌，老人们这个时候来唱，在经历了生死纠结、枯荣思量之后，唱出来，就把人生的通达、生死的彻悟、生命的轮回，表达为歌声，挥洒成诗意。不多不少，不早不晚，恰到好处。于是，歌声中，他们从容地上路了，走向生命的隧道，走向远方，在绚烂的秋叶簇拥下，渐行渐远，融入天际……

四、技术含量：人表演与"物传递"的舞台

这台演出是由上海戏剧学院毕业生构成的五代演员阵容出演创作的。25年算一代的话，这个剧目的创演，真可谓承载了百年沧桑，呈现了代代薪火相传。最年长的演员刘子枫，81岁高龄，还有78岁、73岁的，最小的26岁。这本身就是一个话题，因为五代演员当中的每一个人，都可以有很多话题。但是，这些生动有趣的话题，留给媒体小编去说。

这里，我只想说，强大的演员阵容塑造了个性鲜明、生动立体的人物形象，充分地诠释了普通人都会面对、但是未必通达透彻的生命哲学问题。无论从演职员的阵容来说，还是从剧目的整体呈现水准去讲，都真实体现了上海戏剧学院的教学研究创作展演成果，这是一次检阅。

我还想说，演出中，以演员们的杰出表演作为核心，牵引着整个演出形象传递艺术信息，出色地完成了演出的最高任务。

我更想说，配合着这台演出的演员们精彩的"人表演"，上海戏剧学院舞美系伊天夫率领的团队所创造的演出"物造型"也发挥了积极重要的作用。因为演出的"物造型"的信息传递的便捷精彩，我意识到，这是一台技术含量很高的话剧演出。在我的学术研究中，一般地，我使用"物造型"的概念，是将戏剧演出中演员"人表演"中心环节之外的灯光、服装、化妆、道具、效果等一切物质依赖的因素概括进去。但是，这一次看《生命行歌》，我感到概念的精准

性需要调整了。因为，这次演出中至少用了六块 LED 屏幕。在延续戏剧演出"物造型"的物质环节框定的规定情境中的环境、提示时间的功能之外，LED 屏幕作为物的环节，已经不仅仅具有造型功能，不仅仅是"物造型"给定时间、地点之类的剧情环境特征，而是参与了剧情的表现，参与了人物心境与天光外景应和式的表演、表现。LED 从屏幕上拉近了舞台后部表演区的表演场景，更重要的是，它放大了剧场观众较难看清的场面细节、演员的面部表情，一如电影的近景和特写镜头。这样一来，原来框定的规定情境中的剧情的时间、空间的"物造型"，参与、改变、放大了"人表演"的视觉效果、表达强度和情感浓度。而且，当 LED 的影像与场面中的人物的心境、情绪应和的时候，影像获得了表现性。实际上，这个时候的演出"物造型"具有表现"物传递"的功能，在戏剧演出的整体效果的创造中具有更为积极的姿态的、更为丰富的意义。在戏剧演出中，托实物、表意象是惯常手法。但是，做得这么精彩，要感谢导演和舞美团队的创造。

这台演出的技术含量，还有特别值得一说的"物传递"元素，也就是六把轮椅的运用。这是"人表演"与"物造型"的紧密结合。实际上，"物造型"在满足实用功能、特点强调之外，还参与了表演。

一群病入膏肓、生命垂危的临终者，在舞台上如何行动？以健康人的方式移动，显然有违规定情境；以病者、弱者、垂死者的方式移动，舞台行动节奏就会慢得让观众无法忍受。怎么演？导演查明哲居然想到了轮椅！静，是病床；动，是轮椅；临终者的生活状态和行动特点，就很直观地展现在舞台上、剧情中了，十分自然。重要的是，临终者坐上轮椅之后，产生了人与物的高度结合，发生了"人表演"与"物传递"的奇妙效果。近年的中国戏剧舞台，中国国家大剧院引入了热演的英国名剧《战马》，人表演与战马偶的结合成为一时热议的话题。《生命行歌》中的人表演与轮椅结合是一种什么状况呢？演出舞台有了垂直层级的两级平台——一级是规定情境中的舒缓医院的平台，人来人往，上场下场，都在这个平台上；二级是这个平台上的轮椅，舞台是不动的，轮椅却是游动的。轮椅是临终病人的"病床"，是他们的私人空间，是他们的活动范围，一句话，是临终者的生存领域和生命阵地。在临终者充满焦虑、表现烦躁、出现郁闷、表达关切、显现出超越病体的自由自在的渴望时，变化的表情与前进、倒退、直行、拐弯、快起、急停的轮椅功能融成了一体，"人表演"的情感内涵与心里节奏也通过"物传递"获得了别样的实现。"物传递"变成了"人表演"的一个有机构成部分，这是《生命行歌》的舞台实践的技术智能化与物质表现力可圈可点的一部分。

五、艺术创造：典型宣传与艺术典型

当下剧本创作当中有一种顽症，就是把好人好事、新事新风的典型材料的搜集整理当成创作采风，编成个故事就作为艺术作品上演，然后调动舆论手段去宣传推广剧目。但是，一般说，这种剧目在观众心中留不住，热闹一段，也就偃旗息鼓、销声匿迹了。关键在于，我们常常把新闻价值当作文艺价值，把宣传典型当作艺术典型，这就有点误会了。结果是，艺术生产的努力最终事与愿违。这样的情况说明，我们的文艺工作者还缺少尊重文艺创作规律的文化自觉和文化自信，还缺少能力走出把文艺创作当一般宣传工作的误区。实际上，这种宣传材料故事化的演出，是很长时间里我们"写中心、赶任务"的文艺生产组织里形成的创作痼疾。久而久之，"编故事，搞宣传"就成为我们的文艺生产活动中的集体无意识。从文化部门到艺术院团，从群体到个人，往往具有很强的新闻敏感性，而不是艺术敏感性。所以，创作出来的剧目，常常是新闻价值、社会价值远远大于艺术价值。如果这样，就用新闻报道、专题采访、深度追踪、栏目节目等不同形式的新闻作业去开展好了，何必要去编一个比起新闻的详细性、生动性、丰富性、典型性、导向性不见得强多少，而且传播还没有媒体新闻便捷的剧目呢？！文化育人，艺术养心，生动感人的艺术作品对人的影响远远不止宣传材料中新闻价值和社会价值所传播的那点内容，即使要传播那点内容，经过文艺创作的点化、深化、人化，也会产生奇妙变化，形象大于思想，包含的思想含量、社会内容就会被感人的形象、丰富的情感所"涵化"，让人获得比新闻材料、新闻典型丰富得多、深刻得多也动情得多的思想情感内容。这方面，上海戏剧学院制作的《生命行歌》是一个可以分析的例子。

剧情表现的内容，本来是上海市金山区希望宣传的一个社会文明建设的典型材料，结果变成了一次艺术创造。也许，这是一次意外的惊喜；也许，这是一次刻意的创造。

设想一下，如果只是编一个故事，述说医院的白衣天使如何温暖如春地悉心照料临终者，给他们关怀，不顾自己的生活实际、身体状况的奉献精神与利他境界，那么，这个典型材料被化装成相应角色宣传好人好事演出一番，不会产生多大的艺术感染力，而且离把好人好事变成艺术形象、艺术典型的境界还有很大距离。

其实，《生命行歌》刚开始时，这种意图的痕迹还是存在的。演出以护士日记的方式，让小护士嘟嘟一开始不断絮絮叨叨地讲述，从自身感受，从护士日记，从自己的观察，从不同角度入手，将观众带入剧情。她一方面是剧情的叙述者，同时也是剧中人，还是一个旁观者。她的角色所要完成的任务重点在于讲述护士日记中医护人员的大爱精神的感人、表现剧中人忍辱负重的白衣天使的形象的暖人和作为旁观者评价剧中人和事的动人。总体上说，还是一种以宣传材料编故事的演出方式。

为了增加分量，提升意义，编剧陆军、顾云月动了不少心思，想要在其中关涉一些社会问题，这样可以走出"宣传好人好事"的"报道剧"的局限。首先，"临终关怀"是老年社会到来的中国的一个大问题；其次，每个人身后都有故事，可以牵引出与人物经历有关的社会问题。这就有两个选择：是写成社会问题剧，让临终的人们悲怆吐槽，带着各种社会戾气离去，还是找出生活经历的意义和生命价值的诗意，让人怀着美好和慰藉，心平气和地往生？归根到底，是宣传演出，还是艺术创造；是社会戾气，还是生命诗意，这个是问题！主创人员从编剧到导演、演员，同心协力，从提升"好人好事宣传材料"的社会意义的高度再前进、再提升，于是找到了生命价值与生命诗意的更大主题——每个人体面地离开人世、走向未知的可能与途径。这个问题，大可讲生命哲学，小能说我们的现实问题，可大可小、可中可外的普遍生命处境和生命难题，一下子就把剧目要讲述传递的最高任务所触及的问题放得更大了。于是，观众看到的整个剧目演出的状况是：叙述体框架存、日记内容有、评判立场在。但是，特别"说出来"的奉献精神与感人事迹，更多地被剧情的行动、场面、细节、形象所替代，被更博大的情怀、更广泛的关联、更深刻的思考、更丰富的内涵所替代。"说"的宣传少了，"做"的感人多了，而且剧中人物避免了我们通常所见的那种宣传戏剧的"道德符号""楷模符号"的弊病，都是一些有血有肉有个性的"这一个"。苏院长、洪护士长、护士嘟嘟，都有自己在舒缓医院坚守和奉献的个人原因与选择理由。人生际遇与人生选择连在一起，有血有肉。在她们的陪护、照顾和引导下，孤老头陈阿公、倔老头吴老伯、拗老头许老伯、傲老头吴总、痴老太黄阿婆，最后都在舒缓医院里真的舒缓了，放下了，安详了，在爱的簇拥下，情的感化下，细心的呵护下，暖心的融化下，孤独的有爱有陪伴了，倔强的平和平易了，执拗的获得满足了，冷傲的谦卑忏悔了，痴呆的霎时聪慧了……在生死交会之时，枯荣更替之际，一群临终者，被照顾的是身体，被修复的是灵魂。

　　祝贺《生命行歌》剧组选择了后者。选择前者，将会陷入无法收场的境地，因为那样的话，既与宣传材料的初衷相冲撞，又无法在舒缓医院里解决临终者所提及的让人愤懑、使人悲摧、令人绝望的那些社会问题。在临终者放不下、难释怀的情状中，临终关怀究竟"关怀"了什么？打吗啡针止痛吗？

　　对于临终者，除了病理缓解外，要他们体面宁静有尊严地离去，恐怕还是灵魂疗救、情感复位和爱心温暖在起作用。于是，我们看到了第二版的演出。《生命行歌》的第二版，很大程度上解决了这些剧目创作的问题。但是，更深的意义在于，这个剧目创作的情形，实际上引发了更重要的思考，就是如何解决中国当下大量的宣传材料背景下的剧目创作普遍存在的痼疾问题。

　　临终关怀，是人类主题。《生命行歌》表现的是"中国式关怀"，把大爱体现在善解人意、体贴入微的温暖当中。红尘的事，用红尘的办法解决。中国人的生死，有中国人的方式。

　　这是剧组为一个广泛的人类主题贡献的中国方案，这个方案的核心就是查明哲给演出总体形象提炼出来的形象种子：一首穿越生命隧道的啸吟行歌，有声、有色，有动感、有豪情，而且，有过程。

六、意象/形象：《生命行歌》的结尾处理及其他

戏剧演出的结尾，在 LED 屏变化的画面簇拥中，为度过艰难时刻的临终者举行了热烈的告别仪式。一群"老小孩"在舒缓医院的医护人员的陪护过程中，各吹各打、个性互异的生命个体终于融成了一个生命群体，一个坦然走向死亡未知世界的整体。他们唱完从孩子的慰问节目中学过来的白居易的《赋得古原草送别》，完成了生命接力棒的交接，姿态各异，脚步蹒跚且毫无畏缩感地迈向医院那个长长的内走廊——走廊被处理成无限延伸的视觉形象，与地平线相接，与蓝天白云相连，那是往生之路。

本来，举行完告别仪式，唱着歌满身轻松地走向走廊深处，走向远方，走向天边，应该是一个意象悠远的画面。但是，这个时候的舞台呈现的"形象表达"中出现了泰戈尔的诗句形象与白居易的诗句意境的冲撞。泰戈尔的诗句对生命不同季节的形象比喻遮蔽或者干扰了白居易的诗句对生命更迭交替意象的渲染。LED 屏幕上浓重瑰丽的色彩，让老人们手上举着的可爱的彩色气球显得暗淡，老人们的身影也被 LED 屏幕的色彩"吃"掉了。如果此时的舞台形象素净一些，淡雅一些，宁静一些，就能够彰显老人们渐行渐远的背影，突出老人们手头的彩色气球。是的，彩色。演出者应该想清楚，是需要突出彩色瑰丽的舞台，还是需要衬托有彩色的人和他们富于故事的一生？

似乎，结尾处的形象追求遮蔽了意象创造。也许，泰戈尔的诗意与白居易的诗意，在体现为舞台演出形象和意境的时候产生了对冲？导演艺术家杰出如查明哲者，应该可以很轻易地解决这个问题。

令人遗憾的是，演出结尾缺少余音袅袅的延续，没有了应该有的令人回味无穷的隽永。在老人们齐唱结束，转身走向无限延伸的长廊时，观众还在泪眼迷离中目送老人们，尤其是老演员刘子枫还在以他惯常的身姿步态走向长廊深处的时

候,谢幕就开始了。这一方面干扰了刘子枫善始善终的陈阿公的最后表演,一方面把营造起来的"萋萋满别情"(萋萋是生机,不是凄凄然,也不应该是惶惶然)的诗意给破坏了,一方面使得刚刚出现的悠远静美的意境戛然而止,消失了。于是,剩下的只是诚挚谢幕、鞠躬再三的套路。

《生命行歌》中的嘟嘟,经常性地抱着一把吉他,不时拨弄一下,伴奏一下。但是,大部分时间没有太大用场,尤其是在"行歌"的音乐形象中似乎没有起到特别大的作用,常常还碍手碍脚,因此应该有一个决断,要么去掉,要么成为剧情与人物特别重要的有机组成部分,应该成为挂在墙上就必然出鞘的那把剑一样的重要道具,否则显得多余。

本文发表于《中国文艺评论》2019年第3期第86–93页

"蒋公宴请"是一面镜子

"蒋公宴请"事件是民国时期动荡时局里流传的一个微不足道的传说事件，在当时似乎也没有引起多少社会关注。时间过去 70 余年，这个传说被敏感的戏剧人捕捉到之后，新闻性、社会性渐渐向戏剧性、文化性、人性发酵，成为戏剧人关注的一个小小的热点。对这个热点的瞩目，戏剧人各有其角度，这就发掘出了不同的意义，让由此创作出来的剧目居然像一面镜子，不但折射出了世态人心，而且投射出了社会风云。"蒋公宴请"这一传说事件像一个三棱镜，一咏三叹，一唱三叠，从一个校园故事演变成近五年来的一个文化事件。

《蒋公的面子》（以下简称《面子》）前后版本——南京大学版和南京大学台湾导演版各是"镜子"的"一棱"，当时正在上海黄浦剧场小剧场演出的《宴席》是"第三棱"。

一

2012 年 5 月，南京大学建校 110 周年校庆期间，一位大三女生温方伊在吕效平教授指导下创作的一出话剧《蒋公的面子》登台演出。嗣后引起的反响，远远超过了校庆活动献礼本身，而走向了全国，成为一场得到持续关注、引发此起彼伏讨论的文化事件。

剧本于 2013 年在《人民文学》杂志第 6 期上发表，获得"人民文学之星"戏剧作品奖；编剧温方伊获得南京市作协 2013 年度"文学新人奖"；《东方早报》评选编剧温方伊和导演吕效平为"2013 文化中国年度人物"；鲁迅文化基金会和搜狐网评选该剧为"鲁迅文化奖"2013年度戏剧;《中国文化报》评选该剧创作团队为"2013年文化产业年度人物";2014年,该剧被列入江苏省文化厅"舞台艺术精品工程"剧目;2015年,该剧获得江苏省第九届精神文明建设"五个一工程"奖(2012—2014年)。

距南京大学110周年校庆已经过去五年,校庆期间,祝贺演出的师生创作剧目《面子》在获得了满盆满钵的荣誉和不绝于耳的喝彩之后,跨出校园,走向社会,声名远播,不仅仅作为一个剧目演出,还作为一个文化事件,继续发酵,更重要的是居然有了相关的不同演出创造,像是一次舞台艺术的"三级跳"。

第一版《面子》(2012—2014年南京大学吕效平版),致力于刻画文人复杂的性格。剧目取材于1943年国立中央大学校长因故空缺,蒋介石以委员长的身份,想要就任大学校长。表层理由是,蒋介石曾经是黄埔军校的校长,任中央大学校长也有资格,因为有履历经历;深层含义是,大学是重要的思想阵地,是掌控国家重器的重要领域,要抓在手里严加控制。但是,舆论大哗,学校的教授们并不买账,觉得"武人治校"有辱斯文。他们普遍认为,没有学术思想,没有教育经历的蒋介石不够格做一个大学校长,权势取代不了学术和教育。于是,蒋介石想要请教授当中的几位德高望重者吃年夜饭,叙谈叙谈,增进感情。请帖发出后,接到请帖的中文系三位教授陷入了选择的困境:教授们不买账,三位受邀者是否要去赴宴,给蒋公这个面子呢?这顿年夜饭吃还是不吃?To do or not to do,其实也是to be or not to be 的选择,成为一个现实问题。这是剧目给予观众最有悬念期待的地方。作者温方伊着手创作时,下功夫做足了案头工作,结果发现这是一桩悬案:一是据说接到请帖的三位资深教授有陈中凡、胡小石,但第三位是谁不知道,传说中没有,相关史料和私人日记、传记当中也寻不到蛛丝马迹;二是传说中的"年夜饭"宴请在时间上有疑问,不能确考,因为蒋介石任国立中央大学校长的时候已经过了春节;三是传说中的"宴请"事件发生时,陈中凡并不在重庆。查遍了相关资料,也找不到所谓"史实"的蛛丝马迹,这可能就是一个可以被不断加工的传说而已。编剧一方面不安于将一个传说敷衍为2万字的剧本,一方面也得益于历史留白的空间,可以自由发挥,就设计了三个人物：拒绝与蒋合作但又希望借助权势方便找回自己滞留在桂林的古籍珍本的时任道；一直积极入世且希望在与体制的合作中做一些有益社会、学校、学生的事情的卞从周；不问政治、逍遥人生但酷爱美食的夏小山。三位教授在朋友的召集下，在茶馆喝茶商议赴不赴宴的问题，时任道坚决不去与"杀学生"的校长共餐，拒绝妥协。夏小山听说宴请的那家餐馆有一道名菜"火腿烧豆腐"，十分想去尝尝，满足自己作为"吃货"美食家的口腹之欲，但是，在"集体拒绝武人治校"的"心理场"背景下，他又开不了口，迈不动腿。于是，他提出一个十分别扭的条件，蒋委员长请客他就去，蒋校长请客他不去。美食的诱惑与立场的禁忌让他显得态度暧昧。卞从周本是一个体制的积极合作者，他内心有热切的愿望想去赴宴，但是群体"抗蒋"的态度又让他走不出"从众"心理，摆脱不了"随大流"的内在羁绊。

温方伊的写作重点，显然受了"悬案"的左右，不去写"宴请现场"和"事件结果"，而将笔力集中在宴会之前教授们"去还是不去"的内心纠结与抉择矛盾上。结果是，"面子事件"的真相成为多年后回忆碎片的"罗生门"组接，并无准定。编剧将剧情置于"文化大革命"揪斗牛鬼蛇神、地富反坏右的大背景下，让蒋公面子事件的当事人在战战兢兢、身心疲惫、生不如死的状态下回顾当年，拼凑出教授们在茶馆就去与不去问题的态度言行，在吵嚷争执中结束了演出。当然，教授们究竟去了没有，到剧终也还是一个无法确定的事情。

温方伊的写作重点不在于"蒋公请客事件"，而在于展示事件中的文人心态与文人人格。在"去与不去"的纠结、选择、踟蹰、暧昧当中，她的解剖刀指向的是教授们身上的局限和弱点。她做到了。"蒋公请客"是一面镜子，使想象中清高孤傲的民国文人有了那么一些激愤、迂阔、犬儒、尴尬、暧昧、欲望、彷徨等等混合的生动显现，也是有趣的。

剧本质朴，一个从未写过完整剧本的大三女生一登台就有这样的身手，值得鼓励。而且，一个传说，在吕效平教授的布置、督促下，成为一个热演的剧目，也是应该称贺的。听到迭声喝彩的赞誉舆论，温方伊倒还冷静，她的回应是感到"悲哀"。客观说，剧作像是一个未完成稿，唇枪舌剑的教授们口干舌燥地在两个时代、两个场景的"穿越式"组接当中不了了之。有头无尾的剧情也许来自传说的无法确考，但是剧情毕竟不是传说的照搬，编剧负有剧情结构完整性的责任，演出剧目没有完成，这未免遗憾。另外，剧作也没有完全实现董健教授面授机宜给编剧说的所要完成的厚重内容，温方伊说她对创作题材本身包含的所谓政治含义"完全不感兴趣"，她只是借蒋公这面镜子表达她所理解的教授们的人性弱点和人格困境——三个民国教授在一个特殊事件中显现出的有弱点但是可爱的人格展示。教授们商议去不去赴宴，给不给蒋公这个"面子"，其实是借此解剖三个教授内心的"里子"。

剧本包含的核心信息在于，教授们以什么原因拒绝赴宴可以不计较，重要的是教授们面对请帖还可以有去或不去的选项，具有完全的主动权。这是藏在那些写得辛苦，但佶屈聱牙、絮絮叨叨、沉闷枯燥的台词背后的精彩。有些个人打算的，有些小毛病的，有些偏执的教授们，在赴不赴宴、给不给面子其实是肯不肯向权势低头的这个选择点上，显示出了那个时代知识分子自守的嶙峋的集体人格，在政要与学术、权势与教育之间如何选择、有无风骨，既回望民国时期的知识分子，又触及了当今在舆论旋涡里的中国教育向何处去的时代神经。可惜这不是温方伊所关注的，这种理解指向如她所说是违背她的创作初衷的。

既然解剖的是三个民国教授的性格中透出来的迂腐的可爱，可以容忍的执拗和相互之间的那种争吵别扭，那么说它是一出文人戏剧中的喜剧，也是可以的。从剧本到演出，表现重心和关注焦点是放在三个教授的人格内容与生命状态上的，她不关注"事"，只专注于"人"，一方面值得赞赏，另一方面是否应该思考，在戏剧规定情境中的人和事是一种互动循环的关系，太不关注"事"的意义，就可能让"人"的活动显得琐屑无味和缺少应有的思想价值与社会意义，文艺创作仅有趣味是不够的。

二

《面子》第二次到昆明演出（2017 年周慧玲版），度过了它的第 480 场演出的纪念日。

但是，这一次演出，团队有些变化。编剧依然是温方伊，导演换成了台湾人周慧玲，舞美制作团队全由台湾方面担当。四个角色演员中，女角儿由编剧温方伊本人出演……显然，其中有精心策划的噱头，让即使从前已经看过剧目演出的人也还想看一遍。营销噱头是："两岸艺术家合作"的情形？台湾导演的舞台呈现处理？编剧本人的舞台能力是否一如她的文字能力一样令人欣赏？台湾舞台艺术家会给大陆的这样一个年代戏一种什么样的面目或者包装？曾经遍地蒋公雕像的台湾，在蒋公影响下长大的台湾人会如何面对这个剧目？这些，都吊足了观众胃口。

"蒋公的面子"，再次成为一面镜子，一方面仍旧是看看"请客事件"中的被请者如何回应，另一方面也看看戏剧制作有何变化，再就是看看这种变化中的新制作对"面子事件"的新表达。

从基本剧情看，周慧玲版《面子》并没有多大变化，但是戏剧节奏和意蕴重心变了，被人诟病的"话锯"（语出老舍早年对缺少动作性、场面性，仅靠说话敷衍剧情的演出的幽默概括）的毛病也有所减弱。与所看的第一版舞台演出相比较，这一版的舞台调度与台词承接跟随着故事叙述的需要显出了松紧徐疾的内在控制。最重要的变化在于，吕效平版的《面子》，"文化大革命"的场面很大程度上只是"蒋公宴请"旧事回忆的激发背景，而周慧玲版的《面子》，"文化大革命"表现则成为浓墨重彩的社会书写，成为与民国对比的重要内容。显然，戏剧制作重点关注了教授们的生存环境，生存环境成为教授们人格、尊严、心态的决定性因素。"文化大革命"中的教授与"面子事件"中的教授，都是中国知识分子生存状态的社会背景写生。这种对比，显然是有意义的。

对于知识分子的人格人性，吕效平版的《面子》偏于明写，周慧玲版的《面子》力在暗示。前者渲染刻画唯恐不细而稍嫌磨叽，后者烘云托月不着痕迹却效果彰显。给不给蒋公面子的最大阻力来自教授们的内心，说明的是社会环境中没有外力强大到可以让人不假思索地顺从，知识分子有面子、保尊严的最大决定权来自知识分子的自主，而不是蒋委员长的权威和压力。显然，周慧玲版的

《面子》是讽喻戏剧。

周慧玲版的舞台美术做得更专业、更规范了，所渲染的时代气氛和戏剧环境与吕效平版的相比倒没有太大的变化。但是，周慧玲版的制作，其问题的实质性不在于美化、包装式地重新制作演出，而在于强化吕效平版中存在但是指向并不在那个方向的戏剧意蕴，演出想让人思考的问题是：时代与面子。

温方伊的初衷是不谈政治，吕效平教授二度创作的立足点也是道德困境、道德边界的人性探微，但是周慧玲版似乎违背了原版的初衷。

三

孙惠柱编剧导演的《宴席》（2017年9月8日）也是同一题材的书写，因这个题材可以开掘的戏剧性，他围绕"请客事件"展开了更加无拘无束的假想，剧情脱开了《面子》中"去与不去"的纠结，表现了三个冒牌货的赴宴"冒险"。该剧充满了喜剧性，而且可以说是一个闹剧，剧情所展示的场面、细节、人物、语言，既现实又荒诞。

"蒋公宴请"事件在《宴席》剧目演出中的作用仍然是一面镜子，只不过像是哈哈镜，变形折射的也还是世道人心。演出手册介绍说："据说，1943年蒋总司令亲任中央大学校长，发帖子宴请三位教授，而教授们还没给他面子。其实，有人捡起帖子冒名，冒险去赴了宴——只想饱餐一顿的清洁工、一心拍马上位的训导员、准备当着媒体的面骂蒋博名声的老讲师……"可以发现，事件还是那个事件，但是规定情境变了——教授们弃之于地的请柬被三个身份各异的人——学校清洁工、学校老讲师、江湖混世者捡到。清洁工冒充教授"奚老"，追求的是喝一顿美味的鸡汤，十分符合他挣扎在社会底层的身份地位；熬了大半辈子没有出头的老讲师冒充"史老"，意欲在蒋委员长面前一逞口舌之快，借此获得名声，吐一吐心中郁郁不得志的憋闷，因此还特意通知《中央日报》记者现场采访；江湖混世者风格的国立中央大学训导员冒充"毕老"，希望借机接近"领袖"表忠心，获得命运转机。三人陆续上场，相互试探，在真真假假的表述中展开了《三岔口》式的冲突，疙疙瘩瘩、碰碰撞撞、吵吵嚷嚷、撕撕扯扯的场面表现与剧情叙写很是抓人，让观众轻松愉快地跟着剧情走，或会心，或捧腹，真个是引人入胜。几个冒牌货在惴惴不安的躁动和故作镇定的彼此试探中，小矛盾不断，小冲突迭起，让人恍惚间觉得，是《群猴》《升官图》再世。编剧有娴熟的技巧，在一个动作层面上有了足够的表现之后，立刻转向新的行动阶段，而不脱离"冒牌赴宴"的总线索。相互猜测、彼此有些了解的三个人找到了共同利益——珍惜蒋公宴请，会见时有满意的表现。于是，大家决定要演练一下会见场面，轮流扮演蒋公以配合觐见者。在这一个"戏中戏"的表现中，三个冒牌教授轮流扮演蒋介石，把"冒牌货赴宴"的剧情变得愈加荒唐混乱，"闹剧"的表达随心所欲，场面的表现左右逢源。一方面，冒牌货无意中流露出的对"委员长"的不同假想，通过扮演表达出来，将社会舆论文化中曾经塑造定型的蒋委员长的形象漫画式地重温一遍，这是历史文化噱头的一种民间表达；另一方面，利用规定情境"戏中戏"的方式，让冒牌货操演他们常态生活里不彰显的潜意识——奴才相、谄媚相和矫情状。

《宴席》的重头戏在蒋委员长因事来迟，蒋夫人亲临宴请场所，面对冒牌教授们的剧情。在冒牌货们出乖露丑的各种表演之后，牢牢掌控场面主动权的蒋夫人以不是权威、胜似权威的身份降服了冒牌者。蒋夫人离开后断电，让惊恐的"教授们"发生意外，碰响了警报装置，以为要为"畅所欲言""冒犯夫人"的言行买单，要被抓起来。于是，他们乱作一团，痛哭流涕地承认自己的假冒行为，是一次冒牌货自己乱了阵脚的大起底、大穿帮。出人预料的是：蒋夫人不能接受大学教授们拒绝赴宴的事实，将错就错地认定三个冒牌货就是受邀赴宴的教授，而且，三人都得到了蒋夫人的"敕封"——新科"大教授"。剧情危机峰回路转，但是，编剧折腾观众的手段就是这么及时。就在冒牌货们喜出望外、弹冠相庆、长舒一口气的时候，真的赴宴教授来了，声音从隔壁传来，冒牌货们作鸟兽散，剧终。

《宴席》的戏剧风格在闹剧与荒诞剧之间来回涤荡。剧情主体是假冒者登场、相互试探、和光同尘、会面演练、会见蒋夫人，直至穿帮时刻，一切都是由"蒋公请客"的畅想构成的。《宴席》设计了原来的宴请传说中根本没有的"夫人"角色，让"宴请教授"的事件更加情节跌宕，妙趣横生。尤其重要的是，剧情、场面、细节有了更多层次，"教授们"不仅相互冲突，还有了与不是"蒋公"、胜似"蒋公"的权势冲突，击鼓骂曹的表现欲望、表忠追随的献媚和常态卑微的猥琐都有了表达对象和表白机会。这就把原传说或者《面子》演出中"主角缺席"所无法展示的戏剧冲突组织起来了。《宴席》"面子"的书写，从宴请传说出发，却又不局限于请客背后的新闻事件与社会负载的意义，而信马由缰，把它作为一个喜剧事件愉快地畅想一番，艺术上更纯粹，技巧上更娴熟，形式上更自由，因此也更好看。最重要的是，一个被镶嵌进了各种各样的文化心态、社会心理的戏剧性社会事件，仅仅变成了孙惠柱编剧导演、写戏排戏的由头，比之学究式的推演和讽喻性的暗示，更具戏剧性。其形式上是轻松的，剧场效果是娱乐的。至于社会意义上的追求，是观众欣赏完演出后自己思考、追寻的事情。

当然，不可不说的是《宴席》嬉笑怒骂的语言。其不脱离历史语境、规定情境，却能够联系当下现象针砭时弊，能够针对大学教育现状的种种尴尬，针对教育精英们一边创"双一流"，一边争先恐后地把孩子送到国外去受教育的悖逆现象，对人们骨子里的弱点讽刺抨击，这些完全没有脱离戏剧规定情境中的人物行动和逻辑可能，语言能力得心应手，人物驱遣驾轻就熟。

从《蒋公的面子》的吕效平版、周慧玲版到孙惠柱编剧导演的《宴席》，"蒋公宴请"事件所引发的创作活动，走过了文化心理剧、社会讽喻剧、调笑荒诞剧的演变历程。每一阶段的演出，都是一面镜子，折射戏剧人物所反映的时代人格，折射戏剧制作者的创作立足点与价值取向，折射观众关注所表现出来的社会心理。应该说，三个演出剧目都没有最大限度地针对题材潜藏的社会轰动效应去满足观众的心理期待——大学去行政化、士人无德、文人无行、学人无信。蒋公请客的传说是一个可以发挥、意味深长的好题材。

三个剧目演出，其旨归都不在这个意义层面。

蒋公的面子，真是一面多棱镜子！宴请事件，成为一个文化事件！

本文发表于《艺术评论》2017年第12期第102–109页

第四辑

戏剧与城市

感受《倾城之恋》

一、60 余年的《倾城之恋》

2005 年 10 月下旬，香港话剧团制作的《倾城之恋》（陈冠中、毛俊辉、喻荣军改编，毛俊辉导演，梁家辉、苏玉华、刘雅丽主演）应上海话剧艺术中心的邀请在上海安福路的话剧艺术中心演出，调动起了上海观众的欣赏热情和怀旧话题。这是香港话剧团的创演人员预期到的。从主创人员的强大阵容上看，香港话剧团为了获得这样的预期效果做了充分准备。

《倾城之恋》被搬上戏剧舞台，实在是有不短的历史了。那是在 61 年前，地点也是在上海。《倾城之恋》发表后，风靡一时，作者张爱玲将小说改编为一个四幕八场话剧，由当时在上海已经声名卓著的导演朱端钧执导，组成了当时具有舞台影响力和票房号召力的演员阵容，罗兰（扮白流苏）、舒适（扮范柳原）、端木兰心（扮四奶）、陈又新（扮三爷）、韦伟（扮徐太太）、朱虹（扮七妹）、海涛（扮萨黑妮公主）等参与排演。该剧一经上演，连续 80 场满座，成为当时剧坛旋律里的一个重音符号。《倾城之恋》从畅销小说转向热演话剧，编剧、导演和演员等主创人员的"名人效应"，都是剧目演出获得成功的前提条件，一种先声夺人的文化制作策略意识显然是存在的。

出生于上海的张爱玲，于 1939 年离开上海，去香港大学念书。后来，她回到上海，步入文坛。1952 年，她再度到香港生活。所以，上海、香港两座城市是张爱玲生命中的重要港湾。后来，张爱玲远走美国，原以为这一去，这个骄傲女子自己亲手改编过、热演过的《倾城之恋》遂成绝响。孰知1987年，同样是出生于上海，就读于香港大学，也在美国学习生活过的陈冠中改编了《倾城之恋》，在香港大会堂上演。他改编小说的理由很简单，他和张爱玲都是上海、香港人，同样有美国生活经历，具有一种地缘文化构成的亲和感。

2002年11月，举办于澳门的第四届华文戏剧节上，香港话剧团献演的就是《倾城之恋》。当时剧目名称为《新倾城之恋》，剧本用的是陈冠中的原改编本，但为了那次演出，导演毛俊辉邀约林奕华对改编本做了改编调整。除了范柳原的饰演者是谢君豪外，演职人员与2005年10月在上海的演出版本几乎是同一个班底。

2005年版的《倾城之恋》，改编者又有变化，毛俊辉从构思、改编和导演的名头变为改编和专任导演。改编者名单中，原改编者陈冠中再度亮相，还加入了当代上海观众熟悉的编剧喻荣军。上海剧作家喻荣军作为改编者加盟，是香港话剧团希望调适所演剧目的欣赏口味以亲和上海观众的努力成果。事实证明，这样做聪明之极。梁家辉作为特邀演员加盟，更增加了演出阵容的号召力。

我非常喜欢2005年版的演出，原因是，创作群体以他们的努力，用他们的节奏、分寸、情感逻辑、理解方式演绎了原作当中最具魅力的情调韵致。比起2002年版，这种富于创造性的努力，是欣赏两个剧目演出的人一经比较就可以明显感觉到的。

二．《倾城之恋》的情调韵致

在进入香港话剧团制作的新版本剧目之前，有这样一些认识需要明晰。首先，张爱玲作为一个移居美国、客死他乡的女作家，成名于20世纪的中国上海，上海文化艺术界和具有情调的市民们对她是耳熟能详的；其次，香港话剧团作为香港特区最好也最专业的演艺团体，有频繁到内地演出而且成绩不俗的口碑；再次，也许是最重要的，主创人员的名人效应。演出结束，我听到身后一个上海姑娘用激动得走了音、变了调的声音喊"梁家辉——我爱你"，我意识到，她表达的意思是真实的，而且是表达了许多梁家辉影迷的心声。尽管，她的表达方式有顾忌，喊梁家辉的名字时很响亮，表达"我爱你"的热烈情感的时候，压抑收敛成了呜咽。显然，梁家辉领衔的演员阵容、主创人员的品牌效应是这个新排演的老剧目重要的票房卖点。

但是，如果以为《倾城之恋》在上海演出的成功，仅仅来源于演员阵容，那是不客观的。因为，演员阵容的号召力背后，还有更深厚的内容存在。

我不能不谈一个问题，在《倾城之恋》演出时文化亲和感与主创人员的名望背后，还潜藏着一种看似巧合的有趣现象，那就是导演毛俊辉本人也出生在上海、成长在香港，求学、生活于美国，与张爱玲、陈冠中的生活成长经历十分相似。这不能不使我敏感地想到一个问题，他们在《倾城之恋》的制作中共同为一种东西而痴迷。我猜想，一定是这种东西让他们走近或聚拢，在不同的时间、空间里向一件艺术作品表现他们的喜爱之情，并且与观众分享了这种喜爱之情。问题在于，这种东西是什么？为此，我思考了许久。最终，我以为，那种令创演者醉心，也令观众很受用的东西，是一种浪漫情调，一种情感韵致。这种情感韵致，只在上海、香港这两座半中半西、亦新亦旧的城市才会特别地美观。地缘文化导致的一种个人情感兴奋点与价值取向，使他们凭着一件作品的魅力引领，穿越61年的历史尘封，不约而同地聚到了一起。

这些艺术家身后的历史、文化和城市背景，亦即他们的生存环境在他们进行艺术创造活动中产生的意义。上海与香港，是中国近现代发展最迅速、变化最快却又最容易怀旧的两座城市，也是在物质文化高度发达的环境里使人需要有生活情调与情感韵致来平衡、点缀、获得人生润泽的两座城市。在《倾城之恋》的新老版本中，演员变换，时代更迭，不变的是那份讲究品位、铺排场面的浪漫情调和追求高雅、营造诗意的情感韵致，是从纷扰的世事、动荡的生活中升华出来的那种追求永恒人生理想的畅想和期盼忠贞不渝情感的守望。

因为生活变化太快，所以人们常常以怀旧的方式来获得稳定闲适的安全感；因为物质生活太多地挤占了生命空间，所以人们每每需要情感润泽与精神慰藉来平衡心理健康。《倾城之恋》满足了人们这样的文化消费愿望和心理情感需求。

上海和香港，作为中国较早西方化的城市，在经济特点上具有那样大的相似性，在文化血脉上联系得那样紧密，尤其是在文化血脉联系紧密、经济特点较大相似的环境中的人群，具有情感内容、情感方式上极大的相通性。所以，当《倾城之恋》在一个老套的爱情故事里、一对矫情的乱世男女间氤氲了一种社会的怀旧情调与生活的精致情感的时候，就立刻调动了他们的审美热情与欣赏欲望。一对乱世男女的情感生活，概括了一个特殊群体的情感方式和情感内容。事实上，在日新月异的发展变化中怀旧，于拥挤嘈杂的都市生活中营造个人私密的情感空间，也是上海、香港这样类型的城市所具有的文化品格与情感特征，这种品格与特征，在城市市民们举手投足时挥洒，在城市市民们的音容笑貌间洋溢，在城市市民们创造和欣赏文艺作品时宣泄。我相信，当上海观众与香港观众在不同时间、不同空间里欣赏《倾城之恋》的演出时，他们的情感具有很大的相似性。因为《倾城之恋》中的情感内容和情感方式，完全可以看作是两座城市极其感性的文化品格与情感特征。

导演毛俊辉先生问我：这样的剧目到北京演出会有怎样的效果？在这样的认识前提下，我的预测是：不会像在香港和上海演出那样受欢迎，因为北京的城市文化品格和情感特征完全两样。

三、《倾城之恋》的舞台呈现的亮点

2005 年版的《倾城之恋》是作为一曲怀旧挽歌来演唱，作为一首爱情赞美诗来抒情的。该剧前有序幕，后有尾声，中间两幕前 7 后 8 一共 15 场，既像诗节，又似乐章，抒情写意，如泣如诉，娓娓道来，讲述了一对乱世男女由角逐斗智的情感游戏到相互欣赏、彼此难分，成为死生契阔、相依为命的至交，再到最终分离，"执子之手，与子偕老"变为空空守望的感伤故事。人生无常的纷纭世事中，珍视与坚守久远恒长的情感缘分，成为戏剧故事表现的最高目标和人生坚守的最后阵地。这样，抒发的诗意厚重了，渲染的浪漫沉着了，营造的意境幽远了，调配的情调动人了。这是 2005 年版《倾城之恋》整个舞台呈现给我的印象。

这一切都是由具体进行创作环节的艺术家共同努力完成和达到的。演员阵容令人羡慕，演员们的整体水平给人留下的印象是深刻的。演员们各司其职，传递好每一个角色要传递的意蕴和情感，表达出那些角色在人物关系和情节功能上的意义。他们的表演不瘟不火、不紧不慢，不越位、不缺失，对于完成演出任务、营造戏剧氛围和剧场效果而言，完全可以说是认真到位、一丝不苟的。

梁家辉扮演男主人公范柳原，表演进退自如。我从来不知道梁家辉的舞台表演能力如此之强，看过《倾城之恋》后，对他的艺术修养充满了敬意。他温情脉脉的眉目间传递出的那种世家子弟的病态美感，他举手投足时挥洒出的那种文人商贾的书卷气，散发着致命的诱惑。他塑造的范柳原，是一个充满了个性的立体人物，既张扬又内敛，既邪性又诗意，既玩世不恭又认真较劲，心理内容的丰富性与情感表达的层次感十分清晰。

苏玉华无疑也是一个好演员。她担当的戏剧分量在整个演出中是最为繁重而且丰富的。她对白流苏这个人物的性格特征把握得很准，表现得很活。白流苏作为一个离异回家的女人，在一个没落的大家庭里，实在是度日如年。父母的唠叨，兄弟的冷漠，嫂子的恶语，妹妹的误解……在社会舆论的压力之外更加一层压力，真是"一年三百六十日，风刀霜剑严相逼"，过的是雪上加霜的日子。她陪妹妹去相亲，号称钻石王老五的情场老手范柳原偏偏欣赏的是她成熟、孤高、狷傲的风度气质。这就陷她于不仁不义、不贤不惠的境地，原来弟弟妹妹们的同情和怜悯变成了怨恨与愤懑，她就像在霜天野地掉进了冰窟雪洞，苦多一重。这时，朋友的劝说，范柳原的暗示，显然成为她别无选择的选择，她赌博似的去了香港。在社交场上，她开始了情场赌博。她清楚地知道，一旦迈出家门，就回不去了。一个名门闺秀、大家名媛，尽管家道中落，但仍然会引起社会关注。这一点，她从回到家里独身度日开始，就已经充分领教了。她必须处心积虑地去赢得一场婚姻以改变自己的人生窘况，范柳原是她最后的机会。范柳原可以游戏人生，可以吟风弄月，可以欲擒故纵，可以漫不经心，但她不能。上海名媛在社交场合总是既要千种风情，又要表现得知书达理、仪态万方，所谓"发乎情，止乎礼"。她不会也不能直奔主题去谈婚论嫁，活像风尘女子一般抓住机会就死缠烂打。她必须温、良、恭、俭、让。因此，她在人前千般周旋、强作欢颜，在人后万般无奈、凄苦无比。她的忍耐到了极限边缘的时候，只能铤而走险，以退为进地回到了上海白公馆家中。很快，范柳原沉不住气了，寄送了船票央求她回香港。虽然没有明媒正娶，但是共筑香巢的事实让白流苏勉强赢得了这次情场角逐游戏的胜利。然后是战乱，然后是社会变迁……是外界力量让他们感到了乱世当中相濡以沫的需要与珍贵。苏玉华显然深入理解了自己所塑造的人物的性格、情感和内心变化，她的表演细腻、内在而且准确。

她孑然一身，独立于人生荒原的形象，就像整个戏剧故事所营造的意象的一个概括符号，一经过目，令人难忘。

四、《倾城之恋》的表现追求

《倾城之恋》的舞台表现是有明确追求意识的。导演和改编者对戏剧意蕴的定位，从游戏到认真，由角逐到相爱，在无法相爱的时候相爱，于需要厮守的时候分手，充满了戏剧性，实际上也表现了充满变数的哀婉人生。现实生活流水落花般无奈，反衬着精神信守一往情深的坚韧与高贵。正是这种反衬，很大程度上彰显了创作人员立意好、品位高的努力。

实际上，这种努力是融合导演二度创作与其他艺术家的努力一起呈现出来的。这体现在舞台风格的空灵、空间调度的流畅和叙述方式的抒情上。

舞台空间设计是写意象征的，它像一幅承载了太多的生命痕迹和历史意义的老照片，令人感叹哀伤和追思不已。从序幕开始露出破败相的白公馆到尾声拆迁中只剩下断壁残垣的白公馆旧址，物是人非，物非人是，像是经历了一次繁华旧梦的轮回。物质人生的追求，到头来不讨一片荒场废墟，满目冷清凄楚，唯有爱情永恒，精神延绵。

舞台空间设计是灵动变化的，空灵写意的舞台风格，简省的象征性造型，十分便利地体现了白公馆、饭店舞池、香港浅水湾酒店、酒店房间、香港的范白爱巢和拆迁废墟中的白公馆。时间、空间组接交互，流转自如。一个顺向叙述的故事，时间、地点的变化不少，但由于舞台空间设计的写意性、象征性，没有令观众感受到舞台形象的累赘感和变化的滞涩感。

舞台风格令人喜爱，除了方便空间调度、满足戏剧叙述需要的功能外，它的形象特征为戏剧意蕴做了较好的服务。舞台直喻的意蕴是：物质世界的沧桑巨变中，只有精神家园里的情感爱意永恒延绵。其造像特点是：有实景但简约写意，讲象征却毫不晦涩。

《倾城之恋》的抒情性十分浓郁，不能想象这么一个哀婉凄美的爱情故事没有抒情性。这种抒情性首先当然是由故事本身决定的。但是，恐怕也没有人能够否认，歌者刘雅丽在整个戏剧演出中的9个唱段对剧目抒情性所做出的贡献。她有很好的歌喉，厚实，有磁性，略带忧伤。她一袭白色的长裙，摇曳多姿。她在情节的关键时刻或人物内心的情感浪尖上飘然而至又飘然而逝，像一个抒情符号。

但是，我以为《倾城之恋》中的歌者这个人物，其身上所承载的舞台功能，绝不仅仅是抒情氛围的渲染。刘雅丽作为歌者出现，在整个改编本的结构功能和表现方式上承载了多重意义。她首先是故事的叙述者，东方戏剧的引戏叙述功能和古希腊戏剧的歌队叙述功能都体现在其中了，而且体现得十分简省。序幕和尾声均唱"死生契阔"，首尾呼应，既是铺叙，又是强调。铺叙的是故事发展的情感基调，强调的是天荒地老、两心依旧的生死爱情。她既是传统中国戏剧里的引戏，也是开场和终场时念定场诗和教训词的角色。她还可以是帮助剧情发展和场面变化的检场者，如果导演愿意让她做这样的事情，也不会唐突。她更是剧情的评价者、旁观者。她的唱段，有时可以起到中国传统戏剧里帮腔的作用，像《今天不完美》《游戏开始了》；有的又像是女主人公白流苏的内心独白，直接向观众诉说心中的忧伤、困惑和苦楚，像《当你说爱我》《天堂Ⅰ》《天堂Ⅱ》。这个时候，她又像是白流苏的灵魂——一个外显的内心形象。

可以说，《倾城之恋》中，最能体现导演的舞台呈现结构和抒情形象特征的构思创意，也最能体现导演的戏剧调度功力的，就是歌者的设计与表现。除了上述表现功能外，歌者还是导演的抒情诗节和挽歌乐章的段落符号，显示了导演对剧情发展节奏的控制。

如果说《倾城之恋》的结构上有什么问题可以挑剔的话，那就是导演为了浪漫情调的氛围渲染和"死生契阔"旋律的华彩复现，在戏剧动作力尽势收的地方，还要画蛇添足地加上一个舞会场面，营造一个豪华的抒情场面，这十分不简省，而且该收不收，戏就拖了。

60年一个甲子，在第61年又一个新轮回开始的时候，《倾城之恋》在香港—上海—香港再度上演，令人感慨。人世沧桑，岁月无痕，但延绵不绝，可触可感的，是作品本身包含的浪漫情调与都市韵致。而爱情故事中"死生契阔"的强调，使魅惑但轻俏的浪漫情调变得厚重，使精致但浮华的都市韵致变得深刻。也许，那就是我们的实际生活中所缺乏的。

本文发表于《戏剧文学》2006年第3期第60−64页

《长安第二碗》的味、香、色

话剧剧目《长安第二碗》所表现的碗中内容,是一种在陕西俗称"葫芦头"的食物。它是一块葫芦形状的硬实面饼,一碗肥肠熬出的稠浓高汤,把饼掰开撅碎,就汤品尝。它在西北与羊肉泡馍齐名,属于西安名特美食。与那块饼、那碗汤相连的,是一个市井作坊发达起来的家族连锁店的人和事。这店没有《茶馆》之"老裕泰茶馆"中若隐若现的那种高大上的堂皇气派,也没有《天下第一楼》之"福聚德烤鸭店"里透出来的那种伺候非贵即富人家的富贵气息,而显出市井民俗的草根气脉。但是,把谦逊内敛的"第二碗"呈上来,还够不着上眼去端详碗中内容的色泽品相,那扑鼻的香味,就十分勾人了。

味

这味儿,是西安百姓人家餐桌上的味儿,是古都西安市井的百姓味蕾承载着的美食滋味,更是水乳交融着古都民生状态与剧目主创人员人文关怀的艺术况味。烹调出这味儿,选材下料是独具匠心的。"秦时明月汉时关"已经固化在兵马俑刚毅威猛的阵容形象上,百鸟朝凤、万邦来朝的盛唐气象已经充分表达在诗歌如潮的辉煌文学当中,历史远去,辉煌不再。《长安第二碗》撷取的,是与西安古都给人的惯常印象不同的风物,是追踪古都市井草民喜怒哀乐的生命琐事,是寻常百姓家油盐柴米酱醋茶的流水记事。于是,剧目创作的"人民性"获得了丰满的血肉感,"乡愁"在味蕾记忆之外平添了丰富的人文情怀。剧目内容选择平民百姓津津乐道的那一碗家乡味道,让观众去品味西安市井一个秦姓人家在中国改革开放 40 年中跨过温饱线的生存发展，极其巧妙地以普通人家的变化去歌颂改革开放 40 年辉煌成就惠及民生的实实在在的奇迹。它不是历史洪流、时代思潮的宏大叙事，而是家庭琐事、草民创业的入微观察。剧目让观众从草民家世变化中品出了味儿，看到了古都新貌的别样辉煌——改革开放 40 年民生的巨大改善，中国人民"富起来"的辉煌！不用说，这是老舍式的巧妙构思，以小见大，以点写面。《茶馆》在老裕泰一路颓败的运势中批判、诅咒时代，《天下第一楼》于福聚德创业者的悲歌中辨析、省思时代，《长安第二碗》用一家从小店发展到连锁店、从逼仄寒酸的一张破桌起家发展到富丽堂皇的大门店的昌盛发达去歌颂、赞美时代，这是它的创作思路与前边的名剧相比较而可圈可点的地方。

剧目"第二碗"的味儿不仅如此。歌颂赞美时代之余，剧目还思辨、探究时代。改革开放成果惠及全民，人们吃饱穿暖后，一些人的人情薄了，人心坏了，人性曲扭了。固然，剧目演出中有对发家致富后困惑迷思、悲欢离合、人心冷暖的细致铺展。但是，细节和场面向观众展示了震撼人心的力量——灵肉冲突、心物对立的情形，被形象化为秦家温饱线下令人泪目的"分饼"与富裕生活中令人心寒的"分房"。这是一个有场面感、用细节精心表达时代潮流中价值得失的剧目。"站起来""富起来"后，站在"强起来"的当口，如果人心散了，人情淡了，人性的宽厚仁爱缺失了，我们还能强起来吗？那堆"分饼"时被精心保存下来，留了 40 年的碎锅盔，高度象征的是"根"，平实质朴、人性本善的根。剧中人物无名氏母、子、女三人在秦存根 40 年的看顾下，一步步走出困境，走向充满希望的新天地，他们的存在，其实比衬着秦存根所看重的人性、人情、人心的"根"是社会发展、人生价值中最重要的意义。如果说"分饼"的场面感人，那么"分房"的场面就是震撼人。秦存根作为家长，在儿女们各怀心思的情况下发怒了，那不单纯是一个家长、一位父亲的盛怒，还是对时下人情、人心、人性的审判。盛怒中，他要封店毁业、离家出走，这就完成了一个从艰辛创业却收获了失望而要毁业的形象。一个父亲的捶胸顿足和声色俱厉，一个家长对家庭成员的审判，好有力量！这不是时代批判，是亲情痛感；这不是表现社会冲突，而是表现家庭关系的龃龉。但是，这连接着时代的痛！关联着社会的病！思想的力度，从形象、细节、场面中自然而然地流露出来。这是剧目最深刻、最动人、最精彩的内容，《长安第二碗》余味无穷。

富足美化了社会的颜值；只追求富足和更大的富足，却毁掉了最基本的价值。剧中创业者、家长名唤秦存根，他为"存根"焦虑暴怒。这味儿，意味深长。《长安第二碗》，有味中之味。

香

不入口，味道品咂不到；不入眼，色彩分辨不清。"葫芦头"老店所在的小街小巷中，那醇厚的香气，老远就缭绕着、簇拥着食客，征服了闻名而去的人，直到食客身上暖洋洋地离开餐馆，"葫芦头"的香气还送人送出好远。《长安第二碗》演出创造的艺术芬芳也是这样的。导演查明哲和编剧陈彦第二次合作，刷新了合作秦腔《西京故事》时声名远播的效应，激活了西安话剧院的艺术潜能，个人艺术能量和群体艺术存量使剧目主创人员催生了演出的艺术质量。可以毫不犹豫地说，这是一个散发着地域文化的清香、传递着传统戏曲的雅香、凝聚着话剧文化的浓香的一个芬芳醒脑的剧目。

导演查明哲殚精竭虑地调动了他作为主厨那出神入化的厨艺，调动了创作群体每一个人的活力，去料理编剧陈彦备下的好料，慢熬久炖，精心炮制。"葫芦头"作为地方名特小吃，硬是被上成了一道主菜。"第二碗"的托盘上，最重要的是中华文明古都的城圈内外的草民摆脱了饥饿熬煎、解决了民生温饱富足大问题的这盘大菜，碗中洋溢着的是40年来民生生机勃勃的浓香。簇拥着、点缀着主菜的小菜，就是那些透着乡音、乡情、乡愁气息的元素，那些洋溢着地方文化芬芳西安方言的因素，那些调动、调适、强调着人物心理、舞台动作和场面情绪的锣鼓点节奏，那种三秦大地人们熟稔的音乐背景和唱腔唱词激活了观众的欣赏情绪……《长安第二碗》采用的手法是"一滴水"观察法，所以剧情展开的场面所表现的小事件、大时代、深主题的结合就格外精细。一碟主菜为表，一道大菜为里，诸多小菜为衬，就有滋味，香气馥郁了。而且，各种文化聚合在一起，是香连缀香，香缠绕香，香融合香。

这是一台文化元素多元融合的精彩呈现，活色生香。

色

色、香、味常常是联系在一起的，但作用于人的感官时的确渠道不同。《长安第二碗》的色，就是视觉形象。

剧目演出的视觉形象来自二度创作。查明哲统领主创人员，创造了一个动感十足、生机勃勃的舞台形象，与"第二碗"的香气扑鼻相适应，创造了一幅群像背景生动、错落有致，个体形象鲜活、印象深刻的市井众生像；将舞台换景巧妙地植入秦存根发家致富的节奏，并应和改革开放"发展才是硬道理"的建设节奏，将个人命运、国家发展和时代变迁概括在秦家改建、扩建、新建、再建门店的场面细节中；将市井小民抓住机遇、迎难而上，从摆脱温饱困境到省思亲情人性困惑的苦苦挣扎，凝固在舞台两侧盘根错节、生命力顽强的大树根体形象当中；将每一次戏剧动作的突进，每一幕戏剧情绪的积累，每一次场面冲突的矛盾，都沉淀、铺展和冷却在秦存根夫妇规整小店的摆设、默默擦拭桌椅的细节场面当中。用15次出现的歌曲唱词简省地传递时代变化，生活流行色交代了人们的生活状态和情感内容的流转，时代有了特殊的色彩印记。舞台形象中逐渐变化的后墙天幕，给人印象深刻的，是那一幅长安繁华夜景的璀璨灯光图。

《长安第二碗》的空间调度和空间联系也十分精彩。剧情分出了上层下层、前台后台、实在虚拟的不同空间，创造了剧情展示的空间需要，更重要的是将不同文化色彩组接搭配，艺术地缝合连缀起来。空间的联系为：戏剧故事起始，一杆花枪过墙而入，不但提示了场外空间的用途，而且推出了一对年轻人的戏缘关系，更暗示了西安一家人的文化地缘内容。

这是一个形式感很强又不动声色自然流畅的剧目演出。台前与台后，场上与场下，彼此衔接；群体与个体，场面与细节，相互映衬彰显；行动与停顿，动静相宜，快缓交替，体现出一种从容的节奏感。

如果要将《长安第二碗》打磨成精品进而成为经典，也许可以考虑三点建议：

（1）音乐形象的时代提示、事件点染、意义升华与情感宣泄的作用是明显的，但是用得不经济，缺少整体思考，显得琐屑、随意甚至杂乱，建议精心设计一番。

（2）考虑地方文化、传统文化如何更加自然而然、水乳交融地具有整体性，而不是现在看到的一定程度上存在的疏离感和缝合痕迹。

（3）两种方言，不要分寸把握失度，使非西安、非陕西观众在欣赏过程中出现障碍，那就得不偿失了。可以接地气，但不要走向"土特产"，走向人为制造的方言运用，画地为牢。

本文发表于《光明日报·文艺版》2019年9月24日

昆明的庭院戏剧运动

一、昆明戏剧的异动向

近年来,昆明的戏剧演出局面有些异动。可以观察到,一方面是公办戏剧院团因为自己的剧场在各种各样的原因下消失、关闭和被另做他用,或者在改革不适症中总也缓不过来,难得上演剧目,很有几家淡出了观众的视野;另一方面是昆明的一些老宅庭院纷纷被民间戏剧团体启用,排戏演戏,开启了一番另类风景,很是热闹。似乎,昆明的剧场、剧院改换了门庭,戏剧活动空间悄然转移,戏剧演出另造风景,格外引人注目。从传统的文化制度安排与历来的城市演出秩序看,这样的情形,有点异动的色彩。

以昆明市繁华地带光华街闹中揽静的马家大院的话剧《雷雨》的演出引起的热烈回响成为社会关注的热点,一时间,争说"庭院戏剧"的话题几周内就流传在昆明文艺青年、文化官员的口耳之间。受到鼓励,马家大院庭院戏剧的推手又马不停蹄地推出了《天崩地裂》,宣传空前热烈,演出口碑却显然滑坡了。之后,其又推出了《昆明老宅》,观众热情再次被激活。《雷雨》演出了40场,《昆明老宅》演了5场。声誉鹊起于昆明南强街88号的杨洋,作为云南艺术学院的中年教师,2015年拉起团队制作戏剧,自编、自导、自演,在昆明老宅院演出。他也是一个资深庭院戏剧的制作人。他的剧目,保持了自己的一贯追求与价值取向。从《问心》(演出近120场),到姊妹篇《琉璃》,再到《唐宫深处》,眼下又在献演《露茗》,从南强街商区演到莲花池景区,声势渐成。莲花池的经营者邵小萍制作了《圆圆曲》《还魂三叠》《四美遗歌》《粉·待》。另外的庭院戏剧制作者也在萌动,如得意居和滇池边的留筠馆……这些,在昆明形成了一次有声有色、有声有势、持续不断的庭院戏剧运动,引人关注。

杨洋焐热的昆明南强街88号,现在的经营者叫姚骅。那个空间继续开展庭院戏剧活动。作为经营者,他的思路不仅仅是话剧,还请云南省京剧院名角儿唱精装版的折子戏,请滇剧院的大牌唱卖票堂会。云南艺术学院戏剧学院艺术硕士研究生的毕业大戏《一个陌生女人的来信》的倾情演出,体现了学院派的严谨、演技与审美追求,使得庭院戏剧的演出攀升到客观的品位和质量。更有趣的是,他把庭院剧场作为红色文化平台去打造。中国共产党南强街巷党支部与《开心蒙太奇》剧组联袂打造了一个讲述街坊邻居之间,与油盐柴米酱醋茶相关的暖人事件的剧目《平凡》,讲党员的奉献精神,说街坊的温馨故事。自2018年2月该剧开演至今,已经面对70多家包场单位的4000多名观众演出,收获了好评。显然,作为经营者,他的发展思路与编剧、导演艺术家主持的庭院戏剧发展的思路是不一样的。

庭院戏剧能够有多大的演出前景,视乎剧目制作的精良程度和艺术水准。前者是工艺性的,后者是人文性的,本文不想预测,因为,那是制作团队的努力和艺术良心所决定的。本文更想探讨的,是庭院戏剧这种演出形态的来龙去脉,是一些因此而生的戏剧制作可以关注、需要努力的方面,是一座城市文化气象应该有的色彩和内涵。

二、庭院戏剧的老故事

昆明悄然出现的庭院戏剧,得到了不少观众的喜爱,把它捧成了一股小小的"热流"。敏感的媒体也抓取了昆明城市文化的这个亮点而追踪采访,深度报道。每一次这样的演出活动后,都会有热心的观众在朋友圈发信息,甚至进行媒体报道,兴高采烈地宣布看了庭院戏剧演出。感谢观众的热情和媒体的关注,感谢戏剧爱好者,我看到了昆明观众群体正在形成并且扩大,感谢昆明的戏剧人,他们以矢志不渝的耐性和百折不回的努力培育文化市场，其实这也就是对观众群体的培育。

"庭院戏剧"，顾名思义，就是以演出环境来概括戏剧活动发生的地点的一个概念。简言之，就是在庭院里演出的戏剧。

据陈白尘先生回忆，上海艺术大学于1927年冬天举办过一次提振戏剧人信心的"鱼龙会"，由田汉主持，演了7个话剧，也演了京剧。所开展的就是一种庭院戏剧活动，其实比庭院还小，是一所房子的大客厅改成的，另一间相连的餐厅成为表演区。这是厅堂戏剧，与选取一个非剧场空间去演出剧目的性质是相同的。在那次演出中，欧阳予倩编剧，欧阳予倩、周信芳、高百岁、唐槐秋、顾无为等名家合作演出，京剧《潘金莲》（话剧剧本，京剧演出）被载入中国话剧发展史册。

这种借用空间演剧的活动，据我所知，在昆明的演出可以追溯到1938年2月。地点是文庙的庭院里，大成殿前，四围是文庙的墙，观众席是庭院里柏树之间的路径花园，陪看者是树顶上的苍鹭水鸟。这是当时昆明的戏剧活动者常常公演新创剧目的一个地点，因为云南省昆华民众教育馆的馆址就设在那里。于是，移风易俗的演戏，开启民智的活动，就常常在那里展开。民众教育馆是中国20世纪20年代应和提倡新风、社会改革运动兴起来的一种社会组织，全国各省区市发展很快，犹如雨后春笋。在这样的办馆宗旨下，昆华民众教育馆事实上成为云南新戏剧演出的一个重要阵地，也成为云南庭院戏剧的一个早期场所。据云南现代话剧发展的一个见证者范启新先生回忆，他们的戏剧活动，很多时候都在文庙开展。从史料看，西南联大的剧社也在文庙演出过。资料记载中，最确切、最早、最轰动的演出是王旦东率领的"农民救亡花灯剧团"在文庙的演出，剧目是《张小二从军》《茶山杀敌》一类抗战花灯剧，时间为1938年2月到5月。演出获得官员、教授、社会贤达、学生和一般社会观众的热烈欢迎。庭院的演出空间的特点并没有受到太多关注，因为抗战时期，街头、地头、战地……以及包含剧场、礼堂在内的任何空间都可能也可以成为演剧场所，人们已经见惯不惊。人们所关注的，是花灯从歌舞、歌舞小戏发展成为一个大剧种的成功努力，是中国来自民间的"民族新歌剧"的尝试，是富有民间基础的新的文化形式，是承载了国家意志与民族精神的深厚性与传统感的时代产品。

借用庭院环境空间演剧，云南省还有一例，不大为人所知，发生于2005年到2006年。云南艺术学院戏剧学院毕业的学生周芳，在电影人李亚鹏的资金支持下，筹划了不短的时间，于丽江木府编演纳西族史诗《黑白战争》。尽管这一例演出维持的时间不长，但也是当代云南戏剧文化发展中应该记下的一笔。利用木府营造的环境叙演纳西族的史诗，本是一个不错的创意，但是竟没有能够延续下去。

三、庭院戏剧引出的旧话题

庭院戏剧是中国传统文化的一种雅趣，足见戏剧文化与中国人生活的紧密关系。

中国传统戏剧起于梨园，相传唐明皇与大内歌姬、舞伎、优人演习嬉戏于皇宫梨园，于是梨园就成为后世戏剧活动场所的专指。实际上，就环境而言，梨园戏剧就是名副其实的庭院戏剧，就是皇宫庭院戏剧。

后世演出场所，除了寺庙外、集市前，戏台最多的是豪宅府邸。达官贵人的私班演出，富豪邀约戏班唱堂会，大内戏台如故宫里的戏台、恭亲王府的戏台甚至土司府的戏台，都是建在园林、庭院，在庭院演出。云南早年梨园茶馆和全国一样，庭院式的已不在少数。滇西德宏、保山一带，各种土司府建设府内戏台，内戏台、外戏台，也都在庭院里。庭院里演戏，原是中国人文化生活里常见的雅兴，例子俯拾即是。因此，庭院戏剧是传统文化的当然内容。

但是，庭院戏剧又是一种新的文化现象，这得从戏剧的空间革命说起。先快速简要地回溯一下世界戏剧发展的小剧场运动带来的新观念——环境戏剧、实景戏剧、小剧场戏剧与庭院戏剧。

在建有戏台的庭院里演出，与在没有戏台的庭院一类空间里展开戏剧演出，空间的原初意义和使用空间的出发点是不一样的。在庭院环境里的戏台演出，自然而然，但是借助庭院环境演出，是将一个居住活动空间变成了一个戏剧活动空间，赋予了空间功能所不具备也无预备的意义。因此，我们应该知道并且区分，庭院戏剧有两种，一种是在庭院里的戏台演出的戏剧，另一种，发生戏剧活动的庭院原来并非戏剧场所，是将戏剧演出活动引入庭院并赋予其新的空间意义。

众所周知，戏剧起源于祭祀活动，后来发展为宗教典仪、世俗娱乐、社会教育、怡情审美各种目的不一、阶段不同的文化活动。唐宋之间中国艺人们活跃于勾栏瓦舍，西方人在教堂、斗兽场之外盖起了剧场。随着剧目演出的方便与观众观看的需求日益凸显，逐渐出现了专门的戏剧活动空间，这就是梨园和剧场。露天活动演变为室内活动，这是中外戏剧文化活动空间演变的总趋势、大潮流。1887年，影响世界的小剧场运动在法国一个小职员安托万的居家客厅发生了。因为与法国、欧洲流行的浪漫主义豪华歌剧的审美观念不同，小剧场运动的始作俑者提出的自然主义/现实主义美学原则不会被掌控着剧场空间资源的资本家接受，资本家讲票房、逐利润，不接受主流文化潮流之外、公众审美习惯之外的剧目产品。于是，小剧场运动者开辟了非剧场空间，开始在客厅，后来在仓库、码头、广场、街边、车库、地下通道……任何空间都可以演出自己的剧目。种种风气让欧美各国闻风而动，发展成为风靡欧、美、亚三洲的世界小剧场运动。运动关注的是演出内容、审美取向、自由追求和独立精神。小剧场运动中的新剧目演出空间各式各样，是大剧院之外的一种涉及生存空间的戏剧运动。这种不计空间大小与用途是非而选择为演出场所的情形，今天在先锋试验戏剧和校园戏剧演出当中常常可见。

小剧场运动发展到一定时候，经济能力和演出影响改变了人们的态度，获得了自己的观众群体，才建设和迁往小型剧场，从"居无定所"走向"安营扎寨"。之后，小剧场空间的稳定性与小剧场运动空间观念的灵活性并存，一直到今天仍然如此。小剧场空间和小剧场运动为全世界持新文化、新思潮、新观念、新探索的戏剧人提供了一种广泛的戏剧空间观念与戏剧活动的自由精神，任何地方都可以为戏剧活动所用，只要适合自己的演出剧目。

小剧场运动中，空间的灵活多变、选取任何空间演出的行为，使其在渐变中有了更积极主动的自觉，出现了"环境戏剧"的概念。环境戏剧就是选择一个与自己演出剧目的题材、剧旨、规定情境中的环境要求相适应的演出。1916年，美国戏剧之父尤金·奥尼尔的《东航卡迪夫》为表现海员生活，选取的演出地点就是码头。水鸟的叫声，拍岸的涛声，腥湿的海风，刺激着观众的感官，全身心都浸泡在剧情当中。中国话剧史上，田汉表现山野猎户背景的《获虎之夜》的演出，临时没有照明，美工应急点火把，看戏的乡亲也有人点了火把，人为地营造了一个山野火光的猎户生活环境，效果极佳。1995年，中央戏剧学院演出契诃夫的戏剧《樱桃园》，利用校园建筑和小小的园林，吻合剧情中的环境特征，流动演出，景随人动，很好地诠释了《樱桃园》人与景的关系和内涵。环境戏剧可以选择任何适合自己剧目演出的环境作为活动空间，庭院、车库、体育馆、医院、军营、校园一角……用空间的特点去命名它，就有此空间必然的特点。

昆明的庭院戏剧很大程度上也是小剧场运动发展中空间观念革命带来的环境戏剧的一种，只不过，昆明的戏剧人选择了老宅院作为自己演出的地点。南强街88号、马家大院、得意居等都是老宅式庭院，莲花池、留筠馆都是规模不等的花园式庭院。庭院戏剧者，取在庭院建筑空间开展演戏活动之谓也。其实，概括的重点，就在建筑的空间特点是庭院。庭院的格局、景物、陈设与剧目演出的环境、情调需要相吻合，成为演出制作人的共同追求。

四、昆明庭院戏剧的新看点

昆明庭院戏剧选择的空间文化意识是特别清醒的，就是要利用庭院氛围、庭院格调去吻合剧目演出的审美追求与文化情调，这与那种只是利用一个空间开展演出活动而没有开掘空间的文化内涵的活动有着创作意识上的本质区别。选择空间时的文化意识带入，主动利用空间格调对观众的欣赏情绪开展暗示性、渗透性的影响，实际上是昆明庭院戏剧运动中最重要的策略。

2011年，昆明市莲花池的民营企业家邵筱萍女士与中国戏曲学院联合制作了原创剧《还魂三叠》。《还魂三叠》在"三"字上做足了文章,其取材于《牡丹亭》之"幽媾"、《红梅阁》之"放裴"和《乌龙院》之"活捉",均是传统戏的著名折子戏。它们被"还魂"为一台剧目,展示三个妙龄女子、三段往事、三个剧种、三把乐器、三种光色,尤其是三种人物性格与心性特点,如细腻委婉、热烈奔放、暧昧感伤,并做了有意识的并置对比。这种将经典折子戏重新增删糅合,对古代戏剧人物进行现代演绎,去满足现代观众的思古幽情与情境想象,也是蛮有情趣的。2013 年,邵筱萍与中国戏曲学院又联合打造了一台原创剧目《圆圆曲》。该剧是根据昆明民间传说明末叛将、清初藩王吴三桂在云南与红颜知己陈圆圆的风流韵事创作的剧目,传说陈圆圆就居住在莲花池,吴、陈常有往还,是令人羡慕的池畔鸳鸯,后来志不同、道不合,终成悲剧。《圆圆曲》成为她的庭院文化经营中庭院戏剧的"试水首跳"。她走"一故事,一品牌"的商业营销路数,希望丰富莲花池的文化内涵,而非淹没在随处可见的中国园林山水小庭院文化当中。于是,古装遗韵成为企业经营文化产业传播公司做出来、动起来的看点。文人墨客的诗情画意、裙钗袍带的风流蕴藉、前朝旧事的云卷云舒,与莲花池公园的雕梁画栋、亭台楼阁、碧水秀山、曲径通幽的环境配合起来,十分相宜。听听昆曲雅音,想想昆明往事,也还有趣。原创剧《四美离歌》延续了"穿越历史,并置美人"的创意设想,把中国古代的四个美人西施、王昭君、貂蝉、杨玉环选出来,在古香古色的庭院里展示一番。美景美人,是莲花池庭院戏剧想要塑造的文化形象的高光点所在。而改变四个美人红颜薄命的印象,赋予她们"舍身为国,为和而离"的社会意义,为她们的凄楚人生镀上一层选择的悲壮与行动的果决,则是剧目制作的意义"着力点"所在。表演、表现艺术部分,京、昆、滇、花四个不同剧种,四个不同角色由梅花奖演员李丹瑜担任,这样去展示剧种文化,展现演员能力,有很好的创意设计。结构部分,演出用一个"书会老郎"声情并茂的讲述和慨叹将四美逐一引出,贯穿始终,时缓时急,抑扬顿挫,蹙眉扼腕,仰天长啸,慨叹评说……成为四美表演之外的另一个精彩看点。原创剧《滇都斜阳》,与从前比较有了变化,由借景抒情说美人的立足点开始转向说事,从前放在背景中的事儿走向前台。剧目取南明轶事,南京福王、福州唐王、绍兴鲁王在清兵追杀中逐个灭亡，剩下的桂王永历帝东躲西逃，由两广入滇，一路向西出境，终被抓回，被吴三桂奉命处死。南明流浪王朝的破碎和叛将吴三桂成为戏剧事件的大背景，表现三个明朝遗臣与一位昆明歌伎——芸娘的故事。"反清复明"的死了，颇负文名的归隐山林，慷慨激昂的做了新朝命官，唯有芸娘筹资买房，办起了翠微书院，传承文化，守住精神。显然，这是《桃花扇》剧情的变形，男性角色，做了歌伎的对比陪衬；浊世俗流，只好以僧寺尼庵去隔离断开。《滇都斜阳》为女性人物涂抹了更多亮色，让她独自坚守信念和希望。《兰羽恋》也是一个有趣的原创剧，庭院摆开茶桌，观众就是茶客，在茶香、水汽、花色、灯影中，去"见证"茶圣陆羽与李季兰的爱情故事。传说，陆羽幼年被一户人家收养过几年，他家有一个与陆羽年龄相当的女儿，与陆羽青梅竹马，两小无猜地度过了几年的幸福时光，后来这户人家返回原籍，两人山重水复再未见面。剧目在这不一定可靠的传说基础上编织了一个痴情绝恋的故事——让他们少年重逢，飘零落拓的陆羽为了成为季兰心中的好儿郎，发奋著书，经皎然大师与颜真卿的点拨而明心见性，写成了传世经典《茶经》。当然，美女一定是要有的，所以下面的剧情里季兰一直陪伴左右，而且她为了《茶经》传世，选择背负一世骂名，造就了陆羽的成功与完美……最近演出的《粉·待》，写的是皇宫六千粉黛的凄凉命运，白头宫女，陪葬嫔妃，是大多数宫女的命运结局。剧目演出中，两个太监伺候一个等候召见宠幸的钱美人，一等就等了几十年，最后赏赐来了，打扮停当，是去陪伴驾崩的皇上。生未召见，死则陪葬，好凄凉！显然，这个形象里有曹禺剧作《王昭君》里孙美人的影子。

莲花池的庭院，保持了江南园林风格，在这样的建筑空间里演出古代题材民国旧事的剧目，十分相宜。云南艺术学院艺术文化学院青年教师杨洋率领的《唐宫深处》剧组、《露茗》剧组，都在莲花池的庭院剧场展示过剧目。杨洋于南强街88号老宅子发动师生演剧实践，以话剧《问心》（2014年11月26日）首演启幕，迄今已经有了117场的演出业绩。《问心》在老宅子的建筑空间里，讲述了民国时期抗战背景下的古玩商业一条街里发生的爱恨情仇。围绕着主人公穆子羽，《问心》塑造了五六个性格鲜明的形象，在多变商机中检验人性，于民族危机中识别人心,用世道混乱去彰显秩序,并在剧情推进中适当织入昆明的民风民俗,情境缜密,动作紧张,悬念不断。《问心》两个小时的演出,抓住了观众的欣赏注意和审美关注,这得力于集编、导、演于一身的灵魂人物杨洋。他毕业于云南艺术学院戏剧学院,创作团队是学院派风格,编剧用心,排练严谨,演出用情,对民营演出市场是有示范引领作用的。随着《问心》演出成功,南强街上,寻演问票的观众中,穿旗袍的各种美女,戴礼帽的各型男士,突然间多了起来。很多人是为了配合演出的剧情、演出空间的情调去做旗袍、买礼帽的。这一时成为坊间趣谈,可见其影响。跟着,杨洋编导演了《〈问心〉前传·琉璃》,在观众知晓的穆子羽的故事上加了"前史",创作意图里包含了对《问心》观众的悬念设置,所以,一经上演,回头客观众如潮涌来,一气儿演出 39 场。然后是《唐宫深处》《露茗》。杨洋的团队有演出水准的稳定性、戏剧艺术的严谨性与表现方式的探索性的特点。从《问心》开始,杨洋的团队除了利用庭院建筑老宅风骨散发出的古香古色意蕴外,还充分调度演出活动范围,利用好四合天井、两层楼回廊的空间特点,尽可能全方位地展示剧情的爆发点,牵引观众的欣赏视线,让观众有到了与镜框舞台剧场一个方向、一个镜框、一个焦点的完全不同的看戏体验。到了《露茗》,杨洋的团队探索的步伐迈得更大了。在莲花池庭院有更大的空间时,戏剧活动就在整个庭院空间铺开。茶客就是看客,观众与演员混杂在一起,空出庭院中间的过道,直通固定的小舞台,连成一线,这线上的任何一点都是表演区,庭院成为观演活动的共享空间。茶行一年一度的茶祭典就在嘈嘈杂杂的观众找座聊天儿的场面下开始了,祭典主祭权的争夺,茶王印执掌权的争夺,茶棚经营权的争夺,一幕一幕地在观众眼前展开。观众就座的茶桌前各有一位茶艺师,茶艺师随着茶祭典报出的品牌,为观众表演茶艺,奉上……可以毫不迟疑地说,《露茗》是云南话剧空间意识最强、空间调度运用得最好的作品。这是昆明版的《茶馆》!其演出呈现的风格,是人像展览式的,陆续登场,群体亮相;叙述方式是茶王牌主安家命运起伏的主线与茶商众生相的复线扭结,收放灵活;观众欣赏是"散点透视"式的,轻松随意;场面、细节冷热调配,面上的热闹,点上的深入,都交替有序。运用得最好的,要算观演关系了。剧情中的茶艺师与茶馆中的服务员真假莫辨，任何一张观众茶桌前，都可能有剧中人物坐下品茶，与别的角色交谈、交流、交锋，将观众卷入剧情，成为"身边证人"，目击整个事件过程。杨洋的团队的剧目演出充满了戏剧性冲突和动作性变化，这是学戏剧出身的编剧、导演加主演的杨洋和他的戏剧学院师生团体的突出特点。

《问心》《琉璃》卷起的南强街"民国风"，关键不仅仅在于演出制定的"范儿"，还在于观众回应的那种花样年华式的自我期许，那种孔雀开屏式的媲美心态，那是一种美感心态的唤醒，是一种人与环境的互动。那种民国风的时装展示，戏里戏外，恰恰形成了"民国范儿"的环境呼应，与庭院建筑的特点相互呼应，与剧情时代也相互呼应。

与这种"民国范儿"的怀旧文化心理相一致，昆明戏剧人寻找文化切入点显然受到了影响，老宅子成为一种选择。几乎同时期，又一个庭院戏剧场所开张了，马家大院！它位于昆明马市口光华街步行街内，早年也曾被用作餐馆。餐馆歇业后，这里闲置了几年，直到两年前，几个年轻人租下来开展文化活动，庭院中的老昆明文化是展示的初衷。两个主要经营者是早年毕业于云南艺术学院戏剧文学和戏剧表演的赵艺敏和任聪。他们的经营策略中自然而然地出现了戏剧的影像。他们约请北京人民艺术剧院到马家大院演出了现代戏剧家丁西林的《一只马蜂》《酒后》《瞎了一只眼》组成的"民国三则"，好评如潮。北京人艺演员的表演分寸、台词火候、动作韵致、调度节奏，让昆明观众留下了深刻印象。演出结束当夜，两个经营者表示要将庭院演剧的活动开展下去。看得出，他们年轻的心房里蓄满的是开创文化局面干出一番事业的激情。之后，在云南艺术学院戏剧学院杨军、方冠男两位老师率领的学生团队的全力支持下，马家大院演出了《瞬息间的幻影》《一个晴朗的早晨》《冷焰火》《女仆》《情书》《城市，今夜不哭》，以免"民国三则"暖了的场子冷下去。戏剧学院的师生也是蛮拼的。马家大院的戏剧温度维持住了，接下来，他们动员"老戏骨"杨跃红、于丽红、王娟、邓军，老媒体人洪钧、刘伟，以及一级舞美师廖宇耕、云南艺术学院的在读学生邢馨馨、陈智组成创作团队，推出了庭院戏剧版《雷雨》。于是，《雷雨》的盛况出现了。马家大院毫不停顿，接着制作了《天崩地裂》，宣传效应十分到位。

2016年，马家大院用丁西林的三个短剧构成的一组"民国三则"，才一上演就获得了很大成功，似乎定下了马家大院的戏剧上演路线——经典路线。丁西林是民国时代以英式幽默的喜剧出名的物理学家，他的作品是中国现代话剧独幕剧成熟的标志。因此，拿他的作品去开启马家大院的戏剧演出，理所当然地迎来开门红。接下来，中国现代话剧作家中作品生命力最久远、最有国际声誉的曹禺登场，他的剧作标志着中国多幕话剧的成熟。好有眼光，马家大院选择了中国话剧成熟的两个标志性人物的作品来排演，立刻吸引了昆明的观众，争睹者如潮。演员出身又做过导演的资深编剧杨跃红在看过"民国三则"后，于2017年将曹禺的《雷雨》做了些调整。一方面，像中国青年艺术剧院王晓鹰版《雷雨》没有鲁大海那样，情节上尽可能剪了头绪，留了主干；另一方面，在排演当中，努力用好整个马家大院的楼上楼下、正堂厢房、院落四方，甚至在演出的结尾，不该死的死了，一个疯了，一个傻了，该死的活着，这个巨大的悲剧发生时，"一颗印"建筑的天井上空，进行人工降雨，"侵犯"观众，演出现场一阵阵惊叫……马家大院演经典获得成功，一时间形成争说昆明版《雷雨》的热门话题。他们当然不想让观众的热情退潮。2018年，马家大院又推出了新的原创剧目《昆明老宅》，由雷雨剧社、云南素庭文化传媒有限公司、云南省演出公司、云南大剧院有限公司联合制作。循着经典，营造着老宅的情调，编造着老宅的故事，一座老宅的易主变迁故事，拷问的是生活道义与生存竞争中"谁是主人谁是客"的悖谬法则，令人嘘唏。仍然是以原班人马为基础，但演员队伍在壮大；仍然是那批热情的观众，但有新观众在增加。马家大院的观众容纳量比南强街大一些，居于更繁华的商区，闹中揽静。

位于金马碧鸡新旧杂陈建筑群中的得意居（品院），相传为蔡锷任云南都统时期的故居。现在的所有者为维持其建筑维修成本，也为了有人使用减缓其破损，想了不少办法，先是做餐馆，后来改茶园，再后来做会所兼雅趣斋，喝茶听琴，会友聊天。他看到昆明的庭院戏剧，就起心动念做了一些庭院戏剧的小小尝试。2015年，一个叫张高兴的年轻人和女友租下了得意居，兴奋之余，决定举办一场"乔迁派对"，就找一群哥们姐们"攒活动"。2015年12月12日，得意居售票开演即兴话剧《高兴》。以戏剧的名义，在庭院当中演出戏剧。之后，为着聚人气，得意居又组织过一些品茶、朗诵之类的活动。

昆明的庭院戏剧就这样你追我赶地开展起来，就像一次小小的文化运动。庭院戏剧运动的浪潮，推动民间的小剧场发展犹如惊蛰后的大地，苏醒萌动，四处生机。元动剧场、滇池 H 实验剧场、留筠馆、黑桃睡梦馆……不论行动先后、水平参差，庭院戏剧已经形成一股不容小觑的文化潮流。

五、庭院戏剧的多称谓

昆明的庭院戏剧运动，不仅仅演出话剧，还演出京剧、昆曲、滇剧、花灯……带动了老昆明民俗文化、民间音乐滇腔滇韵的展示。

昆明的庭院戏剧，其实民间和制作者也有各式各样的称谓，如庭院戏剧、庭院实景戏剧、庭院体验戏剧、庭院小剧场话剧……不一而足。但是，辨析一下，就"庭院戏剧"这一称呼比较贴切。选择庭院演出，就是利用其建筑特点与空间布局，"实景"二字多余。体验着眼于观众，但是哪一种演出，观众没有"体验"？梨园没有？广场没有？小剧场没有？戏剧演出始终关注的环节之一，就是演出和创造的氛围给观众带来什么样的体验。因此，特别将"体验"二字加入称谓，毫无意义。至于"小剧场"三字，也是有历史内涵的。历史上的小剧场运动实际上是在正规剧场外发动的戏剧革新运动，首先是戏剧活动空间的革命，开始是无奈选择，后来变成了艺术自由、精神自由的土地。任何空间都可以演出剧目，小剧场其实非剧场、无剧场。发展到后来，小剧场建设固定空间时，不十分依赖物质条件，无须豪华设备设施，成为大戏院的相对空间。空间小、座位少甚至没有座位的"空的空间"，包括"黑匣子"剧场，就是一个专为演出建设的活动场所。因此，为了避免与现在为演出专门建设的小剧场空间相混，突出利用老宅子开展戏剧活动的特点，"庭院戏剧"这一称谓最为适合。

问题不应该止于戏剧演出活动称谓的考量，还应该深入追问一下，在昆明戏剧人选择戏剧活动的这种"不约而同"里，有什么自觉意识？还可以有什么样的艺术上的追求？

或明或暗的意识里，大家选择庭院演戏，借用的是环境氛围与建筑特征，莲花池、南强街、得意居、马家大院……古香古色的老城街区建筑风貌，在这些地方还可以依稀辨认，仔细查看。无论是市民还是旅游者，心中都有故园或者远方的诗意。老街、老建筑、老宅中演出老剧目或者叙演旧话题时，演出者必须明确的是，要千方百计地找到戏剧活动与环境空间的衔接点、融合处，特别是要找寻戏剧规定情境与戏剧活动场所相契合的因素。其给观众带来的，是庭院老宅自然状态下所没有的灵性，是那种岁月沧桑的激活与文化气息的创造。这是一种剧目创造意识，除了环境适合剧目演出之外，环境利用显出空间创造的智慧。这里，选择是慧眼、是借势，利用是慧心、是创造，这是庭院戏剧演出者们应该格外注意的问题。

毋庸讳言，庭院戏剧的空间意识，在自觉程度上还有些高低不等。根据每一个剧目演出的实际需要，充分调动好、利用好建筑空间的特点，服务于表现的目的，创造别的空间里无法产生的、更好的演出效果，是每一个庭院戏剧运动中的昆明戏剧人值得思考的问题。20 世纪 80 年代中期，中国小剧场运动第二次浪潮中出现了过度利用演出空间的话剧演出。北京人民艺术剧院的《车站》、中国青年艺术剧院的《挂在墙上的老 B》和《魔方》、哈尔滨话剧院与大庆话剧团的《人人都来夜总会》、广州话剧院的《爱情迪斯科》、上海青年话剧团的《屋里的猫头鹰》、空军政治部话剧团的《远的云　近的云》等小剧场戏剧，充分利用演出空间，在咖啡厅、舞厅、排练场、舞台、会场、新造的内球休空间演出，让观众与演员充分地实现空间共享和程度不同的互动。昆明的庭院戏剧有这样的特点，《露茗》的探索走得最远且最具实验性，这是值得高兴的。

就在完成本文的过程当中，丽江的庭院戏剧正在酝酿出炉，那将会有更为新颖的实验和更为彻底的探索。北京的机构、昆明的人才和丽江的庭院组成新的团队，在著名导演的统领与资深研究者的参与下，提高丽江文化旅游项目的深度和广度。这是运作中的项目，还不便披露更多具体的内容和细节，但是由此可以意识到，昆明的庭院戏剧其实是将演出空间不够的无奈转化成为云南省的演出空间的新开拓，将民间的单一力量的努力转变成各种力量集中进行联合艺术创造。这是很喜人的发展趋势。

六、昆明庭院话剧的"谜"前景

中国戏剧文化的版图上，北京、上海的民营资本剧团的活动格外活跃，质量不断提高，获得了越来越多的国家艺术基金的资金支持。关键在于，这些民营剧团主动分担了社会文化产品的责任，以非公经济、非国有院团的经营模式，给城市文化建设、城市文化产品以独特的支持和补充。这是值得称许的。昆明的庭院戏剧运动已经形成，而且正在发展。昆明的庭院戏剧的文化品质正在攀升，戏剧人的努力，我是看在眼里，感动在心里的。但是，其发展趋势如何，目前还不好明确判断。因为，向好的现象与未知的可能都同样存在。

杨洋团队各个剧目的演出共179场次，邵筱萍的莲花池戏剧演出超过200场次，马家大院的戏剧演出近60场次，南强街88号仍旧坚持戏剧演出，得意居、元动剧场、滇池H实验剧场推出了各式各样的戏剧演出……据杨洋介绍，一个叫张亚群的年轻人制作原创戏剧《高兴》《鼠辈》《睡觉》《晚安》等，演出50场次以上，加上零星的，也足有百场。近年来，庭院戏剧超过500场次的演出，在昆明的戏剧演出份额里已经不少。单个戏剧院团是否都能有这样的演出场次和文化声势，据我所知是没有的。

就受众面看，昆明兴起的庭院戏剧运动是各有核心、各有场地的团队，但这只是开始时。现在，可以放心地说，他们形成了相互呼应、写作演出的态势。杨洋团队不仅在莲花池、马家大院、得意居、滇池H实验剧场等空间演过戏，还与莲花池合作得极好。而且，他的剧目还在昆明剧院、昆明工人文化宫演出过，影响漫出了庭院，还与国有机构的正规剧场合作。张亚群也走出南强街，走向北京的戏剧演出市场，在鼓楼西签约……莲花池300人次、南强街140人次、马家大院170人次、得意居120人次，杨洋团队2017年在各处场地的友情客串（包括大剧场的演出观众人次），据媒体统计是35200人次左右，当时《问心》的演出是 108 场人次。粗略算一下，这些剧目演出的观众流量，昆明庭院戏剧运动以来有八九万人次，应该不会有太大差距。昆明庭院戏剧的演出制作者，坚持售票，杨洋的南强街 88 时代票价是 280 元、180 元、120 元，得意居甲票 298 元、乙票 198 元，马家大院的票价稳定在 480 元、380 元、280 元，也就是说，昆明庭院戏剧不是文化人玩儿票或者同仁戏剧挥洒兴趣，而是在追求戏剧文化演出美感的同时，认认真真地做市场，搞经营。这对昆明的城市文化结构与演艺市场培植是一个极大极有意义的补充。

昆明庭院戏剧运动的发展还不充分，还不尽善尽美，但是它展示了民间戏剧的活力，显示了民间力量分担政府发展焦虑的可能。可以看到，昆明庭院戏剧运动当下的意义。

让老宅散发出城市文化的品质。昆明作为历史文化名城，在老宅子、老街区陈年往事的述说中，激活尘封的记忆，成为还在存活着的风景。

让戏剧文化体现草根文化的特性——市井文化风味。庭院戏剧运动中附带的民风民俗、民歌民谣，附带介绍的名特产品，在花艳茶香中成为观众的感性的体验与记忆，随着生活的流动传扬开去。但是，这一切都必须作为戏剧规定情景中的生动细节与必然内容，而不可以变成化了妆的土特产和家藏品。

让城市秩序获得空间安排的自由——城市文化重组。昆明的庭院戏剧运动不是政府主导的，是民间力量的自然喷发。而且，这种力量的运行促成了国有团体与民间团体的联合，如云南省话剧院、云南省京剧院、云南省滇剧院、云南省花灯团的组织或个人的纷纷加入，展示风采；民间团体之间的相互联合，如在莲花池平台上，杨洋团队与邵筱萍团队渐入佳境的合作，邵筱萍牵动的各种文化机构、艺术院校和艺术家参与制作已成稳定模式；文化厅主办、云南省话剧院、云南艺术学院戏剧学院承办的学术研讨活动，有校园社团、民间团体的加入，如 2017 年中国话剧 110 周年的历史图片展和高端论坛，就是一次用 4 个话题构建了戏剧文化话语。而云南大学生校园剧社联盟的建立与发展，选择的地点，恰恰是庭院戏剧焐热了的空间。云南艺术学院戏剧学院在马家大院、南强街 88 号分别挂牌作为教学实习实践基地，预示着更深入、更频繁的合作时代开启，以艺术院校常备不散的教师队伍和学生队伍去支持原创剧目的生产,应该说具有可以期待的前景。特别有意义的是,昆明城市文化的空间秩序,就在这样的运动中受冲击、被打破、遭挑战。

让民间活动启发公共建设站位——消费群体的选择。昆明庭院戏剧基本上是追踪顺应一种社会心理流向而兴起的,那就是昆明人挽留城市故乡记忆的需求与人生常有的怀旧情感。民国风和老宅、旗袍之间,喝茶、养花生活方式与现代人希望"慢下来"的内在需求之间,网络时代手机信息的便捷体验与群体活动、共处共享共鸣的快感分享之间,是完全可以建立联系的,也成功地建立了联系。所以,庭院戏剧的观看与演出,为这部分生命自觉的人提供了机会和场所。从根本上说,这是小众的文化活动。邵筱萍女士在小众的审美与大众的消费之间,显得很纠结。应该说,她的纠结和焦虑,在她的庭院经营邀请的剧目、演出活动的稍显芜杂当中显现出来,不同剧种的、学院派的、商业策划的、民间民俗的百姓戏会、社会时尚的如红歌与情歌……各种各样的演出活动纷纷登场。也许,认真分析一下庭院戏剧运动兴起过程中的观众群体,就应该明晰自己走的经营路线。怎么走,企业家去思考。但是,莲花池的格局格调,一定无法走大众化路线。昆明庭院戏剧运动的观众,年轻人、时尚者、文化人、收入中等的"小资情调"爱好者,似乎是大多数。吸引更多这一类阶层的人成为稳定的、不断增多的观众群体,是昆明庭院戏剧要走好走稳的发展路径。

民间社团对公共文化的必要补充,这是政府制度安排之外的意外收获。但是,必须强调,政府扶持、行业支持是昆明庭院戏剧运动发展壮大的重要条件。尽管昆明庭院戏剧运动的声势已成、影响渐大,但是说其发展危机四伏,一点儿也不过分。主要的几个团队的核心人物,都在默默苦撑,为了心中对戏剧的爱,凭着对文化的责任感,他们的创业可谓筚路蓝缕。经费上的投入,一开始就是自己补贴,我跟他们开玩笑说,是买房产的投入才能坚持下来的。努力到现在,政府能够以什么方式支持他们一下,可能就能够走出艰难的成长期,进入良性发展阶段。像北京市政府的政策那样,以演出补贴的方式支持民营剧团的发展,是一种方式。北京市一个剧目演出 20 场以上,就可以从专项资金中拿到补贴,政府奖励他们为政府分担了压力，鼓励他们创造文化产品服务于社会的努力。

　　昆明的庭院戏剧运动主潮中的团队，除了有外在的经济压力外，最沉重的压力来自源源不断的原创产品生产的压力。编剧、导演、演员、物造型人员，要想办法用好用足现在国家院团闲置的人才，密切与艺术院校的人力资源合作，同时、前后有几个剧组排演剧目，缩短上一个剧目与下一个新戏之间的时间，不要给已经有的观众群体造成间隔长的空白点，而要形成轮演制度，有长期保留的轮演剧目，培养观众形成每月甚至每周观看戏剧演出的文化消费习惯。因此，新剧目的产品生产，必须绵延不绝，这样才能带来络绎不绝的观众群体。

　　说到生产，就必须讲艺术水准了。要定制生产庭院戏剧，不仅要对自己的演出空间定制，也要对自己的观众群体定制，还要对自己剧目的艺术水准有一个稳定标准并且有不断提升的目标。这样，产品才会成为品牌，品牌才能成为名牌，悄然的民间文化运动才会成为流行的时尚文化风潮。

　　昆明需要这样的文化品牌、文化名牌作为名片，在缺乏历史文化内涵的拆建后的新城市中重新寻找文化坐标，讲述历史……

本文发表于《云南艺术学院学报》2018年第3期第29–37页

第五辑

剧种与艺术家

"竹派"三世事，滇剧一朵"梅"

滇剧作为云南地方剧种，在中国戏剧文化大家庭里曾经有过几次被外界广泛认知的机缘。第一次，法国人在上海开办的百代公司于 1936 年两次录制滇剧唱片，市场畅销，产生很好的影响。美国人办的胜利公司紧跟其后，于 1937 年也录制了一批滇剧剧目，流向市场。滇剧艺术经历了市场洗礼后，获得了听众戏迷的欢迎，有了相当影响。第二次是全国性认知，中华人民共和国成立后，20 世纪 50 年代，滇剧剧目三次进京演出，受到广泛好评和关注，万象贞主演的《借亲配》被摄制为戏曲电影艺术片，影响空前。研究者李荫厚认为，梅兰芳在《戏剧报》发表文章盛赞"戏曲大发展的 10 年"时列举了 15 个古老剧种，滇剧位列其中，这与滇剧的三次进京演出和戏曲艺术片摄制直接相关。[①] 从那以后，滇剧院团纷纷成立，获得了极大的发展。第三次，改革开放以来，1985 年云南省滇剧院《关山碧血》的开启，使云南滇剧随着一个个有影响的剧目如《朱德与唐淮源》《古琴魂》《瘦马御史》《爨碑残梦》《京娘》《西施梦》《水莽草》……再度走入广大观众的视野，让人看到滇剧发展和振兴的勃勃生机。其中，滇剧"竹派"艺术的两个代表性艺术家万象贞和冯咏梅，站在滇剧艺术的全国认知与全国影响的重要位置上。因此，在梳理滇剧"竹派"艺术的时候，对滇剧艺术的发展认知，也许具有超乎流派艺术研究的意义。这里，有滇剧与"竹派"、"竹派"与传人、传人与代表的关系。而我所观察到的冯咏梅，就在这

[①] 李荫厚：《八音绕梁滇韵美——万象贞艺术成就浅谈》，参见《云南戏剧家研究》，云南人民出版社 2014 年版，第 186 页。

种关系中获得定位。

一、"竹派"的传人

冯咏梅是滇剧"竹派"的再传人,这在云南戏剧界几乎尽人皆知。但是,戏曲界流派纷呈,"竹派"需要稍加解释,"再传人"也必须特别说明。

滇剧,基础性声腔来源于丝弦、胡琴和襄阳,在清代中叶形成,繁荣于清末民初,发展于整个民国和中华人民共和国成立后。

滇剧"竹派"源于20世纪上半叶。当时有一个来自云南文山的男性青年,据说他从小天资聪颖,能力过人,有私塾蒙学底子,早年学扬琴,后拜师,学唱滇剧,主旦角行当,旁及其他。他在文山出道,后到昆明搭班唱戏,唱红后自立门派,为"竹派"祖师。

从滇剧研究专家李荫厚考证的资料和"竹派"中人的回忆文字看,"竹派"的特点是旦角行当内应工类型多,闺、花、小、摇、老、刀马全能,亦有能力跨行如生、净角色,精通音律,改良声腔,充实剧目;演唱技巧精妙,唱演结合并深入细腻地塑造人物的能力格外突出;旦角戏以"红楼"戏和"西厢"戏的人物情感刻画、动人抒情见长。

据资料记载,"竹派"从20世纪30年代始收徒传艺,徒弟计有10人左右。据笔者对比资料,1949年前其实有20人之多。中华人民共和国成立后10余年的时间里,"竹派"人在云南省滇剧团学院训练班和云南省义化艺术干部学校(后更名为云南戏曲学校)任教,以现代教育学期/学年制和规模化班级培养人才。[①]肯定地说,在这些无论旧式还是新式的艺术传承教育活动中,"竹派"艺术的积淀也会潜移默化地被贯穿到悉心指导徒弟和培养滇剧人才的唱腔练习、表演训练和剧目排演当中。

---

① 胡耀池:《从万象贞看滇剧竹派艺术的传承》,参见《云南戏剧家研究》,云南人民出版社2014年版,第192页。

在中华人民共和国成立前,"竹八音"接收的 20 人左右的徒弟中,有一个是后来让"竹派"声名远播的重要人物——万象贞。万象贞勤学好问,善思敏行,从师学滇剧,也短期学过川剧,成名后还学无止境地参加过相当于今天的文化和旅游部和中国文联举办的"高研班""读书会"等"戏曲讲习会"的学习。她成为"竹派"传人的代表性名角儿,自号"小八音",既骄傲,又自谦。骄傲的是,高举师门"竹派"的名号,弘扬"竹派"艺术。自谦之处体现于一个"小"字:师父上座,徒儿下立;开山在前,门生随后。实际上,"小八音"万象贞成就辉煌。她专心于旦行,工花旦、闺门旦,得"竹派"善于塑造不同类型女性形象、细腻表达角色内心情感的真传。万象贞艺术影响大,舞台技艺精,遗憾的是她收徒甚少,据说只两三个而已。

所幸,这两三个中就有梅花奖、白玉兰戏剧表演艺术奖获得者冯咏梅。冯咏梅继承了"竹派"表演的特点,嗓音天赋更加突出,艺术悟性也青出于蓝,在形象塑造和行当跨越上步子迈得更大。冯咏梅在 1987 年云南省青年演员舞台能力比赛当中以《思凡》的出色表演脱颖而出之后,坐在评委席当中的万象贞对这个舞台表演规范、音色声线与自己相近的滇剧旦角演员产生了深刻印象。当玉溪市滇剧院领导带着冯咏梅找到万象贞说明拜师学艺、传承"竹派"的愿望后,万象贞欣然同意。1988 年 10 月,冯咏梅举行了郑重的拜师仪式,此后潜心学习。10 年后,冯咏梅以"竹派"重要剧目《京娘》的改编翻新"唱红",一飞冲天,成为"竹派"第三代的代表性传人——"小小八音"。而且,越到后来,她的艺术能力越加圆熟,艺术追求更加自觉。

2017 年 6 月 9 日,由云南省文化厅、云南省文联、中国戏曲表演协会主办,云南省戏剧家协会、云南省滇剧院、玉溪市文化广播电视局、玉溪市滇剧院承办的冯咏梅"谢师收徒"演唱会在昆明剧院举行。借此演唱会仪式,中国戏曲表演学会为滇剧"竹派"第二代代表性传人颁发了"终身成就奖",既肯定"竹派"艺术,也褒扬了"小八音"万象贞对竹派的贡献。有意味的是,演唱会的滇剧经典唱段《梅姐》《荷花配》《数桩》和《水莽草》,分别对应"八音建鼎"("竹八音"张禹卿)、"万象更新"("小八音"万象贞)和"竹篱咏梅"("小小八音"冯咏梅）三个板块，这是滇剧"竹派"艺术传承的三个历史性节点。三个折子戏分别由冯咏梅收徒的四个"竹派"新人殷永萍、陈莉侬、朱理智、洪小柱演唱，四人将"竹派"三代代表性人物的有代表性剧目选段呈现在观众面前，意在强调该场晚会在"竹派"艺术传承的"师"与"徒"薪火相传血脉上的意义。至此，第三代滇剧"竹派"传人冯咏梅开始了她新的使命。

"小小八音"冯咏梅是滇剧"竹派"艺术的"再传人"。承上，她是承传者；启下，她也是再传人。"竹派"传承，历经三代。各种人物，经受住了滇戏迷、崇拜者的爱心表达，譬如"吃菜要吃白菜心，唱戏要学小八音"，就有人提出"万派"；冯咏梅声誉鹊起，社会影响越来越大之际，也有人提出"冯派"。这些提法，并不合适，割断历史，新开门派，丢掉了根脉，看不见发展，最后是一个门派的湮灭。武林如此，舞台亦然，江湖皆是。如果每一代人都自称宗师，其实最后就无宗可循，无派可依。

万象贞、冯咏梅不忘初心，守住本性，在滇剧"竹派"艺术的传承中担起了自己那一代的使命。

二、"竹派"的特征

"竹派"成为滇剧艺术的一门一派，究竟有什么特征可以辨识？

在我看来，"竹派"可以辨识的特征如下。

第一，滇剧旦行演艺。"竹派"旦行，不仅仅限于花旦、闺门旦或者青衣、老旦，是旦行全能，并且跨行当，生、净、丑行也有较高水准的表演技能。[①] 对于"竹派"旦行，创立门派者"竹八音"尽管是一个全能型的大家，但是其成就集中体现在闺门旦、刀马旦上，也是事实。而且，"小八音""小小八音"的艺术生涯和艺术成就也说明了这一点。在"竹派"的传承中，有一个重要的历

---

① 熊林、刘超萍：《滇剧革新家、教育家张禹卿》，参见玉溪滇剧（国家非物质文化遗产）传承保护展演中心、玉溪市滇剧院编《滇剧竹派艺术文苑》，2017年6月，第5页。

史性变化必须注意到，那就是滇剧艺术的发展当中，男旦向女旦的历史性变化。"过去的滇剧舞台上，旦角都是由男演员来扮演的。自 1912 年开始，滇剧有了女演员，成为坤角。到了 1915 年，学唱滇剧的女学员已达到 250 多人。进入戏班的女演员有 100 多个。"① 这种变化，首先是社会性的，然后是行业性的，最终才是艺术性的。男旦是男演员扮女人，身段、表情、手势、步态、腔调，一切都要模仿女人，无论大家闺秀还是小家碧玉，或是军中女杰、山头女侠，男演员的"演女人"成为一个很重要的表演焦点。当"小八音"和"小小八音"在"竹派"艺术的传承链条上成为代表性、标志性的艺术家的时候，应该意识到，"竹派"艺术也在行当上完成了历史性向艺术性的根本转变，从"演女人"走向了"女人演"。说"竹派"艺术，看不到这个历史性变化及其带来的艺术性变化，旦角艺术就讲不清楚，因为没有看清历史性变化带来的艺术性变革。"竹派"的旦角表演艺术，从男旦走向女旦，发音的唇、齿、舌、腔、喉、声带以及面部、颈部肌肉等发生了性别的变化。有一篇文章中提到的一个信息很重要："竹八音""因他嘴型较扁，嗓音高而口不大张，同辈老乡们戏呼他为'鸭子'"②。为什么演唱时"口不大张"而形成"嘴型较扁"的特点？原因在于"竹八音"男旦"演女人"需要模仿女人说话、唱歌，声音的频率较男人高，脆亮悦耳的声音效果。"先生的嗓音偏细，还略有沙音。"③ 偏细，是因为逼尖了嗓音模仿女人的声音，用小嗓。中国的男旦时代，这是最为普遍的发音方法。到了女人演女人的女旦时代，就发生了悄然的变化。四大名旦的女弟子们不必一定要学师父的发音方法，成为"模仿女人声音的模仿"。"竹派"旦行的演唱特点发生了变化："小八音"作为女旦的声音条件"音色明亮，嗓音宽厚，柔和，用气，吐字，行

---

① 李荫厚编著：《滇剧》，云南美术出版社 2010 年版，第 9 页。
② 王需章：《忆滇剧名伶竹八音》，参见玉溪滇剧（国家非物质文化遗产）传承保护展演中心、玉溪市滇剧院编《滇剧竹派艺术文苑》，2017 年 6 月，第 17 页。
③ 熊林、刘超萍：《滇剧革新家、教育家张禹卿》，参见玉溪滇剧（国家非物质文化遗产）传承保护展演中心、玉溪市滇剧院编《滇剧竹派艺术文苑》，2017 年 6 月，第 7 页。

腔都很讲究。她行腔委婉流畅，高低自如……"①"小小八音"冯咏梅在没有见到过"小八音"万象贞之前，从声音特点上认识到，自己的嗓音条件适合于拜万象贞这位大家为师："万象贞老师的唱腔圆润洪亮，轻柔委婉，如行云流水，给人一种华丽甜美的感觉……我发觉万老师更注重中音部位的发挥，不随意多唱高腔。"②冯咏梅选择万象贞作为她的艺术引路人，注意到万象贞用嗓对"中音部位"的借重，十分重要。万象贞把滇剧传统中高调门的地方降下来或者唱腔的高音区降下来，实践上解决了男旦"演女人"的假嗓小嗓的问题。事实上，冯咏梅的行腔特点，也是避免高音高调那种"不舒服"的演唱腔调的。嗓音条件极其良好的她，用本嗓唱出来，就清脆甜润，婉转动人。其实，这种用嗓部位的转换，从高音到中音，是历史性的，也是性别性的变迁，真是中国戏剧传统艺术体现在用嗓上的"沧桑巨变"！冯咏梅在收徒传艺的时候，想必在理性上更应该认识清楚，女性戏剧艺术家在用嗓时的特点，不再像男旦时代男演员们依靠小嗓（假嗓）去模仿女人、"演女人"的练声用嗓方法。这不是某个演员个人的自由选择，而是不同性别的旦角演员的历史性变化带来的必然。行腔大嗓（真声）为主，润腔小嗓（假声）为辅，情感表达、人物刻画不需要时甚至根本就不用小嗓假声，这是旦角女演员的天然声音条件决定的。

　　第二，"竹派"的声腔艺术。滇剧艺术的声腔来源于丝弦、胡琴、襄阳。轮换用、混用，有较宽的选择余地。混用即所谓的"三下锅"。述说这种声腔特点对于"竹派"艺术而言没有意义，有意义的部分在于，与大家都使用的基础声腔不同的个性特点成为"竹派"声腔的艺术个性，这才是"竹派"艺术的特征所在。但是，在张禹卿唱红被誉为"竹八音"自立门派时，观众看到的是他的比较成熟的舞台技艺。作为"竹派"艺术的创立者，他的先天禀赋、后天习得的艺术能力如广识音律，决定了"竹派"是一个善于吸纳别的声腔剧种优点、

---

　　① 杨桐：《万象贞唱腔艺术简介》，参见玉溪滇剧（国家非物质文化遗产）传承保护展演中心、玉溪市滇剧院编《滇剧竹派艺术文苑》，2017年6月，第44页。

　　② 冯咏梅：《我与竹派艺术的情和缘》，参见云南戏剧家协会编《云南戏剧家研究》，云南人民出版社2014年版，第338页。

突出自己的演唱个性的滇剧演唱门派。譬如，"竹八音"被誉为"活林黛玉"，演"红楼"戏恰恰就是配合着丰富情节和刻画人物的声腔革新而令观众耳目一新的。从《葬花》的凄惶冷清、忧郁呜咽到与贾宝玉知心盟誓后的舒心喜悦、舒展快乐，使用了胡琴腔与襄阳腔的组接变化，让声腔色彩成为人物心理和情绪变化的直接呈现，在各种各样的剧种、名角儿对《红楼梦》的艺术消费中独出心裁，别具一格。他创造的（阴板）"四柱腔"至今仍在全省滇剧演出中广泛使用。《宝玉听琴》中，黛玉的六段唱词有100多句，字句结构多用倒十字句（三四三）与正七字句（二二三）交互衔接使用，使唱腔显得灵活多变。这些都是经过精心设计体现在唱腔中的。① 此外，他在"西厢"戏和各种剧目中都体现了这种唱腔革新的努力。"竹派"门徒赵纪良说："在音乐唱腔上，他花的功夫最大，我们现在常用的花旦随着小锣点子上场的〔丝弦平头一字〕就是竹老师从河北梆子中吸收、融化过来的……《借亲配》中张桂英唱的〔顺水鱼〕是竹老师从曲剧唱腔中吸收过来的。他还把洞经堂演奏的〔仙家乐〕〔天香云外飘〕〔宫妃怨〕等改革为滇剧唱腔、曲牌……滇剧〔胡琴坝儿腔〕就是他年过花甲后的又一创造。"②

"竹八音"以剧情配合、人物刻画为目的，以滇剧声腔基础上的新整合，用别的音乐素材在滇剧声腔主体上新添加的方式展开的滇剧声腔革新，为他带来了极大声誉，为滇剧艺术"竹派"奠定了"守成创新、稳中求变"的唱腔魅力基点。

"小八音"万象贞继承"竹派"衣钵，其最显著的声腔演唱艺术精髓就是"声腔"为剧情表现与人物刻画服务。有研究者指出：万象贞在舞台上塑造了众多鲜活的人物形象，这些形象与唱腔的音乐形象紧紧相连。"每个人物的唱腔均

---

① 冯咏梅：《我与竹派艺术的情和缘》，参见云南戏剧家协会编《云南戏剧家研究》，云南人民出版社2014年版，第6-7页。

② 赵纪良：《春风雨露寸草知——缅怀罗香圃、栗成之、竹八音老师》，参见玉溪滇剧（国家非物质文化遗产）传承保护展演中心、玉溪市滇剧院编《滇剧竹派艺术文苑》，2017年6月，第24页。

以人物的性格和揭示人物内心世界的需要为依据,所以每个人物均有一些精彩的唱段。这些人物的精彩唱段,形成了'小八音'在表演和演唱艺术上日臻成熟的标志。"① 在她的代表作《借亲配》中,"在襄阳二流的基础上,增加了胡琴、丝弦的腔调,'三下锅'的运用更彰显了滇剧音乐的丰富、优美……"② 1956 年,万象贞为中缅领导人演出《荷花配》后,周恩来总理印象深刻的也是万象贞表演的"细腻感人"和演唱方法带出的效果——"甜美动听"③。

其实,不必讳言,据说"小八音"对唱腔的理解和对行腔的把控,全靠感性经验的积累和表演艺术家的天性、悟性。她不像她师父"竹八音"那样擅长各种乐器,那样精通音律,但是她靠自己的艺术经验去对原有滇剧唱腔作调整,有添加地找到了适合自己也吻合戏剧人物的行腔,这就让她的滇剧表演在声腔上带有了独特的个性。譬如,她在滇剧剧目《血手印》中《数桩》的表演,腔、词、字与身段、表情相配合的表演;又如,在《杜十娘》中,她对"疙瘩腔"的借鉴和创造性运用;另外,她在滇剧《望夫云》中对白族民间音乐的借鉴。④

据说,万象贞不爱交际,不善言辞,我猜想,她是常常沉浸在自己的剧情里和活在人物身上。她的爱徒冯咏梅对我说,人言万象贞在剧目排练中常常关起门反复演唱,调适声腔,然后与音乐设计、琴师一起商量,定下最适合自己嗓音条件和角色需要的声腔。我意识到,被称为"小小八音"的冯咏梅,得到了老师的真传,就是利用艺术感知和领悟能力去调适传统唱腔以适合自己、适合人物。2020 年 7 月 25 日,冯咏梅在云南大剧院对我说:滇剧的声腔难唱,高中低音之间的衔接陡转幅度太大而且突然,唱起来气息运用和嗓音调动都有很高的难度,

---

① 张惠生:《声情并茂 余韵隽永——记滇剧著名演员万象贞的演唱艺术》,参见云南省戏剧家协会编《云南戏剧家研究》,云南人民出版社 2014 年版,第 181 页。
② 李荫厚:《八音绕梁滇韵美——万象贞艺术成就浅谈》,参见云南戏剧家协会编《云南戏剧家研究》,云南人民出版社 2014 年版,第 188 页。
③ 李荫厚:《八音绕梁滇韵美——万象贞艺术成就浅谈》,参见云南戏剧家协会编《云南戏剧家研究》,云南人民出版社 2014 年版,第 188 页。
④ 张惠生:《声情并茂 余韵隽永——记滇剧著名演员万象贞的演唱艺术》,参见云南省戏剧家协会编《云南戏剧家研究》,云南人民出版社 2014 年版,第 182-183 页。

不像京剧唱腔那样舒畅自如，也不像艺术歌曲、流行歌曲那般晓畅平易。所以，当"小小八音"继承"竹派"唱腔特点的时候，也继承了根据自身嗓音条件和人物塑造需要去调适创新的艺术创造精髓。至于滇剧声腔"难"在哪里，其实"竹派"艺术对滇剧声腔的不断改造革新，已经做了实践上的努力，理论上也应该总结了。

第三，"竹派"表演艺术的特点应该格外注意的，是与声腔紧密联系的字、词、句的"滇派"语言特征。滇剧姓"滇"，没人反对。但是，实践上像"竹派"的舞台艺术那段做到以"滇声滇韵"去突出滇剧声腔的"滇腔滇调"的，恐怕就要观察商量了。

"竹派"表演艺术口齿清楚，吐字有力，送气绵延，已经是有定论的公论。可是，无论哪一种剧种，演员的语言能力难道不是最基本也最重要的艺术能力？环顾剧场，各剧种舞台基本功扎实、吐字清楚的演员多了去了。滇剧舞台艺术，吐字行腔达到口齿清楚水准的也有很多优秀演员。但是，万象贞和冯咏梅特别注重的咬字、吐字、送字在演唱行腔时的功用，这恐怕是滇剧演员中格外突出的。日常生活中，她们对乡音传递的乡情格外敏感；舞台上表演时，她们对醇正的云南官话体现的浓郁地方色彩格外用心。这十分有道理。对于地方剧种滇剧而言，其在听觉上可以识别的文化身份，就是行腔里的"滇腔滇调"和念白里的"滇声滇韵"了。我特别不赞成有的评论者用"字正腔圆"去描述万象贞和冯咏梅的行腔、念白能力，那是评价京剧演员演唱和念白能力的熟语，并不适合滇剧演员的舞台艺术。在我看来，万象贞、冯咏梅的"滇腔滇调"和"滇声滇韵"追求的是云南官话的语言表达，可能是"字不正腔不圆"的。云南官话，声母、韵母乃至词汇，保留古音偏多，圆唇音常常读为"浊唇齿音"，如"无""舞""五"……读为"v"；很多时候，声母的"h"读"f"，"虎""胡""湖""糊"……舌根音"k"与舌面音"q"混同，如"去"读"ke"；"j"读"g"，如"街""界""介"读"gai"；舌面音声母"x"与"h"混同，"鞋"读"hai"；声母没有"撮口呼"，韵母没有后鼻音。词汇如"吃水""吃茶""吃酒""则个（咋个）""恁个""恼火（老火）"一类口语，明代、清代的小说中使用普遍。此外,云南官话在语调上平和柔缓,出现在滇剧里,常常体现为念白的"软讲",乡里乡邻、乡音乡韵的,语气软软的,语音糯糯的,语义甜甜的,声线袅袅,余韵绵绵……这和云南花灯的说唱歌舞或者花灯剧里的对话台词表现出来的舞台语言效果同理,其中存在的语气语调推送的内容,云南人一听就能体会。那种独特的韵味,那种地方方言传递的、特定语言环境中的人才能体会的人情世态,是别的语言不能替代的。其实,方言是特定历史社会环境中人的特殊情感表达方式,滇剧语言同理。"滇腔滇调"必须与"滇声滇韵"紧密相连,而且,必须保持醇正浓厚的语言语音本色,这是构成滇剧声腔的两个基本部分。

"竹派"是滇剧艺术中特点鲜明的"演技派"。有人提到万象贞表演艺术的"手眼身口步"①,而不是传统的"手眼身法步",其实触及"竹派"而不仅仅是"小八音"的表演艺术特点。配合"唱腔"的"口"功,与"手眼身步"一道去服务于人物塑造、传情表意的传神细腻表演,"口"与声腔艺术、表演风格之关系,就成为应该格外关注的突出特点。但是,需要强调的是,这里所说的"竹派""口"功不是一般意义上的"口齿清楚",那只是演员基本功应该具备的条件。"竹派"表演艺术的"口"功,要点在于吐字归音服务于浓郁的"滇腔滇调"和"滇声滇韵",清脆利落的唇齿摩擦、喷口阻畅、吟唱行止,传神表意的眼神表情,"手眼心身步"密切配合人物心理情感表达的行云流水,尤其是"滇声滇韵"与"滇腔滇调"的水乳交融,唇、齿、口腔、喉头、呼吸、声带运动与"滇味儿"效果的产生相适应,"滇"官话的特性体现在滇剧唱腔中就气韵生动了。应该说,以上二方面是"竹派"舞台魅力最重要的特征。

至于表演的细腻、技巧的追求、创造的用心、艺多不压身的能力,都是戏剧表演艺术家们追求的共同点,不必多讲。扮相俊美,嗓音甜润,表演细腻……这些皆大欢喜的套话,其实空洞无物,不提也罢。

---

① 张惠生:《声情并茂 余韵隽永——记滇剧著名演员万象贞的演唱艺术》,参见云南省戏剧家协会编《云南戏剧家研究》,云南人民出版社 2014 年版,第 182 页。

三、"竹派"的发展

厘清"竹派"的三代传承脉络与"竹派"艺术的显著特征后,就可以谈谈冯咏梅了。讲清楚一个表演门派的来龙去脉、历史传承和艺术特征之前,去泛泛而谈一个艺术家,那就显得过于草率。我们的剧院注重院团发展的历史,但常常限于获奖数量、级别和排演的剧目数量。流派研究和艺术经验积淀,真正进入了认真深入地总结和系统地研究的工作,但做得还远远不够。应该明白,这不仅应该作为艺术家研究、流派研究的主要切入点,还应该作为院团史档案最重要的内容、艺术发展最基础的支点、舞台经验最生动的内容去研究。冯咏梅向我讲述了一个愿望,在滇剧"竹派"艺术中,看看发展下来自己在其中所受到的流派艺术的滋养,她似乎明白了这一点。

滇剧"竹派"艺术,是善于整合别人的演剧能力和别的剧种长处去强壮自己、丰富自己的舞台表演艺术门派。

我觉得,艺术家的自身条件与时代环境各有不同,因而造化之机催生的个人成就也自有因缘。但是,一个艺术门派的传承发展却有迹可循,在不同辈分艺术家的代际传递中可以辨认一些共同的文化基因。我以为,冯咏梅受到的来自"竹派"传承的最大滋养,就是绝不故步自封的艺术精神。可以说,滇剧"竹派"艺术发展于"守成"与"创格"的辩证关系运动中。从滇剧"竹派"形成之前到"竹派"艺术影响流传,其转益多师、跨界以获得更强能力的拓展与更丰富内涵的包容,恰恰是滇剧"竹派"的艺术追求和成就支点。"竹派"的创始者、被冯咏梅称为"祖师爷"的张禹卿,取"丝与竹,乃八音"之说,自号"竹八音",其中蕴藏着的自我期许就非同一般。后来,"竹八音"出道,在昆明登台发展时,走上了一个登高览胜的平台。昆明戏园子滇剧、京剧合演的风气很盛,前辈滇剧艺人的成熟舞台、京剧文化的绚烂景观与各剧种声腔艺术的争奇斗艳,让他的"八音"之期获得了血肉生气。"竹八音"有机会潜心观摩京剧演出的舞台呈现与京剧剧目的故事叙述、人物塑造,让他汲取京剧名角儿的演剧技巧去丰富自己，吸收京剧剧目的合理情节与生动人物细节去充实滇剧剧本和丰富滇剧剧目的舞台表现①，很快在京剧开疆拓土、滇剧名角辈出的环境中脱颖而出，自立门派。守正与创格，是戏曲剧种中流派崛起的重要原因。"竹派"一开始就站在"守正、创格"的艺术创造支点上。云南戏剧发展的研究者、见证者胡耀池先生介绍，"竹八音"戏路宽，旦行花旦、闺门旦、刀马旦、老旦、摇旦、青衣皆能应工，生行、净行亦能表演，尤其是谙熟各种滇剧弦乐的演奏，在唱腔调整甚至改革方面有底气、有能力。可贵的是，他在昆明唱红后，已经很快成为滇剧发展时期最重要的中心演出场所——"群舞台"的台柱名旦，但是仍然抽身前往上海观摩学习，补充自己②。"竹派"露头时就显现出了绝不故步自封、常思进取的特点，在后来的"竹派"代表性传人"小八音""小小八音"身上都再现了这种文化印记。

师徒三辈人，在守住滇剧姓"滇"的根本时萃取种种革新，发展滇剧的艺术精神——取别的成熟声腔、看别的成功剧目、学别的流派名角、跨别的行当技巧以丰富自己的舞台艺术表现力；师徒三辈人，苦练"跷工"，服务于人物，表现于剧情需要；师徒三辈人，从不满足已有成就而不断前行精进、精益求精的艺术追求的事例，都是云南戏剧界流传甚广、广为人知的故事。这说明，一个艺术门派，精神气质上的一脉相承是可以落实到艺术生活的方方面面的。

但是，也还有一些鲜为人知的事例可以进一步说明"竹派"代际传递的这种艺术追求的精神气质。认识冯咏梅，是在她"小荷才露尖尖角"的时候，备战"梅花奖"之前。因云南玉溪滇剧院版《京娘》编剧陶增义的介绍，她在一个周六的下午来到还在昆明麻园办学的云南艺术学院，找到我，急切地要找一位"学院派"的老师，调整发音方法，避免声带、用嗓过程中的人为损伤，提升嗓音天赋与演唱表现需求之间的契合度。我给她介绍了云南艺术学院声乐造诣很高的吴云祥教授，他用方

---

① 李荫厚编著：《滇剧》，参见黄映玲主编《云南地方戏剧丛书》，云南美术出版社 2010 年版，第 15 页。

② 胡耀池：《从万象贞看滇剧竹派艺术的传承》，参见云南省戏剧家协会编《云南戏剧家研究》，云南人民出版社 2014 年版，第 191－192 页。

于教授在云南艺术学院任教时行之有效的"面罩唱法"为冯咏梅调整用嗓、演唱方法，将近半个月的"美声"方法训练，让她轻松穿行于《京娘》演出中那些关键唱段的"爬高"音区。接下去，梅花表演奖、白玉兰戏剧表演艺术奖主角奖、"五个一工程"奖、有突出贡献的专业技术人才奖、"文华奖"表演奖、劳模等荣誉纷至沓来，她一步一步地获得了一个又一个人生的巅峰体验，风光无限。

显然，支撑她、催动她走到现在人生境界的，最重要的还是她从"竹门"继承来的毫不懈怠、持续精进的艺术精神与人生追求。就在最近一次因为这篇文章与她深入对谈的时候，我注意到冯咏梅身上显现出来的"竹门"三辈代表性艺术家的那种"气质相近"的内容，就是对戏剧艺术的痴迷与对同行、后辈、徒弟的倾心相助。关于这方面的感人事例，"竹八音"和"小八音"早有佳话，不赘。那天访谈冯咏梅时，正好是她带领下的玉溪市滇剧院的一个青年演员参加云南省戏剧表演"山茶花奖"角逐的时刻。坐下来时，她几乎是不假思索地打开手机，进入展演的公众平台，关注她的参赛演员的演出实况。她一边回答我的提问，一边监听她的演员的完成情况。访谈心不在焉，答问不假思索，缺少思考，没有深度是必然的。那一刻，我相信了冯咏梅说的，自己的那点儿风光很有限，那点儿成绩很一般，她现在就是想扎扎实实地做点儿实事，为院团的生存，为演员的发展，为"竹派"艺术的传承。我相信她对艺术的痴迷，我相信她对事业的无私。可以设想，换一个人面对一个研究者的访谈，一定精心准备，深思熟虑，专心致志，绝不会显得心不在焉，一心二用。其实，她的心，主要在她的院团、她的演员身上。

如果说，滇剧"竹派"的三辈代表性艺术家，艺术追求中的精神气质始终贯通不变的话，属于个人禀赋和能力的特点，也是可以辨识的。"竹八音"张禹卿传统戏剧的综合艺术能力强，"小八音"万象贞舞台表现能力优，"小小八音"冯咏梅悟性好、情商高，其能力，就不仅仅限于戏剧舞台了。

和所有称得起流派或者门派的戏剧表演群体一样，"竹派"也有在观众中有影响、有号召力的好演员，有舞台上立得住的生动形象，有属于该门派传得下去的保留剧目"箱底戏"和可以总结的艺术特点这样一些文化要件。从"竹八音"

到"小八音",再到"小小八音",他们都能够技艺精湛地演几十个剧目,塑造生动鲜明的人物形象。不约而同地,他们三代代表性艺术家都积极参与了剧目选择,甚至剧目改造,从一开始就进入了戏剧创作的环节,这就比一般演员被动进入剧目排练高出许多了。冯咏梅唱红,当然走的是花旦、闺门旦的本色行当,前期的大量剧目,包括近些年演得风生水起的《水莽草》,都是这样。但是,从她《京娘》前闺门旦(兄送京娘·阳送)后青衣(京娘送兄·阴送)的表演,到《抚仙湖之恋》《西施梦》中剧情变化跨度里角色成长的表现来看,她得心应手的活泼俏丽的花旦、闺门旦演技已经开始向稳沉内敛、雍容大度的青衣表演风格演变了。她的舞台艺术形象塑造,来回在花旦、闺门旦与青衣的"似与不似"之间,获得了更耐看、更有意味的形象韵致。2019 年,在搬演徐棻从迪伦马特的同名剧作改编过来的《贵妇还乡》中,冯咏梅扮演一个饱经风霜的贵妇人,在淳朴的小镇女孩与在繁华都市风尘中滚过的"贵妇"之间,重点形象在后者,已经纯乎是小花旦向大青衣的转身了。

其实,冯咏梅不仅在行当本色上变色转换,艺术上也跨界探索。她演过花灯剧《小河淌水》,因此获得过全国性表演奖;开过演唱会,唱过艺术歌曲。她有很好的艺术直觉与过人的生活悟性,这充实了她的舞台艺术与社会人生。

随着知名度的提高,冯咏梅担任了玉溪市滇剧院的院长,后来是玉溪市文化和旅游局副局长、云南省戏剧家协会副主席、云南省政协委员,最近又当选了云南省文联兼职副主席。社会角色,远比她每排一个剧目时担纲主演的角色多彩、复杂、工作具体和责任重大。她的玉溪市滇剧院院长当得很好,抓常备不懈的练功,抓不断推出的剧目,推青年演员参赛获奖,让戏剧院团生存发展状态普遍低迷的玉溪市滇剧院人心不散、士气不落、弦歌不断。这个时候,在院团里被疼爱、被呵护的小花旦、闺门旦角色已经变成了当家的"大青衣",知书达理,温柔敦厚,稳重大方地待人处事,知冷知热地去疼爱、呵护别人,充满热情地去找资源、找剧本请导演排戏立戏,为年轻演员的成长搭平台送机会,正如她让徒弟接替自己在《水莽草》中演成熟定型的角色,在让生行演员《王者江上》中出彩亮相,在近年来的云南戏剧表演"山茶花奖"展演中为玉溪市滇剧院的年轻演员垫场、站台一样，体现出的是一个当家"大青衣"雍容大度的气量。

冯咏梅这个天赋好、悟性高、情商足的小花旦、闺门旦，终于练成了一个世事洞明、人情练达的当家"大青衣"，成为滇剧艺术的代表性艺术家，其意义和影响已经超出了"竹派"传承的艺术意义。很大程度上，她现在努力做的事情是可以作为文化事业去看待的。她嫁接各种资源，把玉溪的戏剧文化活动开展得亮点迭出。2016年1月15日，"西南地方戏剧联盟"成立大会在玉溪聂耳纪念馆举行。2017年，她牵头成立了"滇声梅韵"戏迷联谊会。2018年，中国戏曲表演学会艺术联盟委员会成立大会在玉溪聂耳大剧院召开，冯咏梅出任副会长、副秘书长、联盟委员会主任……该联盟委员会作为民间组织，以戏曲表演艺术的名义，以新时代新文化新格局的思路力图将西南、西北、华北、华中、华东、华南、东北地区的中华戏曲院团连成一个声气相通的整体。这是从云南省玉溪市出发结盟西南三省戏剧人的格局，这是从一个小小的地方院团纵览中华戏曲文化天下的眼量。小花旦成长为"大青衣"，而且当家，想要当的是，中华戏曲文化的家。把中华戏曲文化作为自己的价值所依、魂魄所归、身家所安，这是我们的艺术家真正需要的使命担当与文化自信。

从"竹派"小花旦，成长为玉溪市滇剧院的当家人，再迈向戏里戏外的"大青衣"角色，所跨越的"行当"，不仅仅是滇剧艺术的，可能也是戏剧文化的；所传承发展的流派，不再仅仅限于滇剧"竹派"艺术，而是世界戏剧文化格局中文化身份独特的中华传统戏剧。这个流派是中华民族的，这个流派源远流长。

"竹派"三世事，"竹八音""小八音""小小八音"传承流派。滇剧一朵"梅"，戏剧表演"梅花奖"获得者冯咏梅，应在一个"梅"字上。小花旦的"花"开成了"梅花"，"竹派"艺术汇入了中华戏剧文化的时代潮流，与民族共荣，与国家同兴，与时代同行，这可能是冯咏梅此前没有做过的梦。

这梦够大。

本文发表于《中国演员》2020年第4期

报春梅花第一枝：滇剧表演艺术家王玉珍速写

尽管早已感知到王玉珍女士表演魅力的强大与艺术影响的久远，但是，对于她的艺术生涯和生活现实，我缺乏深入了解。当半年多前她请我为她的艺术画册写序的时候，老实讲，我心里是犹豫的。而且我明白表示，自己并非最合适的人选，我建议她，滇剧界行家里手，戏剧界名宿专家，都可以做选择。但是，王玉珍女士一再坚持，我就不好一味拒绝。她是我历来尊重的滇剧名家，那么言辞恳切地敦请，那么不容商量地坚持，让我自己先觉得不好意思，只好勉为其难地答应下来。但是君子协定，容我多一些日子，以不催逼稿件为前提。这样约定，不为别的，只为更多一点时间去了解王玉珍女士，思考斟酌这篇序言的写作角度。王玉珍女士承诺了，就安静地等待着，果真没有催过我。一直到半个多月前，一次看演出，王玉珍女士跟云南省滇剧院确定召开"王玉珍从艺60周年纪念演出暨研讨会"，希望我能出席的时候，她仍然没有说稿子的事情。倒是我主动说，序言已经写好，研讨会上，我就用为她写的序言内容去发言。

王玉珍女士，是云南当代滇剧界承上启下的重量级演员，是云南省在全国戏剧演员争奇斗艳的"梅花奖"群芳谱中含笑绽放的一枝梅花。这是云南的第一枝梅花，之后，一枝、两枝、三枝……一直到九枝！还会更多，毕竟，报春梅花第一枝，启开春色，启开的是花放满园的春色！

"梅花奖"是《中国戏剧》杂志为表彰戏剧表演艺术家而创设于1983年的一个奖项，一经面世，即获得广大艺术工作者的拥戴，而变为中国戏剧家协会进而成为中国文联的一个影响巨大的全国性品牌奖项。这个奖项致力于奖励那些在戏剧表演上造诣深厚、功夫独特、在观众中享有广泛影响、在剧种上有代表性的德艺双馨的演员。这是中国当代戏剧演员梦寐以求想要得到的奖项，它标志着评奖机构对获奖者德艺双馨品行的认可，也标志着戏剧界对获奖者艺术造诣的肯定，同时标志着获奖者在观众心目中的影响力。奖项的"梅花"二字，取"梅花香自苦寒来"之寓意，对于概括表演艺术家们的成功之路，十分贴切。而对于王玉珍女士的学艺成艺、成名成家的从艺经历来说，"梅花香自苦寒来"，简直可以说是传神的精彩概括了！

1992年，第九届"梅花奖"评选中，王玉珍以三个剧目展示了自己的精湛表演技巧和成熟的表现能力，在激烈的竞争中脱颖而出，毫无争议地获奖，载誉而归。尽管在全国戏剧界，20世纪50年代初滇剧的《牛皋扯旨》《打瓜招亲》就已经颇有名声，被当时的中国戏剧家协会主席田汉在讲述全国地方剧种的创作成就的时候提及，后来也有滇剧多次进京演出，这是王玉珍女士艺术生涯的"登顶突破"，也是地方剧种众多的云南戏剧在这个奖项上的"零的突破"，更是滇剧在新时期中华戏剧文化百花园里的一次明艳亮相。紧跟着，各种各样的奖励、社会兼职、荣誉称号纷至沓来。这没有让王玉珍女士沾沾自喜、飘飘然然，她没有丝毫的顾影自怜，而是充满了感恩地总结自己的成长。她说："我感恩党、感恩各级领导、感恩我的恩师和同行，是党把我培养成人，给了我许多荣誉。"

这是一个懂得感恩的艺术家，比起那种在党和政府的关怀下，在老师培育辅助下，在同行同伴帮助下成长成才、成名成家却毫不感恩的"明星""大腕"来说，比起那种炫目光环稍纵即逝、自我炒作得令人生厌的从艺匠人来说，我深深觉得王玉珍女士不张扬、不做作、不矫情、不伪饰的本色可贵。这正是王玉珍女士艺术生命长久、生命之树常绿的力量所在。从她身上，我读懂了懂得感恩的艺术家，首先是懂得感恩的人。其中的逻辑关系指向，就是做人的成功，搭建稳健的道路通向了艺术追求的成功和艺术生命的绵长。王玉珍女士正是这样的艺术家。

我在研究工作和戏剧节活动中断断续续接触王玉珍女士，算起来该有将近20年了，虽然了解不深不透，但是一些活动相遇，常常开会见面，留下的印象总是有的。一些更重要的信息，自有印象。

我有幸读过王玉珍女士写的艺术简历，八页多一点点的文字，却有六页纸的文字是关于恩师关爱培养生活的，有一页纸是提及恩师教诲指点的。感恩，成为王玉珍女士人生履历的主线与艺术简历的主要内容。平实，朴素，诚恳，踏实，质朴，一如她平时给人留下的印象。

她平实地表达自己的刻苦努力，因为没有什么好凭借的。1958 年进入云南省文化干部学校的王玉珍，又瘦又小，在三个月学习后的甄别期汇报演出上，因为紧张，她该开口演唱却又唱不出来，自然被判断为没有嗓音条件、没有外形条件了。她被甄别分流，判了演员前途的"死刑"，去改学打击乐。结果是年轻时工刀马旦的老师梁德祥一家给她了悉心的呵护和严格的训练。勤学苦练一年多之后，在一次汇报演出的折子戏晚会上，她获得了一次临时顶替角色的机会，扮演《快活林》中的小店老板娘巧二，武旦应工，科主任亲自指导，头天苦练，第二天晚上演出。大家都为她捏着把汗。结果，上得台去，她居然唱念做打般般到位，身台形表件件出彩。一夜之间，幼小的王玉珍就从待淘汰的丑小鸭变成了受瞩目的白天鹅。在老师的夸奖和同学的赞扬声中，她知道自己必须更加努力。那次机会靠的是平时的努力积累。于是，她更加刻苦努力，埋头勤学苦练。

她朴素地表达自己的学习成长。因为当时，在学戏练功的她除了后来被老师发现有一副好嗓子，音色好之外，几乎一无所有。

但是，也恰恰因为有一副好嗓子，她可以为刀马旦添彩提神。招式规范，技巧到位，剩下的，就等候清脆甜润的嗓音驾驭着那几句有板有眼的唱腔推送出来的彩头了。平平实实的努力，扎扎实实的积累，朴朴素素的表达，在基本技能、基本技巧、基本能力之上，天赋的甜润嗓音为她的表演插上了翅膀，她获得了成功。成功的她，记得的是学校班上的大姐姐手把手教基本动作、帮化妆、包头、穿服装的细节，记得的是恩师梁德祥家温暖的火炉、经常的营养餐以及恩师的扫雪陪练，记得的是为她规范吐字、喷口、行腔、归韵的恩师熊林。两个恩师改变了她的命运，丑小鸭拼命划水、顽强展翅，终于起飞，成为白天鹅。

她诚恳地感恩，因为，她深深地知道，除了在恩师的指导下刻苦用功、严格身体塑形能力的训练之外，她的嗓音天赋也要得到正确指点与精准调教。否则，她将一事无成。

王玉珍女士的艺术生涯里最重要的两个恩师起了关键作用，梁德祥老师给了她最严格规范的训练，让她在日后的舞台招式上彰显手、眼、身、法、步的娴熟技巧；熊林老师则提升她作为刀马旦所具有的自身优势，去念白唱腔里体现精、神、气、力、功的深厚积累。两个恩师，分别负责王玉珍的造型能力与语言能力，这就成为王玉珍女士舞台创作能力最充足的底气，成为王玉珍女士表演艺术的个人魅力最醒目、最悦耳的高光点。中国传统戏剧的身体能力，无动不舞；语言能力，无声不歌，最终，在舞台程式的唱、念、做、打、舞中又荟萃一体，熔为一炉了。王玉珍女士的两位恩师为她选排的《百花张四姐》就是这样的一个生动例子，他们为学生选排的是既充分展示武功实力和打出手技巧又发挥演唱能力的剧目。练肿了腿，唱麻了嘴，王玉珍女士萦萦于怀的是师姐们从老师那里听来的"要想人前夺萃，就得人后受罪"的格言警句。王玉珍女士到现在都有一口好唱腔、好口齿，就是因为那时熊林老师给她打下的厚实基础。咬字、吐气、喷口、归韵、行腔、传声……严格的训练，王玉珍女士基于自身条件，使得优长更优长。那就是好嗓子的自然条件被好"唇、齿、舌、喉、嗓"的语言发声能力所托举，嗓音的甜润清亮与行腔的稳沉精准，吐字的铿锵有力与音韵的清晰绵长成为王玉珍女士名演员的实力招牌。

她踏实地追求。她的命运改变，是从恩师们看出她身上的踏实精神、可堪造就开始的。

特别意味深长的命运故事是，她被甄别为没有演员前途，改行学打击乐。这里，教师的甄别眼光没有错，因为她没有外在条件的优势，没有那种有表演天赋的孩子常有的"人来疯、自来熟"的特点。但是，两个恩师又觉得她可以学习做演员，也没有错。老师从她勤学苦练打击乐的踏实精神中，觉得她可以学戏。一次，在雪天的空地上的剧目排练中，教师临时有事走开，同学都歇下等老师的时候，只有她跪在地上，沉浸于情境、人物、情感的仔细体会和反复练习。在排练地点的老师眼中，那个跪在雪地上对身边事物浑然不觉的瘦小身影，幻化成了一个终会成角儿的形象。于是，老师指点她从扎实的基本功开始，从下腰、压腿、吊嗓、喊嗓开始，从点点滴滴学起，自然而然地迎来了一年多后的那次一鸣惊人，机会的偶然中显现了"有志者，事竟成"的必然。这里，老师的眼光也是对的。因为她有一种倔强执着、质朴单纯的学艺精神。老师挖掘了幼小的王玉珍的潜质，因势利导，因人施教，成就了一个看起来"不是那块料""祖师爷不赏饭吃"的学戏的女孩儿。她一路行去，巩固基础、提升能力，甚至拜师京剧名家关肃霜学习"扎大靠，打出手"，提升自己的表演能力与拓展戏剧的表现技巧，特别地提升好嗓子、好音色的"咬字行腔"的口齿能力，成就了一代滇剧名家。老师的眼光和调教，更是对的。因为老师因势利导提升了她的表演能力，放大了她演员素质中的天赋特点。这种人才培养的成功事例，为后人提供的教书育人的经验很丰富，辨人识才的例子很生动。实际上，三个层面对王玉珍女士的培养，完全可能造就三个层次的演员王玉珍——打击乐演奏员王玉珍、刀马旦演员王玉珍和滇剧名家王玉珍。

有趣的是，在王玉珍的艺术生涯里，不变的是她踏实追求的精神，变化的是教师们为她选择的艺术道路、给她提供的成长条件和因人施教的具体作为。踏实精神，遇合了恩师们的引领指教和呵护帮扶，王玉珍便迅速地成长、成就、成功，成名成家了。她的成长经历，对我们的艺术人才培养来说，启悟多多，尤其在今天艺术教育大发展大繁荣的时代，特别给我们艺术教育以反思性的触动。

王玉珍质朴却丰富地生活着，因为，从恩师们身上继承来的精神财富、文化气质，让她在舞台上精彩，在生活中质朴。

王玉珍女士身为滇剧名家，坐科 8 年，担纲 20 多个剧目的主角儿。1965 年毕业分配到滇剧院后，又主演过几十个剧目。1992 年获"梅花奖"的时候，她被称为"一人千面"的好演员，这是对她的人物塑造能力的高度肯定。其实，演员职业，为演员提供了在生活当中遇不到的各种各样的人生处境，扮演这些情境中的各种各样的角色，在各种各样的人物命运中体验各种各样的情感、意志、品性、思想、人性内涵……由此得到人生修养和人格完善。走心的演员，往往最终得益于所扮演人物思想情操、所演绎故事意蕴的滋养，成为一个有修养、有内涵的人。经典剧目训练人、培养人，演员学习积累和经验沉淀，就在大量的剧目排演当中获得了。文化内涵、人物性格、人物类型、情感范式、艺术风格等潜移默化地成为王玉珍艺术素养当中的深厚内涵。这是演员成才的前期准备，是表演艺术成功的必要准备。她的成长，也促使我们反思当下艺术表演人才培养的状况，反思那种急功近利的人才速成式培养方式、表面文章的培养方式。

王玉珍女士对生活的要求不高，对艺术的追求却坚定执着。正因为这种特点，我感到，生活中的她是一个所求不多的内敛的人。似乎，她的艺术能力只在舞台上发挥，她不在生活中表演，没有我们生活中常常会遇到的表演型人格的那种装腔作势、矫揉造作和真假难辨，而是保持自己的本真状貌，朴实，本色，安静。"文化大革命"当中，她被剪光过头发，被打断过手骨，伤心痛哭过后，她居然避开躁动的人群和涌动的戾气，找地方偷偷练功。她质朴地认为，学校里老师教的做人做戏的道理是正确的，正确的道理就应该坚持。于是，质朴的真理战胜了"玄幻"的生活。当社会动荡稍歇，可以演出的时候来了，功力不减、水准不降的王玉珍自然首当其冲会登台亮相，担纲演出。曾经参与"造反"的角色们可能流动、旁逸，或者匿于幕后，或者坐在台下，正值绮年的王玉珍女士则专注于舞台艺术，不同类型不同风格的滇剧剧目、移植剧目都演了。就在这些演出当中，她保持了演员的活力和魅力，延续了演员的青春，精进了演员的艺术修养，提升了演员的舞台水准。于是，粉墨衣冠，戏剧人生，她演出一台台剧目，塑造一个个角色，翻阅一年年春秋，一步步走向 1992 年"梅花奖"的领奖台，走向荣誉纷至沓来的巅峰时刻和功成名就的精彩人生。

检视王玉珍女士的艺术生涯，我觉得王玉珍女士是幸运的。尽管从学校毕业不久就遇上了"文化大革命"，从在学校学戏、排戏，到滇剧院当演员演戏，她担纲演出的剧目算起来也有几十出。戏是磨出来的，演员是演出中成长起来的。王玉珍女士的成长，除了学校的培养、老师的栽培之外，还有院团的演出。没有剧目演出的量的积累，就不可能有演员艺术水平质的提升。一个剧院的社会影响和艺术成就也是这样。对于今天的院团生存，对于当下的演员成长，王玉珍女士的成长也是一个鲜活的范例。剧团的存在意义在于演出，演员的生命意义也在于演出。王玉珍女士成长、演出的岁月里,她和她的剧团也证实了这样的艺术规律。这对于我们今天的戏剧院团的生存发展根本是极具启发意义的。

"梅花香自苦寒来",王玉珍女士的艺术生涯真正实践了这一诗句中的生活真谛。报春梅花第一枝,是一枝而不是一朵,是因为,这"梅花奖"的鲜艳色彩中,有教育、帮助、提携和成就王玉珍女士的老师们、同学们、同行们和慧眼识英的戏剧界、文化界的同仁们的生命颜色。我想,这也是王玉珍女士总结自己艺术生涯时最想表达的意思吧。

本文发表于《中国戏剧》2018 年第 8 期第 32-34 页

代有才人，史存花灯

花灯是中国民间最为源远流长、流布广泛的群众性歌舞文化之一。明代大规模的迁徙者持续进入云南，与地域风物和山情野调相结合，出现了源自中原文化汉族花灯歌舞文化别具特色的云南花灯。其基本声腔调式不变，歌咏题材和舞蹈身姿却地方化、民族化了。所以，云南花灯是中国花灯文化里可以认真辨析的一种现象。

云南花灯，从地域个性和民族元素的内容出发可以找到各种话题。但翻阅云南省花灯名家史宝凤的画册时，我想说的却是个人与地方文化史方面的话题。

如第一阶段，云南花灯的历史传入，主人公大抵是一些姓氏生平都不可考证的迁徙者如军队戍边者或者充军流放者。第二阶段，汉族花灯传入云南山山水水的过程中进行的一些广泛而持续的活动，传播者与接受者的演艺事迹和文化互动已湮灭在历史长河的波光云影中，无法追溯。第三阶段，花灯文化的"新灯""老灯"创新交替发展时期，以云南玉溪的花灯艺人为"新灯"力量的代表，主要努力在于花灯表演内容对于社会生活的关注，建立起了花灯表现现实生活的价值立足点而老调新唱。第四阶段，仍然是玉溪领跑，王旦东把这种价值立足点提升到了一个新的高度。他领导的农民抗日花灯剧团使得原先自娱自乐的民间花灯歌舞汇入了伟大的民族解放战争，《茶山杀敌》《王小二从军》《枪毙罗小云》等一系列花灯剧，从艺术形式的容量到这种民间形式所能够具有的社会价值、现实意义，都赋予了云南花灯新的内容，云南花灯的社会意义与文化价值被提升到了新的高度。第五阶段，新中国成立以来的云南花灯发展时期。一方面在改人、改戏、改制的政策环境下接受传统文化留下的宝贵遗产；另一方面为满足歌颂新生活、塑造新形象、倡导新风尚的时代要求而努力。

史宝凤就在这个时候走入了云南花灯观众的视野。

云南解放以后，百废待举，万象更新，云南戏剧文化也重新整队，向歌颂新生活的新形势、新要求、新目标出发。已经是昆华女中高中生的史宝凤就在这个时候因热情的向往和懵懂的追求加入了云南花灯发展的新运动，见证了新中国云南花灯发展的风雨兼程。

早在 2013 年的史宝凤花灯艺术研讨会上，我曾经说，对云南当代花灯艺术发展而言，史宝凤是一段活着的"史"，史宝凤是一个有成就的"宝"，史宝凤是一只羽翼灿然的"凤"。要研究"史"，要认识"宝"，要珍惜"凤"，就把她的名字拆解，真是可以借题发挥地道尽我们应该持有的文化态度、价值立场和人才心态。方法是轻松的，话题却十分厚重。

20 世纪 50 年代初的中国还是一个文盲面极大的国家，当时的高中生已经算是不小的知识分子了。离毕业还有一年的史宝凤从昆华女中高中部加入新组建的云南省花灯剧团，这绝对是一个新气象。虽然，在中国现代新文化运动中，戏剧作为最生动形象、最有力的启蒙工具，戏剧人作为启蒙与救亡运动中普天下的大教师，已经改变了传统观念中"王八戏子吹鼓手"的偏见，但是，新中国各项事业发展都大量需要人才的时候，她选择花灯歌舞、戏剧艺术作为自己的从业领域，还是需要见识和勇气的。

史宝凤后来孜孜不倦的努力证实了她的这种认识和勇气。不是她对花灯文化有多深刻的认知，而是她对从事这种在民间有广泛而深厚的草根艺术有着天然的热爱。她选择花灯毅然决然，而且一往情深，无怨无悔。一个天真烂漫的女学生，将自己的浪漫人生与玫瑰梦想交给了云南花灯舞台，一程走下去就是 40 年！她以一个天资聪颖的高中女学生的资质，进入完全不熟悉的花灯音乐、歌舞、戏剧的领域，凭着灵性、热情、毅力，完成了从女学生向花灯表演艺术家的人生转折。她为花灯人才的成长提供了一种新的模式，那就是文化素养高起点上的人才成长。所以，她在学习花灯文化与技巧的基础上，向学院派的教授们学习发声、用嗓、运气，这就精彩了，方法不再是传统方法，变化后唱出来的音色、处理出来的技巧、显现出来的表现力，就有了新的韵味、新的风姿和新的境界。要说史宝凤的成功，就在于她的学步起点，她的提高经历，她在花灯剧人物塑造的揣摩中获得的表现力诸多环节上的成功。她不是"簸箕灯"场地里摔打出来的艺术家，而是在舞台演出中精心培养、学院派教学调适成长起来的艺术家，在花灯剧打磨中成型的艺术家。

她个人的成就和使她成长、成就的经验，都是我们云南花灯文化发展繁荣中应该珍视的内容。

她经历过从天然爱好、毫无经验向艺术认知、提高技巧的转变，由随性演唱向刻意表现人物的情绪、情感、生命内容、性格特征、心理活动迈进，她在困惑中顿悟，于磨砺中成才，渐渐成长为 20 世纪 50—60 年代声誉广泛的花灯皇后。有史为证，20 世纪 50—80 年代，史宝凤女士陆续主演了《一个志愿军的未婚妻》《红葫芦》《孔雀公主》《侬莱汗》《探干妹》《喜中喜》《老海休妻》《殷小姐娶妻》等花灯剧目，塑造了一批让当时的观众如醉如痴、在老观众的回忆中活灵活现的女性形象。云南省花灯剧院曾经三进中南海献演，数度在国内、国外巡演。云南省花灯团的艺术创造能力与艺术影响很大程度上代表着云南花灯文化、云南文化的形象，而云南省花灯团的形象与史宝凤扮演的舞台形象重叠。应该讲，剧目成功，扩大了花灯文化的影响，也推动了云南花灯剧的发展。

带着剧目，携着友谊，史宝凤和她的同事们使当代云南花灯艺术流誉全国、远播非洲……

"文化大革命"结束，史宝凤一方面演出保留剧目满足戏迷们的渴求，《探干妹》《红葫芦》《孔雀公主》等给观众留下了深刻经久的印象；另一方面，她带出了一些高质量的徒弟，如梅花奖获得者、一级演员杨丽琼和一级演员李爱荒等。

戏曲界有一个特有的艺术现象，就是师徒群的艺术创作与生命绵延现象。它既是艺术影响由点到面的空间展开，又是艺术生命连点成线的代际传承。传统艺术就是这样富有活力地完成其自我更新、自我丰富、自我壮大的自循环过程的。显然，史宝凤女士就站在云南花灯文化第五阶段的重要节点上。光彩照人的艺形象既点燃观众的审美激情，也照亮云南花灯艺术后起之秀的学艺之路。1994年退休之后，她仍旧在发光发热，沉浸在传授经验、提携弟子的乐趣当中。实际上，"雏凤清于老凤声"是有出息的老艺术家愿意、希望也乐于看到的。作为淡出舞台的老艺术家，她的艺术生命延续在弟子们身上。退休后的史宝凤女士，作为省花灯团的艺术指导，全心全意地履行职责，传、帮、带青年演员，招徒授业，传道解惑，让花灯人才迅速成长。一凤出山，固然传奇；群凤翩翩，才是云南艺术的大景观。过去的云南艺术发展史有过群凤起舞的景象，在新世纪云南建设民族文化强省的今天，这种要求和期盼就更为迫切，史宝凤殚精竭虑带徒授业的事迹为我们做出了榜样。

云南花灯文化的建设者，生活在市场经济思维方式与票房成败论英雄的时代，这个时代也可以称为第六个阶段。这个时代科技突飞猛进，改变了人们的生活方式、思维方式、情感方式和审美方式。在物质社会和科技社会的双重挤压下，花灯艺术如何发展成为新的课题，史宝凤和她那个时代对这个时代意味着什么、能留下什么，也可以成为一个课题。在我看来，物质贫困、精神富有、困难繁多、斗志愈坚的乐观精神与奋斗心态，是我们这个时代十分匮乏而应该珍视、可以继承的财富，它既属于一个时代，也体现了个人品质。这是我们考察社会历史文化过程中应该具有的文化自觉与面对艺术史、面对与艺术史融为一体的艺术家时应该产生的文化自信。凭着这种自觉和自信，我们创造了新时代的新文化。

不同时代的艺术文化有不同时代的环境条件，但是真正的艺术家们对艺术美的痴情、对艺术发展的推动热情却是一致的。

史宝凤女士是真正的艺术家，她从事花灯表演艺术，和许多表演艺术家一样有过光彩照人的巅峰体验，也付出过"化作春泥更护花"的带徒爱心，而贯穿其中的，正是她始终不渝地追求美的痴心和推动花灯发展的热情。她的痴心和热情都记录在这里，实际上这既是云南花灯文化历史一个阶段的生动记录，又是对花灯研究者的一份丰富资料的贡献，还为后来的花灯艺术从艺者提供了一种人品、艺品的示范。我想，这本图文并茂的图书出版的意义和价值，也在这里。

祝愿为云南花灯艺术发展做出了重要贡献的史宝凤女士健康长寿，也借此纪念史宝凤女士的重要培养人、扶持者金重先生以及所有关心过史宝凤女士的成长、支持过云南花灯事业发展的人们。因为，史宝凤是云南花灯文化第五阶段的一抹亮丽风景，这风景的出现和存在，有赖于观众爱花、同事衬花、领导护花，史宝凤的成就与辉煌是与云南花灯文化、云南艺术风景的造就者、呵护者、守望者紧密相连的。在云南艺术风景的历史长卷中，在云南艺术人才的链条环节上，史宝凤的成长历程是当代云南花灯文化中的重要一页，是当代云南戏剧艺术群凤翔天时引人驻足的一幕，她会被人们长久地记得。

是为序。

本文发表于《云南·花灯皇后史宝凤》，2017年

苍洱风光一朵梅

云南开放着中国戏剧界最高表演奖的 9 朵梅花，而风光毓秀的大理，苍山洱海之间有灼灼生艳的一朵梅花，她就是白剧演员杨益琨。

算起来，杨益琨是我的故乡人。这么说，并不是为了蹭热度，因为杨益琨于 2002 年获得第十九届"梅花奖"的时候，我已经离开大理近 10 年了，与热度挨不上。再说，她获奖的热度，今天应该已经不再热了。因为，距离现在已经 17 年的事情，在信息爆炸、网络八卦、大数据时代，早已经被万亿次地覆盖了。

我曾经是大理人。这么说，是因为我在大理真真切切、实实在在地生活过七八年光景，有一大批亲人挚友在那里，所以我一直把大理当作自己的第二故乡。每逢大理白族自治州州庆或者什么重大节日，我也常常会接到邀请去参与盛会。因此，我亮出"故乡人"的身份，证明此言不虚。要说蹭热度，那就是蹭大理山明水秀、人杰地灵的热度。

大理自然风光的风花雪月，是上苍的恩赐，屏风似的苍山十九峰比肩并坐，含珠漱玉的十八溪日夜奔流，墨玉翠镜般的洱海吞吐周边河流、润泽盆地沃土，然后，在与苍山积雪、溪流、密林的循环交流中，蒸腾出那一片画山秀水，令人流连忘返、魂牵梦萦。

但是，几十年前，当今人所共知的这种旅游胜地美景，只出现在一些文人墨客的笔下，似乎他们才是欣赏美、发现美和享受美的特使。与其说因为那时人们没有机会和条件旅游，所见所思所表达不同，不如说当时的时代精神与当今不同。20 世纪 50 年代，是中国社会发展中田园牧歌的诗意最后的惊鸿一瞥。那时产生的是《我们村里的年轻人》《荷花淀纪事》《山乡巨变》一类的故乡事、田野情。云南，因为《五朵金花》使得大理名满天下，白族姑娘的五种类型使得苍山洱海的风花雪月被新时代的田园牧歌情调所替代——劳动加爱情。金花，一时间名满天下。洱海的柔情映着皓月似的心情，苍山的白雪滋润着上关的鲜花，下关的劲风犹如行动利索果敢的人的性格……就这样，风花雪月的文人吟咏变成了金花性格化的服饰！

人们记住了大理金花。

20世纪70年代最后两年，我去到大理，偶尔看到盛装的白族姑娘，眼前浮现的就是"蝴蝶泉边蝴蝶飞"的情景，耳畔萦绕的就是"大理三月好风光，蝴蝶泉边好梳妆……"的旋律。金花成了大理的一个时代符号，活色生香。

这是时代的花朵。当时代的花朵成为历史远景，近处，自然界的花朵突然生动起来。风花雪月的渲染为热爱生活的人们增色，被编排在旅游攻略的各种手册与枕边书中。"上关花"作为"大理四景"中的指称，并不限于一种花。上关这个地方宜花，人人爱，家家种，处处长，于是成了一景。在花开四季的大理，花是最常见的自然色彩和形象。梅花，大理自然界里自然是有的，如春梅、冬梅、红梅、蜡梅。梅花一直是大理人庭院中常见的植物。

然而，在风花雪月的自然景观被体验经济时代起劲渲染和过度消费的时候，我想要推荐给大众的，是精神高原上、审美园地里的"梅花"——戏剧"梅花奖"的"梅花"，它是气象万千的文艺百花中娇艳欲滴的一朵。应该明白，在自然界的花团锦簇中，时代催生或者重塑了白族姑娘金花的形象，"金花"开放在人们的文化生活里，飘香在人们的精神世界中；艺术发展添置、重设了白族姑娘的形象，金花的社会形象之外，又绽放了一枝艺术审美的"梅花"！

杨镒昆就是这朵"梅花"。经常见到杨镒昆盛装白族服饰出入重大活动的场合，譬如文代会、中国剧协会议、重大演出活动、政协会议等等。有一个奇妙的变化，那就是：会场中，她是摇曳生姿的金花；舞台上，她是不同戏剧情境中的人物，之后，由金花变身为"梅花"。好奇妙！好魔幻！金花、梅花，在杨镒昆那里既交替出现又重叠合一了。她的幻身术其实融合了两个时代的形象——田园牧歌时代和体验经济时代的形象。艺术是体验经济时代恭逢其时并居于体验层次高端的审美体验活动，如果"金花"的时代形象是社会价值形象，那么"梅花"就是体验经济时代的一种审美价值形象。

"梅花奖"是中国戏剧表演艺术的最高奖项。杨益琨是第十九届戏剧"梅花奖"获得者。她的获奖，是因为艺术水准达到了相当高度，是对她的艺术追求生涯所达到德艺双馨高度的一次肯定。而更深的意义在于，"梅花奖"的表彰，是对她所坚守的少数民族剧种——白剧的肯定。这种肯定，凝聚着对民族文化的真爱，传递着对文化遗产的自信，鼓励着基层文化单位对传统文化的创新，寄托着对融合了中原吹吹腔与白族大本曲精华，借鉴成熟剧种形成，1958年正式命名的白剧健康发展的愿景。

杨益琨其实蛮拼的。从40年前考进大理州白剧团到今天，她的身份从学员、小演员、配角、当家花旦到大主演，后来在领导一个院团的同时，还兼任了大理州文化局（现为大理州文化和旅游局）的副局长。她的地位变了，初心未改，为白剧的发展咬牙坚持。能量大了，做事更多，在她的任上，她领导大理州白剧团保住了单位的牌子，创作白剧品牌，用原创剧目不断刷新白剧舞台和民族剧种。"天下第一团"给从中央到地方、从中国到外国的观众留下了印象。可以毫不迟疑地讲，杨益琨领导的大理州白剧团，是云南地方院团中以艺术生产能力和持续创新活力作为证明自己的价值、找到自己在生活中的位置的少数院团之一。这方面，大理州白剧团与玉溪市花灯剧院、玉溪市滇剧院自我塑造的艺术形象紧紧靠在一起。碰巧的是，这三个剧院都各自绽放了一朵戏剧"梅花"。

"金花"和"梅花"成了大理百花之外两朵特别的花，不会凋谢，守望着时代文化与艺术价值。尤其是少数民族剧种的艺术传统，需要金花式的铿锵，梅花般的娇艳，去坚守呵护，去发散魅力。

愿杨益琨永葆艺术青春，愿白剧艺术魅力长存！

本文发表于《梅花香处追梦人——白剧表演艺术中的精彩人生》，云南人民出版社2019年版

第六辑

剧目与舞台

飘逝的风景：中戏版《樱桃园》的演出解读

一

似水流年中飘逝的风景，是我看完中央戏剧学院版的《樱桃园》获得的总体演出印象。

舞台的主体形象，是垂吊的白色绸布上幻灯打上去的契诃夫肖像，他隔着夹鼻眼镜镜片，忧郁地、远远地凝望着每一个入场的观众。而观众与之对望时，所感受到的舞台景象也格外新鲜和奇特。随着剧场人群活动、通风设备带动的气流，白绸上的契诃夫连同他身后的景物、时代在微微飘动，那种微妙的飘忽感，与契诃夫的神采相配合，产生一种神秘的无法言喻的灵动感，让契诃夫与他所处的那个时代离观众既遥远又切近，让观众恍若隔世，既陌生，又亲切。契诃夫就在那儿，契诃夫笔下的人物就在那儿，契诃夫和他的时代就在那儿……等待激活，一切都将活色生香地鲜活起来。

毕竟，距离1904年《樱桃园》在莫斯科艺术剧院的首演已经110周年了。毕竟，一个多世纪，俄国苏联，苏联变成了俄罗斯，沧海桑田，天上人间，变化了许多人和事，不变的是俄国留给人类的丰厚遗产。毕竟，契诃夫名剧《樱桃园》是中国文学艺术爱好者和文学艺术研究者再熟悉不过的作品，在中国舞台上被无数次上演，是公认的好戏和难演的戏。

俄罗斯导演弗拉基米尔·谢尔盖耶维奇·彼得罗夫写在演出之前的话是："110年前此剧在莫斯科首演，而今天，在北京……"俄罗斯导演从契诃夫的世界进入，带领观众穿越时代，穿越文化，穿越空间，再次重温《樱桃园》这部经典，这部用美丽的风景园林命运承载了一个时代的兴替、一种社会制度的更迭的经典，这部让斯坦尼斯拉夫斯基感伤出"我哭了，像个女人……"话语的经典。这是部编剧契诃夫认为是"喜剧"而斯坦尼斯拉夫斯基断言"这是悲剧"的经典（参见中央戏剧学院《樱桃园》节目单，导演的话）。

二

弗拉基米尔导演面对这部经典的时候说："《樱桃园》之所以能成为世界戏剧经典中常排不衰的一部剧，正是因为它既是正剧，也是喜剧；它有幽默，也有诀别美好的悲情。这部剧，就像是我们的生活，它包罗万象——有欢乐，也有悲伤；有欢乐，也有泪水；有爱也有恨，有绝望也有希求……我们的生活，怎么可能局限于用一种戏剧体裁来体现呢？又怎么可能用一个词来界定呢？"（参见中央戏剧学院《樱桃园》节目单，导演的话）

听起来，这像是一个主调不确定的剧目演出。但是，在我阅读演出的时候分明感到，"诀别美好的悲情"实际上是俄罗斯导演弗拉基米尔与中国中央戏剧学院青年教师合作对契诃夫经典《樱桃园》的诠释与表现。剧目规定情境中，人生的中心舞台是"樱桃园"，"失去樱桃园"是中心事件，各色人等或远或近都与樱桃园及其命运有关系。奢靡的人在维持贵族生活品质与上等人气度的挥霍中加速着樱桃园的破产，伴随着不作不死的生活情调；倦怠的人假装忘却樱桃园的命运，得过且过，但是，"失去"的命运步步紧逼，让人喘不过气来；无力的人想方设法借钱还债，想要避免樱桃园被拍卖的厄运，或者省吃俭用、精打细算，做着杯水车薪的徒劳努力与无可奈何的绝望挣扎；附庸的人则麻木、惯性地跟随樱桃园主人颓败的命运，一道下沉……总之一句话，"诀别美好的悲情"其实是这部作品的基调，是悲剧基调。面对病痛折磨和死亡逼近的生命感受，契诃夫自己唱出的，是无可奈何的挽歌。应该说，俄罗斯导演和中国戏剧艺术家牢牢抓住了这样的剧本读解，精准地表达了这种解读内容，而且直接实现在演出的舞台形象中。

如果说入场时观众就被舞台造型形象所吸引，那么，开演之后，配合表演，最引人瞩目的，还是舞台主体形象——那块垂吊景。契诃夫的肖像、洁白若云的樱花象征、区划分隔但相互连接的透光布幔，它柔软、变形、旋转、伸缩和整体移动，最后在戏剧高潮时颓然坠落……动态变形的绸布越过布景造型的一般功能，而参与了意蕴表达与情感表现。配合着创演者对契诃夫剧本的细读深挖、配合着演员、导演者对人物、时代、历史文化的理解把握，这台景所创造的意象充满了诗意。那种飘动的幻化感，那种吻合洁白樱花的形象感，那种柔软易变、洁白易污、随风飘逝的形象，就在具象的物质基础上产生了一种奇妙的精神意象，柔软并牢牢地黏住了观众的欣赏心理，植入了观众的审美感觉。

绸质布幔从来就没有完全舒展开来，不同身姿的契诃夫表情沉静甚至有些忧郁地望着观众，呈现在时间的皱褶里，这正是舞台形象创造者所创造的艺术效果。此刻，它变形为一张可左右伸缩、纵向前后移动、360度旋转的布幔，柔软而坚硬，凋零了生命，埋葬了繁华……

他们用这样的演出形象诠释契诃夫，像是一首抒情诗，一曲挽歌，一抹飘逝的风景。这从一开始就在舞台的整体形象上定下了调子，传递给了观众。俄国的樱桃园，樱桃园的贵族领主，深厚的文学艺术土壤，包括文豪契诃夫本人……都是飘逝的风景，一切都不可避免地失去，繁华生活、浪漫情调、精致情趣、奢靡风尚、诗意庄园，一切好的和坏的，都将成为过去。

生活的铁律是，世间的一切都无法挽留。飘逝感，是人人能懂的"无可奈何花落去"的诗意表达。

三

显然，舞台的整体形象创造是精彩绝伦的，是一种诗意的叙述呈现。

也会有小小的力不从心和词不达意，譬如"表盘"意象的创造。开演前，入场的观众会发现舞台上一览无余，十二个大小相当的麻袋排成一个圆圈，宛如钟表盘。据说，那舞台造型的阵式想要传达的意思是，时间像是魔法师，生活像是万花筒，鲜活的枯萎、飘逝了，人生舞台在时间表盘上，一切都留不住，一切又都真真切切地存在过。剪刀一般的时间指针，柔软而无情地用不变的速率轻轻抹掉存在过的人生……

这种形象表达就稍稍有点晦涩了，因为这种形象造型并不直观。这种形象设计造型并没有为坐在剧场中的观众提供联想的可能。下垂的绸布与摆开的麻袋在一个彼此垂直的维度上，形不成易于联想和看懂的钟表盘与指针的形象。当然，构思是好的，与体现效果稍稍有点距离。

可以高调赞扬和叠声喝彩的是，那不断移动变形的绸布、投射的影像和任意组合的麻袋，整个舞台的物造型给了空灵的舞台空间无限的生气和丰富的形象。但是，舞台上没有出现我们看过的无数版本中都少不了的樱桃树形象，人物的台词不断地提到樱桃园，人物的行动不断地关涉樱桃园，人物的表演始终地携带着樱桃园……生活的记忆，密集的信息，美丽的赞叹，诗意的想象，最后升华凝聚为那一帘白色的幽梦——生动的、洁白的、美丽的、妙不可言的白绸。它象征着没有出场的樱花/樱桃园的形象，最终在樱桃园被拍卖后的砍伐声中颓然滑落，芬芳委地，生命枯萎。灯光暗下来，红光一抹，勾勒成蜷缩形象的白绸布的边，祭奠的是逝去的旧贵族时代的无可奈何。挽歌，唱给樱桃园的一个血色清晨。

这时，一个表现性的舞台形象出现了，就是原来放在舞台上毫无生气的麻袋，那些收纳了采集来的樱桃果实的麻袋，突然就生动起来。樱桃园庄园仆人的后代，在新的社会形态和经济活动中已经成为富翁的叶尔莫拉依·安德烈耶维奇·洛巴兴在等待瓦莉雅的时候睡着了，错过了求婚的最后时刻。听着人们的告别声，看着一片狼藉的环境，他突然爆发性地用刀子割破麻袋，疯狂地举起来，让樱桃果瀑布似的涌出，滚落在地上，奔腾着、挤撞着、跳动着，铺满了整个舞台地面。这是憋闷后的绝叫！这是胀满时的宣泄！这是绝望中的迸血带泪！

—地血珠子……

—张白祭幛……

—群强作欢颜的末路人……

中戏版的《樱桃园》，既是悲剧，铺满了感伤和悲情，也有点滴幽默表达，有些许喜剧色彩。

四

新诠释是意义，新叙述是形式，对于戏剧演出来说，没有比这个再重要的因素了。关键在于，这一版的演出制作者充分发挥自己的艺术想象去表现和传达他们理解的《樱桃园》，这是创造者的追求。

经典剧目的演出，不在于演出者原模原样地展示演出史上那些堪称经典的演出样式，也不在于搬演一个文化习见中定位下来的作品形象和意义，而在于创演者对经典作品的新诠释和新叙述。

新诠释，突出的是一群无用、有缺点甚至有性格缺欠的善良人无可挽回地随着时代逝去。所以，剧中没有一个坏人，也没有一个反派。戏剧动作来自具体的樱桃园命运的兴衰去留，从根本上说，是时代大势所然，不是人物形象代表的力量角逐所致。因此，剧中的人物几乎都是被动的，包括买下了樱桃园的庄园奴仆的儿子，包括爱情，包括一切慵懒的、被动的、缺少行动力量的人。剧中人物，主仆均是，概莫能外。

因为困倦睡着了而导致爱情的错失（叶尔莫拉依），因为错了位而伤心的、没有结果的爱情追求（庄园男仆与女仆），搭错线而显出虚假浪漫的爱情观念与完全不靠谱的婚姻状态（留包芙），执着偏了的爱意忠实（老仆）……没有行动能力的人，自己有缺欠的人，找不到生存支点的人，善良而无用的人……成为这个必然飘逝的风景中的生动所在。

倦怠的没落贵族的生活情调与日常内容，诠释了他们的时代必然要成为过去的内在依据，寄生于这种生活的人们，也必然随樱桃园的风景一道凋零。

剧中那个老仆人，是贵族生活情调的守望者和贵族家庭规矩的坚持者，他佝偻下去的身影、日渐突出的聋瞆、日益蹒跚的步履，显现的是樱桃园的贵族生活走到了终点。贵族们掩饰着感伤离去，老仆人留下来为庄园送终。他的一生都奉献给了樱桃园,他为樱桃园殉葬,躲过送医院的仆人们,留下来,用樱桃果埋葬了自己,也是埋葬他曾经拥有的生活,埋葬一个庄园,埋葬一个时代。

剧中另一个没落贵族,一个讨人喜欢又令人讨厌的樱桃园主人的朋友,总在向别人借钱,债台高筑。但是,在樱桃园的主人家破人离的前夕,他将自己的土地出让租金所得拿来还钱,而且,是全部,显现的是贵族没落境地中人格尊严的信守,表现得哀婉动人。

剧作的中心事件是樱桃园的取舍与樱桃园人们的去留,副线是叶尔莫拉依·安德烈耶维奇·洛巴兴与瓦莉雅的爱情,旁生的男女仆人、主人之间错位的爱情游戏仅仅是点缀。副线对主线是有帮助的。叶尔莫拉依是奴仆的儿子,尽管他在新时代成为取代旧贵族的新兴力量,但是,中戏版的演出并没有把他作为简单的樱桃园买主、贵族情调毁灭者的形象来塑造。相反,他是樱桃园贵族生活昔日辉煌的见证者和欣赏者,而且,自觉不自觉地,他其实想要成为樱桃园命运及樱桃园拥有者生活运势的呵护者、拯救者。他积极出主意、动脑筋、提建议,始终是最为关切樱桃园一家人命运的人。但是,在一切都无可挽回的时候,他出了很高的价钱买下了樱桃园。然而,他没有能够托住樱桃园的颓势,只能用他的方式救助樱桃园庄园主的败家命运。应该指出,形象塑造得非常成功的力量,是通过这个角色身上的矛盾体现出来的,一个旧时代正在消隐,一个新时代正在到来,这种交替恰好在他身上体现出来,并且庄园主的取代者与庄园生活的怜惜者,贵族生活的破坏者与樱桃园人家的拯救者的身份尖锐地冲突起来,这让他和瓦莉雅有缘无分。樱桃园旧仆人的儿子、樱桃园新主人的身份,让他实际上拿捏不准如何与樱桃园旧庄主小姐、樱桃园的新房客瓦莉雅相处。骨子里对贵族生活情调的欣赏、仰慕和内心深处的自卑、惶惑,使得他与庄园主小姐的婚姻,最终一拖再拖,一误再误,错过了最后的求婚时刻。

等待中的熟睡是一种对现实困境、内心忐忑的潜意识的逃遁与摆脱,错过是必然的。他与贵族小姐的生命格调不一致、情感区域不重叠,他仰望的得不到,他失去了,又痛彻肺腑地悔恨。所以,发疯似的狂撒樱桃果,是他那一刻悔恨交加、欲哭无泪的心的破碎。

高明的舞台演出者，将他翻天覆地、呜咽泪奔的内心表现给了观众，舞台场面充满了情感的爆发力与心灵的震撼性。

流水落花春去也，天上人间！在飘逝的历史社会背景下，庄园留不住，个人的情感也留不住。

本文发表于《中国戏剧》2014年第10期第43-45页

生活的信念:《立秋》之后……《立春》

在泛娱乐化的今天,欣赏与思考之间要挂起钩来的愿望常常是一种奢侈。但是,我必须急切地说,话剧《立春》,是近年我欣赏过后想得最多、持续思考时间最久的演出之一。

从晋商的诚信到愚公的坚韧

2004年,山西省话剧团排演的《立秋》(编剧姚宝瑄、卫中;导演陈颙,继任导演查明哲;舞美设计毛金刚),表现的是晋商虽败犹荣的历史,凸显的是晋商自始至终所本所依的那种不变的诚信。遭遇败落的他们,曾经掌控过中国经济数百年的命脉。剧目以此展示主创人员对中国当下社会生活的思考和判断,展示创作者对富起来的当今中国社会生活中诚信日益缺失的忧虑,呼唤做人行事的根本。

意味深长的是,老一代导演陈颙以身殉职的壮美与弟子查明哲导演生死接力的承重,恰恰演绎了艺术家对艺术、艺术家对创作任务、艺术家对社会、学生对老师的人生关系中体现出来的那种高纯度的诚信。因为诚信,他们将艺术追求上的精益求精、呕心沥血视为当然;因为诚信,艺术家为完成所承担的创作任务以身殉职也在所不惜;因为诚信,面对老师没有来得及完成的杰作可以毫无杂念地前赴后继、敢于担当,有的,只是师生情谊的生死不渝和完成老师遗作的知恩图报、不遗余力;因为诚信,在艺术品创造中总是传递着艺术家的良知,承载和表达着艺术家的社会忧患与批判意识。

台前幕后，诵读着家传祖训；戏里戏外，张扬着民族美德。于是，诚信成为一种精神境界，一种情感纽带，一种有强烈感召力的气场。《立秋》的创作，触动了当下民族神经的敏感点：国家需要诚信！民族看重诚信！《立秋》上演，立刻走红大江南北，演出遍及全国99个城市，5次在国家大剧院亮相。在超过600场演出中，剧目获得了几乎所有的国家奖项和最多的艺术荣誉。

8年之后，2012年，山西省话剧团成了山西演艺集团的5个单位之一，《立春》（编剧李宝群，导演查明哲，舞美设计罗江涛，灯光设计邢辛、曹若瑜，服装设计汪又绚、侯红萍），是他们酝酿多时、蓄势而发推出来的一个四幕话剧。主创阵容很强，编剧、导演、舞美、灯光、服装、化装是近年来参与过制作有影响的一些大戏如《矸子山的男人女人》《万世根本》《黑石沟的日子》的黄金组合。剧目从内容到形式保障了演出的品质。剧目表现的是山西乡里民间的一桩感人事件。一群"草民"植树绿化家乡。他们的持续努力，让家乡从"骆驼风"肆虐的穷山沟、荒垭口变为黄土高原上让人幻入"江南风光"的休闲胜地、安居之所，这过程并不长，也就是几十年如一日地种树治荒。剧目的精彩之处，并不仅仅在于艺术化地处理了生活当中的先进人物及其带动群众绿化荒山的新闻事件，而在于主创人员将对这个新闻事件的思考上升成为对一种精神境界的追求和生活信念的肯定。

《立秋》里倡导的生活信念是诚信，《立春》里崇尚的生活信念是坚韧。这是《立春》剧组从生活深处提炼、创造、打磨出来的两件艺术品，像是两棵分别长出的大树，地面上各表秀色、遥相呼应，土壤里根须缠绕、气脉相通。

应该强调，主创人员借剧作人物和事件表达了他们对中国现实价值取向的思考和选择。剧情中的人在生活方式的追求与价值选择的当口，提到了20世纪家喻户晓、老幼皆知的愚公挖山不止、子子孙孙没有穷尽的寓言故事，张扬的是一种格外强健的生活信念：不屈不挠、永不放弃、韧性追求、终能成就的生命追求。面对急功近利，面对见利忘义，面对弃善从恶，面对寡廉鲜耻，面对饮鸩止渴，面对杀鸡取卵，面对以邻为壑……面对一切不能坚守真理、不能保持操守、不能坚守道德底线、不能拒绝声色犬马诱惑，面对崇信的见异思迁、立场的朝秦暮楚、处世的趋炎附势、人格的水性杨花、价值的追腥逐臭……这是真正的坚韧！

《立秋》与《立春》，都是山西省话剧院所谓的"晋字牌"剧目，都是关于生活信念问题的深入思考，而且承载了生存的意义与生命的重量，体现了山西人积极健康的生活态度，让今年的话剧舞台获得了不轻的分量。

从新闻人物到艺术形象

老实说，去看剧目《立春》之前，我是心有疑虑的：一个新闻人物，一件宣传事件，要变成一个两小时上下的话剧演出，能吸引人吗？

《立春》的观众首先在山西。山西省朔州市右玉县60余年坚持植树治荒，将新中国成立初期0.3%的土地绿树率变为52%以上的森林覆盖率。"走西口"的荒凉，"杀虎口"的萧索，变得春意盎然，情调可人，成为国家森林公园、休闲生态园、AAAA级风景旅游区。典型的新闻事件是：20世纪80年代，云南开远姑娘余晓玉随复员军人丈夫回到山西右玉县杨千河乡南崔家窑村，他们在经历了创业生活的几次波折之后，选定项目，绿化荒山从6000亩发展到万余亩，带头致富，惠及乡里，成为典型，被选为全国劳模、党的十六大和十七大代表。事迹感人，事件典型。

但是，这些内容，自2001年以降，在各种媒体宣传报道中都深入、追踪、渲染了，舞台上再做一遍有无必要？观众会坐得住吗？

看过后，我为自己的想法羞愧。我应该想到，艺术家们是将《立春》作为艺术品来打造，而不是作为宣传品来包装的。我看多了"定向戏""宣传品"，就有了心有余悸的天然警觉。我忘了自己面对的是一个怎样的创造群体。《矸子山的男人女人》《万世根本》《黑石沟的日子》的创作参与者……这些作品一再证明：艺术来源于生活，但不是生活本身；一切"有倾向"的文艺演出是宣传，但并非一切宣传都是艺术。毛泽东同志《在延安文艺座谈会上的讲话》发表70周年的日子里，剧目《立春》让我们再度重温这种文艺创作的大原则，这格外意味深长。

2010年到2011年间，编剧李宝群为创作剧本，到山西右玉县深入生活。一开始他非常犹豫，因为，这是冲着一个新闻人物——余晓玉和一个新闻事件——植树治荒的"右玉精神"去的。山西省话剧院的贾茂盛院长说动他去采风的时候，他们有一个约定：如果人和事打动不了编剧，决不勉强。结果当然是李宝群受到了感动，先后5次去右玉，历时一年半9易其稿，也许10易其稿。剧名也在反复修改中历经数变，如"塞上家园""塞上山曲""黄沙沟纪事""树神"……最后才确定为《立春》。不必去说《立春》接上了《立秋》的气脉，也不必多讲《立春》剧名的诗意含蓄、盎然生机，饱含着守望幸福生活的象征意味，应该注意的是，剧名的变化记录了新闻事件演变为文艺作品的创造过程。一望而知，剧名的变化经历了记事、写人到塑造形象、渲染精神的变化。剧组的创作立意，实际上从新闻事件的好人好事的舞台宣传逐渐演变为从具体的人和事开始，又从具体的人和事抽象开来的艺术创造。依旧是余晓玉这个传奇的云南女子的故事，依旧是右玉县的荒山变绿的事实，但是，这些人物和这个故事背后，却演化出了一种触动人心、批判现实、高扬人性理想的价值观念与生活信条。严格说，这与宣传意图相去甚远。在宣传报道的兴奋点与关注点之外，艺术家开始独具慧眼的创造。

导演查明哲曾经说：《立春》不仅仅在于宣传模范人物，还在于写人物对真、善、美的追求，更在于表现地域风情和地域文化。总之，它是追求戏剧演出的审美感和艺术性，要有艺术价值。导演作为戏剧创作活动的统领者，就用这样的观念率领《立春》创作团队一步步从新闻价值的宣传走向了艺术价值的创造。

《立春》的艺术价值表现在以下几个方面。一是形象感人。作为情感载体的人物形象，是感动观众、牵引观众欣赏心理的要素。《立春》塑造了钟情于爱人、忠贞于理想的小玉，从一个充满了幻想的城市姑娘变为一个卓绝坚毅，凡事稳得起、镇得住的山乡村妇，她热情依旧，理想更高，而且成长、成熟了。她是一个变化的、逐渐丰满的形象，尤其是缘情而起、为爱而留、因信念而坚守的性格发展逻辑，由情入理，生动感人。《立春》塑造了铁蛋这样一个复员军人的形象，一个因为贫困而自尊心受挫、因为创业艰难而感受到"人的尊严"，尤其是男人的尊严受到巨大挑战的男人形象。他在生活磨难中渐失锐气、尴尬万分，但终于在痛苦中成熟。《立春》还塑造了刚毅坚定、善良宽厚的奶奶形象，一对"欢喜冤家"花花和石蛋的形象……这些形象，负载了晋西北山区生动的草民情怀——其中触动人心的，还有一种被遗忘、被冷落许久的纯善人性与纯朴道德。

二是故事传奇。就像著名戏剧家曹禺的经验之谈，中国老百姓爱看故事，要穿插。《立春》把一个女子从云南到山西带领乡亲种树的传奇故事讲得跌宕起伏，引人入胜。小玉作为云南来的钟情女子，为了爱情的梦想，离开满目青山的云南来到满眼荒山的山西右玉。乡亲们迎亲迎出10里地，铺展开浓浓的乡情，去欢迎小玉这个有知识的城里姑娘。结果，正巧碰上"骆驼风"，吹散了迎亲队伍，吹跑了新娘的红纱巾盖头。小玉好不容易回到丈夫铁蛋家，才发现她是被爱情诓入了梦境——铁蛋关于家乡的诗意畅想和浪漫描绘的梦境的——傻丫头。她一头撞入未婚夫编织的爱情梦境，结果是目瞪口呆，心酸梦碎。她本能地要离开，新婚之夜陡然变成离别之时。在丈夫的苦苦劝说甚至哀求中，她想了一夜之后，决定小住三天冷静一下，但是最终还是选择离开。在铁蛋撕心裂肺的挽留与铁蛋奶奶、乡亲们的善良与乡情作用下，心软的小玉勉强答应了丈夫的血书之约——留下三年，生活无改变，就跟她回云南。三年之期就在这勉勉强强的氛围下、疙疙瘩瘩的情感中磕磕绊绊地开始了。三年之后，已经为人妻、为人母、为人家主妇，尤其是已经生女并全心全意协助丈夫承包荒山、科学植树成为中坚的小玉，选择了留下来。表面上是小树苗成活，让他们改造荒山的努力有了生机，实际上是至亲至爱的情感已经无法割舍。于是，她也咬破手指将血书契约的三年改成三十年。这一改，成为"执子之手，与子偕老"的终身厮守！厮守中，孩子成人、小树成林；厮守中，黄沙凹变成绿荫洲；厮守中，渐渐明白生活选择其实是价值选择，道德坚守其实是人格坚守。在疯狂采矿、物欲横流的大破坏黑云压城的当口儿，植树人变成护林者，一个"山野草民"的群体变成最具价值意识与道德操守的当代愚公。

三是结构很精彩。舞台叙事的主线设置是戏剧人物小玉与铁蛋在命运发展中的"行动逆转"与"位置互换"。剧情是一个梦的编织与梦的实现的结构。剧情开始,小玉被诱入爱情梦境,看到的是惨愁的现实,编梦的铁蛋是主动者,撞入梦境的小玉是被动者:娶媳妇回乡、缓兵之计"拖"三天、最后用血书绊住小玉的腿、以"道情"系牢小玉的心、恳求暂住三年,这一系列戏剧行动中,铁蛋是设计者、推动者;而后来小玉自动改写人生约定,变三年为三十年,变成永远,变成铁蛋的梦的实现者,小玉变成主动者,铁蛋变成被动者。创业的艰难和贫困的重压,让铁蛋几乎放弃绿化荒山的拼搏,想要"走西口"一样走出去寻找捷径,发财致富。一而再,再而三地劝说、挽留、激将无果,最后是靠撕心裂肺地唱"道情"拴住铁蛋的心,小玉成为离家出走的铁蛋的挽留者、继续植树治荒行动的推动者和坚持价值观念的镇守者。在戏剧人物命运起伏处、行动转折点,山西"道情"的两次运用,戏剧性十足。当初绊住小玉的脚、拴住小玉的心的,是这"道情";后来,托起铁蛋沮丧的头、撑住铁蛋无力的腰的,还是这"道情"。戏剧行动中,人物的这种位置互换,行为的逆向运动,是戏剧行动里典型的"逆转"模式的精心设置与良好运用。另外,戏剧行动线索的安排也很巧妙,舞台故事叙述十分精彩,副线设置的戏剧人物花花与石蛋,是一对吵吵闹闹的冤家,为剧情、场面和细节增色不少。一方面是花花爱铁蛋,死缠烂打,是令人哭笑不得的苦恋;另一方面是石蛋稀罕花花,低声下气,将就凑合地猛追。在这种特殊的"四角"关系背景下,他们两人关系的远近亲疏,压迫着铁蛋、小玉婚姻的松紧离合,主线、副线行动的节奏咬合在一起,煞是好看!

四是舞台演出具有鲜明的形式感,场面细节具有很强的感染力。查明哲是一个特别善于追问人物内心、铺张戏剧场面、抻长情感过程的导演。《立春》一开场,表现的是两个热恋中的年轻人,在长途劳碌奔波之后,终于从云南来到山西右玉县黄土高原上铁蛋家乡的情景。查明哲导演足足将这段戏铺展了十几分钟,让舞台一开始就弥漫着男、女主人公的兴奋感和新鲜感,调动起观众的欣赏情绪;然后是两人世界营造出来的甜蜜感与抒情性,像是一次情绪变奏;接下来是乡亲们迎亲队伍的热烈感,情感小溪汇入咆哮的湍流,抒情的协奏变为雄浑的交响;最后,就是浓郁明艳的乡情小调、民俗小景的展示,恰到好处、毫不勉强地将晋西北文化通过迎亲仪式展示渲染一番……接下去，舞美、灯光和服装设计这些物造型环节，在戏剧情节的推演中为人物活动创造了一个配合那浓酽得化不开的乡音乡情而存在的物象环境——沧桑的老榆树伤痕累累的躯干，以及升降台和转台运动中幻化出的黄土高坡与土坎窑洞、山地苗圃、远山风沙……这是提炼出来的晋西北环境状貌的符号，是概括出来的生活形象。渐渐地，观众会感到，那些沧桑的形象，其实是那些坚韧生命的另一种形象表述。当他们面对利欲熏心的商人巧取豪夺要毁掉他们的家园、他们的绿洲时，他们在观众眼前幻化成《阿凡达》中保卫自己森林中家园、大树上乐土的纳威族土著人。同仇敌忾、保卫家园的群像，成为一组感人的群雕，升腾起一种凛然正气。巧妙的是，他们的生活就在当代，他们的事变可能每天都在我们身边发生。形象朴素生动，内容意味深长，生活思考与现实判断具象化了，可以意会的内容，在戏剧演出中变成了具有强烈形式感的事件场面。

五是表演质朴生动。《立春》的阵容以中、青年演员为主，表演真挚率性，热情饱满，主要演员都能完成塑造形象、铺垫剧情、奔向演出最高任务的职责。舞台叙述的流畅，呈现形式的精彩，没有演员的出色表演，是绝对不可能实现的。毕竟，戏剧艺术，是演员塑造故事当中的人物形象的艺术。这个剧目的演员找到了《立春》中的人物形象和剧情情境表现需要的表演。在我看来，这很了不起。演员最出色的表演，就是符合剧目叙事要求和人物塑造的表演。

这五点，让始于宣传诉求的《立春》被创造成一个感人至深的话剧演出。这个剧作始于新闻，终于艺术。毫不夸张地说，这个剧作的创造从开始到演出成果的变化，甚至可以成为我们艺术生产、艺术创造的一种成功案例，成为一种可以学习借鉴的范式。

从小人物事迹到全民族寓言

看完这个剧目，最想与人分享，也最需要强调的是，这个剧目精彩纷呈的舞台形象中所包含的深刻思想分量："右玉精神"就是"愚公精神"。

这是《立春》剧组的创造，这是戏剧艺术家们通过艺术概括和形象提炼想要传递给观众的重要意义。

编剧李宝群一开始接触这个创作题材的时候，犹犹豫豫。一去之后，他受到了感动。他说那些种树的人，值得他坚持一年半的时间反反复复写剧本。在这些反反复复的过程中，不仅仅是李宝群，是整个剧组创作人员都随着艺术创作的深入、提高、精致而发生了深刻的精神变化。他们理解的"右玉精神"，绝不仅仅是最初被一些人坚持种树的吃苦耐劳精神所带来的那份感动，应该还有更深刻的内容。

编剧李宝群曾经说："右玉精神"有根。但是，"根"在哪里？是什么？这成为查明哲导演带领下的《立春》剧组如琢如磨、步步深入的内容。在许多个食不甘味、夜不成寐的日子里，在排练厅里、会议室中和舞台灯光下，我猜想，主创人员从右玉人的"植树治荒"社会行为中，悟到了充满人生况味的"种日子"的舞台意象；从一代又一代的右玉人的坚持、坚守表现出来的生命坚韧，看出了右玉县普通草民那质朴的价值追求与面对太行、王屋的愚公敢于用子子孙孙不可穷尽的努力去挑战命运大山的生命哲学之间的联系。太行山、王屋山、骆驼峰、黄沙凹……不管它们叫什么，它们可以是一切扼制人类发展、扼制人类善愿的力量象征。所以，《立春》的艺术形象创造，在黄沙凹"草民"与太行、王屋山下老翁与村民间找到了一个精神交汇灌注的接合处。天地精华，日月魂魄，云水气脉……就刹那间贯通了，就沛然演化成一种大气磅礴的生命意象。右玉"草民"，是愚公的子孙；太行王屋的愚公，是右玉草民的祖先，其实，也是用瑰丽神话的方式所塑造的中华民族的精神先祖！

愚公移山、夸父追日、精卫填海、盘古开天、女娲补天、大禹治水……是体现中华民族理想人格的一个神话谱系。提炼民族精神，概括价值体系，是埋藏在中华民族厚重的历史文化深处的一个神圣的价值源头。

价值颠倒与理想倾覆，实际上从热捧猪八戒会生活、肯顾家、讲实惠的"识时务者"形象就开始了。以调笑、揶揄、无厘头的方式颠覆传统道德，引导流行价值，兵不血刃地就能悄然完成价值转移，这是当代流行文化、娱乐消遣对中国社会发生的致命影响。坚持理想、坚忍不拔的"愚公"形象为流行文化价值所嘲笑，随机应变、随波逐流的"智叟"形象成为流行文化"成功学"的底蕴。没有公开讨论，只有悄然否弃。在这样的文化价值背景之下，在《立春》的"草民"生存选择中，提出"愚公"的选择与"智叟"的追求这对命题，几乎是对全社会提出的一个挑战性的追问。"愚公"与"智叟"其实是一对价值命题，是在做什么样的人的选择中体现出来的价值命题。《立春》中，小玉和铁蛋奶奶、铁蛋等"草民"选择做"愚公"，坚守信念，守望理想，是"愚公"的子孙；石蛋及其所代表所象征的人群选择当"智叟"，是"智叟"的子孙。

诚信的提倡似乎无力无效，那么问题何在？问题在于价值选择，在于选择做"愚公"还是选择做"智叟"？两种人格，两种价值。

如果说查明哲的舞台创造常常追求一种残酷的规定情境去拷问戏剧主人公的灵魂的话，那么，在《立春》里，查明哲和他的创作团队借戏剧主人公生活抉择的规定情境和文化寓言追问的是：社会选择什么价值？人生选择什么追求？剧中，小玉、铁蛋和周遭的"草民"们说：种树，就是"种"日子。这质朴的话语背后，其实有着沉重的选择。

《立春》从小人物的事迹，挖掘出中华民族的信念，让古老的寓言故事中的"愚公"与"智叟"成为一个有现实社会价值考量意义的命题，催逼拷问每一个观众的良知。

从艺术形象到现实形象的回溯

将眼光从剧目人物形象收回，向现实生活延伸，就会发现，从云南到山西，两个高远的地区，因为植树成为中国的当下事件而联系到了一起；从绿化荒山、保水利农的退休官员杨善洲到当选党的十六大、十七大代表的"草民"余晓玉，毫不相干，本无约定，却在为相似的利国利民的事情而努力。实际上，全国各地类似的典型不少，遍布天南地北。这至少表明，一是中国环境问题在发展中日益凸显，引起了社会各界的关注。密集的报道，说明现实缺失的知识就是《立春》

的剧中人物那种朴素而有力的认识：种树，就是种日子。二是环境问题已经是一个世界性的人类发展主题，不在于工程多么浩大，而在于每个地方、每个人群甚至每个个人的作为都朝着珍惜自然、和谐共生的方向努力，植树只是可以作为的一种活动。《立春》的剧中人自豪地说：咱挡住了大半个中国的风沙！

剧目表现的是小群人的努力，却接触到全中国人应该思考的大主题：中华民族人与自然和谐相处的现实关注、全人类和谐发展的当下意愿。艺术形象是多么具有概括力的现实形象的缩影！

《立春》中，铁蛋奶奶是铁蛋一家人的主心骨、精神支柱。她在艰苦的岁月中苦熬并支撑着整个家庭甚至乡里乡亲的精神不散。在剧情发展到高潮部分，黄沙凹的人们动员起来对抗暴发户石蛋代表的势力炸山开矿、毁坏环境时，铁蛋奶奶溘然辞世，舞台场面中凝滞的气氛、抑郁的情感、巨大的悲伤，令人不禁想到查明哲其他舞台创造中的相似场面和人物形象。

《立秋》中有晋商精神的守护神马老太太，《万世根本》中有民不聊生的辛酸生活见证者，敢于抗争、能够担当的花鼓歌传人凤奶奶，《立春》中有忍辱负重、善良宽厚、意志坚韧的铁蛋奶奶，她们都是在舞台上、剧情中居于德高望重地位的年长女性。在我看来，舞台上反复出现的老太太的形象及其辞世场面大有深意。一方面，长辈辞世对下一代人的震撼性的启悟、激变性的激励，让后代记取家训、继承遗志，是戏剧表现里常有的细节安排；另一方面，查明哲对恩师陈颙在排戏工作期间溘然辞世一遍又一遍的场面想象与细节描摹，是一次次复杂难言的悲怆情感的排遣宣泄，从心理分析角度讲是如此；再一方面，从社会学角度说，这是中国社会传统的隐喻式表现。家与国，族与宗，很大程度上血肉相连，唇齿相依。所以，家传、家训、家学一类，在中国传统文化的延绵递增当中作用巨大。查明哲无意中触碰到了很长时期里中国社会发展与传统文化传递的重要的文化神经元。说"无意中"，是因为查明哲也许从来没有明显地意识到这个问题的存在。他的艺术创造证明：形象大于思想。许多意蕴和许多联想，是由含义丰富的形象激发出来的。

代表中国最低一级基层组织的杨二这一形象，咋咋呼呼的，充满了喜剧色彩。但是，他其实是一个悲剧人物，一个具有反思力量的悲剧人物。在一个淡化处理的细节中，从他的叙述里，观众知晓，他是怀着赎罪的心态积极支持小玉率领乡亲们绿化荒山的。"大跃进"大炼钢铁铜的时代，就是他带领青壮劳动力将树砍光作为冶炼燃料的。为了赎罪，他摔残了躯体，反倒心安了一些。就是死，他也会毫不犹豫。值得省思的是：他有罪，罪在乱砍滥伐；同时他又无罪，因为在那些年代中谁能幸免？这是杨二这个形象所具有的分量和力度。

有的形象值得商榷，譬如《立春》中的憨蛋与叶儿。这两个形象，作为穿插人物，戏份稍弱，交代事情由头、连缀情节空间、辅助说明情绪，当然都有意义和作用，但是，叙述的勉强感与表现的暧昧性，或多或少还是存在的。如果去掉这两个人物并不影响交代与表现，为什么要花力气让他们存在呢?！憨蛋的心理幻觉是逻辑起点，但是叶儿的行动，似乎并没有按照这个逻辑走。她出现的某些场面和瞬间，显然满足了导演驱遣的氛围符号与调度的情感提示需求，一厢情愿地成为剧中人公众心理痼疾的展现，叙述角度和表现立场过于随意，应该再做些斟酌。

小事件，大主题；新闻事件演化为艺术，由艺术性营造出寓言感，是《立春》的核心和看点。《立秋》结尾，孩子对长辈的追问：立秋后的节气是什么？长辈几分犹豫但充满希望地说：立春……我们对《立春》通过剧情种植在观众心田的价值选择，也充满了对立春的期盼。

本文发表于《中国戏剧》2013年第1期第57-61页

经典意识　乡土色彩　民族风格：
浙江省首部原创乡土歌剧《祝福》谈要

一、一台"首部、首先"多层含义的演出

浙江省首部原创歌剧《祝福》于 2011 年 9 月 25 日在浙江省人民大会堂首演，获得良好评价，据说很快要在国家大剧院演出。《祝福》的创作班子有非常明晰的理念，那就是消费经典作品，彰显乡土气息，追求中国作风、中国气派特色的新歌剧艺术。首先，《祝福》的改编忠实于原著；其次，用浙江绍兴的乡土歌剧传神地表现了原著精神；再次，延续中国新歌剧探索的精神，创造了新成果。尤其是，剧目创作显现出来的审美取向与价值立场在一个重要的制高点上。

这种目标的设定和效果的获得，使剧目演出具有相当的创新力和鲜明的可看性。这部歌剧是以鲁迅先生的同名短篇小说《祝福》为基础改编的富于江南水乡色彩、体现民族风格追求的歌剧，创造了多个第一：一是首部浙江省的原创歌剧；二是首部以歌剧形式改编的鲁迅小说；三是名角挂牌，京地合作，浙江省江山市婺剧团提供演员基础，编剧、作曲、导演、舞美设计、服装设计由京沪杭联手，"大兵""小将"合力打造的剧目首演。

《祝福》的创作阵容的强大，力量搭配的协调，给人留下的印象是深刻的。担任作词兼编剧的是著名词作家、国家一级编剧王晓岭。担任歌剧的灵魂作曲重任的是被音乐界誉为"黄金搭档"的总政歌剧院（指中国人民解放军总政治部歌剧团）原著名作曲家王祖皆、张卓娅夫妇。导演由 20 世纪在全国创造了广场

音乐剧《搭错车》1460余场演出神话,在当代中国戏剧发展的各个阶段都属"锋线人物",因曹禺作品的新解读、新叙述、新样式而"成为曹禺新话题"的一级导演王延松担任。舞美设计由中国舞台美术学会名誉会长、原中央戏剧学院副院长、现上海戏剧学院博士生导师刘元声教授担纲。服装设计、监制由中央戏剧学院教师,活跃于舞台演出人物造型设计、时装设计与研究、民族服饰研究、服饰博物馆项目策划多个领域的吴侠总理。灯光由上海戏剧学院教师队伍里的青年才俊谭华设计。由总政歌剧院的一级演员于乃久饰演贺老六,浙江省金永玲歌剧院的一级演员金永玲饰演祥林嫂。而浙江省江山市婺剧团的全体演员披挂上阵,以多年的婺剧演出基础、丰富的舞台经验和全身心的创造热情,支撑了这台刚健清新、乡土质朴的民族民间歌剧的演出,结束了浙江作为历史悠久、沃土丰美的民间乡土音乐大省却没有自己的歌剧的历史。

首演的舞台呈现很精彩,但是,在分析首演所显现的创作成就和艺术特征之前,不能不谈谈创造制作这个剧目所彰显出来的文化意义与价值立场,不如此,就不足以显示这个剧目创造的文化高度与价值意义。

二、思潮横流、观念纷争背景下的价值立场

中学教材选编中的"减鲁"风波与文学研究中的"贬鲁"苗头,成为我对浙江省创作这一台刚健清新、乡土气息的民族民间歌剧《祝福》做出判断的一个角度。

"贬鲁"或"抑鲁"的思想观点或者意识苗头,可以说从20世纪80年代中期"沈从文热""张爱玲热""施蛰存热""周作人热""鸳鸯蝴蝶派热"的研究动向与"重写文学史"思潮就初露端倪了。首先要申明的是,我赞成文化多元,但是强调价值立场。文学艺术创作和文化消费产品的确应该姹紫嫣红、万千气象,但是价值判断里,品位高低上,作品对人类文明的贡献、对社会发展的帮助,绝对不会是等同的。

从心理流向的消长与研究关注的变焦看,这种"热点"推动的"重写",实

际上动摇了原来文学史书写的"鲁、郭、茅、巴、老、曹"的基本序列、基础结构,消解了《新民主主义论》《在延安文艺座谈会上的讲话》定了基调的文艺判断标准和社会价值取向。在这样的氛围中,陆陆续续,若隐若现,有一些"消解鲁迅精神"和"贬损鲁迅人格"的说法出现了,从兄弟失和、师生恋爱、原配新弦、气量性格之类的琐事索隐、性格猜测甚至病理推断,新思路、新方法、新视角、新观念诸如此类,探讨还比较谨慎。但是,很明显,在消解过去时代赋予鲁迅先生的"神性"光环的时候,也有意无意地在试探"创新空间"的"边缘或底线"。

台湾某文化名人回到大陆大讲鲁迅,拿来陪衬自己形象的时候,似是而非的说法,已经让人腹诽,或以为不值一辩者,对那些言论也就是一笑置之。但是,2000年第2期的《收获》刊登了一组评说鲁迅的文章,问题就前台化、焦点化、公众化和白热化了。主要观点是:"冯骥才在文章中称,'他(指鲁迅)的国民性批判源自 1840 年以来西方传教士那里','鲁迅在他那个时代,并没有看到西方人的国民性分析里所埋伏着的西方霸权的话语。''又由于他对封建文化的残忍与顽固痛之太切,便恨不得将一切传统文化打翻在地,故而他对传统文化的批判往往不分青红皂白。'王朔在《我看鲁迅》中则放言:'我认为鲁迅光靠一堆杂文几个短篇是立不住的,没听说有世界文豪只写过这点东西的。''我坚持认为,一个正经作家,光写短篇总是可疑,说起来不心虚还要有戳得住的长篇小说,这是练真本事,凭小聪明雕虫小技蒙不过去。'而'重新刊登林语堂的《悼鲁迅》,《收获》的编辑自然是有其用心的,否则便是浪费纸张。在这篇名义是悼鲁迅的文章中,林语堂给鲁迅画了两副"活形"。''看这两副"活形",鲁迅近乎街头寻衅耍赖的牛二。"① "国民性"的解剖是"启蒙与救亡"的一代先驱对中国社会、中国民众的"病理探查",意义重大。至于说用"外来概念"就是拾人牙慧,那么,中国近现代"知耻而后勇"的民族复兴梦变为现实的历史,就是一部从词汇、概念到观念、思想学习外来文化以自立自强的历史;至于光写

---

① 吴杭民:《〈收获〉"贬损"鲁迅惹众怒》,载《深圳周刊》2000 年第 25 期。

"短篇"就可以认定"小聪明雕虫小技",质疑"正经作家"就令人一望而知其量化判断标准的荒谬了。这是泡沫化时代的错觉。鲁迅是迄今为止中国现代文学史上最突出的"正经作家",他有局限,有偏颇,但他更是民族魂、文人脊梁、社会良心、人类良知的精英典范,绝不是"亡国灭种"在即的情况下林语堂式的"轻松幽默"、周作人式的"闲适懒散"、张爱玲式的"爱娇狷傲"、鸳鸯蝴蝶式的"寻愁觅恨"可以比拟、能够评判的。

绍兴市政协委员、绍兴市作家协会主席朱振国投书中国作协表示疑问:"贬损鲁迅之风始于20世纪80年代之初,这之后时起时伏,手法各种各样。这次是在一本在文坛有较大影响的杂志上抛出集束文章,并都是大腕级'名家',似乎想用重拳和组合拳给鲁迅以致命的击打。"① 2006年初,《南方日报》有一篇文章《为何肆意诋毁鲁迅——谈〈阿Q正传〉的遭遇》称:"贬损鲁迅,这些年来已经成为文坛的一种时尚。前两年,一干连自己的名字也不敢透露的鸟人鼓噪什么'文学,请鲁迅先生走开',这一年来,又看到根本没有读懂鲁迅的李敖、韩石山等人的连篇胡话。最近,又听到不是搞文学的人也来参加'反鲁大合唱',而且他们的噪音特别古怪。前些日子,某地某某电视台播出一个讲述节目,主讲人据说也是一位'著名'学者,他讲的是有关中日关系的问题,内容不说,可他的那一番开场白实在糟糕透顶。他说,日本人称中国人叫'支那人',是'劣等民族',素来瞧不起的。自从20世纪20年代鲁迅写了一篇小说《阿Q正传》把中国人骂得一塌糊涂之后,日本人翻译过去广为传诵,从此就说中国人全都是阿Q,更加瞧不起了(记不下原文,保证大意不错)。这些无端诋毁,几近(不,是明确地)诬指鲁迅帮助了日本侵略者。可它公然在影响很大的电视台播放着。"②

2009年以来,由于中学教材调整,《阿Q正传》《药》《记念刘和珍君》语文教材中"减鲁迅""保鲁迅""增鲁迅"的问题,成为各界在媒体热议的内容。

---

① 吴杭民:《〈收获〉"贬损"鲁迅惹众怒》,载《深圳周刊》2000年第25期。
② 参见http://news.QQ.com,2006年1月8日09:48。

赞成"减"的，据说因为鲁迅的时代局限、半文半白、思想晦涩难懂，"一怕写作文，二怕文言文，三怕周树人"；赞成"保"和"增"的，当然讲鲁迅精神和文化创造的价值厚重与思想高度，学生"怕学"或"学不懂"，是教师不会教、教不好甚至是教师自己不懂的问题。

本文不想就此展开讨论，只想说明浙江省民族歌剧《祝福》在这样的背景下用剧目演出所宣示的价值立场令人感动和催人思考：价值多元的时代要不要价值取向？

无论是"重写文学史思潮"还是"教材选编风波"，背后深藏的问题的实质是：我们今天究竟需要什么样的文化态度与价值立场。据统计，1997 年到 2006 年的全国高考语文试卷里，除 1997 年全国语文高考试卷占 1 分、上海卷占 6 分外，后来 9 年间，高考卷中再也没有 1 分与鲁迅和鲁迅作品相关。在学生中调查对鲁迅作品的态度，结果是不喜欢、一般和喜欢的各占 14%、47%、39%，判断不了和喜欢态度的占多数，明确说"不喜欢"的实际上占少数①。但是，成年人、教育者在为"未来"选编教材、准备素养时的取向是可以商量的。

以中国应试教育的实用取向看，10 多年来鲁迅不在基础考试的"应有之义"里；从社会心理看，鲁迅在被"去光环、褪神性"的过程中，同时也在被减分量、降砝码；从文化氛围看，鲁迅显然不适合当下的"泛娱乐"生活状态的休闲消遣文化的消费需求。从教材、文化、研究中的现象联系起来思考，"去鲁迅"的文化选择与价值取向似乎多多少少是存在的。多元化的价值与多层面的文化是现代社会的必然，但问题是，单一化地追求娱乐、放弃思考、逃避深刻、拒绝责任的文化选择与价值取向应该引起注意。在这样的背景下，歌剧《祝福》的出现就显得尤其可贵。

我们轻歌曼舞的生活，我们缺少思考的文化，我们繁荣表面化的艺术创作，我们拜金主义的内心世界，特别需要鲁迅。但鲁迅是一个思想深刻、见地独到的

---

① 盛海耕：《鲁迅与中学语文教学沉思录》，参见 http://www.19lou.com/...hread-19324507-1-8.html，2009 年 7 月 19 日。

作家，是一个文化象征，是一种价值取向。上野的樱花下，人生的坟场中，两间的苍茫里，彷徨的征途上，鲁迅特立独行，广抒忧愤，让我们的文风更有硬度，让文人的思考更有深度，让批判的武器更有力度，让文化的存在更有厚度。

这一切，正是我们的物质条件有了巨大改善的生活中逐渐缺失的。歌剧《祝福》是对当下文化的一种表态，也是对价值立场的一种选择。"教材选编风波"其实是记者炒作下的虚惊，孔庆东教授对此非常恼火，一方面批评语文教学失败导致效果的尴尬，另一方面强调："在我看来，关键是老师在课堂上，要把鲁迅的文章讲出它的当下意义来。鲁迅文章为什么在教材里要占比较大的比重？正是因为鲁迅的文章严肃地、非常深刻地、非常透辟地写出了中国的现状；这不仅仅是鲁迅所生活时代的现状，更是我们今天的现状。你读鲁迅的文章，感觉他写的就是今天的中国——这是鲁迅文章了不起的地方。"① 歌剧《祝福》在肯定鲁迅的文化地位与鲁迅作品在今天的思想价值方面所显现的判断力与思考性，也是这台创作演出了不起的地方。

三、在现代中国文学艺术发展文脉上的文化态度

现代中国文学艺术的发展，有一条重要文脉，那就是从乡土文学、大众文学到中国作风、中国气派的变化发展。这是中国近现代以来学习西方、批判传统的文化潮流中一种逐渐苏醒的文化自觉：一方面学习借鉴外来文化，一方面发展民族文化正确、辩证的文化发展创新理念。《祝福》的创作演出，就在这种辩证文化流向的后者文脉中展现。经典、乡土、民族，是文化研究者从这文脉发展当中应该读出的关键词。

先说经典性。经典的含义，是思想、文化、艺术产品的某种不可超越性和规范性。这种经典性，体现为作品被反复研讨、诠释、演绎的文学艺术现象。《祝福》是鲁迅为数不多的小说当中最著名的作品之一，不仅因为小说本身对三纲五

---

① 引自孔庆东微博，2011年5月15日。

常强劲、宗法制度苛严、鬼神意识浓厚的中国社会基础有深刻形象的揭示,还因为中国人从小耳熟能详的祥林嫂的悲惨命运对人们认识离现代生活越来越远的旧中国历史社会有着深刻的作用。夏衍先生改编的同名电影与后来的同名越剧剧目都在中国电影史和当代中国戏剧史中留下了良好影响。以小说改编的同名舞剧也非常成功,但是以歌剧的方式演绎鲁迅经典,这似乎是第一次。汇入经典文化的影响潮流中,往往是一种借势发力的创作理念。歌剧《祝福》,是以鲁迅先生的短篇小说《祝福》为基础,根据吴琛、庄志、袁雪芬、张桂凤创演的越剧《祥林嫂》(电影剧本)改编而成的,借了鲁迅名篇的力,乘了对名篇改编的越剧、电影、舞剧等文化产品已经造成的势,进入了阐释经典、创新形式的流。在创作意识上,这常常是成功的艺术作品明智的选择。

次说乡土气。《祝福》既是中国现代文学史上"乡土文学"的重要收获,又是以个人命运揭示中国社会生活状态的深刻力作。鲁迅在20世纪20—30年代提倡"乡土小说",反对"瞒和骗"的文学,"睁了眼看",关注底层人本民生,解剖国民心理精神,观察展示社会生活的基本状态,对中国社会生活本质的揭示,是鲜活生动、深刻厚实的。《祝福》之外,他的《阿Q正传》《故乡》《风波》都是示范性佳作。与他的倡导、推崇、积极实践声气相通者如茅盾、叶紫、柔石、王统照、许杰、王西彦、沈从文、萧军、萧红、李劼人、沙汀、艾芜等作家的小说构成现代文学史上的"中国乡土风俗画"与"中国社会众生相"景观。

再讲民族性。民族性是一个与世界性相对的概念,我坚持在世界民族共荣互惠、多元价值共存互补的理想意义下谈民族性。近现代中国在被打败、盼复兴的急切心态下,曾经文化自卑与价值自弃,一定程度上以放弃传统文化为前提创造新文化。于是,狂飙突进,除旧布新,一段时间之后,发现民族的、本土的文化与异族的、外来的文化是可以并行不悖地共存、发展的。"拿来"是为了强壮、发展自身,而不是否定、消灭自身。从鲁迅倡导乡土小说,"现在的文学也一样,有地方色彩的,倒容易成为世界的,即为别国所注意"[①] 文化交流,互通有无,

---

[①] 《鲁迅全集·第十二卷·致陈烟桥》,第391页。

取长补短，这是基础和本质。在实践上，20世纪20—30年代，有许多作家在创作上响应，积累了一批有影响的作品。1938年，云南出现了花灯剧热潮，可以算作是中国新歌剧的先声。到20世纪40年代"民族化"问题的讨论时，已经有了理论自觉。1942年，毛泽东《在延安文艺座谈会上的讲话》提出"中国作风、中国气派、为广大人民群众喜闻乐见"的文艺创作民族化要求，实际上是对文化建设与文艺创造的民族化问题的回应和肯定。紧接着就是延安的新歌剧运动，秧歌、腰鼓、信天游、甩腔……以戏剧的方式聚合，《兄妹开荒》《小二黑结婚》《白毛女》《漳河水》《赤叶河》涌现出来。新中国成立后，随着民族国家的建立，中国人民自立于世界民族之林的自信心的高涨，我国的民族文化建设迎来了一个良好时期，大规模、有组织地展开对民族民间文化的搜集、整理、抢救工作，创造"中国作风、中国气派、为广大人民群众喜闻乐见"作品的热情与导向直接催生了民族歌剧如《洪湖赤卫队》《刘三姐》《红珊瑚》《刘胡兰》《江姐》等，为民族文化建设积累了成功经验，打下了扎实基础。

眼下刚刚新鲜出炉的浙江歌剧《祝福》，延续的是"中国新歌剧"从20世纪上半叶就发轫启动的追求精神。

中国作风与中国气派，对于中华文化来说，是由民族性、地域性和乡土性构成的。中华民族在长期的融合、发展过程当中，区域之间，不同民族之间，形成了一种你中有我、我中有你的混融状态。在各具特色的情况下，一些共同的东西成为中华民族大家族"民族认同"的体现。这就是为什么中国各地一看区域的、乡土的文化既能认出其特征又能欣欣然欣赏其美质的原因。这就是在共同的审美理想、审美范式下的特色、样态的丰富性。有趣的是，一地一省对异地他省（区市）来说是地域的、乡土的，但是，对外国异邦而言，这些区域性、乡土性的东西，就变成中国的了。所以，在中华文化阵容里，《洪湖赤卫队》《刘三姐》《红珊瑚》《刘胡兰》《小二黑结婚》是地方的，同时是中国的。中国作风、中国气派的文化基因，富含在民族众多、地域广大的各民族文化的矿藏里。

在经典意识、乡土气息和民族风格这三层意义上，《祝福》的改编就站在一个具有历史高度、生活厚度和文学深度的位置上了。

四、写意传神、气韵流畅的视听盛筵

《祝福》，从舞台的整体形象看，从编剧到演职人员共同创造的总体效果，可圈可点的精彩之处贯穿于演出的整个过程。但是，最抢眼的是，其演出风格体现出来的"质朴清新"的审美效果。《祝福》的演出呈现，写意传神，简约洗练，气韵流畅，声情并茂，是一场视听享受的盛筵。

音乐创作优美动人。这台歌剧的演出时间大约100分钟，根据祥林嫂的命运变化与人生挫折，分为九场。著名军旅编剧王晓岭和著名军旅作曲家张卓娅、王祖皆夫妇等担任主创人员，他们曾经创作过一系列当代中国经典音乐作品（如王晓岭的《当兵的人》，张卓娅、王祖皆的《小草》），是歌剧界的闻人。这次创作立足体现江浙水乡风土人情的初衷，使他们将清新淡雅的水乡情韵与中国基层社会的俚俗民风通过音乐形象听觉化了，这是这台民族歌剧中作曲家的最大成功。以俚俗口语和民歌乡音传递乡土文化、渲染世态人情，成为音乐创作复沓咏叹、一歌三叠的核心理念。"唔哩唔哩喂""呦喂"在叙述、描绘、抒情、渲染的段落间复沓往还，动人心扉，感人肺腑。从乡土音乐元素得来的动机发展成的旋律主体，一听之下，江南水乡的优美，以音赋形；过耳之后，余音绕梁之感，三日不绝。

表演艺术探索新路。整台歌剧表演，在群众歌谣与主演咏叹的配合上，错落有致，进退自如。在演唱的配合、编织上，主次分明，分合自由；在音乐表现上，整体感的追求与细部处理的精致细腻相结合，水乳交融，浑然一体。就个体而言，尽管表演水平参差，但是整体感、完整性覆盖性地弥补了不足，作为歌剧，可看性、可听性很强。

歌剧《祝福》的演出在表现上的挑战性在于，歌剧不同于话剧的"像生活"，不同于舞剧艺术的"身体表现"和戏曲艺术提纯的"程式化"，比话剧要更加远离生活一些，更抒情一些，更夸张一些。歌剧在叙事的进程中，借助各种音乐段落的表现与各种形式的演唱，创造了乡土气息充沛、紧紧扣住祥林嫂命运发展的抒情空间，去包围观众。

王延松导演有意识追求乡土、乡音、乡情的创作基调，在表演中也得到了鲜明的体现。他让演员说观众听得懂的家乡式普通话，用乡音很浓的语言唱响不同的唱段。"乡"字当头的表演追求，多了纯真、朴实，少了雕饰、做作，吻合了乡土歌剧的韵味、鲁迅原作的精髓。

导演艺术圆融流畅，挥洒自如。舞台艺术创造的统领者王延松，实际上是中国新时期以来歌剧、音乐剧、话剧舞台创造的高手。从他接剧本到让剧目见观众，仅仅45天的时间。包括现场演奏的大型乐队在内的各个创造环节，他在淡定从容、不温不火的指挥调遣之下，居然流利顺畅地完成了舞台呈现，实在是令人惊叹的艺术创作案例。王延松的创作总令人有期待，这次浙江民族民间歌剧《祝福》的导演创作，和谐的场面编织，自如的时空调度，流动的场面，流畅的叙述，成为鲜明的艺术特点。

王延松是一个善于从剧本文学的创作和调整开始的导演艺术家。首先，不能不说演出文本的结构紧凑、线索精简、场面集中。《祝福》的内容忠实于原著，剧本以原来已经较为成熟的越剧《祥林嫂》为基础。在歌剧形式上，《祝福》围绕着祥林嫂的命运起伏的社会环境的变化做了相关调整。这是从文学到戏剧转变很重要的环节。就戏剧而言，需要剧情的跌宕起伏，需要戏剧性变化，需要矛盾冲突。但是，祥林嫂个人命运的一波三折有了很好的基础，却因为小说叙述和戏剧表现的不同而显得线索单一、情节单薄、场面单调。王延松将在小说中"议论出来的细节"——祥林嫂与贺老六的强迫婚姻变成了重要的舞台表现。一个命运悲惨的女人，命运的转折点是两次丧夫，集中表现的是：被卖到贺家坳后，唯一的一次有点儿情感慰藉和生活喜悦的生活被丧夫丧子的人生变故再次被摧毁。"真的，我真傻……"反复地述说，是一遍一遍咀嚼心碎的痛感，一回一回舔舐心死的记忆与一次一次向别人诉说不幸时的自责。嘲弄的喧哗声中，冷漠的社会网里，观众的泪花一点点蓄满，最后涌出。

王延松的导演艺术功力体现在用歌唱方式叙事的舞台呈现上。鲁镇人既是叙述者，又是表演者，还是事件参与者、目击者和推动者。独唱、合唱、轮唱、齐唱、伴唱，各种歌唱艺术的表演在叙述故事、烘托氛围、渲染情感之外，以各种演唱艺术方式生动了舞台，丰富了表现，这是歌剧《祝福》的一个很诱人的"秀点"。

王延松的导演艺术功力，也体现在对人物把握的准确性与深刻性上。《祝福》传神地表现了鲁镇俗世浊流中漂流的人生，将个体命运置放在社会场域中去表现。这也成为王延松的舞台表现的立足点。歌队、舞队、鲁镇众生相多层含义，将叙述功能、表现功能和意蕴揭示功能浑然一体地调配统筹起来，独具匠心。

王延松的导演艺术功力还体现在《祝福》演出的控制力上。《祝福》的叙述简洁轻松，场面有条不紊，尤其是各场戏之间的相互衔接极其紧凑，换景与歌声、剧情与情绪首尾衔接，丝毫没有懈怠拖沓之处可以挑剔。另外，《祝福》的场面点到为止，绝无歌剧演出当中常常犯的毛病：为了抒情，为了给演员展示华彩唱段的充分机会，往往因添加过多而造成剧情停滞和发展拖沓。深谙戏剧艺术的王延松导演绝对不会让抒情变为滥情，观众看到了这一点。

舞美设计简约明快。机关装置与象征景物相结合，让歌剧舞台的空间方便表演和调度。机关装置指的是序幕中和后来用过的滑轮组船的设计。它既呼应了与祥林嫂的命运相连的情节："坐船来""被夫家人强抢坐船被卖"，又点染了江南水乡的地理环境。舞台绘景与物质造型很简练，近似写实的鲁四老爷家的门口外景，就是一个宅第门面的侧面造型形象和两个石狮子的造像。此外，舞台现出意象无限的空荡。这一组"物造型"形象，与垂吊在舞台上方的符号化的阁楼景象配合、组合，创造了一个罩得住、展得开的戏剧环境。空灵象征，抒情写意，简约传神，洗练明快，提供了一个服务于演出、功能性极强的剧情空间。

服装设计协调和美。如果这台浙江歌剧《祝福》的乡土气、民族风的色彩格外浓郁的话，如果作曲是将乡土气、民族风听觉化了的话，那么，这台演出的服装设计和制作十分给力，让乡土化、民族风视觉化了。服装设计在浙江绍兴的风物与衣饰之间，准确找到了朴素沉稳的基调，配合歌剧表演需求，略加夸张，神形皆备，创造了协调和美的乡土色彩与体现人物性格、社会身份、群体背景的生动色块。色彩和美,丽而不艳,粗而不俗,恰到好处。乡土原色、文化含义与身份特征水乳交融,真个儿是天衣无缝。个性化的款式,地域性的特征,服饰文化的历史感与演出服饰的审美性,被精心地统一在整体与细节的协调中。

总体评价。尽管,在45天的匆忙上马、赶集式的创作当中还有不尽理想的地方,譬如音乐创作偶有雄壮的进行色彩的部分,与音乐整体的协调性尚需细研,演员表演、演唱水平悬殊也需要补救;又如完整地拉了一遍剧情,叙述流利,结构完整,但是,还应该有一些感人瞬间和有几个让观众印象更深的震撼性场面,节奏感要加强,张弛疾缓、大小轻重还可以斟酌一番,而眼下稍稍显得有一点"均匀用力"。还有,阿毛被吃,对祥林嫂是最后生活支柱的摧毁性打击,场面表现过于草草,让后边祥林嫂的"悔"与"自责"缺失或者至少是减损了力量。最后,鲁迅原作对鲁镇的人们如柳妈者之于祥林嫂遭遇的"看客"和之于祥林嫂的死亡"推手"的批判、愤慨,在演出当中有一定削弱。

但是,瑕不掩瑜,可以毫不迟疑地说,这是一部经典感、乡土气、民族风高度统一的剧目,是一部有思想高度、文化厚度、价值纯度和呈现亮度的剧目,是一部可以打造为精品、能够流传开去的剧目。

本文发表于《艺术评论》2011年第12期第63-67页

草·药·人心·世道

云南省玉溪市花灯剧院新鲜出炉的滇剧剧目《水莽草》（编剧杨军，导演熊源伟）是一出样式清新、结构精巧的寓言剧。寓言承载的不是什么励志道理，也不是什么深刻哲学，所解剖的，是一种微妙的世道人心，情节所叙演的，是对人性劝善赞美的故事。

一、可大可小的人文情怀

《水莽草》写了一个离奇的乡间故事：在水乡某地，婆媳关系紧张，已经成了家庭文化的基本内容。一个叫丽仙的大户人家的女子，因父母双亡，家道中落，可巧就嫁入了这水乡，进入了媳妇与婆婆对峙的水深火热。丽仙实在无法忍受丈夫被婆婆支开，远走他乡做事，而自己面对婆婆每日的事事煎逼，走上了寻死的路。她通过一个民间草医，知道一种叫"水莽草"的植物可以致人丧命，于是采回去熬了汤。不料，寻衅找茬儿的婆婆一口咬定媳妇偷嘴自甜，抢着喝了。这下，丽仙自感脱不得干系，成了"药杀婆婆"的罪人。但又因为水莽草的药性要七七四十九天才发作，丽仙才有了一点点机会化解心头的罪恶感：逆来顺受地忍受婆婆的颐指气使、盛气凌人、百般刁难，借此获得心灵的自我救赎。结果是，时间一天天挨过去，药性没有发作，水莽草致死只是民间传说。悲剧氛围开局，喜剧结局，赎罪的媳妇儿低眉顺眼、千依百顺的表现，感化了婆婆，婆媳和好，丈夫回转，皆大欢喜，家庭和美。

这情节，往小里说，就是一个处理好婆媳关系的家庭戏；往大里想，可以探讨换位思考、人与人之间互为环境的处世道理。剧目在处理婆媳关系、维护家庭和谐的一个生活断面上撕开了一个小小的人性口子，所探究的其实是一个普世真谛：人与人互为环境。推己及人，以小见大，万般同理，给观众留下了较大的思考空间。这是从草民生活里剔析出的社会和谐要素，和谐社会，从家庭做起。较之那些给观众留下思考空间有限的宏大叙事的剧目，我更喜欢这种探索人心，显得小巧精致，实际上含意幽深隽永的作品。

二、能雅能俗的社会内容

剧目所叙演的故事，说的是婆媳交恶的社会现象。中国传统文化当中，这种现象可以算得上是一个典型的家庭文化的基本内容，从古诗十九首的《孔雀东南飞》到巴金的现代小说《寒夜》，到脍炙人口的曹禺杰作《原野》，再到少数民族传奇故事《娥并与桑洛》，历史长河中，不同地域上的文学艺术题材都反复地表现过这种婆媳对峙、影响年轻夫妻婚姻生活的社会现象，这是在民族文化现象当中反复出现并被艺术家、作家反复书写的母题。

从这个母题里，观众可以欣赏到形象化的婆婆阵、媳妇阵两个舞队的婆媳对峙，从舞台形象的直喻性，可以看出社会心理阵营的存在，进入一个特殊的女性世界，理解女性们的喜怒哀乐。看完演出，有不少人说，这是很有教育意义的剧目，尤其下乡演出，有移风易俗之功效，利于感化人心，利于家庭矛盾的缓解或化解。在浅浅的层次上，这么说是完全可以的。化解婆媳矛盾，以心换心，感化对方，这是浅表层的含意。

但是，仅仅这样认识，就没有看出《水莽草》的好。剧目的精彩，在于启用婆媳矛盾的文学母题，更为深入地探究了微妙的人心与脆弱的人性。剧目演出的好，不在于重温了中国社会文化中"婆媳关系交恶史"这一母题，而在于对母题下的幽深微妙的人心的解剖。关键在于水莽草，剧中的水莽草，从传说中的水里毒草，到熬成的碗中汤药，再到婆婆误饮腹中，成了媳妇赎罪的心病，最后成了婆媳和解、和谐相处的推动力。这草是试剂，是助推，是假设。当和睦的婆媳让乡亲羡慕，让归来的儿子（丈夫）茂壮惊讶之余，水莽草究竟有无致人丧命的毒素成了未知数。毕竟，媳妇丽仙经历了万千惆怅、罪感缠身、自虐赎罪之后，婆婆没有死。意味深长的是，在这虚拟的水莽草毒杀婆婆，善良心救赎媳妇作用下的和解与和谐，在特殊条件不再的情况下，可以维持多久？这是留在戏里戏外的人们心头的问题。

三、半明半昧的人物心理

那碗用水莽草熬成的汤药，成为婆媳交恶走向婆媳和解的关键性情节。问题是：媳妇丽仙有罪吗？

如果有，那么她的从愧悔到自虐的苦楚，她的自我救赎的艰难跋涉之路，表现得愈加酣畅淋漓，刻画得愈加入木三分。观众就会和媳妇一道获得"痛并且快乐着"的心理感受。

如果没有，她的逆来顺受、低眉顺眼、千依百顺，就可能是一种临终关怀姿态，是对正在慢慢死去的婆婆的一种恻隐之心，顺从婆婆，让婆婆在毫不知觉的死期将近时快乐安详。观众也会和媳妇一样，获得一种有仁有义、忍让大度的优越感。

这些，都是潜在的心理。关键是，婆婆强悍地、刁蛮地抢过水莽草汤药，误饮，即使顿时身亡，丽仙也只是陷入撇不清的官司，可能走向冤案。即便婆婆没有立时身死，丽仙想到的也是自己是鸩杀婆婆的罪犯，心理动机是将责任往怀里揽。往怀里揽的心理，实际上暴露了人性深处刹那间的恶念——丽仙采摘水莽草回家熬成汤药的意义指向：显在意义是自杀，结束这"风刀霜剑严相逼"的地狱般的日子；潜在意义，却在婆婆恶语相向、污人清白后强抢汤药的时候显现出来——未必没有"杀她"的潜意识。丽仙并不积极拼抢，说明说清事实也不困难，但说了却没有说明说清，就这么含含混混、遮遮掩掩、暧暧昧昧，抢夺不力地让婆婆喝下去了。

丽仙半明半昧的心理，明的是善，是孝道，是中国传统美德；昧的是恶，是人性，是特殊情况下的情绪积累与自我保护本能。《水莽草》所包含的这种人物的隐秘心理，客观上可以成为心理刻画和形象塑造的两种走向。现在的演出选择了善、孝道和美德，正能量屏障了人性恶，哪怕是一刹那的恶的念头。

那么，有没有可能这样塑造人物呢，恶念闪现过后，让善念超越恶？那样，情节张力更大，丽仙的自我救赎可能更加撞击人心。

四、亦实亦虚的舞台表现

《水莽草》整个演出的舞台呈现，载歌载舞。《水莽草》在保持滇剧声腔特点与行当表演特征的条件下，在呈现的创新上用足了功夫：舞台面貌清新简洁，故事叙述自然流畅，时空流转灵动自由，整体面貌清新明快，给人享受。尤其是，用足假定性，犹如话剧中的歌队运用一般，《水莽草》的舞队运用也是灵便自如的。除了氛围烘托、场面点缀之外，大量的功能显现为环境点染和物像描写，这与空灵的舞台设计相衔接，用得出神入化。尤其是舞台布景设计，以活动景物为主题，舞队自动变为道具的捡场者与布景的移挪者，十分简省。当然，稍嫌缺少节制也是有的。

舞台叙述中，最具有创意的表现方式，应该算是婆婆误饮水莽草，进入49天的"死期倒计时"后的剧情进程。导演安排人抬着牌子，上书49天、45天、25天、10天……在剧情推进的间隙亮着牌子从观众眼前掠过。这种方法，客观上催动了观众的心理节奏，与剧中人丽仙的赎罪进程紧紧咬合在一起，到了第48天，婆媳相伴通宵无眠、执手泣诉衷肠，等待第49天到来。那时更鼓声声，加速了之前剧情以天计算的节奏，变为以时计算，更是令人心悬胆牵。

如果说水莽草作为人心试剂、误饮汤药成为情节中心、愧悔和解成为过程、和美成为人物归宿是剧目结构、内容的特点的话，那么流畅的叙述、清新的呈现和精巧的节奏感设计，就是剧目的演出看点了。

我爱《水莽草》。

本文发表于《中国戏剧》2013年第7期第28–31页

翻新的努力：看玉溪花灯剧院的《蝶舞》

一

玉溪花灯剧院的花灯剧《蝶舞》从传统戏曲剧目《祝英台嫁梁山伯》《柳荫记》改编而来。这是中国传统文化中大家耳熟能详的爱情故事。聪慧过人、心性颇高的女子祝英台因为想读书，遂女扮男装去往尼山书院就学，其间认识书生梁山伯，同窗三年，暗生情愫，回家前向梁山伯暗示自己身份，假托有胞妹待字闺中，希望梁山伯前去聘娶，借机以女儿真相示之，进而结百年之好。结果祝家择婿马太守家马公子，梁山伯失望伤情愁病死，祝英台追思守身殉情死，死后双双化蝶，留给后世一个凄美浪漫的悲剧故事。

玉溪花灯剧院选择这个故事来改编，是有勇气的。因为，江南水乡的沪剧、越剧，哪怕是夸大区域到安徽的黄梅戏，皆音乐婉转，形象柔媚，情调典雅，比较适合表现梁祝的爱情故事。而花灯在流布四野八荒的过程中，接地气，讲天然，生动活泼甚至泼辣，清新刚健至于劲健，表达那种柔肠寸断、衷肠百结的情调，就多少显得用非所长了。然而，一个悲剧故事顺畅地演下来，也还不隔不滞不涩，值得向剧组道贺！玉溪花灯剧院是云南省州市院团创造力、活力都可以与省级院团媲美的团体之一，和他们一样的院团如玉溪滇剧院和大理州白剧团，都是积极作为，创新进取的院团。它这次推出《蝶舞》，与从前推出改编自莎士比亚的戏剧《罗密欧与朱丽叶》的《阿罗与卓梅》一样，都是对花灯剧艺术表现力的探索与拓展。它既探索"洋"的，又尝试"中国古典"的。应该说，《蝶舞》也是有亮点的。观众接受了梁祝故事的花灯剧讲述方式，两个小书童泼辣、风趣、活泼的表演，为剧情节奏、场面生气和性格表现增色不少。

二

编剧潘勇在我的记忆里，是一个忠厚耿直、心地善良的人。23年前，我指导他的毕业大戏时，他的作品写的是关索戏人家传承的难题与人生困境的内容。其中，痛苦可感，困惑可知，忠厚可鉴。多年过去，我们虽然联系不断，但我看他的大戏公演却是第一次。看了这次改编作品，我再次感受到了他生命里的忠厚。

梁祝爱情悲剧里，原来的人物关系设置和矛盾冲突组织，是在梁祝纯美的爱情关系里楔入了一个阻碍力量：马家势力。祝家选择了马公子，这是导致爱情悲剧的阻力。但是，潘勇版本的剧情改变了这一点。首先，组织矛盾冲突，有一种可能，是梁祝二人柳荫树下结为金兰之好，只能有同窗之谊，不可生男女之私，若有所思所为，不成体统，是为不伦，这可能成为内在禁忌。其次，马太守家的势力很大。相比较而言，梁山伯就是白衣秀才一个，文弱书生一枚，势力弱小得多了。马太守家具备横刀夺爱的能力，梁山伯只能退避三舍。再次，祝家嫌贫爱富，尽管知道了祝英台情有所系，心有他属，但是选人择婿的标准衡量之下，梁山伯这样的细酸肯定不合标准，所以执意将祝英台允嫁马太守家，也顺理成章。

好个潘勇，这些因素肯定比较过、斟酌过，但是他没有顺山顺水地去借用梁祝故事或者前人编剧所设定的这些显在或者潜在的矛盾冲突。改编本中这些矛盾基因都还存在，只是潘勇改编笔下的注意力聚焦在了这场爱情悲剧里的个人情况的情不得已、势不可违的"无奈""无可选择"当中。梁山伯却步于祝家的横遭变故，祝父命悬一线，只有马太守家的权势可以拯救祝家。祝母知道女儿的心事，看出了梁祝金兰之好并同窗之谊中的蹊跷，利用读书人重名节、有情人能为真爱负重的特点，让梁山伯退出梁、祝、马的角逐。梁山伯体恤祝家困境，退出了。而似乎胜出的马公子虽然爱慕祝英台的文才貌美，但是看到祝英台的痛苦，心有不忍；感受梁山伯的绝望，心有戚戚。马公子遂生悔意，愿意退婚，成全祝梁二人。只是，马太守无法接受太守之尊的家庭被退婚的情形，拒绝了儿子的恻隐之心。祝家老夫人也非嫌贫爱富之人，而是救夫持家的无奈之举……算起来，只有祝英台在这种人物关系中显得纯情至情，一切纷纷扰扰熙熙攘攘的身外动静对她都毫无影响力。她有定力，有执念，有沉醉，才最终有殉情化蝶的浪漫与凄美，这结果似乎才水到渠成，顺理成章。

潘勇忠厚，也是潘勇刻画人、理解人的切入点。他不希望导致这场爱情悲剧的社会力量是小人、坏人，处在矛盾中的人们所秉所依，无非人之常情，都是情不得已，势所无奈，各有各的难处，各有各的痛苦和隐忍。他重新安排、另行调整了戏剧冲突的传统和善恶分明的惯常，在缺少矛盾冲突而只有磕磕碰碰的不适不快、不满不畅的人物关系与剧情发展中完成了梁祝故事的新诠释、新讲述。这是有新意也有难度的，他从"势之所难"和"愿之受阻"的普遍人生常态去重新解释了梁祝悲剧。

三

剧目既然不依靠跌宕起伏的情节与尖锐激烈的冲突取胜，那就要在舒缓地铺展剧情的时候去吸引观众欣赏的注意力，去细细品味剧中的人物心理和剧情设计的人生况味。所以，马庆、李沅嫒的导演创作煞费苦心，调动了一些手段去调配观众的欣赏情绪。譬如，两个小书童的表演不但增加了舞台色彩，而且在场与场之间的出现，既是情绪与剧情的延续，也是剧情节奏的划分，有形式感，讲节奏性，导演意识是可以把握到的。另外，突出花灯剧的花灯文化特点，就是小生、小旦、小丑的"三小"戏特点。两个书童，不是小丑，却又风趣多动；马公子，不是丑角，却又有些色彩。可以看出，角色行当方面，花灯剧院的这台新创剧目是有思考、有探索的。而根据剧情需要和一度创作的实际需要，探索行当鲜明特点的消减和舞台功能的分担，有艺术思考。

《蝶舞》的音乐配器，是云南省花灯音乐的国家级传承人李鸿源的公子李明。观众欣赏花灯,除了欣赏花灯热辣妖娆的身姿舞步,展示花灯舞蹈的舞台热闹之外,很重要的一部分,就是倾听入耳养心的曲牌调子。实践证明,李明作的曲很好听,竭尽婉转哀鸣之能事,在风格情调上,音乐色彩搭配是相符合的,当然如果在丰富性方面再提升一些,就会更加动人和精彩。

祝贺《蝶舞》剧组的努力成果,这是玉溪花灯剧院又一次奉献给观众的文化产品,观众反响好。总结一下,就是有颜值,好看;有耳缘,好听;有价值,探索;有新意,关注支点的挪移:人生困境。

本文发表于《边疆文学·文艺评论》2019 年第 12 期

《山茶花红》

——迈向红色经典的红色剧目

玉溪花灯剧院的新剧目《山茶花红》再度上演了。两个舞台版本我都看过，时隔一年多，我觉得，剧目在原有基础上有了更诗意、更纯情、更凝练的概括性叙述，舞台呈现有鲜明的风格追求，十分难得地使一个红色题材的剧目演出有了贴近年轻观众的面貌，散发着青春气息。

与上一版演出的叙述风格和呈现气质不同，这一版演出走的是青春时尚路线。我猜想，主创人员努力探索的，是让红色题材的红色叙述变成红色青春、红色诗意、红色浪漫，以期走向今天观众的审美视域和感知心田，由此迈向叫好叫座的红色经典。毕竟，剧目好不好，创作新不新，价值高不高，观众说了算。为人民抒写，为人民创作的作品，具体说来，当然要由走进剧场的人民——观众来评价。就我同场的观众反映看，就玉溪花灯剧院获得国家艺术基金项目支持的剧目巡演情况看，观众的认可度还是较高的。而我，则要毫不迟疑地说，玉溪花灯剧院坚持传统、刻意创新、追求艺术产品的良好社会效益、打造精品、创造经典的目的，相当程度上已经达到了，尽管剧目离精品经典的水准还有一点距离。

首先说剧目达到了目的的成功部分。剧目找准了"人"化红色题材的立足点，这是这个剧目感人动人的创作基调。《山茶花红》表现的是中共云南地下党的早期生活。在我们的文艺生产传统中，总是突出共产党人"特殊材料"制成的一面，走向高大全的"提纯化"，集中共产党人的一切优良品质以获得"典型化"的审美效果，其实是优良品质的"集中化"，结果是让观众觉得离普通人的生活、情感、内心很远，与宣传效果的追求意愿相反，出现了一种令人无奈的情形,那就是"不相信"特殊材料制成的人的"真实性"。长期以来,我们对红色题材、正面生活的展示,常常招致了不少观众欣赏心理和价值判断的过敏性逆反,只要是红色题材和模范人物的演出,不少观众就会先入为主地产生不屑情绪,戴着有色眼镜去评判演出,无论演出如何,都一迭连声地说"假"。这种状况,使文艺创作界一个重要的写作命题,即如何避免把真的写成假的、把好的写成坏的、把善的写成恶的。《山茶花红》剧组选择红色题材创作的时候,这个命题隐藏在他们的选择里。显然,"人"化的先烈与浪漫化的革命激情,成为他们塑造人物、编制情节的立足点。吴澄、李国柱这对党员夫妇,伴随着年轻人的青春梦想,谱写了一曲理想高扬、信念笃定的红色浪漫。革命党人如何谈恋爱? 在风口浪尖上,在担惊受怕中,在书信隔绝时,在共度时艰里,在共同理想的追求下……人生的追求与情感的依恋在生活的风浪里日渐融洽和谐,于是,执子之手! 尽管,他们的人生短暂,没有走到"与子偕老"的尽头,但是,他们的壮烈人生,却永远地留在了中国革命的史诗当中。只要人类的壮丽事业在,他们的生命就没有尽头,他们获得了永生。在他们有限的生命里,与恋人相识、相知、相爱的过程,交织在人生的找寻、挣扎、希望与焦虑里。实际上,这与今天的年轻人找工作、租房子、还房贷等等过程中男女两情相悦、日久生情的过程有些相似。只不过,李国柱与吴澄的追求更具有理想特质,更少个人的小温小暖色彩。虽然剧目演出也表现了他们作为人的这种普遍情感内容与生命本能渴望,但恰恰是这一点,让观众在他们的理想光辉中看到了人性人本的原色。于是,不由人不感动,不由人不服膺。年轻观众坐住了,年长观众唏嘘了,演出收到了效果。"人"化的红色题材创作立足点,是《山茶花红》剧目演出动人感人的重要原因。

其次是人物塑造。剧目把材料中的故事讲述重点做了调整,把人物表现的"戏份"给了云南省第一个女共产党员、第一个女支部书记、第一个女团委书记吴澄。在原来的故事讲述中和第一版的情节表现里,吴澄与她的学生张晴依是受革命感召、受激情感染而参加进步活动的,她们是剧情里不同程度的次主角、从属者。而在这一版本的剧目演出中,吴澄成为理想的追逐者、革命的领导者和爱情的主动者，其具有云南革命先驱的很多"第一个"的身份，加强和突出吴澄这种形象刻画的思考，是有道理的。一个积极的追逐理想的女性，走出大家庭，走出闺房，走向社会，走向充满荆棘的追逐理想的道路，必然有其过人的胆识。她既不是一个时期中国文学艺术中热衷展示的那种色彩各异的乖戾促狭的"作女"，也不是那种情感朴素、头脑简单的"侠女"，更不是那些已经褪色的简单自我解放、走出家庭的各式各样的"娜拉"——家庭的决裂者、出走者。她是有教养、有智慧的大家闺秀，她是有理想、有追求的革命先驱，她是有故事、有爱心的教书育人者，她是来不及诉说柔情蜜意的母亲，她是用父母铸就的血肉之躯祭献真理、与志同道合的爱人携手殉道的红色恋人……不用说，剧目演出为她的形象提供了更多的观察面，具有立体感。她的学生张晴依，从一个冲动的热血青年走向一个消沉依附的花瓶摆设，最后面临被丢弃的花败柳残的人生结局，是可以想见的。她也是塑造成功的一个形象，因为，不是追求真理和理想，或者根本没有做好为社会献身的准备，而只是爱热闹、想出头的感性冲动，那么，她从躁动的热血走向影星名利场的转折，就十分自然了。美女爱英雄，自古而然。剧情开始，军人于浩天出现，为她解围，从"英雄救美女"的惯常手法，引入了"美女爱英雄"的"桥段"，也是顺理成章。这是剧情变化和人物性格发展顺理成章。于是，一个街头参加进步活动的激情女性变成了将军府里的"金屋藏娇"，进而变成了金丝鸟。演出的人物塑造没有简单化地将她处理成为一个一味堕落的女性，而是让她在革命与反革命、友情与人心险恶的人际关系里走钢丝绳。她不能忘怀自己的老师、引路人吴澄，一次、二次、三次，通风报信、窃取通行证、献策保命，这终于导致她与所依附的于浩天于将军越走越远。其实，这是她自己的选择。她善良、感恩、同情，保留了"人"的基本廉耻、基本是非和基本情感，结果被"非人"的社会所抛弃，是必然的。在一个堕落的或者说遭遇了不堪命运的女性形象上也写足了人性的可能，达到了一定的人学深度，可能是这个剧目演出的意外收获。此外，于浩天的狡诈和权谋，面善而心狠，也塑造得生动传神，尽管用力不多。另外，共产党人李国柱、叛徒陈家华的形象也让人记得住，只是"人"的深度和丰富性还可以深挖和加强，性格的精准程度与分寸拿捏也还可以斟酌。

再次是演出形式特点的追求。《山茶花红》是花灯剧。花灯剧者，花灯歌舞演故事之谓也。而且，《山茶花红》不是花灯歌舞小戏的戏谑调笑方式的小事件叙述，而是篇幅长、人物多、剧情复杂的故事叙演。剧作主创人员抓住了花灯歌舞演故事的第一本体特征，立足于"花灯歌舞"去"演"，把场面、细节、剧情发展可以糅进"花灯"本色的地方，都糅进去了。交代性的唱段、抒情性的唱段、高潮性的唱段，都给了剧目花灯剧的突出特点。还有，居然在花灯剧中安排了武场武功的表演，突出戏曲特征，尽管灯味儿不强，却也别开生面。甚至，在开场时，革命党人李国柱为了躲避追捕，来到了宣传进步社会思潮的学生、教师当中。为了掩护他，师生们街头"玩儿灯"，就自然而然地把花灯歌舞融入了剧情中，一点也不生硬。其中，花灯歌舞表演中的老生——打岔佬的角色安排更是巧妙。本来，以花灯歌舞的热闹场面去掩护革命者逃避追捕的事件，对于追捕者的行动和目的就是一种"打岔"，再有一个"打岔佬"去警察面前支应、打岔，分散警察的注意力，就更巧妙了，真是神来之笔的剧情文本安排。当然，剧中没有处理好这个情节，让李国柱扮演"打岔佬"去警察面前晃悠啊晃悠的，就不合适了。这不是规定情境中的人物应该采取的行动，损失了绝妙的剧情安排，显得人物的行动荒唐，剧情的安排荒谬。

《山茶花红》最突出的花灯剧特色或者剧中形式特点来自音乐创作对花灯音乐的突出，不仅仅是保持特点，而且有创新；不仅仅是守成，而且是破格创造。剧目中，音乐处理好了符号性表达与抒情性表现的需要。譬如，吴澄与李国柱在中国云南山区边寨与苏联莫斯科两地相隔的时候，地域性的特征就在花灯音乐与苏联音乐的声响中交代了，既是时空意义的，也是文化色彩的，十分简洁。尤其精彩的是《国际歌》主旋律的变调吟唱，这在花灯歌舞演山当中是第一次尝试，令观众耳目一新。这样的处理和创造，不是为新而新，而是在剧情发展的最高点和一对红色恋人从容赴死、以身殉道的那一刻，让观众体会到，他们的生命，不仅仅是云南共产党人的，也是中国共产党人的，还是国际共产主义战士的。个人的生命，融入了人类最壮丽的事业，他们是伟大的殉道者。个人与人类，花灯与

《国际歌》，有了这样的联通与融会，还有更强大的联通、更恢弘的融会吗？

好听，好看，《山茶花红》追求了；动容、动心，《山茶花红》做到了。

最后说说可以提升的部分。

人物性格的把握，人性可能的精准，似乎还有深入的空间。一方面，如果次要角色或者反面人物的性格生动性更容易让观众记住，那么应该考虑对主要角色、正面人物的塑造力度和方式方法。可以感到，似乎张晴依的丰富性、于将军的生动性更抢眼、更醒目，是否需要再思考一番、斟酌一下呢？

舞台的极简风格，在剧情节奏中我们感到了，但是"留白"过多，是否有人物塑造的事件过少、场面不够而略显单薄的遗憾？为着极简的目的，而对时空"压缩"太紧，是否留下了情节黏合的"生硬"与逻辑的"跳脱"，似乎应该认真思量与仔细斟酌一下。譬如，吴澄与李国柱情意绵绵的隔空对话的安排，山乡彝族歌舞的欢乐场面突变为入党誓词场面的"组接"。

配合演出的极简风格，舞台"物造型"的一组框架组成的回廊形象，最终转化为牢狱，简单倒是简单了，却使这种把回廊建筑物变成牢狱的建筑形象缺少变化，缺少功能运用，长久地"固定"在了舞台视觉形象当中。从头到尾，这些舞台"物造型"不单"表达性""表现性"的意义不大，而且最基本的交代性、说明性的功能也不强。演员在上面走过两三次，让舞台"物造型"成了一个简单的表演区分割的行走台面。舞台美术设计不应该单单满足于极简目的的追求以及功能性不大的中性形象的视觉美感，而应该瞩目其强大的功能性和可变的表意性——舞台美术的审美性，而不是纯美术的审美；不应该成为僵化的摆设，而应该成为演出的有机组成部分、无言的角色、演出环境与意象生成的基础，成为舞台演出的"有意味的形式"。

本文发表于《边疆文学·文艺评论》2020 年第 6 期

第七辑
剧目与导演

"形象种子"与演出形象:论查明哲的舞台美感

一、舞台美感:"查明哲现象"引出的思考

1996年,查明哲从俄罗斯学成归国,以"战争三部曲"①的轰动效应和"'禁忌游戏'"②的"冲击波性影响"奠定了他作为"实力派导演"在中国新世纪戏剧舞台上的地位。"战争三部曲",指的是《死无葬身之地》(中央实验话剧院/中国国家话剧院,1997年)、《纪念碑》(中央实验话剧院/中国国家话剧院,2000年)和《这里的黎明静悄悄》(中国国家话剧院,2002年)。"禁忌游戏",指的是产生了各种版本③,一演再演的《青春禁忌游戏》(中央戏剧学院99表演班/中国国家话剧院,2003年)。接下去,查明哲的舞台艺术创造一发而不可收,《孔雀东南飞》(安徽省黄梅戏院,2004年)、《易胆大》(四川省川剧院,2005年)、《矸子山上的男人女人》(辽宁人民艺术剧院,2007年)、《我那呼兰河》(沈阳市评剧院,2008年)、《万世根本》(安徽省话剧院,2008年)、《黑石沟的

---

① 吴戈:《查明哲的舞台追求和他的"战争三部曲"》,载《戏剧艺术》2003年第4期,第13—22页。
② 吴戈:《人本与民生:查明哲舞台艺术的现实力量》,载《中国戏剧》2009年第9期。
③ 据笔者所知,有中央戏剧学院、中国国家话剧院、上海戏剧学院、浙江大学黑白剧社和福建的制作演出五个版本。

人们》(辽宁人民艺术剧院,2009年)等吸引了人们的广泛注意,成为一种具有票房号召力、获得专家认可度、引起政府部门重视、获得各种高级别奖项累加的"现象"。[①] 毋庸置疑,查明哲已经从一个痴迷戏剧的演员,一个更多指导学生实践的教师,一个负笈远游的学子,成长为中国当代导演群体里风格鲜明、个性突出、实力雄厚的一个。为此,2005年,中国戏剧家协会和《中国戏剧》杂志社邀请著名戏剧界理论家、评论家在北京举办了"新世纪导演查明哲研讨会"。2009年,国家大剧院连续上演查明哲近年来有影响、有震撼力的四个作品——《立秋》《矸子山的男人女人》《我那呼兰河》《万世根本》。同时,中国戏剧家协会和《中国戏剧》杂志社再次召开专题研讨会,研讨查明哲的舞台艺术的魅力。

关于导演艺术家查明哲,一般有几种评论:一种是新闻界的娱乐记者在引导观众视听,将查明哲概括为"残酷导演",意指查明哲选择的剧目和排演的场面,常常喜欢置剧中人物于绝境,面对死亡和血腥,检验人性,追问责任,唤醒灵魂;而一些评论家认为,查明哲的创作追求,体现了"现实主义"经久不衰的魅力和在新时期、新条件下的新胜利;还有一些研究者、评论家认为,查明哲的舞台艺术的魅力在于他对中国新时期戏剧的舞台经验总结和对俄罗斯乃至欧洲戏剧精华的借鉴,有厚实的感人力量和扎实的创作功力。其中,田本相先生的评价具有一定代表性:"这是位颇有前途的导演,他带着新时期戏剧发展的经验教训去俄罗斯深造,又把俄罗斯甚至欧洲的戏剧精华带回来,其潜力是厚实的。""我认为他的导演给近年来的话剧舞台带来一种厚重的东西,一股扎实之风。"[②] 徐晓钟先生和谭霈生先生提出,查明哲的舞台艺术"凝重厚实",展示了一种"理性的美"[③]。当然,还有学者用"温情现实主义"或"零零后现实主义"去

---

① 吴戈:《人本与民生:查明哲舞台艺术的现实力量》,载《中国戏剧》2009年第9期。
② 参见中央实验话剧院1997年《评论荟萃》"《死无葬身之地》演出评论专号",第28-29页。
③ 高扬、卢巍:《查明哲导演的人学精神与美学建树——新世纪杰出导演查明哲研讨会纪要》,载《中国戏剧》2005年第7期,第33-43页。

概括查明哲的舞台艺术。什么是"零零后"？李春熹描述说："用温暖的诗意的现实主义去展示生命的尊严和价值，让每一个生命都满怀希望地活着。"①

无论是感受式评价，还是研究性概括，上述观点都有各自的观察角度和概括道理。但是，就一个导演艺术家而言，究竟有没有一种角度或方法去解析他的艺术创造，既形象具体又抽象概括呢？

戏剧艺术，是一种在场创造与欣赏的艺术样式。编剧、灯光、服装、化妆、道具、效果、舞台造型和空间设计等一切附着于演员扮演的环节因素，都在开演的一刻，交给了导演设计好的、有演员表演引领的演出呈现。而呈现在观众眼前的艺术努力，则化作了场面、细节、形象。离开了这些基本特质去谈舞台震撼力和美感，很大程度上是困难而且低效的。要找到最佳角度来解读查明哲的舞台艺术，我以为，那就是舞台形象。而舞台形象，首先不能不谈形象是如何形成的，这就要从形象的一些核心因素谈起，而且要从查明哲导演的创造努力谈起。他的舞台艺术创造是这样而不是那样，道理在哪里？依据是什么？解析清楚查明哲作为一个戏剧导演打造他的那些有震撼力、有形式感的剧目演出时的创造努力，既能够获得对查明哲的导演艺术的魅力所在有进一步的了解，又还能够由此更加深入地逼近戏剧艺术的美学本质。

二、"形象种子"的形成：本相、真相、意象的提炼与赋形

研究查明哲，有必要从查明哲在中央戏剧学院求学时的老师徐晓钟先生说起。因为，愈深入研究查明哲愈感到，在他功力深厚、得心应手的精彩艺术创造里，深深地烙印着他在学习时获得的师承胎记，这自然也浓浓地显现着他作为一个成熟的导演艺术家价值判断、美学追求和趣味选择的个人色彩。我在一篇论文

---

① 李春熹：《查明哲与"00后现实主义"》，参见国家大剧院印刷《优秀导演查明哲系列作品展（2009.4.21—5.21）》宣传册，2009年春。

中写道:"从谭霈生先生的课堂汲取了'规定情境'理论的养分、获得了在'规定情境'下写人、关注人、表现人的生命活动、刻画人的生命意识的深刻理解;参与了徐晓钟先生导演的《培尔·金特》的演出,也目睹了徐晓钟先生导演的《桑树坪纪事》对中国新时期戏剧舞台总结式提升的成功与辉煌,领悟了导演艺术的舞台'赋形'创造对戏剧传情达意的魔力;还继承了陈颙老师舞台追求的热情、激情、抒情所构成的诗情热度、理想高度与认真力度。还有,近 30 年来的各种大大小小的戏剧艺术家们的探索和成果,风云际会之机、群贤毕至之盛、少长咸集之力他都赶上了,感受了,分享了,集纳了。于是,当新世纪中国戏剧舞台艺术创造的接力棒交到新一代手里的时候,作为实力派导演的代表人物查明哲从老师们身上学到的、继承下来的和自己思考创新的东西就显现出了其承前启后的历史意义和个性创造的独特价值。"① 提到的老师不止一个,涉及的舞台成果非止一端,但是,这里我只想提及徐晓钟。因为,"形象种子"的问题,诗化舞台形象的创造、表现与再现融合的追求……这些最直接地在查明哲的舞台艺术创造里得以延续生命力的核心元素,最初是由徐晓钟先生在他的导演教学与创造中自觉追求、理性阐释、成功运用并轰动舞台的。《马克白斯》(1981 年)、《培尔·金特》(1983 年) 和《桑树坪纪事》(1988 年) 可以说是徐晓钟先生教学与创作相结合产生成果的"一鼎三足"。其中,"形象种子""一个'巨人'在鲜血的激流和漩涡中跋涉并被卷没"② (《马克白斯》)、"大海中一只没有罗盘的破帆船"③ (《培尔·金特》) 和"一群盲兽被围猎又参与围猎,或参与围猎复被围猎"④ (《桑树坪纪事》),是戏剧研究界耳熟能详的例子。"形象种子"是徐晓钟先生教学过程当中教给学生的"江湖秘籍"中的"上乘武功"。"在我的导演实践中,对于一个完整的演出,总要努力在哲理内涵上给予整体把握。对哲理内涵

---

① 吴戈:《查明哲给当代中国戏剧舞台带来了什么?》,载《中国戏剧》2005 年第 7 期。
② 徐晓钟:《向"表现美学"拓宽的导演艺术》,中国戏剧出版社 1996 年版。
③ 王晓鹰:《试析"徐晓钟模式"》,参见林荫宇编《徐晓钟导演艺术研究》,中国戏剧出版社 1991 年版,第 54 页。
④ 徐晓钟:《向"表现美学"拓宽的导演艺术》,中国戏剧出版社 1996 年版。

的总体把握在导演学上称之为'形象种子'……'形象种子'是一个蕴含诗意的形象哲理，为了能够诱发集体的创作热情，它在理念上，在形象上都应该是深刻的，鲜明的，有激发力的，而且有可能是多义的，因此这颗'形象种子'应该凝炼成为一个象征，一个蕴含哲理的象征形象。一个可以通过视觉、听觉形象被诗化地呈现在舞台上的象征。"[①] 关于"形象种子"，徐晓钟先生还做过这样的表述："所谓演出的形象种子，指的是未来演出的形象化的思想立意，是概括思想立意的象征性形象，它是生发整个舞台演出形象的'种子'。为了使综合艺术各因素、各部门统一于一个总的立意、总体形象，并帮助演员获得正确的创作自我感觉，我习惯于在构思中确定一个演出的'形象种子'，它是一个被形象化了的哲理，它能够给予创作者们创造形象的暗示，又能用这种形象化了的哲理去激发集体创作的创作热情。"[②]

"形象种子"，是徐晓钟导演在中国戏剧舞台的导演实践中格外重视、较早提倡、成功实践了的一个艺术概念。这个概念，来自苏联，主要是斯坦尼斯拉夫斯基演出体系里的一个概念。据上海戏剧学院导演理论与实践教授张仲年先生的梳理与追溯，"形象种子"在它的原产地——苏联、俄罗斯的戏剧语境里，实际上是一个众说纷纭的概念。"形象种子"可以是人物创造时对某种性格、品质胚芽的"培植和发展"、角色的"主要品质""剧作的思想主题或基本主题""戏的气氛""情绪的种子"等等。[③] 而张仲年先生在分析了"形象种子"的倡导者徐晓钟先生的舞台创造后，得出结论："不是斯坦尼斯拉夫斯基的盲目照搬，而是经过他的认真实践并加以发展逐渐形成的。是他对导演创作规律的认识与揭示，也是对导演学的丰富与补充。"（徐晓钟先生的概念）它是一种具有四个特征的

[①] 徐晓钟：《向"表现美学"拓宽的导演艺术》，中国戏剧出版社1996年版。
[②] 张仲年：《论演出的"形象种子"——徐晓钟导演理论学习札记》，参见林荫宇编《徐晓钟导演艺术研究》，中国戏剧出版社1991年版，第232-233页。
[③] 张仲年：《论演出的"形象种子"——徐晓钟导演理论学习札记》，参见林荫宇编《徐晓钟导演艺术研究》，中国戏剧出版社1991年版，第228-232页。

意象；意象本质；象征色彩；暗示、诱发功能；哲理内涵。①

  实际上，在中国新时期以来的戏剧理论研讨和舞台艺术总结当中，在不同时期的不同场合，"形象种子"都被言说者时不时地提到，但是，也正像这个概念在俄苏戏剧界被使用的情况一样，并没有一个十分明确、统一的界定。正因为这样的理论背景，结合查明哲的舞台艺术来分析、明确其实践中清晰起来的内涵和对舞台艺术形象创造的意义，就具有理论和实践的双重意义。

  在对查明哲导演的多年访谈与对其作品的观摩中，我以为，他发展和明晰了从学院、从俄罗斯留学获得的关于舞台艺术形象创造的理念，赋这个概念以更加丰富的含义，对其自觉、圆熟地运用并获得了成功。

  我理解，"形象种子"是戏剧导演二度创作时为表达自己对剧目的价值判断和情感意蕴而谋篇布局、遣词造句时的一个形象总谱，是导演对剧目意义的形象概括和情感内涵的形式提炼，是导演艺术创造的一种形意互渗、情理交融的舞台呈现状态。它立足于剧本意蕴，又因为精粹提炼、强调升华而获得对原著的超越，它是原作精神意蕴、思想情感的发展。它梳理了戏剧冲突主线、人物行动依据、矛盾发展过程，化为场面、细节、人物行动的故事叙写，化为对奔向高潮、迸发激情、解决矛盾和揭示剧目思想情感、"完成最高任务"的"动作"的概括。演出过程中，它无所不在、有迹可循，却又亦真亦幻、可虚可实，表现为导演者所设计的整个演出的情感面影与思想表情。这一切，是导演二度创作时从剧本的选择、阅读中产生的。之所以将它比喻为"种子"，强调的是剧本里的思想内涵、情感内容、人物性格、行为动机、动作走向等等基础要素当中具有这样那样的"胚芽"或"种子"，可以服从于演出的总体表达需要而被导演者发现、发掘、培植、成长起来，并在整个演出的不同场面、细节、行动当中得到体现、累加、强调，使之长成一株意义枝繁叶茂、形象活色生香的大树——舞台演出的完整形象。

---

① 张仲年：《论演出的"形象种子"——徐晓钟导演理论学习札记》，参见林荫宇编《徐晓钟导演艺术研究》，中国戏剧出版社1991年版，第246页。

应该明白,从"形象种子"到演出的舞台艺术形象,正好是导演二度创作的一个从"种子""胚芽"到"大树"的过程。而从"种子"到"大树"之间,有一个艰难、复杂而且漫长的成长过程。生产过程的细节不去探讨,这里最应该说明白的是查明哲从剧本的情感意蕴、思想内涵、动作线索里寻找"种子",培养成舞台演出形象"大树"的艺术创造,揭示人性本相和生活真相,使得查明哲的导演创造传递情感的方式显得既残酷又温情。残酷,是因为人性的阴暗与生活的真相,常常比人们所觉察到的要冷血与残忍;温情,是因为查明哲始终追求人性的光辉和生活的美好。

张仲年先生说过:"会排戏的不一定都是导演,排了一大堆戏的也不一定称得上导演艺术家。只有那些以自己的灵魂和热血铸就鲜明、生动、深刻、难忘的演出形象的创造者,才配佩戴导演艺术家这项桂冠。"[①] 我以为,查明哲合适佩戴这项桂冠。

三、查明哲舞台艺术的"形象种子"与演出形象

"形象种子",是查明哲的舞台艺术里特别值得注意的一个基本环节,离开了他在每一部剧目导演创作时对"形象种子"的苦心孤诣的追求,就不能客观地理解他的导演创作所具有的形象意义的整一性、场面呈现的逻辑性与细节渲染的象征性从何而来,就不能准确地理解与敏感地觉察这些整一性、逻辑性、象征性为演出剧目带来的感人、震撼和深刻的意义与效果。

必须强调,关注人、表现人,是查明哲始终如一的立足点,始终是查明哲表达艺术真诚与生活真诚所关注的焦点和表现的亮点。事实上,"人"是查明哲"形象种子"的"种子"。人性本相,是查明哲不倦探究的内容。但是,这种探究被设置于各种各样的生活真相的背景之下。生活真相,是人性本相显影的最佳

[①] 张仲年:《论演出的"形象种子"——徐晓钟导演理论学习札记》,参见林荫宇编《徐晓钟导演艺术研究》,中国戏剧出版社1991年版,第227页。

背景。在不同的戏剧性人物关系、人与事件、人与环境的互动中，查明哲鞭挞低贱人性的假恶丑，歌颂高贵人性的真善美，而且，唱出了一曲曲"大写的人"的赞美诗。

如果说，"战争三部曲"是人类战争背景下在对人性底线、生命价值、选择责任、人格尊严的追问中唱出的壮烈歌颂，那么，《青春禁忌游戏》则是在道德沦丧、堕落狂欢的"禁忌游戏"中对伟大人格、坚韧人性和崇高尊严的含泪礼赞。而在 2004 年以来的一系列剧目中，查明哲关注和表现的"人"，是草根状态中的人——为着最起码的生存权利和最基本的做人尊严而呼号奔走、呐喊绝叫的"搏命者"。这些人的分量，一点儿不比从前的战争英雄轻；这些人显现的人性光辉与人格价值，一点儿不比从前的炮火硝烟中考验出来的人性光辉和人格价值少。之所以这样说，是因为人本问题与民生问题，实际上都是在不同情境下显现的"人"的基本问题。从英雄群雕到普通群像，是对人的研究、发现、捉摸的人本和"民生"问题的两方面。英雄颂歌，平民礼赞，同样热情洋溢，同样一咏三叹。

他饱蘸着厚重的情感和寄托了浓郁的忧思，在舞台上留下了一道表现人的深深轨迹。下面试举几例。

《死无葬身之地》的"形象种子"：地狱里不屈的人挺立的顽强。一群法国抵抗运动游击队员不幸被捕，受尽摧残和折磨，抵御住了求生本能的诱惑，经受住了人的血肉之躯难以耐受的严刑拷打，用人的生理极限承受住了人类败类们幻想颠覆的人类理想的分量，以人的理想信念守卫住了法西斯分子企图突破的人性尊严底线。为此，查明哲为整台演出概括出的"形象种子"是："悬崖上，一群生灵在血雨腥风中向千仞绝顶攀爬，朝万丈深渊跳跃。"[①] 在此基础上再提炼一下，应该是"地狱里不屈的人挺立的顽强"。

查明哲为发展这个种子的形象，设置了两种"地狱"：一种是法西斯关押和

---

① 张弛：《真诚地追求深邃的戏剧人生——查明哲访谈录》，载《戏剧文学》2005 年第 3 期，第 25 页。

严刑拷打被捕的游击队员的"牢狱";一种是人性的"心狱"。前者是观众看到的视觉形象,后者则是通过人物行动、戏剧动作推进传递给观众,让观众领悟到的。整个戏剧动作,都化为挑战人性底线、人格尊严的变态看守和在对抗折磨、艰难地自我超越的游击队员的"地狱生活"场景、细节与行动。有人在拼命挣扎当中更深地堕落,有人在顽强攀爬时完成了灵魂净化。最后,看守歇斯底里地疯狂扫射,宣泄的是挑战人性失败的沮丧。此时,查明哲强化的场面是"守护人类理想和人性尊严的牺牲者的浮雕"——让游击队员受尽折磨而残损的躯体相靠相依,簇拥着身后墙上二战期间流行象征胜利的"V"字符号,手写的白灰浆符号表达着心底的不屈与骄傲。回顾检视整个剧目,人物形象、戏剧场面和行动细节,其实都在"地狱里不屈的人"这个"形象种子"的总揽之下,都在人性的光辉和理想的胜利的意境拥围中,完成了美的人性对丑的人性的胜利,实现了理想的完美人性对普通的、有缺陷的人性的超越。牢狱环境,此刻升华为人性不屈、最终胜利的舞台意象。

《纪念碑》的"形象种子":战争废墟／人性荒原上人的跋涉。一个因在战争时期奸杀了23个姑娘的罪犯要被处决,而其中一位受害者的母亲却在临刑前救下了罪犯。灼烫的仇恨,横亘在这两个人之间。随着剧情发展,母亲出于找到自己女儿骨骸和审视一下罪犯心理构造的动机,"救赎"弄假成真,她真的放弃了牙眼相还的复仇。杀戮犯罪与复仇施虐,其实都是可以选择的,而且,放弃也是选择,尽管十分沉重!这对关系奇特的人缔约于战争废墟之上。人类关系在战争的杀戮和利益的争夺当中已经变得如此你死我活,人心的彼此隔膜或对立已经势同水火,战争留下的不仅仅是焦土,摧毁的还有理想、信念、友好、善良、信任等等一切人心里美好的东西,留下一片人性的荒原。

查明哲将他的"形象种子"安排到一个断壁残垣的废墟上,去表现一个心灵救赎与人性修复的故事。当母亲梅嘉跟随战争罪犯斯特克去寻找被埋藏的23个被害者、跋涉在荒原的时候,舞蹈化的动作,将前边剧情里"焦土上的耕耘劳作""废墟中的苟延残喘"和"灼热仇恨烧燎的内心与荒芜长草的心灵之间的艰难对话"连成一片,融为一体。战争焦土与人性荒原就是人类今天"外环境"

与"内环境"的写照！这种情况下的心灵救赎与人性修复还是可能的吗？舞蹈化的两个跋涉者就像是形象的、意味深长的答复。受害者的母亲与犯罪少年和解宽宥的手最终没有拉在一起，但是，他们毕竟上路了……

《这里的黎明静悄悄》，查明哲提炼的冲突与主题是"美的顽强生长与美的不屈毁灭"，而"形象种子"是一个诗意场景："草莓正在布雷的原野上开花"①。这是一个战争抒情的意象。就舞台形象而言，草莓花是无法看到的，尽管对于险恶的战争环境来说，用布雷的原野上的草莓花来比喻那些为保卫祖国而战斗的普通女兵们，十分贴切。尤其是选择白桦林作为主体视像、《白桦的梦》作为音乐形象，显得十分诗情画意，更有一番倔强生命的力度和韧性。白桦林葱郁的生命力，修长优美的形象，用来象征苏联民族，用来比喻或象征千千万万投入卫国战争的苏联女性，更加生动。"形象种子"事实上是由"优美、忧郁、抒情的白桦林形象"和"正在布雷的原野上开花的草莓"意象共同构成的舞台形象，与女兵们的形象相互为喻、彼此专注地融为了一体。

《青春禁忌游戏》的"形象种子"："道德卫城"中困兽般攻防弃守的人。女教师谢尔盖耶芙娜猝不及防地遭遇了学生的"禁忌游戏"，他们用从成人社会"潜规则"学来的手段，利诱她交出保险柜的钥匙，以便更改考试卷上的分数。女教师在受尽学生的奚落羞辱之后，在学生的"游戏"升级为暴力之时交出了钥匙，并以死殉道：决绝地表示不向"潜规则"低头屈服。查明哲充满了想象力与创造性地为那个象征人类良知的守望者与社会良心的殉道者、坚守道德阵地的女教师设计了一个与"道德卫城"形象相符的清贫简陋的家。学生作为"道德卫城"的虚拟的"攻打者"，在搜寻钥匙、翻弄女教师家里摆设的时候，普通的家具场景变化、升华为一座正在被攻陷、拆毁的"道德卫城"。查明哲以"道德卫城中困兽般的人"为演出场面、细节、人物行动的创造总谱，让戏剧人物在一次虚拟却现实、游戏但残酷、可真可假、亦虚亦实的冲突中，游戏性地演示了一次道德攻防较量和价值弃守冲突。功能性的场景在剧情的推进中升华为意象性

---

① 查明哲：《〈这里的黎明静悄悄〉导演报告》，载《剧院》2003年第1期，第30-31页。

场面，充满了表现的直观性与形象的震撼力。

《孔雀东南飞》的"形象种子"：封建礼教桎梏中人的挣扎毁灭。相互深爱着的一对夫妻，如花美眷无法相守，如意郎君怅恨分离，最后只能挂枝、赴水，各自结束生命，在假想的世界里寻找自己的美满爱情。查明哲在安徽执导的黄梅戏《孔雀东南飞》以古风民俗画卷的风格特点来创造舞台视听形象，但主要的人物塑造原则和剧情发展的创作，却是基于这样的"形象种子"的基础去表现封建礼教庇护下的变态心理对正常人性、美好爱情的摧残的。在整个演出当中，那张"婚床"成了一个令人啼笑皆非又令人沉思的主体形象。新婚夫妇入洞房后上不了床，上了床后，焦仲卿的母亲硬要在一对新人之间，筑起一堵人为的"墙"。这种违情悖理的举动，是婆婆的变态心理的外化、诡异行动的极端化，还是这桩千古奇冤的婚变症结的形象揭示，并上升为关于悲剧，关于扭曲人性，关于封建文化"温床"的种种联想。"种子"，本相，真相，上升为令人哑然失笑后又浮想联翩的意象空间，"婚床"与"温床"就重叠了。

此外，《立秋》，"家仇国难中晋商对诚信坚守"的"形象种子"发展成的困境中的人"越秋望春"的意象；《我那呼兰河》，"无拘无束、奔腾咆哮的河"的"形象种子"与"自由自在、敢爱敢恨的草民形象"汇融成的"自由生命"的意象；《矸子山上的男人女人》，"矸子山上的攀爬、翻越"的"形象种子"发展成为"以煤渣矸子为底座托举起来的自强不息的下岗工人群雕"；《万世根本》中，"旷野长风中的一簇圣火"的"形象种子"，源自"用红手印点燃的新时期农村经济体制改革的圣火"的隐喻，点燃了整个演出创造的形象；《黑石沟的日子》，无声的岁月流淌着"牵手过河磕磕绊绊，抱团过冬温温暖暖"的歌将一个因矿井瓦斯爆炸而永远哑掉的汉子在心底回旋的牺牲、奉献和无私关爱的心曲，变成一次有声有色的舞台演绎。

深入内心，解析人性本相；深入社会，辨析生活真相。有情感的思考与思考过的情感，就将那些本相、真相凝结、提炼、升华为意象。意象可以附在场面里，也能藏在物像后，还会弥散在整个戏剧动作中。有舞台意象的舞台形象，是"有意味的形式"层面上的演出艺术形象，具有鲜明的舞台美感。否则，就是演出状貌而已。

四、查明哲舞台艺术中形象化的评价意识

评价意识，最初是作为演员创造角色时对自己扮演的角色存留的清醒意识的概念来使用的。我这里想要分析的，是查明哲引导观众更好、更诗意、更形象、更具震撼力地理解舞台形象内涵所采用的一些特殊办法。

《死无葬身之地》中，在剧情结尾，游击队员出逃胜利在望时，震耳欲聋的枪声出人意料地响起。受尽折磨的英雄们坚强地支撑着残损的身体，支撑着人格的不屈与人性的不朽，身后出现的是一个大写"V"，这是一个人性战胜兽性、一个尊严不屈于残忍、一个崇高战胜渺小的"胜利"的符号。这是导演创造的主观色彩极强的评价意识，是他让自己塑造的英雄们在声明最后一刻书写的壮丽人性音符。

《纪念碑》中，一个绝望的母亲从复仇女神逐渐转化为救赎圣母的过程中，终于启发了少年罪犯的人性，说出了"对不起"。面对十恶不赦的罪犯，举刀复仇的母亲却再也不能向一个从兽返人的生灵复仇。她泪流满面，捶胸顿足。她可以放弃复仇，但不能原谅。这时，一些由"破碎的女性内衣"组成的有如招魂幡一般的"纪念碑"缓缓升起。这是一方特殊的纪念碑，是用血的记忆、死的代价、破碎的生命换来的纪念碑。

《万世根本》这个为了纪念安徽省小岗村18个共产党员摁手印包产到户的壮举而排演的剧目，将让人民吃饱穿暖是"万世根本"的治世良策这一认知传递给了社会。在惨愁的年代，舞台前段一辆黄土半掩的废弃大车成为时代写照；而从头到尾唱着"花鼓歌"飘来飘去的"花鼓女"，与现实中"最后一个花鼓女"的辞世，暗示一个"饥荒民族逃荒要饭历史"的终结。这种评价意识，是《万世根本》的主创人员对"小岗村事件"的历史认知和价值判断。

热演于中国各城市、各层次类型团体间，激动了无数观众的苏联剧目《青春禁忌游戏》，演出中那既是地点揭示、又是象征隐语的"物造型"，那既是关键

性道具又是启人深思的象征物的"钥匙",给观众留下了深刻印象。学生们搜查、寻找钥匙时,费劲折腾、移墙拆门的过程中,观众看到的是被拆解的"道德卫城",女教师是"卫城"里的"孤军"。而终于威逼到保险箱的钥匙,女教师以死殉道时,钥匙成为查明哲导演在场面中、细节里最重要的小道具。学生们惶恐、羞愧、惊慌地逃走了,唯有钥匙在灯光照射下闪闪发光,留在观众集中的视线上,沉淀的心思里……这钥匙,指向观众的心灵,启开思考的方向。

查明哲为安徽省黄梅剧团导演过《孔雀东南飞》,整个戏剧氛围充满了半神话半童话的色彩。所以,天真的童谣,假到了极点的老牛,还有戏谑的人群,让一种严酷的现实与变态的人性在貌似轻松的氛围中延伸和成长。以喜写悲,举重若轻,希望变一种招数来表情达意,创造与观众熟悉的"查氏风格"不同的演出形式,这种努力是显然的。但是,更引人注目的是,剧情中焦仲卿与刘兰芝新婚洞房花烛之夜的那张"婚床"。焦母是一个性格乖戾的女人,儿子成婚,先是磨磨蹭蹭不愿离开,后是索性闯进洞房,爬上儿子儿媳的婚床,横在儿子与媳妇之间。一般地,这样的情况是不会发生的,查明哲一定是反复琢磨了这个流传千古的爱情悲剧故事的实质,包含了封建命题"合理性"的恶婆婆与苦媳妇的天然冲突和命定矛盾,"婆虐媳"强悍而且不可逆转。虐的快感,来自"失"的痛楚。养儿防老的内在紧张,体现为独占欲的满足,外化为对媳妇的敌意,因为媳妇破坏了母亲独占儿子的情感。巨大婚床的夸张与婆婆上床的乖戾,是查明哲利用"物造型"表达的对"婆媳恶史"的心理分析与人性解剖后的评价意识。

查明哲善于舞台美感的艺术形象创造,其创作具有情感震撼力与思想厚重感。这离不开他对直喻主题、揭示命运、渲染氛围、泼泻情感的舞台形象总谱"形象种子"的发掘、设计与发展。他的"形象种子"绝不仅仅是一个形式借用或者舞台呈现风格那样单纯的问题,而是一个场面化、细节化、语汇化的"人学"问题。所以,查明哲的舞台艺术的感染力和震撼力,不仅仅来自现实关注的深刻性、人性解剖的尖锐性、历史考察的厚重性,还来自与之相适应的表达方式——舞台艺术形象的鲜明生动性。关键在于,他清晰、严谨、殚精竭虑地将"形象种子"延伸到一切场面、细节、行动和造型出像的环节中,创造出一个有象外之"象"的演出表情或者有"弦外之音"的意义形象。他充满了魅力的舞台艺术创造告诉我们，在戏剧艺术的群体创造活动中，作为组织协调者、指挥统领者的导演，通过对"形象种子"的培植、发展推进创造工程。

本文发表于《文艺研究》2010年第3期第101–106页

假定性·戏剧时空·舞台意象与王晓鹰

20世纪80年代出道，迄今已经是中国戏剧舞台的扛鼎者的王晓鹰，是我很早就关注，但一直迟迟没有动笔将对他的研究心得付诸文字的一个导演艺术家。实际上，我对这位导演艺术家多年的目光追踪和演出解读后，逐渐明确了一个价值判断：在中国新时期群雄并起的导演艺术家当中，王晓鹰是一个特别勤奋而且新潮的实力派导演，是一个创作上特别注重感性的灵光一现与情采的尽情挥洒的导演。他认识新事物迅捷，而且善于尽快运用在自己的舞台实践中；他接受新思潮敏感，而且常常注入自己的价值判断，然后使之成为舞台实验的一种可能。对新事物的热情与新方法的实践，体现为王晓鹰勤于探索、善于实践、勇于行动的总体舞台风貌。他是导演中的"潮人一族"，但是，他又有一份对于戏剧本质与艺术根基的坚守。这种来自学院派导演艺术家训练有素的严谨、深厚扎实的根基与那种故作惊人之语的刻意做作、追求惊世骇俗之举的浅薄炫技相比较，有着天壤之别。

由于技巧圆熟，王晓鹰是一个在戏剧活动的"假定性"世界里"创造意义和美"的"快乐王子"；因为世事通达，他是一个在人生舞台上充满了"入世性"与责任感的声情并茂的实践者和"批评家"。戏里戏外，王晓鹰的人生如此丰富；台前幕后，王晓鹰的追求十分明确。认知他在导演艺术家阵营里的个性特征，也许，应该从这样的角度切入：从他对"假定性"的深刻认知到以此为前提开展充分、巧妙的"戏剧时空"创造，再到他对演出形象注入创演者的"评价意识"形成的形神皆备的演出"诗化意象"，是王晓鹰导演艺术的精髓。

一、王晓鹰是一个善于理论总结的实践者和勇于实践的理论家

（一）关于两部著作与三个剧目

自然，说起王晓鹰，熟悉的人常常会提到他论戏剧"假定性"和"诗化意象"所创作的两部著作和他导演的三个外国剧目。应该说，这两部著作和三个剧目，的确是王晓鹰导演艺术生涯当中的重要收获，一定程度上说，是标志性成果，但显然不是他的成果的全部，仅此也无法代表他的艺术成就。因为，一个善于实践总结与理论思考的导演和一个创作积累丰富、实践体验充沛的理论家，尤其是一个处在年富力强的创作全盛时期的导演艺术家，其创作实践的丰富性、发展性、独特性，都会突破一定时期人们对他的研究性概括与判断性结论。

研究王晓鹰这样一个重要导演艺术家，完全有必要在更广阔的背景下、更长的时间里、更多的观察角度去琢磨他、定位他、认识他。认识他的成长经历和成功基础，对于戏剧研究者，对于导演艺术实践者，都会有积极的意义。

和所有社会责任感强、生命意识浓厚的导演一样，王晓鹰在舞台艺术的形象创造与意蕴追求中，总是对人性、民生给予深切的关怀。但是，个性化的观察角度和舞台表达方式，使他用自己的方式去显现悲天悯人的情怀与不依不饶的追问，而且在导演阵容中显得更时髦，更前卫，更关心社会热点，更醉心层出不穷的新技术、新理念、新潮流。作为一个剧院管理者，一个舞台实践者，一个热心青年戏剧、关注校园戏剧、倡导国际戏剧交流的中国戏剧家协会副主席，日常生活中的王晓鹰可以说是百事扰心、万般劳神，但是，他仍然坚持有品位、有追求、有坚守的艺术创作，而且还高产，还热心在网络上开设博客，有一百三十余篇创作随感、艺术时评、观剧心得等发布，宣扬艺术主张、分享创造心得、沟通戏剧群体、维护博客、添新内容，单从这种生活态度与社会行为看，就可以明白他"积极入世、奋力作为"的人生信念。

王晓鹰是导演艺术家当中勤于、善于总结舞台实践、密切关注社会思潮和文化发展、用心审视价值取向和社会追求的一位。他于1995年出版《戏剧演出中的"假定性"》[①]和2006年出版《从假定性到诗化意象》[②]两部理论著作，全面地阐释了他的舞台创造思考，成为关注戏剧舞台的人们了解实践环节的重要参考书籍。第一部著作是王晓鹰师从徐晓钟教授学习"戏剧导演艺术理论与实践"博士课程的课程论文，是迄今为止中国戏剧界唯一一部以专著篇幅讨论"戏剧的假定性"的专书。在这部书当中，王晓鹰导演追述和梳理了"戏剧假定性"的概念、争论；更重要的是，他从一个舞台创造实践者的角度，深入阐释了对剧场的真实环境时空突破之后如何运用"假定性"原则，在"心理时空的构建""舞台意象的创造""东方、西方戏剧艺术的'假定性'基本原则""'假定性'前提下的观、演关系"建构等关键环节展开艺术创造的重要问题。尤其是他对演员的"非现实逻辑中的表演""观众的创造性接受"以及"表现性舞台意象创造"等一系列问题的论述，既是对新时期探索性的舞台的思考性观察和案例性总结，也是对徐晓钟先生关于导演艺术的再现与表现相互兼容、向表现美学拓宽思考的延伸与深化。概括其著作的精神，在王晓鹰看来，僵化的、模仿的、自然主义的舞台作风，使得戏剧的表现力受到了极大的限制，越来越无法超越生活真实的模仿而去戏剧性地表现所想表现的内容，体现在舞台时空和"物造型"环境上，就是"环境危机"，戏剧表现环境的能力被"模仿现实"所局限；体现在表演上，就是"行为危机"，"像真的一样"的舞台追求，使戏剧家们不敢违背观众的"感官逻辑"去创造舞台表演的戏剧艺术逻辑。但是，新时期的舞台实践却挑战了这一切："……深受启发的话剧导演们热衷于利用'假定性'手段对演出中的时间和空间进行灵活处理，切割舍取、跳跃交错、进入梦境、外化幻想。有鬼魂穿墙而入（《屋外有热流》，苏乐慈导演）、死人与活人交流（《一个死者对生者的访问》，田成仁、吴晓江导演），更有茫茫宇宙的辽远星空（《魔方》，王

[①] 王晓鹰：《戏剧演出中的"假定性"》，中国戏剧出版社1995年版。
[②] 王晓鹰：《从假定性到诗化意象》，中国戏剧出版社2006年版。

晓鹰导演)、上古洪荒的火球腾跳(《野人》,林兆华导演)和唐山地震的天旋地转(《WM》,王贵导演),以及各种各样的舞蹈化场面处理,包括前文所述两次'生孩子'的舞台壮举……与此同时,中国的话剧导演们或是通过自己在创作实践中的体会,或是借助西方戏剧家的眼睛,对中国传统戏曲的审美情趣体现和时空处理原则也产生了新的认识。以鞭代马,以桨代船,一个圆场空间转换,几声更鼓时间流逝,这在戏曲舞台上本是司空见惯的,可转而用在话剧舞台上却像开辟了一片崭新的天地,给人带来了意外的兴奋和惊喜。"① 王晓鹰的这番话,是他对新时期导演艺术的观察和总结,符合实际。更重要的是,他将这种引起过艺术创造的"兴奋和惊喜"的情感和心理,放大成了他的舞台艺术形象创造的追求自觉与常态行为,这在导演艺术家当中是显得很突出的。这本书的理论价值和学术意义在于,系统地梳理了新时期中国戏剧艺术的理论自觉,总结了人们对戏剧艺术本体特征的实践认同,是新时期戏剧理论建设的重要收获。对于导演艺术家王晓鹰,其意义则不仅仅如此。应该觉察到,这是一个实践者的理论宣言和价值认同,是他后来剧目排演、演出统领中艺术创造的逻辑起点与才情空间。

《从假定性到诗化意象》,洋洋洒洒36万字,由3个部分组成。第一部分,所探讨的问题——"假定性",仍然鲜活,讨论的依旧是舞台创作会遇到的基本原则与核心问题;第二部分,收入他的17篇导演阐述,是不同时期剧目排演、舞台创造时留下的工作记录与艺术生命履痕,对于解读他的舞台形象、分享他的艺术热情、把握他的价值立足点十分重要,是一些"现身说法"的纪录;第三部分是20篇不同阶段的艺术随感、观剧心得、戏剧时评和问题专论。该书高屋建瓴,举重若轻,深入浅出,点面结合,观察的全面与思考的深入,所显现的是,在导演艺术家之外,一个剧院管理者的眼光和一个中国剧协领导者的意识。

在这部论著里,最值得注意的是他对"诗化意象"的理论阐释和实践总结。如果"假定性"是他的创造空间的信心支点和艺术表现的逻辑起点的话,那么,"诗化意象"就是他每一次剧目排演的创造空间里融合为人物、场面、细节、叙

---

① 王晓鹰:《从假定性到诗化意象》,中国戏剧出版社2006年版,第5页。

事过程整体的思想表征与情感结构，是一种"形神皆备、情理交融"的舞台呈现。

徐晓钟教授评价自己的弟子说："王晓鹰是我国戏剧界的骨干导演之一，新时期以来，他在北京、广州、上海和香港等地排了一些题材、风格、体裁各异的戏……晓鹰惯于多样地使用假定性原则，创造意象，在自己的舞台艺术创造中努力追求诗意的意象化形象，在这方面为导演创作的假定性美学和导演的意象思维研究提供了宝贵的理论财富和实践经验……我以为，值得注意的是他在本世纪初连续排演的三台话剧，集中地体现了他对戏剧功能、戏剧美学认识的深化，这三台戏是：《死亡与少女》《萨勒姆的女巫》和《哥本哈根》，这三台戏清晰地体现出作者追求对灵魂的关注与拷问。"①

三个剧目，都是关注人性可能与社会现实之间关系的力作。作品中对人性的分析，对灵魂的逼问，对生死抉择体现出来的美丑、善恶、真假、高下等等意义内涵的考量权衡，直指人心。戏剧给观众提供深刻的快乐，严肃的思考，这是王晓鹰在他的戏剧艺术创造的追求当中一贯体现的"功能观"。但是，对于一个导演艺术家而言，也许还不仅仅在于他对"戏剧功能""戏剧美学"如何认识，更重要的在于，他在自己的实践创造中如何体现、传递、表达、表现这种认识。在我看来，王晓鹰理论思考与舞台实践所关注的焦点——"假定性"原则下的舞台可能及其表现魅力，是王晓鹰导演艺术所关注的戏剧艺术创造核心所在。他通过这样的艺术手段，建立起艺术作品直指观众群体的"心灵栈道"，从而获得思想震撼力与艺术感染力。徐晓钟看得很准，那三部作品体现了这一点，而王晓鹰的戏剧艺术创作成就，倒不一定只是这三部作品就能概括的。

实际上，王晓鹰将他的创造热情和充沛精力注入作品创作当中，体现了王晓鹰在"假定性"原则下戏剧表现的活力与魅力，并首先体现在他对"假定性"在时间、空间的处理上。

---

① 徐晓钟：《关注和拷问灵魂的戏剧》，参见王晓鹰《从假定性到诗化意象》，中国戏剧出版社 2006 年版，序第 1—2 页。

（二）舞台魔方："假定性"与时空处理

王晓鹰导演善用大戏院的"转台"和小剧场"空的空间"，在"假定性"前提下，根据不同的剧目演出效果的需要和创演者传递情感意蕴的预设，创造出可虚可实、虚实相生、功能多重、气韵生动、流转自如的剧情时间和空间，在有限的物理空间里最大限度地为戏剧演出和舞台意象创造无限可能。

戏剧叙事的时空处理与戏剧活动的空间设计，都在王晓鹰强调戏剧"假定性"前提的统领下。而戏剧叙事时空处理的随心所欲，则获得了戏剧演出叙事写人与传情达意的灵动自然。戏剧活动空间，是指剧目演出发生的那个地点，王晓鹰经常性地对演出空间和整个戏剧活动空间做出演出设计，如表演区和观众区、前台和幕后，甚至从戏剧活动的入场口就开始"设计"观众，让他们开始进入戏剧活动空间就有了活动的参与感。无论心理的，还是生理感受上的，王晓鹰导演都在"假定性"前提下的戏剧空间里，将整个空间连成整体，使观众获得心理暗示，让氛围成为戏剧意蕴包藏着的现场追问甚至心理催逼。在《哥本哈根》《死亡与少女》《萨勒姆的女巫》等等剧目演出现场，观众都能强烈地感受到这一点。

具有这种创造意识、体现这种艺术特点、最早给人留下印象的王晓鹰导演的艺术创作，是《挂在墙上的老B》（孙惠柱编剧，中国青年艺术剧院1984年演出）和《魔方》（陶骏编剧，中国青年艺术剧院1985年演出）。在这两个剧目的艺术创作中，王晓鹰展示了他在"假定性"前提下对戏剧活动空间的理解和处理。演出场所不是通常见到的剧场，而是小剧场戏剧活动通常会发生的"空的空间"。演出前，该空间与戏剧活动毫无关系，剧目演出赋予空间特别的形式和特殊的意义。

《挂在墙上的老B》表现的是剧团里常见的世态人情：主演的戏份和成功的荣誉永远眷顾一些人而冷落一些人。"一生都在准备状态中蹉跎"，是人生难熬的尴尬。王晓鹰将剧情事件现场设定在排练厅或者"幕后空间"里，演员排练、准备、换装、上下场都在"进入现场"的观众注视观察之下。实际上，演员和观众的空间"共享性"与创演者想要传递给观众的戏剧意蕴的"共享性"是紧密联系。观众在配角老 B 的千般焦灼、万分苦恼中，逐渐体会到剧中人物的尴尬和苦恼，实际上正是人类尤其是当时中国人感受突出的一种普遍生存处境。观众三面围观，抵近欣赏，像是排练厅里的偶尔来的看客，实际上这种共享空间诱导的是人们的共享意识与共享体验。观众被大剧院的脚灯、大幕与表演区隔开，观众的观察视点被镜框舞台"定向引导"，在传统大戏院是顺理成章、天经地义的。但是，王晓鹰显然希望通过空间变化来重新缔结观众与演员的关系，让观众和演员都获得新的审美经验与创造快乐。

他勇敢地尝试了，大胆地迈出了探索戏剧空间，也是探索戏剧活动观演关系的第一步。

紧跟着的《魔方》，王晓鹰在空间特点与观演关系的探索上更加纯熟。根据剧情表现需要，王晓鹰将演出场所装扮成一个会议室（一个报告会场所），由"主持人"将各自成章、具有九九八十一个主题的小故事段落串连起来，对生活观察、社会思考呈放"散点透视"。整个演出其实是在一个观演的共享空间里开展的活动。"假定"这是一次报告会，"假定"这是一个"会场"，在这样的"假定性"前提下，观众半真半假地在假定空间里成为一些假定事件的目击者和戏剧活动的共享者。简单的，有时甚至有点说教腔的事件，就因为现场感、分享性而获得了浓郁的戏剧趣味性。这个剧目的演出，关键在于用"主持人"的方式展开演出推演，在具有"对象感"的主持词中紧紧抓住了观众的注意力，让观众获得了报告会的参与感，"报告会现场"的交流感十分强烈，让观众无法置身事外。这种空间处理和观演关系带来的审美体验，给当时观众的冲击和戏剧研究者的启悟是很大的。中国青年艺术剧院《魔方》剧组曾于 1985 年在陈颙院长的带领下回访上海。[①]

对于空间的处理与利用，《情感操练》（吴玉中编剧，火狐狸剧社 1993 年演出）表现得更为离谱。观摩这个剧目，观众还未入场，就会心存忐忑，不知道会

---

① 这个剧目起始于上海，开始是大学生社团演出，编剧为上海师范大学的进修生陶骏。

发生什么事情，因为演出场所绝不是观众司空见惯的剧场。观众入场时，必须有人引导，穿过被白布遮挡、包裹而成的逼仄甬道，去到一个上有一幅巨大白布为顶，下置白色床褥、枕头的现场——那是婚姻走到了尽头的一对年轻夫妻的卧室，主体形象是一张陈旧简陋的"曾经的婚床"。剧情在白色陈设、白色帐幔营造出来的一片冷调寒意中开演。小夫妻下海不成，生意亏本，婚姻也破碎在即。观众现场见证了城市草民的人生尴尬：微醺的妻子因"工作需要"陪老板吃夜宵后回家，等待妻子回家过生日的丈夫将仅存的情感与剩余的依恋发酵成一腔醋意和满腹委屈，化为冷嘲热讽，预期的生日浪漫情调变成诀别前的忧伤怨怼。观众像是一桩死亡婚姻的"吊客"，置身于铺天盖地的祭帐当中。剧情在观众的扼腕叹息中结束，等待谢幕的观众突然被身后的响动扰乱，回身一看，两个演员坐在影剧院的观众席里为观众鼓掌。原来，影剧院的舞台是一个包装出来的演出场所——假定为小夫妻的卧室空间。舞台简洁，但是充满了符号的提示意义与心理的暗示色彩：这是一桩死亡婚姻的祭奠过程与凭吊现场。而且，最后的一个空间调度，将观众与演员所扮演的人物之间看与被看的关系做了一个颠倒，观众看到的小夫妻的苦涩人生，就变戏法一样地被置换为人人都需要自我思忖的人生处境。

应该说，王晓鹰导演的舞台创造充满了机智和灵动，这出于他对戏剧空间的透彻理解：戏剧空间，本质上是一个"假定性"空间。戏剧空间对王晓鹰来说，绝不仅仅是舞台，而是整个戏剧活动发生的空间。在艺术形式的创造中，《魔方》与《情感操练》显然将观众"设计"进去了。观众参与戏剧活动，作为目击者，可以是报告会的听众，亦可以是年轻夫妻卧室私生活的见证人。是将观众置身事外，还是将他们"纳为室友"，全在于剧情展开、人物表现的需要。戏剧规定情境的"假定性"是戏剧艺术可以具有这种创造力的前提，王晓鹰深谙此道。

他强调："戏剧演出艺术的'假定性'本质的袒露，包括在演出进程中的导表演处理的'假定性手法'的袒露，也都应该从这戏剧空间'假定性'的袒露开始。""戏剧演出总要将一个现实空间转义为戏剧空间，而运用'假定性手法'

的戏剧演出由于无需掩饰在这转义之中出现的现实与虚幻的差异,故在戏剧空间的创造方面有着极大的自由度和可能性。导演不仅有可能像通常那样,将舞台空间转移为戏剧空间;导演还有可能像留比莫夫在《震撼世界的十天》中的经典性处理那样,将整个剧场的建筑空间包括舞台、观众席、休息厅甚至剧场大门均转义为戏剧空间,导演甚至有可能像莱因哈特在萨尔茨堡大教堂前上演《普通人》那样,将城中几乎所有教堂、街道及城边的小山均转义为戏剧空间,导演当然有可能像无数实验戏剧已经成功地作过的那样将仓库、车间、广场、街头、空地、旷野等'任何一个空间'转义为戏剧空间。"①

在"假定性"前提下,用好、用足、用活、用妙戏剧演出空间,是王晓鹰导演得心应手的能力。使演出空间符合于剧目演出的需要,是为"用好";能够将现实的环境空间的每一个部分都用到,供演出需要驱遣,是为"用足";能够在演员的表演引导与观众的心理迎合、欣赏信服之间架起桥梁,舞台上不多一物,不换一地,却反复使用,变换地点,以少胜多,是为"用活";而使"物的环境"成为"灵的世界",情景交汇,物我相融,让空间写意、使物象表情,是为"用妙"。一般导演都能做到用好、用足,王晓鹰导演,在此基础上更上层楼。在他导演的大量剧目当中可以发现,几乎见不到叠床架屋的物质壅塞,而常常是空荡荡的空间,光秃秃的舞台,象征性的、符号化的、极简主义美学趣味的表演空间。在变化的灯光作用与天幕幻灯诱导、跑片灯的提示之下,空无的空间却千变万化,往来古今,万千气象。

早年的《魔方》在简陋的礼堂或大教室里都能演出,无须更多舞美设计,居然还演得随心所欲,山野、黑洞、街边、马路、会场……说哪里就是哪里,时空流转自如,毫无阻碍。

《哥本哈根》(英国迈克·弗雷恩编剧,中国国家话剧院 2003 年演出)里,科学家波尔夫妇和他们的朋友海森堡在天堂相会,重新拾起当年没有来得及展开的话题,追溯和辨别彼此的恩怨,述说的是科学研究、实际应用与人类良心之间

---

① 王晓鹰:《戏剧演出中的"假定性"》,中国戏剧出版社 1995 年版,第 168–169 页。

相互关系的沉重话题。于是，在台词提示与音乐转换中，天堂会面场所自然过渡到了当年作为海森堡前辈的忘年之交波尔家的客厅。那里朴素，干净，简洁，既与虚拟的天堂相匹配，又与科学家的生活特点相吻合，还象征了能够时时扪心自问、躬身自省的科学家们善良纯净的心地。王晓鹰运用"假定性"原则，辩证地将小空间转化为大环境。细心的观众会发现，这个演出空间里，在波尔家客厅的门口，舞台后部，也就是客人来访入场的地方，创造了花园一角的影像，用鹅黄色、透明的景物，引导观众去想象剧中人所描述的客厅外的公园秀美的景色，从而使一个封闭的空间被不动声色地开拓出了一个景色秀美的想象空间，与剧情人物活动的几乎封闭的空间形成对比。从头到尾，封闭在灰白色空间里的剧情，因为有了这公园一角的暗示和台词的诱导，所以观众开辟了一个想象空间，补充了有限的舞台。相对封闭的室内客厅与阔大的室外风景的描述、想象，室内科学家们似乎与世无争的平静对话关联着室外的社会动荡和战争风云，产生了联系。王晓鹰运用"假定性"前提，创造了多变的"假定性"空间，使舞台呈现自然流利、不动声色地配合着剧情的推演和人物的塑造。

音乐剧《花木兰》（邱玉璞、喻江、徐瑛编剧，中国歌剧舞剧院 2006 年演出）中，为适应这样一个老幼皆知的传奇故事的表现，从"木兰当户织"开始，到"安能辨我是雄雌"止，将花木兰替父从军、得胜归来的故事始末讲了个遍，对故事发生、情节转换的地点，表现得大开大合。在演员的形体表演、歌唱抒情或者叙述的提示下，在空荡的舞台上，配以灯光，辅以垂幕，气象万千的形象——民居集镇、大漠孤烟、长河落日、戈壁战场、异域风情、番邦内庭……出现了，真是流转自如！

音乐话剧《肖邦》（冯大庆编剧，中国国家话剧院 2010 年演出）中，隐约情绪其实也是肖邦的音乐形象（一种舞台存在形象），贯穿整个舞台。听觉形象由肖邦那些广为流传的乐曲构成，它们若隐若现、时强时弱、似断似续地贯穿全程，直到肖邦最著名的也是他一生熬尽心血写成的《波兰舞曲》出现，并作为剧情发展的高潮性终结。这是一个流浪的爱国者的舞台传记。他为波兰而死，并激情澎湃地宣称，他不在祖国，但他代表祖国在欧洲的形象：他的民族可以被打败，却无法被征服。塑造这么一个倔强的爱国者、一个民族主义战士，是肖邦不同于一般音乐家的地方。要有多么强悍的心，才能够做到愿意为祖国的形象祭献自己?! 要有多么痴迷，才能够做出虽客死异乡，却托人千难万难地将心脏带回祖国的疯狂之举?! 开幕时已经处在弥留之际的肖邦，实际上在意识的流动中完成了对自己一生的重要时刻和生命中的挚爱亲朋的回顾，是肖邦的意识流动下的事件贯穿与生命回溯。于是，意识流动牵引着叙述的场面，转台、光区甚至让演员在走动当中完成了从一个剧情空间到另一个剧情空间的转换。时空交错，情节流转，因病榻上的肖邦的意识流动而动、而变，为一个伟大的音乐家的舞台传记的形象创造提供了极大的便利。意识流，是整个演出形象的逻辑关系支点；音乐魂，作为传记主人公的显著特点，最后归结到《波兰舞曲》的完成，这是音乐家作为流浪的爱国者的归宿；爱国心，体现在音乐创作中对波兰的热爱和思念，也体现在"心归故里"的壮举里，成了对肖邦评价的一次至高的托举。没有中心事件，没有贯穿线索，意识流动中，一个个场面、细节、形象，浑然一体地为爱国者、音乐家肖邦服务。

《爱情泡泡》（杜村编剧，上海话剧艺术中心 1996 年演出）中，几张简易的行军床象征的私密空间与生存土壤，根据表现需要，转形变义，尤其是在对当今爱情的脆弱性、虚幻性的表达里，找到了一种相匹配的单调乏味的舞台形象。《死亡与少女》（阿瑞尔·道夫曼编剧，中国煤矿文工团 2001 年演出）中，在集中营审讯室与现实环境中女主人公的家里交替推演剧情，观众显然被那种现实时空与心理时空的交替重叠的巧妙表达、表现征服了。现实时空中的场面、细节与女主人公、前纳粹军医回忆、叙述的时空交替出现，有条不紊地完成了这个离奇的戏剧事件的叙述，以及戏剧规定情境中人物的记忆发掘与灵魂拷问。

在有限的空间里创造无限，当然要在观众与创演者的"假定性"契约前提下，王晓鹰为了达成这个目的，调动演员的表演、灯光景片的提示、符号化"物造型"的象征与暗示，等等，无所不用其极。在有形的物理空间局限下创造无形的戏剧世界时空表现的无限性，大小、虚实、远近、有无、多少……充满了变数。

王晓鹰导演善用大戏院的转台，让观众的认识在《简·爱》和《深度灼伤》里一次又一次得到加深，获得审美愉悦。

转台在演出当中的最初作用主要是功能性的。转台是为着话剧演出的换景方便而发明出来的。缓缓转动的舞台，配以灯光，可以十分简省便利地完成戏剧情节发展变化所需要的环境变化。《简·爱》（喻荣军编剧，中国国家话剧院2009年演出）中，王晓鹰导演的转台运用，在这种满足基本功能的基础上，既获得了时空流转的自由，又获得了舞台表现的魅力。他调度下的转台创造了一个"动起来的舞台"，时空流转外，更是一个主观色彩浓郁的情感空间。以爱的方式抵近人格、人性，以平等的人格、坚韧的人性去启蒙和接纳爱情，这种从19世纪脍炙人口的英国同名小说改编过来的剧目主题，被转化为简洁、生动、精彩的舞台形式。视点主要集中在对女主人公简·爱的内心表现上，这个从小寄人篱下受尽被人轻看与歧视的委屈和羞辱的女子自强、自立、自尊、自爱，即便与罗切斯特相爱，也必须站在人格平等的同一地平线上。但是，在结婚的当日，她得知罗切斯特已结婚、有家室，这对她不啻晴天霹雳。接下来，在表现男、女主人公激情澎湃分手决裂的场面上充满了表现性，当伤心、委屈、心理复杂得无法化解的女主人公决定离开罗切斯特的时候，王晓鹰用了一个大幅度的舞台调度，除了转台缓缓转动之外，简·爱还在转台上逆向奔跑起来，大幅度的形体动作，剧烈地奔逃的姿态，罗切斯特急切地追赶、劝阻、呼喊……两个主人公在转动的舞台上的奔跑、追赶、躲藏、寻找，使整个舞台呈现出一种动感的眩晕，而且，发足狂奔的速度与倒海翻江的情感，伤心奔逃的绝望与歉疚追赶的无力，被心理化、情绪化地铺陈在舞台上。可以感觉到，这个时候的舞台景观是男、女主人公天塌地陷、天旋地转的心理投射与情感溃决。观众的欣赏心理随着剧情的推进，情感被男、女主人公强烈真挚的爱情所绞入，所看到的充满动感的舞台，就是主人公心灵悸动、情感迸发的主观形象，是主人公的内心外化，是剧情积累与创演者尤其是导演对人物内心读解的表达和对这种积累的"引爆"。王晓鹰在表现简·爱与罗切斯特充满误会与对接歧误的爱情过程中，对剧情投注了强烈的主观评价，让人物行动充满了动人的情感，将男、女主人公的爱情生活表现为一种充满了情感流动性与心理悸动感的场面和细节，与表演的大尺度动作和空间的大幅度调动相配合，与情绪积累到相当程度的迸发状态相适应，极大地增强了舞台的表现力。舞台转动，绝不仅仅是机械运动，而是因为情感迸发。

《深度灼伤》（彼得·弗兰诺里编剧，吴朱红译，中国国家话剧院 2011 年演出），叙演的是一个命运轮回、困境循环的故事。苏联时期，科托夫将军是一个经历传奇、战功显赫、斯大林领导集体中位高权重的"近臣"，战事消退后，隐居小镇，尽享天伦之乐，安度后半生。突然，一个闯入者米迪亚进入了他们的生活。其实，他是多年前被革命的红色风潮冲刷出小镇安逸、舒适、优雅、甜蜜的生活轨道的倒霉蛋，而这次"还乡"，负有特殊使命：他作为特派员到小镇逮捕、调查被指控有里通外国罪的科托夫。多年前，科托夫作为执掌普通人命运的当权者，以革命的名誉，让米迪亚无可选择地离开家乡，去为苏维埃政权做事。为了赢得回到家乡，回到原来的生活轨道，回到自己从事的音乐艺术，回到两小无猜、情深意笃的女友玛萝莎身旁，米迪亚屈服了。生活的残酷在于，一程一程地，米迪亚走得离所追求的目标越来越远。他终于回乡时，已经"物是人非事事休"：原来的贵族故人们还生活在不敢声张的怀旧情绪与凭吊挽歌当中，而前女友已嫁给科托夫为妻，有了一个天真活泼的 10 岁女儿娜佳。对环境，他是个闯入者；对科托夫的幸福家庭，他是一个毁灭者，这正如 12 年前科托夫对这个环境、对他和玛萝莎这对恋人的强力介入一样。剧情在社会生活的幻化与岁月的沧桑中，展示的是一种幸福生活被打断、一种常态价值被毁灭的循环再现，12 年前后的两个男人位置的互换，主从的颠倒，成为紧张戏剧情节贯穿始终、令人窒息的悬念牵引与动作能量。这个剧目的排演，微妙之处在于：米迪亚的回乡，再现"闯入者"与"毁灭者"的形象，可能会被排演成为一个"现代复仇故事"。但是，实际上，问题不在于"复仇"，而在于"仇"从何而来？以"革命"的名义，借"运动"的势头，个人与社会，公斗与私仇，往往混淆一体，常常搅拌不清。在这些瞬间里品味在那种历史关头无可选择时的选择，体会社会人生的成败荣辱，探查人性的各种可能性，格外具有深度。王晓鹰导演所解读的《深度灼伤》，立足于社会历史与人生命运的互动、互缠、互渗、互融的状态辨析与过程展示。王晓鹰将剧中人物放在苏联斯大林时期的政治环境与社会生活平台上去客观表现，竭力避免调度不当、强调不当、塑造不当而使观众将剧情中促人思考的"灼伤"归咎于某些个人。所以，整个剧情的表现过程中，不断地响起高音喇叭粗暴的广播声音，既交代了时代特点，又渲染了生活环境，还调控了演出节奏，转台就在社会风云的变幻无定与人物命运的沉浮荣辱当中缓缓转动着。观众思考着人物的命运，感叹着生活的无常，就渐渐看到了王晓鹰追求的诗化意象：收光、渐亮的光影作用下，斑驳的舞台光影，幻化的造型物象，成为剧情人物生活其中的那个风云变幻的生活环境，那个流金岁月、命运无常的"魔界"。这个"动起来的舞台"与剧情背景、规定情境的"环境与命运"的内容是多么地吻合，表现力是如此的强大而又充满了品咂人生况味的诗意。

王晓鹰导演在空间处理上的自如与潇洒，是优于常人的。意识流动高度自由，毫无物质空间羁绊。"空间"在对戏剧艺术的"假定性"特征理解深透的导演艺术家那里，几乎就是展示创造神力的台面，绝非演出活动的枷锁。

必须强调，戏剧叙事的关键在于舞台充满了"假定性"的时空逻辑，这是由戏剧的本质决定的。"以演员表演为核心"的戏剧艺术，在有限的物理时间和空间内要完成无限的戏剧事件和空间的叙事、表现，只能在"假定性"的戏剧艺术创造的逻辑起点上寻找创演者的叙事表现与观众的接受欣赏之间的"桥梁"。这个"桥梁"，首先就是对叙事的时间、空间的编织。

从上述分析文字可以看到，王晓鹰有一双编织叙事时空、组织场面、细节的巧手。

（三）舞台诗意：评价意识与形象转义

在"假定性"原则下进行自由时空创造，今天已经成为导演艺术家们的自觉意识与理性追求。在"戏剧叙述"的基本需求和一般可能上，王晓鹰导演得心应手，左右逢源。这源于他长时间对"假定性"问题的理论思考和实践探索。"从无数的表现性戏剧演出创造中，我们也许已经看到了一个基本事实，那就是表现性舞台意象的创造总是在'心理时空'概念下所构建的'组合性戏剧演出时空系统'中进行的。这个基本事实的真正意义在于：'假定性'演剧观念的确立和运用，是在戏剧演出中进行'表现性舞台意象'创造的必要条件。"①"'表现性的舞台意象'就可以理解为：为了对诗化情感和人生哲理进行直接、深刻、强烈的表达，以不受生活表象局限的、不顾现实逻辑制约的、非再现性的视听艺术手段创造的舞台意象。"② 这里涉及的关键词是"假定性"前提的艺术创造、"假定性"戏剧时空中的表演和"假定性"环境中逼真的、变形的、抽象的形象。在这种艺术创造进程中，特别值得注意的是，王晓鹰导演对演出空间的双重"转义"。第一重，是一般空间环境向戏剧空间环境的转义，这是一般戏剧演出都会有的第一层面的舞台艺术内容；第二重，是在戏剧动作的发展和戏剧情绪的积累过程中渗透了创演者对戏剧事件、人物形象的"评价意识"，提供剧情环境、产生表演刺激的一般性戏剧空间环境在戏剧表现中升华为充满了诗意情感和理性哲思的"舞台意象"——王晓鹰和他的导师徐晓钟称之为"诗化意象"。第二层面的这种靠"升华"得来的"转义"最难，它是舞台艺术创造活动中的高级境界。

首先应该说清楚"评价意识"。评价意识是演员在戏剧人物形象塑造时常用一个概念，它指的是演员及其所扮演的角色之间的主从关系。演员作为创造者，对自己所扮演的角色、所创造的形象，应该保持一种清醒的认识和控制的能力，强调的是：我是扮演者，这是我理解的角色，我创造这个形象给观众看，我扮演的角色是我所理解和评价的角色。较之早期体验派表演的扮演者与角色关系的"我就是"，后期体验（体现）派表演的扮演者与角色之间的关系变为"我扮演"。前者是浑然一体的，后者是可以分析的。王晓鹰师从徐晓钟教授学习，对这些概念的理解和实践运用实际上超出了"扮演者与角色的关系"的表演层面，这不仅仅是扮演者用"扮演行为"诠释他或她对角色的理解和表现，而且也是导演对场面细节、人物事件乃至演出形象整体的"评价意识"，是导演层面的

---

① 王晓鹰：《从假定性到诗化意象》，中国戏剧出版社2006年版，第63页。
② 王晓鹰：《从假定性到诗化意象》，中国戏剧出版社2006年版，第61页。

"评价意识"。这些地方，往往是自徐晓钟先生以来的导演艺术家最为精彩的舞台形象创造。王晓鹰深得精髓，在整个演出当中精心设置。贯穿导演艺术家作为主创人员集体创造的协调者、引导者的"评价意识"，是戏剧演出的人物刻画的基准线与形象创造的定音鼓。由于导演"评价意识"的深入与渗透，剧情发展和情绪积累，最终在某些高潮部分对舞台形象产生了"转义"的艺术效果。舞台艺术创造中的戏剧叙事与场面表现，运用的往往是"诗"的形象思维、"诗"的表现手法（如象征、明喻、暗喻、对比、情景交融、情理互渗等等）。开场时，观众见到的舞台形象或者空间表情，从一般性环境空间渐变、质变成诗化的意象空间。这种戏剧演出中整体艺术形象创造的努力结果，常常就是王晓鹰导演挂在嘴边、写在书里的"诗化意象"。诗，是文学概念；意象，本身也是从文学借用来的概念。区别在于，王晓鹰追求的舞台"诗化意象"，是用"诗"的形象思维和修辞手法、戏剧"假定性"逻辑而非生活动态、自然形态逻辑去调动舞台空间的"人表演"与"物造型"，获得的就是"看山是山、看山非山、看山仍山"的转义、升华效果。

　　为了追求舞台的"诗化意象"，王晓鹰导演苦心孤诣地追求舞台的视觉形象的表现性。这种表现性，是在导演"评价意识"的诱导、舞台情感积累的推动中所产生的演出魅力，它更多地体现为王晓鹰导演创造的演出呈现。王晓鹰导演在极有耐心的情绪积累当中，放大细节，渲染气氛，夸张变形，在高潮场面引爆情感，以强烈的主观性诱导观众的观察点和思考点，以表达导演统领的创演者对所叙述的事件、所塑造的形象、所表现的场面和所强调的细节承载的情感立场与价值取向——"评价意识"。这种"评价意识"是在研读剧本、理解人物的基础上的艺术创造，是情不能已，是诱导、启悟观众去欣赏和理解创演者演出的意义的旨归。情感、意义是形象的，形象是意义、情感的，是既可意会也能言传的追求。实现这种追求的手段就是渗透着"评价意识"的情感积累，路径就是舞台形象的"转义"。

　　舞台形象的转义，是王晓鹰的艺术创造当中常常用到的方法。"转义"是一种比喻，指的是舞台环境形象对一般环境有时甚至是生活环境（当然是戏剧模仿）的再现意义在一定情况下被剧情表现的主观意义与情感宣泄所置换。简单说，舞台空间的初始意义主要是一个活动环境，一个情节地点，一个为演员表演提供"环境信心与刺激条件"的"支点"。但是，这种戏剧演出的功能性意义，在一些高明的导演那里，往往只是基础。在剧情展开过程中，这些初始意义逐渐或者在某些场面、某些心理瞬间变成了主人公的心理呈现、情感外观，客观因素变化为主观因素。前边的例子之外，《1977》（喻荣军编剧，上海话剧艺术中心2007年演出）也可以算是他在这方面的舞台艺术创造的代表。《1977》是他继《荒原与人》（李龙云编剧，中国国家话剧院2006年演出）之后再度表现知识青年题材的剧目。王晓鹰在更深刻地理解了知识青年的青春与命运的交响之后，1977年恢复高考的那场革命性的事件成为他的舞台表现的高潮——一个充满了心理悸动感的大场面——知识青年们为了去参加高考，从四野八荒奔向一个荒凉的小站。因为错过了列车短短的停靠时间，于是有了一个漫山遍野的知识青年们追赶火车的表现场面。知识青年们撕心裂肺地呼喊，又近乎疯狂地奔跑，四面八方，毫无秩序，前赴后继，跌倒爬起……不整齐的姿态，不统一的混乱，将所有的知识青年追赶命运契机和搭乘时代列车的急切与焦灼胀满了整个剧场，富有感染力。这个时候，鸣叫的汽笛声所指代的列车，让知识青年们千难万难、跋山涉水的自然环境，转义成为时代和社会环境本身。但是，它又的确还是那个环境，只不过多了一层心理投射色彩与主观评价意识，客观的一般环境魔幻般地转义，升华为一个充满了诗化意象的舞台形象。这层含义，实际上是导演王晓鹰对那个时代的解读，对高考之于知识青年命运、民族命运、国家前途价值判断的舞台形象化，是一个诗意的比喻，一种瑰奇的想象。这是王晓鹰希望通过其调度安排与形象创造引导观众透过"剧情环境形象"看到的"舞台诗化意象"，催人联想、诱人领悟，是剧情发展与情绪积累水到渠成时导演用舞台形象催化出来的社会历史内容。个人命运与国家前途，具体的列车与抽象的命运，充沛的情感与深刻的理性，被融进具体的场面上、形象中，这是诗意的形象思维与生动的戏剧叙述、深邃的意蕴表现的高度融合。

这种并非单纯完成环境规定与场面说明功能的舞台形象，就是充满创演者主观评价意识的舞台意象。

音乐剧《花木兰》中，战场的刀光剑影、折戟沉沙给人的视觉和心理冲击，在激光灯、旋转灯、彩片灯、频闪灯光的调配下，舞台平台的起伏高低忽然有了动感，使观众再度遭遇王晓鹰舞台艺术里表意、表情的主观表现形象，遭遇眩晕感。

王晓鹰导演在表现的舞台空间里追求一切与之相适应的因素，表演的假定性、造型的符号化、象征意义与意象升华等等也非常精彩。而艺术上的混搭与跨界，更是他这样一个创造力旺盛、求知欲强烈的导演的显著特点。

话剧、舞剧、音乐话剧、音乐剧、地方戏……王晓鹰的尝试乐此不疲。他似乎想要借此挑战自己的能力，应该说，他是成功的。在剧种中跨界的实践，已经成为时下有实力的导演的经常行为。王晓鹰在演出当中有意识地实验混搭、跨界，是艺术界，并非人人能做，这延续了他在20世纪80年代中的先锋姿态。《霸王歌行》（潘军编剧，中国国家话剧院2008年演出）就是一个典型的剧目演出。

《霸王歌行》演绎的是大家耳熟能详的西楚霸王的故事。王晓鹰以用中国历史上霸王别姬的故事的新阐释为坐标，思考人生的价值取向：人的价值是现实功利尺度可以判断的吗？这是王晓鹰通过重新阐释西楚霸王的故事，向观众提出的尖锐问题。剧目将项羽塑造成了一个重情仗义的奇男子。他的悲剧根本不在于一般性认识的刚愎自用的性格，也不在于儿女情长，英雄气短，而在于他本不爱江山，不爱"人与人之间总是用剑说话"的方式，尽管他是谙于此道的。讲信义，重然诺，惜名声，敬祖宗，崇仁爱。在他身上，几乎聚集了中国古代的男子汉、大丈夫身上应该有的主要美德。在"成功学"成为显学的当下社会，用流行于社会生活中的崇尚人际关系的"厚黑原理"与宣扬生存竞争的"丛林法则"来衡量，项羽的对立面刘邦，恰恰因为兼具"厚黑智慧"和"丛林能力"，是个最成功、最引动人们心思的"成功人士"；而项羽，是个信守"过时原则"的唐·吉诃德，一个不"厚"、不"黑"、缺谋、少略的败军之将。在成王败寇的衡量标准下，人们眼热心动的是结果，而不论动机和过程。王晓鹰通过剧目宣讲与张扬的，恰恰就是那种导致霸王失败的"过时原则"，恰恰就是那种理想认可、现实挫折的"崇高人性"，恰恰就是那种付出江山乃至生命代价也要"坚守信条"的"英雄人格"。在对时下的"人格价值标准"的颠覆性考量中，王晓鹰剧中的霸王项羽的形象有一个社会含义与个人命运的重点挪移，就是由传统定位的"兵败而羞愤自杀"变成了对以"杀戮血腥"为底座的"江山"的放弃，注重人性完美和人格成就的表现，用积极的"人格坚守"替换了消极的"羞愤自刎"。在这里，创演者浓厚的现实焦虑变成了剧目当中虞姬对于人间友善和谐生活的诗意向往，变成了楚霸王放弃江山霸业、平息人间刀兵的壮怀歌行，让作品获得了深刻性与厚重感。

在这样的剧旨中，演出的艺术创造充满了探索性。装置艺术：体现在垂吊布景上，计算好宣纸上"流血染墨"的效果、液汁浸透宣纸的过程、宣纸受湿后承载的重量最终脱落的时间，配合剧情发展，充满了装置艺术的机巧。布景艺术：表演区前部设置了剑匣，所提示的戏剧性场面与动作性思辨是置剑于匣还是拔剑出鞘，思考内容与剧情关键被道具化、装置化了。剑匣旁设置的两个盛满了清水的玻璃缸，随着剧情的变化，杀戮越来越多和计谋越来越深，玻璃缸内的清水渐渐变色，变成猩红的血色与污秽的黑色，渐变的过程配合剧情，对剧情的说明与对事态的评价，是装置艺术式的。行为艺术：虞姬在血水池中濯足后，在铺满白色布幔的表演区一走，猩红的脚印与垂吊的色、形变化的宣纸，与玻璃缸中的血色、墨色组合，视觉形象十分写意。霸王项羽短暂一生的英雄史诗，就变成了这个环境中的"行为艺术"。跨界艺术：展示活埋秦军，展示十面埋伏的大场面或者时空的大转换，在小剧场空间里，用垂吊在宣纸上的多媒体投影，就格外简省写意，以小见大，以少胜多，十分巧妙。拼接艺术：话剧主体里，人们熟悉的霸王别姬的故事及其场面，形成话剧的语言艺术、生活表演与京剧的念白音韵、形体唱腔的组接拼装。人物之间，情感或浓或淡，关系若即若离；场面里外，表现亦情亦理，连缀似断似续。《霸王歌行》中抚琴弄艺的女孩子，成为一个嵌入式的现场表演，既是演出看点，又是剧情氛围的表现需要。用心回想，王晓鹰在舞台形象创造中似乎十分热衷于用音乐的现场演奏来疏离观众的热情，造成不动声色的"间离效果"。艺术跨界，显然是他热衷于试验的手段。

艺术跨界，文化混搭，丰富了表现手段，强化了感染力。对于一个促人思索的剧目，一个重新塑造的形象而言，理性愉悦大于情感狂欢。追求这样的艺术效果，是恰如其分的。而且，观众可以获得高品质的审美享受。王晓鹰导演的艺术跨界与文化混搭，除却"表现手段"层面的"探索意义"外，更重要的还是"评价意识"的凸显与"时空流转"的便捷。凝神一想，实际上，这些手段应用所传递的艺术信息，还是非兵、非战的思想，还是揭示霸王内心世界的意图，与对霸王的"评价意识"紧密联系。霸王的剑，饮的是爱姬和自己的血，在对铁血战火的厌倦中，他们把自己放上了祭坛。

导演乃至演员的"评价意识"，当然首先是通过人的表演来完成的。本文对王晓鹰舞台创造的场面分析，常常通过符号化舞台的"物造型"去完成。在王晓鹰的舞台艺术追求中，"形象成为思想和情感的直接表达"，这一点，在实践上表现得很清楚。饱含情感的、带着创演者"评价意识"的形象，当然就是"有意味的形式"，就是情理交融凝结而成的艺术形象，就是剧旨意蕴本身。

王晓鹰导演非常强调"空间的假定性"和在这环境中的"行动的假定性"，这两者之间具有艺术自足世界的严密逻辑性。如果空间具体写实，定下的是模仿生活、一般生活的基调，那么，表演行动也会在这"写实模仿"的环境中被"拘泥"住；而"假定性空间"给了"假定性行动"更大的自由，也给了空间"物造型"参与表达、表现的无限可能。可以看到，以揭示意义、强调思考的精心设计去配合"假定性"原则下的非生活逻辑的表演、表现，在王晓鹰的舞台艺术创作中也非常出彩。

《萨勒姆的女巫》（阿瑟·米勒编剧，中国国家话剧院2002年演出）中垂吊在小剧场舞台表演区上方、观众席上方的绞索，是催人思索与考验人心的刺激物。《赵氏孤儿》（余青峰编剧，上海越剧院一团2007年演出）中的舞台装置——悬剑，既让舞台充满杀机，吻合满门抄斩、杀戮婴儿的规定情境，又关涉大报仇的"复仇之剑"。这剑的形象，对剧情、戏眼儿具有提示性意义。到后来，复仇者无法将剑刺向屠岸贾时，屠岸贾四处奔逃，他的命运被处理成一个开放式的结局：众人围住他，悬在表演区上方的剑徐徐下降，刺向被众人围住的屠岸贾，一把提示性符号的剑，变成了象征"人心与天道"的天剑。

"假定性"原则下时间、空间的卓越处理能力与得心应手的舞台表现能力，艺术跨界与品种混搭的成功试验，是王晓鹰导演艺术显著的个性特征。戏剧舞台表现里的艺术跨界与文化混搭，是艺术疆界的拓展，实际上必须紧紧依靠"戏剧假定性"作为探索性创造的艺术前提。在我看来，王晓鹰导演在当代导演阵容中，是一个对"假定性"问题想得最多、理论意识最自觉、探索实践最勤奋、持续努力最恒常的导演艺术家。因此，在传统导演艺术家"死在演员身上"而束手无策的地方，王晓鹰将他的创作团队对舞台意象环节的创造统领在他对整个演出的"评价意识"里，从而获得"导演活在舞台上"的效果。王晓鹰的创造热情充沛而且强悍，在当代中国戏剧导演中十分突出。

在"假定性"的戏剧世界里创造意义和美，并且快乐着，这是导演王晓鹰乐于去做的。

二、戏剧文化的"跨"与"和"：王晓鹰的舞台意象

大约两年前，我写过关于王晓鹰印象的文章，谈的是他的舞台艺术创造中的中国话语追求，主要是对他在国际舞台上致力于中国话语遣词造句的表现的关注。时间过去不久，我发现，他没有满足于已经达到的艺术创造层级，又前进攀升了，从中国话语、中国意象的舞台表达转向了中西合璧、文化贯通、美学融汇的追求。这可以在他为希腊国家剧院导演的中国剧本《赵氏孤儿》中体现出来。

2018年11月18日至12月2日，希腊国家剧院上演了王晓鹰为他们导演的《赵氏孤儿》。这是一个中国团队与希腊国家剧院合作的剧目。中国方面，编剧为余青峰，舞美设计为刘科栋，服装设计为赵艳，面具与化装设计为申淼，副导演为王剑男。程婴由中国国家话剧院的优秀演员侯岩松扮演，程武（孤儿）由北京理工大学青年教师余凤霞扮演，其他主创艺术家、主要演员、歌队演员和舞台工作人员均属于希腊国家剧院。

进入中希版《赵氏孤儿》之前,我有必要对王晓鹰之前的舞台艺术创造做一个简要的回顾。

(一) 从经验到理性的升华

一级导演王晓鹰,对于当代中国戏剧观众来说是一个耳熟能详的名字,因为他连接着一片又一片抢眼的戏剧风景。对一些重要的国际戏剧节来说,他是一个生动的文化范例。作为中国戏剧导演,他努力用中国话语去创造国际戏剧舞台上的"中国意象",换句话说,是舞台表达的中国话语。

从20世纪80年代初开始到21世纪的最初10年,王晓鹰经历了中国新时期以来的各个重要发展阶段,而且弄潮冲浪,总是充满朝气地活跃在戏剧文化发展的潮头。近些年,王晓鹰在国际戏剧交流中输出自己的理念,创造民族的话语,获得了良好的影响。作为一个不倦探索的艺术家,他继承了父亲作为梨园中人,痴迷艺术的热情,积累了在基层院团当演员时获得的创造经验,秉持了从中央戏剧学院两度学习获得的思考品格与探索气质。于是,一路行来,成就了公众视野中的他。

王晓鹰是一个经验与理性相得益彰、实践与理论良性循环、纯粹与跨界并行不悖的艺术家。他导演过话剧、歌剧、黄梅戏、越剧、舞剧、京剧、昆剧、音乐剧等剧种剧目;发表论文50余篇,出版学术著作《戏剧演出中的"假定性"》、《从假定性到诗化意象》和论文集《戏剧思考》。他从丰厚的艺术感性经验出发,不断地总结,不断地思索,再不断地出发。对经验的升华和对实践的总结,成为他重新出发的起始点,成为他沉迷实验新空间与自我挑战、自我超越的新标杆。他是一个学者型的勤勉实践者,这是他在导演艺术家群体当中十分鲜明的个性特点,这也使得他的舞台创作充满了探索色彩和思考品格。他的辛苦耕耘,在剧场里摸爬滚打所获得的经验,成为他一步步迈向高峰的台阶;他的理论总结,把苦心孤诣的实践探索升华为殚精竭虑的思考,成为他可以与人分享的得失寸心和理性认知。这一来,这个导演就特别不同了。重视经验积累,勤于理论升华,这就是学者导演王晓鹰。

王晓鹰有两部重要的学术著作，一部谈"假定性"问题，聚焦的是舞台创造的前提性和立足点；一部把"假定性"作为创造前提、创造母基去谈演出呈现的美学结果——"诗化意象"。王晓鹰的理论表达的可贵，一方面因为他的理论思考与他的艺术实践紧紧相连，另一方面也因为在中国戏剧的导演队伍中，将理论思考成体系，有续接地写成专著的人并不多。"假定性"问题，是戏剧艺术十分重要的一个理论问题，也是实践问题。谈到过"假定性"问题的人不少，但是以专著讨论"假定性"问题的导演艺术家，目前王晓鹰还是中国唯一一个。《戏剧演出中的"假定性"》与《从假定性到诗化意象》恰好是王晓鹰思考戏剧创造问题的两个阶段，第一部著作从概念辨析、理论论证到实际运用，将"假定性"问题说得透彻；第二部著作是"假定性"前提下的舞台效果的追求，是在"假定性"问题的信心支点与创造逻辑基础上对舞台效果的追求，追求的是饱含诗情、渗透哲理、抽象变形、象征写意的舞台形象，是大于思想的舞台形象，是在场面、细节、人物行动的渲染、强调和组织中既依赖具体物象又超越具体物象的舞台形象——意象。王晓鹰多年的舞台成就，可以诠释他所提出的舞台艺术理论，而他获得的观念和建立的理论信心，又来自实践经验的总结。我赞赏这种知行合一的实践理论，我更明白，这是王晓鹰舞台艺术创造的智慧之本与力量之源。

（二）从"先锋"到"主流"的沉淀

　　王晓鹰可以算得上是当代中国剧坛精力充沛的弄潮儿。关键在于，他是一个边弄潮边思考、边调整边进步的理性实践者。总结他从20世纪80年代以来一路活力四射的探索、追求与进步的经历，大致可以明白王晓鹰何以总是站在戏剧文化发展的潮头。

　　王晓鹰早年的导演作品探索性剧目《挂在墙上的老B》（1984年）、《魔方》（1985年），显示出他热血的躁动和创新的锐气。这两个剧目在中国"探索热"的剧目演出当中是无法省略的剧目。前者思考社会生活中人的际遇的不公平，而且通行的社会法则几近荒谬。该演出空间探索性的处理，主要体现在展示舞台大幕后面的剧团生活，生活中的"幕后"与演出的"幕后"重构，本身具有的强烈讽喻性，让人耳目一新；后者的探索，首先体现在对"改革开放"时代的"习见社会问题、普遍心理定式"的批判性表现与戏剧性揶揄上，其次体现在演出空间的灵活处理与巧妙运用上。一个从校园产生的剧本《魔方》，在王晓鹰手里，变成了一个应和解放思想、改革开放时代主题的剧目，而且在观演关系的调适互动以及"设计观众"的"场效应"创造等方面，实践的良好效果为观念创新提供了新鲜例证。剧目不仅在北京演出，还到上海演出，连续演出近百场，口碑极佳，王晓鹰的名字与先锋戏剧连在了一起。这个时候，他的导演作品显现出新锐的探索力度和先锋的观察角度。在小剧场戏剧再度出现于中国内地的时候，王晓鹰敏锐地把握住了这个戏剧流向，因此，小剧场戏剧精神中的探索性、实验性、先锋性在《挂在墙上的老B》和《魔方》中都有显现。

王晓鹰当过演员，之后转向导演学习，很快"出道"，获得了一定的社会名声。善于挑战自我、总在寻求突破的王晓鹰，这个时候因《魔方》的演出，偶然与一个德国人相识，获得了去德国看戏的机会。1988年的德国之行，3个月时间看了100多个剧目演出，成为王晓鹰来自异域戏剧艺术的感性经验的重要积累，也促成了他的戏剧思考。这是他的舞台探索发生变化的一个重要转折点。归国后，1988年冬到1989年春，他将去国数月的思考表达在一出法国戏《浴血美人》中。有演员与王晓鹰交流说，他现在排戏与从前不同了。他的不同，在于他的导演创造从青春躁动、问题敏感与先锋探索里沉静下来，思考戏剧表现人性的深层次问题。《浴血美人》中的那个贵妇人，用残忍的杀戮追求青春与美貌，用毁灭美去创造美，以扼杀青春去挽留青春，这是人类社会生活中荒唐的悖论。王晓鹰用揭破美下面藏着的丑的方式，从对形式革新的热衷走向了人性探究的新的探索阶段。对于艺术来说，形式革新很重要，它的重要性其至可以决定或者改变内容；对于剧目而言，社会问题很抢眼，这可能是一个时期剧目生产时最主要的价值判断尺度。然而，沉淀下来的王晓鹰不再满足于这样的追求，形式上面附着了具有历史纵深感与地域延展性的文化，社会问题背后隐藏着深刻的人性内容与人学深度。这些都是沉淀下来的王晓鹰一点点明晰、一步步接近的艺术目标。

(三)从"社会学"到"人学"的融会

导演艺术家的转向,往往是从剧目演出的创造中体现出来的。王晓鹰在 20 世纪 90 年代又有一次转折,是从他 1993 年导演《雷雨》中体现出来的。这一次转折,背景是他重回母校的学习经历。在母校斯坦尼斯拉夫斯基导表演体系的教学氛围当中,在徐晓钟先生的《桑树坪纪事》《洒满月光的荒原》《大雪地》等恢弘大气的舞台创造面前,在谭霈生先生呼吁了 10 多年的"人学"观念里,王晓鹰重温了,感悟了,升华了。他的博士阶段学习中,想要重排《雷雨》,得到导师和曹禺先生的支持,他排演了中国唯一的一版删去了鲁大海的《雷雨》。王晓鹰想要使观众看戏的关注点集中于错综复杂、微妙多变的人性探索。这是他后来"人性"关注、人性追问的起步,也是他的舞台实践的一个重要转折点。《挂在墙上的老 B》《魔方》里涌动的,一定程度上还是问题剧热情和社会学观察,尽管空间关系的探索与观演关系的强调,让欣赏者和研究者更注意剧目演出的探索锐气。王晓鹰其实从来就是一个不缺少问题剧热情和社会学观察的导演艺术家,这从他选本子到舞台创造突出的思考品格与社会责任就可以体察到这一点。他在《保尔·柯察金》(苏联)、《春秋魂》(中国)、《中国制造》(中国)、《死亡与少女》(智利)、《萨勒姆的女巫》(美国)、《哥本哈根》(英国)、《深度灼伤》(英国)、越剧《赵氏孤儿》、黄梅戏《霸王歌行》等剧目当中,从未让问题意识退场,但是这种问题直指人心,让人无可回避,无从退让;从未让社会观察消失,恰恰相反,那种承载在人的生命活动、命运挣扎和道德选择中的社会内容,使演出有振聋发聩的巨响,有深刻快乐的体验。他用戏剧演出表达出来的创造与思考,走出了中国戏剧文化的"庸俗社会学"。他的舞台属于"人性社会学",这是他的艺术生涯中一条重要的发展道路。

在王晓鹰的自我期许里,他是一个主流戏剧的导演,他是一个有文化担当的艺术家。他没有自命清高的矫情,却有主动担当的赤诚。他从先锋回到主流,是感受到了主流戏剧所倡导的经典性、示范性、传统性的文化力量,所传递的不屈不挠、积极向上、健康正面的人性内容,所传播的人类共有、共识、共享的艺术模式。传统、经典之有力量，来自千回百转的历史的辨识与千锤百炼的实践的淘洗，因此主流戏剧的传统性与经典性可以具有示范性，并且必须对整个社会、人类文明发展担负责任。他从先锋退回来，却包容先锋；看大众娱乐时，又告诫商业戏剧不要止于娱乐。

王晓鹰有辩证的智慧，有热情的宽容，有坚守的赤诚，更有深刻的人文关怀。因此，他的剧目创作中数量最多也最感人的，就是这些有"人学"深度、有关社会历史中"人的命运"的关注关怀、反思反省的作品。他说过，生活当中有许多快乐，而戏剧给人以深刻的快乐。何以深刻？社会历史场景中"人学"的深度就是作品深刻的尺度。

（四）从"艺术学"到"文化学"的跨界

在德国看戏的日日夜夜中，王晓鹰感受到两个最强烈的印象：一是戏剧艺术通过人生情境、人性深度表达出来的社会力量；一是丰富多彩的舞台呈现给人的视听震撼。这在王晓鹰后来的创作实践中越来越多地表现出了这种启悟力的影响。

第一种印象的启悟是坚定了王晓鹰的社会责任感，让他在人学深度上拷问丑、塑造美、仰望崇高，以此去表达他的社会理想和人性范本；第二种印象的启悟化成了他艺术创造中不断求变求新的创造原动力，让他在艺术的海滩上奔跑撒欢，呼风唤雨。

2008年，王晓鹰创作的《霸王歌行》是一个艺术跨界的宣言性信号，它将表演艺术（如话剧与戏曲、音乐与语言等）、装置艺术、行为艺术、多媒体艺术被巧妙地拼接在一起，完成了一台让观众获得高品位的艺术享受的演出。在《简·爱》《深度灼伤》《肖邦》这些演出中，舞台上的钢琴不仅仅是一个环境布置需要的道具，它一定会被弹奏，而且融入剧情去表现人物性格，更有甚者会邀请著名音乐家出演，就是为了让音乐在剧中发挥魅力，让人从钢琴演奏中感性地认知到肖邦的热情及其爱国的拳拳之心。显然，王晓鹰所热衷的艺术表现中的跨界探索，恰恰是艺术发展到今天细而又细的专业性艺术学应该面对的一个问题。

跨界实际上孕育着一种发展可能,那就是新的综合。

王晓鹰没有满足于这一种艺术领域里的跨界,他得陇望蜀地瞩目着另一种跨界——跨文化。当今的各国民族戏剧,在越来越多的国际文化交流中,为什么交流,拿什么交流的问题凸显出来。在这样的背景下,王晓鹰充满文化自信地提出戏剧演出创造中的"中国意象现代表达",是对自己的美学创造的一个新要求。他回溯艺术生涯,认为早期的《荒原与人》《霸王歌行》等作品,近期的《伏生》《杜甫》《大清相国》《兰陵王》等作品,已经越来越明确地向这方面努力。舞台意象中浓郁的中国传统文化、传统艺术的意味神韵,演出形态中透着现代意识、现代方式的色彩语汇,就是文化上的民族个性与手段上的现代意识的融合。归根到底,王晓鹰正在着手努力的,是中国话剧表达的民族性与现代性相同一、相统一的世纪性、世界性难题。

最有说服力的王晓鹰的"中国意象现代表达"体现在 2012 年王晓鹰受邀请参加英国莎士比亚环球剧院为伦敦奥运举办的世界 37 种语言演出莎翁全集 37 个剧本的"从环球剧院到全球"(Globe to Globe)莎士比亚戏剧节时所排演的《理查三世》中。王晓鹰作为中国导演,用中国方式诠释了莎士比亚的剧本。整个舞台叙述是中国戏曲自由流转的时空结构,整个舞台是中国戏曲出将入相式的背景,空灵的舞台上的布景只有从中国戏曲的一桌二椅化来的二桌四椅,在演出中发挥了多功能的作用,王座、伦敦塔、内廷、花园……总之,物随人上,景依人移,是中国戏曲的叙事方式与表达方法。观众看到的视觉形象中,主要背景条屏上写满了"英文方块字",这种符号的中西合璧,框定了整个舞台的中西合璧——莎士比亚的剧本与中国式的人物化妆造型、话剧台词与京剧韵白,生活化表演与两个刺客的武丑身段……所有这一切,运用自如,水乳交融。戏还是莎士比亚的戏,表达却已经完全是中国人的表达。演出中这种鲜明的民族个性与突出的现代意识受到了国内外的广泛好评,被认为是所看到的许多《理查三世》版本中最好的演出之一。跟着王晓鹰而来的,是络绎不绝的欧美各国的莎士比亚戏剧节的邀请函。他已经参加了 10 多个国际莎士比亚戏剧节。

（五）从"跨"到"和"：舞台艺术从"民族性"到"世界性"追求

著名社会学家费孝通先生有一个被广为引用的十六字诀金句，是"各美其美，美人之美；美美与共，天下大同"。不同人生价值、不同社会文化、不同民族历史，是中国人的一种充满了东方智慧的态度。中国文化当中，早在儒家开山圣人孔子那里，就开启了这种智慧，叫"君子和而不同，小人同而不和"。理论上，王晓鹰是否有明确意识我不知道，实践上，他却明白无误地在践行这样的文化理念。在我看来，艺术美学最高层级的探索实践，就是不满足于艺术创造上的"各美其美"和"美美与共"。他追求的是艺术上的"和而不同"。王晓鹰版的中希合作《赵氏孤儿》体现了他的这种追求。

此前，王晓鹰致力于中国意象中国表达，他做得漂亮。他的演出呈现中，在中国故事的讲述中，艺术跨界，丰富多彩；在外国故事的表现里，文化组接，中国语汇、中国阐释、中国意象，让民族文化形态和民族审美意趣生机盎然地活跃在外国故事的讲述中。国际舞台上颇有影响的《理查三世》鲜明地体现了这一点。其中，刺客的武丑扮相，《三岔口》桥段的借鉴展示，被幽禁的王储武生美少年的装束，普通话、京白、韵白的交替运用，简洁舞台的空灵写意感，一桌二椅为支点的空间表现洗练性，"方块英文字"背景的创意……让人一望而知是"跨文化"的戏剧元素的巧妙组接或者灵活并置，让人耳目一新，盛满审美愉悦。

王晓鹰在中希合作版的《赵氏孤儿》中，步子迈得更大，手法更娴熟，而且不再止于跨文化，走向了"和"的境界。早期，王晓鹰的主要精力是向中国观众讲述中国故事和外国故事。后来，王晓鹰努力用中国话语、中国意象去阐释西方故事，如《浴血美人》《安娜·克里斯提》《哥本哈根》《萨勒姆的女巫》《深度灼伤》《简·爱》《肖邦》等。这回，《赵氏孤儿》是中西文化牵手，演绎中国故事。这是王晓鹰导演艺术生涯中不同发展阶段的第三个特点。这种特点，实际上折射着中国戏剧文化和世界戏剧文化的存在状态与相互格局，折射着舶来的中国话剧"反转性"地走向国际舞台的重要时刻。这种文化影响的"反转性"现象，昭示着中国文化的逐渐强大与更加成熟。

从"各美其美",到"美美与共",最后是"和而不同"。在中希版《赵氏孤儿》的演出里,中国演员、希腊演员各自说自己的语言,神态情感、行为节奏配合得天衣无缝,流畅无隙。屠岸贾、韩厥由希腊国家剧院的演员扮演,程婴、程武(程勃)由中国演员扮演,歌队、讲述人同时是场景群众的演员,由希腊演员扮演。整场演出下来,语言不同,面孔不同,人种不同,但是都"和谐"在中国古典名剧《赵氏孤儿》的规定情境、动作节奏和场面氛围中。和而不同,溢于言表,一望而知。

其实,最精彩的还不是这些在《理查三世》里已经有成功表现的艺术手段。最重要的艺术创造,来自"和"的立足点的确立——古希腊悲剧与古代中国悲剧的形神交汇的"和"。《赵氏孤儿》演出一开始,一些手拿道具的演员上场,在表演区台沿坐下,演员们用各自的语言朗诵,介绍剧情。这是中国传统戏剧从元杂剧开始就有的固定格式——定场诗,又是希腊悲剧的歌队交代故事、叙述情节的形式变形。简洁的开始,首先使人想到的是元杂剧里"四折一楔子"的格式,楔子就是交代剧情事由。纪君祥用此古代故事,简省地交代前史。屠岸贾上场,从"人无伤虎意,虎有害人心"开始讲述,简述了设计招招狠毒坑害赵家的过程。交代已经安排好血洗赵家的局面,剧情就开始了。在这里,中希版《赵氏孤儿》显然采用了"楔子"、定场诗一类的形式,巧妙地将古希腊悲剧的"歌队"元素引入其中。歌队成分,定场功能,楔子导引,中西古典悲剧的形式感、功能性就十分巧妙地融合在一起了。歌队发挥了多种作用,如叙述者、见证者、剧情中的社会环境、事件的讲述者和评价者。这些部分,不是史诗的歌唱抒情,而是悲剧的场面构成与细节见证;这些无名无姓的人,是故事叙述者、情节参与者、场面见证者、细节评价者、人物扮演者……显然,歌队变形为舞台的各种叙述、表现、渲染、强调功能的形象,让人在观看演出的时候既想起古希腊悲剧的浓郁抒情,又感受到中国传统戏曲的空灵写意。

《赵氏孤儿》在希腊演出后,在当地引起强烈反响。说中国特色的,夸"中国的《哈姆雷特》的",说现代意识的……都有道理,也可以用各种比喻来赞美。但是,我以为,最应该赞美的,是中国悲剧与古希腊悲剧的美学上的高度

"和合"带来的审美快感。我惊异地发现,文化先驱者"自卑"中国没有悲剧艺术的心态,大约是建立在对中国悲剧缺少了解的基础上的。这种心态,看到《赵氏孤儿》时应该可以终结了。因为《赵氏孤儿》是伟大的悲剧,它引起怜悯与恐惧,让情感得到净化的力量,一点也不弱于世界任何伟大的悲剧作品。中希版《赵氏孤儿》显现出了这种魅力。古希腊悲剧中,人陷入困境,受着命运力量的支配,让悲剧人物在不知情的情况下有了过失,一步步走向悲剧结局。古希腊悲剧的剧情发展往往埋藏着一桩秘密,揭破秘密之后,剧情就迅速走向了高潮。《赵氏孤儿》的"搜孤救孤"剧情,使程婴及其周遭的好人承担了"救孤"的使命,遭受了不该遭受的厄运,家破人亡,忍辱含羞,苦熬16年后才揭破了秘密。古希腊悲剧中是英雄不知道秘密;中国悲剧中则是英雄知道秘密,而且要搭进身家性命严守秘密。中国悲剧、古希腊悲剧的剧情发展都一样,揭破秘密之时,就是高潮出现、结局到来之时。这种悲剧结构的相似性,让中国观众、西方观众欣赏起来毫无二致,美感相通。

王晓鹰追求古典悲剧的现代性思考与人类性表达,他和创作团队更改了"大报仇"的悲剧结局。程婴的回春妙手,做不了杀戮的事情,哪怕是面对血海深仇的坏人;而屠岸贾的铁血凶心却随时随地发作,即使是面对被他一再损害摧残而且对他弃剑不杀的程婴;更具残酷性的是,他的残忍嗜杀天性,潜移默化地传给了受他抚养的赵氏孤儿——程武。程武在义父屠岸贾扑向程婴的时候杀死了他,并且号令包围屠岸贾的宅邸,不分老少,尽数杀灭,"人不够,畜生凑!"这是一种更深刻、更让人惊悚的悲剧……惩处罪犯痛快,殃及无辜何忍?!冤冤相报、牙眼相还的"活的戏剧",在人类文明史中上演的还少吗?一个善良的医生,无意中卷进了一桩灭族救孤的杀戮,结果,担惊受怕地救下并养大的孤儿,却成了一颗仇恨的种子。当程武发出号令,顷刻就要血雨腥风、浮现当年屠岸贾所做的一切时,程婴糊涂了,惊悚了,怀疑人生了,质疑"救孤"的壮举了。艰难的善举,难道一定要结出恶果?一路逃避追杀获得的生机,最终一定走向复仇的杀机?

那么,程婴为什么"救孤"?救孤的意义何在?孤儿程武要不要知道自己的身世？他知道自己的身世后，可以做什么？不做什么？

在程婴的迷惘中，王晓鹰给出了一个意味深长的结尾。赵氏孤儿大报仇，仇，是报了。救出来的孤儿，真的成屠岸贾的儿子了。他培养得很成功。这个意义上，赵家绝后；这个意义上，程婴救孤失败；这个意义上，人世间的血雨腥风、搜孤救孤的故事可能重演。

命运对人的戏剧性嘲弄，真是残忍。

从古希腊到古代中国，悲剧带给人的那些呼天抢地的人生，那些跌宕起伏的故事，带着血，和着泪，伴随的是沛然的情感宣泄、怜悯与恐惧，然后是悠长的思考。思考，就是悲剧净化人的心灵的出发点。古希腊悲剧和中国古代悲剧发生的背景、时间不同，但是，悲剧的特点却是高度一致的。文化的，民族的，语言的，这些因素，各美其美，美美与共，王晓鹰在跨文化的努力中做得精彩；而悲剧美学的，悲剧功能的层面，王晓鹰在与希腊艺术家合作中，追求"和而不同"的"和合之美"，也是显而易见的。这是王晓鹰导演艺术的新收获，也是中国戏剧文化走向世界、融入世界文化格局的新收获。

本文发表于《文艺研究》2012年第1期第99–110页

王延松与他的经典阐释:"曹禺三部曲"

一、王延松戏剧创造的新起点

王延松是20世纪80年代初期出道,80年代中期名噪一时的中国导演艺术家。20世纪80年代初期到中期,中国剧坛处在形式革新的观念嬗变的背景下和热潮中。他创作导演的不少轰动一时的剧目,如《高山下的花环》(1983年)、《少帅蒙难记》(1984年)、《搭错车》(1985年)、《走出死谷》(1987年)等明确地表达了他对戏剧发展和舞台创新的见解。跨越千禧之年,在《押解》(2000年)、《无常·女吊》(2001年)、《白门柳》(2004年)、《望天吼》(2005年)等创作中,他延续了对戏剧表现形式的热情与对社会人生的感悟。如果说,20世纪的王延松,在旺盛的创作热情驱使下,探索欲望饱胀,那么,解读经典,就是他东张西望后,收住脚步,放缓心情,沉着,冷峻,内敛,成熟。这集中体现在他对曹禺戏剧《原野》(天津人民艺术剧院2006年演出)、《雷雨》(上海戏剧学院2007年演出)、《日出》(总政话剧团2008年演出)的重新解读中。

可以说,在重新解读经典当中自设高度,面对的是被现代中国最成熟的导演、最著名的演员们排演过的曹禺剧目,要别出心裁地再创造,正是他作为一个成熟导演的厚实胃口与强劲腕力的表现,是一种充分的自信。曹禺的剧作,是中国话剧诞生以来的瑰宝,是中国现代戏剧版图上最显眼的地标。中国话剧作为"舶来品",从发生、发展到"成熟",以他的出现为标志。盘点收获,也以他的创作成就作为最可以谈论的收成。更重要的是,在生活淘洗与历史沉淀过后,被戏剧爱好者与戏剧专业团体不断提起的戏剧家的名字和不断搬演的作品,首先仍然是曹禺及其作品。所以,曹禺剧作的演出,是现、当代戏剧史上最丰富的舞台景观。在这样的背景下,王延松选择曹禺先生这些演出最多、研究最久、成就最大的剧作重新排演,就需要极大的能力来驾驭和创新,否则,拾人牙慧,贻笑大方。王延松的确有能力驾驭,有热情创新,有深度重新解读。王延松重新解读的曹禺经典一经面对观众,就产生了如潮好评,成为"叫好又叫座"剧目。"叫好又叫座"的说法,是从"叫好不叫座"借用来的,说的是中国内地戏剧文化发展中的一种特殊现象。有一类这样的剧目,领导叫好、媒体叫好甚至专家也叫好,但是,面对观众的时候,却遭遇票房的滑铁卢。专家叫好,舆论叫好,又能够令普通观众认可,花钱买票的剧目十分难得,称之为"叫好又叫座"的剧目。王延松对曹禺三部曲的舞台新创造,够得上是这样的剧目。

著名话剧史论研究者和曹禺研究专家田本相先生称赞王延松版的《原野》说:我看了这么多内地演的、中戏的,还有外地改编的,包括歌剧等等,中国香港、新加坡的我也看过。而这一版《原野》应该说实现了曹禺生前的一个愿望。"①曹禺先生的女儿剧作家万方说:"我看《原野》的时候就非常非常激动,我真的没想到。应该说我对《原野》太熟悉了,我没有想到我看到了这样一出戏,我看着、看着就觉得《原野》就应该是这样子的。这一版《原野》,导演把《原野》的魂摸到了,所以它才有这么动人的呈现。你会觉得王延松导演的《原野》悲剧力量真强!"②著名戏剧评论家童道明说:"听说王延松执导的天津人艺演出的《原野》很好,但想不到竟是这样的好……从此,我们对《原野》在曹禺创作以及在整个中国戏剧史上的地位,可能会作出新的估量。"③

《雷雨》《日出》的演出,同样获得了专家的如潮好评,媒体的跟踪热捧和

---

① 《实录:〈日出〉举行研讨会戏剧专家给予好评》,参见 http://www.sina.com.cn,2008 年 11 月 14 日 00:43,新浪娱乐。

② 《实录:〈日出〉举行研讨会戏剧专家给予好评》,参见 http://www.sina.com.cn,2008 年 11 月 14 日 00:43,新浪娱乐。

③ 《实录:〈日出〉举行研讨会戏剧专家给予好评》,参见 http://www.sina.com.cn,2008 年 11 月 14 日 00:43,新浪娱乐。

不俗的演出成绩。

二、王延松"重排经典"的基本态度

《原野》是王延松重新诠释曹禺经典三部曲当中的第一部。2006年12月6日晚,天津人民艺术剧院《原野》剧组在北京的首都小剧场演出后,我曾为之主持过一个专家学者、观众和剧组主创人员互动的研讨会。会上,王延松说:曹禺原著的语言和情节足够用,不需要增添什么。当时我觉得,他回答现场观众关于"如何处理舞台创作与曹禺原著的关系"这个提问的时候展示的,真是不动声色的自信。我想起法国雕塑家罗丹的一句名言:"我哪里是什么雕塑家?我不过是把一块石头多余的东西去掉。"对于曹禺原著来说,王延松的重新解读,就是面对"原材料"的雕塑创造。的确,对三部曹禺经典作品的重新解读,重在"解读"的新意与"表现这种新意"的角度、方式,只是去掉多余过剩、旁逸枝蔓的东西,而不在于实用性地去改编、解构式地去改写或颠覆式地利用。单是这一点,就应该给王延松叠声喝彩。他的重新读解,出发点是回到剧作家,回到原著,回到原典,回到经典包含的深刻启发与原初感动。

王延松是一个有文学功底的舞台导演。从20世纪80年代中期开始,他就动手将电影故事改编为舞台剧,获得了巨大成功。到今天,面对曹禺经典,他将3个9万多字的剧本,删减为3个3万多字的舞台本,而且,留住并强调了最核心、最动人的那些内容,变成场面、细节、形象和事件,富于视觉、听觉冲击力地展现在观众面前,在审慎但富于创造性地对待文化遗产、对待经典作品方面有着极大的示范意义。因为,中国的文化生产过程中,从戏说到"糟改"[①]地对待历史、经典乃至文化遗产的现象,已经不是个别人的哗众取宠,而往往变成了一些文化娱乐从业者的成功策略,甚至价值取向,这就令人难以接受了。在这样的

---

① 糟改,即糟蹋、篡改,是对一段时间内中国对那些任意曲解、改写、借用经典作品的现象的指称。

背景下，王延松对经典原著的用心阅读、在对原著精神理解的基础上的"强调性"与更好地传递原著精神所做的"创造性"，就显现出一种我十分欣赏的文化态度："只删不改"和"只减不增"，体现了曹禺原著人性展示的丰富性和生命体察的深刻性。这是两个戏剧人戏剧舞台生命体验的接通与人生智慧的交融。因此，不是相互改变，而是彼此相融。在这样的文化态度下，文明就延伸；反之，嫁接意图，篡改成果，实用性地对待成果、对待文学遗产、对待精神财富，文明就缺少积累，就是扭曲，就是毁坏。我们需要一种正确的文化态度。

三、新阐释带来新形象

王延松重排经典，最引人注意的是他的新阐释带来的新形象。《原野》是曹禺创作盛年问世、获得最多批评、在后来的研究中观点表述显得最为闪烁其词的剧作。"严重的失败"[①]，"曹禺最失败的一部作品"[②]。王瑶、刘绶松、唐弢编著的那些最有影响的现代文学史书里对《原野》的评价更多着眼于如"浓厚的象征神秘色彩遮没了它的社会意义""农民形象不成功""现实性比较薄弱"一类的否定性评价。20世纪80年代初，在研究观点有突破的成果中，著名曹禺研究专家田本相的表述最为温和、最具有代表性。田本相肯定了曹禺转向农民、农村题材的写作，是题材视野和创作路数的开拓，只不过因为仇虎性格的塑造与剧情的表现是非现实的性格和冲突，所以剧作是前进中的一次曲折[③]。可以说，严厉的否定与温和的批评，几乎伴随了该剧作诞生后的近40年。但是，近20年来，《原野》却成为研究者、戏剧家们的热衷于重新读解与评价的作品。王延松以现代表现手法，对紧张的戏剧性透出的戏剧魅力和人物表现的精神奴役创伤与鬼神

---

① 南卓：《评曹禺的〈原野〉》，载《文艺阵地》1938年第1卷第5期。
② 杨晦：《曹禺论》，载《青年文艺》1944年第1卷第4期。
③ 参见田本相《曹禺剧作论》相关章节，中国戏剧出版社1981年版。

意识①，做了突破性的研究思考，学术收获是巨大的。舞台实践其实也在这样的研究成果背景下显示了极大的活跃性。在人物关系的紧张复杂性、象征表现的探索性上，话剧、歌剧、戏曲的搬演都大有可观。王延松的剧本读解，着眼点在于对仇恨的不可避免产生的悲剧与对卷入这种复仇核心事件中的人们的原始情感和原始天良的表现。王延松关注的不是社会意义，表现的是残酷但不可避免的人类仇恨行为中人的感情负荷与人的良心底线。所以，黄金子惊惶于复仇事件的残酷难忍，焦氏癫狂于燃烧仇恨的苦果自食，而仇虎自杀于犹豫再三、终于实施了灼热躁动的复仇愿望后的突然冷静与良心自责。历来讨论、争议最多的"黑森林"不再是黑暗社会和恶势力的象征，而是复仇者"心狱"的羁绊。王延松在一个古老的复仇故事中表现仇恨的炽烈燃烧及其不可避免，以及卷入复仇事件的施予者与承受者的不由自主。事实上，上溯前因，他们都并非那桩家族仇恨的制造者，最多是知情者，通常是受害者与无辜者。在罪魁祸首焦阎王命赴黄泉之后，他造的孽、作的恶，成为世代冤仇的源头，成为由关系不大的知情者，被冤仇扭曲了生命、枯萎了生活的受害者和毫无牵扯的无辜者们可怕的"世袭"，他们要为前世冤仇付出惨重代价。

王延松解读剧本的注意力投注在这里，表现仇恨与借复仇事件折射卷入者的心理变化与情感反应，成为他的创作重心与关注焦点。于是，不可避免的仇恨在复仇与反复仇的家族义务背景下变成了"卷入者"的宿命。焦氏顽强到可怕，执着得变态，令人毛骨悚然之余也能听出她心底的凄楚；花金子的娇憨魅惑、泼辣热情，在目睹命运的残酷与仇恨的狰狞之后，像被抽空了生命的野花，凋零在暴风雨过后的原野；焦大星与小黑子，一个死于儿时伙伴的再三不忍之手，一个死于急于做"拯救者"与"庇护神"的奶奶的闷棍，每一个人都听从无法避免的仇恨导致的事件的安排，宿命般地走完自己的路。他们的关键在于"宿命"，并非主动选择，却要被动适应。在此意义上，每个人都是悲剧性的。更具有悲剧

---

① 参见吴戈《论〈原野〉的人物性格与关系构成》，中国人民大学报刊复印资料《〈原野〉象征意味品》，载《戏剧研究》1987年第4期；《曹禺研究，一个残缺的世界》，载《戏剧》1991年第2期。

意义的是，复仇者仇虎完成使命后的意志崩毁。他恍惚错乱，幻听幻视，其实是对无辜者复仇后，由不忍到不安的天良作用摧垮了他的意志。一个善良的人，一个勇武的复仇者，行动之后被"善良的人性"解除了武装，这是"净化"灵魂和"陶冶"性情的悲剧意义。在复仇者的意志解体的地方，人性的底线彰显，天良的防卫浮现。王延松的贡献在于，表现了不由自主地卷入复仇事件当中的人的自觉，而不是"农民反抗英雄"的悲歌。其意义在于人性的探究，而不在于斗争本身，表现的是作为人、作为"这一个"人，而不是"农民阶级的代表"或者"反抗意识的符号"。王延松为这样的解读创造的是一个充满了象征符号与写意语汇的舞台，最精彩的就是陶俑形象——担任门、衣架、树、丛林藤蔓的道具，用作歌队或仪式队伍的 9 个演员扮演的陶俑的运用。那一列载着 8 年的血海深仇而来，最终碾碎了复仇英雄，完成家族重任后远走高飞的列车，由僵硬、呆滞、冷漠的陶俑组成，实际上突出了"列车"作为"角色"的意义。它承载梦想，也碾碎梦想。陶俑的运用，还创造了一种研究、分析、冷静展示的戏剧氛围。家族复仇是人类社会中反复出现的古老故事，陶俑像一种舞台提示：对人类既古老又常新的情感做一次考古般的分析。显然，王延松不希望观众的情绪被这种燃烧的仇恨点燃，而安排了一个大提琴手演奏莫扎特的《安魂曲》。如泣如诉的旋律在演出空间低回，在演出过程中"间离"着观众的情感，在悲剧结局时安抚着不幸的悲剧人物的灵魂，也牵引着观众的思考：仇恨的不可避免，悲剧的宿命安排，人类就这样别无选择吗？王延松的音乐安排，其实是他的思考结论。让忧伤、低缓和幽静的音乐为因仇恨、争斗、杀戮而紧张的人心、人性松绑，舒缓些，再舒缓些……这是他的认识角度。

　　王延松在上海戏剧学院排演《雷雨》新版本时设定的预期目标是"全新解读《雷雨》，创新演出文本"①。王延松解读的《雷雨》，梳理出的行动线索是"一个男人和先后两个女人情爱故事的循环再现。请注意，这个'循环再现'的故事主线是'情爱'，并不是我们以往挂在嘴边的'乱伦'。""一个男人和先后

---

① 引自王延松传给笔者的邮件《〈雷雨〉导演阐述》。

两个女人情爱故事的'循环再现',就是指周朴园、侍萍、繁漪的情爱关系以及周萍、繁漪、四凤的情爱关系。因此,就会有一个新的主题线索:人为什么要这样彼此爱着?"① 王延松对《雷雨》人物有一个较大的立场变化,就是从以往人们注目的"乱伦"和"大家庭罪恶"定论下走了出来,注目的是"爱情与伦理"的冲突,是爱的迷失,是犯禁忌后的困境与焦灼。爱成为核心,迷失、困境与焦灼成为人与人、人与事件处理的关节口,整个《雷雨》就不再郁热于负心抛弃与乱伦孽缘的"罪恶"。在"爱"的名义下,过失就是可以宽恕的,悲剧就是应该怜悯的。因为,罪孽中有他们的过失,但悲剧结局,很大程度上还因为看不清的无知,就像古希腊悲剧人物俄狄浦斯王那样,越是逃避,越是撞入命运的罗网里。所以,王延松的《雷雨》要恢复序幕与尾声,要创造一个立体通透的拱顶空间立面,为悲剧人物创造一个咀嚼痛苦、盘点悔恨、安抚灵魂的空间,其用心是良苦而且别致的。《雷雨》当中没有太可恨的人,也没有太罪孽深重的人,有的,是一群情感迷失、犯禁走错而陷入困境的人,最终走向无可避免的悲剧。爱上了不该爱上的人,抛弃了不该抛弃的人,必然产生悲剧,必然走向悲剧,注定的。最后,周朴园只有在回忆与悔恨当中咀嚼悲剧的苦果,在医疗关怀与教堂钟声的双重疗救当中消磨余生,慰藉灵魂。这是王延松版《雷雨》的解读与呈现。大剧场演出的《雷雨》,场景华丽,其悲悯的宗教感就在像教堂(教会医院)的场景当中体现出来。医院疗救人的身体,教堂抚慰人的灵魂。王延松对周公馆以及相关的人们,有过失的人们,有痛斥责贬,更多的是悲悯和抚爱②。他在"重读"的时候真感动、真思考、真领悟,凭着艺术感受力,他其实很理解曹禺。

---

① 引自王延松传给笔者的邮件《〈雷雨〉导演阐述》。
② 《大公报》1937 年 5 月 15 日"文艺奖评审委员会评语"原为对《日出》的评价:"他由我们这腐烂的社会层里雕塑出那么些有血有肉的人物,贬责继之以抚爱……"这样的判断评价,我以为适用于曹禺著名剧作《雷雨》《日出》《原野》《北京人》《家》中的多数人物形象。

四、新角度带来的新叙述

王延松面对曹禺的经典剧作，自我要求是"新样式、新解读和新叙述"。但是，这三者在一个舞台作品里很难分开。王延松对内容与形式的相互关系问题十分敏感，也很审慎，他准确地将二者关系表述为准确的内容理解与合适的形式表达。因此，在他的经典重演的创造中，样式、解读和叙述都考虑到了，只不过是三部作品各有侧重。如果说，王延松在对《雷雨》的解读当中，主要是对意蕴重心的移动，从罪孽移向过失、迷失，继而对人物的态度由批判、揭露变为悲悯、爱抚与探究，偏重内容的"新解读"的话，那么，《原野》的陶俑、歌队、仪式感、音乐演奏的"间离性"与"评价性"，就是"新样式"的侧重了。而《日出》的呈现，则主要是对人物核心的确定——由陈白露与对陈白露之死的解释变化决定的，采用的是陈白露服毒自杀身死之后，由于方达生的呼唤而灵魂出窍、回顾生前残像的方式。倒叙开始，由身为灵魂的陈白露与生前肉身的陈白露"身在其中"又"置身事外"的插叙来完成整个剧情对往事的表现，这当然就是侧重于"新叙述"。

传统的演出方式，一种是用方达生"串连"与"小东西""连缀"的结构方式来完成戏剧动作线索的。另一种是以"损不足以奉有余"的残酷人间法则作为情节、场面、人物与细节的表现纲领与内在联系来统领舞台呈现，这是我们常见的而且屡试不爽的《日出》的排演方法。这当然都有道理，而且都成绩不俗。但是，这里讲的是王延松版《日出》的解读及其呈现的叙述新结构。

倒叙并不是一种绝佳的叙述方式。我猜测，王延松采用这种方式，主要是为了方便突出灵魂人物陈白露的表现。灵魂的陈白露与往事中的陈白露，其实多了一个叙述角度。而陈白露原来不出场的场面，在王延松版的演出中，也可以根据需要作为一个冷眼旁观者出现。《日出》的演出史上，曾经有过将"第三幕"的"宝和下处"情节删去的演出，对此曹禺非常生气，认为是"剜心"之举。意义上是这样讲，从结构上讲，第三幕中"陈白露"缺失，使剧情的确有点"旁逸"

之感。王延松的演出版本实际上是用灵魂陈白露巡视生前生活的方式轻松地解决了一个情节障碍导致的结构问题。灵魂陈白露可以旁观这个场所里的事件而毫无生硬感。陈白露生在交际花的卖笑生涯里，藏在打情骂俏的热络背后，永远有不屑的冷眼；死于对尘世的厌倦与对旧躯壳的摆脱愿望，更是冷静得出奇。王延松舞台创造的逻辑是：既然摆脱了尘世的牵缠，躯壳的禁锢，那么自由的灵魂就可以回顾、反观和评判了。新版《日出》变成了从天真烂漫的女学生陈白露变为红遍声色犬马交际场的陈白露的心路历程的回顾与内心生活的剖白。"叙述视点"不是剧作家的全能叙述，也不是方达生的拯救奔走之"所见"，更不是"小东西"的惊恐经验之"所感"，而是陈白露由生而死、由死向生的自我堕落与自我救赎的全部经历。"叙述视点"是陈白露的，整个《日出》，是陈白露的人生经验的"视点"。《日出》由此获得了"叙述视点"的单纯统一，获得了肉身的陈白露和灵魂的陈白露叙述的自由与评判的方便。更重要的是，王延松理解的曹禺包含在剧情、人物中的情感内容与思考判断，加上他自己的价值立场，就十分自然地成为叙述中的"在场因素"，也就是现代戏剧家们所讲的"评价意识"。只不过，这个"评价意识"不是仅仅来自演员在表演中对扮演的角色的"评价"，而是来自演员对陈白露，灵魂的陈白露对肉身的陈白露，王延松对陈白露及其身边的一群可怜的、可鄙的、可憎的、可恶的、可笑的、可敬的生灵的"评价"。

  王延松说过，对于曹禺经典"四部曲"① 中的三部的解读，因为前两部《原野》《雷雨》的酝酿准备，《日出》似乎做得更顺手。其实，做后一个剧目的顺手，不是前边准备积累给后边提供了借鉴经验的问题，而是切入点的问题。《原野》殚精竭虑于演出样式，要一个场面、一个场面地叠加；《雷雨》挖空心思在意蕴解读，要一段戏、一段戏地点滴积累；《日出》另辟蹊径走叙述新路，一旦确定了陈白露的出窍灵魂反观的尘世支点，游走自由的便利就给舞台叙述带来了极大的便利。王延松感到的轻松顺手，来自新叙述的自由。

---

① 指曹禺的《雷雨》《日出》《原野》《北京人》。

王延松对《日出》的新叙述，绝对不仅仅是出于叙述技巧，更重要的是出于对曹禺创造的人物陈白露命运选择的思考和生命意识的感知。无论是堕落还是摆脱堕落，陈白露都是主动选择的。历来的研究和演出者对陈白露之死各有分析，最后成为公论的有两种观点：一种观点是陈白露在花翠喜、小东西身上看到了自己的"过去"和"未来"，绝望地选择自杀；另一种观点是陈白露的靠山潘月亭破产，金八的势力紧逼，酒店账单一催再催，陈白露由不愿再找靠山苟活，厌倦卖笑生涯而选择自杀。王延松解读陈白露之死的内心活动是积极的，是对厌倦生活的摆脱，是对堕落肉身的放弃，是灵魂的救赎与生命的升华。陈白露恰恰就是作为俗世浊流中、人间残酷法则里一个身在其中的人看得太清楚了才选择自杀的，王延松认为陈白露的自杀不是消极绝望的表示，而是一种积极自觉地对处境的摆脱——凤凰涅槃式的以死求生，一种生命的升华。死，对于一个失去了高贵和动力的生命而言，反而是一种积极的进取。王延松研读曹禺的作品与生平时，显然对曹禺晚年辗转于医院病榻之间的生命状态与人生感悟是深入体察过的。曹禺在病榻上与友人的书信当中写到的那些深刻痛苦与万般悔恨，其实可以对比他对陈白露的说法：《日出》到底说的什么我也讲不清楚，倒是白露看得穿。"看得穿"什么？看穿了生命的重负，看穿了"放下"的解脱和自由，结果是灵魂的完美和生命的升华。堕落能够苟活，苟活是堕落的理由，太多欲念，太多牵挂，太多恐惧，统统是用堕落来保全苟活的理由。当苟活可以被超越，灵魂的救赎就变得简单了。

关于陈白露之死，曹禺说："她是清清楚楚死去的，也可以说她代表着知识妇女的道路，她堕落了又不甘于堕落……她知道自己是被卖到这个地方的，她不愿再被卖了。她想卖那是容易极了，几千块钱的账换一个主人很容易就还上……从第一幕起，她是逐渐清醒。玩世不恭实际上是不满意自己的生活……"[①] 陈白露的灯红酒绿、纸醉金迷的生活是苦闷的，曹禺的苦闷并不比陈白露少。

1986年11月8日，曹禺写过一首热情澎湃的小诗，其中有这样的句子：

---

① 田本相：《苦闷的灵魂——曹禺访谈录》，江苏教育出版社2001年版，第22页。

"我看见了太阳，圆圆的火球从地平线上升起！/我是人，不死的人，阳光下有世界/自由的风吹暖我和一切/我站起来了，因为我是阳光照着的自由人！"① 在曹禺辗转病榻的后期，他有另外一首小诗，四节诗八个句子，复沓四次作为诗句起首的是"孤单，寂寞"的字样，末四句写道："孤单，寂寞，在干枯无边的沙地/罩在白热的天空下，我张嘴望着太阳喘气/孤单，寂寞，跌落在深血弥漫的地狱/我沉没在冤魂的嘶喊中，恐惧。"② 后来他驾鹤西去，怀着难言的苦楚悔恨，留给人们深深的扼腕痛惜。而陈白露在年轻漂亮的时候选择自杀，是真的"看穿"了，"放下了"？ 曹禺"放不下"什么？ 其实，曹禺多次想过要寻求解脱啊！ 但他是父亲、丈夫，是人民艺术家，恢复名誉后的文化界重要、著名的领导人，是一个还要想写出"大东西"来的著名剧作家。陈白露没有残废之前"看穿"，保留了"年轻、漂亮"的生命芬芳和告别"鬼"的地狱的果敢，但是，依然是"太阳出来了，但太阳不是我们的，我们要睡了……"王延松版的《日出》，陈白露自杀前念诵了曹禺病榻上写给巴金的信中诗一样的语言。那是关于梦境的描写，五彩缤纷，香气馥郁的梦境，而且，"身在其中"。现实的无奈，转化为梦境的追寻与迷恋。死呢？ 那是个从来没有一个旅人回来过的世界，那是充满了谜一般诱惑的探究想象与生命体验。

我能肯定，王延松是曹禺和陈白露的知音或知心者。剧作家和剧作家创造的人物，导演理解的剧作家和理解、阐释与表现的剧中人物，生命体验能够如此相通，几乎是超乎一般想象的。据说，曹禺的女儿万方，特别赞赏王延松的新样式、新解读、新叙述，认为王延松特别能够理解曹禺的作品并且传神，所指是否在这些层面上，我真想知道。

---

① 万方：《灵魂的石头》，转引自梁秉堃《在曹禺身边》，中国戏剧出版社1999年版，第198－199页。
② 万方：《灵魂的石头》，转引自梁秉堃《在曹禺身边》，中国戏剧出版社1999年版，第217页。

五、新阐释、新叙述中的演出新样态

　　王延松是一个演出创新的高手。创新从剧本选择开始，调整并使之适合于自己的演出呈现需要，就很考验导演者的艺术功力。近年来，成功诠释曹禺经典剧作，解读剧本并删削调整原作，成为王延松导演能力的重要部分。但是，人们只注意到呈现的样态，而没有留心导演意识对文学环节的渗透。

　　曹禺的剧作，兼具深厚的文学性与极强的可演性，人物描写、环境交代、音响效果等等提示性文字尽可能地细致周详，所以，《雷雨》《日出》《原野》的文字都在八九万字。王延松的演出脚本，基本上都删减至3万多字，留下的是规定情境当中天然的张力，抽取的是戏剧人物行动的逻辑，延伸和丰富的是剧本原作当中已经存在的生活思考与生命体验。从以上论述的第三部分可以看到，王延松重新解读曹禺经典作品的努力，实际上开始于文学环节。无论新样式，还是新读解，或是新叙述，都从王延松对原作的文本解读开始。这倒符合他对"好导演"的要求，如适合剧本、演员、舞美、观众等等。"适合"是主动工作，而不是"适应"。王延松解读剧本的慧眼和删削原作的腕力，是谈论他的舞台创新努力时应该首先触及的问题。

　　王延松说过："导演第一步要会读剧本。读剧本是导演一生要修炼的功夫，就是所谓的修养。这个修养不仅是文学方面的，还有戏剧综合门类可能涉及到的所有环节的修养……实际上导演在读剧本的时候，他已经在某种排练状态了。他读着读着，就该想了：这是什么？应该怎样表现？有几种方案？更好的方案在哪里？他的工作惯性使他在读剧本的时候跟一般的文学阅读有一点不太一样。"[①]不一样在哪里？不一样在于一般的文学欣赏者通过理解文字的意思产生联想和调动生活经验，通过想象完成欣赏与审美。导演更多是在阅读中浮现场面、人物行动和空间利用的可能。"导演用形象解读文本。换句话，导演要赋予演出文本独

---

① 引自王延松提供给笔者的演讲稿《曹禺经典戏剧演出文本的解读与创新》。

特的艺术形象。"① 王延松在解读《原野》的时候，前三幕，他一直沉浸在曹禺刻画人物、推动剧情的性格化语言与动作性的魅力当中，读到第四幕，仇虎和金子奔逃至黑森林的时候，曹禺的叙述变招了。从黑森林的象征意象对人物的意义的思考出发，王延松将一组9个陶俑放进来，从最后一幕的舞台形象设想统领了整个原野的呈现样态与语汇形象。陶俑的粗陋、木然、蛮勇、呆滞的造型，概括了原野上千百年来在仇恨中燃烧，在熬煎里干枯的悲剧生命的形象。

《雷雨》的意蕴解读与演出样态的创新，产生于对原作的序幕和尾声的恢复。序幕和尾声，是垂垂老矣、悔恨度日的周朴园守着呆了的侍萍和疯了的繁漪，地点在被教会改做医院的原周公馆。这两个吃尽了周朴园的苦头的女人，对人间悲苦已经浑然不觉，只是作为周朴园的孽债证据活动在他的眼前。周朴园叹息着，9年过去了，她们仍然没有丝毫好转。为什么会这样？中间四幕的剧情告诉观众悲剧的原委。悲剧讲完了，不该死的死了，活着的比死去的更受苦、更受罪。这种结构，就像翻看一本古旧的故事书，序幕和尾声是精致的封面与封底，周公馆发生的前后两代两个男人和前后两个女人的情爱故事的悲情就是书的内容。曹禺的原作中实际上埋伏了一个意味深长的意蕴框架：悲情旧事故地，教会医院新址，其间的联系就在于悲剧的尽头连着忏悔的教堂。王延松在读解文本的时候，产生了演出的听觉设计和视觉设计的构想，听觉设计其实也关乎视觉，就是唱诗班的运用，将悲悯情怀与宗教情调弥漫在那样一个故事发生后的悲情空间，陪伴着永远的伤心人与忏悔者。视觉设计是一个空间功能与形象意蕴双向关照的高大室内景：周公馆与教会医院，二者只是用途不同，但是演出过程中的情节环境的不同就非常容易处理。周公馆中西合璧的富丽，与教会医院的肃穆宁静，很容易调整转换。而且，从富丽转向肃穆，是悲情感伤与心灵悲凉的表征。

王延松对《日出》中陈白露"摆脱堕落"，以死求生的诠释，不但改变了叙述方式，而且整个舞台样式也给人耳目一新之感。那个鸟笼般的舞台形象，从后台延伸到造型腰线的出场走道，给演出带来很大的便利。更主要的是，"笼子里

---

① 引自王延松提供给笔者的演讲稿《曹禺经典戏剧演出文本的解读与创新》。

的金丝鸟"一直是研究者或演出家对陈白露的定位。而王延松的演出样态为陈白露设计的这个"笼子",意义却覆盖性地扩大到了所有人物。"损不足以奉有余"的人之道里,钩心斗角、你死我活的人们谁不在"笼子"里!重要的是,这"笼子"是人间法则,是主观心狱。陈白露用死超越了这个法则,破除了这个心狱。

六、蛇足与义角:王延松的智者一失

应该指出的是,王延松苦心孤诣地要在形式上求新,酣畅淋漓之余,大刀阔斧之后,也有蛇足的累赘和义角的多余。我将这种情况看作是"智者千虑"的必然。

本来,发掘经典作品的深刻意蕴和理解经典剧作家的原初思想,是王延松重排经典的最初想法。他最初的成功,也就是让观众看到了他对经典作家的尊重,对经典作品的深描,对舞台余晖运用于经典重新诠释的得心应手。他用《原野》排演的经验,宣称"只删改,不篡改"①。这样说,是缘于他对经典原著的精读、深读,下了很深的功夫。他在理解的基础上对经典作品的创造性发展,充满了自信,近于自负。谈到对《雷雨》演出文本的解读与创新时,他说:《雷雨》是中国话剧当之无愧的经典。可是,曹禺早在1936年就直截了当地说:"《雷雨》确实用时间太多,删了首尾,还要演上4小时余,如若再加上这两件'累赘',不知又要观众厌倦多少时刻。我曾经为着演出'序幕'和'尾声'想在那四幕里删一下,然而思索许久,毫无头绪,终于废然地搁下笔。这个问题需要一位好的导演用番功夫来解决,也许有一天《雷雨》会有个新面目,经过一番合宜的删改。"② 他显然认为,自己就是那位"好的导演"。

我认为,"好导演",王延松是当得起的,这一点我高度认同。通过对曹禺

---

① 王延松在多种场合做过这样的表述,2006年3月22日晚在笔者主持的天津人民艺术剧院在北京首都剧场小剧场《原野》演出后的互动研讨会上,王延松也做过同样的表述。
② 引自王延松提供给笔者的演讲稿《曹禺经典戏剧演出文本的解读与创新》。

创作心态的细腻体察与对曹禺作品的深度阅读，在各种版本的"曹剧"导演当中比较，我对王延松也十分认可。但是，他是否就是"那一个"好导演，我的态度就犹豫了。因为，"说不尽的曹禺"和"充满活力的经典"，是戏剧界近30年来对曹禺及其经典之作的一般评价。说明的问题是，曹禺经典作品在不同时代的不同理解在舞台上有不同的阐释。王延松对曹禺经典作品的阐释，充满了个人魅力，达到了时代的某种高度，但绝不会是唯一高度。以后，还将有各种各样的导演和戏剧艺术家根据自己的理解，不断重排经典，不断充满创造热情地去与大师们对话，阐释出经典作品的新意义与新面貌。

其实，新意义与新面貌也是相对的。每个时代及其生活其中的人对经典的阐释，势必在知识总量和认知角度、深度的影响之下。所以，在演出中对曹禺经典的不断阐释，其实可以看到这种时代性的"新"。就《雷雨》而言，从"对家庭罪恶"揭露到揭示"人生宿命的残忍"，走向"阶级压迫与阶级斗争"的写照，或是"专制与民主冲突"的表现，再到"人心靠不住，人性太软弱的'人的悲剧'"，可以看到不同的时代被赋予的意义和形象。王延松的"新"，很大程度上也与中国新时期文化发展和戏剧研究的状况有关系。对曹禺研究各式各样的角度中，就有中国年轻学者从"基督教文化与曹禺"的角度去总览性地研究曹禺剧作中所受的外来文化影响。对照检查之下，以为曹禺经典作品中大量体现了基督教宗教意识甚至教义。① 我不肯定王延松是否看过类似的研究论述。在他的舞台创作中，宗教情绪的悲悯笼罩性地"固定了"《雷雨》的故事空间和表现场所，因而形象的意义可能就多于使用者的意图了。在这个空间里，教会医院的护士、教会唱诗班的歌者、戏剧叙事的歌队、检场人与穿插人的使用本来是一个多功能的表演群体，但是，在强调宗教情绪的时候，在"父啊，父啊"的深情呼唤中，那个人间悲剧的处所，就真的被强化成为一个忏悔原罪、救赎罪人的宗教空间及空间里的嬷嬷看护了。在我看来，历史上将《雷雨》看作是写"乱伦"而揭示

---

① 宋建华在20世纪80年代末90年代初有系列文章发表他的比较研究的成果，后来以专著形式《基督精神与曹禺戏剧》于2000年在湖南师范大学出版社出版。

的大家庭罪恶，或是写始乱终弃的负心孽债引发的人间悲剧，或是排演成为阶级斗争背景下的家庭风波，都有阐释者主张各自的立场和意识形态。王延松版的《雷雨》，立足于最不能的爱与最不忍的恨的情感旋涡中悲情家庭的表现，酣畅淋漓。然而，过多的宗教情绪的渲染，把人的社会责任、道义选择、生命分量等等的显示内容抽空、冲淡了，本来丰富、自由、果敢、主动的人群变成了盲目的"原罪者"和有过失的"忏悔人"。曹禺少年时代写下的诗歌《不久长》，充满了死的恐惧与想象，用唱诗班来唱演，没有唱出少年曹禺充满了凄凉意象与感伤诗情的意境，而化作了无所不在的神秘感，汇聚成的意象也就局限地指向"原罪"与"忏悔"的故事结构。

前边说过，王延松版的《日出》中，结尾处的灵魂的陈白露向她依恋不已的人世、向观众临终演说、用梦幻般的诗意语言告别的时候，其实是将曹禺与他创造的人物陈白露的生命状态做了一次自作主张的"嫁接"。我想，这样的意图，是文学上的意图，在剧场当中，一般观众是无法通过这样的"嫁接"想到背后有那么多内容的，因为没有多少观众关注交际花的故事以外的事情，对作者更不会了解那么多。所以，这种无法从舞台表现中一望而知的文学意义上的神来之笔，尽管我十分欣赏，王延松本人也格外看重，但是我还是想指出一个残酷的事实，那就是，做出这种努力，期望观众感受到并且懂得、欣赏，多少有点一厢情愿。

这种艺术创造上的一厢情愿，常常源于探索欲极强和创造性很大的艺术家对观众、欣赏者过高的期望值，常常沉溺于自己的洞察幽微能力与移花接木技巧，而忘记了去创造寻找艺术品与欣赏者最简捷明了的对接方式。剧场艺术尤其这样。看完《日出》演出后，在首都剧场的大厅里，我与王延松交换过"如何避免自己明澈、观众却无法感知到准确的艺术信息的疏漏"的意见，但愿他能够理解一个对他充满了欣赏之情的研究者的苦心。艺术创造切不可一厢情愿，以为自己明白，观众就一定能明白。其实，他早年的《无常·女吊》（北京人民艺术剧院 2001 年演出）是以鲁迅的几部小说为基础改编（郑天玮）的剧本，面对时代落差有隔膜和文化准备不充分的观众群体，高远的旨趣，冷静的讽喻，忧愤的表达，对观众就显得高深晦涩了。对鲁迅的作品不熟悉，对社会历史有隔膜的观众群体就成了王延松创作意图的"滑铁卢"观众，尽管包括我在内的少部分观众还能接受《无常·女吊》。

王延松是一个在舞台艺术上十分自信、充满了创造的奇思妙想的导演艺术家。美中不足的是，他有的时候过于用力，意犹未尽时，会出现小小的失误，就是给创作的剧目添上蛇足或装上义角。上述例子就是。蛇足多余，义角生硬，而且实质上无用。创作材料或是艺术家体察到的一些独特的情感内容、思想内涵，还得有恰当的情感方式和形式承载，要用得恰到好处。

才华横溢的艺术家，要注意控制呢！

本文发表于《戏剧艺术》2009 年第 4 期第 20 - 30 页

第八辑

戏剧与时代

命运纠结的"情殇"咏叹：论上海歌剧院创作的歌剧《雷雨》

2006年，上海歌剧院排演的歌剧版曹禺名剧《雷雨》，一经上演，就受到观众的喜爱。2008年进京演出。此后，连年打磨，不断上演，艺术追求精益求精，因此名声大噪。究其原因，首先是艺术形式转换的成功，从话剧到歌剧；其次是原创到改编的精当，8个人物变成了6个，调整了戏剧表达的主题和意蕴承载的主角；再次是承接时代认识水平的高度，整个剧目表现中心的转移，体现了人性探索的某种深度；最后是音乐表现人物心灵情感的酣畅淋漓与舞台艺术的其他手段配合带来的震撼力。四个方面的成功，是上海歌剧院的歌剧版《雷雨》获得轰动性成功的重要原因。

一、从话剧到歌剧：艺术形式的转换

歌剧，是用歌唱的方式演绎情节、表达情感、塑造形象、解决戏剧冲突的一种表演艺术样式。顾名思义，与话剧、舞剧、音乐剧、皮影戏之类借助语言艺术、舞蹈艺术、音乐舞蹈艺术和皮影活动配音的表演艺术等等来叙演故事、塑造人物形象不同，歌剧借重的是歌唱艺术来完成戏剧故事的叙演。这就提醒我们，歌剧是戏剧华丽家族中的一员，它具有戏剧艺术的本质特征：在"假定性"前提下，扮演故事中的角色，现场观众与演员之间协作，以获得演出与观赏现场的艺术效果。用这样的标准来衡量，曹禺名剧《雷雨》从话剧到歌剧，很好地完成了艺术形式转换。

在歌剧《雷雨》中，曹禺原著中那种洞察人心而感人肺腑、一语双关而充满动作性的台词，那些从演员舌尖上滚落就雷雨交加、爱恨交并的语言艺术消失了，变成了戏剧人物在此情此境中直抒胸臆的吟唱，在矛盾激化、心理交锋时的对唱，在情感波涛与心智困惑中的咏叹，在情感的旋涡与行动的踟蹰中需要心理宣泄与情绪渲染、氛围配合时的合唱。我们在戏剧平台上重温了人类音乐的力量，深刻认识了嗓音的"肉声"与乐器的"物响"所编织出来的美妙声音各自不可替代的特殊、丰富的人性表现力。

戏剧与其他表演艺术的重大区别在于：戏剧在表现矛盾和解决矛盾的故事叙事中塑造人物，而其他表演艺术不承担叙述故事与塑造人物形象的任务。其他表演艺术一旦承担那种任务，就进入了戏剧家族。歌剧是戏剧家族中的重要一员，它对歌唱艺术的借重，在戏剧家族中的优胜之处在于"抒情中叙事"与"叙事中抒情"。这里有一个表现重心的转移：故事还在，因为它是人物关系与人物行动的直接形式。但主要是为了交代故事，而重心在于刻画、塑造故事中的人，渲染、放大人物命运攸关的情感内容和生活选择。剧情的发展，人物的纠葛，戏剧性的命运，惊雷豪雨般的场面，实际上都变成了为人物写歌、让人物抒情的基础，成为歌唱抒情、深入刻画人物内心的契机。言为心声，歌为性情。歌剧《雷雨》抓住了戏剧情节中交错纠结的奇特关系，以人物受到的巨大精神压力与强烈情感冲击来写歌作曲，可以说是找到了歌唱艺术塑造人物、揭示人心的良好故事框架。这是一个充满了情感激发点与内心表现力的故事框架。

据说，早在20世纪60年代，就有过将《雷雨》改编为歌剧的动议。但是，因为有一种意见说《雷雨》"不合适抒情"，就搁置下来。反倒是富于传奇性的《原野》、优于叙事性的《日出》，在饱含抒情性的《雷雨》之前，先后被改编成为歌剧和音乐剧。我认为，说《雷雨》"不适合抒情"是天大的误解。恰恰相反，在23岁时曹禺写了《雷雨》，他认为自己写的是一首诗。而抒情，正是诗的特点。

借重音乐手段与语言手段的不同，戏剧家族分为歌剧与话剧的不同艺术样式。中国传统戏剧借助的手段复杂得多，被称为歌剧是不准确的，它实际上很像今天的音乐剧，尽管在概念指称上，它们风马牛不相及。中国传统戏剧唱、念、做、打所包含的表演因素，在舞台手段上与今天的音乐剧，无所不用其极十分相似。它的语言音素的运用，较之音乐剧更为有趣：唱出来的语言与念出来的音乐。因此，整体上，本质上，中国传统戏剧更富于音乐感，更适于充沛情感的表达与激情的宣泄。如果有剧团尝试将《雷雨》用中国传统戏曲来表现，肯定也是非常精彩的制作。因为，对于《雷雨》中的人物来说，"雷雨"像是情感的象征与心绪的写照，又像是故事情节蓄势待发所蕴含的爆炸性能量，这就为呼天抢地的抒情与酣畅淋漓的写意留下了广阔的创造空间。

我想说明，中国传统戏剧、歌剧、音乐剧都是适于抒情的戏剧样式，是诗剧，是诗意、诗性和诗情表达对人物判断与事件概括的戏剧样式。诗歌擅长的是抒情写意，而不是叙事。诗与歌本来一体，所以，用歌剧形式来改编与表现《雷雨》，可能是一种更为充分的抒情写意方式。显然，歌剧《雷雨》，重点不在于叙事，而在于叙事中的抒情。从话剧《雷雨》到歌剧《雷雨》，在艺术形式上的转换，需要认识的成功亮点，就在于保留叙事的必要交代，给出人物塑造的戏剧情境，为戏剧人物的抒情和为戏剧事件的写意找准情感激发点与人性纠结处。由此出发，全面调动了歌剧手段，找到了符合人物身份、切合人物处境、配合人物心情的调式歌唱，如独白性咏叹与抒情性咏叹、抒情性重唱与冲突性重唱、交代性合唱与渲染性合唱。每个人物的每一个命运阶段都有非常精彩的唱段，情感充沛地表现行动中的人物、变化中的故事，令观众得到独特的审美享受——沐浴在抒情的《雷雨》与《雷雨》的抒情当中。

二、从封建专制到阶级斗争：主题、主角的变化

《雷雨》原作有8个关系纠结的人物：周朴园、鲁妈（梅侍萍）、繁漪、周萍、四凤、周冲、鲁贵、鲁大海。但是，上海歌剧院歌剧版的《雷雨》中只有6个人物，原来的8个人物中的后2个被删除了。从被删除的这两个人物在戏剧情

节当中担任的使命看,鲁贵是个交代性人物。他从剧作一开始的时候,作为父亲,与女儿四凤谈周公馆闹鬼,揭女儿与周家大少爷的隐私,目的在于要挟索钱。自然,这段戏,对戏剧情节的展开和人物关系的交代有重要的铺垫作用,也有一种对恶奴狡仆形象的速写式勾画效果。而鲁大海,既作为周家矿产上领头闹罢工的谈判代表,也作为没有揭破身世秘密的周家血亲,因为社会雇佣关系和家庭成员关系与周公馆发生联系,穿插上场,对剧情没有更多的"动作推进"力量,而对戏剧蕴涵却有内容意义:身家显赫体面的内部秩序,其实父子成仇。

歌剧删掉了这两个人物,实际上是删掉了整整两个时代的意识形态赋予《雷雨》的社会色彩:揭露大家庭罪恶和阶级压迫与阶级斗争。作品问世,最初的主题,应该是暴露大家庭的罪恶,主角是周朴园。一个大家庭,表面上整体和睦体面,家长名显命达。但是,实际上,妻不从,子不顺,最为极端地表现在隐性和显在的"乱伦"事端里,将表面上看起来的"井井有条"的家庭秩序打得粉碎。而且,悲剧是,不该死的死了,罪孽的始作俑者却活着,咀嚼苦果,承担无后这一最大"不孝"。对于中国传统家庭来说,这是巨大的不幸。当时的曹禺作为一个在新文化运动当中成长起来的年轻艺术家,经历了否定旧文化的时代情绪洗礼,接受过批判封建大家庭的文化思潮冲刷。当时的社会思潮倡导的对封建家庭的认识是:对年轻一代的茁壮成长与健康生命来说,封建大家庭虐杀生命,软刀子杀人,在仁义道德的名分下吃人。从"易卜生热"的娜拉出走,到鲁迅的《狂人日记》,丁西林的《一只马蜂》,欧阳予倩的《屏风后》《泼妇》,胡适的《终身大事》,陈大悲的《幽兰女士》,白薇的《打出幽灵塔》,袁昌英的《孔雀东南飞》,巴金的《家》《寒夜》,等等,"家"成为妨害人性、阻滞成长、障碍文明的最小社会细胞。"恶家庭"成为"文明戏"以来批判、控诉的标靶。俯拾即是的作品无一不想证明:"家"是青年健康生命与自由思想的噩梦。对觉醒的青年与解放的社会来说,封建大家庭成为抨击唯恐不力的对象与逃离唯恐不及的囚牢。在这样的思想土壤上与认识背景下成长起来的曹禺,首先就对自己熟悉的封建大家庭的罪恶和罪恶事件中受着熬煎的人们举起了解剖刀。家庭氛围的死气沉沉、父亲的暴躁乖戾、哥哥万家修的愁闷软弱、姐姐万家瑛的不幸婚姻和含恨早死……家的记忆就是家的梦魇。写出来，既是一种情感积郁的宣泄，又是一种和血带泪的控诉。《雷雨》的创作"是一种情感的迫切的需要"。曹禺说："隐隐仿佛有一种情感的汹涌的流来推动我，我在发泄着被压抑的愤懑。"① 批判、控诉、逃离，几乎成了那个时代的进步青年对家的理解和对家庭关系的处理。一直到 20 世纪 40 年代，曹禺用心用力改编巴金在中国社会生活里影响深远的小说《家》，实际上还是在别人的同类题材作品里延续那个时代进步青年们的共同时代情绪——"家的梦魇"。

在这样的时代背景下，理解曹禺《雷雨》创作的情感宣泄初衷，应该就不至于跑题。

时过境迁，20 世纪 50 年代，在以阶级斗争为纲的意识形态认识框架下，《雷雨》的主题变成了"大家庭里的'阶级斗争'"，除了二少爷周冲之外，所有人物都被分为两个阵营：以周朴园为代表的剥削阶级和以鲁妈为代表的被压迫的反抗者。反抗力量代表社会正义，于是，鲁妈成为情节主角，鲁大海成为戏份不多但更重要的意义主角。很长时间内，《雷雨》的舞台排演就是这样的基调。

上海歌剧院排演的《雷雨》，想要表达的是"一个受到两代人欺负的女人"不顾一切的雷电式的绝望反抗与豪雨式的疯狂报复。她是一个在这样的命运当中不甘沉默、不愿忍受的行动者。而同样受到无边苦痛压迫的鲁妈和四凤，是默默的忍受者和悲剧的牺牲者。正因为如此，积极行动的繁漪，取代了原来的舞台演出中以鲁妈为主角的传统演出，在歌剧《雷雨》中成为主角。这种变化，对于改编者来说，自然需要胆识，但这种胆识的外在环境和认识角度很大程度上是与时代认知水平相应和的，这有一个积累的渐变过程。我想说明的是，时代的变迁，雕琢着作品的身姿面影。只不过，这种变化是通过那些敏感、天才的剧作家、艺术家表述出来罢了。

---

① 参见曹禺《雷雨》，文化生活出版社 1947 年版，序。

三、从罪恶到情殇：表现中心的移动

暴露大家庭罪恶也好，表现大家庭的阶级压迫与阶级反抗也罢，《雷雨》诞生的前半个世纪里，控诉或者批判"罪恶"是核心。近 20 年来，"人学"讨论的成果在思想界、文学艺术界的广泛传播，对《雷雨》的解读，带来了更多人情、人性的色彩，最终导致重读经典的意义重建。

1993 年，在北京举行的中国小剧场戏剧展演暨国际研讨会上，中国青年艺术剧院版的《雷雨》引起了观众的注意。导演王晓鹰在征得曹禺先生本人的同意后，将 8 个人物删成 7 个，单单就删去了代表阶级斗争正面力量的产业工人鲁大海。这次演出，导演王晓鹰希望探讨一种非阶级斗争、非意识形态状态下的"人的戏剧"。在《雷雨》的排演中，删去了鲁大海，实际上是删去了"以阶级斗争为纲"的意识形态对《雷雨》的主题乃至对《雷雨》的人物、剧情的解释。

上海歌剧院版的《雷雨》割舍了鲁贵的铺垫剧情和场面穿插功能，摘除了鲁大海所揭示的封建大家庭内部不顺、不从的紧张对垒与矛盾斗争的意义，而集中表现一个受了两代人欺负的女子怀着绝望的怨恨与抗争的疯狂，揭开了一桩埋藏久远的"负心事件"及其余波罪孽，用雷雨的爆炸性与狂暴力表达出来，震天撼地，酣畅淋漓，歌剧的情感表达的充沛性获得了最相宜的主题与情调。

上海歌剧院版的《雷雨》表现的是"多声部咏叹"的情殇。每一个人物，在剧情故事中都埋葬了自己的爱情，唱着爱情的哀歌。从社会经验较少的少年荒唐到顺从社会规矩方圆的世故老成，是一个人被社会浊流淹没同化的过程。在这样的过程中看待"始乱终弃"，就读出了情殇的无奈和悲哀。就明白，一方面遮人耳目地掩盖过去以顺从社会对体面人家与场面人物的要求，另一方面在心底又深深地怀念与凭吊"流水落花春去也"的爱情，那可能是周朴园一生唯一刻骨铭心的一次恋爱。从人性、人情、人心的层面去分析、理解规定情境中的人物，在俗世浊流的社会中的身不由己，因不合时宜、不合规矩、触犯禁忌的爱情而走向悲剧的情殇，就成为新版《雷雨》中各条线索上的人物在情殇中痛苦挣扎的主要内容。只不过，受了两代人欺负的繁漪，成为情殇的激发点和引爆人。

在情殇旋涡中，比起受了两代人欺负的繁漪来说，周萍更惨。周萍的情殇内容是对繁漪想爱不敢；对四凤欲爱不能。繁漪是后母，乱伦禁忌让他在偷食禁果之后后悔万分，心惊肉跳。歌剧《雷雨》中特别表现了周朴园从矿上回来后与周萍谈话的场面，惊心动魄，毛骨悚然。这细致深刻地表现了周萍要迅速从繁漪身边逃开、从乱伦沉沦的禁地逃开的原因。他未必不爱繁漪，他的行动是犯忌后的逃亡。逃向哪里？矿上，还要带上年轻淳朴的四凤单纯的爱。孰料繁漪看重那份使她的生活稍有情感慰藉的乱伦，阻止周萍逃亡，无意中揭开了兄妹乱伦的罪过。有意犯忌的愧悔，无心乱伦的震惊，让周萍像蛛网上的昆虫，越挣扎，束缚越紧。他只有选择死。自杀是谢罪与摆脱的一了百了的办法。

繁漪和周萍，是歌剧《雷雨》中的男、女主角。在情殇的旋涡里，她们最混浊，也陷得最深。繁漪与周朴园是度日如年的"无情苦"，与周萍是惊心动魄的"有情恨"；周萍与繁漪是"偷情怕"，与四凤是"孽情劫"；周朴园与鲁妈是"旧情聚"；繁漪与四凤是"情敌怨"。周冲是一块亮色、一阵春风、一个童话，他的初恋有一次尚未来得及展开的小小幻灭，除了映衬成人世界的复杂纠结之外，当然也有初恋的埋葬——与四凤的"初恋灭"。爱非所人，情非所属，导致的，就是情殇。

为情所扰，为情所困，缘情受苦，因情被逼，种情得恨……解释六个人的现实痛苦与痛苦根源，都源于一个"情"字。于是，歌剧抒情，上海歌剧院一锄头挖到了一座"情殇富矿"。对于看过从前演出的《雷雨》版本的老观众来说，情殇成为表现事件的中心和理解人物的核心，是新鲜的。

应该指出，这样的主题解释和任务分析，只有站在这个时代的认识水准上，才有可能。

四、从内心到外化：表现手段的戏剧聚合

艺术形式的转换，主题主角的变化，意蕴中心的移动，最后都要体现为舞台的

艺术呈现。就艺术呈现而言，导演查明哲所担任的职责是显然而且关键的。作为舞台呈现的总设计师和艺术成品的"施工总指挥"，他提出的舞台艺术呈现的依据是：情节、场面的戏剧化，表现手段的音乐化，情感意蕴的现代化。他实现舞台艺术呈现，具体办法有三条：（1）充分运用音乐与歌唱，让剧作思想、人物命运、情感灵魂融在旋律中，追求全剧浓郁的诗化风格；（2）精心结构与营造情境，景观、场面、调度，追求视听形象上有意味、有张力的象征色彩；（3）克服歌剧舞台上重唱轻演的创作倾向，追求有深入体验、丰富表现的人物形象塑造。[①]

查明哲紧紧抓住了艺术形式转变的关键：戏剧性。在舞台叙述故事中表现人物的戏剧性，在歌唱咏叹中揭示人物的内心动作，以演唱形式本身表现矛盾冲突或意志较量的戏剧性，剧情连缀、场面紧张体现的戏剧性，氛围渲染、舞美烘托的可视、可听的戏剧性……歌剧《雷雨》呈现出来的这些优点、亮点，就不是歌唱艺术单独能够完成的了。

歌唱艺术抒情，歌剧艺术则应该强调：叙事中抒情，抒情时叙事，获得水乳交融的艺术效果。这就需要在排演歌剧的时候，既突出歌唱艺术的手段，又紧扣戏剧演出的本性。查明哲排演的歌剧《雷雨》正是这样做的。

于是，观众享受到，情节发展激变和人物情感波涛中的独唱、对唱、重唱、合唱所抒发的磅礴情感，被情绪笼罩，为情感湮没。

于是，观众欣赏到，由于查明哲一丝不苟、精益求精的严格打磨，在歌剧《雷雨》中，一个人物形象可以分析为演员表演塑造出来的形象与歌唱塑造出来的声音形象。这两个形象高度统一，协调一致，成为人物形象的"这一个"。在歌剧的表演中，演员除了符合自己扮演的角色身份、场合与内心指向外，还要置身于此情此景，与其他角色协调配合，有情感地契合表演。有传感，能呼应，就成了整体。这就呈现出艺术精品的一种重要特征：舞台呈现的整体感和艺术手段的协调性。

于是，观众在情感的激流险滩刚过、剧情的暴风骤雨又在酝酿的时候，听

---

① 查明哲：《导演的话》，《歌剧》2010年增刊。

黑、白歌队的轻轻叙述、层层铺垫、句句评价与声声预警，远离漩涡，冷却情绪，但又预感到"好戏在后头"。因为，导演得心应手地运用歌队给观众心理揭示和情绪垫衬，像是洞见了翻滚奔涌的云雨聚集，好似感受到压抑呜咽的雷电酝酿。歌剧《雷雨》就这样引导、推动和调配观众的欣赏心理，这是戏剧性的悬念营造、危机暗示与奔向高潮的表现。

于是，观众在倾斜的落地玻璃窗上，看到了涔涔泪雨，心惊于汩汩血流，感受到了一个受两代人欺负的女子心底血泪交并的痛苦、绝望与疯狂。那是繁漪心灵的窗，是导演饱含着评价意识对情境的点染与对心境的揭示，是对观众憋得快爆炸的情感的一种有导向的宣泄。低低的呜咽，深深的叹息，就在观众席里蔓延开来。

都说歌剧艺术主要是听觉艺术，查明哲作为戏剧导演，偏偏就要让人明白，歌剧是全身心感受的艺术。演员的演唱与表演共同塑造形象，舞台上触目惊心的场面也创造形象，还传递意义，放大情感。无辜死去的四凤和周冲，自杀身亡的周萍，尸呈舞台，加上电闪雷鸣，风雨交加，鲜血淋漓于巨大的窗棂，视觉形象的刺激，已经是"此时无声胜有声"。单靠听觉艺术的功力，是不可能获得这样令人窒息的痛苦效果的。查明哲的黄金搭档罗江涛的舞台美术设计创造的总体视觉形象也十分精彩。功能上，便于歌队行动和站位；视知觉意义上，环形缓坡隆起的台阶装置，在底部的窗棂没有逆光通透的时候，黑黢黢，阴森森，充满了神秘与恐怖，在阴雨天、电闪下，蓝光幽幽，寒意砭骨，既像一个吞噬生灵的古井口，又像一个周而复始环形运动的命运圈，落在那残酷的井里，套入那恐怖莫名的圈内，无论如何挣扎，都逃不开悲剧的命运。显然，这样的形象设计，是可以直喻戏剧意蕴的。形象创造者熟读了剧本，理解了曹禺，用"物造型"创造了一个"无言的角色"。

这些，在歌剧《雷雨》的舞台上，观众听见了，也看见了，更深切地感受到了。关键在于，导演查明哲表现了舞台艺术魔术师般的能力，调动了一切手段，聚集于这一个歌剧剧目表现的最高目的，获得了最大的歌剧艺术效果。

本文发表于《中国戏剧》2010年第11期第14-17页

"凋零"或"复活":陈白露的生死徘徊

——兼论《日出》结构和立意的当代舞台解读

《日出》是曹禺先生杰作三部曲的第二部,大约是曹禺先生最早获得奖项的剧本,曹禺先生也由此获得了一个"时代的摄魂者"的美名。[①] 天津《大公报》聚集了文学界的一些著名人士,如茅盾、巴金、叶圣陶、朱光潜、靳以、沈从文、黎烈文、李广田、荒煤……这些文学达者、学界闻人为一个刚刚出道不久的年轻人搭台研讨,聚焦评论,令人感佩。这从一个侧面说明,这是一部杰作。

从作品诞生以来,围绕着三个问题,讨论的争执与排演的游移就没有停止过。它们是形象的斟酌、结构的选择和立意的游移。我们不去过多纠缠、讨论是是非非,而只想通过舞台呈现来观察舞台艺术家们对《日出》的读解视角的变化。

一. 形象的斟酌

形象的斟酌,集中体现在陈白露的形象定位上。对她的定位,关涉其他角色。

[①] 《大公报》文艺奖金审查委员会评语,参见1937年5月15日《大公报》。

（一）堕落之花？

1937年，几乎可以说是曹禺的《日出》演出年。据统计，那一年至少有8个剧社排演过《日出》，引起了巨大的社会反响。上海的戏剧工作社公演（1937年2月）；南京国立剧专在南京、镇江、杭州的四次公演（1937年3—6月）；稍后长沙市剧人联合公演；广州兰白剧社公演（1937年5月）；汉口怒潮剧社、民族剧社联合公演（1937年夏）；广州锋社公演（1937年7月）；中国旅行剧团在上海和汉口公演（1937年6—7月和1937年9—10月）。① 时过境迁，世事湮灭，演出的状况如何，已经无法得知。但是，从今天能看到的当时的一些演出评论和1936年天津《大公报》上集中的讨论文章看，还是能够总结出一些倾向相近的内容的。在人物定位上，认定陈白露是一枝美艳的、寄生在大都市光怪陆离的生活温床上的堕落之花，几乎没有争议。

1937年2月2—5日，由欧阳予倩导演、上海复旦剧社演剧校友组织起来的戏剧工作社演出的三幕《日出》和欧阳予倩导演、中国旅行剧团演出的四幕《日出》，为日后很长一段历史时期排演该剧的陈白露的形象塑造和戏剧意蕴表现定下了大致基调。干戏七十年，看过各种《日出》舞台版本的老演员，导演艺术家胡导说："应该说，欧阳予倩先生当年为'中旅'导演的《日出》，也完全属于经典的导演作品。解放后我看过无数次的《日出》，包括北京的、上海的几个大剧院几个名导演排演的《日出》在内，是没有在总体上能超越欧阳予倩先生的创造的。"②

---

① 根据当年中国旅行剧社的成员和关系密切的观众的记述，中国旅行剧社1937年6—7月在上海卡尔登戏院上演23场或32场，待考。1937年9—10月在汉口还演出过《雷雨》《日出》《梅萝香》等。而且，上海版导演为欧阳予倩。欧阳予倩导演《日出》，在1937年就有了戏剧工作社的三幕版和中国旅行剧社的四幕版两种舞台演出。参看陈樾山主编《唐槐秋与中国旅行剧社》中石挥、项堃、舒湮、吴景平、唐湘清、杨薇、张立德诸篇相关回忆文章，中国戏剧出版社2000年版。另外，参看曹树钧《曹禺剧作演出史》，中国戏剧出版社2006年版，第22页。曹著仅只提到中国旅行剧社1937年夏天在汉口演出的《日出》。

② 胡导：《谈唐槐秋与"中旅"的演出》，参见陈樾山主编《唐槐秋与中国旅行剧社》，中国戏剧出版社2000年版，第302页。

在《日出》首演中，认定陈白露是个堕落的都市女性，是因为她贪图享受，贪恋物质生活，却又振振有词地为自己要别人养活、寄生但是可怜的生存方式找到理由。"她受过相当的教育，而且也安善地生活过，她知道这社会里的善和恶，她也有遥远的一闪即逝的梦，她厌恶那些社会中的人物，然而她厌倦了人生，她疲乏了，她缺少勇气离开那糜烂的生活。在这种矛盾的情形下，她只好讽刺别人也讽刺自己地一天天地混下去。"① 明白地堕落，厌倦地混世，在讽刺别人也讽刺自己的混沌生活中玩世不恭，这是一个病态的、寄生的交际花。

就现有资料看，凤子是陈白露喜剧舞台形象的第一个扮演者。舞台形象的首次亮相，而且又是中国话剧开山泰斗欧阳予倩导演的艺术形象，影响往往很大。当时，凤子接到角色的时候首先想到的是："我能扮演露露吗？一个素来隔膜着那种奢侈放荡的生活的人！"她对陈白露的认识是："一个堕落到糜烂的生活圈子里去，而无力鼓勇自己走上理想的人生路上去以至自杀的陈白露。"充满了革命者的批判理性与鄙夷情绪，"我不希望白露的自杀，会惹下几滴人们同情的泪水……有坚决地活着的毅力的人，是用不着顾惜那散发着腐尸气息的过去的日子的。因为，'太阳不是他们的，他们已经睡了'"②。陈白露是一个少同情、被批判的人物形象。

（二）地狱之花？

上海的戏剧工作社 1937 年 2 月首演《日出》。1937 年 4 月 23—25 日，国立剧专在南京香铺营的中正礼堂举行学校第十一届公演，演出剧目是《日出》。③ 相隔两个多月演出的这两版《日出》，其实意味深长。现有的研究认为，此举出于曹禺对首演的上海版删去了第三幕，十分痛惜，谋求有一个"补全"的版本。

---

① 《〈日出〉首次演出特刊·〈日出〉的本事》，参见田本相、胡叔和编《曹禺研究资料（下）》，中国戏剧出版社 1991 年版，第 703 页。
② 凤子：《〈日出〉首次演出特刊·演员们的感想·演出之前》，参见田本相、胡叔和编《曹禺研究资料（下）》，中国戏剧出版社 1991 年版，第 707 页。
③ 参曹树钧《曹禺剧作演出史》，中国戏剧出版社 2006 年版，第 20 页。

但是，就实际排演看，"补全"剧作整体的同时，曹禺亲自任导演，他用自己的亲身实践，按自己心中的陈白露、小东西、翠喜"应该有的形象"去矫正上海《日出》的首演给出的形象定位：堕落之花。

根据这次"补全与矫正"版本的演出者陈白露的扮演者叶仲寅（叶子）回忆，曹禺在南京国立剧专排演《日出》是坚持恢复补全剧作，要排演第三幕。叶子受成见影响，不假思索就评价说："不演第三幕也好，翠喜这么个脏女人有什么好演的！"曹禺闻言道："你太不懂翠喜了，她有一颗金子一般的心！"说到陈白露的戏，曹禺强调："演陈白露，不仅要表现出她是一个周旋于十里洋场中的交际花，更要让人看到她身上还有以往的那种纯洁、率真、对生活充满青春活力的心魄。"① 另一则资料显示，曹禺对龌龊的环境中保持醇美善良的心灵和地狱般的环境里倔强生长的生命怀有极深的敬意。据说，曹禺在为南京国立剧专排演《日出》时，对女性角色的定位还有过一次耳提面命。那是在角色分配后，曹禺发现分配到扮演翠喜一角的女学生林婧一脸不高兴。动问之下，女孩子说："谁愿意演这么个下三滥？"曹禺对这种认识非常生气，要女学生好好看看剧本，并指出："翠喜虽然是个妓女，可令人尊敬。她有一颗金子般的心。虽然她只在第三幕出场，但你要想象她悲惨的一生。"② 卑下的社会地位，受侮辱与受损害的人生，却充满了同情、善良和情感，这正是一个深刻的作家发现的人性价值与生命诗意啊！这正是看待陈白露、翠喜、小东西她们的正确眼光和悲悯胸怀。落到那样悲惨的境地里，总是有复杂原因的。翠喜（当然也是剧作家曹禺）比那些义愤填膺的评论家或清高冷漠的观众看得透："哪个不是父母养活的？哪个小的时候不是亲的热的妈妈的小宝贝？哪个大了不是也得生儿育女在家当老的？哼，谁生下来就这么贱骨肉，愿意吃这碗老虎嘴里的饭？"③ 谁不愿意体面而且

---

① 王宏韬：《叶子的艺术道路》，参见中国戏剧研究院话剧研究所编《中国话剧艺术家传（第四辑）》，文化艺术出版社1987年版，第43页。

② 朱家训：《在剧校一届学习回忆》，参见《剧专十四年》，中国戏剧出版社1995年版，第52页。转引自曹树钧《曹禺剧作演出史》，中国戏剧出版社2007年版，第21页。

③ 曹禺：《日出·第三幕》。

有尊严地活着？人老珠黄的红戏子翠喜，还要养家糊口，别的营生干不了，心一横就只能到宝和下处了。人生地不熟的小东西从乡下来到都市，父亲一死，对一切都陌生的她，被逼去了宝和下处，她倒是不想做妓女。被逼被打，勉强想要做了，却因为未成年，嫖客嫌她小，"挂不上客"，恐惧那苦海无边的未来，最后只能一死了之。陈白露既非人老珠黄，也非生涩村姑。但是，当初她闯世界的时候，谁能保得准她会从书香门第小姐、女校高才生、慈善游艺会主办委员、电影明星、红舞女，一步一步走到大酒店里的"男人休息厅"，不是情不得已?!

"堕落之花"与"地狱之花"，一词之差，人物定位却有了巨大差别。少了批判与唾弃，多了体察与悲悯，这是剧作家曹禺对自己所创造的那些受侮辱与受损害的女性人物的内心定位。就《日出》创作的缘起看，曹禺在不同场合，尤其在面对研究者田本相先生采访的时候，多次谈起他在山西、天津、上海等地观察到的交际花和妓女的悲惨生活，这成为一种创作诱因，被他编制到了《日出》的情节、场景当中。① 据中国旅行剧团演员苏之卉回忆，1949年底，唐槐秋先生召集人马在长安戏院以"中旅"的名义演出《日出》，北京市文艺处派人联系剧组，请剧组配合对刚刚翻身的妓女改造开展教育。演了，尤其是演到第三幕的戏时，观众席中一片啜泣唏嘘之声。地狱之花的生存状态与生命体验，是可以验证的。

时隔几个月，欧阳予倩为中国旅行剧团排演《日出》的四幕版的时候，人物定位显然有了调整。就当时参加或看过的演出者描述，欧阳予倩先生在第一幕方达声与陈白露看窗玻璃上的霜花的戏和陈白露死前坐在梳妆镜前一颗一颗数药粒儿的戏，令人经久难忘。② 其中不难体会到，陈白露天真烂漫、率真童心的过去和痛苦难言、自怜自珍的内心，远不是"堕落的交际花"可以概括的。

"地狱之花"不是陈白露个人，而是一个受侮辱与受损害的女性群体。"地狱之花"不仅仅有悲惨的一面，更重要的是表现了悲惨人生与凋残生命状态下的

---

① 田本相：《曹禺评传》，重庆出版社1993年版，第84–85页。
② 曹藻、李萍：《难忘的"消失"——回忆"中旅"》，参见陈樾山主编《唐槐秋与中国旅行剧团》，中国戏剧出版社2019年版，第62页。

人性价值——金子般的心。陈白露救不了自己，却拼了命想救小东西；翠喜受着深重的压迫与欺凌，却忘不了为小东西遮风挡雨；小东西的倔强与反抗，性格里面所具有的原始力量，其实都是可以珍视的。

（三）厌倦的金丝鸟？

1940 年元旦，由延安剧协和工余剧人协会联合排演的《日出》在延安演出，受到了观众的欢迎，产生了轰动效应。其中有两层含义：一是使延安的戏剧文化开拓的广泛题材，使观众有了观察社会的广泛视角；二是让观众认识到了《日出》的反资本主义倾向和曹禺的艺术水准。① 陈白露作为资产阶级豢养的金丝鸟，怅望笼子外面的光明，又厌倦了笼子里的黑暗，走向了自杀。与被侮辱和被损害的翠喜、小东西、黄省三、窑子里满腹辛酸的受苦人一道，成为控诉黑暗的旧社会、白统区水深火热生活的形象教材。

1956 年，欧阳予倩的螟蛉公子欧阳山尊在北京人民艺术剧院重排《日出》，应该是在欧阳予倩、曹禺的导演创作基础上的加工重排。那时如何演我们今天看不到了，但是，欧阳山尊的导演阐述却给我们留下了按迹寻踪的可能。

欧阳山尊的导演阐述很长，介绍了剧作家，描述了剧作产生的时代背景，阐释了剧作的主题思想、历史意义和现实意义，分析了剧作的风格、结构、人物、语言、气氛等等，恰恰没有太多的话给陈白露。他只是在讲解第三幕的时候，将陈白露与翠喜放在一起说明了陈白露的形象意义："第一、二、四幕都在白露所住的大旅馆的华丽的休息室里。第三幕则是在翠喜和小东西所住的那个三等妓院的黑黪的房间里，从表面上看，这两个地方是那样的不同，而在本质上它们却又那样相像。这两间房子的主人——翠喜与白露，都同样是畸形社会里被污辱与被损害的女性；都同样在出卖自己的肉体，所不同的只是白露的身价高些，翠喜卖的贱些；白露的顾客们更'文明'，穿戴的更讲究，口袋里更有钱；而翠喜的顾客们则是更粗野，更寒伧，口袋里的钱少一些罢了。作者通过典型人物在这种典

---

① 参见曹树钧《曹禺剧作演出史》，中国戏剧出版社 2007 年版，第 64 页。

型的时间典型的地点中间出现,向文明展开一张'损不足以奉有余'的巨幅油画……我们可以看到那个社会在糜烂着,在崩溃着,我们可以嗅到腐朽的恶臭和可以听到房倒屋塌的声音。"① 导演阐释中对主角言语不多,是反常的。认真一想,就明白了,实际上,人物定位和主题定调,前人已经完成了,在这一段核心文字里,已经可以了解他的重排的立足点。

(四) 折翼的雄鹰?

1957年,有人对陈白露的形象提出了富于时代色彩的见解,大致观点认为,通过陈白露与方达生的眼界和经历,将腐朽的社会里的那些荒淫无耻与龌龊黑暗集中起来,暴露并加以淋漓尽致地讽刺,是作品的用意。在这样的意义上,陈白露与方达生实际上是两个反抗者。因此,陈白露是鹰,而不是不想飞的金丝鸟。"折断了翅膀的鹰,当她挣扎着,终于飞不起来的时候,宁可结束自己的生命,'不想死而不得不死',这才是真正的悲剧。"② 这里,白露之死,变得更有积极主动的意味,而且,还有了一定的战斗性,一种反抗与挣扎,是一种不屈的方式。

很快,有人认为,这种观点并不适合陈白露的实际情况,并且,认为她与方达生还不能归为一类人。他们认为陈白露是资产阶级的个人主义、享乐主义的典型,是脱离时代、脱离群众的典型,个人主义的悲剧在所难免。③

好在,这些时代情绪冲刷中的人物重新定位没有太多地影响到舞台表现,更多是在文学理解上打笔墨官司。

新时期伊始,华东师范大学的文艺理论家钱谷融倒是十分赞同陈白露的"金丝鸟"形象,他甚至还用了"臭水池中的一朵莲花"④ 的比喻。他更加强调陈白

---

① 欧阳山尊:《〈日出〉的导演分析》,载《戏剧论丛》1957年第1辑,转引自田本相、胡叔和编《曹禺研究资料(下)》,中国戏剧出版社1991年版,第750页。
② 陈恭敏:《什么是陈白露的悲剧的实质?》,载《戏剧报》1957年第5期。
③ 参看徐闻莺《是鹰还是金丝鸟》,载《上海戏剧》1960年第2期;甘竞:《也谈陈白露的悲剧实质问题》,载《上海戏剧》1960年第3期。
④ 钱谷融:《谈谈〈日出〉中的陈白露》,载《剧本》1980年第5期。

露内心的复杂性，强调陈白露对旧社会大都会腐朽生活的既厌倦又依恋的矛盾心理，指出她的自杀，出于厌倦，并非债务。她可以随便转而投靠他人，生活无虞地继续堕落。问题是，她厌倦了。钱谷融先生的观点，实际上回到了《日出》剧本对人物的描写和原来舞台对人物的定位。

（五）走投无路的寄生虫？

新时期以来对陈白露的塑造与对《日出》的重排，大抵都按照恢复历史状貌的路子延续。

任鸣导演、北京人民艺术剧院版的《日出》，却是一个将经典作品"当下化"的尝试。剧情发生的地点仍旧在大饭店，女主人公仍然是曾经的电影明星、红舞女，现在常住豪华酒店的独身漂亮女人。20世纪30年代与21世纪初，就在这种生活场景与生命状态的相似性当中重叠了。无可奈何的堕落，哀怨凄凉的挽歌，成为没有了"金丝笼"作为保障、没有了安全感的"金丝鸟"陈白露生命最后轨迹的主线。没有更多的诗情诗意，渲染的是拜金狂潮下的人心龌龊与世风浇漓。于是，观众看到的当下版《日出》，开幕就是音乐震耳欲聋、人形各异的迪厅劲舞，然后才到了陈白露在酒店的房间，开始人们熟悉的陈白露与方达生的那场戏。扮演陈白露的是北京人艺有"才女演员"之称的郑天玮，她的表演，突出的是骨子里透出的慵懒、由衷享受的快乐，刹那的童真率性和任性，更多的不同，来自她对"金丝笼"的依赖与对豢养者的依靠。实际上，剧本提供了这些，关键是不同的阐释者梳理出动作线索后，强调什么，淡化什么，向哪里推动。历史上对《日出》的排演，完全表明了这一点。任鸣版的《日出》中，创造的就是一个被拜金狂潮冲刷得颠倒、扭曲的社会环境，大都会的大酒店，正是一个缩影。想一想北京的"天上人间"引发、全国都在风暴之中的社会行动所揭示的情况，看一看从"二奶"到"小三"社会状态的耳熟能详，实际上，《日出》所描绘的"地狱之花"的生活与"损不足以奉有余"的"人之道"，还有其生命力。这是当下版《日出》排演的现实社会意义。十分现实，现实得令观众不由自主地连线现实生活的当下处境。

陈白露是在债务和黑势力双重逼迫下选择自杀的。她的自杀选择的合理性在于：她从心眼里瞧不起流氓，她不愿在流氓控制下卖身。那种认为既然身为妓女，卖给谁都是卖，可以不自杀的见解完全错误理解了"人"的复杂性。陈白露是妓女，但是她是个受过教育、有过憧憬、情调不低的女人，一个有自己意志、自我意识的人。在选择"不从"和"不转卖"的生命节点上，她以她的方式彰显了人性的可能。实际上，无人可依的小东西的倔强与反抗，自己也在魔窟受尽折磨的翠喜的善良与仗义，陈白露从堕落的享受走向"放下"的自由，从向小东西伸出援手到对自己的拯救，显现的，都是卑贱的身份里包裹着的金子般的心。这是人性向上、不屈的心。在这个版本里，郑天玮扮演的陈白露，是一只失却了鸟笼和包养者而无所傍依，选择自杀以获得"可怜的保全"与"最后的自尊"的"金丝鸟"。

固然，"二奶""小三"也好，酒店里的"情感陪护"也罢，不同形式地，她们是一种寄生状态。这个群体中的人可能千姿百态，形形色色，谁都不能代表谁，何况一个整体。北京人民艺术剧院当下版《日出》中，陈白露是连线现实的"这一个"，她以一个有血有肉、似曾相识、美丽解人的"寄生虫"形象与观众见面。这样的处理，离原作者的意图就未必十分切近了。因为，"寄生虫"的死的情节处理与情绪积累，就少了一点原著中对陈白露形象"责贬继之以抚爱"的温情与惋惜。

（六）涅槃的凤凰？

渲染诗意，而且是很浓、很浓的诗意的，大概要数王延松导演、总政话剧团出演的明星版《日出》了。王延松在舞台呈现上给观众的观感来自两方面的新意：新阐释与新叙述。新叙述，我留在结构问题上说，这里就谈新阐释中的陈白露形象。

王延松对《日出》的新阐释，出于对曹禺创造的人物陈白露命运选择的思考和生命意识的感知：一个觉醒的自救者，恰同涅槃的凤凰。在他看来，无论是堕落还是摆脱堕落，陈白露都是主动选择的。陈白露的死，其实是"复活"。

历来的研究者和演出者对陈白露之死各有分析，最后成为公论的有两种观点：一种观点是陈白露在花翠喜、小东西身上看到了自己的"过去"和"未来"，绝望地选择自杀；另一种观点是陈白露的靠山潘月亭破产，金八的势力紧逼，酒店账单一催再催，陈白露又不愿再找靠山苟活，厌倦卖笑生涯而选择自杀。而王延松对曹禺《日出》的舞台解读，展示了第三种观点：陈白露之死的内心活动是积极的，是对厌倦了的堕落生活的摆脱，是对堕落肉身的放弃，是灵魂的救赎与生命的升华，是以死求生。陈白露恰恰就是作为俗世浊流、人间残酷法则里的一个"身在其中的人"看得太清楚了才选择自杀的，王延松认为陈白露的自杀不是消极绝望的表示，而是一种积极自觉地对人生困境的摆脱——凤凰涅槃式的以死求生，一种生命的升华。死，对于一个失去了高贵品质和前进动力的生命而言，反倒是一种积极的进取。

从因债务被逼自杀，因厌倦自杀，因"飞不动"而选择自杀，因从小东西和翠喜的命运看清了自己的未来而绝望自杀，到陈白露从麻木的堕落中觉醒，用决绝的方式告别羁绊肉身的尘世，摆脱牵缠，获得生命升华，体现了生命的自由意志。一系列探讨与表现当中，最后一种是最近的一种对白露之死的解释。王延松导演的明星版《日出》给陈白露的定位：她是一个"向死求生"的"灵魂自救者"，摆脱了肉体，拒绝了诱惑，没有留恋地走向宁静，从堕落走向升华，死的悲剧性，在陈白露的形象画廊里，第一次显得如此带有彻悟的欢喜与解脱的轻松，有了"灵魂得救"而且是"自救"的积极力量与正面意义。

我不由自主地感到，王延松的陈白露之死，是一曲人性升华的赞美诗，一曲灵魂得救的安魂曲。其中，包含了创演者尤其是导演很浓郁的主观色彩与极强烈的"评价意识"。

二、结构的选择

（一）三幕结构

前边说过，1937年2月2—5日，由欧阳予倩先生导演、复旦剧社的校友剧社在上海卡尔登戏院举行公演是曹禺剧作《日出》的首演。曹禺当时在南京国立剧专任教，应邀到了上海看演出。但是，对这次演出，曹禺的情感是复杂的。一方面，他感激戏剧前辈欧阳予倩和上海的戏剧同仁把她的新作很快搬上舞台；另一方面，他对舞台处理不能认同。首演版《日出》演出的时候，将原本四幕12万余字的剧本的第三幕删去了。欧阳予倩这样处理的原因是：（1）《日出》比《雷雨》篇幅还长，"好戏固然不怕长。可是太长不但观众容易疲劳，戏馆里也不许可"。（2）第三幕奇峰突起，演起来却不容易与其他三幕相调和，而为这幕戏所费的气力恐怕比其他三幕还要多。（3）南边人装北边的窑子也不容易像……因为以上几个理由不得不将第三幕割爱。①

曹禺有不同的看法。他认为第三幕在整个剧作中具有十分重要的意义，删去它，无异于"剜心"之举。"《日出》不演则已，演了，第三幕无论如何应该有，挖了它，等于挖去了《日出》的心脏，任它惨亡。"曹禺甚至极端地说，如果一定要删减什么，就保留第三幕，删去其他三幕。②情感上的不快与艺术上的不认可，是显然的。因此，欧阳予倩的"三幕首演版"之后，曹禺匆匆忙忙两个多月后在南京国立剧专排出一个"四幕完全版"，像是用舞台实践发表一个"纠正宣言"。

"异峰突起"，是欧阳予倩对第三幕在结构整体中的看法。其实，有这种看

---

① 欧阳予倩：《导演者的意见·〈日出〉的演出》，载1937年2月《日出》演出特刊，转引自田本相、胡叔和编《曹禺研究资料（下）》，中国戏剧出版社1991年版，第705–706页。

② 曹禺：《日出·跋》，文化生活出版社1947年版。

法的并非一个人。当时在天津《大公报》上参加笔谈《日出》的,还有时任燕京大学西洋文学系主任的谢迪克,他开篇写道:"《日出》在我所见到的现代中国戏剧中是最有力的一部。它可以毫无羞愧地与易卜生和高尔斯·华绥的社会剧的杰作并肩而立。"他在热情备至地称赞了对腐朽、寄生的社会"严厉的攻击"之后,直言不讳地指出:"它的主要缺憾是结构欠统一。第三幕本身只是一段极美妙的写实,作者可以不必担心会被观众视为淫荡。但这幕仅是一个插曲,一个穿插。如果删掉,与全剧的一贯毫无损失。"①

(二) 四幕结构

1937年,有人声援曹禺在《日出》中对结构的探索,强调"以为把第三幕割去,可以成为一个独幕剧,实在是因为对《日出》的结构无理解的缘故"。他的理由是:剧情的人与人、事与事之间是相关的,而"所谓结构,不是张扬造作的结构,才是真正的结构。像《雷雨》那样的结构,多半是人为的"②。他显然在呼应曹禺的创作意图。曹禺的第一部杰作《雷雨》问世公演后,人们惊异于他人物的典型、含义的深刻和结构的精致,但也有人认为,作品结构"太像戏"。曹禺自己也认为这样多的巧合将人物的命运交织纠结在一起,意志行动的相关性如此密切,似乎过于技巧,是个问题。于是,在写作《日出》的时候,他将结构关系从人物有缘转移到了生活相似上:"我决心舍弃《雷雨》中所用的结构,不再集中于几个人物身上。我想用片段的方法写《日出》,用多少人生的零碎来阐明一个观念。如若中间有一点我们所谓的'结构',年'结构'的联系证实那个基本观念,即第一段引文内'人之道损不足以奉有余'。所谓'结构的统一',也就藏在这一句话里。"③

---

① H. E. 谢迪克:《一个异邦人的意见》,载《大公报》1936年12月27日,转引自田本相、胡叔和编《曹禺研究资料(下)》,中国戏剧出版社1991年版。
② 欧阳凡海:《论〈日出〉》,载1937年7月《文学》月刊第9卷第1期,转引自田本相、胡叔和编《曹禺研究资料(下)》,第734-735页。
③ 曹禺:《日出·跋》,文化生活出版社1947年版。

《日出》的三幕、四幕演出版本的讨论争执，大约就在剧作诞生之初出现过。后来的演出中，似乎没有再出现过三幕版。但是，这个问题，并非不可以继续讨论。

今天看来，持不同意见的双方，并非没有各自的道理。但是，应该意识到，他们讨论问题的出发点是不同的。如果从意义统领材料的角度来说，曹禺的结构，如他所说，是在"损不足以奉有余"的"人之道"社会现象、人生片段的展示意图中的。而且，在剧作描写的每一种生活环境里和每一个社会层面上，都展示了那种冷酷的争斗损毁与残忍的颠倒不平，展示了鲜活的生命个体的令人无法安坐的生存状态。他用的是"巴特农神庙式"或"葡萄干布丁式"的结构，这是戏剧结构里十分常见的结构方法。

但是，不能就此得出结论，说谢迪克的"异邦人"的意见和欧阳予倩的导演实践就没有道理。实际上，从戏剧发展的"行动线索"或"动作指向"来衡量《日出》，就会发现，讨论的空间是存在的。

（三）"拯救者方达生"的动作连接与视点结构

戏剧文学是一种代言体文本，剧作家所想表达的一切，交给他社会的人物，活动在剧情的发展中，通过言行举止去传递与表达；戏剧艺术是剧场艺术，它的真正完成是在面对观众演出的时候。因此，戏剧文学的剧目进入排演后，剧作家对剧目演出来说，是身份的"双重隐蔽"或"再次退出"。文学文本意义上，退出作品，隐蔽在人物剧情背后；演出文本意义上，隐蔽再隐蔽地远离舞台和更深地隐蔽于演、职员创造的人物形象和舞台形象背后。那么，代表剧作家在剧情中叙述的人是谁，主要视点在哪里，就成为每一个面对演出的人要了解、要明白的问题。

那么，《日出》的叙述视点是什么？由哪个人物来引导完成？陈白露吗？她的眼睛就是剧作家的眼睛，引导观众看看那个"损不足以奉有余"的世道。很大程度上，她完成了这个任务，四幕剧的情节里，有三幕是在她的华丽休息厅里展开的。都市浮华，生命颓败，都由那些奇形怪状的人携来带去，构成切合剧作家想要展示的光怪陆离的社会现象。于是，问题出现了，第三幕整个人物、事件的展示，是谁的视点？用哪个人物的行动线索可以贯穿？

方达生吗？这是一个有趣的想法。实际上，他从第一幕到第四幕都出现过，而且，无论是大饭店，还是小窑子，他都"在场"。用心分析方达生这个人物的功能意义，他不在"损不足以奉有余"的"人之道"中，而是一个游离的观察者。就像陈白露不让他"求婚不成"就立刻走掉，要他留下来多看看。"你得看看，我要你看看。"① 实际上，这里泄露了曹禺当初构思的"天机"。《日出》是分4次在1935年6—9月的《文学季刊》第1期到第4期上连载发表的。据曹禺回忆说，编辑催稿，教书忙碌，使他常常彻夜赶稿。可以想见，曹禺当初是想用一个观察者方达生的身份来引导观众完成对当时社会的人间地狱的腐败相、残颓情的感知探查的，所以，方达生一开始就站在"动作线索"的"原动力"位置上。他作为一个"闯入者"，进入了他从未知晓的生活场景，一切都让他目瞪口呆，一切都使他格格不入。他从求婚者一变而成为"拯救者"，对陈白露的拯救与对小东西的拯救及其失败，构成了整个《日出》戏剧动作的贯穿线索。这是剧作家在剧作中编织好，但是历来的舞台排演者却没有明确意识到或者没有采纳的内容。究其原因，致命的弱点在于：作为一个"观察者"，方达生的动作，就是外在的贯穿而已，没有内在的力量推动。一个旁观者，没有命运的彼此交织，缺少意志的相互冲撞，结果动作在情节中缺少力量，缺少揭示性，只有连接性、黏合性，就皮相了。所以，一个"拯救者"的行动贯穿，游离于意义，外在于情节，就很不简省了。

（四）"见证者"与"自救者"陈白露

但是，还不能将方达生删掉。因为，他的真正意义在于对陈白露的"拯救"，无意间使陈白露的堕落生活状态与沉沦生命意识有了一种重要的"唤醒"力量。他让陈白露在声色犬马、笙歌夜夜的常态生活中突然意识到还有一个过去

---

① 曹禺：《日出·第一幕》。

的竹均存在过，还有美丽的日出意象中诗人的背影，那是没有污染过的童年和浪漫诗意的初恋，从而构成对现实丑恶的讽刺与堕落生活的对比。这对于陈白露最后做出"回去"的选择，怀抱旧恋人的诗集《日出》"向死求生"，意义是显然的。

那么，还是回到陈白露的视点上来。因为，她是华丽客厅的"女王"，在"人之道"统领下活动的所有人，都要在她的客厅里、她的眼前表演，她是重要的观察者、目击人，更重要的是，她身处其中。

王延松是个很有创意的导演艺术家。他对曹禺三部曲的重新诠释、重新叙述和重新表现，成绩斐然。他为总政话剧团排演的《日出》，在叙述结构上，就确定为陈白露视点。开幕的时候，陈白露已经自杀身亡。前来告别的方达生，一声声关切热忱的呼唤，唤醒了灵魂尚在的陈白露。她魂离躯体，回顾浮生，将自己的一生连成一片，魂游四处，往来无碍，由她来见证和叙述"人之道"下的社会生活，避免了剧本当中第三幕她"不在场"的"奇峰突起"的感觉，让剧情成为一个整体，由陈白露来统一。毕竟，关注小东西，拯救小东西的念头和行动，是从她开始的。她魂游人间，回顾尘世的时候，可以探查宝和下处，了解小东西最后的日子。剧情解释与事件叙述，在这样的技巧处理中，获得了结构的合理性。应该说，这是曹禺剧作《日出》最近的舞台解读在结构处理上表现出来的一种新意。

表面上，《日出》的动作线索是一次失败的拯救行动：从拯救竹均到拯救小东西，双重失败后，方达生只好放弃，选择离开。实际上，《日出》并不需要贯穿动作来结构作品意蕴，表达作家甚或诅咒与社会判断的意图，而只需要在"损不足以奉有余"的"人之道"轨迹上有选择地聚合生活片段就行了，那样，会避免《雷雨》运用太多巧合结构起来的剧情给人因为过于精巧产生的"隔膜感"，而《日出》的生活片段，相似场景的并置，就是社会的自然镜像。需要特别指出的是，欧阳予倩在加上首版删去的第三幕时，运用了舞台上拉幕帘，一分为二，创造性地尝试了将舞台叙述的两个场景同时表现，两条线索一并进行的方法，既缓解了叙述中顺序展开剧情时间过长的问题，又在表现中满足了观众视点选择的观察需求问题。

是因动作统一，还是向意蕴聚合，这是《日出》长期以来存在的潜在理论问题，也是舞台上必须解决的实践问题。欧阳予倩的国立剧专版和王延松的总政话剧团版，都技术化地解决得很好。实践问题的探索，实际上回答了理论问题。一个用"拉幕帘"，认同"意蕴聚合"；一个让自杀的陈白露"游魂"，虚拟"行动连接"，贯穿情节始终，自由出入场面内外，置身事外或者情急于衷，获得了更大的表现自由。

三、立意的游移

（一）活现的 20 世纪图

《日出》发表后，被当时中国的文艺界一致推荐为"中国新文学运动以来最大的收获"，茅盾"渴望早早排演"，叶圣陶盛赞剧作中"一刀一凿都不肯马虎的群像"，沈从文称"是今年来一宗伟大的收获"，巴金看到了"雄壮的景象"，荒煤欣赏"磅礴的气魄"和"熟练的技巧"，"异邦人"谢迪克认为可以"与易卜生和高尔斯·华绥的社会剧杰作并肩而立"，王朔称之为"中国戏剧界一个空前的猛进""整个文坛上的一宗光荣"，是"活现的廿世纪图"……真是好评如潮！[①]

但是，也有批评，也有不满。主要是觉得"日出"只是个意象，而且批评者不满足于唱夯歌的工人只在幕后，有人尤其对"日出"与"黑暗"的意义究竟是什么、是象征还是表现提出了各式各样的猜测与推断。

这些意见，在后来的岁月中，被客观的历史和热情的观众过滤掉了。

实际上，曹禺的剧作，好就好在"形象大于思想"，好就好在主题的朦胧、

[①] 参见田本相、胡叔和编《曹禺研究资料（下）》，中国戏剧出版社 1991 年版，第 710–729 页。

意图的模糊、主角的不确定,给研究者、排演者和观众深入思考的多义、多层、多向度的丰富空间。很多情况下,别人问他,关于主题,关于结构,关于主角,关于……他常常言语支吾,要么"追认"别人的注释,要么顺着别人的指点、权威的指导去解释。更有趣的是,他在不同时期对同一作品的解释会出现一些不同的话,而且这些话似乎也能解释作品,也还可以自圆其说。① 这都是研究界耳熟能详的例子了,不必赘述。但是,是否应该想一想,为什么会这样。一方面,对于自己的作品,曹禺只有在《日出》发表后在天津《大公报》上的创作答辩时公开地表明过自己的观点,坚持过自己的见解。越到后来,他越没有这样的勇气了。他倒不是一个没有创作定见和价值主见的人,只是,他素来不愿与人争执,尤其是不愿与权威争执。最后,他不但对自己的创作如此,对所有戏剧演出,上台后常常就是哼哼哈哈,一连捷径地叫好了。有人背后说他糊涂,有人说他圆滑。的确,他是怕了,他本能地自我保护。另一方面,曹禺的剧作的确存在意蕴指向的多义性与人性内容的多层面,所以,就像"说不尽的莎士比亚"一样,曹禺的话题,也是常说常新。回过头去看看,他那些不受干扰、从内心自然流出来的作品,绝对不是那些风云一时、一览无余的宣传或者直白浅陋的说教所能比拟的。作品提供一种人生图景与命运轨迹,让不同的人去解读、揣摩、感知和理解,都会有自己的感受和感悟,我想,这恐怕是有生命力的好作品的特征。在这样的意义上说,曹禺剧作的好处就在于具有可以深入开掘的复杂人性层面与细致揣摩的丰富艺术空间,这是杰作的标志。

20 世纪,曹禺初初露面、作品登上戏剧舞台时,有人批评他"没有阶级观念,没有先进思想,没有阶级分析方法",所以写出来的作品总是有局限,总是让人产生理解上的分歧。我以为,幸亏没有那些"劳什子"没有成为他的负担和束缚,否则,我们就没有机会欣赏到他的传世杰作,中国的话剧舞台就会冷清寂寞和缺少可持续演出的剧目。

---

① 田本相、刘一军编著:《苦闷的灵魂——曹禺访谈录》,江苏教育出版社 2001 年版;梁秉堃:《苦闷的灵魂——在曹禺身边》,中国戏剧出版社 1999 年版。

(二)"地狱之花"抒愤还是"人之道"控诉?

就《日出》的排演而言,主体意蕴的游移,与上述的人物形象的定位、剧情结构的重心选择,其实紧密联系。具体分析一下,就能明白地看清这一点。

是为"地狱之花"悲情抒愤,还是因"人之道"控诉展览,或是时弊针砭,抑或灵魂的自我救赎?显然,在观众看到的舞台文本表现中,这些意蕴表现都是存在的,而且,都是在解读剧本的基础上提炼或者升华而成。

早年的《日出》排演,演出的立意表达,出发点在"地狱之花"的抒愤与"损不足以奉有余"的"人之道"控诉。三幕版与四幕版的区别,首先更多的是从"动作贯穿""意蕴结构"的各自立足点去考虑。最后,还是服从于立意,完整排演,轻而易举地完成这种由"分别"到"一致"的舞台呈现面貌。对那种第三幕"可以成为独幕剧"的说法,在欣赏了完整版的演出后,观众可以明白,实际上,"地狱之花"的悲惨命运和挣扎抗争,是控诉"人之道"的一个色彩丰富、令人动容的重要构成部分。

因此,欧阳予倩在"补进"第三幕的时候,调动了很大的气力,来营造那种真实的舞台氛围和场面环境。"第三幕在妓院'宝和下处'翠喜屋里'拉帐子'那场戏,也完全是欧阳予倩先生按照现实生活逻辑衍发出来的……从开幕到闭幕的五六十分钟里,从没间断创造那下等妓院氛围的音响效果——卖唱声、拉丝弦声、数来宝生、敲梆子声、婴儿哭声、女人饮泣声……这么多庞杂音响的组合和运用,可以说也是我们中国话剧舞台上从没有创造过的氛围。欧阳予倩先生正是按严格的现实主义创作原则向人们展示了陈白露的生活、翠喜的生活,那天堂般的地狱、那无日无夜不在宰割人的地狱。"[①] 在这里,地狱里的丑类,是粗放的类型漫画;地狱里的花朵,是细致的个性素描、群像造型,给观众的印象是鲜明的,对主题立意的承载,十分深刻有力。

---

① 胡导:《干戏七十年杂忆——上世纪三、四十年代上海的话剧舞台》,中国戏剧出版社 2006 年版,第 60 页。

(三) 铜臭弥漫的 "异化人生"？

应该说，三幕版《日出》以后的演出，一直在 "损不足以奉有余" 的表现下获得统一的立意。直到任鸣导演的北京人艺当下版《日出》，演出的旨归在于针砭物欲狂潮下的异化现实，人为物役，命为钱奴是社会异化现象中令人触目惊心的一个现实。所以，陈白露被塑造成了一个在拜金狂潮当中异化、绝望而死的"钱奴"；所以，对 "损不足以奉有余" 的 "人之道" 的控诉化成了对那些在金钱的魔棒指挥下蝇营狗苟的可怜虫的解剖；所以，观众看到，作为大都市缩影的大饭店里的那种精疲力竭的陶醉享受、算计筹谋、荒淫无耻、巧取豪夺、威逼压榨与人财两空……人为钱堕落，因债身死。钱不是目的，目的是享受，是安乐窝，是夜夜笙歌。但是，必须通过钱，没有钱，当然就没有了这些，就没有了生存价值，就找不到生命意义。当下的拜金主义者，就是这样衡量生活和看待生命的。当下版《日出》速写了这样的当代都市印象，对宝和下处的表现，就显得敷衍潦草了。而在以往的评论中被津津乐道的最后一幕工人夯歌所象征或传递的朦胧希望，也被删除了。也许，这样的结尾，表现的是绝望情绪。也许，创演者重排《日出》，用意在于弥漫铜臭的现实描摹，而不在于应许朦胧希望的诗意渲染。当下版《日出》的舞台，显然呈现了一副 "批判现实主义" 忧愤深广的面孔，只有铜臭，没有诗意。

扫 "黄" 打 "黑"，是近年的一个社会热点。"黄" 连 "黑"，"黑" 涉 "黄"，社会现象的过去与当下相似相通。于是，《日出》当中，幕后的金八没有登场，却无所不在。无论操纵金融市场的股票买卖，还是控制娱乐场所的夜店，黑三像个影子，势力藏在幕后，声音不大，却要人命；而打夯工人最后的歌唱，与日出一样给人希望，是一种诗意的畅想，给人逃离现实的 "诱惑"，这也就够了。但是，任鸣的《日出》意不在此。

(四) 自我拯救：诗意地 "回家"

陈白露曾经诗意地生活过，现在却鬼魅一样地沉沦苟活，方达生拯救不了她，提出来的建议也没有什么诱惑力和建设性。那么，拒绝欲望诱惑，摆脱尘世牵缠，放下生活负载，由浊返清，就需要一种勇气，一种以死向生的勇气。观众应该看明白了，在王延松的总政话剧团版《日出》中，方达生的形象意义不是一个"拯救者"，而是一个"唤醒者"，他的呼唤让陈白露回忆起自己诗意存在的过去，对比龌龊沉沦的现实，醒悟生命的选择意义。于是，陈白露冷静、平和地服药自杀，从容、自然得像是"回家"，甚至有几分欣喜。

"日出"是一种诗意生活的象征，一种诗性人生的境界，一种可以选择的生命意义。这是生命个体的事，所以，这版《日出》中没有出现雄壮的夯歌。"日出"就是陈白露的"回家"，就是告别堕落肉体的"灵魂升华"。演出的立意从社会批判走向生命体察。自然，这生命个体因生存在社会生活中而有了深刻的社会意义。

本文发表于《云南艺术学院学报》2011 年第 2 期第 5–15 页

何处"放虎"？哪里"归山"？

——社会情绪演进中的《原野》呈现

早在 1937 年，当《原野》在广州出版的《文丛》上分期连载完毕，就有剧团找到曹禺先生，想要获得首演的先机。面对剧团的排演要求，曹禺先生说：排演《雷雨》会成功，排演《日出》会轰动，排演《原野》会失败。他的主要担心在于：他所创造的每个戏剧人物都十分用力，心理的复杂性和戏份的沉重性会十分挑剔演员的表演能力。另外的担心是，灯火、布景、场面难于处理，没有什么好的办法。① 问题让曹禺先生始料不及，他所担心的、会导致《原野》演出失败的两个因素，在后来的演出史当中其实都并非导致《原野》排演困难的因素。他所担心的问题，在后来的《原野》排演实践里，要么恰恰是戏剧性浓郁、表演性精彩、观赏性极强、让观众感到过瘾的部分，要么在演出创造的舞台形象当中，呈现形式各式各样，甚至并不按照原作的舞台指示去创造的故事事件的具体环境，乃至于根本不存在灯火、布景和场面"难于处理"的问题。他更加始料不及的是，《原野》演出的命途多舛，并不在他所焦灼的演员塑造人物形象的表演能力和舞台"物造型"的表现技术这两个艺术问题上，而是从别的方面凸现出来，即所谓"阶级性"与"典型性"问题。

---

① 参见田本相《曹禺传》，北京十月文艺出版社 1988 年版，第 215 页。

一、生不逢时的"早产儿":一部争议多、魅力大的剧作

曹禺杰作《原野》,算是他的作品当中争议最多、魅力最大的一部。

南卓《评曹禺的〈原野〉》:"作者有一个一贯的优点,就是技巧的卓越。""因为作者太爱好技巧了,使得他的作品太像一篇戏剧。""模仿外来作品太多,外来成分占了上风,影响到思想表现的不一致……作者自己的思想似乎也还不大固定……作者好像是相信命运,又好像是喜欢一种氛围。"①

杨晦的批评最严厉,认为:"《原野》是曹禺最失败的一部作品。"②

郁达夫在1939年秋天看了武汉合唱团演出的《原野》之后,热情备至地赞扬说:"明确地提出一个问题,指示我们一条道路,一定要有这样的剧本,才有深刻的印象,使永铭在读者和观众的心头。照此说法来看,则《原野》就有它特有的价值了,其价值自然远在《雷雨》《日出》之上。"③

1939年7—9月,曹禺本人到抗战期间的坚固后方与文化重镇昆明,亲自执导《原野》,闻一多充任舞台美术设计,由云南国防剧团演出。④《原野》与《黑字二十八》交替演出,十分轰动,场场爆满。朱自清的评价"确是昆明的一件大事,怕也是中国话剧界一件大事罢。"⑤ 冠英的评价:"《雷雨》最是雅俗共赏的戏,《日出》稍不同,惟《原野》最为不俗。"⑥

文学史家唐弢在1947年评价说:"《原野》是百看不厌的剧本","《原野》

---

① 南卓:《评曹禺的〈原野〉》,转引自田本相、胡叔和编《曹禺研究资料(下)》,中国戏剧出版社1991年版,第882-883、888页。原载《文艺阵地》1938年6月第1卷第5期。
② 杨晦:《曹禺论》,载《青年文艺》1944年第1卷第4期。
③ 郁达夫:《〈原野〉的演出》,转引自田本相、胡叔和编《曹禺研究资料(下)》,中国戏剧出版社1991年版,第890页。原载1939年10月8日新加坡《星洲日报·星期刊·文艺》。
④ 参见吴戈《云南现代话剧运动史论稿》,中国文联出版社2001年版,第119页。
⑤ 佩弦:《〈原野〉与〈黑字二十八〉的演出》,载《今日评论》1939年第2卷第12期,第189页。
⑥ 冠英:《谈〈原野〉》,载《今日评论》1939年第2卷第13期,第205页。

里有汲取不尽的材料。这个剧本里有'戏',群众看起来过瘾;这个剧本里有生活,顾盼左右,仿佛就在身边,让人看起来恐惧和喜欢。"① 唐弢懂戏。唐弢由衷地慨叹说:"几年来,大江南北,多少剧团演过《原野》,多少人读过《原野》。"②

"最失败的一部作品"与成就"远在《雷雨》《日出》之上""最为不俗""百看不厌""看起来过瘾""让人看起来恐惧和喜欢"……两种评价如此地不相同!泾渭分明,水火不容的断言评语,令人不由得不深思,这样的评价是如何产生的。

这里,值得注意的是,南卓、杨晦在文学艺术界的影响力和权威性,其实远远不如郁达夫、朱自清、闻一多、冠英、唐弢。但是,《原野》演出的命运多舛说明,文学艺术的权威评价实际上没有对《原野》的命运产生多大影响。决定性的影响来自非文学艺术的"阶级斗争需要"与"社会革命主张"——文艺社会学批评甚至直接就是现实要求的宣传批评。在近现代中国社会不短的时期当中,这种影响对文学艺术作品才是实际上最具决定性与杀伤力的权威影响。

毋庸讳言,剧本发表或演出后的争论,尤其是负面意见,影响到了《原野》后来的演出。

中华人民共和国建立后,《原野》演出很少。据数据记载,一直到1957年5月,《原野》才在北京戏剧舞台上露过面,由北京实验话剧团短暂地演出过,昙花一现,不留痕迹。《原野》从问世后曾经热演,让观众觉得是"戏味足""过瘾"的一个剧目,到在整整30年的不短时间里,几乎处于一种尘封的状态,成为大家都不去碰的"烫手山芋",这是有原因的。在近现代中国,文化艺术的"革命",就是强调文化艺术为"启蒙与救亡"的"实际功利目的",为中国社会进步,为自立于世界民族之林的民族国家服务。"文学革命"要革除的是文学艺

---

① 唐弢:《〈原野〉重演》,原载1947年8月29日《大公报》,转引自田本相、胡叔和编《曹禺研究资料(下)》,中国戏剧出版社1991年版,第894页。
② 唐弢:《〈原野〉重演》,原载1947年8月29日《大公报》,转引自田本相、胡叔和编《曹禺研究资料(下)》,中国戏剧出版社1991年版,第894页。

术的"无利害性"或者说"单纯"的审美性。没有利害性的文艺作品，被认为是吟风弄月、不知亡国之恨的商女所为，为进步的仁人志士所不齿，为救亡启蒙的时代主潮所不取。

《原野》产生的时代，正处在中华民族亡国灭种的危机进一步加深，帝国主义从瓜分中国进一步转向企图灭亡、入主中国的背景下。《原野》专注于一个蛮荒的乡土原野上发生的离奇复仇故事，这就让作品显出了不合时宜性。应该说，《原野》与中国近现代以来反帝国主义、反封建主义、反官僚资本主义的"启蒙与救亡"的时代主潮是游离的，与抗日战争的突出现实要求是不对接的。而中国新民主主义革命的成功很大程度上是中国共产党领导工农团结一切力量，开展土地革命，帮助农民翻身，推翻"三座大山"的革命运动的成功。而《原野》的剧情，刚好是乡村背景，所表现的复仇故事，恰好契合乡村被压迫、被剥夺与反抗斗争的背景。在这样的"社会意识形态语境"里，剧作结尾是复仇者被看作是农民反抗代表。失败，没有出路，尤其表现出"阶级仇恨的血海深仇"与"阶级斗争反抗的不彻底"的深刻矛盾，让《原野》的"语义"浮现出了"不合时宜"的尴尬。当时的阶级斗争要求与意识形态主张是：复仇反抗的农民不应该失败，即使失败，也应该有合乎情理的悲剧因素，最好是战斗到最后一滴血的牺牲，而不是自杀。

在这样的认识环境与话语语境中，把对戏剧性的追求和人性探查放在创作首位的《原野》，就成了一个生不逢时的"早产儿"。

由此我们可以理解，20世纪60年代，对曹禺戏剧的价值判断几乎可以说是"定了性""要了命"的："问题在于作品站得住站不住。曹禺同志的三部曲，表现了那个时候的生活侧面，表现了作家当时的思想。两部都站得住，但《原野》就比较差。"①

由于对《原野》思想内容的负面批评和意识形态色彩的定性评价，回过头

---

① 参见梁秉堃《苦闷的灵魂——在曹禺身边》，中国戏剧出版社1999年版，第123页。周恩来在紫光阁召开"在京话剧、歌剧、儿童剧剧作家座谈会"上的讲话。

去很难找到《原野》演出呈现状况的数据、角色创造的文字记载，因为戏剧工作者不会去自讨没趣或者自找麻烦。但是，应该能够推测，人物性格的生动，人物关系的紧张，戏剧动作的强烈，常常是令人感到"戏剧性"强的原因。想必当时的舞台创造，就是在这些方面获得观众热情认同的。当然，也应该意识到，这种认同，是纯粹审美的舞台要求，较少意识形态的宣传需求。这种认同趣味，在后来的实用主义的舞台要求与宣传至上的环境条件下委顿了，消隐了。

二、"复仇夺命虎"："压迫与反抗"的阶级彩绘

《原野》在演出史上所碰到的一切问题，实际上与曹禺创作的立足点"不合时宜"有关。曹禺的创作，既没有去承接社会阶级斗争的任务，也没有去表现民族矛盾背景下的现实情感，而是在一个几乎与世隔绝的蛮荒的环境中分析、表现在社会重压下的一种"人性可能"，这种"可能"在一个复仇者的行为及其后果中显现。

艺术作品从来都很难孤立于社会思潮、现实要求之外。评论者与排演者常常会不由分说地按照他们的想法去处理作品。据数据，曹禺的《原野》问世之后，最早的舞台诠释，立足点不在于人物心灵、性格构成与意志较量，更不在于社会责任与人类天良的自我纠结，而在于阶级斗争。

这真是应验了那样的话：剧作家死在导演身上。

20世纪40年代，新四军的文工团、延安的文艺团体、中南剧宣队在武汉、长沙、衡阳一带至少有三种版本的《原野》演出，配合土地革命、土地改革的形势和任务，强调地主与农民之间的阶级斗争。① 这种在峥嵘岁月中放大了的思想内容，这种处在显然位置的情感沸点，很容易地就成为人们研读和排演《原野》时的社会思考定式与舞台表现基调，这是十分易于理解的。想一想就能心下了然，较之《原野》稍晚的那个时代，团结人民，教育干部、战士、群众最有

---

① 参见曹树钧著《曹禺剧作演出史》，中国戏剧出版社2006年版，第68、88页。

力的、风靡革命根据地、解放区的作品，是《白毛女》那样的作品。爱憎分明，立场坚定，情感强烈，观点朴素，革命运动与社会宣传，需要的是那样的剧作。而《原野》恰好描写了一个边远乡村的"复仇事件"，一定程度上可以满足那样的社会需求的社会心理，关键在于排演。把《原野》排演成为一个农民反抗地主恶霸残酷压迫的剧目，应该并不困难。

应该承认，仇虎的确容易被解释和被塑造成为一个反抗者，一个复仇者。在阶级社会里，命运逆转，地位变化，生活起伏，往往提供了生命活动展开的空间。被地主恶霸兼军阀的焦阎王害得家破人亡、下狱苦熬了8年，残损了躯体，仇虎与焦家阎王有如山的血债，似海的深仇，不共戴天的对立。深重的压迫，灼热的仇恨，对立与冲突显然无法调和。顺着这样的思路，排演一个"阶级压迫与反抗斗争"的"农民复仇悲剧"顺理成章。只是，原来的剧本当中，有些环节处理起来不能"丝丝入扣"，似乎显得不像曹禺其他杰作中的情节交代与人物刻画那样"细针密线"。

原因在于，阶级斗争的处理，似乎并不是曹禺剧作的旨归。

据说，有"阶级队伍清理癖好"和敏锐的分析者指出：仇虎是否农民，很值得怀疑。因为，焦、仇两家原来关系密切，似乎不是地主恶霸与佃农草民之间的关系。否则，仇虎与焦大星如何可能成为"好兄弟"？焦氏如何可能成为仇虎的"干妈"？压迫被压迫、剥削与被剥削的地主阶级与佃户农民阶级之间不可能结成这样的亲密关系，只会有刀俎鱼肉、你死我活的关系。

另外，还有一些看惯了贾府的焦大不会谈情说爱、只会动粗口骂大街的人说：《原野》人物性格怪异、不真实，不像农民说话做事。作为原野乡村的人物的农民是木讷的，但作者却让他们表白那么多；村妇通常是害羞的，花金子却那样火辣风骚，野性十足；中国人不善表达言谈，但是《原野》的人物对话却太流利，台词也太抑扬顿挫。[①] 凡此等等，如是云云，所有批评的指向，就是曹禺的《原野》人物不真实，没有写出农民的典型形象。而分析过后得出的结论是：

---

① 参见李南卓《评曹禺的〈原野〉》，载《文艺阵地》1938年第1卷第5号。

曹禺没有农村生活，写不了典型农民的形象及其生活。

这里，批评者对《原野》提出的是两个问题：一是仇虎是不是农民家庭出身？如果不是，阶级斗争就不是剧作表现的核心。二是《原野》人物的"乡村性"是否典型的问题。

关于第一个问题，那种分析追问是有道理的。问题在于，曹禺创作《原野》的时候，本来就不是意识明确地要去表现地主阶级与农民阶级斗争的，他的创作兴奋点在于：在复仇故事当中表现人性的复杂性及其对人们生命活动的支配。

关于第二个问题，是没有从艺术创作的特性出发去思考问题才会产生的疑问。作家、艺术家根据间接生活经验和听来的故事，对自己理解的人生社会进行书写，早已经是一种文学艺术创作的常识，在中外文学艺术史上，例子也都俯拾即是。要求写土匪的一定有过土匪生活，写妓女的必须有过卖身经验，不是很可笑吗？作家、艺术家的生活经验的积累，间接经验与直接经验同样重要，同样能够成为创作材料或激发创作灵感，进入创作实践。曹禺的《原野》，正是在间接经验激发下的创作成果，当然也有过一些乡村观察，这在田本相先生的《曹禺传》《曹禺评传》当中都充分揭示过①，不必多言。至于农民形象或乡下人形象该是什么样子，我倒觉得必须辨析一下。在一个阶级里的人，有千差万别的人生，有各式各样的命运，绝不是一个阶级一个典型，否则文学艺术的丰富性就被"阶级样品"的概念性给挤压掉了。"农民的典型形象是什么呢？鲁迅笔下的阿Q？祥林嫂？闰土？茅盾笔下的老通宝？多多？还是叶紫笔下的云普叔？立秋？或是赵树理笔下的李有才？柳青笔下的梁三老汉？这些都是。栩栩如生，神态各异，一个阶级，一个民族，一种人，其典型决不止一个。"② 不能认为乡下人就只是木讷、简单、沉默寡言的生灵，其实，能说会道、足智多谋、万种风情、咬钉嚼铁的乡下人多的是，城里人的偏见将乡下人定位为任人宰割、任人驱遣、麻木僵化的一群生灵，实在是天大的误解。曹禺的剧作，人物形象塑造的成功，就

---

① 参见田本相、刘一军《曹禺评传》，重庆出版社1993年版。
② 吴戈：《论〈原野〉的人物性格及其关系构成》，载《云南师范大学学报》1987年第1期。

在于他往往不从阶级代表或观念符号出发，而是常常从活生生的"这一个"人物出发。

问题在于，从现实斗争与意识形态需要出发，我们的舞台，一段时间内并不需要"这一个"的活生生，而是需要阶级斗争的典型代表，需要某种意识形态要求的舞台符号。所以，讨论"艺术典型"成了一种奢望，满足现实需求才是第一要素，社会斗争需求与时代情绪需要的是"阶级典型"。

因此，排演《原野》的时候，加强阶级压迫与斗争反抗的尖锐性就成为演出表现的重心，把焦阎王的恶行与焦老太婆的劣迹合起来，与黑暗旧中国社会连成一体，为仇虎的反抗失败，走不出"黑森林"找到合理的原因，就成为排演者的主要任务——把《原野》合乎情理地解释成为一部"农民复仇反抗的悲剧"。就是说，需要下力气、想办法将仇虎塑造成一只"复仇夺命虎"，压迫欺凌的残酷性，复仇反抗的激烈性，斗争失败的悲剧性，就成为"夺命虎"的命运环境。

但是，时代变迁，往往出人预料。如果说，"以阶级斗争为纲"的时代，毫无疑问地要求仇虎的形象，往"刚"里、"硬"里塑造，那么，在解除斗争"绷得太紧的弦"的社会心理与时代情绪下，就出现了对仇虎的"柔化"处理。

三、"爱情桃花虎"："渴望温情"的时代风情

有一个值得注意的现象，就是从爱情版电影到爱情版川剧的《原野》现象，其中，不管出于什么原因，剧情的冲突焦点发生了挪移，爱情中的仇虎形象受到了"柔化"处理。

《原野》改编的同名电影故事片（凌子导演，南海影业公司出品）曾经风靡一时，对"火辣爱情"的注目远远胜过了原来的"阶级斗争表现"。影片1979年拍摄完毕，投入紧张的后期制作，却受到了禁映的冷遇。民间倒是悄悄流传着许多关于影片的说法，但目标指向都有一种显然的期待。这种蓄足了劲的期待，一直延续到1988年影片公映。影片公映后，一路喝彩，获得当年的百花奖最佳

故事片奖，饰演花金子的女演员刘晓庆也获得当年的最佳女主角奖。

无独有偶，《原野》改编的川剧版《金子》（重庆川剧院演出，胡明克导演，隆学义改编，陈安业作曲，沈铁梅、赵勇等出演）的舞台演出十分火爆，演员获得梅花奖，靠的就是火辣的爱情，缠绵的表达，野性的倔强，让川剧的辣妹子形象魅力剧增。据资料载，该剧自1997年首演以来，已在国内外演出五六百场，剧目一路好评，囊括了包括文华大奖在内的所有国家级文艺大奖，并入选首届"国家舞台艺术精品工程"、文化部首届"优秀保留剧目"。

想必很容易注意到，在传统演出当中，原剧中作为戏剧冲突的主要方面的仇虎，在剧情中的作用减弱了。而配角花金子，变成了最耀眼的人物。在电影情节中，仇虎的最高任务由原来的复仇反抗变成了夺回爱情，尤其是川剧演出当中，复仇反抗变成了夺回爱情的事件背景，爱情是核心。本来，仇虎回乡报仇，为情也为仇，原来的作品中，复仇是最高任务；现在的电影和川剧，情与仇之间，情更重要，更突出。至少，从着力渲染与表现用力上，给观众造成的客观印象是这样。

川剧《金子》这样介绍剧情：民国初年，焦阎王谋财害命，虎子蒙冤囚牢，与恋人金子别离。金子被迫嫁给了焦阎王的儿子焦大星，饱受焦母折磨。十年后，虎子越狱，回乡复仇，不料焦阎王已死。金子、虎子重逢，恋情死灰复燃，虎子、大星这对儿时的朋友反目成仇。情仇碰撞，爱恨煎熬，金子卷入爱恨情仇的旋涡中，金子百般劝阻虎子，虎子一意孤行，终究杀死无辜的焦大星。逃亡途中，虎子自杀而亡，金子怀着希望孤身走向沧沧天涯。①

前边说过，很长时间里，《原野》被打入冷宫，原因在于，它表现了农民革命中阶级斗争的"不彻底性"，写了反抗悲剧，而且，悲剧的原因在"阶级斗争理论"的衡量下完全是"不可理喻"的。到了"文化大革命"结束，中国新时期，《原野》获得重演的机会。它是"重放的鲜花"，这算是开禁，也是探索，探索如何重新评价一个被搁置久远、看起来并未受到公平对待的剧作。必须明确

---

① 川剧《金子》的剧情介绍。

意识到,"重评与重写"几乎构成了新时期文艺思潮的一个十分重要的方面。其政治术语就是"拨乱反正"。

所以,应和着这样的思潮,过去被否定的越多、越彻底的作家作品,在新时期就走入了人们重新打开的视野。沈从文、周作人、林语堂、张爱玲、胡适……从20世纪70年代末以后到21世纪最初10年,一个个作家作品就在这样的背景下获得了重新估价的历史机遇。

就在这样的思潮背景下,曹禺的《原野》重新走向人们的视野,排演格外密集。除了舞台话剧外,不同剧种排演,歌剧、舞剧、川剧、京剧、花鼓戏……(当然更多是话剧)形成了"《原野》热"。

但是,如何排演,其实还是一个颇费心思的问题。

《原野》在阶级斗争问题上,曾经是个讨论甚至论争的热点,戏剧走到这个当口儿的时候,对它的排演却开始出现了另一种阅读的兴奋点,那就是对爱情的瞩目。

女导演凌子改编《原野》为电影,投资23万元,请了当时的两个当红明星——杨在葆和刘晓庆分别饰演男、女主人公,1979年开机,历时3个月,当年年底完成拍摄并完成后期制作。原来,想赶着上映并参加国际电影节怀着美好愿景。谁料想,这部还没上演就引起了极大的期盼的影片拍摄制作完成之后,被禁映将近8年。关于被封杀的原因传言甚多,什么"色情戏""破鞋戏""床上戏"之类的说法风传文艺界。到末了,开禁上映前,却找不到一个负责任的人来为其命运多舛做个总结。莫名其妙地被禁止上演,又莫名其妙地获准公映,实在是令人气闷。多年过后,我们重新回顾这段历史,发现,拍摄电影的人和禁止电影放映的人,关注的问题是一样的,只是看法不同而已。意味深长的是,仇虎与花金子在焦家幽会的一段戏,为了表演激情,大家对"尺寸"问题讨论了许久,为刘晓庆扮演的花金子衣襟上的扣子解开一个还是两个争执了很久,最后还是只解开了一个。但是,问题不在这里,问题的关键是,这个"扣子"是我们理解这个时候人们解读《原野》的"扣子"。

"扣子"的解开还是扣紧,实际上接触到了一个问题的关键,那就是无论赞成还是不赞成这部影片上映的双方，注意焦点实际上都已经不再是农民反抗悲剧、阶级斗争了，而转移到了男女之情上，争论的只是收放的"尺寸问题"。

这种转移，似乎是历史性的。"阶级斗争，一抓就灵"的时代刚刚过去，人情、人性的需要似乎已经悄悄蠕动。回顾那个时候，港台歌曲开始通过民间管道在青年当中流行，邓丽君甜甜的笑容、软软的歌声、嗲嗲的情调，让习惯了在阶级斗争的急风暴雨中剑拔弩张、草木皆兵、人人自危的人际关系氛围里的父亲、母亲十分焦虑，他们心焦孩子们"听黄色歌曲"的趋之若鹜，不可救药、不听劝诫地"在变坏"。实际上，大家没有觉察到，这是一个"软性时代"的到来。在这样的心理疲劳的背景下和人性荒漠的环境中，邓丽君青春靓丽、甜美纯情的形象一出现，就掳掠了一片中国心。

于是，《原野》释放出的信息，更多的是刻骨铭心的爱情，歌哭爱恨，生死情仇，能量都向爱情聚积。在满足观众的心理需求与电影改编者的相互作用下，仇虎从"夺命虎"变成了"桃花虎"，实在是时代所然。这是"软性文化"的产物。实际上，在白傻子眼睛里，有"两只老虎"，一只当然是仇虎，另一只是焦大妈警告他"女人是老虎"的新媳妇花金子。实际上，一只是"桃花虎"，另一只是"胭脂虎"，而且身陷爱情。

在当时的"百废待举，百业待兴"的中国新时期，爱情也成为一个闯禁区的题材，一个"拨乱反正"的大胆探索。"爱情《原野》"，历史性地成为一个令人瞩目的文化事件。

但是，这样演法，就把《原野》演"浅"了，演来演去，倒像是"一对鸳鸯同命鸟，两只蝴蝶可怜虫"一类的悲情戏。

四、"自我毁灭的亡命虎"：社会与人的角逐

仇恨与冲突，承载的不一定是阶级斗争。

这就要求研究者和排演者清晰思考并明确回答：剧作在表现公仇还是刻画私斗？复仇结果是戏剧冲突与动作矛盾的最终解决或者只是展示人物性格的背景？

如果是表现公仇，那么，延续阶级典型思考向度下的仇虎形象塑造就成为关键。如果不是，那会是什么？

应该说，中国青年艺术剧院 1991 年上演的《原野》，是表现"农民复仇反抗悲剧"的一次完美诠释。复仇故事中，复仇与反复仇，是一对尖锐冲突的矛盾。作为剧情的中心事件，一切线索也的确围绕"复仇与反复仇"这一矛盾核心来展开和推进。对于仇虎的悲剧，演出呈现的内容是：阶级压迫恶果与精神奴役创伤对反抗农民的双重摧残。阶级压迫，让仇虎家破人亡，下狱 8 年，残损了腿，失掉了心爱的姑娘，收获了现实悲剧；精神创伤，鬼神意识既是统治阶级意识，也是被统治阶级意识。这既可以让仇虎用来煎逼对手，如他唱的鬼气森然的小调，又可以让仇虎在天理良心、鬼神意识的作用下动摇自己复仇的决心和定力，走向自我迷失，最终毁灭。这双重压迫，体现在仇虎的生命活动过程中就是：过去承受巨大冤仇的显然痛苦和现在开展复仇行动的隐然障碍。冤仇痛苦成为仇虎复仇的内驱力，但是，又老又瞎的焦老太婆、孱弱窝囊的焦大星和尚在襁褓的小黑子都构不成与仇虎旗鼓相当的对抗力量。这个时候，天理良心就成为仇虎完成家族复仇使命，也是自己作为一个血性男儿"有仇必报"行动的巨大障碍。他最终找到借口下手时，完成了复仇使命，也就走上了命运终点。

值得关注的是，对具有象征意义的"黑森林"形象的表现，对"黑森林"的解释，直接表达了对剧作主题意蕴的理解。"黑森林"作为舞台的主体形象，是一株遮天蔽日、枝丫张扬、巨型网络般的大树形象，既是一株充满了威压感的狰狞大树，又是鬼气森然的黑森林的形象。开幕时，人在边缘；闭幕时，人在其中。这个形象象征着焦阎王及其所代表的鱼肉百姓的黑暗的旧中国社会恶势力。在其中，一切伤天害理的恶行通行无阻，一切胆小怕事、纯善驯良的德性受尽欺凌。《原野》第三幕的五个景，将仇虎一家所受欺凌、将世间的是非颠倒做了一种回溯式的表现。一方面，是对焦、仇两家冤仇"前缘"的一种交代，是一种戏剧叙事策略；另一方面，也是在展示仇虎作为受侮辱与受损害者肉体之外、家庭之外所遭受的精神奴役创伤。他相信神鬼，相信阴曹地府，相信善恶果报，因此，他挣扎在复仇使命与向无辜者复仇的尖锐矛盾当中。他用焦阎王的种种恶行来说服和鼓励自己采取行动，企图安抚自己心安理得地面对焦大星、小黑子的死。但是，他无法抹掉自己向无辜者复仇的罪恶感，相信自己也要遭到报应，他必须毁灭，像是复仇的代价。

他最终没有走出"黑森林"，是因为一个复仇者必然走不出黑暗社会的罗网与精神奴役创伤的双重压迫。这就较之一般的旧社会黑暗力量太强大因而走不出"黑森林"的解读要准确和深刻得多。

这是"复仇夺命虎"形象定格上的创造性发展，较之将《原野》的表现更多地放在"桃花虎"与"胭脂虎"的描摹渲染上要深刻厚实得多。

王延松为天津人民艺术剧院排演的《原野》，聚集了中国新时期以来的"人学研究"成果，体现在他对这部经典剧目的重新解读当中，他显然瞩目于人性焦点。他成功地解决了作为阶级斗争典型的"夺命虎"的情节勉强、性格不周圆的问题，深刻地超越了渴望温柔的时代风情的"爱情桃花虎、胭脂虎"的浅化困境。他排演的是在一个半开化的特殊环境当中、一种民俗文化传统力量的惯性下、一桩杀人复仇的故事里探讨人性可能的剧目。

戏剧的规定情境：由乡村世交变成旷野世仇，两家人之间复仇缺对象，斗争无对手的情况下的困兽犹斗。在有仇必报的蛮勇惯性与父债子还的"民间习俗"支使下，仇虎当然要履行他作为社会人的职责。但作为社会人的道德，自然人的情感构成的人性颠覆了他的内心平衡，他是自己垮掉的。之所以会垮掉，不是因为黑暗势力强大，而是因为他无法走出自己的心狱。剧作家肖复兴在曹禺百岁诞辰纪念演出活动的背景下，感慨万千："慨叹曹禺，也是慨叹如今的话剧。在如今话剧的舞台上，难再看到《原野》式执意触及和挖掘人性深度的剧目。如今的话剧舞台，表面的浮华和热闹，却掩盖不住内在深刻的危机。在我看来，如今的话剧舞台，虽然不乏好的作品灵光一闪，却被几种这样的话剧所占据：一是生活浅表层的即时性或应景性描摹的'现兑现买'，一是生活浅薄的搞笑和廉价的形式主义的'爆炒'，一是经典旧物的不断'翻炒'，一是借助于经典小说的改编、配之以明星阵容的双味'热炒'。"① 面对经典，稍稍不慎，别说媚上趋俗的扭曲了，还有可能化神奇为腐朽，焚琴煮鹤。这种例子，在当下并不少见。王延松对当代戏剧舞台曹禺经典排演的贡献在于：他的新阐释、新叙述、新形式既重视原著，又强化、提升原著。就《原野》而言，王延松将原著里那些最核心、最撞击人的心扉的能量挖掘并且释放出来了，关键在于他敏锐地捕捉到了最激烈地拒绝人性的环境与最不可能让人性容身的时间，揭示了人性的光辉、人性的理想，较之原来或偏颇或表面的剧本阐释，如"阶级斗争"或者"爱恨情仇"，思想深度和人性高度几乎可以说是全新的。

导演王延松格外认同批评家童道明的一段儿批评文字："王延松的《原野》给予我的惊喜恰恰是，当仇虎·'英雄气短'的时候，正是他的人性踔厉发扬的高潮，从而成了真正值得我们'高贵的同情'的悲剧人物，从而也把曹禺的人道主义以及《原野》推向了莎士比亚式悲剧的高度。"②

苦大仇深的受侮辱者与受损害者仇虎满怀强烈的复仇愿望回到家乡，面对物是人非，背负的复仇使命使他变得十分尴尬。焦氏可恨，焦大是可怜，小黑子无辜，仇虎要完成使命不过举手之劳。但是，就像哈姆雷特的延宕成为一个研究命题一样，仇虎的延宕也该成为命题，而且应该联系他最后的"垮掉"去理解。对仇虎"垮掉"原因的解释，成了重排《原野》的关键。仇虎精神崩溃，几近错乱，最后自杀，从前是无法解释，或者不解释。在"阶级斗争主题"的框范下，25 年前，我在研究生课程之余尝试写作《〈原野〉论》时，面对仇虎"自杀"的问题伤透了脑筋，认为这是一个避让不开的问题。从前的《原野》排演，在仇虎自杀的问题上，总是解释得似是而非，原因皆在于对自杀原因的解释十分暧昧。而我的解释是，物质残酷盘剥与精神奴役创伤的双重压迫，令仇虎奋起反

---

① 肖复兴：《慨叹曹禺也是慨叹我们自己》，载《新京报》2010 年 10 月 13 日《文艺时评·文化谭》栏目。

② 童道明：《王延松执导的〈原野〉竟是这样的好》，载《新京报》2006 年 4 月 20 日。

抗，从精神崩溃、人格分裂而走向毁灭。他最后是被从内部毁掉的①。这就是被压迫农民（像闰土、祥林嫂、老通宝②一类的农民）的悲剧。

必须承认，即使是那样的解释，也还是显得牵强或者不足的。因为，那样解释当然是在阶级斗争、阶级分析的框架里"说圆了"他自杀的行为显现出来的悲剧性。但留下的问题是，如果他不信神鬼，不讲天良，杀人不眨眼，真是一个粗粝的农民灵魂，那么只能被追捕而死，或者，开放式地走向"山野江湖"。被追捕而死，从前的排演实践过了。开放式，似乎会出现另外的问题：会不会有人为焦大星、小黑子鸣冤叫屈？因为他们确乎不应该遭受那样的不幸。

用心体察曹禺在作品当中设计的规定情境，作品实际上设置的是一个心灵自省的"局"。仇虎，铆足了劲儿逃出大狱回乡报大仇，却一头撞进了一个令他欲作不忍、欲罢不能的"局"里。不这样，不足以体现悲剧的震撼力量和净化功能。曹禺的这部作品，是达到了至高的悲剧美学境界的剧作，王延松领悟到了这一点，于从前的排演难题当中看出了奥妙，在曹禺的人物安排、情节布局中找到了轨迹。于是，王延松紧紧扣住人性做文章，让观众成为"迷局"当中的剧中人，喜怒哀乐、左冲右突的观察者，清醒地看到人性在恶中的闪亮与苏醒，尽管要以生命为代价。王延松感到："原野中的人一出现就够恶的，以至令人不安到最后。且看人性恶的种子是怎样被埋下的，又是怎样省长并且不可遏制的。"恶就恶在所有人都纠结在一个复仇故事中，动作与反动作都在血海深仇的交接点上。解读复仇故事，王延松说："我和剧中的人一样纠缠在'仇恨'之中。令我震惊的不是仇恨本身，而是仇恨的不可避免。"③ 不该承受复仇的，承受了；不忍下手行动的，行动了。问题就在对这"不该"与"不忍"的考量及其解决的后果的选择。

王延松导演的天津人民艺术剧院版的《原野》在剧场一亮相，好评如潮。

---

① 吴戈：《论〈原野〉的人物性格及其关系构成》，载《云南师范大学学报》1986 年第 6 期；吴戈：《〈原野〉的象征意味品》，载《大理师专学报》1992 年 1—2 期合刊。

② 20 世纪鲁迅、茅盾小说中的人物。

③ 王延松：《戏剧解读与心灵图像》，上海人民出版社 2010 年版，第 68、71 页。

在我看来，人们都看到了一些创造亮点，诸如陶俑的运用，诸如场面调度的匠心，焦大妈与仇虎、焦家母子的对话与行动场面，诸如神秘感、沉重的黑暗、蛮荒的气氛之类。但是，这些没有真正将王延松对《原野》的新解读与新叙述、新表达样式水乳交融地联系起来理解，实际上，对《原野》这一版本的艺术创造力与悲剧震撼力也没有理解到位和评价到位。

据田本相先生说，曹禺先生生前十分喜爱的音乐就是莫扎特的《安魂曲》，而且还扮演过莫扎特，但是王延松肯定不知道这件事，这只是说明王延松与曹禺先生心有灵犀。① 在我看来，王延松是在解读曹禺剧作的时候，感受到了曹禺剧作中那种弥漫的悲悯情怀后，鬼使神差地找到了《安魂曲》作为《原野》演出的情绪总谱与评价意识。这是为了表达导演者的判断在演出中新加进去的东西，它是曹禺的态度与王延松的立场。2006年3月22日，我在北京人民艺术剧院小剧场看完王延松版的《原野》，为剧组主持现场研讨会。参会的有中国话剧历史与理论学会的理事、常务理事、副会长、会长及学者、专家和大部分观众。当时，王延松的一句话给我留下了很深的印象："将8万多字的剧本文学原著改为现在3万多字的演出本，我只删改，不篡改，曹禺原著的语言足够用。"② 他透着自信，甚至骄傲。我理解，那是一种宣言，是导演艺术家尊重剧作家的一种宣言，也是具有足够的文学能力与剧作家对接的一种自信。过后，我一想，不对了，王延松在文学本上不添不加，在演出文本上却做了重要的添加。

陶俑、《安魂曲》及其演奏者，是曹禺的原作里所没有的。在这些"添加"里，王延松的"自信与骄傲"经得起挑剔吗？

如果单独说陶俑，古希腊歌队啦，传统戏剧的检场者啦，"假定性"前提下的扮演功能啦，舞台场面与氛围调配啦，心理幻想与情绪投射啦，可以滔滔不绝，如数家珍。可以单独说大提琴演奏者，说《安魂曲》的情感氛围，也可以浮想联翩与穿凿附会。但是，必须强调，面对王延松的舞台艺术创造，面对王延

---

① 王延松：《戏剧解读与心灵图像》，上海人民出版社2010年版，第5页。
② 2006年3月22日，王延松在天津人艺版《原野》在北京人民艺术剧院小剧场演出后现场研讨会上的言说。后来，他在发表的"导演手记"里也有类似的表述。

松版《原野》的艺术创造，这是隔靴搔痒的批评和雾里看花的判断。逼近本质的看法应该是：王延松解读的《原野》，是悲悯人类阶级社会当中相互倾轧的野蛮与牙眼相还的残酷的无法避免。仇虎与焦大星的生命就延续在这种无法避免的社会习俗与生命线索上，他们无法选择，也无力逃逸，这是人类社会生活中个体生命注定的"命运"。曹禺从一开始走上剧坛，就执意表现"命运"，只不过他的"命运"更具有社会性、现实性，远不是"神示""预言"一类的东西可以比拟的。《雷雨》中最残酷的爱与最不忍的恨，《日出》中"损不足以奉有余"的"人之道"，《原野》中仇恨的与生俱来和无法避免，都是"命运"在阶级社会里边的显现。相比起来，在这样的命运当中被毁掉的人，被毁掉的生命和美丽，才是最具有现实性的悲剧。

更重要、更深刻的问题是，曹禺不但表现了，而且想要质疑这种"命运"。王延松与他站到了一起。

怀有悲悯的情怀来审视这种命运的时候，王延松找到了两种东西来表征他的立场和态度：《安魂曲》如泣如诉，将被命运"铸成"的人物"浸泡"在悲悯音乐流淌的河流里。黄土烧结的陶俑，是被做成、被铸定的形象，与人类生而无法避免的人世悲剧的命运感相互印证，让人在社会生活当中的别无选择、无助无奈获得最贴切的比喻。"做成""铸定"的就是命运。这一层，显现的是陶俑的意义功能，是表现性的，对揭示《原野》人物的悲剧性十分重要。

《原野》不在于复仇，也不在于仇恨的不可避免，而在于从这种不可避免当中的觉醒与觉悟。周朴园在家庭悲剧当中感到老了，在教会医院中守着两个他爱过又伤害过的女人度过忏悔的余生。陈白露在肉体极度堕落、完全无法摆脱物质的羁绊与地域的囚禁时，选择摆脱肉体、告别尘世，获得灵魂的自救。原野中的仇虎，完成家庭的复仇使命之后，他走向哪里？在悲剧性的杀戮结局面前，他受到震撼。他用自我毁灭的方式宣告了人性的复苏，从复仇的"天经地义"中疑惑、惶恐甚至自责，从社会习俗、野蛮惯性下挣脱出来，让观众体会到一个在原野里倔强生长的粗陋生命善良的存留，多么感人至深与促人思考。

王延松版《原野》的新解读、新叙述和新样式是水乳交融、浑然天成的。

应该强调,新解读决定了新叙述和新样式。他对《原野》的新解读,是以一个复仇故事为背景,表现的是爱恨情仇角逐当中的人类善良,是污浊残忍、愚昧泯沌的社会里扭曲变形的人身上射出来的人性光辉,微弱,却给人希望,这是仇虎形象的悲剧意义。曹禺设计的戏剧规定情境:苦大仇深的受侮辱者与受损害者回到家乡,物是人非,尴尬的复仇。复仇缺对象,搏杀无对手。焦氏可恨,焦大里可怜,小黑子无辜,都构不成仇虎复仇的阻力,是仇虎的内心,成为自己行动的阻力——这阻力是天良与人性。善良的天性,自省的人格,可以把一只被仇恨灼烧得疯狂暴跳的虎,变成一个因悔恨交加而孱弱无力的人。复仇中的人性阻碍与完成复仇的家族使命后的自我追悔,熬尽生命后颓然倒下,仇虎完成了生命奋斗与命运轨迹,他是因走不出自己的心狱而困死的。

王延松撬动了《原野》演出的形象基点:从复仇反抗的"阶级斗争图景"、时代风情的"野性爱情"变为复仇事件中社会与人的角逐。对应这种基点,仇虎的形象也就有了这样的变化历史:复仇"夺命虎",爱情"桃花虎",自我毁灭的"亡命虎"。

本文发表于《戏剧》2011年第2期第62-72页

《原野》的阐释空间

一

《原野》是曹禺剧作中问世后命运最为一波三折的剧作，也是中国新时期以来曹禺作品中新诠释、新演绎、新叙述最多的一个剧作。实际上，仔细思忖，一波三折的命途多舛与后来的阐释空间，二者有因果联系。越是误解多的作品，越是需要重新认识、重新阐释、重新评价。比起《雷雨》《日出》的票房保证和演出轰动，《原野》的演出尽管不断有一些高潮，譬如 1939 年在昆明的演出，1946 年在河北的演出，都分别引起过很大的反响，而且受到了极有见地的评价——冠英、佩弦和唐弢"卓尔不群"的评价。曹禺对《原野》的自我评价也是耐人寻味的，他认为"难"演，对演员的要求高，主要是人物的内心活动、性格更加复杂，更加不黑白分明，更加需要站在人性高度上去解读。实际上，《原野》是一度创作为二度创作留下了很大空间的一个戏剧杰作。

新中国成立后，国家领导人对曹禺作品的评价，肯定《雷雨》，容忍《日出》，否定《原野》，使得《原野》不见天日 20 多年，直到"文化大革命"结束《原野》的重新上演，其实是以电影《原野》为信号重新启动的，从此《原野》走上了一个舞台重现、新阐释、新叙述的开始。当然，这是与戏剧历史研究与作家作品批评的"重写"分不开的。

二

《原野》被认为在曹禺的作品中"比较差",原因比较复杂,但是可以揣摩。首先,《原野》问世的时候已经是民族抗战遍地烽火的时候。其在1937年演出的时候没有引起太多关注,是因为那个时候民众的普遍心态已经无法接纳远离社会热点与民族危亡的时代主潮,去品味一般戏剧里常常最为精彩的那些内容:情境的戏剧性、人性的丰富性、困境的精致性,去了解远离文明社会穷乡僻壤里两个家庭的世仇传奇。《原野》问世后一定程度上受冷遇,是有其时代性的。实际上,曹禺本人意识到了时代和国家对于艺术家的要求,他很快有了《蜕变》《黑字二十八》(与宋之的合作)的贡献,把自己投身伟大的民族文化抗战洪流中的所见所闻、所感所思迅速编写成剧,奉献给社会,奉献给他所热爱的祖国。尽管擅长"以家写国"并折射时代生活,精于"以人问天"并追问社会人生的曹禺在大时代书写、大事件叙述方面并不得心应手,但是他奉献了。其次,《原野》对人的研究和表现,其实是曹禺作品一直以来成为中国现代话剧传世之作最大的核心价值。他设定的戏剧规定情境,都是为人性检验、人性追问、人性可能的拷问设置的某种绝境。《雷雨》中的两个家庭的爱恨情仇与两代男人的循环负心,《日出》中身在声色犬马的名利场中的人们的堕落与救赎,《原野》中世仇的深重与解决的困境……都为戏剧各色人物的动机表达、意志实现与行动选择提供了充足的外在条件,表现了繁复的社会关系,让选择格外艰难,行动极其滞重,人性十分丰富。曹禺先生的这些戏剧创造的人性丰富性的高光点,恰恰也正是其作品问世后被人评价时产生误解或者目光达不到的地方。《原野》尤其这样。除了认为《原野》的剧作精神"有违于时代"的批评判断之外,主要是对人物的典型性质疑。有人认为仇虎是一个神经质的小资产阶级知识分子,穿了农民的"外衣",尤其不能理解仇虎作为一个复仇者最后在黑森林中迷失和自杀的结局。还有人认为,花金子的风骚魅惑是一个外来形象性格的移植,焦母与花金子的冲突显得啰唆,开幕时花金子给焦大星提出的两难选择是"虚拟冲突",毫无意义或者冗长沉闷……这些实际上都是对《原野》的解读缺少丰富的人性意识与真正的生活立场导致的偏见性表达。农民的典型性是什么？是杨白劳？老通宝？闰土？阿Q？村妇只能是《为奴隶的母亲》中的形象吗？曹禺剧作形象中的"这一个"，如仇虎、花金子、焦大星、焦母、常五、白傻子这些形象，在中国现代戏剧人物的长廊中都是首次出现的人物，难怪看多了也就习惯了类型化、简单化、符号化的农民形象的批评者那么不适应。

三

仇虎首先被看作是一个反抗的农民形象，《原野》被看作是表现农村阶级斗争的一个复仇故事。因此，仇虎的报仇行动决不能被良心的阻挠而显现出那么多的犹豫，仇虎复仇后的快感绝不可以被作孽妄为的悔恨所替代。象征主义色彩的黑森林与表现主义手段的迷失性，只能被解释为"反抗农民个人复仇行为的绝路"，必须走阶级整体行动和团结斗争的正确道路。得出的教训意味，是框在阶级斗争、农民反抗的视野下的。

实际上，曹禺设置的乡村原野和农户人家的戏剧故事背景，很大程度上是一种人性检验台，而不是单纯的中国农村问题的解剖或者农民生活的写照。他写的是人而不是阶级，更大程度上表现的是在一定社会关系当中的个人的生命活动而不是集团利益或者群体意志的冲突。其中，社会身份和等级权力成为人与人之间交往处山的附加成分，成为彰显个人欲望和聚敛家庭财产的助力保障，如剧情前史中拜过把兄弟的焦家阎王与仇家仇荣的关系变异带来的焦仇两家关系的交恶结仇。就像《雷雨》中周家与鲁家的关系确乎属于两个阶级，《日出》中的"损不足以奉有余"的"人之道"的各色人等之间的关系也在社会等级的框范当中一样，细心的读者或者观众明白地意识到，其中个人的生命意志和价值追求是最核心的内容。戏剧人物作为个体生命、性格人物存在，而不是作为阶级符号和集团意志存在。也许，辨别清楚这一基本事实，才是了解文学史、戏剧批评史的研究中对《原野》的评价分歧的根本前提。

也许,"形象大于思想",《原野》中的剧情表现和人物塑造也确实提供了对剧作进行各种各样解读的文学信息。所以,阶级斗争样本的"农民反抗的个人奋斗说"、原野中不屈的生命强悍存在与艳丽绽放的"原始生命强力"说、表现主义手法的社会心理剧说、象征主义舞台探索的现代手法运用说、悲剧中的人性发扬说、人性善良的爱情感化说……或者有理论言说,或者是舞台,各种各样的《原野》诠释在新时期重评、重排的语境下被实践。

四

6年前,我在篇名为《何处放虎?哪里归山?》的论文里梳理了仇虎形象在评论中尤其是在舞台塑形上的变化,其实讲的是《原野》与时代文化的晴雨表紧紧相连的舞台呈现的变化。仇虎作为一只"虎",有一个从"复仇夺命虎""爱情桃花虎"到"自我毁灭的亡命虎"的变化轨迹。今天看来,我的论文所梳理的这种时代变化轨迹在仇虎形象的评价和舞台表现塑造上留下的痕迹还是具有极强的学术说服力和理论概括性的。

现在需要强调的变化新视点是,《原野》作为旧中国社会里阶级斗争样本的舞台诠释已经不再流行了,而是注目于爱情与深究于人性的视点,是20世纪80年代以来的研究观点的放大与延伸。以电影《原野》瞩目的"热辣爱情"与"原始蛮性"为出发点,到了21世纪的川剧《金子》(重庆川剧院)和陈薪伊版《原野》(北京人艺版),前者甚至导致了剧作主角的易主——从仇虎变为花金子,"仇"的中心事件变为"情"的核心关注。后者北京人艺版加强了"情仇"的成分,强化了"情"的比重。

北京人艺前后演过两版《原野》,第一版是李六乙的解构式《原野》,引起了争议,招来了批评;第二版是陈薪伊的抒情式《原野》,有人也有微词,总体上反响平平。这似乎成了北京人艺排演曹禺作品的"滑铁卢"。历史上,排演曹禺的剧作,《雷雨》《日出》《北京人》《家》都有经典的舞台版本,但是《原野》却如此不同。这反映出的实质问题是:北京人艺的两版《原野》,要么解构原作，"点金成铁"，要么放大纠葛，"爱恨抒情"，解读原作价值不到位，缩小、简单化表达了所谓"责任"的意义。仇虎被处理为卧轨自杀，死得很现代也很时髦。

真正令人欣赏的对《原野》深度解读，对剧作人物深入心理的探讨和复杂人性的分析达到一种新高度的舞台演出版本，是王延松的版本（天津人民艺术剧院 2005 年演出）。它这个版本做得彻底，叙述和阐释的立足点主要是人性困境的逼近，体现在仇虎怀着两家纠葛的血海深仇实施行动后心理崩溃，源于人性的善良与道德的禁忌。这里，托举的是人性的高贵。为着这种高贵，仇虎将自己放到了祭坛上。一方面，他完成了家族的复仇使命，实现了"有仇不报枉为人"的"自古而然"；另一方面，他面对仇人后代无可奈何、采取行动时伤害无辜的自我谴责。因此，仇虎的自杀绝不是被逼上绝路时的无奈选择，而是主动选择。

2017 年 5 月，上海话剧艺术中心何念版的《原野》，我没有看过，无法评论。不过，从相关资料看，何念版的《原野》采取了三段循环式的叙述结构与多人表现一个角色的心理意识的重排支点。这一方面是为了在叙述样式上出新，另一方面，延续的是在家族复仇使命的完成中对执行者仇虎的心理分析，纠结矛盾的是要不要向焦家后代出手，认同"父债子还"的社会习俗。结果，焦大星在明白是父亲焦阎王造下的罪孽时，帮助仇虎将刀子捅进了自己的身体。这一来，一个复仇者，一个承受者，都是主动用自我祭献的方式来终结世仇。应该说，这就在人性探索和心理分析的向度对《原野》做了指向性更为明确的表现。

五

相比较而言，在阶级斗争框架下对《原野》的"农民复仇反抗悲剧"的解读，在一定的语境当中也无不可，就是显得稍许简单。而瞩目于爱情故事的老式"三角关系"的热辣表达，当然也容易讨观众的喜欢。但是，这会让剧作原本深刻的人性探索明显变得浅泛，让那种揪心剧情的外在冲突与人物意志的内在紧张释缓。《原野》中规定情境设计的命运般的复仇使命与无对象可以下手的冲突，让原本处于"复仇"的副线位置的"爱情找回"成为主线，而且因为两男一女的"三角关系"结构，花金子的"主导性"使得戏剧动作的推进者仇虎变成了被动者。川剧《金子》正是这样的。这样做，固然是因为改编者为重庆川剧院沈铁梅"打本"而改编曹禺原作《原野》所致，更为深层的原因其实还来自戏剧界对普遍存在的经典原著缺少细读、深读的敬畏之心。我无法不指出，被戏剧界、评论者普遍叫好的川剧《金子》是一部颠覆了经典原著深广人性探究与高尚人格塑造努力的浅泛之作。金子成为救赎圣母，规劝了仇虎，呵护了大星，完成了自己的柔情似水和大爱无边的形象。

不，这不是曹禺的《原野》。不，不，这也不是成功的改编。为量身定做的"打本"需求而损伤原著所达到的思想高度和冲突烈度，怎么说也是可以质疑的。

《原野》诞生之后，过于严格的意识形态角度、框架的"取景"，导致认识有限或者认知偏颇。但是，当研究者、实践者可以没有多少禁忌地对待曹禺作品的时候，又由于角度的随意、"取景"的宽松而丢掉了对经典的敬畏，显得过于草率了。在我看来，重排经典或者重评经典，应该追求新角度、新认识、新阐释，诉求结果应该是加深理解，提高认识，添加意义，而不是相反。在《原野》问世 80 周年之际，写下这样的文字，是希望我们的文化在发展中，应真切地显示继往开来的文化使命与文明功能。只有充满文化自觉，才能做到文化自信。

本文发表于《曹禺研究》2017 年第 14 期

《赵氏孤儿》的文化改写：
古代·当代·中国·外国

　　文化改写，是文化交流与文化发展中的一种常见现象。文化的广度传播与纵向承传，常常会发生文化改写。广度传播是以交流为前提的，而交流发生在异质文化之间。交流的发生，又必须以接受一方的主体文化的需要为内在依据。接受文化影响不会是原样照搬，往往是接受方文化根据主体发展需要对所接受的客体进行自我丰富、自我满足式的调适性改写。文化的纵向承传是一个源远流长的发展过程。如果说，文化交流是异质文化在相互碰撞、影响过程中获得丰富的话，那么，文化承传就是一种文化在随历史条件与社会生活的发展变化自我调适、必然变化时获得的发展。在不同历史条件下与变化了的社会生活中，从物质生产方式、内容到精神生产，都会既有无法割断的历史联系和承接性，又有很大的流动和变异性。这是创造文化的人们的社会实践、思想观念、认识角度与深度、情感方式与情感内容都发生变化了的缘故。在文化的交流传播与发展变化中，这种现象应该引起人们的广泛注意与理性认识，尤其是在文化、跨文化、交流、一体化经济与文化个性这些概念与现象越来越多地成为热门话题的时候。

　　《赵氏孤儿》是在文化交流与文化发展的不同向度上都被"改写"过的一个十分有趣而又典型的例子。我希望，这一例个案能够为人们认识文化交流与文化发展提供一个生动的理解渠道。

一、《赵氏孤儿》古代文本的立意

元人纪君祥的杂剧《赵氏孤儿》①（以下简称纪本《赵》）一楔五折，讲的是中国古代——春秋时候的故事。春秋五霸的晋国，晋灵公廷下文武千员中最重要的两员人物相国赵盾、大将军屠岸贾将相失和，彼此不悦。戏剧情节展开之时，屠岸贾正在筹划除掉赵相国，因为"常有伤害赵盾之心，怎奈不能入手"，所以在派遣刺客、训练恶犬两次谋杀失手后，愈加止不住对赵盾"置之死地而后快"的念头。于是，他就进言晋灵公：赵盾拥兵自重，意在谋反。他由此获得机会，将赵家三百余口赶尽杀绝。结果是：赵盾被一名报恩勇士救出，逃往深山，不知所终。赵盾之子赵朔为当朝驸马，屠岸贾不敢擅自杀戮，就假传王命，胁迫驸马自尽。然而，公主临产，使已经下了"斩草务除根，萌芽不使发"决心的屠岸贾，派重兵把守，只等公主生产，便要"除根"。赵朔死前也曾垂泪相托，嘱咐公主：若生男孩儿，就保住这条赵氏血脉，以图将来报仇雪恨。这一来，赵氏孤儿的生死结果与前途命运就成为戏剧情节的中心线索，而屠岸贾"搜孤"与公主"托孤"，草医程婴、将军韩厥、退相公孙杵臼"救孤"就成为矛盾尖锐、冲突激烈的戏剧动作的核心内容。问题就偏偏出在孤儿被草泽医生程婴与将军韩厥同谋救出，屠岸贾传令将全国上下一月以上、半岁以下的婴孩悉数斩尽杀绝。腥风再度刮起，血雨即将降下。结果，韩厥、公孙杵臼舍命，程婴舍子，救下赵氏孤儿，骗过了屠岸贾，取名程勃。屠岸贾不知这血雨腥风下掩藏的秘密，认下赵氏孤儿为义子，取名屠成。孤儿在成长中，白昼随义父屠岸贾练武，夜晚拜养父程婴习文。两个假父亲，各自别有怀抱却真心地调教着他。二十年后，赵氏孤儿长成文武全才，程婴手绘故事连环图长卷，说破秘密，点醒孤儿。于是，二十年前的灭族血腥再现晋国，只是赵家换了屠家。全剧以赵家报仇雪恨为结局，难怪杂剧的"正名"叫"赵氏孤儿大报仇"。

---

① （明）臧晋叔编：《元曲选》，中华书局1958年版，第1476 – 1498 页。

《赵》的意义核心，显然在于报仇雪恨。这个主题，使剧本被介绍出去，流传欧洲后，让不明就里的外国人就这出著名的戏剧得出推断，认为中国人记仇、嗜杀，中国社会是一个充满了仇杀的社会。事实上，纪本《赵》中托孤、搜孤、救孤，最后由孤儿长大成人报仇雪恨的故事模式，通常是人类社会发展中阶级斗争、民族矛盾、部落冲突格外尖锐的时候从生活内容投射到文学、艺术作品中的一种寓言文化现象。中外文学史上，这种例子并不难找。纪本《赵》产生的时代，正是蒙古民族入主中原的时代。屠戮式的征服，无顾忌的掠夺，跋扈的统治，种族歧视的压迫①，使得被武力压迫与血腥威胁的人们，心里怀有更强烈的反抗愿望与复仇情感。屈从一时，忍辱含羞，卧薪尝胆，他年报仇，几乎成了处在征服与反征服、压迫与反压迫的斗争旋涡中心的人们熟悉也习惯的情感方式与情感内容。斗争的双方在对峙中明澈此道也敏于此情，于是，现实生活中就要格外小心。杀戮要做得绝，防止后患无穷；仇恨须藏得紧，以免行迹败露，事毁人亡。于是，从文学艺术作品中曲折地投射一下自己的精神图像与情感内容，使"自己人"感到声气相通、彼此激励，而让压迫者、征服者一时半会儿觉察不到或无法抓到"把柄"，就是被压迫的一群人善于做的事情了。无须讳言，春秋笔法的微言大义，隐射史学的借古讽今，文学艺术中的象征隐喻，其实都是中国文人们擅长的。元杂剧的写兴亡、诉冤愤、抒幽情、论公道、声讨权豪势要，便是其中的生动例子。而纪本《赵》借《史记·赵世家》的纪事表现血海深仇中的存根保种、终于大报仇的创作，重点应该是"存根保种"与"报仇雪恨"。联系中国元朝不足百年的统治，突出民族矛盾与此起彼伏的起义动荡，理解元杂剧所承载的有其历史合理性的社会心理与情感内容，就容易得多，也清晰得多了。

"存根保种"与"斩草除根"，"舍命救孤"与"暴虐搜孤"，尖锐冲突的矛盾双方按照剧作家的情感目的和悲剧表现的需要，被赋予忠奸正邪的身份意义。出于正义的目的与情感的需要，仇要报，冤要伸，奸邪要受到惩处，忠义要得到表彰，英魂要能够含笑九泉。所以，纪本《赵》的忠奸正邪斗争是剧情主线，

---

① 当时有民族歧视政策，人们被分为贵贱四等，依次为蒙古人、色目人、汉人和南人。

搜孤救孤是戏剧动作的核心，孤儿是"戏眼儿"和戏剧情节"突变陡转"的"秘密"，"大报仇"是这出表现忠奸正邪的尖锐斗争的戏剧的必然结局。大报仇也好，大团圆也罢，中国人的悲剧观念是将希望的假想与"邪不压正"的渴望培植于黑暗绝望与血污惨愁的土壤上的。就悲剧歌颂英雄、崇尚理想、高张人性光辉、诱发人们对假恶丑的唾弃与对真善美的向往的意义而言，纪本《赵》是达到了它产生的时代的完美境地与最高水平的。

诚然，冤冤相报的"他他他把俺一姓戮，我我我也还他九族屠"① 在现代人听来有些良莠不分、黑白不辨的混沌和野蛮。切齿痛恨和快意复仇的"……把麻绳背绑在将军柱。把铁钳拔出他斓斑舌。把锥子生挑他贼眼珠。把尖刀生剐他浑身肉。把钢锤敲残他骨髓。把铜斩切掉他头颅"② 的血腥和残忍，又令远离了社会杀伐战火与生活残酷真相的文明人无法接受，更不欣赏。就像对岳飞的"壮志饥餐胡虏肉，笑谈渴饮匈奴血"③ 的战争抒情的微词那样，他们也对孤儿复仇剥离了历史背景与社会生活内容的抽象批评与道德诟病。但问题在于，这是没有意义的。因为，我们可以评价，也能理解，却无法臧否历史。无论后人喜欢与否，历史都依当时的客观条件、按自身发展逻辑就那样发生了。历史事件中生活的人物，也受着其现实规定性的制约，按照其可能的生命活动内容来演绎人生。从帝王将相到贩夫走卒都概莫能外，没有一个现实的人能够超越历史局限和生活可能。同样道理，用现代道德或当代理念去批判与其历史条件和生活内容紧紧相连的前人或古人也是毫无意义的。在此认识背景下，我格外地嘉许纪本《赵》的艺术负载，它曲折地表现了那些特殊岁月里民族矛盾尖锐的社会条件下人们的情感内容与情感方式，也忠实地记录了人类历史发展过程当中某个阶段上的人性特征与精神印记。

从艺术上讲，纪本《赵》的戏剧结构也颇有可说之处。血腥杀戮事件为开端，托孤、搜孤、救孤为情节发展，程婴演说和血带泪的"藏孤舍子"的秘密

---

① （明）臧晋叔编：《元曲选》，中华书局1958年版，第1495页。
② （明）臧晋叔编：《元曲选》，中华书局1958年版，第1496页。
③ 南宋时期抗金名将岳飞（1103—1142）脍炙人口的《满江红》抒怀词句。

为剧情陡转,是剧情蓄势已久的高潮。大悲大喜的交集,大是大非的混淆,大忠大奸的颠倒,大情大仇的扭结……这是剧情人物情感最为复杂也最为猛烈的一次迸发。然后,就是杀屠报仇的迅速结局。剧情冲突尖锐,矛盾集中,发展迅速,形象鲜明,受到后世文学、戏剧界的喜爱,是必然的。在文化传播中,作为有代表性,显现着不同文化背景、不同语言的戏剧文化的中国戏剧经典作品,被向西方介绍中国艺术文化的外国翻译者首先选中,绝非偶然。

二、《赵氏孤儿》文本内涵的西方改写

据一些中西文化交流的研究者考证,纪本《赵》是第一部被译为西文的中国戏剧。[①] 从 1732 年法国传教士马若瑟的译本出现后,先后出现了法语、英语、德语译本。据严建强先生统计:"《赵氏孤儿》不仅引起了翻译家和批评家的注意,也激发了剧作家的热情。自 18 世纪 40 年代之后的近半个世纪就有四五种改编的本子。"[②] 颇为有趣的是,法国启蒙主义思想家伏尔泰和德国文豪歌德都对纪本《赵》产生了浓厚的兴趣,而且都动手对这个中国剧本进行了改编。只不过,伏尔泰完成了工作,而歌德却没有。

伏尔泰的改编本没有沿用《赵氏孤儿》的剧名,而用的是《中国孤儿》。从"赵氏"变为"中国",有两个方面的意义:一是从剧名一望而知,剧情表现的是中国故事,这对于未必熟悉中国姓氏的西方人理解剧名的意思而言,更加明快。二是与改编者的意图相联系,把姓氏宗族之间的血海深仇改写为社会文明之间的尖锐冲突。《中国孤儿》于 1755 年 8 月 20 日在巴黎公演,公演的这个改编本事实上是一次较大幅度的改写,从人物到背景,从动作到结局,都在伏尔泰推

---

① 沈福祥:《中西文化交流史》,上海人民出版社 1985 年版;严建强:《十八世纪中国文化在西欧的传播及其反映》,中国美术学院出版社 2002 年版;忻剑飞:《世界的中国观》,学林出版社 1991 年版。

② 严建强:《十八世纪中国文化在西欧的传播及其反应》,中国美术学院出版社 2002 年版,第 145 页。

崇中国文明的态度的作用下被大幅度地改写了。背景从春秋变成了宋元之交的蒙古人入主中原的时代，冲突双方的主要人物从作为忠、奸代表的赵、屠两家的成员变成了分别作为文明与野蛮象征的前朝旧臣遗孤与当朝新主新贵。一代天骄的成吉思汗攻城掠地，追剿前朝抵抗力量并搜捕前朝忠良遗孤，藏孤救孤的是一个前朝旧臣，他用自己的亲生孩子换下了孤儿。在孩子将被处死时，他的妻子 Idame 无法忍受自己的骨肉刀下丧生的残酷现实，冲动地说出了秘密。成吉思汗提出条件，他可以赦免 Idame 的丈夫和孩子，但许多年来实际上一直是他的心中偶像的 Idame 必须嫁给他。Idame 断然拒绝，宁愿和自己的丈夫、孩子、前朝遗孤一道玉碎，决不瓦全苟活。结果是：成吉思汗征服一个文明鼎盛的社会与一个他心仪已久的美妇人的欲望被对一种文明高度、一种美德情操的钦羡甚至崇拜所置换，他放弃了暴力杀戮式的征服，而变得恭敬且臣服。用成吉思汗赞美 Idame 的话说："你把大宋朝的法律、风俗、正义和真理都在你一个人身上完全表现出来了。你可以把这些宝贵的教训宣讲给我的人民听，现在打了败仗的人民来统治打胜仗的君王了。忠勇双全的人是值得人类的尊敬的。我要以身作则，从今起我要改用你们的法律。"①

这里，值得格外注意的地方有两点：一是藏孤救孤的当事人之一 Idame 在血腥屠戮的威逼面前说出了"掉包儿"藏孤的秘密，这是人物性格的文化特征的一个改变。在中国的传统道德文化氛围里，易子而食，杀女救主，只要是为了所谓的"大义"，这种惨烈的牺牲与可怕的殉道殉主行为，是为君君臣臣、父父子子的人伦礼仪所倡导的，因而也是完全能够被人们接受甚至推崇的，但在西方文化的道德心态里，这就不人道、不近情理了。所以，伏尔泰让一个母亲目睹刀剑下命在旦夕的亲生婴儿的可怕情形时，无法忍受，说出秘密，十分自然。但显然，这是西方人格的母亲。中国传统文化铸造的东方人格的母亲，往往能够扮演好社会派分给她们的角色——烈女节妇。杀身成仁、舍生取义，做起来，常常比男人还果决，至少是不让须眉。这是东西方文化在人格铸造上的不同。二是落

---

① 转引自忻剑飞《世界的中国观》，学林出版社 1991 年版，第 207 页。

脚在家族血仇上的忠义与奸邪的斗争变成了体现为旧臣新王对立的文明与野蛮的冲突，最后解决矛盾的方式，是让征服者戏剧性地变为臣服者。这么一改，原来的悲剧变成了一个理性色彩的正剧。自然，这也没什么不可以。就一个题材而言，改编者有其根据意图需要的改编或改写的自由，只是，改编本与原作已经相去甚远。伏尔泰戏剧化地用他的理念来解决戏剧冲突与人物矛盾，用他的理想来想象、憧憬甚至改变现实，实际上，这还是有生活依据的。历史上，野蛮落后的部落族群在颠覆了文明发达的政权后又被文明社会所同化，例子并不少见。只不过，同化是一个过程，未必像他的剧作里那样的情形：是一个征服者一时感动而向被征服者的臣服。文学艺术作品不是历史或生活本身，所以，在进入伏尔泰"征服与臣服"的戏剧情节时，就只能把那个有点儿天真、有点儿形同儿戏的戏剧性转变的结局看作一个浅显的象征、一个勉强的隐喻。之所以这么说，是因为：一方面，戏剧故事，尤其是冲突结局的象征意义与隐喻内涵的确具有野蛮被文明同化（另一种意义上的征服）现象的同构性。另一方面，人物关系构成中，由于楔入了男、女主人公那并未展开，但对戏剧冲突的解决至关重要的爱情纠葛，使改编者表现意图焦点所在的文明与野蛮的冲突的主线有点儿"跑偏"。似乎重要的、解决问题的因素不是文明，而是爱情的神奇力量。剧情明摆着的，"文明"在前朝旧臣身上并不彰显，也没有启蒙"野蛮"，阻止屠戮的功效只有在 Idame 身上才灿烂夺目，令征服者成吉思汗幡然悔悟，放下屠刀，臣服归化。问题在于，文明与野蛮的冲突是表现戏剧立意的主题所在，搜孤与救孤的对抗行动是戏剧动作的主线所依，但解决冲突与消释对抗的关键因素却不是主题、主线的内容，而旁逸到一个构不成戏剧意图表现所需要的情节核心与动作线索的"爱情"上，这就使改编者的创作意图在表现过程中大打折扣。实际效果就是：野蛮并未臣服于文明，而是臣服于爱情，至少要碰巧通过爱情的中介来归顺。这就不足为训了。

　　作为欧洲启蒙主义思潮的代表人物，伏尔泰在一部中国戏剧作品的改编本中这样勉力地去盛赞中国文明的道德力量，与他期望借中国道德文化与中国社会礼法来构筑法国理想的社会制度与政治秩序的急切愿望有关。当时欧洲启蒙主义运动面对的是：动荡的社会、纷纭的治世观念和君主立宪事实上对现实社会的统治效力甚微。思想启蒙的任务极其艰巨，启蒙主义者们需要各种各样的思想材料来参照、对比生活现实并支持自己的理想构思。《莱布尼茨和中国文化》一书的序言中写道："当我们阅读到那些近代第一批到达中国的欧洲人——传教士所写的一系列报道时，我们所表现的对中国的激情是何等强烈。正是这些报道曾引发出对中国兴趣的冲击波。在这些报道中所描述的，是一种使欧洲人的古代幻象得以实现的国家制度。在这个社会里，每个人都可以被崇高的自然美德引导到任何领域去，并从而造成一种完全和谐、可信赖的关系构成的体系。毫不奇怪，当年四分五裂的欧洲曾把这种中国式的和谐视为他们的理想。"[①] 伏尔泰正是把中国的道德文化与礼法生活视为法国社会乃至西方社会改革的理想范本的一个。凭着从耶稣会教士的大量通信、札记得来的知识加上想象，伏尔泰慨叹："人类智慧不能想象出比中国政治还要优良的组织"[②]，"应将中国置放于所有民族之上"，"我们不能像中国人一样，这真是大不幸！"[③] 在这种狂热的推崇与理想化的想象下，纪本《赵》的复仇故事被改写成为一个向文明挑战的野蛮终究臣服于文明的传奇，就不难理解了。

这倒很符合文化传播当中的规律，一个民族在接受外来文化影响时，往往从想象、误读与曲解开始。如果不是出于恶意，那么，这种出自寻求佐证材料的想象、缘于文化立足点的误读与因为知性条件局限的曲解，倒是文化传播过程中最为经常发生的事。关键在于，接受外来文化影响的时候，首先是接受者有内在需要。接受者从文化基因、现实需要、知识准备出发去嫁接、取舍与涵化来自外来文明的异质文化，在调适中使自己的原有知识系统增加新的生成物。在人类发展的共同历史中，不同种族、不同洲际的文化交流形成的个性互异、交相辉映又相得益彰的灿烂文明，就是在这样的过程里形成的。

---

① 文涛、关珠、张文珍编译：《莱布尼茨和中国文化》，福建人民出版社1993年版，第1页。
② 转引自忻剑飞《世界的中国观》，学林出版社1991年版，第205页。
③ 转引自忻剑飞《世界的中国观》，学林出版社1991年版，第203页。

三、《赵氏孤儿》版本的当代诠释

文化产生以后,在空间里蔓延叫作传播,是横向发生的;在时间维度上承继叫作流变,是纵向发生的。而传播与流变的发生,是与具体的包括时、域因素的历史条件联系在一起的。纪本《赵》传播到欧洲以后,伏尔泰影响颇大的《中国孤儿》作为一个非常典型的例子说明:他的改编实际上是文化交流与文化传播中常见的文化接受过程中根据自身需要对异质文化的改写现象。下面的例子将要说明的是:传统文化在自己的文化河床上奔流,也会出现改写现象。只不过,前一种文化改写是因为异质文化之间产生交流时接受主体的自调节机制在发生作用;后一种文化改写的依据,则是一种文化在历史流变中随时代特征的变异而进行的自我更新与自我调节。

2003年的中国话剧舞台有一个细节是值得注意的,北京人民艺术剧院与中国国家话剧院各自创作、分别排演的《赵氏孤儿》(以下简称《赵》)同时出现在北京戏剧舞台上,形同"叫板儿"。两个国家级的剧院同时启动的消费中国戏剧文化遗产的制作,被同期推向舞台,让观众产生一种怪怪的心理,总觉得看了其中一个,不去看看另外一个,似乎就缺了点儿什么,心里总不踏实。

北京人民艺术剧院的《赵》,导演是中国新时期以来锐意创新、成绩斐然的林兆华;中国国家话剧院的《赵》,导演是近年以同名小说《生死场》的成功改编和导演声誉鹊起的田沁鑫。这两位导演,一老一少,一男一女,生活经历、知识结构、文化素养及情感特质等等都有很大差异,这就为他们同时注目并表现的经典名剧带来了许多颇可玩味的相同与不同。这是两个特别重视自己的艺术感觉的导演,所以,剧目的演出,往往烙上了他们鲜明的精神印记,体现了他们突出的创作意图。基于这样的认识,我在分析纪本《赵》的当代诠释的时候,更多的立足点是舞台呈现面貌及其意义,而不是剧本文学的文字分析。这样更贴近所分析的戏剧制作本身。

北京人艺的《赵》,经典文本的改写者是金海曙,他说:"新版《赵》剧除了在'搜孤救孤'一节上基本沿用了纪版的说法外,对各主要人物如屠岸贾、赵盾、程婴和赵氏孤儿等的性格和人物命运均作了新的描述,复仇是主题中应有之义……前半部……一场祸及全城公仇私愤交织的大屠杀。后半部则主要呈现成长后的赵氏孤儿所必须面对的人生困境,即屠岸贾一方面为养育栽培他成人的大恩人,另一方面又是赵氏家族全灭的罪魁祸首。赵氏孤儿生而为人,就不得不背负起其人生命运所难以承载的两难抉择。"① 就演出的舞台呈现看,北京人艺版的《赵》是部分实现了这一改编意图的。最大的变化在于,悲剧仍旧是悲剧,但已经不再是原来的赵氏的悲剧,而变成了程婴、韩厥、公孙杵臼的,甚至是屠岸贾的。唯独与那个既叫屠成又叫程勃的赵氏孤儿无关,他没有面对复仇重任,也没有背负所谓的两难抉择。演出文本与文学本的如此不同,大约只能理解为是导演林兆华的创作了。

纪本《赵》中,孤儿长大成人后,他的生存状态是春风得意的,文有程婴敦促,武有屠岸贾提携,他的自我感觉是:"我则待扶明主晋灵公,助贤臣屠岸贾。凭着我能文善武万人敌,俺父亲将我来许,许。可不道马壮人强,父慈子孝,怕什么主忧臣辱。""俺父亲英勇谁如。我拼着个尽心儿扶助。"② 对屠岸贾的感恩戴德与膺服之情是发自内心也溢于言表的。但是,当听得程婴演说赵、屠两家的血海深仇后的第一反应就是:"我我我也还他九族戮","谁着你使英雄忕使过,做冤仇能做毒,少不的一还一报无虚误。你当初屈勘公孙老,今日犹存赵氏孤,再休想咱容恕。我将他轻轻掷下,慢慢开除"③。按照中国古代的道德文化,孤儿知晓家族血仇后的反应是十分自然的,"还他九族戮"的大报仇行动也顺理成章。但北京人民艺术剧院的改写版,出发点却不是古代道德及其铸成人格,而是现代人理解的,沉淀在赵、屠两家血仇中更深的社会原因,血仇遗孤及其关涉者的生命意识与生命悲剧的内容。

首先,悲剧的起因,不再是忠奸正邪之争,而变成了君王政治权术的风云变

---

① 《赵氏孤儿·作者的话》,北京人民艺术剧院演出说明书。
② (明)臧晋叔编:《元曲选》,中华书局1958年版,第1491页。
③ (明)臧晋叔编:《元曲选》,中华书局1958年版,第1495页。

幻与人事代谢。赵、屠两家的相互冲突，可能有同殿为臣的相互龃龉的原因，但无论是赵杀屠，还是屠戮赵，抄斩满门，诛灭九族，均非一个文臣或一介武夫所能做得了主的。生杀予夺、升降沉陆的大权，总揽在皇帝手中，文臣武将的命运，把玩于或昏君或明主的股掌之间。北京人民艺术剧院版的《赵》，就是从这样的理解和分析来组织悲剧冲突、展示悲剧原因的。因此，改写者在剧情的前缘中设置了这样的情景：许多年前，屠岸贾权重，晋王要除掉这个可能成为自己王权威胁的隐患，找个罪名，让当朝相国赵盾作为执行者，问罪屠家。屠岸贾一夜间从显臣沦为罪犯，株连九族，满门抄斩。也许当朝对屠岸贾累功至高还有一丝顾念，所以免其一死，放逐大荒，永不起用，永不回朝。许多年后，赵氏家族位高势大，新晋王灵公心有惧焉，意在削弱赵家，遂请回屠岸贾，委以重任，让多年前屠门血案的仇恨像疯长的藤萝，缠绕在再度同殿为臣的赵盾与屠岸贾之间。时候一到，血腥再起，屠岸贾得到机会，对赵家执行抄斩灭门。赵盾并未逃走，而是从容赴死。许多年前后，赵盾与屠岸贾之间，赵家与屠家，情景相似，位置却调了个过儿。他称赞屠岸贾的手段与魄力，因为他在屠岸贾身上看到了自己的影子，在屠岸贾的作为里看到了自己许多年前想做，因没有得到国王示意而没能够做的事情。在血腥杀戮、斩草除根的政治斗争、权势倾轧中，赵盾与屠岸贾不是忠奸正邪斗争的双方代表，而是玩弄权术、借势借力以巩固地位、剪除异己的冲突中相互敌对却彼此欣赏、惺惺相惜的一对。这么着，纪本《赵》中预设的悲剧前提就从忠奸正邪斗争的道德前提变成了政治交易与权势冲突过程中的水流风转了。在这场悲剧冲突中行动着的人们，不再负有崇高的使命，也并不怀有卑下的情操，这倒更像春秋战国时期群雄并起、五霸相争、敢轻生死、慷慨悲歌的人们。纪本《赵》"搜孤救孤"的戏剧动作中心线索还在，但其悲剧前提却被置换掉了。这是十分关键的内容，它直接影响到与此关涉的所有人物的生命活动的价值评判，也影响到戏剧表现的悲剧含义。既然赵、屠两家的生死荣辱决定于权势斗争的胜负，而不因为忠奸正邪冲突的成败，那么，无论谁胜谁负，都不具有社会意义上的悲剧性，也不具备道德意义上的悲剧性，而只具有个人意义的悲剧性。

其次，因为悲剧前提的置换，悲剧行动中的人物的行为动机也就相应变化了，由此导致的行动结果所包含的悲剧含义也就随之产生变化。先看悲剧人物的行为动机。赵盾认命式地面对满门抄斩的临头大祸，驸马赵朔也无力回天，公主产子，托孤程婴后就悬梁自尽了。草泽医生程婴受人之托，重然诺，讲义气，轻生死，身家性命全都搭进去了。捎带着，加入了救孤行动的韩厥、公孙杵臼也舍命牺牲。整个行动，代价十分惨重。动机是什么呢？只有一个"义"字。忠奸斗争的前提不存在时，救孤的行为动机就只剩下"义"了。程婴是中国传统戏剧舞台上"义仆"形象的一个典型，他对赵家而言，亦友亦仆，他的行动选择是可以理解的。仆为主死，是中国"三纲五常"人伦规范与道德规范的延伸。而韩厥与公孙杵臼，前者是因为佩服赵相国的为人，后者是因为与赵盾有同殿之谊，也是出于一时意气，就卷入赵家血案了。古人的仗义行侠，单纯得令现代人无法理解。

再次，就是循着悲剧人物的行为动机对由此付出的悲剧代价的考量了。从剧情看，韩厥、公孙杵臼都孑然一身，死后一了百了。而程婴不但眼见得亲子命丧屠岸贾剑下，而且断送了妻子性命，更可恼的是：他其实付出了"舍子救孤"的惨重代价，却背负着"卖主求荣"的小人的天下骂名。名声的亏欠，家破人亡的沉重代价，使得吃了哑巴亏、生不如死却又不得不活着去完成抚养孤儿任务的程婴实际上比任何人来说都更为迫切地想要复仇。为着讨还血泪代价，为着清白名声，他都会为复仇计划而焦灼。然而，当程婴向程勃痛说血泪史，点明了他作为救孤"英雄"的真实身份并敦促已经成人的赵氏孤儿行动时，在鲜衣美食中成长起来的"花花公子"孤儿，用了痞子式的腔调，拒绝承担被期待的重任，逃避了家族复仇义务。我现在过得挺好，凭什么要我承担如山重负的责任，他们的仇杀跟我有什么相干？（北京人艺版《赵》孤儿台词大意）说罢，他扬长而去。戏眼儿所在的秘密被揭破后，孤儿并没有产生程婴期待已久的复仇之心。大报仇的行动没有了，成为一具孕育过久的"死胎"，剩下屠岸贾的大震惊与程婴的大悲愤。悲剧更是程婴的，本来毫不相干的他，付出了惨重的代价后，换来的竟是孤儿对复仇责任不屑一顾的拒绝。悲剧也是屠岸贾的，自己耗费后半生精力心血去尽心竭力地培养的螟蛉之子，却是他千方百计想要斩草除根的赵氏孤儿。事情像一个隐喻：屠岸贾亲手培植了自己的否定因素——养大了仇人的孤儿。他盲目，就像盲目得没有及早意识到自己和赵盾实际上都只是王权帝位的工具与牺牲品一样，可利用，可废弃。先是他，然后利用他废弃赵盾，接下来完全有可能是利用赐还赵姓取名为"武"的赵氏孤儿来废弃他。争狠斗勇，屠岸贾在王权的玩弄中，浑浑噩噩地走过了一个悲剧的轮回。临到末了，屠岸贾明白了，一切都为时已晚。百样绝望，千般苦楚，万种悔恨一时袭来，程婴与处在巨大震惊中的屠岸贾僵在了被晋王与孤儿遗弃的地方。这时的舞台表现非常精彩，瓢浇桶泼般的水突然降下来，有的观众、评论家理解为雨水。其实，那与雨水无关，而是导演林兆华为程婴乃至屠岸贾找到的一种百感交集、万念俱灰、迸血溅泪的情感内容的迸发式的宣泄方式，一种对观众极富冲击力的舞台表现语汇——同时诉诸视觉、听觉（前排观众还有触觉）与情感。

　　悲剧结局对于悲剧冲突的双方来说都是绝望的，这是在王权帝位前的政治权术与势力斗争的旋涡中心沉浮漂流的人的悲剧。他们的政治抱负的雄心铁腕，为人处世的侠肝义胆，建功立业的壮志豪情，生命旋律的慷慨悲歌，作为人的品质、生活追求、生命的自我实现与生命个体人格力量的必要内容，有着积极感人的重要因素。因此，当这些生命被毁灭，人性中这些感人至深、有价值的东西被毁灭时，就会引起观众的同情与怜悯。

　　中国国家话剧院版的《赵》，请著名剧作家姚远做文学策划，导演田沁鑫自己动手改编。这个版本的演出十分风格化，舞台是象征写意的，色彩对比非常具有视觉冲击力，形式感很强。它的故事叙述，也对悲剧原因与悲剧结局做了较大程度的改写。田本《赵》的悲剧起因，既不是纪本《赵》的忠奸正邪的冲突，也不是北京人艺版《赵》的权势争斗，而是起于宫闱淫乱的任性斗气。晋灵公之女庄姬，自恃皇威，骄傲纵欲，晋国上下，人尽可夫。她淫靡的气味，终于淹没了驸马赵朔最后的忍耐。在她与赵朔的叔父乱伦于寝宫时，恰巧被赵朔撞见，双方发生冲突。赵朔杀死叔父，又给庄姬一记狠狠的耳掴子。赵盾不理解也无法原谅儿媳的劣迹，狂怒的庄姬转而诬告赵家谋反。恐怖到极点又年轻气盛的赵朔一不做，二不休，索性起兵真反，杀了晋灵公。结果兵败被杀，满门抄斩，赵盾被动罹难。坐在一地血污、满目尸体当中，庄姬以成为寡妇、成为赵门灭族的罪魁祸首的沉重代价换来了满腹愧悔与一腔绝望。她用一个女人的愧悔与一个母亲的绝望打动了程婴，程婴诚信为人，一诺千金。而韩厥将军、公孙杵臼与赵家、屠家都既无善缘，亦无恶交，之所以卷入"搜孤救孤"的事件，舍了性命，完全是因为佩服程婴在乱世浊流中显现出的令人肠热的信义壮举，没有也不必有更深刻的原因。

悲剧的结局是程婴偶然地被晋景公射猎误伤，屠岸贾病入膏肓，两人先后死去。这样，在此前听着养父与义父交替叙说的赵家祸事始末片段而将自己的来历、两个父亲的身份连缀成一个完整传奇的孤儿，就卸下了面对两个亲人进退维谷的两难抉择的重负，无爱无恨地上路了。对孤儿来说，程、屠均为亲人，是这两个男人给他了生存和成长所需要的一切。救命恩人，教他在世为人之道；杀父仇人，教他在世为人之勇。事实上，他们是孤儿真正意义上的父亲。所以，面对程婴、屠岸贾的尸体，孤儿无限悲哀与惆怅地说："今天以前，我有两个父亲……今天以后，我是……孤儿！"① 田版的改写，注意力在于消解纪本《赵》剧情中大报仇结局的必要性。显然，情与仇的尖锐对立与矛盾困境是田沁鑫觉得最有戏剧性也最有思考意义地方。所以，她注目的是：在恩人养父与仇人义父之间左右为难，爱难于割舍，恨也恨不起来的孤儿的情感状态。赵氏孤儿的故事，就变成了一个由情生恨，酿成大祸，又因祸得情，情仇难分的故事。

金（林）版的改写，田版的改写，都保留了赵氏孤儿"搜孤救孤"的大致故事情节，但不约而同地都置换了悲剧的起因与悲剧的结局。

前者显出阳刚强悍的男性风格，慷慨悲歌，笑谈生死，意志较量，性格对峙。在表现过程中探索悲剧的社会原因，展开得更理性、更复杂、更深邃。性格表现更硬朗，更粗犷，更张扬。

---

① 田版《赵》孤儿、武士语。亦可见田沁鑫《我做戏，因为我悲伤》，作家出版社 2003 年版，第 57 页。

后者洋溢着瑰丽浓郁的女性色彩，长歌当哭，爱恨交并，情仇缠绕，如泣如诉，对悲剧的感受十分个人化与情感化，剧情铺叙得更感性，更单纯，更透明，性格刻画更阴柔，更细腻，更内敛。

前者的悲剧结局颇具荒诞性，呼天抢地的大悲痛，灭门诛族的大冤仇，舍生忘死的大牺牲，忍辱含羞的大隐痛……到末了，当事人既不承事也不领情，程婴一生一世的努力与超出常人所能承受的痛苦，换来的，却是个一切努力均白费的绝望，像个残酷的玩笑！这是以现代人对生命价值的判断和体会进入赵氏孤儿的故事所读出的生命意义的悲剧。

后者的悲剧结局情感凄迷，哀音不绝，敌友难分，情仇莫辨。由情起，因情落的悲剧故事，表达的是现代人对人际情仇爱恨的情感判断与认识角度。它不以姓氏血脉来甄别，也不因历史过节去划分，而是与饱实的生活内容和具体的关系结缔方式紧紧相连的。自然，这种观念与情感内容是以宗族组织为基本组织形式的社会生活所无法想象的。

应该指出：纪本《赵》的当代诠释者或改写者是从当代人理解的生命意义与生命价值出发去进入赵氏孤儿的悲剧事件的。其所见，自然与从忠奸正邪道德前提下做出的行为判断与生死价值观念完全不同，悲剧表现的兴奋点也不同。纪本《赵》中悲剧人物牺牲的全部价值就在于"大报仇"，因为它必须解决悲剧忠奸正邪前提下的道德满足问题。田本《赵》的悲剧人物的牺牲的全部价值与悲剧人物如屠岸贾的存在，是为孤儿的悲剧感受与情感炼狱构成分量，增加复杂性，而复仇与否，倒在其次了。金（林）本《赵》表现的悲剧人物的牺牲，有个人的人格力量与感染力，但缺乏崇高与伟大的意义。程婴、韩厥、公孙杵臼与屠岸贾是形式上相互对立却悲剧实质相同的悲剧人物。前一组人物，付出了远比一个婴儿的生命及其所代表的社会意义要大得多的代价，结果在孤儿长大后拒绝复仇时，他们看似悲壮的努力走向了荒谬甚至滑稽。他们的牺牲在现代人看来是轻率和盲目的，悲剧的结果，缘于社会以外的性格的原因或选择的盲目，中、外悲剧史上的例子并不少见。屠岸贾争狠斗勇，挟势弄权，却也没有看清自己在君王座前与赵盾的命运并无二致的事实。明白过来时，鸟尽弓藏，兔死狗烹的危机已经使其如"悬剑在颈"。

文化发展过程中,除旧布新是文化自调节机制自我更新的必然。事实上,赵氏孤儿题材的古代版本与当代诠释在悲剧意义的开掘、悲剧人物的塑造、悲剧内涵的认识等方面的不同,其折射出来的,正是一种文化在承传中发展、在发展中流变的特质。同样一个文学题材的悲剧故事,在两个不同时代的阐释语境中呈现出如此不同的语义,一定程度上记录着文化发展变化的痕迹,这是颇具文化学研究意义的。

四、《赵氏孤儿》的当代诠释对戏剧舞台的意义

金(林)本的《赵》与田本的《赵》,除了在戏剧主题的重构方面提供了文化发展的自我更新的一个典型个案的研究意义外,显然还具有当代戏剧舞台回望遗产、追求风格、解放空间与探索戏剧表现力多方面的意义。它恰好吻合的是在文化基因上发展、于文化传统中创新的基本规律。

两个当代版本的《赵》,创演者都以格外强烈和自觉的意识去回望传统,这是非常值得注意的。倒不是因为这种想法有多么新颖,而是因为这两位分属两个时代,但又在当代戏剧舞台活跃着的导演不约而同的举动所显现的戏剧文化意义:当代中国戏剧舞台越来越多地转向中国戏剧遗产并获取发展活力,越来越自觉地以确认自己文化根基中有价值、有生命力的基因来获得文化的新发展。我认为,这不但是中国戏剧文化,而且也是中国文化发展的正确道路。

事实上,林兆华早在 20 世纪 80 年代初就探索中国戏剧舞台的丰富性。19 世纪末 20 世纪初,现实主义戏剧美学原则传到中国来,在 20 世纪 50 年代又被强化而定位为独尊,这使得中国戏剧舞台的观念与表现力愈来愈趋于单一和僵化。他对这种状况十分不满:"搞艺术总得有所追求,都是老套子,排的没劲,演的也没味。"① 他提出要向我们的戏剧传统寻求生命力:"我们得走戏曲的路子。戏

---

① 高行健:《对一种现代戏剧的追求》,中国戏剧出版社 1988 年版,第 118 页。

曲舞台的时空变化,是演员演出来的。环境随着人走,人在景也在,人无景也无。"① 中国戏剧舞台的极大的假定性与极真实的表演相结合,为戏剧舞台的表现力开拓了无限的空间。用林兆华的话说就是:"戏曲的空间给我一个启示,就是舞台上没有不可以表现的东西,只要你能够展开想象力,没有不可以表现的。中国的戏曲天上、地下、山水都有,它都可以通过演员表现出来,中国戏曲的舞台是一个空的空间。空,它有一个极大的好处,用道教的观念来说,它是个无。但这个无是一个无限,你可以自由地飞翔。这个东西是斯坦尼也好,布莱希特也好,都没有的。"② 林兆华是中国新时期以来在中国戏剧舞台上最富于活力、最有创造性的导演之一,只要是有利于丰富戏剧表现力的手段、方法,他都勇于尝试,大胆探索,综合运用。在我看来,排演北京人艺版的《赵》,林兆华保持了他的一贯作风。更为突出的是,这个剧本的古典性与古代题材给了他一次机会,把中国戏剧的美学原则用够用足。

金(林)版《赵》的整个演出,给人的突出感受是舞台干净,动作简练,发展流畅,叙述自由,空间开放。天幕幕墙上的战国人物、车马的似与不似之间的浮雕式造型,将故事发生的时间、地点点染出来。整个舞台空荡荡的,营造出一种久远、缥缈、诗意、空灵的戏剧氛围。人物一组接一组地出现了,行动一个连一个地展开了,地点一处化一处地变换了,观众目不暇接地追踪着悲剧的发生、发展与结束,没有情绪的打断,不会因理解歧误而思绪旁逸,酣畅淋漓,一气呵成。情节的叙述与地点的转换全靠空的空间中的舞台调度与人物组群的上下,没有特别的交代,也不必假借提示性的道具景物,景随人上,境依人转,干净利索,流畅自然。这是当代中国话剧舞台立足于我们传统戏曲的美学原则进行的一次舞台表现与戏剧叙述的漂亮创作与成功尝试。没有人怀疑他是在看话剧,却又让人强烈地感觉到与以往墨守成规的话剧的舞台表现有太多太大的不同,那样鲜活强烈,那样潇洒自如,那样不拘一格,那样风格朴实又大气磅礴,那样游

---

① 高行健:《对一种现代戏剧的追求》,中国戏剧出版社1988年版,第105页。
② 参见魏力新编著《做戏》,文化艺术出版社2003年版,第50页。

刃有余和举重若轻。

值得注意的是，林兆华在语汇上所做的"杂糅"试验，也就是在写意表演与空的空间里出现的真牛、真马。真牛成为郊外农舍特殊环境的象征符号，与情节展开的规定情境中的人物言辞、行为结合起来，十分自然。真马在某个场合出现了一次，铺得很严、很稳、很沉的干冰雾气，让那匹白骏马像是在旷野疆场小憩，优美、辽远。但我猜想，林兆华绝不是为了展示一幅画面而添加一个生动的背景，而是为下边情节中出现的追兵策马赶杀赵氏家族时动荡、激烈的场面做一个铺垫。就像戏剧理论常举的例子那样，第一幕挂在墙上的剑在第三幕出鞘，令观众前边有心理准备，后边受之怡然。此前有交代，后有照应之谓也。一般地，我们习惯于用一种一致的表现风格与统一的舞台语汇来处理舞台。但是，林兆华在《赵》中给我一种启示，在写意的表现风格里，无论真的假的，都是会意指示的符号而已，可以景随人动，境依人换；可以无中生有，有前说无；可以假戏真做，真戏假做；可以虚虚实实，真真假假……只要用得和谐自然，巧妙生动，传神会意，就是了不起的创造。杀人，点到为止，死者自己走下场；写景，真牛上台，制造乡土气息；抒情，在任何言辞与行动都无法宣泄人物心中胀满的委屈、悲愤、痛苦与绝望的时候，情潮顷刻席卷，泪飞顿作倾盆。

观众接受，行了！观众懂得，好了！观众赞赏，妙了！我在现场的感觉是，这三种反应，观众都有。

田版《赵》，风格突出，形式感强，视觉效果与田沁鑫刻意张扬的情感效果一样强烈。她也在传统戏曲空灵写意的美学原则上做了可贵的努力，空的空间被灯光、白天幕和开合变化的黑景片调配、改变，以适应剧情发展中情绪基调的变化。分别身着黑色、红色、白色加中间色的灰色服装的人群，缓慢地活动着，使整个舞台和人物组群构成了像一幅色彩稠浓得化不开的油画的视觉效果。血洗赵家的那一场，表现得格外刺激，也格外漂亮。在墨守成规的话剧演出那里，尸横遍野，血流成河是无法表现的。田沁鑫充分运用假定性原则与戏曲象征写意的手法，让身穿甲衣的武士一手持剑，一手提着一个红布包出现，然后交错跑动，就把抄斩赵家满门这一充满了骚动、混乱与暴力的血腥事件表现出来了，也为庄姬托孤与程婴救孤积累了血腥一片、杀机四伏的恐怖环境。

田沁鑫的时空处理也是流动自如的。赵氏孤儿的整个传奇故事，是由孤儿的梦境、程婴和屠岸贾的意识流动与回忆讲述构成的，行止飘忽，叙述交叉，而且是倒叙。这样的叙述特征与表现难度，在原来的求实写真的话剧尺度衡量下，是无法在舞台上表现的。

田沁鑫追求鲜明的色彩与形式感，追求强烈的情感效果，追求风格化的表现，在《生死场》中给观众留下了深刻印象。《赵》的追求依旧，成绩斐然。但是，故意夸张的滞涩的语言节奏，故意强调的缓慢的人物举止，惹人犯困，甚至令人生厌。不研究观众心理与欣赏心理学，让观众在那么长的时间内忍受那样的单调节奏，是无法避免观众的欣赏疲劳的。

从林兆华和田沁鑫的舞台创造努力中，风格化和形式感的追求都是自觉意识很突出的。而且，个人精神印记十分鲜明。我更看重的是，从他们身上体现出来的那种当代中国戏剧艺术家的成熟迹象与文化创新精神，这就是：他们在回望传统时也杂取种种文化资源来发展与壮大自己。好灵活的思路！好开放的胸襟！好强健的胃口！

从中国戏剧百年史一路风雨的过程看来，话剧与戏曲的相互不屑、话剧民族化的遥远呼喊、珍贵传统的人为偏废、文化遗产的自轻自贱、传统价值的重新体认……中国戏剧文化在经历了太多误区、太多歧路与太多迷茫后，终于有点儿自警，有点儿自觉，有点儿自信了。进而，就是自立。可以期待，21世纪的中国戏剧文化，是奋发自立、成熟自信的文化，它将重新塑造中华民族在那段屈辱辛酸的历史中扭曲显影的形象。

林兆华与田沁鑫身上，折射着当代中国戏剧文化发展的新阶段正在到来的薄明。

本文发表于《戏剧艺术》2004年第3期第12-24页

木铎声中的文化绝响：四川省川剧院《铎声阵阵》随记

一、文本三叠的演出解析

四川省川剧院改编自作家李一清的长篇小说《铎》的《铎声阵阵》上演了，在对小说、剧本、演出的三重阅读中，我心里不禁暗暗称奇，感到小说写故事、剧本编故事、剧目演故事，每一重都是凝聚心血的创造。

第一重是小说家李一清呕心沥血，煞费苦心，编织了一首传奇的家族叙事史诗，血气充沛，情感丰满，骨架壮硕。

第二重是用史诗的精粹材料结构出的人物事件，在语言艺术转向舞台艺术的过程中，割爱了不少，丰富性不见了，但是也提升了不少，鲜明性、集中性、深刻性彰显了。关键在于，改编者深知剧本转换需要的是矛盾集中、冲突尖锐，为一个川北小镇上的铎人传奇往事能够被搬上舞台演出来提供良好的基础。一定程度上，编剧做到了。

第三重是将文字构建的人物事件变为形式新颖、场面感人、人物生动的"演故事"，这是实现戏剧艺术价值和检验艺术创造效果最重要的环节。因为，对于文学书写里所包含的深邃思想、旷达态度、隐秘情感、传奇人生等等，所有这一切，都要以戏剧叙事的方式去传递和渲染，化为人物行动、行动过程、事件场面、场面细节，组织成为矛盾和冲突结果，这就要完成从文学到形象的一个巨大飞跃。很大程度上，这些工夫，要在导演的精心设计、细针密线中完成。

舞台呈现中我们看到的，是铎声断续里传递的文化窘迫，是铎人换代中体现的人性尴尬，是人格强弱时折射的传统困境。承载这些意义的是传奇故事：一个李姓家族，一支传世木铎，一个嫁到李家成为铎人媳妇，后来是下一代铎人母亲的大脚女人葛来凤，陪伴两代铎人应对战乱纷扰、秩序崩塌、世风浇漓、人心日下的艰难时世。围绕着葛来凤的相夫教子和木铎的传递，还有李氏代理族长二先生与垂涎葛来凤的里镇袍哥恶霸方五爷与此相关，程度不同地在行动线索中出现。人物不复杂，关系也单纯，线索很明晰。一句话，就是李氏家族的木铎传递中的社会变迁。家族史和民族史就成为一个同构性结构在"铎人的民国春秋"这个命题下演绎，铎人家族的历史与中华民族的近代历史就折射在一个具有文化象征的木铎传递过程上。

构思巧妙。木铎传奇，是小物件背负了大命题的构思。

与这样的构思相应和，剧目设计了两组核心人物。

第一组是大脚媳妇葛来凤周遭的男人。他们是时任铎人李天开、继任铎人李长山、二儿子李长水、里镇袍哥恶霸方五爷和方五爷的儿子方大少。一双大脚的葛来凤嫁到里镇李姓家族的司铎人家，本身就有戏剧性，就是对尊孔读经、循规蹈矩的李家传统构成了戏剧性的挑战——大脚是对"三寸金莲"的世俗传统与变态美谈的挑衅。大脚放了尺度，破了陈规，这并非故意的挑衅，发展结果是大脚左右了铎人家族男人们的命运。两代铎人李天开与李长山都先后被葛来凤逼得离家投军，小儿子李长水受到这样的家风家教也投身革命，参加了共产党的军队。结果两个铎人都死了，投身革命军队的小儿子也不会再回头。于是，李氏传递数百年的铎人历史到此戛然而止。木铎线索上的传人们，维系着铎人家族的精神绵延。但是，到了剧目表现的这一代，终结了。家里是大脚主事，家外是环境战乱频仍、恶霸横行的世道，木铎铎人的存在受到了前所未有的挑战，内外交困。

第二组人物是代理族长二爷、恶霸方五爷、方五爷的儿子。他们与铎人家族命运交关，在恩怨纠葛当中干扰了木铎的传递和族人的安全。其实，方五爷斜刺里杀出来对李氏宗族的掠夺威逼，本是两个姓氏族人之间的利益冲突，一定意义上也象征着俗恶力量与传统力量的对峙和较量。本来,剧情中两股力量的纠缠、扭结、冲突能够让木铎的存在状态和传递过程陡增风险,但是这一组人物中代理族长二先生对于木铎的传递、铎人的命运产生的相关性不到剧情的一半就消失了,尾声才出现一个终结性交代,动作强度显得很小。倒是方五爷一家出场之后,在剧情的戏剧冲突中的力道维持到了最后。

正是这两组人物的行动交织与生命交错,使得矛盾冲突集中,行动线索明晰,让舞台呈现有晓畅的舞台叙述。

三重创造都有其可圈可点的精彩,这里想重点说说第三重创造的呈现。虽然这是一个集体创造的结果,但首先我们必须关注导演的努力。

二、木铎传奇的双重意会

从《铎》到《铎声阵阵》,以一个家族两代人的木铎传递的传奇来承载世事沧桑,是小说、剧本共同的意义载体。小说以小见大,从木铎的家族代际传递去写家族盛衰变迁的历史,折射世道人心。剧作顺接了这种人世沧桑的观察视点,却不囿于木铎传家的过程书写,而立足于辨析这个家族演变过程中折射出来的铎声以警世,思考铎人与当时社会之间的能量互换,剖析铎人与环境之间的价值对峙。导演与编剧创作、创造致力的重点是:在"铎"的文化象征与铎声传递的警世意味中寻找新意义、新亮点和新的审美高度。

木铎是一脉族群的力量所在。木铎是李姓族人的家传镇宅,又是族群众心所望的归依,因此,在木铎的传递中,家族恪守的信念、家族的内在约束、家族的能量积蓄就都在其中了。剧目呈现形成了一个形象的内在结构:铎人、铎声和铎义,动作指向、场面意义、细节强调就在这个内在结构上用了极深的心思。

木铎是一种人格信守。铎人就是这种人格的秉持者与示范者。因此,作为人格化的木铎,李天开、李长山、李长水甚至代理族长二先生的人格状态就可以传递出传统的人格信守在剧情所表现的生活年代里遭遇了怎样的局面。

木铎是一个传统象征,它穿越了幽深的历史隧道来到现代,却面临着前所未有的失传断代的危险。

木铎是一份文化遐想，上可续接礼崩乐坏时代的儒学诞生，下可观察到列强横行、兵匪祸乱时代的文化人格。最有力量的文化信息其实蕴藏在这里，那就是木铎作为传统文化象征的精神，其所浸染的人格、传扬的精神、象征的文化力量遭遇了空前的挑战。木铎失传、铎人断代、铎的精神涣散、铎的文化象征失却了应对时代和环境挑战的内在力量……这一切，渐渐超越了里镇李家的传家宝得失。

李氏家族的铎人娶了大脚姑娘葛来凤这一事件本身其实已经昭告了家族的衰落，也暗示了作为匡时规范、晓谕宣教重器的木铎已经身处颓势。实际上，容忍被人耻笑的大脚媳妇儿进家门，是"家规"与"宗法"的双重松懈。接下来，在族长缺位、铎人软弱的情况下，葛来凤一双大脚"踢"走丈夫李天开，"逼"他离家。她本打算让他去闯闯世界、经风雨见世面后回乡成为一个咬钉嚼铁的男子汉，担起铎人的使命，履行族长的职责。没承想李天开在军阀部队受了刺激，内心的儒家文化结构彻底轰毁，他变成了一个与当初文弱儒雅的李氏铎人完全不同的人。他开始是牙眼相还、以恶抗恶，赢得了自己的生存机会，由此悟出了生存之道，最终变成一个粗暴嗜血的混世魔王。大儿子李长山也是被葛来凤"逼"走的，怕他成为李天开那样受尽冷眼嘲笑和刁蛮欺凌却嗫嚅怯懦的无用仁者。结果，李长山投军抗战立功，本来已经走出人格的局限和文化的拘囿，但是又因不愿内战而兄弟自相残杀，就回到乡梓赋闲，结果被恶霸方五那已经是"国军"反共部门要害人物的儿子方大少爷逼迫参加内战，最后他决然地选择了自杀。

两个铎人的悲剧，加上曾经的代理族长二先生的凄惨，宣告了铎人最后的灭绝。二先生曾留学东洋，在李氏家族中德高望重，在乡里也威望颇高。然而，他满腹学问，一身本事，也就化为辛苦一辈子的文牍工作，写完续全了李氏族谱和木铎传世的训文。盛事不再，铎音不传，他的心血一页页飘散，在雪天化作凄凉与雪片一道漂泊……木铎没有传人，族群精神绝后。

这种表达似乎有点儿阴冷，不幸之处在于它是事实。尽管，查明哲导演在最后不忘添一抹温馨——唱童谣的孩子们作为历史宗族的后代捡拾起零零散散飘落的纸张，似懂非懂地念出那些曾经很有力量地影响过一代又一代人的铎训，一些残破零碎的句子……查明哲导演的舞台表现在这里挖得很深，表达的忧愤是：戏剧规定情景中的文化血脉的根断气绝，族群文化的魂飞魄散。

李氏家族的家箴祖训借木铎传递的故事与民族传统文化在乱世中的漂泊流转构成了《铎声阵阵》的表层叙写与深层联想两重意义。在表达层面上，两重意义传递的特点，表层是具体、明确的，而含义是联想性、象征性的。

三、铎人文化、人格、人性的思辨体察

查明哲导演在这样一个传奇故事中批判得更狠的是文化与人格、社会与人性思辨的那些内容。

人性就是人的特性，更多时候人性指涉的是与社会性约束的德行相对的自然流露的天性。人格就是社会文化铸造成的显现人的基本价值信条、基本文化层级、基本审美趣味的那些格局格调。文化对人的生活格调、生命格局影响巨大。人性丰富得多，也复杂多得。在历史文化的铸造之下，人性的自然状态会受到约束。所以，被相当文化约束的人性会显现为一定的人格，文化约束力下的自然状态人性是很难见到了。文化与人格常常会互为彰显，社会与人生有能量置换，尤其是文化人格被动摇甚至被社会力量摧毁的时候，人性发展可能与导致人格发生变异，这应该是导演在思考小说原著和创造演出过程中对传奇故事中的铎人人格最深关注、最力思考、最多展示的价值高光点，这也是剧目传递出来的最具有思想深度和艺术价值的核心内容。

在文化人格的表现中，查明哲导演似乎思辨着一个问题：忠孝节义、善良淳朴、仁慈敦厚、忍让敛守在什么时候成了传统美德价值观的全部？成为文化人格后，在什么情况下会成为懦弱胆小的挡箭牌？什么样的精神症候下，又会变作抱残守缺的遮羞布？什么样的集体无意识里，又会异化成为缺乏进取之心的国民性？剧目演出在对一个家族发展过程中的铎人传递历史的抚摸与描摹中，实际上也完成了对民族传统文化人格的一次沉思、追问和遐想，这种思想探索在演出的

场面、事件、情节、细节中艰难地蜿蜒。

《铎声阵阵》里显示文化人格的那些人物除了故事结构与情节推演上的功能外，更重要的是探讨了他们的文化人格轰毁坍塌后自然发生的那种情形——人性弱点被恶社会、恶崇拜所诱发，文化力量不再制约人性本能的欲望——贪婪、自大、嗜血、掠夺，凡此等等。承载这种情形最典型的人物的就是李天开了。一个怕老婆、怕社会、怕生活，面对恶霸当面挑衅当缩头乌龟，面对流氓调戏老婆只会装聋作哑的窝囊废，到军阀队伍里混了一圈后，变成一个争狠斗勇、嗜血滥杀的军人，他从对人的生杀予夺的那种快感中找到了从来没有过的男人力量，享受甚至醉心那种暴戾恣睢的生活。这使我想起了鲁迅小说《孤独者》里的魏连殳，一个善良的智识者在恶时代、恶社会里被逆转、被塑造为一朵令人战栗的恶之花！一个焚琴煮鹤的恶时代，就是一个人心向恶、众心趋恶的时代！人性变异与社会万恶的互动过程里最富有人性悲剧的关键在于：人们崇拜恶！人善被人欺，人恶被人怕，甚至被人尊。于是，伟大、崇高、仁爱、敦厚、诚实、优雅、悲悯等等成为文化内容、道德价值，进而成为人格范式的内容后，在一个恶崇拜的社会里成为人性艰难成长的阻碍，成为社会丛林法则、人类生活秩序"逆淘汰"的人格弱点。以悲剧告终的李天开、李长山如此，险些被杀的李长水投奔革命之前的遭遇亦如此，代理族长二先生还如此！文化力量在他们身上留下的"君子"痕迹，成为被恶社会、恶人群轻易辨认的"窝囊废"特征。"人善被欺，马善被骑"的话题，成为社会生存法则代代相传的坏经验、恶理论。

如果布莱希特的《四川好人》还是假托社会风情的人性观察，那么《铎声阵阵》的木铎传人就是乡里乡亲的乡人"变异"史！守望纯良却蜕化为软弱，追求血性却变异做血腥，不，儒家传统社会里的文质彬彬、温柔敦厚、温良恭俭让之外，其头还有舍生取义，还有杀身成仁，还有天下兴亡、匹夫有责的讲取、入世的内容！任何割舍掉儒家传统诗书礼仪全面精髓的苟活哲学、混世思想，任何没有原则的让为贤、忍为高、和为贵的所谓文化个性，任何丢掉了道德标准与价值底线的个体血性，都会显现为人类文明发展、人性健康发展诉求的灾难。

应该强调，文化当中对人格构成塑造力量的那些因素不应该成为硬朗人生、血性人格的障碍，而应该成为滋养伟大、崇高、优雅、勇敢、仁慈、宽厚的温床。更应该强调，文学艺术的价值不在于作家、艺术家能够编造多么传奇的故事，也不在于故事触碰了多么高大上的命题，而在于艺术家们在这样的故事所规定的情境里艺术地探讨了什么样的命题，展示了人性怎样的丰富性，剖析了文化人格怎样的脆弱与坚韧、铸成与变异。《铎声阵阵》在李天开的性格改变后，探讨了人格、人性变异的弹性，关注的是个体的人。但是，个性连接着普遍性，从个人命运作为切入点思考的却是整个时代和全体社会。这是十分有思想深度和人性洞察力的，也是具有文化探险意义的。病态的文化人格与恶变的偏执人性，可能是人类社会生活中传统文化传承里需要格外用心辨别与特别警惕的。

四、童谣、歌队与色彩的赏心悦目

《铎声阵阵》有一种特别强烈的风格化的舞台呈现，它是由参加演出的童谣歌队灌注的生气和舞台变幻的瑰丽色彩、民俗渲染构成的。

令人最为欣赏的就是贯穿整个演出的童谣的使用了，这真是具有文化鲜活性、场面生动性、剧情节奏感和听觉感染力的多重功能的舞台创造。

童谣是民俗色彩的听觉化呈现。童谣传递的民俗内容、生活情趣配上川北的景物，观众能感觉到民俗色彩溢满了整个空间，并不仅仅有视觉舞台形象。

童谣是戏剧定场诗式的调性。市井小儿口传谣是中国古典文学描述的我们熟识的社会景象。从舞台叙述的修辞方法看，童谣是一种烘云托月的渲染，是一种涉笔成趣的点染。用市井小儿童谣的方式渲染民俗色彩，举重若轻，清新可人，让人既想到川剧帮腔在川剧剧情里的氛围烘托、心境揭示、意境点染的叙事手段、抒情方法和人物刻画的"帮衬"功能，也联想到中国古典戏剧里定场诗式的相似功能，沉淀情绪、交代剧情都很到位。

童谣是演出节奏的掌控和剧情发展段落的标识。剧情的每一行动、每一场面调度和各个细节的铺陈、强调等等都有其内在节奏；而每一场次又是一个大的行动段落。这个时候的童谣既作为划分标记，又能调控欣赏情绪，还是戏剧动作的延续，上承前场余音袅袅，下联后一动作起音转调，十分巧妙。

童谣还是歌队变形的表现。中国话剧在新时期以来常常用古希腊戏剧中的歌队帮助叙述或者介入剧情。《铎声阵阵》里七个男女儿童的嬉笑怒骂，把川剧传统里的泼辣生动地带出来了，同时，把他们看作是变形的歌队，参与故事叙述和场面表现，也是担得起的。

五、形象、成长性和可能性

《铎声阵阵》的舞台创造很精彩，但是还不够精致。这种不精致，倒不是由导演的疏忽造成的，而是来自一度创作的硬伤。导演无法越俎代庖地去完成编剧应该完成的事情，但是可以商量：选本、搬演、定稿、排练之前是否可以再审慎些呢？

我着重说说人物形象。

首先，让人玩味的是被葛来凤称为李氏家族的"骨头"的二先生。作为代理族长，他一开始是宗族主事、铎人文化的操控者。这一点，嫁到李家来的大脚媳妇葛来凤看得很清楚。葛来凤对他的为人风度、处事能力也十分佩服。二先生的存在，似乎里里外外都比衬着铎人李天开的孱弱无能。葛来凤的两个孩子因"渡河事件"被诬为通匪，面临死亡危机的时候，能够代表李氏宗族出头与袍哥恶霸方五爷谈判的也还是他。重要人物出场后做足了戏，按常规后来必有剧情担当和矛盾，孰料，此后的戏里几乎没有他的作用和意义。断了的行动线索，一直到他最后的凄凉出场才续上，原来他埋头于著述编族谱、抄铎训，最后一生努力付东流，他站在漫天飞雪的荒野里看着族谱、铎训的碎片自我祭奠，悲剧终结。《铎声阵阵》的戏剧人物中，他的"强出弱入"，性格逻辑何在？重重地开始，轻轻地淡出，草草地终结，令人不满足。

其次是葛来凤。剧情开始，葛来凤的出场真是道尽了剧情的风头，好漂亮！因为，她是作为一个泼辣角色出现的，大脚本身就是一个对具有浓厚的传统文化传家的李氏铎人家庭带有戏剧色彩的挑战。安下家来、确定位置、坐稳铎人奶奶位置后，跟着显现的，就是逼走丈夫、轰走儿子的"女丈夫"、狠角色。但是，当剧情发展到她面对袍哥恶霸方五爷陷害，要以加害她的两个儿子的性命逼婚索铎时，她居然不"泼"不"辣"了。她先是上场就低声下气地屈服于恶势力，苦苦求情，哀告无果之后，就是寻死一条路了。这样，剧情先前树立起来的葛来凤敢说敢做、快人快语、泼泼辣辣的形象，葛来凤对环境、对宗法、对男权的挑战色彩逐渐消失了，最后消失得干干净净。人物塑造上的这种笔力软弱，与塑造二先生的形象所犯的毛病极其相似。人物刻画也是"前彩后淡"，角色的行动力量消失了，性格色彩的丰富性也就没有了。在我看来，她固然是两个孩子的母亲，有护犊情深的一面。但她不是一个一般的母亲，而是一个藐视权威的狠角色。面对强权、恶势力，对她可以有充满个性色彩的张扬与刻画，而剧本在她的性格大放异彩的重要戏剧关头，应该有的这一面突然就消失了，令人遗憾。

再次是方五爷的形象。剧本写他对葛来凤的想入非非，主要是他对大脚的痴迷给人留下了深刻的印象。在我看来，这是一个有心理问题而迷恋"天足大脚"的男人，跛脚的残疾带来了他对畸形的"金莲"的本能反感，对健康、矫健的天足的痴迷。作为一个淫威一方的霸主似的方五老爷，他什么美女娇娘都不爱，就是着了魔一般地痴迷于葛来凤的一双大脚，而且痴心不改。那么，"大脚勾魂"是否应该有点儿原因？有点什么交代？可惜，剧情没有提供充足的细节来揭示方五老爷的心曲。顺着方五老爷的痴情引出的另一个问题是：袍哥势力与李氏家族的争端是由一贯欺男霸女敛田产的方家所引发的，与铎的关系真的那么重要？那么直接？当木铎的传统文化指向和族人的精神归依的同一性存在的时候，物质利益的争斗与铎的文化象征、铎人的使命、族长的权威所表达的关系就出现了不协调感。铎人、铎原本是李、方两族之争的关系核心、问题实质和斗争扭结，是利益斗争，但在方五老爷对"大脚"的朝思暮想当中转了向，矛盾冲突的焦点模糊了，家族财产的掠夺捍卫争斗最后转向了木铎图谋，再聚焦为执着的情欲追索，矛盾冲突旁逸了，神散了，动作发展并不在于矛盾一开始出现时缔结的焦点——李氏、方氏家族的田产争夺。这种属于规定情境设计的缺陷，查明哲导演这样功力极深厚的舞台艺术创造者也无力回天，戏剧情节表达中存在的

"绕"的感觉挥之不去。

最后是当了"国军"将军的李长山的形象。李长山经历过血与火的考验，肉搏过武装到牙齿的日寇，闯荡过恶战的枪林弹雨，在还乡赋闲后面对方家少爷的威逼利诱时，除了内心斗争之外就无所作为，不挣扎、不斗争、不积极作为而走向自戕，看不到这个个体生命所具有的丰富性，太草率了。剧情原来可以具有的张力，却因为剑拔弩张的矛盾冲突一方早早地"找死"而消失了，从戏剧的紧张好看、一波三折来说，这种处理总是有些遗憾的。

中国新时期以来的文学艺术，在写人塑造人方面有了极大的突破和深入。最显著的特征，就是开放并探索着人性的复杂性、丰富性和可能性。《铎声阵阵》中，李开天、葛来凤都是有成长性的形象，不单一，有发展，而且充满了戏剧性的变数。相对来说，李长山、二先生没有发展性，而形成萎缩性、衰减性的生命内容，从可能的丰富性、复杂性走向了生命活动、命运终结的单一性、简单性，就让我这样十分喜爱这个剧目的人不能获得充分的艺术满足感。

感天动地与动感天地：孝感市音乐剧《孝·感天地》印象

一、"孝文化"底蕴的城市文化项目

音乐剧《孝·感天地》（又名《轮椅的舞蹈》，编剧、作词赵玎玎，作曲周雪石，总导演王延松。以下简称《孝》）于2021年5月30日、31日在湖北孝感市综合演出中心剧场以试演的名义与观众见面，我赶上了31日的第二场，获得了这台具有湖北风味的音乐剧所创造的美好视听享受，感谢剧组主创人员的艺术创造！尤其令人感动的是演出幕后的人们默默无言的呵护与久久为功的支持，他们是中共孝感市委宣传部、湖北省歌剧舞剧院、孝感文化旅游局。显然，孝感市要从地方名特食品的"麻片"之外，创建添加一张城市历史文化的名片，群策群力是必要的。于是，众人拾柴火焰高，才有了这个历时6年之久、几经起落才最终闪亮登场的剧目演出。从湖北工程学院、湖北省孝文化研究所最初的项目联合校地合作到湖北省歌剧舞剧院在演出中担纲，湖北工程学院全面参与、协作的校企联合，各显其能，勠力同心地设计出了孝感城市建设的文化名片，值得祝贺！

《孝·感天地》的剧名，既扣题——为城市文化建设冠名——"孝感"，又发掘孝感市作为"孝文化"兴盛地的历史文化资源，在一个剧目当中去认知和接通城市发展的历史文化气脉。应该说，项目策划显现了孝感人秉承的文化自信与历史底气规划当下发展的时代使命。据孝感市孝文化研究院领导介绍，"孝文化"作为孝感历史文化的核心内容,孝感以"孝"闻名天下,自公元1567年以来,有名有姓的孝子就有463人,而中国文化旌表的"二十四孝"中,有"三孝"出自孝感。浓郁的"孝"文化,成为孝感爱家乡的人们设计文化名片最先想到的资源,顺理成章。要弘扬"孝文化"中蕴含的家庭美德、人伦基础,打造城市名片,这种良好的主观愿望的毋庸置疑。据介绍,孝感市连续5年的政府工作报告中都有相关内容。而且,"孝文化"建设项目,被市委、市政府列为社会经济文化发展的重点建设工程之一,常抓不懈。这既是《孝》创作的背景,也是剧目经历各种困难后最终走进剧场,与观众见面产生的绵长推动力。不用多说,这是一个立足传统文化价值、增强中华文化自信、推动当下发展的党政工程,其中所包含的使命担当和责任分量,剧目的艺术生产的参与者们,尽管人人嘴上无,却是个个心中有的认知、认同。

我看到的社会意义却不仅仅是这一层。我觉得,《孝》在今天的中国,别有意味。中国老龄化社会到来速度加快,社会各界对此可能引发的社会问题关注渐多,忧思日重。这是因为,中国社会积攒下来的"人口红利"正随着老龄化社会的到来而消失,中国的社会生机和发展动力正在受到年轻人的懒婚、恐婚与育龄家庭"生不起""不敢生"等原因导致的出生率急剧下降、人口负增长的危机影响,可能会出现一系列令人焦虑的重大问题。一边是"老去的家长",一边是最终决定未来走向的"选择中的后浪"。这种人生交接的茬口儿和社会代际矛盾的存在,在《孝》如此紧密地结合在了一起,用剧中的词汇形容,叫作"相傍相依"。表面上,这种矛盾的对立统一体是一种从家庭文化中任意撷取的观察对象;骨子里,却触碰到了某种波及面广、代表性强的社会生态,这就意味深长了。我相信,《孝》剧的主创群体可能并不想去着力表现这一点,但是,碰巧,剧情内容在一定程度上触及了这个十分敏感的社会问题,可能超乎他们的预期。应该说,恰恰是这一层意义,让剧目演出有了潜在的社会思考价值。

二、动感的舞台:导演王延松的"挪移大法"

从演出的情形看,《孝》的舞台呈现形式并不聚焦于这种思考或者价值,其多彩、生动、丰富的形象并非来源于这种思考价值所萌生的"形象种子",而是特殊家庭的故事。音乐形象的叙述。导演王延松有自己的想法,他特别忌讳那种耳提面命式的舞台说教或者当众宣讲,他研读剧本后的创作动力来自"用戏剧的方法解决音乐叙事问题"。他的想法决定《孝》演出的整体风貌和故事的叙述方式,而且充满了形式美感的创造性。

王延松是一位"传说级"的"自由人导演艺术家"。他从上海戏剧学院毕业后,很快在辽宁出道,20世纪80年代中期改编电影《搭错车》,3年左右时间演出了1460余场,成为中国当代戏剧史上的一个奇迹。后来,他去美国考察戏剧,积累了更深刻的人生经验和丰富的社会阅历后,华丽转身,重返戏剧界。这时,他自信到没有再去任何单位,因为,他似乎觉得不需要任何身外的势位依凭来衬托自己的高度,也无须任何社会职衔的台面门脸来渲染自己的人生气象。自己的艺术眼光够远大,自己的创造水准够高度,这就可以了。于是,他成为戏剧界一道独特的风景线,一个很难复制的形象。他像个翩翩游侠,信马由缰,与高水准的戏剧院团合作创造,在跨文化的戏剧领域挥洒才情,一戏一品,一剧一格:与莎士比亚环球剧院合作的东方《奥赛罗》,与上海戏剧学院、总政话剧团和天津人艺合作"新阐释""新叙述""新面貌"的"曹禺三部曲"《雷雨》《日出》《原野》。另外,话剧《运河1935》《铁血西迁》《谍杀》《成兆才》《赛罕长歌》《雁翎队》……光荣常在榜上,名声总在江湖。这次,他到孝感市领衔一个豪华阵容的主创团队,在舞台创造中所显现的,仍旧是那种殚精竭虑对"新面貌"的追求。

这是一台视听效果很好的音乐剧,给我个人留下鲜明印象的,就是《孝》的"动感天地"的流动的音符、流动的舞队、流动的舞台装置、流动的故事叙述、流动的场面……为了这种流动感,王延松调动了乐、歌、舞的手段,水乳交融地去为故事叙述服务。王延松对艺术手段的运用出神入化,源于他多年的思考钻研和创造积累,形成了在艺术实践中对艺术规律的不假思索的掌控和艺术手法的得心应手。他"用戏剧的方法展开音乐叙事",基于对戏剧艺术"演故事"的特征的把握。在艺术的发展进程中,他从最早的节奏型舞蹈,到有了音乐配合的乐舞，再到语言成熟至一定时候出现的乐歌，在发展为歌、舞、乐相配合的表演艺术的过程中，有一个从简单到复杂的变化。当舞、乐、歌、语言等成为"演故事"的手段的时候，戏剧歌剧、舞剧、话剧、肢体剧等等诞生了。中国戏曲程式化了表演表现手段的"演故事"，被王国维先生取其要点，直击特征、不及其余地概括为"歌舞演故事"，那是对戏剧艺术本质非常精彩的学术概括。王延松在《孝》剧排演时，紧扣戏剧艺术的本质，瞩目于同样是"歌舞演故事"的音乐剧特征，只不过不需要程式化，而拥有极大的自由度。于是，他的舞台语汇载歌载舞，空间调度行云流水，尤其是歌队、舞队的运用，有角色感的扮演，是情绪化的存在，还具中国传统戏曲的检场人功能，即便在转换场景的安排布置与社会场景的表演呈现中，歌队、舞队也都能进退有据地发挥"演故事"的叙述、表现功能。他们既是剧中角色，同时又是《孝》剧演出的舞台布景搬运工。他们可以是规定情境中的活动、可变的景致，剧情发展、场面细节中可见的情绪，城市生活中常见的生活环境如酒吧、餐厅等，人气爆表、青春逼人的学校音乐教室、体育场馆……多重功能的歌队、舞队挥洒自如的使用，让《孝》的整个舞台呈现为动感元素、乐感节奏所带动——歌舞乐的叙事表达，自由自如，水乳交融，浑然一体，形式感强，视听效果好，具有高级别的审美形式感。

风格上，《孝》传递给观众的是类似轻歌剧、轻喜剧式的演出传递给观众的那种愉悦感。显然，这是一个争取年轻观众的现代青春音乐剧，是兼具视听审美形式感与青春活力场面性的现代音乐剧。王延松避开了剧本内容固有的那些表面简单其实复杂的文化辨析话题与社会思考内容。说他使用"挪移大法"，就在于他把一个演出来可能不见得能够讨年长观众的好，也不见得能赢得年轻观众欢心的剧本内容化为了一台赏心悦目的歌舞乐。

三、令人心生敬意的思考品格

客观地说，在"动感天地"背后若隐若现的剧本文化内容还是遮蔽不住的，毕竟，"孝文化"是中国传统文化中存在、流行、影响中国价值观念与生活秩序已经千百年的文化内容。家庭秩序，从来就是社会道德的折射；家庭文化，总会显现出社会价值的底色。因此，中国近现代以来，家庭题材一直就是文学艺术创作解剖社会、倡导风尚的一个着眼点，成为重要创作题材的文化背景或者生活内容。在今天中国社会的发展阶段和文化形态里，《孝·感天地》通过剧情故事的两个家庭及其周边的人的表现，对中国传统文化中的孝道在当下生活中的情形，表达了自己的人生思考和价值取向。

这里有一个小小的细节很有关注的必要，那就是剧目原名与现名的选择，即剧目名称的改变。从《轮椅的舞蹈》变为《孝·感天地》，我赞成《孝·感天地》，是因为这个剧目名称对于孝感的城市文化建设既有城市的历史文化消费意识，又有为城市扬名的现实追求。没有求证过导演在剧名选择上的倾向，但是，我觉得其充分调动了歌、舞、乐去服务"演故事"，因而显得活力充沛、风格鲜明，表明了王延松导演的创作立足点意图。他实际上并不想用舞台语汇、空间调度去完成剧本所要表现的"孝文化在当代"这么丰富、宏大的思想主题，尽管，他绝不是一个缺少手段、缺少创造力的导演艺术家。

必须强调，孝感从"麻片"走向"名片"，是一个从物质层面发展迈向精神气象营造的象征。所以，当一群人统一认识，在"孝文化"这样具有深远影响的文化资源上寻找城市建设"再出发"的动力资源和价值起点的时候，我对孝感人充满了历史意识和人文情怀的选择，充满了敬意和认同。在当下，这是对遭遇过文化颠覆与价值震颤后久已疏淡的话题的一个有胆量的文化挑战，这是对大家族解体、小家庭主流的社会基层结构背景下的普遍社会心理流向的一个有勇气的逆向认知。在"养老"的社会问题成为普遍焦虑的时候，在"后浪"的生存发展问题牵动社会各界的时候，扭结在家庭里的以"代际关系"折射出来的"孝文化"的内容，无疑可以成为一个有敏感性和洞察力的切入点。这就是一个可以深入、应该拓展、能够成长的剧目的思想性入口。我历来认为，思考品质是戏剧艺术迷人的气质的底蕴所在。

四、"困境"与"冲突":以孝的名义?

《轮椅的舞蹈》与《孝·感天地》的剧名之辩,看起来是个剧名的选择,其实是故事叙述重心的选择。起初,患病老人的晚年困境具象化象征,视点是老人由"困境"(一直坐在轮椅上)到"解脱"(终于离开轮椅,站起身来)的人生阶段的完成。这样的剧情叙述的引导视点或者戏剧动作的出发点,当然应该是剧情中性格乖戾、喜怒无常的母亲董青枝(孟母)。问题在于,剧情表现的还不仅仅是母亲的形象,还有儿子孟昌的烦恼,黄家父女黄昊、黄云的故事,以及黄云与孟昌的故事。《孝·感天地》的剧名,让人领悟到,剧情叙写的出发点,不仅仅是"老人困境",还是一种文化情怀的表达。"孝文化"的表现,绝不仅仅是一家一户、一时一地的事情,而是一个事关文化价值与社会情怀的事情。

舞台美术的主体,似乎是一个可以斟酌的形象,现在越来越强调好的舞美形象应该是一个剧情发展、剧旨揭示的"无言的角色"。"轮椅"象征的是老年人多病、体弱、行动受限的生命困境,与剧情中的母亲角色相吻合。但是,其他人并不在这种处境里。如果一定要这样的舞台主体形象,只能有一种解释,那就是"轮椅困境"控制了所有人的生活状态和生命轨迹。"轮椅"对于董青枝而言,是"自困"的"困境";对于儿子孟昌而言,是"他困"的"困境";对于关联的黄氏父女而言,是"他扰"的"困境"。这就构成了潜在的冲突情境。

问题是,此剧目的冲突是什么?正如剧情展示给观众的那样,是"嫁娶的烦恼"。父母操心儿女的终身大事,儿子娶,女儿嫁,都在父母的心尖尖上思量,形成了巨大的人生困扰和家庭烦恼。

在这种困扰和烦恼的表现中,有两个家庭,三个女孩,一个群体。两个家庭的年轻人:孟昌与黄云;两个家长孟母董青枝、黄云父黄昊。表现前后不一致的三个矛盾体:她们是蛋白质女孩或者被伤害者秦爽、施诗和明珠。其他的,作为社会环境的歌队舞队、学生群体、护工,都不在矛盾关系的构建上,他们是观察者,是社会群体,是局外人。构成戏剧矛盾并且可能产生意志冲突的核心区就是两个家庭、四个人。这些矛盾，绝不仅仅是"轮椅"形象所能包容的。

剧情给他们设置了怎样的矛盾冲突？两个家庭的父亲和母亲都催婚，所以有了一次次相亲的剧情交代。开幕的热闹场面之后，进入"戏剧行动"的部分，就是孟昌与黄云的"盲约会"——通过介绍，互不认识，约好时间、地点自己见面的相亲。结果，两人似乎都不愿意谈婚论嫁，迅速结成"统一战线"假装男女朋友，搪塞父母的催婚逼嫁。实际情况是不是这样呢？孟昌的母亲董青枝其实对儿子娶亲充满恐惧甚至抵触，她的疑虑是一个母亲对儿子占有欲情感的原始母题：一般的，就是千般溺爱；病态了，就是疑虑焦躁、疯狂排他的"儿子占有欲"。中国古代叙事诗《孔雀东南飞》的焦母，现代中国戏剧史上不断出现的这一题材的反复书写与歌吟，当代黄梅戏《孔雀东南飞》亦然，包括曹禺名剧《原野》，都刻画过这种变态的"母爱"、病态的人性。因此，《孝》剧中的母亲董青枝并不是真的希望儿子相亲成功，正如剧情所展示的那样，她甚至无法容忍同一屋檐下有另一个女性和她分享儿子的爱，不在同一屋檐下也不行，儿子分神、发呆，心宅里也不可以有别的人。她甚至为此大打出手，抽了儿子大耳光。相比之下，黄家老父黄昊好一点，但是，也和所有父亲一样，女儿嫁给谁都或多或少地给父亲"添堵"。他认为女儿是"父亲的前世情人""父母的小棉袄""父亲永远丢不开的心头肉"。黄父乐意女儿守在身边，陪伴"千年老妖"。因此，戏剧矛盾不在于催婚、逼婚与懒婚、厌婚、恐婚之间的冲突，而在于父母"怕嫁恐娶"给子女人为制造的拖累与障碍。于是，剧情中孟昌与黄云的所谓"统一战线"的细节，且不说缺少产生的前提，实际上成了父母阻止婚嫁的顺向因素，因为是假相亲，所以没有戏剧性了。孟黄二人弄假成真，真的有些彼此惦记，有点恋爱的感觉时，两个年轻人那种与父母与恋人的戏剧性才刚刚开始。前边的矛盾在父母心里，年轻人的行动不构成矛盾。因此，关系没有张力，行动没有阻力，最后的弄假成真的喜剧性就没有了魅力。由此，"相爱相杀"的冲突可能变为"相虐相依"，张力消解了。父母的病态心思对年轻人"顺从忍从"的心理吸附力巨大，就因为"没有她/他就没有我"的认知吗？

这是《搭错车》模式的变形吗？哑叔与阿美的关系，是一个哑巴拾荒与一个捡来抚养的弃婴的关系。一个哑巴,抚养了一个红歌星,本身是个传奇。阿美在俗世浊流的簇拥推动下,离对她恩重如山的哑叔越来越远,最后梦醒,想要报恩的时候,一切为时已晚。在电影故事中,在王延松改编电影故事所创作的体育馆戏剧中,着力表现的是:忏悔中的感恩,是"不著一字,尽得风流"的人性化、情感化的孝心、孝道、孝文化的渲染,而且,这种文化的人性感化,并不来自高高在上的说教,而来自社会最底层的朴素人性和良知觉悟。

《孝》的问题在于,有矛盾,没有冲突,因为矛盾的主导方——父母,与矛盾的承接方——儿女,并未构成任何形式、内容和心理意志的冲突,剩下的就是写戏大忌"顺拐"的表现:孝顺孝顺,一路"顺"下去,真的就没有"戏"了。二度创作挖空心思的"感天动地",无力回天,收效不大,《孝》剧最终没有能够"感天动地"。

这是一度创作必须解决的问题。留下的问题,二度创作肯定是无力回天的。观众看到,剧情结尾时,母亲幡然醒悟,心理转向:命令儿子赶快"追",似乎突然想要成全儿子。前边暴跳如雷地抽了儿子耳光,犯病住院后又骂走了儿子准女友的父亲黄昊,这时跟着出现的转变何其突然!怎样发生的?即便勉强认可这种陡转的处理,观众也有权质疑:那种嫁谁都"心堵"的状况疏通了吗?那种娶谁都"忧虑"的心结解开了吗?怎么疏通的?如何释怀的?观众看不到。

《孝》的规定情境设置和戏剧动作展开,在年老的"作男作女"与年轻的"孝男孝女"之间,年老的主动"出题",年轻的被动"答题",而且答得圆满。这样的矛盾,如何发展?哪来的冲突?

英国剧作家马丁·麦克多纳编剧的《丽南山的美人》在中国上演后获得广泛口碑,剧作揭示的人性晦暗与人生无奈,其实是《孝》剧创作可以借鉴的案例。病态母亲,问题女儿,相依为命却"相爱相杀",最终走向悲剧。心理上的丝丝入扣,情感上的由爱生恨,行动上的牵绊纠结……真是稠浓得化不开的戏剧性与矛盾感。

《孝》的剧情安排和人物设置,很大程度上是喜剧性的。但是,从承载的内容看,又必须是正剧。那么,剩下的问题就是:无论怎样表现"孝文化"的内容,都应该让人看出美心、美德、美感、美性情的正能量来。这是《孝》在打造精品的道路上应该跨越的沟坎。

五、价值思考与提升空间

《孝》是一出叙述形式自然流畅、场面轻歌曼舞而内容让人不轻松、不愉快的音乐剧。这种欣赏的沉重感与判断的纠结性来自演出内容思考的沉重,那就是:我们究竟需要什么样的文化价值?

毫无疑问,"孝文化"是中国文化的重要内容,是中国道德体系中的重要环节。因此,当中国经历了文化变迁的风风雨雨之后,当我们看过了社会动荡的形形色色之后,听到或者看到有人触及"孝文化"的社会价值,并作为城市文化建设的一个立足点、一个亮点去认知的时候,便欣然认同这样的文化壮举。因此,我十分推崇这个戏剧项目,也希望"孝文化"发扬光大。因此,我特别能够理解剧名的意味:感天动地孝为先,感天动地孝为大,感天动地孝为上。这都可以,也都很好。但是,要辨别清楚,想得透彻,怎样说"孝文化"才说得对,说得好,说得精彩,与"说"的初衷相吻合,却是艺术创造的时候应该解决的重要问题。

20世纪90年代,我在美国期间,曾经有美国学者与我谈论中国文化,我吃惊于他的关注点。他首先提到的就是"孝"。他谈到"孝道"对家庭秩序和对大家族纽带的维系意义时,让我记忆深刻。然而此前,我从学习经历里知道,中国新文化运动发生以来,对包括"孝道"在内的传统文化做了反思,对其贻害社会、毒害青年、扼杀人性的畸形变异有深刻的反思,也令我印象鲜明。

那么,问题来了,我们今天究竟怎样去说"言说者"所认知的"孝文化"?

抽象地说,"孝文化"的意义,作为"长幼有序""祜孝有依"的家庭礼节,是社会秩序的基础性规范。在社会生活中,文明礼仪有大用,这没问题。然而,具体到生活中的事件,就不能笼而统之地对待了。《孝》剧中展示的"孝道"人心,正是这种情况。

前边说过，剧情中的母亲董青枝对儿子孟昌有着极强的控制欲，多疑、乖戾、暴躁。为着孝心，儿子孟昌小心翼翼，不断提醒自己，母亲是自己的全部。为着孝心，他不惜伤害三个女孩，从唱词中，观众听到，三个女孩子其实都是受害者，孟昌无条件地服从母亲的意愿，在毫无理由的情况下，先后跟三个女孩分手。为着孝心，他每一次相亲都现场强调："家有寡母，行动不便，生为独子，终生奉养。这是唯一的条件，别的万事好商量。"为着奉养尽孝，他实际上是在找"尽孝"的保姆，找"孝心"的帮手。什么花前月下的浓情蜜意，什么相守一生的海誓山盟，爱情生活中所有的应有之义都可以不在考虑范围，萎缩为"尽孝"的单一内容，其他的"万事好商量"。这一切，都是为了所谓孝道、孝顺、孝心！以"孝"的名义，去伤害后来也要成为母亲的女人，公平吗？在"孝"的名义下，儿子就有没有追求幸福快乐的权利，合理吗？在"孝"的理由下，爱情内容无所谓，只要怀揣一颗孝心，背着一个"妈"，这人的恋爱心智健全吗？相亲动机纯正吗？把自己的情感内容简化为"妈"的意愿，而且是"病态心理"下的意愿，这样的价值观念健康吗？这样的情感内容美好吗？一个自私、多疑、蛮横无理的母亲形象立在舞台上，既不仁慈，也无美感。时时处处顺从于她的儿子，也许没有由衷的赞美之情，可能只有现实的无奈之叹吧？谁知道呢？！牺牲健康人格和快乐生活，全因为一个"孝"字吗？享受着"孝顺"的长辈为此快乐吗？

"孝文化"拘囿了年轻一代如孟昌、黄云的思考勇气和判断能力，让受伤害的女孩子自认倒霉，而绝无怨怼之心。这是《孝》剧要传递的"孝文化"的当代社会实践与人生意义信息吗？

溺爱毁孩子，纵骄坏人心。对董青枝这样的不是阿尔茨海默病困扰的"老年焦虑症"患者和对黄昊那样心怀"小九九"的"嫁女酸楚症"患者，就应对症下药，冰释心结，化解焦虑。比起老人娇宠、病态纵容前提下的委曲求全，较之从"他虐"变为"自虐"的年轻生命的"痛苦隐忍"，寻找"化解"方案，作为人生矛盾、戏剧冲突的解决办法，才是更高明、更容易赢得现代人理解和赞美的生命力量与生存智慧。这是戏剧作为感性的艺术表达，塑造感人形象的基本要求。老莱娱亲、郭巨埋儿、卧冰捕鱼之类充满做作感、具有反人性内容的社会表演，令人生厌，招人反感。

我们必须扪心自问，那些已经被历史淘洗、道德剔除的内容，会成为我们时代需要的价值观念和生命立场吗？从新文化运动到新道德、新风尚的提倡，从鲁迅到巴金，从丁西林到曹禺，对旧文化的批判已经深入人心。难道，需要他们对旧文化再反省，对国民性再检讨吗？

《孝》剧的演出场面和舞台形式感是明朗、轻松和现代的，但是核心内容的传递，一不小心就是阴霾的、陈腐的。形式与内容相互冲突，极大地消解了美德内涵的成立。《孝》的创作动机里有过"婚姻市场与真情恋爱"的冲突与表达，可惜并没有作为剧情发展动机去展开，因为戏剧矛盾和动作冲突的重心不在这里，所以剧作表现的根本不是婚姻市场的买卖交易对婚姻家庭的腐蚀，也非恋爱生活中真情假意的攻防转换。剧情焦点在于孝道的张扬。最后是年轻人"臣服"于"孝道"，顺从不讲道理自私的父母。《孝》中有一场是孟母董青枝探知儿子孟昌有"恋爱"倾向的实情后，咆哮、打人、晕倒，被送到了医院。有一段歌咏医院医生的歌舞，强调"予夺的大权，掌控在手上"，不管这一段表演场面出于什么表现需要，它令我联想到的，是孟母与黄父对儿子孟昌、女儿黄云幸福的掌控和人生的操纵。这样看来，《孝》剧演出所塑造的主要人物形象，缺少点儿典型性亲和感、仁慈性和成长力。当然，说得容易做得难，但这是主创团队登顶前需要攀缘、翻越的"艰苦地带"。

六、化解矛盾的途径

两个家庭的矛盾来自人格的病态和心理的扭曲，不能靠"孝文化"来维持平衡和遮蔽人性。在病态消除与扭曲矫正的剧情上下足功夫，才是剧本创作带动整个演出面貌从根本上扭转"试演"呈现时存在的"硬伤"问题。

解心结，化酸楚，除焦虑，两个家长、两个可能成为亲家的人当中，"病症"不深、尚可救药的黄昊，倒是有可能成为促成孟母转变人生观念的力量。要在他身上下点儿功夫，让他作为最早的醒悟者、转变者，从"嫁女酸楚症"的"困境"中脱身，获得自由，成为"嫁女幸福感"的追求者和积极实践者，从而带动孟母的转变。一旦孟昌成为他的理想女婿的目标，搬开孟母这个障碍，就会成为他作为父亲给女儿幸福的现实内容，成为他的心理动机和行动力量。这样，化解矛盾，移开障碍，皆大欢喜，顺理成章。

剧情还有一些人物性格处理上的矛盾需要斟酌。譬如，母亲董青枝一再催促儿子去相亲、娶妻，但是又有萦萦于怀的"儿媳恐惧症"——怕儿子"娶了媳妇忘了妈"。这样的心理摇摆性，也是人格的两面性，究竟是如何统一在她的生活里的？要有合理性，要有分寸感，否则，就充满了做作感；否则，就让人物行动找不准动机。

对于戏剧艺术而言，一个好创意，一种好意图，最终要千锤百炼地转化为艺术形象，要凝练斟酌地结构为戏剧行动，展现在人物行动、活动场面、事件细节当中。小人物、小事件，可以表现大主题，折射大时代，这已经被人类戏剧艺术发展史上的那些经典剧目反复证明过了。而在《孝》试演的时候，我从直觉感到，这是一个具有成为小事件、大主题、大时代潜质的剧目，因此，应该再斟酌，再打磨，再提升，再努力，向经典剧目学习，向更高水准的剧目迈进。

预祝《孝》达到城市文化建设的目的，为我们的时代提供一个在新时代赓续和发展"孝文化"的文化自信的范例。

经典剧目新排的时代使命与创新追求：
《雾重庆》的当下意义

一、清明节，在重庆抗建堂致敬前辈

2021年清明节之际，由文化和旅游部、重庆市委、重庆市政府作为项目实施主体，由文化和旅游部艺术司、中国话剧协会和重庆市委宣传部联合主办，重庆市文化和旅游发展委员会承办的"经典抗战话剧排演工程"，在各方悉心筹备、协调后正式向公众亮相了。这是一次形式特殊、意义深刻的民族文化英雄祭奠。

"经典抗战话剧排演工程"举办的地点位于重庆市中山一路抗建堂，演出剧目《雾重庆》。抗建堂是1940年4月郭沫若、阳翰笙向周恩来建议后，在中国共产党领导和支持下建盖起来的一座剧场，由于经费不足，改建当时的中国电影制片厂第二摄影棚作为专供话剧演出的剧场。1941年4月5日竣工启用，迄今已经有80年历史。抗建堂建成后，中国共产党领导下的戏剧运动凝聚民族精神、高扬英雄主义、批判投降主义、维护统一战线的巨大文化作用和广泛社会影响被鲜明、有效地体现出来。抗建堂从建成投入使用到抗战胜利的四年多时间里，演出33部大型话剧，如郭沫若的《棠棣之花》《虎符》，曹禺的《蜕变》《雷雨》《北京人》《日出》，阳翰笙的《天国春秋》，吴祖光的《风雪夜归人》《牛郎织女》，夏衍的《芳草天涯》，徐昌霖的《重庆屋檐下》……这些剧目，针砭时弊，鼓舞民心，提振士气，同仇敌忾，起到了引领社会、昌明风尚的巨大作用。当时每有演出，观者如涌，场场爆满，好评如潮。抗建堂取"抗战必胜、建国必成"之意而命名，是艰苦奋斗中的中国共产党领导下的文艺发展的一座纪念丰碑，它凝聚着向死求生的中华民族的顽强坚韧的民族意志，它承载着中国戏剧人投身民族解放运动义无反顾的时代使命与文化担当。

文旅部与重庆市委、市政府在具有丰厚历史内涵的文物建筑抗建堂启动的"经典抗战话剧排演工程"，回望过往，看清当下，展望未来，努力组织、规划、实施发展城市文化建设，具有历史胸襟和人文情怀。

比抗建堂竣工早一年，宋之的的五幕话剧《雾重庆》写于1940年，问世和首演距今已有81年的历史。《雾重庆》于1940年12月在重庆上演，一直演到次年1月。演出的受欢迎程度，从当时《新华日报》刊登的"劝阻启事"的情形可知一二。当时该报刊登启事不是为演出打广告、做宣传，而是劝阻市民不要"过早排队"，"看过一遍的观众不要再看"，"把机会留给一直买不到票的观众"。1941年，该剧目在香港连演14天，场场满座，人满为患。中华人民共和国成立后，重庆市话剧院分别于1962年、1979年、1989年、1999年四次复排重演《雾重庆》，每一次都深受观众欢迎。2021年清明节期间演出的《雾重庆》（编剧宋之的，导演查明哲，舞美设计罗江涛，灯光设计邢辛，音乐设计王晓刚，服装设计汪又绚，化妆设计吴倩，音效设计龚晓江，形体指导冉苒），是重庆市话剧院演出的第五个舞台版（以下简称2021年版《雾》），这是一次从内容到形式全新的排演。2021年版《雾》于2021年4月5—6日登台亮相，既有各地赶来的专家学者，也有曾经参与演出、亲历不同版本和深入研究宋之的创作的专家学者，还有不少"戏二代""戏三代"以及见过大世面的重庆观众，收获了满满的赞誉。

必须特别提到，《雾重庆》上演当天，一群白发苍苍的老人也来到了抗建堂。他们是不折不扣的"红二代"，却不是"官二代"，而是"戏二代"。他们中间有郭沫若之女郭平英、陈白尘之女陈虹、应云卫之孙女应质峰、吴祖光之儿媳陈建丽、陈永倞之子陈冀、魏鹤龄之女魏芙、贺孟斧之女贺凯芬、路曦之子杨和平……这些继承了前辈戏剧基因、后来泰半从事戏剧影视工作或者高等教育相关工作的"戏二代"早已退休,但是,他们一接到"经典抗战话剧排演工程"暨《雾重庆》开演亮相的邀请,就从四面八方赶来了。他们在抗建堂一楼的抗战戏剧博物馆里那些灼烫的文字与生动的历史图片前久久流连后,早早坐在剧场里等待开演……郭半英和陈虹在《雾重庆》开演前作为"红二代之戏二代"代表发言,那番动情的哽咽讲述,那种眼角噙泪的动容表情,感染了在场的所有聆听者。在我的意识里,这是清明时节人们的表情和飘洒的雨雾!在抗建堂里,在巴渝山水间,这是一次形式特殊的清明祭扫,以戏剧的名义,致敬在伟大的抗日战争中奋不顾身的戏剧人!

二、《雾重庆》：新排经典的当下意义

2021年新版《雾重庆》让观众看到了一台对原著有开掘、有提升的经典话剧。

经典的含义,不仅仅在于其首演面世时有广受欢迎的口碑记载,而在于其既观照一时一地的时间、空间规定性,又超越这种局限而获得经久的影响力,具有认知和审美上的历史感、当下性双重含义。那些堪称经典、久演不衰的剧目,往往都具备这样的特征。

但是,经典剧目所具备的历史感、当下性的认识和开掘,需要人们去完成,因为其存在并不是自然而然、显而易见的,而是潜在的,后人要去激活、发掘、创造、创新。这种激活、发掘、创造、创新,通常是由二度创作去完成的,是在导演进行二度创作的准备工作时构思的,是主创人员在实现剧目演出的最高任务的过程中完成的。

一向坚持从剧本研究、调整甚至修改开始导演工作的查明哲,为剧目复排做足了功课,花费了心血,在保持原作精髓的前提下,为剧本瘦身,将约4个小时的情节删减到不足3小时的戏,与观众见面时,是2小时50分钟。他删去不必要的交代和场面、枝蔓的情节,让剧情更集中,冲突更聚焦,人物更鲜明。他还增加了必要的细节,如时势、地域风情的渲染,上级音乐、音响、道具等细节。

总体来说，剧目点到为止，极为简省，以少胜多。

剧目的历史感不必多说，《雾重庆》表现的是抗战背景下的故事。地点，是陪都重庆；人物，主体是流亡漂泊中的大学生，当然还有东北的流亡者，亦有投机的官僚形象。鲜明的时代特点和生活风貌对复排经典的主创团队提出了严峻的挑战：八十一年前的剧作，八十一年前的风物旧貌与人物旧事，如何面对今天的观众？如何面对生活在和平年代、享用着美食鲜衣的观众群体？如何引起他们的欣赏兴趣甚至心理共鸣？这是复排经典必须解决的"当下性"问题。

"当下性"首先遇到的难题，就是年轻的演员阵容如何面对历史？如何完成扮演？如何融入规定情境？年轻的演员去扮演跟他们生活在完全不同的另一个时空的人物，要找准感觉都不容易，何况举手投足、一颦一笑传递的已经远去的时代感，"生活"在遥远的社会环境中，熬煎于从无机会观察的人物的喜怒哀乐，并将学习、揣摩、模仿和想象所得转化为鲜活的形象、合理的行动、生动的细节、感人的场面，从而作为舞台形象去情绪化裹挟、情感点感染、意识阀启悟和思想性激活观众，谈何容易。然而，在艰苦的排练中，年轻演员们按照导演的要求去研读历史，查找资料，想象人物，试着进入人物，首先是自己被启悟、被激活、被打动、被感染、被点燃，并逐渐靠近自己的角色……最终，他们获得了导演的认可，观众的肯定。年轻演员的表演超越了自己的生活经验，创造了戏剧舞台规定情境中的艺术经验，这完全是新经验，是研究他人经验后经由自己的整合创造产生的艺术经验。将这些艺术经验汲取，表演、表现出来，不隔膜、不生涩，完全作为剧中人"活"在舞台上，"活"在别人的生活里，这是这场演出首先值得祝贺的成就。在不同剧目演出中，体味不同的人生况味，增长不同的历史、社会、文化、人生知识，丰富自己，最后成为塑造千姿百态的形象的表演艺术家，这是演员终身的功课。可以肯定，《雾重庆》的新排，无论是美学品位的提升，还是表演能力的拓展，都锻炼了重庆市话剧院的演员队伍。

其实，经典的"当下性"也是导演必须攻克的难关。查明哲把"当代性"聚焦在对不同历史舞台、不同生活场景、不同人生际遇、不同性格禀赋的人的相通性及命运的相似性上。他的舞台形象的聚焦，不仅在于突出人物群像，刻画个性，表现追求的人生际遇，还在于引起了观众的"共鸣"心理、"共情"反应，这是"当下性"的人性因素与社会内容。查明哲把抗战中的重庆作为时代背景与社会环境的因素，推到了剧中颠沛流离的大学生的人生困境、人生探索、人生困惑、人生迷失和人生挣扎的事件"外围"，从而表现国难中的"这一群人兴衰起落命运"：几个有志、有理想的青年在国难当头、社会动荡、生活压力下，一步步变成了"寄生虫""投机者""落荒者""客死者"，显现了人生残酷与社会真相。这是"人"的变化、变异、沉沦，是国破家亡背景下的"人"的毁灭，是对帝国主义侵略战争的控诉，是对特殊时代、特殊环境的特殊人群的观察、解析、实验，是日本罪恶的侵华战争中流亡的中国大学生的"青春残酷物语"。

关于表现"人"，追求"人学"深度，多年前我曾经有一个对查明哲的基本评价，后来被研究者、评论者经常引用：查明哲在戏剧规定情境中反复表现、深入开掘的是人心的丰富和人性的可能，在变幻的风云中、障眼的生活现象里，他丢不开、舍不下、盯得紧、看得深的，就是"人"。2021年版《雾》让观众看到，演出显现的创作立足点仍旧是研究人、表现人。时代、社会、环境统统成为外在因素，重要的是其中的"人"，"人"的鲜活生命，"人"的生存起落与命运走向。剧目突出表现了规定情境中的"人"的焦虑、挣扎、迷失、沉沦、变异、反复的种种状态，写活了社会，塑造了鲜明的形象。他聚焦在人的内在因素上，他凝练的舞台"形象种子"是："一群青春游子的人生风帆，穿流、颠簸、沉沦、坚行在风云激荡、尘雾迷漫、蜿蜒苍茫的水道山路间……"因此，演出聚焦在流亡漂泊的青年们对人生困境的判断、选择、探索、挣扎以及由此产生的无可遁逃的命运后果上。历史和环境永远不会承担对个体生命的道义，而个体生命却要因为自己在历史规定性、环境限制性条件下所做出的选择和行为承担后果，付出代价。生活的残酷性就在于此，而历史、社会中的人，一代代，一茬茬，就这么生活过来了。正是在这个意义上，经典新排，获得了以共情感为底蕴的当下性意义。其意义在于，不仅避免了专家批评、观众诟病的那种"见事不见人""见外因不见内因"的创作通病和舞台叙事时弊，更重要的是，以"人"为表现焦点，精准地找到并凸显了复排经典剧目时剧目内容的历史感与剧场欣赏群体之间当下性的相通性与衔接点。其意义不在于仅仅体现剧目的知识性、历史感而去渲染时代、环境、事件的不同，而在于表现"人"的自我把握、自我实现、自我验证、自我找寻的人性共情感与人生相似性。这就对位、接通和点燃了经典作品与后世观众之间的思考焦点、价值甬道、情感燃点。

2021年版《雾》给我们的提供的思考是：找到历史感与当下性的衔接点，探查不同时代的人可能具有的生命共情感与性格、命运的相似性，也许是重排经典最为重要的认识前提和进入创作、创造、创新的立足点。

三、变化感与丰富性，人物形象的魅力

符号化的人物，概念性的形象，往往是因概念而存在，为某种说明性的内容需要而设置的。从头到尾一个腔调、一副面孔，干瘪枯燥，令人生厌，这在不短的时间里曾经很流行，结果是让戏剧丧失了表现魅力，让观众退出了剧场。作为20世纪80—90年代的"人学深刻性和人性丰富性"讨论的成果延续，2021年版《雾》塑造的人物充满了变化感和成长性，命运的反转、性格的变异、人生的互鉴成为人性观察焦点上最为丰富多彩、最具魅力的内容。

大学生们开的小饭馆，名为"七七小饭馆"，对联是同学当中性格机敏、头脑灵活多变的万世修撰写的："吃饭不忘救国，饮酒常思杀敌"。这倒是大学生们开饭馆的初衷。开饭馆之初，大家就是想借此解决生计，心里念念不忘的正经事儿，还是救国、杀敌一类的国家使命、民族担当。他们的饭馆对联既是招徕顾客的宣言，也是开饭馆谋生计的自我提醒。问题是，当吃喝的生计有了着落，却使得报效国家、救国杀敌的理想成为一对尖锐矛盾时，情况变化了：为生活所累、为欲念所缠、际遇不幸的大学生们走向了人生初衷的反面。生计拖累了林卷妤的工作理想，成为她的生命羁绊；餐馆生意的成功激发了沙大千贫穷之时隐伏的强烈欲望，"生意经"成为他的人生兴奋点，参与了不法官商袁慕容的走私生意，最后受骗，因亏本蚀财而几近疯狂，彻底蜕变；改名为苔莉的交际花徐曼在掩泪装欢的卖笑生涯中傍权贵却朝不保夕，明白等待自己的命运是最后被抛弃，

随波逐流而无法自拔,凄楚度日;万世修招摇撞骗的把戏维持不了生活门面,很快就走向了"跑腿帮闲"的依附寄生状态……每个人都在努力,却都走向了"初心"的反面;每个人都在挣扎,却越发陷入困境;每个人都想活出人样儿,却越来越变为病人、废人、非人!最终,善良的老艾死在医院。被沙大千传染了花柳病的林卷妤凄然离开而不知所终。沙大千居然彻底放弃了曾经坚持的价值原则,"幡然悔悟"地要与他早先鄙薄嫌弃的苔莉携手前行,加入俗世浊流去奋斗搏杀一场。本来,一直心存善良、对同学们多有善举的徐曼,一直是一个身在风尘却不甘堕落的女大学生,她是有可能爬出火坑、走出困境的,但是,剧情结尾处,受到沙大千变态疯狂的情绪感染,她犹犹豫豫地认同沙大千的宏伟计划时,她完全可能铤而走险,加入沙大千走向与社会环境"搏命相拼"的更深的困境中,走上另一条不归之路。她一直挣扎的自我拯救在最后一刻放弃了,返身重回社会的残酷"丛林"。凄然辞世的(老艾)、不知所终的(林卷妤)、寻找"寄生"机会的(万世修)、"寄生虫"加"亡命徒"结成"新同盟"双人行(苔莉与沙大千),这些曾经有理想有豪情的好青年,曾经的"天之骄子",就在没有出路的痛苦和穷困潦倒中一步步走向穷途末路,令人万分惋惜。吊诡的事情在于:一直洁身自爱的林卷妤拿着垂涎于她的袁慕容送上的 35 万港币时,犹豫再三后,居然一度想要与他"私奔"香港。在沙大千传给她花柳病之前,在感到爱人的伤害和爱情绝望之前,她对袁慕容绝对是不屑一顾的。但丈夫的背叛击倒了她,让她在那样六神无主的关头,有了无助的恍惚和片刻的松动。她开场时显现出来的内心的强大,在闭幕前变得衰弱无比,不堪一击。她和她的丈夫沙大千都不肯体谅和原谅徐曼变为苔莉的万般无奈的堕落,但是,当需要开饭馆时,林卷妤还是收下了风尘中的苔莉雪中送炭的钱,开起了小饭馆。沙大千口口声声嫌苔莉从风尘里换来的钱"脏",自己却身染"脏"病,而且传染给了妻子林卷妤。一开始,沙大千对苔莉避之唯恐不及,在受骗破产、卷妤离家出走后,居然视苔莉为"战友",恳求苔莉与他携手与生活放手一搏。他出卖理想,背叛初衷,放弃底线,追逐金钱,满足欲望,与苔莉结为"患难之交",他的"堕落",不也在风尘?老艾"死"守颓唐与失意,其"变数"恰恰体现在生活中的心有不甘却"随遇而安",自怨自艾其实也是在随波逐流。这样,变化的是命运,是运势的一路下行。万世修善变,但是缺少道德底线上的机智灵活,使他最后从招摇撞骗的"帮闲"走向或者替人作伐拉纤或者为虎作伥的"帮忙"……2021年版《雾》最重要的创造性和提升感,来自将原著人物的个性一定程度的模糊性、不确定性转变为戏剧动作发展中的形象可变性和性格成长性,集中在戏剧"试验场"中的人性可能的探究上,这比起公式化、概念化积习与通病影响下的戏剧舞台上常见的那种一成不变、一眼见底的人物形象高出许多。

当然,剧情中林卷妤的妹妹林家棣是一抹亮色。从剧情编织上,她虽然显得游离,个性少内容,色彩也苍白,但是戏剧表现中常见的类似人物穿插其中所起到的作用也是重要的。毕竟,同时代、同社会、同环境的青年,可以有别的选择和出路。而且,她的不变,与她的姐姐哥哥们的蜕变、异变、恶变对比,她的存在就成为一种提醒、一种比照、一种寄托,对于浑然不觉中变异、堕落的人们是一种醒目的提示,一种逆耳的提醒。在这个意义上,"不变"的形象和停滞的性格反而成为她的形象的意义所在。

四、巧劲内功,查明哲舞台创造的新看点

查明哲变招了!这是我看完重庆市话剧院新版《雾重庆》后获得的鲜明印象。

从俄罗斯学成归来后,查明哲从"战争三部曲"的战争硝烟的浪漫抒情开始,到后来对社会民生的深切关注,再到铁血流芳中的洋溢诗意,还有在任何可能的情境下的人性、人格、人心追问的执念……给人的总体印象:他是在舞台语汇的运用和呈现形象创造上"语不惊人死不休"的一个"狠角色",虐心地追问生活真相,残酷地展示人性荒原,深情地讴歌人格光辉,诗意地凝练演出的。"形象种子",导演风格硬朗、粗线条、大色块、写大时代、抒大情怀、咬钉嚼铁、大刀阔斧、浓墨重彩、响鼓重锤……成为戏剧舞台上鲜明的"查氏风格"印记。但是,这一次,在观看2021年版《雾》的演出后,我想到的是:千万不

要以为一个导演的风格形成以后，就成了定数。不，对于一个不断探索、不断追求的艺术家而言，还会变！尽管一个时期或者一个阶段同类题材的剧作，可能会呈现出大致相同、相似的舞台艺术追求，形成一种容易辨识的舞台风格或者表现语汇，还是必须估计到，有追求的艺术家面对不同的剧本的阐释需要，完全有可能做出调适，寻找新的途径去阐释作品，调动新的手法去塑造人物。

首先，查明哲在 2021 年版《雾》中变招数、换手法地去塑造人物，与先前剧目创作表现的战争硝烟中的人（如《这里的黎明静悄悄》）、生命绝境中的人（如《死无葬身之地》《纪念碑》）、命运拨弄摔打的人（如《易胆大》《矸子山的男人女人》《我那呼兰河》《万世根本》）、向死求生的人（如《淮河新娘》《中华士兵》）不同，没有危机的进退维谷，没有选择的命悬一线，没有命运转折的大起大落，没有社会气象的万壑争流。剧情中的青年学生生活在令人气闷的逼仄空间里，生活显得滞重缓慢。青春的消磨，是鲁迅所说的那种"几乎无事的悲剧"状态，大家都这么过，有价值的青春和有热度的激情就这么慢慢消磨殆尽，走向毁灭。查明哲希望观众看清这一点，看清生活的平庸、生活的残酷，是如何让人在毫无觉察的状态下、在无力自拔的困境中最终无可奈何、别无选择地走向绝境、走向毁灭的。于是，查明哲采用的办法是：细针密线地缝合情节，顺化每一条行动线索，使之在总体的动作线索上去突出"形象种子"统摄的发展势头——极有耐心、小心翼翼地铺垫发展，围绕着"大学生们开餐馆"的中心事件和主要线索，发展出了开餐馆行动的"后遗症"对每一个人的影响——欲望膨胀、躁动不安的沙大千，终日郁郁寡欢、无精打采的林卷妤，随遇而安、意志消沉的老艾，风姿绰约、热情依旧却日渐惶恐、陷入风尘愈深的徐曼。他们一次次上场，一次次变化，失却了优雅圆滑，变得越来越粗糙。点点滴滴积累的那种渐渐弥漫开的令人气闷，到后来是令人绝望、令人疯狂、令人歇斯底里的失落、迷惘、忧郁、感伤、失望，最后是失控的情绪，在剧情发展的高潮、矛盾交汇的聚焦点爆炸开来，十分精彩。

其次，查明哲精心设计的一些小道具发挥了大用场。《雾重庆》矛盾冲突的交汇点是剧情的高潮部分。沙大千把花柳疮传染给了林卷妤，伤心欲绝的林卷妤感到人生的轰毁，上前线抗日报国已无可能，动乱的社会无处可去，甚至接住了觊觎她的容貌才能已久的官僚投机商袁慕容抛出的诱饵——拿着35万港币与他"私奔"香港。本来，查明哲让舞美设计一支小型的木马玩具和一个木马摇椅，一开始传递的意义，是沙大千和林卷妤贫病生活中刚刚死去的孩子的遗物，是一种物是人非的凭吊感。但是，到了剧情高潮，当心烦意乱的林卷妤心不在焉地坐在木马上轻轻摇动的时候，这个道具装置有了人物心理的揭示性作用。尤其精彩的是，当失败沮丧和失妻所爱作用下心理变态、形象变形的沙大千满台暴走，最后坐上木马，一边摇动，一边说出那些火星四溅的愤懑的台词时，观众似乎看到了一个须发皆张、怒目咧眦的疯狂斗士，一个在社会生活闯荡中已经遍体鳞伤、变形走样的青年学生，他要披挂上阵，加入到俗世浊流中去混战一场！那木马设计，最早时似乎是写意性的添加，最后居然成了表现性的强调，令人击节。

再次，查明哲对大时代、大氛围的交代点染举重若轻。既然是突出大时代、小环境中的人的命运，集中写人就好。前边说过，他对原剧本的"小心删减"，这里我想说他的"用心添加"：刺耳的空袭警报，在吊脚楼上升起红灯笼的空袭动态警示之外，饭馆里的食客议论时事，战时经常性停电，等等，有节奏、有细节地进入剧情叙述，极其简省地将时代特征渲染性地交代完毕。剧情突出了时代特征，在场面上当然还要渲染地域特点，开幕时让观众惊叹的一台概括重庆山城建筑特点的舞台形象：转弯抹角，爬高下低，曲径通幽，重重叠叠，真有"螺蛳壳里做道场"的感觉。他把抗建堂剧场的舞台空间用得无比充分，长、宽、高的空间几乎没有丝毫多余，量身定做的转台，把360°旋转的舞台景的各个立面利用在剧情发展的不同场面当中，满足了重庆观众对自己熟悉的景物的重温，满足了没有到过重庆的外地观众对重庆山城的建筑特点的认知，而且富于美感。罗江涛作为查明哲舞台主创团队里的"老铁"，每一次创造，既满足了导演意图，又体现了独创精神，魅力就在这种无间的完美合作中体现。邢辛的灯光设计画龙点睛；汪又绚的服装设计朴实无华，都可圈可点。

查明哲的"巧劲"，表现在利用"声音元素"去"撒葱花"式地进行时代点染和环境交代，不刻意，也不随意；不贪多，也不缺位。抗战时期的名曲名歌

《嘉陵江上》，清音唱段、金钱板说词、脚夫的号子、食客的重庆方言，时不时出现，就像雾重庆之"雾"，需要时弥漫在景物之间，或有或无，随行随止，不多不少，点到为止。尤其精彩的是，表演区前台的蓄水，灯光照射之后，吊脚楼景物上时有时无的水光水影，成就了嘉陵江、长江拥围着的重庆的湖光山色。查明哲为2021年版《雾》写了歌词："无数山，无数水，无数山河无数泪。雾重庆，山重庆，风雨如磐大重庆。"歌声飘渺，雾色朦胧，天光云影，创造出来的景象与氤氲当中的意象，雾气水色的自然氛围，就活脱脱地显现出来了，美不胜收！

本文发表于《中国戏剧》2021年第7期第19-22页

附 录

被评论的评论家

高山流水非独语,鸿雁两地酬知音

王晓鹰

卫民兄:

看了大作!非常感慨!

不是喜欢,是感慨!首先感慨你与戏剧演出的中心城市北京、上海相距如此遥远,可丝毫不影响你对戏剧演出的敏锐的感受力和强大的读解力,因为戏剧毕竟主要不是在案头阅读而是要在剧场观看的。更让我感慨的是,你我之间相距如此遥远,你却像我的一位经常"厮混"在一起喝酒神侃的朋友那样对我有如此细微的观察、精准的判断和深入的理解!我看到一半时就觉得心里很热,我甚至感慨你如果不是离我这么远,不是离北京这么远,那该是多么美妙的事情……

所谓"商榷"也有两条:一是《肖邦》里为我们演出现场弹奏钢琴的不是郎朗;二是徐冰以前那种用汉字的偏旁部首组成许多现实中不存在的汉字的作品叫"天书",而在《理查三世》里的这种把英文单词按汉字的结构规则和笔画顺序设计成汉字形状的作品一般叫它"英文方块字",其实你说这是"天书"也可以,如果精准一点叫它"英文方块字"更好!

感谢!感谢……

晓 鹰

兄台，你以前给我写过一篇文章，《王晓鹰：舞台呈现结构的创新者》。这是我看过文章后，给你的回复。今天，子方问询我，希望可以有一个对你的了解性文字，那么，我就谈一谈吧。

我认为，你作为一个学者，不仅仅是理性观察、远观评判，最难得的是，你有着很强的对艺术创作本身的活的情感表达的感受力和领会力，这种感受力和领会力，甚至还不需要在现场。比如，《理查三世》，你并没有在现场，仅凭着通过间接看录像的方式，就能理解得很深、很独到、很准确，于是，你接着用你的充满感情的文字，分析、解读、评说，这太可贵了。

什么？印象？说到印象。我觉得，从你的著作和评论文章里边，能够清晰地感受到你的美学品位和价值观念。你的美学体系非常完整，你的价值观念非常正统。除了这个之外，艺术敏感和学养储备，也是你非常特殊也非常重要的地方。

先谈美学品位吧。你的美学品位，来自你自有的美学体系基础。当然，这跟你的艺术敏感互为表里，因为美学系统完善，而且深入骨髓、深入灵魂，自然就外化成了对艺术的敏感，所以，你虽然是一个理论家，做学术，但并不是一个学究型的腐儒，你也并不完全是一个"理性"的评论者，对于艺术家的戏剧创作，你有"活"的生命的投注，有形象的表达，意象丰富，诗意表达，用艺术的方式去评价艺术，用诗意的情怀去拥抱诗意。因此，剧场里的形象，你能敏感地感知，形象中传达的内涵、象征、意蕴，你心领神会，准确捕捉。你对我的评论，虽然专门针对某个戏的篇幅不多，但铺开的面非常广，也非常深，更重要的是，有一种感性的睿智——深藏其中，鞭辟入里。

再谈价值观念吧。如果说，美学体系与感性批评互为表里，那么，你的价值观念，在评论态度中，就体现为评论风骨。这一点怎么说呢？在你的文章里，对于戏剧作品、艺术家，你所有的赞扬和批评，都没有功利牵绊，都没有世俗干扰。你的赞扬不是故意的吹捧，而是诚心实意的认同，你的批评更不是故意抬杠，而非常准确、充满善意、虽然含蓄、但又非常精到——不仅是批评，有时候甚至是忠告，言之切切，语重心长。这种批评的态度，难能可贵。所以，你虽然不在北京、上海这样的戏剧创作和演出的中心城市，但是，你对戏剧创作、戏剧实践的观察、感受、领悟的能力，是我们很多身处中心城市的戏剧评论家所不及的。

　　价值观念，还不仅仅在评论态度里，还在评论内容上。我说，你的赞扬是有克制的，你的批评也是非常中肯的，有时候点到即止，有时候却是响鼓重锤。为什么会这样？因为，当这种直接的批评出现的时候，体现的是你的戏剧观、你的价值观。我们需要什么样的戏剧？我们不需要什么样的戏剧？这不仅仅是艺术层面的问题，也应该是价值观的问题。今天，有很多艺术作品是有问题的，有的问题在形式上，在技法上，有的问题在内容上，在价值观上，尖锐指出这些问题，就是你的戏剧价值观的一种持续表现和执着追求。甚至可以说，是一种理想信念，这构成了你的文化人格，你是一个真的知识分子。

　　刚刚说了这么多，这些表现，也来自你的学识、学术和学养。从你的论著里，讲学中，能感觉到，你视野的宽阔和学养的丰厚。你在东方和西方的戏剧理论、戏剧史的研究中，在各色对戏剧创作实践的关注中，达到了一种融会贯通的境界。我知道，你最初是从话剧史研究进入戏剧领域的，你最初是研究曹禺，后来，就扩展视野，走向创作实践，走向小剧场，深入戏剧的核心，观察戏剧的边界，这对你的评论视野来说，是非常强大的基座，非常强悍的支撑。没有这么深的学养，没有那么宽的视野，没有那样的学问底气，你的评论就不会这么深、这么准、这么透。

　　那么，就说这么些吧，最近一直排戏，时间零碎，零敲碎打，短笺一封，聊表寸心。

海燕，凌空高歌

——我眼里的吴戈

查明哲（口述）

子方，你好。你给了我几个问题，这几日，它们一直在我脑子里回旋，很多话想说，又怕说不准。这么着吧，我呢，不完全按照你给的问题说，我就按我的思路来跟你说，约是如下三大点。

我之吴戈印象

我跟吴卫民老师，是中戏硕士研究生同学。从 1987 年相识，一起上课、求学，四年后虽天南地北，但一直托为知己、相交至今。我三十年来都深深感觉着，吴卫民（笔名：吴戈）是新时期以来、跨世纪至今中国戏剧理论评论界的一只凌空飞翔、高歌长鸣的海燕。

说到海燕，高尔基的《海燕》，大概一下子就能进入我们的脑海。就像高尔基先生在他的文章中深情描述的一样，吴戈就像那只海燕，是一道闪电，他敏感、自信、热情、高傲、勇敢，他自由自在、奋发向上、自尊顽强，并永不妥协，像暴风骤雨的预言者，像惊涛骇浪的搏击者，像霞光曙色的呼唤者！

印象就是这样，我的描述好像挺文学。这又正好引入了他为什么是"海燕"的一个因由：恰恰就是因为文学，他自信，他高傲，他敏感——他的种种精神和个性鲜明的声音，都来源于他已经具备并更深拥有的渊博的文学修养。我们知道,他是文科出身,他勤奋读书,本科之后教书育人,20世纪80年代,入中戏师从田本相老师,攻读硕士研究生。文科的背景,加上田先生的戏剧理论专业引导,再于20世纪80年代这个开放的、充满激情的时代,在这样的背景下,他进入戏剧研究,路数很正,收获颇丰。后来又到上海,跟随秋雨先生完成博士学业……这样的学术基础,使得他理论扎实。他又着意密切接触舞台艺术创作实践,北上期间,更是让他视野开阔、见多识广,再加上他挡不住的聪慧悟性,所以,他很快就像一只凌空出现的海燕,嘹亮地发出了,并持久地发出着他自己的声音!

我要强调,在戏剧理论圈子里,他的根基是牢牢地扎在戏剧本体上的。在这个基础上,加上他敏锐的视角,他的评论也好、理论也好,都是准确、独到、切中要害的。

我看吴戈特色

也说三点。

第一,深重厚实的史论、学养基础上的时代美学眼光。八九十年代是中国的思想界、艺术界、戏剧界能量聚变、骤变发生的重要时期。吴戈的文史、理论、美学各方面的学养,组合成他最初的专业基础。同时,他广阅现实四方风景、善吸当世八面来风,这使得他所有文章的思维、落笔,都有一股追根溯源的大气、霸气,既从源头开始,切中对象,推衍理解,又以时代考量,思辨透析,归纳变化,因而他的理论、评论眼光犀利,古今纵横,既根基厚实,又现代入时。

第二,深刻理性思维与丰盈形象思维结胎孕文。这两种思维的巧妙运用,融会贯通,使得吴戈的理论和评论,既有理性思考的深刻性、概括性,也有形象的鲜明性、丰富性,既精辟独到,又才情奔涌。

第三,善于切脉问诊,贵在洞见烛照。吴戈在论述艺术家和艺术作品的时候,能够深入到创作实践的血液中去,疏通血道、追寻血脉、探究血源。他这个特点非常突出。他的所见所识,都附着在对实践家们和作品创造基础的贴心、贴切的感受和理解之上，然后，帮着他们去疏通、追寻、探索。他没有空洞的概念、缥缈的理论、虚无的观点。这一点和今天太多的所谓理论家、评论家们大不一样。很多人，是用自己的理论观点去框实践家、套实践作品，更多时候，是自说自话自己的一套理论，跟实践者们和作品本身联系不大，甚至不着边际。所以，实践家们愿意看吴戈的文章，更愿意跟随他的感受，去提高对自己实践的理解，去升华艺术作品的价值。他的所有评论、分析，都是跟实践家及其作品长在一起的。他对很多艺术家、导演，有着基于实践创作的不同角度和视野，一人一说，一戏一论，绝不重复。他对我的评论，就捕捉到了"演出形象种子"和我的艺术创作个性、方式的关联，当然，不仅仅是对我，还有王晓鹰、王延松等，他都能抓取论评出各自不同的特色风格。

我说吴戈风格

吴戈的风格，一如他多年前给自己立下的笔名。我跟他在同学的时候就发现，他对于鲁迅先生非常的崇拜，他情有独钟地研读鲁迅的书，捕捉、深入鲁迅的灵魂，很多时候，他的言谈观点、风格举止，跟鲁迅先生颇为相仿神似。至于是怎样的风格呢？

还是三点。

首先——高尚的理想。吴戈是一个有济世天下的胸怀的人，"能执干戈以卫社稷"！也像《楚辞·国殇》所唱：操吴戈兮披犀甲。吴戈，多锐利硬朗！他还真有拔剑四顾的那种经世胸怀。在他的评论里，常常能发出针对这个社会、世界的振聋发聩的声音，他能在最高的层面上去把握作品，这其实是遵循了戏剧的一种终极指向。他经常说我，说我说过很多遍的一件往事——剧场就是"教堂"，戏剧就是"宗教"。他说我这是夫子自道，其实，我知道，他的看法和我的是一样的，他是借着说我的感受，来说出了他的感受，他也是夫子自道啊。

二者——现实的骨感。每读他的评论，我都能感觉到他对现实生活的深深关注，对当下社会的苦苦思考，对人性民生的切切探索，真的就像领略鲁迅一样，你能在里面看见那把犀利的匕首、那支锋快的投枪。他总是能够鞭辟入里，抓取到作品的现实意义，能够切中时弊地结合着社会的现实，去开掘作品，去深入实践者的心理，去提炼作品里的内涵和价值。

再者——情怀的深切。吴戈是一个感情极其细腻、情怀异常深切的戏剧人。他在生活中也是这样。在他的评论文章中，我们可以随时感受到，那种发自内心的柔情，那种奔腾翻涌的激情，那种火焰燃烧般的热情。这都是他深切情怀的表达。他的评论有温度、有质感，情中藏剑，剑胆情深。这是吴戈风格里非常重要、非常难得、非常宝贵的一个方面。

归　结

那么，子方，我就讲到这里吧。

以前都是他评论别人、评论我，总是洋洋洒洒，此刻轮到我来评论他了，却只能点点滴滴惭愧哉！但对这位评论家有所评论，真是一件太好的事情！他确实值得，应该让人们与社会对他进行感受归纳、理性寻思。戏剧理论学术界，应该非常重视、珍视、研究、光大吴戈已经做出的硕硕成绩和他正在殚精竭虑完成着的巨大功绩！

文字整理：子方

艺术家眼里的评论家

——王延松导演答子方问

王延松

问：您对吴卫民（吴戈）的总体印象如何？

王：他是一个典型的学者。可以从两个方面看，在戏剧史论领域拓展学术宽度；对戏剧本体研究建构学术深度。

吴戈教授不仅学养深厚，人很正直，他还有良知，该讲原则时不妥协。吴戈的人际关系都非常清楚、清白，就是"君子之交淡如水"。

问：对于批评家而言，良知非常重要？

王：太重要了。良知是一种智慧，更是一种情怀，有良知才能仗义执言。

问：您对他研究和评论您的作品的认同感如何？

王：我不但认同他的文字，我更认同他的态度，认同他观测艺术家的逻辑、方法、思维。

吴戈写《王延松导演艺术论》的时候我俩并不认识。我发现他把我的作品以及我这个人的走势，梳理得细密清晰、有板有眼。这篇文章有四个部分。第一部分就把我给震住了：王延松导演艺术的大致分期和特点，写得非常细腻，有的事情我自己都几乎忘掉了。我看他对我的分析与评价的时候，像是在照一面镜子，这面镜子把自己照得那么清楚，令我感动。后来我们在北京约见，我发现，我们都是在20世纪80年代起步，在不同领域里感受与分享戏剧演进中的时代脉搏，所以能产生共鸣。

问：打断一下，那么，您看到这篇文章的时候，你们彼此还不认识？

王：对，不认识。我们是通过文章才认识的。

再回到那篇《王延松导演艺术论》吧，他的第二部分，写的是对我创作轨迹的侦查。第三部分，是对我曹禺作品新解读三部曲的分析，这是他论我的重点部分。

后来，在田本相先生主编的九卷本《中国话剧艺术史》里，我看到，第六卷是吴戈教授写的，那里面也有关于我的章节，是在《王延松导演艺术论》基础上，但更全面、更深入了。当然我在这本书里也看到他研究其他当代戏剧家的精彩论述，受益匪浅。我们也在彼此关注着，在这个过程中，理论家研究艺术家的同时，艺术家也在映照理论家，彼此不脱节，理论与实践同体。

问：就吴戈理论评论关注的戏剧理论问题和评论的戏剧现象看，您对他的学术判断怎样？

王：嗯，吴戈应该是一个纵横驰骋、比较全面的戏剧理论作者。他的评论，不是案头学者束之高阁的类型，也不是到处参加研讨会、模式化发言的类型。他是有理论根底、有学术自信、有审美底气的，尤其在关注当代中国戏剧的演进方面，他是有板有眼、有计划、有步骤地建构起自己的理论体系的。

问：那么，就您所接触的批评家群体中，您认为吴戈的个性在何处？

王：第一，直觉。我非常喜欢理论家能够用直觉，而不是食古不化、食洋不化的概念来接近作品，他首先用直觉来遇合我的作品——这在对曹禺新解读三部曲的评论中，我体会非常明显。直觉之后，他再结合他自己对曹禺作品的解读，来对应他所看到的我的舞台呈现，最后，得出个人观点。有一些跟我的初衷很吻合，又有一些，也不完全吻合，但对我有启发性，也可以成为我创作实践的重要参照。

第二，敏感。戏剧批评家应该敏感，不仅仅是艺术敏感，对时代价值取向的把握，做到精准精微，这不敏感是不行的。更重要的是，批评家面对的群体——艺术家们，本身就是非常敏感的群体，所以，批评不敏感，就很容易跟艺术家群体、跟创作实践脱节。

第三，沉静。他不喊口号，常常很冷静，能够潜得下心，有板有眼地去细致谈论一个问题。没有沉着的心境，没有沉稳的人格，做不到这一点。

第四，锲而不舍。我还注意到的是，吴戈教授的追踪性非常强。他不仅仅追踪我，他也追踪不同的艺术家——他一旦确定一个研究对象，绝不半途而废。对戏剧人、艺术家的研究，可不是对一部作品、一个现象的研究，艺术家的成长需要经历一个长期的过程，他会从一个艺术家成长的起点开始观测，一直到他（她）定型，他都持续地观察着。这期间不仅要花时间、精力，更需要一种锲而不舍精神的支撑。

吴戈：被评论的评论家

——李宝群答子方问

李宝群

艺术家简介

李宝群，国家一级编剧，辽宁省文化厅艺术研究所副所长。作品有芭蕾舞剧《二泉映月》，话剧《父亲》《母亲》《鸣岐书记》《矸子山上的男人女人》，音乐剧《鹰》，电影《父亲》等。荣获文化部文华大奖、中宣部"五个一工程"奖、中国剧协"曹禺文学奖"、中国话研会"振兴奖"、"全国百名青年文艺家"等多项奖励。

子方：宝群老师，您好，感谢您接受我的采访。根据我们的提纲，第一个问题是，您对吴戈老师的总体印象怎样？

李宝群：好的。在我看来，吴戈先生——我们先说为人方面，多年交往，吴戈老师呢，为人特别诚恳，很真挚，我们之间的交往，没别的，就是真诚、单纯的交往；在学术上呢，他学养比较深厚、治学比较严谨，整体上来看，是理论水平，特别是戏剧评论方面的水平很高的一个理论评论家。这是总的印象。

子方：谢谢。那么，您愿意谈谈吴戈老师给您写过的一些文章吗？

李宝群：吴戈老师给我写了很多评论文章。有的是关于我的戏的，我那些比较重要的作品，他都写了文章，比如《万世根本》，反映安徽小岗村农民的承包土地、拉开农村改革序幕的一个戏；还有《立春》《淮河新娘》……还有的，是给我个人的专题评论，他比较系统地研究我的创作。在"李宝群戏剧创作的研讨会"上，吴戈老师虽然没有到会，但他写了一篇长文，也发表了。这些文章总体给我的感觉是这样，在理论评论方面，文章质量都很高，我个人也很认同他的评论、分析，包括对剧目得失的分析，还有文章提出的我个人创作的优点、长处、特色，以及我需要加强、需要进一步改进注意的问题……

子方：那么，那些评论文章，您认同吗？

李宝群：我都很认同。而且，在同类的评论文章里，他的文章，都是排在前面的。一个戏出来了，会有好些文章跟着出来，在这些文章里，我个人比较重视吴戈老师的意见。他既有对艺术家基本特征的分析，也有深层次的解读；既有对剧目的分析，也有对作者的分析。这一点我要重点谈一下。其实，今天啊，我们的很多评论，经常是见戏不见人，把戏说得头头是道，可是，人呢？创作主体呢？别忘了，戏是人写的！分析戏，离不开对背后创作主体的分析。要深入分析创作主体，才能把握剧目的呈现来源。吴戈老师对创作主体的分析和解读，在我看来，是非常重要的一个层面。

子方：所以，宝群老师，您跟吴老师是通过文章认识的？

李宝群：基本上是通过文章（认识的）。虽然我们都是中戏毕业，但是他毕业比较早，是我的学长那拨的，他是早期中戏的学生，改革开放初期的学生，我呢，稍微晚一点。所以，我没跟他深入接触。但是，在交往之前，我看过他的很多理论著作，包括他的文章。当然，我们真正互相了解，更深入接触，是通过他的文章。

子方：其实是以文会友。

李宝群：对。我是怎么就重视了他呢？得这么说：这个过程当中，除了我对他人格、人品的感受，我还觉得，他分析戏、分析作者，有深度，这种深度是我喜欢的，这个深度也奠定了他在我心中的位置。在众多理论评论者中间，我很重视他的文章。他不仅谈剧目，也谈创作主体；他不仅谈一度，也谈二度，他写过很多戏的评论，包括对导演的研究，对这个戏的二度呈现，舞美、表演等多方面，他都很内行，这也是很难得的。因为，现在很多戏剧评论，都是谈文学，但是，他不仅仅谈文学，还关注到整个剧目演出的水准，这对于理论工作者来说，太重要了。还有一个，除了文学、舞台之外，他还谈你这个戏的价值、特点，不但说有价值的地方，还能指出问题。他不是一个一味唱颂歌的工作者，他很诚恳，说真话。这很难得。现在好多评论，比较侧重于肯定、鼓励，这当然需要，但也需要谈出有见地的观点，这对于我们实践者来说很重要。他的评论，我总体比较服气、认同，他能把别人没发现的问题都给发现了。

子方：这些问题，是不是有时候连创作者都没有意识到？

李宝群：嗯，对，也有这种情况。你比如说，《万世根本》，他的角度很有意思，他把《万世根本》放在中国农村题材戏剧的系统中来研究，他把《桑树坪纪事》《狗儿爷涅槃》《万世根本》连成一个系统，在这个大的系统里，看到了《万世根本》的独特之处，这就开拓出了非常大的视野——我本来都没想到。你看，中国的农村改革，在不同时期，出现了什么文学作品，出现了什么戏剧作品？这些作品的价值在哪里？历史的阶段在哪里？这就太精彩了。

子方：宝群老师，就吴戈理论评论关注的戏剧理论问题和评论的戏剧现象看，您对他的学术判断怎样？

李宝群：我的判断不一定准确。从编剧角度看，我认为，他是国内对创作实践进行关注、进行评价思考、给予观照的戏剧评论家中，排在前几位之一。所有评论家都算上，我觉得他排在前面。当然，我指的是同年龄段的，至于他的老师辈，那是另外一个层面。他的文章，他是有自己的艺术思想的，至于对于戏剧史观的问题，他有自己完整的思考。他的所有评论，都是有高度和深度的，不但如此，在很多研讨会上的即兴发言，也非常精彩。这跟他背后的学养有关，他有过系统的准备，他长期研究戏剧理论，研究新时期以来的戏剧，他的综合素质很高，所以，这使得他的评论有独到之处，更有体量。现在，吴戈写一篇文章，大家都要关注，因为他总是会有他独特的思考的。这种独特思考，使得我觉得他跟那些完全关在学校里的理论家不一样，他始终关注当下的戏剧发展，而且是追踪式的关注，这很难得。你看，在综合院校里，搞理论研究的人很多。他们在自己的专业领域里有建树，但是，对当下戏剧发展和戏剧运动的关注度，就很有限。看戏少，研究不够，追踪式的研究尤其缺少，那肯定使得他们的评论不如吴戈老师的来得有力量了。

子方：刚刚您已经谈到了吴老师的个性。现在，您能更具体谈谈吴戈老师的评论个性吗？

李宝群：我简单说说吧。其实，我前面说的都是他区别于其他评论者的不同之处，都是他的个性。吴戈是 20 世纪 80 年代开始展开他的学术研究理论工作的，他有人文情怀，他有 20 世纪 80 年代成长起来的这一代学者的家国情怀和反思意识。所以，他对时代生活的思考，对戏剧发展的分析，甚至他关注整个世界戏剧发展的动态，再加上他拥有极敏锐的艺术感受力和洞察力，他能发现问题，能欣赏艺术。虽然他在云南，不在北京、上海，不在文化中心的焦点，但他仍然保持着这样的观察力和洞察力，他绝不落伍，甚至很突出。所以，他一直在这个领域的中心，一直受人瞩目。

子方：宝群老师，谢谢，我再问一个问题，吴老师关于您的评论文章，你读来，印象最深的是哪一篇或者哪几篇呢？

李宝群：我最深的当然是他写我的那篇——《草根情结与家国情怀》。这篇很系统全面去研读了我这些年的创作，从中去发现我的创作脉络、我的发展线索，而且找到了我这些年的艺术追寻中努力的点。还有一个，他对我的《万世根本》的评论也很好，对《淮河新娘》的评论也挺棒的。特别是，在《淮河新娘》的讨论里，我就很欣赏他的力挽狂澜的力度。研讨会上，有些观点针对我这个作品，就认为这是个布莱希特叙事体，可是，我创作的时候压根没想到这回事。那些理论家，一看叙述了，就说是布莱希特了，因为他只知道布莱希特，就抹杀了别的叙述范式。吴戈老师就直接评论了，他说这不是布莱希特的东西，理论家不能拿一个生硬的概念来套艺术实践——这一点，吴戈老师很清晰。所以，研讨会上的这个发言，虽然不是文章，但也是评论嘛，这是我最近印象非常深刻的一次。

子方：好的，谢谢宝群老师。感谢您接受我的采访。祝您生活愉快。

李宝群：谢谢，再见。

背若泰山以负重，翼似天云而致远

——吴戈访谈录

子方：吴老师，您好，很荣幸有机会以访谈的方式与您聊聊学术。您的学术领域非常宽广，而且，您一开始也并不是一个艺术教育研究者。这似乎有一个发展变化过程——从文学到戏剧，再从戏剧到艺术教育……您经历过这样一个学术过程吗？

吴戈：的确如此。我是中文系出身，准确说是汉语言文学出身，后来转向戏剧研究，再后来就是戏剧教学和艺术教育管理，大约，这是我的人生阶段的划分，当然首先跟我的求学经历有关系。

子方：对了，说到人生阶段，您似乎是"知青"的一代，这段经历对您、对您后来的学术研究有影响、有关联吗？

吴戈：当然有关联、有影响。16岁、17岁的少年注销城市户口，到农村去，水田旱地摸爬滚打，山顶谷底攀登穿行，历练了人生意志，触探了社会底层，看见了生活真相，尝到了劳作艰辛，这给我的生活馈赠就是耕耘收获的因果道理。当时农民代表领我们做农活时要求做到位，讽刺偷奸耍滑行为的恶果时候说："人哄地皮，地皮就要哄人的肚皮。"种地劳作与研究创作一个道理，直到今天，我是一个舍得下力气花功夫做事情的人。如果自己还有一点学术贡献和办学业绩，无他，老老实实耕耘而已。

子方：凡事皆有因果，也必有因果，当然如此。这是您最早的深刻人生印记留下的财富，也是人生成长无法重复的经验。那么，与此番所得之间的狭义的学术意义的关联有没有那么一些呢？

吴戈：可能有的。1975年夏天高中毕业下农村，我所在的楚雄彝族自治州楚雄县前进公社箐上大队知识青年生产队有一个图书室。书不多，"批林批孔"之类的材料外，有评《水浒》、评《红楼梦》的各种辅导材料，有一些"文化大革命"时期的小说，例如《大刀记》《金光大道》《万山红遍》之类，最全的，要算是思想性政治性学习材料了，比如其中的《鲁迅杂文选》《鲁迅的故事》一类读物。当然，最多的是《毛泽东选集》等，书不多，反倒让我避免了今天印刷物泛滥条件下的浅性阅读、泛泛阅读毛病，而有机会反反复复读它们，咀嚼它们，理解它们。细读深思质疑求解，学术思考能力和学术质疑秉性，那时的自学当中有了最初的奠基。从毛泽东学到辩证、磅礴和生动，从鲁迅学到冷静的热情、执着的质疑和观察的独到，我想这是在我今天的学术追求中仍旧可辨的知青时代阅读思考留下的痕迹……

子方：我猜想，您把这种气质带到大学里，一方面会很快引人注目，另一方面也会讨老师……批评，或者不喜欢吧？

吴戈：猜对了一些，但是也不十分准确。因为，可能有人不喜欢较真儿、质疑、刨根问底的求知态度，限于腹诽。而明面上，其实我是颇受大多数老师喜爱的一个学生，这是那种纯然的学术气象里才会有的现象，我至今怀念那种氛围。

子方：听着都令人神往！您是汉语言文学系的学生，怎么会从文学走向戏剧，有什么机缘吗？

吴戈：好问题！

大学的时候，我在师范院校学习汉语言文学，在专业学习当中，一般人都会因专业学习接触到戏剧文学，说来好玩儿，我不是这样的经历，我是从不断的舞台实践走向戏剧文学再走向戏剧艺术的。那个时候，和几个同学在一起组织诗社，也排演话剧剧目为全校师生公演，机缘并不来自课程内容，中国古典文学讲到元杂剧时已经是大学三年级，比起我们排戏、演戏晚得多。我是从舞台实践开始介入戏剧的，我们排演了当时国内热演的一些剧目，如《约会》《炮兵司令的儿子》等，也有自编自演的原创，主要是讽刺喜剧，学校里演出很轰动，周边居民也蜂拥而至，给我们很大鼓励。回想起来，走向戏剧活动的生活机缘来自业余爱好，来自思想解放运动背景下文艺创作繁荣的局面与我在中学时代被培养起来的文艺爱好和舞台经验的遇合。我的大学生活文艺演出延续了中学时代的舞台经验，快板、三句半、对口词、群口词、京剧、话剧、舞蹈，甚至大学有几年热衷于说相声……这些为后来的专业戏剧学习和研究提供了良好的感性基础。

子方： 是业余文艺演出经验在思想解放运动背景下的大学校园里被激活了，可见，感性经验既是您戏剧学习和研究的诱发基础，也是您的戏剧学习和研究的重要出发点吧？

吴戈： 是的，这段生活有两个点，一个是激发点，另一个是出发点。激发点和现代以来许多戏剧专门家一样，从校园戏剧活动走向专业艺术或者专门研究的生涯；出发点和许多在大学教戏剧知识却根本缺乏感性经验、创造经验的戏剧教授不一样。

子方： 是了，激发点的类似情形正在被大家越来越多地认识到，中国现代戏剧史中大量存在这种逸闻趣事；出发点的重要性，也还需要假以时日，获得学理认知。那么，您就这样在大学接触到了专业戏剧，开始了戏剧专业学习？

吴戈： 不是。严格说，我在大学阶段学习的中国古典文学有元杂剧和明清小说戏剧，其实是戏剧文学而已，对于戏剧艺术而言仍是业余的。这个时候的古典戏曲剧本是当作文学作品来学习的，没有戏剧艺术与戏剧文学的严格概念，把剧本当作戏剧了。关于戏剧艺术和戏剧文学的区别与联系，我是到了 1987 年夏天考到中央戏剧学院做"中外戏剧历史与理论"专业的研究生时，才真正地认清楚这个问题。我们的文学史，常常把文学当作戏剧艺术，这其实是一个误会。后来，这个误会已经逐步地得到了纠正：戏剧是扮演人物演故事给观众看的艺术，剧本文学只是整个戏剧活动流程中的一个环节，戏剧艺术的生命在演出时与观众分享互动中生成。认清并确信这一点，在中央戏剧学院读书的那几年，戏剧正式成为我主要的学术对象。由于我在中央戏剧学院学习的专业方向，在学习的整个过程中，把原来对文学现象的关注转向到了对戏剧艺术现象的关注。一方面是纠正了把文学当戏剧的误会，再一方面，就是把整个戏剧艺术活动作为我的关注对象。念研究生的岁月，听课听讲座，看录像看电影节，每周总有几个晚上泡在剧场里看各省区市带来的不同剧种的演出，关注戏剧艺术活动，关注戏剧活动的每一个创作流程，关注剧场气韵和观众意义，使我习惯于把戏剧艺术作为一个活态的整体去考察。从 1987 年以后到现在，我几乎没有中断过这种观察，这成了一种持续的研究过程的研究个性。

子方：研究个性，这个关键词概括得好！个性中包含了对戏剧艺术的"活态性""整体性""流程化""过程化"的认知，从兹出发，研究立论，理论建模，批评基点，都会显得气韵贯通，生动鲜活，纵横捭阖，收放自如。这种学术个性，不但能在对您著作文章的阅读中体察到，在课堂教学和戏剧讲座中，也时时能够感受到。那么，说到您的教学和讲座，这就要说到艺术教育了。

吴戈：说到艺术教育，我自己首先是从事戏剧基础理论、戏剧批评、戏剧文化教学的一介书生。我从来讲，书生是我的本色。自己首先是教书育人者，是学问研究者，然后走向更需要我的岗位……

子方："书生本色"这个定位符合您的色彩，教书人、研究者也是您的人生气象。

吴戈：谢谢认同。人生最美好其实也最艰难的事就是坚守本色、忠于角色，我一直在努力。

子方：您的角色转换了，如何保持本色并且……忠于所转换的角色？

吴戈：好犀利！这么说吧，我从 1994 年初开始参与、1995 年秋主事云南艺术学院戏剧系，后来发展成为戏剧学院，再到 1999 年从美国做访问学者归来，2000 年秋成为云南艺术学院院长，的确渐变式地从教书育人者、学术研究者转向了办学设计者、运行管理者和发展推动者。角色转变中，我的意识非常明确，就是要履行好自己管理者、设计者、推动者的第一职责而不负使命。另一个意识，是创造性地履行好第一职责，就是艺术教育者、艺术研究者遵循规律地当一名有学术高度、有知识广度、有人文情怀的校长，防止自己的行政管理程序异化了自己善于研究、善于理解、能够包容的学者、管理者的特征，防止自己滋生官样形象、惯性行动、庸人习气等面目可憎的官僚心态。在校长位置上 16 个年头，我与艺术家教师相处心诚情悦，教师学生碰到难题时尽可能玉成他人，校长的使命就是让教师成就、成功,让学生成长、成才,让学校成型、成熟,这样才不辱使命。我历来鄙视那种当了一个管理者就私心杂念膨胀、自己活好不让人活的人。云南艺术学院有七八年时间快速发展,各院系爆发创造力办学,跟施行的奖励政策有关系。两个指标:一是云南艺术学院从根本上改变只有技能、技巧没有学理、学术的办学立足点,引起了全国艺术教育界的极大关注;二是院系领导,超量工作的教授、副教授们每月薪酬远远超过学校党政领导。可惜,政策没能更持久地坚持下去。"对教师好一点,对学生好一点"成为我自我提醒和与同僚分享的经常性内容。我常说,一所学校,没有学生就开不了学;一所艺术院校,没有好的艺术家教师和潜力十足的艺术苗子学生,就没有名气;一所艺术院校,教师、学生在舞台上不亮丽,在展厅里不精彩,在论坛前、在林立的艺术高校格局中没有话语,就形同虚设,无足轻重!学校管理者不是什么官员,而是教师、学生工作、学习的环境的维护者和发展条件的服务者,到学校当官做老爷是误人误己的。多年来,常有人说起:吴校长是一个身上毫无架子、最不像官的大学校长。不管说者何意,我以为这是自己从教师、中层干部转换角色为校长后做人做事获得的最高评价。

子方: 自我定位,别样追求,也是学术人生的风格。我发现,您处理角色转换,不是终结起始性的,而是重心挪移性的……但是您似乎从来没有离开讲台,没有离开教学,没有放弃学术研究……

吴戈: 是的。学校的初心和使命就是育人育才,教师要吻合这一初心和使命尽职尽责。大学的办学管理者和发展推动者也是如此,教学水准、学术能力要成为自己管理运作和发展推动的重要底蕴,对人才成长规律,对教育活动规律,对学科发展、专业建设、学术前沿的热点、难点、痼疾一无所知或者落伍掉队的人去管教育,管高校,就会愧对使命,糟蹋事业,阻碍发展。所以,保持教学一线热度,了解各学科专业实际办学情况的深度,提升结交艺术家教师乃至本科生、研究生的广度,站在自己专业领域的相当高度……一直是我追求的大学管理者的基本素质。我不赞成那种搞管理不一定需要专家的论调,也不那么认同那种一旦搞管理就把专业、学术放下而专心致志当校长的主张。大学校长很大程度上是一个学术象征，是一个文化符号，是一个可以与教师、学生交心谈艺的知音人，是一个懂得教育熟悉教学的知情者、同行者、组织者，这样才够得上管理的资格。

子方：2016年，《中国青年报》与国家教育行政学院、中国高等教育学会发起的"大学生喜爱的大学校长"评选活动，您荣获这个称号，看来实至名归！

吴戈：感谢学生们对我的认可，其实大学管理就是要千方百计地为学生的成长成才、教师的成就成功创造条件，怎么煞费苦心都值得，怎么千方百计都应该，但不仅仅是一片好心肠就可以。在这种善意仁心的基础上，大学管理者还要对云南艺术学院的办学理念、办学定位、发展方向进行设计和条件允许、力所能及的推动，要虚心学习综合艺术院校多学科交叉并存条件下的知识系统与价值特点，尤其是了解不同学科专业的人才培养规律，依据培养目标进行专业结构、课程结构和教学要素、教学过程的设定。一个办学者，这些方面的内容必须了然于心，就得认真、仔细、潜心地研究艺术教育的规律和人才成长的规律，这就使我在很大程度上要用较大的精力去研究艺术教育的历史、现状和可能发展的走向，研究不同类型、不同层级艺术院校的办学经验。高校最主要的是以人才培养为根本，这是高校办学的发展宗旨，所以，强调高校以教学为中心，就让我在艺术教育的领域里边勤于耕耘、勤于思考，善于总结经验，提出理论批评，去积极解决实践过程当中不断出现的困惑以及问题，在艺术教育界有话语、有形象、有个性。《艺术教育》杂志检视中国艺术教育发展状况的时候，云南艺术学院被看作是同类院校中具代表性的学校，尤其是云南艺术学院省级重点学科"戏剧与影视学"成为全国戏剧理论与批评的一个重要阵地……同行、业界、学术界的评价令我感到自豪。说到底，办学发展的创造性推动，这创造性不能是多年办学老一套的惯性运动。我常常说惯性运动就是"习惯死亡"，创造性的办学推动，来源于办学者、推动者开阔视野中的自我定位、择路发展的审时度势，来源于教育研究者深入钻研后的尊重规律、顺势而为，来源于办学设计者学者式的审慎精密与深思熟虑后的苦心追求，来源于教育实施者坚持的教学为本、实践为基、学术为翼，最终是人才为上的人才培养思路……

子方：是的，同学们、老师们外出开会，以文会友，各种场合都会有人谈起您的办学、您的学术，云南艺术学院学生毕业后考博、工作，常常会说是您的学生……这很大程度上说明您在全国戏剧领域和艺术教育界的影响，这是外界和学子的认可与隐含的骄傲……

吴戈：不敢贪天之功，老师们、学生们的成功是他们自己的努力，提到我，无非是在陌生人之间找一个共同的熟人开始一些热络的话题而已……

子方：谦虚吧，老师。但是，其实我们都十分清楚那种气场下的语义表达，您宽厚地接纳了那么多"您的学生"，而有时候作为您的"嫡传弟子"的学生，如我们，反倒感觉"被边缘"了。

吴戈：言过其实了吧。

子方：好吧。在艺术教育实践领域里，老师的人生轨迹留下的印记是鲜明的，可圈可点。在您的学术研究领域里，艺术教育的研究成果也成为引人注目的高地……我们也回顾一下您的戏剧研究领域……

吴戈：好啊。在我看来，自己的学习研究道路阶段性地转换、领域性地侧重也是非常有趣的人生体验。首先是文学领域。20世纪80年代前后，在大学期间，我痴迷于文学诗歌的阅读和写作，像个诗人一般地生活着；大学毕业，当了大学老师，讲授当时最热门的课程——中国当代文学。我给学生讲授的文学发展的新动向还在不断地发生变化，不断地出现新问题、新热点、新思考、新评价，一切都没有定论，一切都等待评价、再评价，甚至充满了争鸣、争论、争辩的热闹。因此，对于青年教师自己的学问积累而言，这是一种挑战；对于青年学生而言，课程中涉及的内容，充满了新鲜感，是令他们眼热肠热的文学话题。所以，两相刺激，在那个时候，我们获得了非常好的发展机会。因此，我感谢那一段讲授中国当代文学的岁月，使我打下了"新文学"的基础，这对我后来转向戏剧、思考问题、判断价值是非常有帮助的。转向专业戏剧始于1987年，从戏剧文学的案头读本，扩大到了整个学习艺术活动的全方位的观照，从这个时候开始，对其文学环节、表演环节、导演环节、舞台美术环节，还有后来所说的剧场性、观众性、社会效益等等问题的关注，使我获得了对戏剧文化生态的全方位的观察，这当然也是一个领域的转换。再后来转向艺术教育研究和管理……三个阶段，三个领域，生涯时间上是线性续接的，研究空间上是交错并存的。

子方：看过您早期对新诗、叙事长诗、丁玲小说、郭沫若历史剧、曹禺戏剧的研究，关注的是文体特点和作家走向的内容，后来研究视点越来越多了……

吴戈：是的，后来的研究中，作家追踪和深入，我一直没有中断，譬如曹禺研究，从文本细读的研究，到对曹禺研究的研究，再到曹禺戏剧舞台文本的比较研究。又譬如，对国歌歌词的作者、戏剧界公认的中国现代戏剧之父——田汉的研究，细读文本，知人论世，在1997年去当访问学者之前废寝忘食地写完了《田汉评传》（1998年重庆出版社出版，迄今已经一印再印数版矣）；再譬如，在一种负面舆论中反驳式地对郭沫若的英雄主义情结的历史剧的再论述、对历史评价中的西南联大教授陈铨《野玫瑰》现象前前后后的检讨……

子方：这些开启思路、研究纠偏的学术成果，使我们获益匪浅。不切当的说法是，这些是"点"上的深入。您的研究，用您课堂上常用的语言是，还有"线"上的延伸和"面"上的铺开，能具体谈谈吗？

吴戈：当然要谈。首先说自己的延伸性研究。在中央戏剧学院做研究生时，我注意到一个情况，中国的戏剧理论与批评的建树有限，这成为我密切关注、持续耕耘的一条延伸性研究线索，就是戏剧基础理论的研究。中国戏剧理论与批评的建树有三个阶段：第一阶段是在古代出现了钟嗣成的《录鬼簿》、夏庭芝的《青楼集》、燕南芝庵的《唱论》、李渔的《闲情偶记》，作家作品研究、戏曲表演研究断断续续出现在五六百年的时间里。第二阶段以1912年王国维的《宋元戏曲考》为标志，它开启了中国戏剧文化史学研究的先河，出现了戏曲史的研究。20世纪20年代前后出现了对世界戏剧文化评介的文字，实际情形是，戏剧史学的梳理研究是深入的，理论与批评的文字是浅显的。除了少量几个理论研究者的研究，如朱光潜的悲剧理论研究和陈瘦竹先生的悲剧喜剧理论研究，廖可兑先生、吴仞之先生、朱端钧先生、顾仲彝先生等的外国戏剧、导演艺术、编剧技巧之类的教材编著外，成体系、有框架的成果很少。第三阶段，是对戏剧本体追问的意识觉醒和对戏剧艺术活动魅力探寻的理论构建阶段。余秋雨先生对世界戏剧理论发展脉络的梳理与价值判断，谭霈生先生的《论戏剧性》对戏剧性、戏剧冲突、规定情境的不断描述与对戏剧本体的执着追问，使身处那个时代和这种理论语境中的我深受滋养。于是，对戏剧艺术本体的追问，戏剧品种的艺术特质，戏剧活动的活态性，成为我的戏剧研究的持续性研究的"线"。而戏剧文化是一个关涉甚广的活态文化与一个完成流程的动态文化，关涉社会各方面的剧目生产是个综合因素的"点"，艺术生产各环节的文学、导演、人表演、物造型、剧场、观众，都成为可以深入的更具体的"点"，这是"点"上的深入。譬如，我近年出版的《中国内地新时期话剧导演研究》（文化艺术出版社 2016 年版）和发表的大量研究剧目演出、舞台现象的理论评论文章，就是我的学术关注点的集中体现。我对"小剧场现象"的关注，则是点、线、面的结合。我从对 1989 年出现在南京的中国首届小剧场戏剧界的"热点"关注开始，梳理了世界小剧场运动与中国话剧生根、开花、结果的关系，成为"线"的追踪梳理，成为最早的研究小剧场与中国话剧关系的重要成果，自然而然，该观点被学术界广泛接受。20 世纪 80 年代末到 21 世纪初，我的关于小剧场戏剧、先锋戏剧、实验演出的论文被广泛参考引用，有的小剧场专著的大量引述内容来自我的相关论文，这是众所周知的情形。

子方：在您的戏剧研究生涯中，对学术问题点、线、面的研究中，您的理论建树与批评成就是有目共睹的。我注意到，您的理论批评文章超过 260 篇，第 20 部学术著作正在出版线上，成果累累，这让我们这些后生不敢偷懒，不待扬鞭自奋蹄。最后谈两个问题：一是当下中国戏剧中值得关注的问题有哪些呢？二是您对云南戏剧是否也像您对全国戏剧和世界戏剧关注度那样高？

吴戈：再度点赞，好问题！

首先回答第一个问题：中国戏剧发展值得关注的问题，我觉得是一个很大的问题，但我觉得也不是不可以说，它就是戏剧创作中"工具论"的影响问题，也许，这不仅仅是戏剧艺术界的问题。

当下，我们处在改革开放 40 年的历史性时刻。当下是中国戏剧文化从单一单调的情形当中恢复过来，然后发展繁荣起来的时刻，是百花齐放、百家争鸣、姹紫嫣红的局面，这种局面来之不易。改革开放是在思想解放运动的背景之下展开的，当时作为热点问题，讨论的就是文学艺术究竟是一种工具，还是以审美、以自身价值为目的的一种价值形态？党的十一届三中全会为我们提供了一个思想武器，而第四次文代会又解决了是工具论还是艺术论的问题。在这样的情况之下，戏剧开始回归艺术本体，脱离了简单的宣传工具和斗争武器的工具地位。不仅如此，在摆脱工具论的同时，戏剧还检讨了武器与工具对戏剧艺术形态的极大限制，使得戏剧回归到了其艺术本体——剧场性。任何戏剧剧目的艺术目的的实现，必须在剧场里边接受观众的检验，在观众的欣赏互动、批评评价当中完成社会效益。因此，对戏剧而言，剧场效果是检验戏剧艺术的最重要的标准就是在这个时候应运而生的。这是20世纪80年代初由观众退潮引起的戏剧危机背景下产生的戏剧观大讨论获得的理论成果，它与后来在中国戏剧文化中出现的小剧场戏剧运动一起，成为新时期出现的引人注目的现象。这次讨论，对戏剧的剧场性特点的强调是前所未有的，是对中国小剧场运动的历史梳理，关涉中国小剧场运动与世界小剧场运动的联系，新时期小剧场运动的再度发生……对于这样一些问题，我做了持续的追踪和研究，应该说，在这方面的研究，有比较客观全面的知识了解和前沿关注，由此我所做出的研究成果，应该是一个绕不开的学术地带，是一个隐性的理论问题。

其次，当下剧目生产中的导演强悍与编剧弱化的问题。报刊上不断有学者和戏剧家谈论这个话题，似乎一时间呼吁"编剧归位"的呼声一浪高过一浪。实际情形是，从20世纪80年代到今天，戏剧导演开始强悍崛起，先是主导中国戏剧舞台的实验探索与形式革新，进而主导了中国当代戏剧舞台的发展，决定着当代中国剧目演出呈现的审美趣味，这已经是不争的事实。所以，我曾经对中国最重要的那些戏剧导演做过持续的追踪研究，像查明哲、王晓鹰、王延松等等，这一个群体，大约20个导演，都在我研究的范围之内，研究的成果体现在我那本全国哲学社会科学后期资助项目的图书《中国内地新时期话剧导演研究》里边。此外，我在叶长海先生主持的教育部重大攻关项目图书《中华戏剧史》和田本相先生主持的国家哲学社会科学基金后期资助项目九卷本的《中国话剧艺术史》的写作当中，对导演、表演、舞台美术以及戏剧文学都进行了全面的研究，里面体现了我对戏剧文化艺术全景观察的学术态度。可以说，当下中国戏剧发展过程当中，不但是剧种之间，不但是戏剧艺术与其他艺术门类之间有交叉整合的趋向，而且戏剧研究也避免了从前的精细化、分别化的研究，而是一种整合观念。这是应该关注研究的。

再有，中国传统戏曲与导演制的关系问题。今天，导演制成为当下戏曲创作的主导方向。就此，有一些戏曲界人士表示不认同，而认为戏曲应该保持名角制，因此，提出"导演究竟是中国戏曲艺术存活发展的噩梦，还是中国戏曲艺术提升完善的支点？"这个问题，追问的是：中国传统戏曲是立足于农村发展还是应该占领城市文化的阵地？中国传统戏曲是应该与时俱进，在创新当中发展，在传承当中继承，还是应该回到原汁原味？

另外，有一个讨论的热点问题，是戏剧文化当中文学文本的弱化和思想性的委顿问题。这究竟是导演意识造成的，还是当下的艺术生产体制催生的，或是田本相认为的精神缺钙、董健先生认为的"启蒙精神消失"，抑或综合因素所致，也值得我们现在思考。

子方：这些问题，随便抓一个，都可以认认真真扎扎实实做博士论文了……

吴戈：当然。对了，你马上要去苏州大学做博士研究，希望你也有一个学习研究的延伸性工作，思考一下这些热点问题。

子方：我会的。

吴戈：现在我回答第二个问题……

子方：对于云南戏剧，您有什么可以跟读者分享的呢？

吴戈：其一，云南戏剧有自己的发展特点，即云南戏剧文化的结构成分是比较复杂的，它既有发展形态非常成熟的京剧、滇剧、话剧这样的剧种，还有在20世纪50年代党和政府注意发展民族文化、扶持民族艺术形式过程中发展起来的彝剧、白剧、傣剧、壮剧等剧种，以及在民间土壤极其深厚的花灯文化基础上发展起来的花灯剧，也有形态不太成熟的章哈戏、杀戏、大词戏，还有文化含义复杂的傩戏，如端公戏、关索戏、梓僮戏、香通戏等等剧种。从戏剧形态上来说，或者戏剧的文化成分上来说，是这样的。

从云南戏剧的发展特点上来讲，云南戏剧受中原戏剧文化的影响是显然的。像滇萃的滇剧，事实上是在京剧文化的影响之下，与云南音乐文化相结合发展起来的一种戏剧样式，经过上百年的发展，成了一种成熟的剧种样态。

其二，花灯剧，事实上是从中原的花灯文化影响而来的。花灯文化，主要是元宵节看灯、唱灯、闹灯的一种文化形式，后来从抒情舞蹈发展成为小故事、小情境，具体就表现成了花灯小戏。这个时候，花灯就具备了以歌舞演故事的基本形态。到了抗日战争过程中，王旦东率领农民抗日花灯剧团演出了篇幅较大、人员较多、表现的故事比较复杂的花灯剧，于是，花灯剧就出现了。农民抗战花灯，也就成了花灯歌舞、花灯小戏迈向花灯剧的里程碑。其实这是有发展过程的。云南花灯，有老灯、新灯之分。老灯，就是花灯歌舞；新灯，就是演小情、小景、小故事，再到后来演复杂的故事、复杂的人物关系，由此，成为花灯剧。这整个过程，都是由老灯迈向新灯的历史发展过程。

云南戏剧的发展变化过程，不仅仅是向大剧种学习的过程，也不仅仅是从歌舞到小戏再到大型剧目的过程，还是题材发展变化的过程。这个跟云南的特殊区位所承载的国家使命有关系。比如说，20 世纪 50 年代、60 年代，云南的戏剧，无论是话剧还是京剧，都出现了少数民族题材剧目。这不仅仅体现了少数民族风情，最重要的，这是由云南身为边关、边塞、边陲的地缘特点所决定的，因此，这是一种边塞精神。由此，我认为，少数民族题材是表，边塞题材才是里。所以，我提出了"边塞戏剧"的概念，也要求你完成一次硕士论文，我对你的完成结果很满意。云南的边塞戏剧主题，先是巩固国防、反美反特，后来是抗美援越，再后来是边境自卫反击战。在这个过程里，云南作为反特前线，固守边疆，在区域特点上体现了云南戏剧创作的全过程。

子方：云南戏剧的发展的精神特质与全国一样，在文化色彩上却因为地域文化的国家负载与历史使命有了与别的区域极大的不同。

吴戈：正是。所以，20 世纪 50—60 年代一直到 70 年代，云南戏剧有两个特点，一个是少数民族色彩斑斓的风情特点，再一个是反特固边的"桥头堡"特点。可是，到了今天，我们从"桥头堡"变成了面向南亚东南亚的辐射中心，变成了"一带一路"背景下走出去的一个重要通道,我们的戏剧题材里边开始出现了配合政策、围绕中心、服务大局的变化,所以云南戏剧文化的特点,在很大程度上是与云南的区位战略意义所承担的国家使命的变化相一致的。

其三,云南戏剧,从生态结构上来说,更是纷纭复杂。除了以上所说的种种戏剧历史形态和横向剧种形态之外,最值得注意的,是云南戏剧的演出市场正在回暖。这与云南一代又一代戏剧人的努力有直接的关系。尤其是,当下云南的演出成分呈现出一种"拼盘"结构。其中,本土的演出,又分省级院团的演出和州市参加两年一度的云南省新剧节目展演的演出两种情况。另外呢,就是由剧场经营者不断邀请来商业演出的国内外院团的戏剧演出,中央院团的艺术下基层演出,还有民间资本所运作的民间社团的戏剧剧目制作和演出。以上这几方面,构成了云南戏剧的演出结构。我称这是"拼盘式"的结构。当下,云南戏剧"拼盘"的内容,就比二三十年前的状况丰富多了。

子方:我猜,还有其四!其四是什么?

吴戈:其四,是以昆明庭院戏剧运动为醒目代表的民营资本民间社团对昆明演出市场和艺术生产结构的介入。原因是,在昆明戏剧演出市场的"拼盘"结构的刺激之下,本土民间院团的积极性被激发出来了,于是,就出现了我称之为昆明庭院戏剧运动的戏剧艺术生产现象,如莲花池情境戏剧、南强街庭院戏剧、马家大院庭院戏剧,还有得意居、留筠馆也在跃跃欲试。一方面,这些演出空间里边的演出,补充了省级院团演出空间严重不足的缺憾;另一方面,也在我们的现行艺术生产体制之下,为创作热情充沛的戏剧艺术家提供了安放创造热情暂时的场所,更重要的是,民间资本与人社团一同积极制作剧目,丰富了昆明的城市文化生活,其实是刷新、重整了昆明艺术生产的文化秩序。这种充满活力的社会力量被激发出来,我看是改革开放 40 年调动一切积极因素为社会主义建设、社会主义发展服务的一种良性结果。

子方:谢谢老师,这像是又一次回到课堂听您侃侃而谈、娓娓道来。结束访谈前的最后问一个问题:您对云南戏剧的发展有何忠告?

吴戈:不敢说忠告,就说是心里话吧。一是戏剧人要坚守,正如多年前我当选戏剧家协会主席时向大家建议的那样：抱团取暖，牵手过河。二是希望政府部门关怀戏剧院团的生存状态，提升生存底线，追求发展远景，解决云南戏剧院团普遍演出无剧场、排练无场所、办公无所有的"三无"现状。三是稳定人心，稳定秩序，提高待遇，建设队伍，改变城市里的"院团棚户区"和戏剧队伍的"演员临时工"问题。云南省滇剧院、玉溪市滇剧院这些被称为"滇萃"文化的保存、传承、创新单位与艺术院校联合培养的人才，进入院团没有位置"坐下去"、面临毕业没有编制进得去而面临流失的局面，绝不可能建设好"文艺滇军"。四是我们处处讲、天天讲"四个意识""四个自信""两个维护"，最近习近平总书记在2019年6月16日出版的《求是》杂志上发表署名文章《坚定文化自信，建设社会主义文化强国》，将文化自信提到了前所未有的高度，"坚定中国特色社会主义道路自信、理论自信、制度自信，说到底是要坚定文化自信"。文化艺术不是这里所说到的文化的全部内容，但可以肯定的是，文化艺术是一个民族、一个国家文化中最活跃的内容，"文化自信，是事关国运兴衰、事关文化安全、事关民族精神独立性的大问题"。所以，我们云南省如果需要振兴发展，需要凝聚民族精神、承担国家使命，需要谱写好民族复兴的伟大中国梦的云南篇章，需要落实好习近平总书记对云南的"三个定位"和"一条新路"的重托与希望，那就应该与抓得实、抓得好、抓得有成效的经济工作一样抓好文化建设，让振兴计划更接地气地体现在云南建设发展的文化自信当中，改变现状，使曾经辉煌的云南戏剧攀登艺术高峰，迈向更加灿烂的辉煌。

子方：谢谢老师。

吴戈：谢谢子方。